Christiane Neudecker

Der Gott der Stadt

CHRISTIANE NEUDECKER

der gott der stadt

Roman

Luchterhand

»Ich glaube, diese Schule ist der Verderb jeden Genies. Was wollte ich wohl arbeiten, wenn ich mir meine Lehrer zu allem Guten und Schönen selbst wählen könnte.«

Georg Heym, 23.4.1905

prolog

Nein.

Wir wissen es nicht, natürlich wissen wir es nicht, aber das Licht über der Havel muss sie geblendet haben, als sie ihre Füße auf die Eisfläche setzten.

Ein Funkeln wird in der Luft gelegen haben, denn die aufgefächerten Finger der Schneeverwehungen wischten Glitzerspuren über das sonst stumpf gefrorene Eis. An trüberen Tagen zog sich ein hart gefrosteter Blindspiegel von Ufer zu Ufer und ummantelte die Ränder von Schwanenwerder und Lindwerder wie unpolierter, milchiger Bernstein. Doch jetzt war es anders. Alles gleißte.

Ein klarer Tag soll es gewesen sein, damals, das hatten wir irgendwo gelesen: ein kühler und sehr klarer Wintertag. Kein Knistern von Schneekristallen in diesiger Luft also, kein Irrflug dicklicher Flocken im Schatten tief ziehender Wolken. Stattdessen grelle Sonnenstrahlen, die sich, von tausend schillernden Eis-Prismen zurückgeworfen, durch die Pupillen bohrten und die Netzhäute ihrer Betrachter durchschnitten.

Eine Blendung muss da über Havel und Wannsee gesirrt haben, eine Blendung, die später das Unglück herbeirief.

Völlig verrückt, dass man das heute noch immer herausfinden kann: der 16. Januar 1912 war ein Dienstag und, ja, es war ein klarer und sonniger Tag.

Es ist kein Zufall, dass auch der eine, viel spätere Tag klar und sonnig war. Ich erinnere mich genau. Schon morgens beim Aufstehen konnte ich es sehen. Der Himmel war giftblau und stach hoch über die verschneiten Dächer hinaus, die Schornsteine erreichten ihn nicht. Es war ein Tag aus harten Konturen, dieser Tag, an dem jemand von uns (nein, ich kann den Namen nicht nennen, immer noch nicht) beschloss, zu sterben.

Auch das Datum ist nicht zufällig, dieser 16. Januar 1996, natürlich nicht. In den Ermittlungen fiel das später niemandem auf.

Der Professor hat es natürlich bemerkt, wir alle haben es bemerkt, aber wir sprachen nicht darüber, nicht einmal flüsternd, in den verschlungenen Gängen unserer Hochschule, nicht im steilen Treppenturm, der zu den Arbeitszimmern der Dozenten und zum Sekretariat hinaufführte, nicht einmal daheim mit uns selbst.

Wir waren doch längst schon verschworen.

Minus 14 Grad soll es gehabt haben, damals. Bei so einer Kälte hätte die Wasserdecke nahtlos gefroren sein müssen, sollte man meinen. Auch die beiden meinten es: der Dichter Georg Heym und sein Freund Ernst Balcke schmierten sich Butterbrote und griffen sich Wollmützen, Schals und Handschuhe, sie stapften zum S-Bahnhof in Charlottenburg und fuhren zur Station Pichelsberg. Dort stiegen sie aus, das hat der Kontrolleur an der Ausgangsschranke später bestätigt. Ihre Rennschlittschuhe baumelten von ihren Schultern. Sie stießen ihre Eisstöcke wie Taktstäbe in die klirrend kalte Luft und schritten auf knirschendem Schnee der vereisten Havel entgegen.

Dreiundachtzig Jahre später öffnete jemand – vielleicht zur gleichen Tageszeit, vielleicht ein wenig früher – in der Tiefe unseres Hochschultheaters die Tür zu einem verdunkelten Raum.

Es gibt keine Verknüpfung, das versuche ich jetzt zu beweisen. Und doch ist alles verbunden.

Wo genau sie aufs Eis gingen, wissen wir nicht. Es gibt Vermutungen, Nachforschungen des Bruders von Balcke, Zeitungsartikel aus den Tagen danach. Über Gatow nach Schwanenwerder hätten sie ihre Schlittschuhpartie unternehmen wollen, schrieb in seiner Abendausgabe *Der Tag*. Bei einer Ausflugsgaststätte auf Lindwerder sollen sie noch Rast gemacht haben. In der Nähe der Dampferanlegestelle Schildhorn könnten sie also den Schritt vom Festland über die Seekante getan haben, das wäre denkbar.
Aber gesehen wurden sie nicht.
Und während in einer anderen Zeit jemand an einer schwarz getünchten Wand nach einem Lichtschalter tastete, glitten ihre Kufen über das leuchtende Eis. Sie lachten, sie hielten ihre Gesichter dem Eiswind entgegen, sie versuchten sich in Drehungen und Rückwärtsläufen. Sie jagten hintereinander her, als in der anderen Zeit, an diesem anderen Ort, eine Glühbirne ansprang, deren Licht in einen fensterlosen Technikraum fiel. Aluminiumkisten waren dort übereinandergestapelt, Scheinwerfer thronten in verstaubten Holzregalen, Kabel umringelten lauernd metallene Wandhaken, als wären sie, ich muss es so sagen, Giftnattern und brächten den Tod.

Aber es waren nicht die Kabel, die dann zum Werkzeug werden sollten, es war ja ein Seil. Kein Zurrgurt, kein Draht, keine ver-

kürzbare Anschlagkette aus dem Arsenal der Bühnentechnik. Nur ein simples Seil aus Polyamid. Wegen der hohen Bruchkraft sei es wohl gewählt worden, erklärte uns später der Bühnenmeister und schwitzte. Dabei hatten wir ihn danach nicht gefragt.
Ich glaube, das Seil war einfach zur Hand. Denn die Kiste, aus der es an diesem 16. Januar 1996 entnommen worden sein muss, lagerte direkt neben der Tür. Jemand hob den Deckel – womöglich eilig, womöglich schlaftrunken – und griff zu und wählte dann den Gang Richtung Bühne: die Treppe hinunter, durch das unterirdisch gelegene Foyer des Theaters hindurch, am kleinen Kassenhäuschen und den Künstlergarderoben vorbei, bis zur doppelwandigen Feuerschutztür am Ende des Flurs. Diesen Weg kannten wir blind.
Heym und Balcke dagegen verloren die Richtung. Auf blinkenden Kufen bogen sie ab. Sie wichen von der Strommitte weg und schossen zwischen den Signalmarkierungen hindurch, fern von den sich aufspreizenden Baumgerippen am Ufersaum. Ohne Verzögerung rasten sie den zu dünn überfrorenen, funkelnden Fischlöchern entgegen, an deren Rändern kein Fischer saß, der sie hätte warnen können, und kein Schild war, das hätte anzeigen können: Gefahr.

Vielleicht war es eine Entscheidung, ein bewusstes Abweichen.
Vielleicht merkten sie es nicht.
Vielleicht gab es eine Laune des Lichts.

Die Waldarbeiter, die die Todesschreie von Kladow aus hörten und nicht halfen, haben das später als Begründung benutzt: Sie wollten ihr eigenes Leben nicht verspielen. Nicht für den Leichtsinn anderer Menschen. Der See sei gefährlich, das wisse man doch. Und man habe ja keine Leitern und Seile gehabt.

Es gab ein Knacken, als Jahre später jemand eine morsche Holzleiter in den Zuschauerraum zerrte und sie auf Höhe der siebten Sitzreihe aufspannte.
Die Luft war stickig und warm. Es roch nach angesengter Farbfolie und verschmortem Staub, nach Aceton, Zitronenreiniger und ranziger Schminke. Die Notbeleuchtung flackerte kurz, ihr grünlicher Glanz spiegelte sich in den toten Linsen der abgeschalteten Lampen.

Die Sonne über dem Wannsee zuckte nicht, als die Ebene brach.

Ernst Balcke fiel zuerst. Seine Stirn muss gegen den plötzlich aufklaffenden Rand des Fischlochs gekracht sein. Im Sturz sah er noch die gebleckten Eiszacken auf sich zurasen, dann war es schon vorbei. Balcke sank staunend und still, inmitten der glänzenden, glucksenden Schicht aus Splittern und Schollen. Er wehrte sich nicht.
Jemand setzte einen Fuß auf die erste Trittstufe und schob sich langsam über die Leitersprossen nach oben, hinauf zu der von Stahlrohren überzogenen Decke des Theaters.

Heym schrie.

Ein Seil wurde über die Verstrebungen des Stahlzugsystems geworfen. Es baumelte fast bedächtig zwischen zwei einmontierten Profilscheinwerfern vor und zurück, das bleierne Pendel einer Standuhr, während Heym seine Handschuhe von sich schleuderte und sich auf die Eisdecke warf, wahrscheinlich mit einem Brüllen.
Eine Hand stoppte das Schwingen. Sie griff sich das Seilende und knüpfte eine Schlinge, ganz ruhig. Auf dem gefrorenen See robbte Heym an die Bruchstelle heran. Tränen sprangen über

sein Gesicht, als seine nackten Hände begannen, Eiswasser zu schöpfen. Sie tauchten und tauchten zitternd nach dem versunkenen Freund.

Eine Schlaufe aus Polyamid legte sich um einen Hals.
Es gab einen Sturz, einen Sprung.
Und ein Mensch glitt in einen See.
Zappelnde Gliedmaßen stießen eine Leiter um und traten Luft oder eisiges Wasser.
Das Ringen nach Atem.
Rufe, aus blutigen Kehlen. Ein Stöhnen.
Wer sprach da vom Sterben.
Ein Eisvogel krächzte.
Irgendwann Stille.

So fing es für uns an.
Nein, das ist falsch.
So endete es.

I

die schule

1

Die Stadt zerschnitt die Luft. Zorbas und ich standen auf der Brücke unterhalb der Bornholmer. S-Bahnen sausten wie an Fäden gezogen unter uns hinweg. Sie hielten sich an die alten Trennwege, sie zogen in klaren Linien nördlich und südlich, aufwärts, abwärts, aber sie verbanden sich nicht. Ihr Rauschen vermischte sich mit dem Donnern der Flugzeuge, die aus der Wolkendecke brachen und hinter den Dächern in Richtung Tegel absanken.

»Kannst du es noch sehen«, sagte er.

Ich schüttelte den Kopf, dabei sah ich nichts anderes. Das Niemandsland lag uns zu Füßen. Aber ich wollte es nicht erkennen, ich wollte nicht eine von diesen staunenden Touristinnen sein, die sich hierherverirrten und die dann mit ausgestrecktem Zeigefinger über dem Brückengeländer hingen und versuchten, dort unten zwischen den Gleisen eine imaginäre Linie zu ziehen. »Ich war nie hier«, sagte ich und zog meinen Parka enger um mich, »zu jung, hat mich nicht interessiert.«

Zorbas schnalzte mit der Zunge, missbilligend. »Du warst alt genug.« Und er hatte nicht unrecht damit. Ich hatte mich, als sie vor sechs Jahren die Grenze öffneten und Stadt und Land für vereint erklärten, schon ziemlich erwachsen gefühlt. Trotzdem.

»Konnte ich doch nicht wissen, dass das nicht so bleibt«, protestierte ich.

Das. Was meinte ich mit *Das.* Einen Zustand, den wir für endlos hielten. Eine plötzliche Vergangenheit. Ein ganzes Land, das nicht meines war. Auch wenn wir jetzt offiziell vereint waren.

Auch wenn ich jetzt hier stand.

Auf einer Brücke, die noch immer in einen Abgrund mündete. Vom Wedding her konnte man sie befahren und belaufen, sie wölbte sich von dort aus entschlossen in die Höhe und reckte sich mit weitem Schwung dem Osten entgegen. Aber dann hörte sie – mitten in der Luft – einfach auf. Ein Holzsteg knickte an der Bruchstelle von ihr weg und verband sie notdürftig mit dem verwachsenen Straßenende im Prenzlauer Berg. Eine junge Frau im grauen Strickkleid trat dort gerade auf den Steg und polterte über die nachschwingenden, hölzernen Bretter. Sie sah wütend aus.

Zorbas nahm sie nicht wahr. Er starrte an mir vorbei, hoch auf die Bösebrücke, die nördlich von uns die Bornholmer Straße über die Schlucht hob, und nahm einen Schluck aus seiner Wodkaflasche. Er trank zu viel. Ich war mir sicher, dass meine Mutter das nicht wusste, als sie den alten Freund der Familie bat, ihrer vor kurzem dorthin gezogenen Tochter die Hauptstadt zu zeigen. Ich streckte die Hand aus. Als Zorbas nicht reagierte, entwand ich ihm die Flasche und setzte sie an meine Lippen. Der Wodka brannte in meiner Kehle, dann in meiner Speiseröhre, aber er schmeckte nach nichts.

Es war immer noch winterkalt, auch wenn die Meteorologen behaupteten, es sei Frühling. Die ersten Zugvögel waren schon vor Wochen zurückgekehrt, aber der Frost saß noch im Stein der Stadt. Mir machte das nichts. Ich war stolz auf diesen

Winter, stolz darauf, dass ich einen Teil von ihm hier verbracht hatte, erstmals. Ich hatte dem Wind getrotzt, der so grob durch die Straßenschluchten fuhr. Ich hatte im Schein meiner Taschenlampe Briketts in einen klappernden Emailleimer gefüllt und aus dem Kohlenkeller bis unters Dach geschleppt, die steil aufsteigenden Treppenstränge verfluchend, wieder und wieder. Ich hatte im Mantel und mit Wollhandschuhen geschlafen und morgens heiße Instantbrühe getrunken, um Wärme in meinen ausgekühlten Körper zu flößen. Ich hatte gelernt, Briketts in feuchtes Zeitungspapier zu schlagen, damit die Asche noch glomm, wenn ich abends nach Haus kam. Es fühlte sich an wie Überleben. Überleben in einer Stadt, die ein Rätsel für mich war. Ihre verschneiten Parks und kalt gähnenden U-Bahn-Schächte. Die zerwürfelten Haltestellen der Buslinien und verkrüppelten Gleisbetten der Straßenbahnen, die ich Trams zu nennen gelernt hatte. Das Surren der Laternen mit ihren merkwürdig orangefarbenen Lichtkreisen. Die hohen Fenster und Türen der von Einschusslöchern und Graffiti überzogenen Fassaden. Die Klos auf halber Treppe, die Treppenhäuser, die immer nach Bohnerwachs rochen, auch wenn niemand sie reinigte. Die besetzten Wohnungen mit den abgesplitterten Balkonen und den mit Parolen und Anarchiezeichen bemalten, aus den Fenstern hängenden Betttüchern, zu denen ich im Vorübergehen aufsah, immer mit dem nagenden Gefühl, dort etwas zu verpassen, ein ganzes Dasein, das ich dort vielleicht hätte führen können oder sollen oder wollen. Ein anderes Leben.

Weit hinter uns stach der Fernsehturm vom Alexanderplatz hinauf in den verwaschenen Himmel. Ich mochte den Turm, obwohl ich noch nie oben im Turmkorb gewesen war. Für viele war er das Wahrzeichen der Stadt, für mich bedeutete er Heimat. Ich war mit so einem Turm aufgewachsen. Mein Turm zu

Hause hieß Fernmeldeturm. Vom Badezimmer meines Elternhauses konnte man ihn sehen. Er wurde gebaut, als ich noch in den Kindergarten ging. Ich kann mich erinnern, dass mein Vater mich in die Höhe stemmen musste, immer wieder, damit ich über die Sichtkante des Fensters hinweg prüfen konnte, wie hoch er schon war. Später wurde der Turm mein Orakel. Ich versuchte, an ihm meine Zukunft abzulesen. Ich stand oft am Fenster, die Stirn auf kühlem Glas, und stellte Fragen, die der Turm beantwortete. Ich deutete einfach seine Erscheinung. Mir war dann wichtig, ob er gerade im Sonnenlicht glänzte, ob er mir drohte oder winkte, zustimmte oder abriet, ob er im Nebel weich und verständnisvoll wurde oder störrisch den Regenstriemen trotzte. Der Turm verortete mich. Wenn ich in der Innenstadt war, richtete ich mich nach ihm aus wie eine Kompassnadel. Dass ich das hier, in meiner neuen Stadt, weiterführen würde können, machte mich richtig glücklich. Vielleicht hatte ich Berlin in Wahrheit deswegen gewählt. Und nicht, wie ich es jedem erzählte, wegen der vielen Theater, die es hier gab.

Zorbas grinste jetzt. Er hatte um die Augen lauter Falten, und seine Schläfen waren grau. Erst jetzt fiel mir auf, dass ich gar nicht wusste, wie alt er war. Oder wie er wirklich hieß.

»Weißt du, was das Erste war, das ich gemacht habe, als ich drüben war?«

Einen Kniefall, dachte ich sofort. *Einen Papstkuss auf endlich erreichten Boden. Irgendetwas Feierliches bestimmt. Eine Weihung. Vielleicht hat er dort im Westen eine DDR-Fahne errichtet oder ein Gipfelkreuz – sein Pathos ist uferlos.*

»Nö«, sagte ich.

»Willst du's wissen?«

»Okay.«

»Gepisst hab ich«, sagte er.

Ich nickte. Ich konnte es vor mir sehen. Wie er am Ende der

Bösebrücke in den Wedding hineingedrängt wurde, im Strom der schiebenden, rufenden Menschen. Wie er seine rissige Hand ausstreckte und nach etwas griff, das ihm Halt geben konnte: einer Laterne, einem Busch, einem Strauch, vielleicht unten bei der Schrebergartenkolonie, die wir von hier aus sehen konnten. Wie er dann, als er genug Platz um sich hatte, an seiner Hose herumnestelte und begann, mit aufspritzendem Urin sein Revier zu markieren. Manchmal beneidete ich Männer darum.

»War gut?«, fragte ich.

»War richtig.«

Ich versuchte mich zu erinnern. An all die Aufnahmen, die ich doch von diesem Tag gesehen haben musste, all die Fernsehübertragungen, die Bilder, von denen mein Vater mir sagte, dass sie historisch seien. Mir fiel kein einziges davon mehr ein. Von der Mauer, ja. Tanzende Menschen, Hände, die nacheinander griffen, Körper, die sich gegenseitig an bunten Wandzeichnungen entlang in die Höhe zogen. Dutzende baumelnder Beine. Oder vorher: Genscher auf dem Balkon der Prager Botschaft. Der Jubel, der seinen Satz abriss: *Ich bin gekommen, um Ihnen mitzuteilen, dass heute Ihre Ausreise …* Aber die Brücke hatte ich vergessen.

»Willst du da wirklich hin?«

Es dauerte einen Augenblick, bis ich verstand, dass er die Hochschule meinte. Die *Hochschule für Schauspielkunst Erwin Piscator Berlin*. Ich konnte noch immer nicht glauben, dass sie mich angenommen hatten. Dass ich tatsächlich dort mein Studium beginnen würde, mitten im Osten der Stadt, schon in diesem Herbst.

»Klar«, sagte ich. »Wieso?«

Unter uns begannen die Oberleitungen zu sirren. Ich drehte mich um und folgte mit meinem Blick dem Gleisverlauf bis in seine Ostkurve hinein, aber ich konnte die S-Bahn noch nicht sehen.

»Du kommst aus dem Westen«, sagte er.

Ich schüttelte den Kopf. »Ich komm aus dem Süden.«

»Nein. Dort nicht.«

Mit einem Brüllen schoss unter uns die S-Bahn hindurch und zog in den Norden der Stadt. Zorbas drehte sich mir zu. Seine Stirn war gerunzelt, er sah auf einmal ganz konzentriert aus. Als würde er mich abschätzen.

»Glaub mir: dort kommst du aus dem Westen.«

Ich lachte.

Die Schule. Ich weiß nicht mehr, wann ich zum ersten Mal von ihr hörte. Es gibt diese Dinge, von denen man irgendwann annimmt, dass man von ihnen einfach immer schon wusste.

Bei der Aufnahmeprüfung hatte ich behauptet, einer der Schauspieler unseres Stadttheaters hätte mir, als ich bei Handkes *Stunde da wir nichts voneinander wussten* mit den anderen Statisten auf unseren Auftritt wartete, davon erzählt. Aber das stimmte nicht. Ich wollte nur, dass die Prüfer den Namen dieses Schauspielers hörten, der tatsächlich auf die Hochschule gegangen war. Ich wollte, dass sie mich damit verbanden: mit einem, der es geschafft hatte. Ich dachte, sein Glück könnte abfärben auf mich.

»Dort kommst du nicht rein«, war das, was man immer hörte, wenn die Sprache auf die *Piscator* kam: »Das schafft man nicht.« Immer wieder wurde einem das unter die Nase gerieben. Das – und die Zahlen. Hunderte waren es, in jedem Jahr. Jeder kannte jemanden, der abgelehnt worden war. Und ich hatte mir ja auch noch eine besonders heiß umkämpfte Ausbildung ausgesucht, die sie anboten. Theaterregie, ausgerechnet. Regisseure braucht man auf den deutschen Bühnen noch weniger als Schauspieler, und die Schule wollte ihre Statistiken nicht mit arbeitslosen Studienabgängern verderben. Sechs Plätze gab es deswegen nur. In der Schauspiel-Abteilung nahmen sie immerhin zwanzig Studenten pro Jahrgang an, aber im Regie-Institut waren es sechs. Sechs aus achthundert.

Ich kalkulierte nicht. Ich stellte keine Wahrscheinlichkeitsrechnungen auf, keine Mutmaßungen über meine Möglichkeiten. Ich weigerte mich, zu verstehen, wie gering meine Chancen waren. Und deswegen, davon bin ich noch heute überzeugt, mussten sie mich nehmen.

Das stimmt so nicht. Die Dinge verdichten sich, wenn man sie rückwirkend betrachtet. Immer öfter ertappe ich mich dabei, dass das Licht, das ich auf die Ereignisse werfe, die Schatten verzerrt. Vergangenes verschiebt sich so schnell, es lehnt sich in die eine oder andere Richtung. Und schon die Wahrnehmung, mit der wir einen Moment erleben (oder glauben, ihn erlebt zu haben), ist fragwürdig. Es gibt keine Eindeutigkeit, nirgends.

Aber ich will ehrlich sein. Ich will alles so aufschreiben, wie es war. Nach bestem Wissen und, ja, Gewissen.

In Wahrheit habe ich um die Aufnahme gekämpft. Schon im Jahr zuvor hatte ich mich beworben, ich hatte es nur niemandem erzählt. Laut den Zulassungsregularien der Hochschule war ich zu jung. Für diesen speziellen Studiengang benötige man Erfahrung, hieß es in der Begründung. Assistenzen müsse man absolviert haben, Hospitanzen, Mitarbeit an Theatern. Das sollte auch den männlichen Bewerbern ermöglicht werden, die ja erst noch zum Bund mussten oder sich als Zivis verdingten. Außerdem erfordere der Beruf eine gewisse Autorität, ein Durchsetzungsvermögen bei den oft älteren Schauspielern und Gewerken. Einundzwanzig also. Einundzwanzig sei das Mindestalter.

Ich, zwanzigjährig, fand eine Fußnote. Dass bei besonderer Begabung auch eine Sondergenehmigung erteilt werden könne, stand in einem der orangefarbenen Informationsblätter, die ich beim Arbeitsamt eingesehen hatte. Die Professoren könnten das entscheiden. Sie könnten, wenn sie bei einem Bewerber eine spezielle Eignung erkannten, eine Ausnahme erwirken. Und ich wollte nicht warten. Ich wollte nicht ein weiteres Jahr in meiner Heimatstadt verharren, wollte nicht weiter an unserem Stadttheater bleiben, an dem ich alles getan hatte, was man als Frischling dort tun kann. Seit meinem Abitur hatte ich stumme Rollen auf der Bühne verkörpert, hatte den Schauspielern Kaffee gekocht, Ablaufpläne für Regisseure verfasst, Souffleusen vertreten, wenn sie krank waren. Ich kannte die Auftritte und Abgänge aller Bühnenfiguren, ich wusste, wo Hamlet seinen Totenschädel abzugeben hatte, wenn die Vorstellung beendet war, und wie lange der Misanthrop für seine falsche Glatze in der Maske brauchte. Ich hatte den Technikern im Bühnenturm über die Schultern gesehen und war als Licht-Statistin stundenlang in frisch gestrichenen Bühnenbildern herumgestanden, damit die Beleuchter ihre Scheinwerfer nach mir ausrichten konnten. Ich hatte all das gern getan. Aber jetzt wollte ich raus, ich wollte in die große Stadt. Ich wollte an der besten Schule lernen, die es gab. Also bewarb ich mich.

Den Brief, den ich dann an einem Herbstmorgen in unserem Briefkasten fand, traute ich mich fast nicht zu öffnen. Ich wog ihn in meiner Hand, ich drehte ihn hin und her, ich fuhr mit den Fingern über den tintenblauen Absenderstempel. Dann schlich ich mich in unseren Garten, zu meinem Lieblingsbaum, einem kleinen, aber störrischen Birnbaum mit starkem Stamm. Ich klemmte den Brief zwischen die Zähne und schwang mich hinauf in die Äste. Erst, als ich sicher war, dass die bunten Blätter mich gegen alle Blicke abschirmten, öffnete ich das Kuvert.

Dass ich zu jung sei, stand dort in akkurater Schreibmaschinenschrift. Dass aber Professor Korbinian Brandner nach Durchsicht meiner Unterlagen Interesse an einem Gespräch mit mir gezeigt hätte. Er befände sich gerade für Macbeth-Proben in Genf. Wann ich kommen könne.

Brandner! Ich konnte es nicht glauben. Ich tastete mit zitternden Fingerspitzen den viel zu kleinen Druckbuchstaben nach, ich fiel fast aus dem Baum. Brandner, der es nach seiner Ausbildung zum Facharbeiter für Gießereitechnik geschafft hatte, dass Wolfgang Langhoff ihn direkt aus der Werkstatt als Assistenten ans Deutsche Theater holte. So schlau, so schön, so talentiert muss er schon als junger Mann gewesen sein, dass Helene Weigel höchstpersönlich ihn ans Berliner Ensemble abwarb und ihn bald selbst inszenieren ließ. Brandner, der Nationalpreisträger der DDR. Der beachtete Amateur-Boxer, Freund von Heiner Müller, der Träumer, der Provokateur, dessen Arbeitsvisum immer wieder auf der Kippe stand. Brandner, der das Maxim-Gorki-Theater übernehmen hatte sollen und der mit seinen Inszenierungen an allen großen Häusern der DDR und vor allem auch im Westen für Aufsehen gesorgt hatte. Dessen Arbeiten sich im Lauf der Jahrzehnte vom Kammerspiel zu großen Opern erweitert hatten. Ein Seiltänzer, dessen Inszenierungen mal verboten, mal bejubelt, gefeiert und international ausgezeichnet wurden. Dessen Walküre bei den Bayreuther Festspielen am Tag nach der Premiere abgesetzt worden war. Und dessen Aischylos sich in Prag schon seit über zehn Jahren auf dem Spielplan hielt. Als Peter Stein des Ostens hatte ihn ein Kritiker einmal bezeichnet – und zumindest, was seine Berühmtheit anbelangte, war er genau das. Von all den Professoren und Dozenten, die an der Schule arbeiteten, war er der einzige, um den man einfach wusste. Er war der, von dem man nie zu hoffen gewagt hätte, dass er je unterrichten würde. Dass er sich dazu überhaupt herablassen könnte. Seine Klassen waren ein Mythos. Er selbst bestimmte, wen er dafür zuließ. Selbst wenn es einem gelang, an der Schule angenommen zu werden, hieß das noch lange nicht, dass man ihn je zu Gesicht bekam. Er war der Eine, um den es ging.

Und jetzt wollte er mich kennenlernen.

Ich hatte kaum eine Vorstellung davon, wo Genf lag. Oder was der Preis für ein Zugticket dorthin wäre. Wahrscheinlich würde mich die Fahrt meine Ersparnisse kosten, die ich durch meine Jobs am Theater angelegt hatte. Aber das war mir ganz egal. Es war ein Test – der erste, dem sie mich unterzogen. Und ich wollte verdammt sein, wenn ich die Prüfung nicht annahm.

Ich habe niemandem erzählt, warum ich fuhr. Nur meiner Mutter sagte ich, dass es um eine Bewerbung ginge. Sie holte Luft, um zu fragen, wofür. Aber als sie meinen Blick sah, schwieg sie. »Ich will's nicht beschreien«, sagte ich und klopfte auf Holz. Sie nickte. Sie hatte sich schon daran gewöhnt, dass ich abergläubisch geworden war, seit ich mich fürs Theater interessierte. Ich lief nicht mehr unter Leitern hindurch. Ich pfiff nicht und trug keine Hüte mehr, auch wenn ich mich gar nicht auf einer Bühne befand. Und ich machte einen großen Bogen um schwarze Katzen, weil ich mir nie merken konnte, ob sie Unglück brachten, wenn sie von links oder wenn sie von rechts meinen Weg kreuzten.

Nach Genf muss ich über vierzehn Stunden gebraucht haben. Als ich ankam, irrte ich durch die Straßen und fand keine Übernachtungsmöglichkeit. Ich war gar nicht auf die Idee gekommen, dass in der Nähe des Bahnhofs keine Pensionen sein könnten. Ich kannte es von zu Hause nur so: ein Bahnhof ist im Zentrum einer Stadt. Und dort gibt es Jugendherbergen, Hotels, Informationsschalter. Aber die wenigen Pensionen, an denen ich vorüberlief, waren ausgebucht. Die Rezeptionisten musterten mich mit hochgezogenen Augenbrauen, einer kicherte über mein schlechtes Französisch.

Als es dämmerte, war ich völlig erschöpft. An einem kleinen Platz setzte ich mich auf eine Bank. Es war wärmer als daheim, aber auch hier trieb der Wind schon das Herbstlaub über das Pflaster. Ich hatte Hunger und ich fror. Einen Moment lang stellte ich mir vor, wie es wäre, mich zum Theater durchzufragen und Brandner um Hilfe zu bitten. Ich malte mir aus, wie er mir anbieten würde, bei ihm zu bleiben. Wie wir Wein tränken und Spaghetti kochten und die ganze Nacht über das Theater redeten. Wie er mir am nächsten Tag beeindruckt die Hand schütteln würde und sagen: »Wir sehen uns in Berlin.« Aber etwas hielt mich davon ab, es zu versuchen. Schon damals ahnte ich: Schwäche wäre für ihn eine Enttäuschung.

Also schulterte ich meinen kleinen Rucksack und suchte weiter. Ich begann Passanten zu fragen. Die Pension, zu der mich schließlich eine freundliche Dame schickte, war im dritten Stock. Ein Zimmer wie dieses hatte ich noch nie gesehen. Mottenzerfressene Samtvorhänge baumelten von abgesackten Vorhangstangen, dem Eichenschrank fehlte ein Fuß, und das Bett bog sich dem marmornen, klebrigen Boden entgegen. Als ich im Flur die Toilettentür suchte, stand dort eine Frau im Nachthemd und starrte mich an.

In dieser Nacht saß ich im Bett, ich schlief kaum. Im Nebenzimmer stritten ein Mann und eine Frau auf Französisch, in den Wänden war ein merkwürdiges Pochen, und irgendwann weit nach Mitternacht rüttelte jemand an meiner Türklinke. Ich muss todmüde gewesen sein, als ich am nächsten Morgen zum Theater lief.

Das Merkwürdige ist, dass ich mich auch daran nicht erinnern kann. Tatsache ist, dass ich von diesem ersten Treffen mit Brandner kaum noch etwas weiß. Mein Gedächtnis ist überlagert von all den anderen Begegnungen, die ich später mit ihm hatte. Dort hat er sich mir eingeprägt, ich kann ihn noch heute herbeirufen, jederzeit. Seine massige Statur mit dem breiten Kreuz, das er sich wohl früher für seine Ringkämpfe antrainiert hatte. Die grauen Haare, die ihm in die zerfurchte Stirn fielen, und in denen noch immer ganze Strähnen seiner ursprünglich kastanienbraunen Haarfarbe zu finden waren. Den Geruch der Zigarillos, die er ohne Unterlass rauchte. Die meist grünen Strickpullover, an denen immer Tabakkrümel hingen. Seine kratzige, brüchige Stimme. Und sein Blick. Dieser Blick, mit dem er mich schon in Genf angesehen haben muss. Als wäre ich ein Insekt, das man studiert, bevor man es zerquetscht.

Ich weiß noch, dass Brandner mir und dem anderen Bewerber (einem übereifrigen Jungen aus Kiel) Fragen stellte. Aber ich habe keine Ahnung mehr, worüber. Ich habe sicherlich geantwortet, ich habe erzählt, gelacht, widersprochen. Trotzdem achtete ich vor allem auf den Unterstrom. Auf die Art und Weise, in der ich mich ruhig zurücklehnte, während der Kieler Junge an die Stuhlkante rutschte und mit den Händen herumfuchtelte. Auf die Fußspitze Brandners, die immer schneller auf und nieder wippte, als der Junge nicht aufhörte zu reden. Auf Brandners Oberkörper, der sich mir leicht zudrehte, als ich zum ersten Mal sprach. Schon in der Grundschule hatte ich mir das angewöhnt: einen Raum anhand von Bewegung zu deuten. Ich liebte die Konstellationen, in denen sich Menschen bewegten. Sie verrieten so viel. Über ihr Zueinander, ihre Unsicherheiten, ihr ganzes Sein. Ich musste dann gar nicht viel tun, um mich einzufügen. Ich las einfach ab.

Und ich war mir sicher: Brandner tat das auch.

Als Wochen später ein neuer Brief mit dem Schulstempel eintraf, war ich nicht überrascht. Professor Brandner sei von unserem Treffen angetan gewesen, stand da. Dennoch empfehle er keinen frühzeitigen Einstieg in das Studienprogramm der Abteilung Regie. Eine Bewerbung im nächsten Jahr aber würde er nicht nur befürworten. Er würde sie sogar begrüßen.

Da wusste ich: Ich werde es schaffen. Und es war keine Frage mehr. Ich musste dorthin.

Zorbas konnte das alles nicht wissen. Es war ihm auch egal. Er hatte sich wieder von mir abgewandt und verfolgte mit seinem Blick ein Flugzeug, das sich von Tegel aus über die Dächer hob.

»Wo der hinfliegt«, brummte er.

»Marrakesch«, schlug ich vor. Ich mochte das Wort, seit ich das Buch von Canetti gelesen hatte, *Die Stimmen von Marrakesch*. »Will ich mal hin.«

»Musst nicht so weit.«

»Was?«

»Musst nicht so weit, wenn du weg willst aus deiner BRD. Ist hier noch immer ein anderes Land«, sagte er und deutete, ohne sich vom Himmel abzuwenden, die Brücke hinunter, über den Unkraut verwachsenen Abgrund hinweg, hinüber zu den abgeschrammten Häusern, die sich am Rand des ehemaligen Mauerstreifens entlangzogen.

Ich sah in den Prenzlauer Berg hinüber, dann in die Ferne zur Grenze nach Pankow und kickte mit der Schuhspitze gegen das Brückengeländer. »Willst du mir Angst machen?«

»Ist Altland für mich, aber Neuland für dich.«

»Na und.«

»Sprichst unsere Sprache nicht.«

»Lern ich's halt.«

Zorbas verstand nicht. Auf mich wartete, da war ich sicher, kein neues Land. Und auch keine neue Stadt. Auf mich wartete eine neue Welt.

2

Gibt es ihn? Diesen Vertrag mit dem Bösen, der die Seele dem Teufel verschreibt? Der das Leben für immer in ein Vorher und Nachher zerschneidet? Der, rußgeschwärzt, nachwirkt, noch über den eigenen Tod hinaus? Oder anders: Gibt es ihn wirklich, auch abseits der Bühne, den faustischen Pakt.

Der Meister und Margarita.
Das Bildnis des Dorian Gray.
Und *Faust.* Ach, Faust –

Wir verkaufen unsere Seelen.
Wir unterzeichnen mit Blut.
Herzblut muss es sein.

In Regensburg thront eine steinerne Brücke, die, so sagt man, nur mit Hilfe des Teufels errichtet worden sein kann. Ein riesiges Monument ist das, ein Ungetüm aus Steinbögen, die sich über gleich zwei Arme der Donau wölben. Der Baumeister hatte eine Wette gegen den Dombauer laufen, dessen Lehrling er früher gewesen war. Beide begannen zur gleichen Zeit mit ihrem

Werk: der eine baute an der Brücke, der andere am Dom. Jeder von beiden wollte schneller fertig sein, der Lehrer schneller als der Schüler, der Schüler fiebriger als der Lehrer. Jeder wollte den anderen besiegen beim Wettlauf gegen die Zeit.

Als nun der Brückenbauer sah, wie fix der Dom seines Mentors in die Höhe schoss, bat er, so erzählt man, den Teufel um Hilfe. Und versprach ihm im Gegenzug die drei Seelen derer, die als Erste die fertige Steinbrücke überqueren würden.

Ich muss es mir sagen, immer wieder: Wir haben doch nichts weiter getan, als eine Brücke gequert.

Manchmal glaube ich, dass es nichts zur Sache tut, wie ich heiße. Aber das ist Unsinn. Ohnehin kennen alle meinen Namen, spätestens jetzt. Ja, ich bin *die* Katharina Nachtrab.

Ich bin in Nürnberg aufgewachsen. Das Wort setzt Verknüpfungen frei, je nach Alter oder Herkunft desjenigen, der mir zuhört. Die Älteren denken an die Nürnberger Prozesse. An das Reichsparteitagsgelände, an verwackelte Schwarzweißfilme von Aufmärschen auf dem Zeppelinfeld. An das wuchtige Kolosseum, bizarres Abbild des römischen Originals, das Hitler in das Sumpfgelände neben den Dutzendteich knallte und als rohe Ruine hinterließ.

Die Jüngeren reden von Rock im Park und Kletterpartien in der Fränkischen Schweiz. Die Amerikaner von Bierbrauereien, von Rostbratwürsten, *Six on Kraut*. Die Japaner denken an den Christkindlesmarkt, an Glühwein, Lebkuchen, Schnee und goldgelockte Rauschgoldengel, an die Rede, die das frisch erkorene Christkind vom Balkon der Frauenkirche in die aufblickende Menge hineinposaunt, *Ihr Herrn und Fraun, die ihr einst Kinder wart …*

Fränkin bin ich also, und das heißt sicher etwas. Für mich hieß es ein aufblasbares Planschbecken im Garten. Es hieß:

Nachbarskinder treffen, auf der mit Kreidemustern bemalten Spielstraße, Sonntagsspaziergänge auf dem Land. Einen Vater, der zu früh starb. Es hieß katholischer Kindergarten und Auftritte im Kirchenchor. Schultheatergruppe und Demonstrationen gegen Nazis, gegen Massentierhaltung, gegen den Irakkrieg, *kein Blut für Öl*. Freunde, für die man bei Partys den Rettungswagen rufen musste. Sonnwendfeiern im Wiesengrund. Eine verunglückte Liebe.

Es hieß weggehen wollen. Wiederkommen dürfen.

Für unsere Professoren, vor allem für Brandner, hieß es: du Westkind.

Der Regensburger Baumeister übrigens entkam dem Pakt mit dem Teufel. Als die Brücke fertig war, schickte er im Morgengrauen zuerst einen Hund, dann einen Hahn und eine Henne ans andere Ende. Aus Zorn über die List versuchte der Teufel, das Bauwerk zu zerstören, aber da er selbst die massivsten Steinquader herbeigetragen und einzementiert hatte, gelang ihm nur eine leichte Verkrümmung des Brückenschwungs.

Westkinder waren wir alle. Diese Auswahl ist nicht zu verstehen. Später haben wir es uns so erklärt: dass es der Schule gefiel, über ihre früheren Grenzen hinausgreifen zu können, sich nicht beschränken zu müssen in der Wahl der Würdigen. Weltgewandtheit schmückt.

Sechs Schüler hätten sie nehmen können, sogar sieben oder acht, aber wir waren zu fünft. Die anderen Anwärter, hieß es, wie immer Hunderte von ihnen, hätten den Anforderungen nicht genügt. Weswegen man sich entschlossen habe, nur fünf der verfügbaren Plätze zu besetzen. Mit einer Westberlinerin, einem Norddeutschen, einem Franzosen, einem Polen. Und mit mir. Dass der Pole kein Westkind war, ist mir klar. Er selbst würde mich dafür auslachen. Für meine Argumentation aber muss er es sein. Sagen wir es also vielleicht so: Wir kamen alle von außerhalb, wir waren fremd.

Das wird später noch wichtig sein.

Ich muss mich im Sommer vor dem Studienbeginn an die Schule angenähert haben. Bestimmt habe ich sie umschlichen. Sicher stand ich im Prenzlauer Berg vor dem alten Wasserturm, in dem unser Institut untergebracht war. Ich beschirmte meine Augen gegen die Sommersonne und träumte mich hinauf. Vielleicht fuhr ich auch nach Oberschöneweide und beäugte das kastenförmige, karge Gebäude, in dem die Schauspiel-Abteilung saß. Oder ich hielt Ausschau nach den Puppenspielern am Ostkreuz, den Choreographen in Pankow. Denn das war das Besondere: Die Schule war überall. Sie erhob Anspruch auf den ganzen ehemals sowjetischen Sektor, sie verschüttete sich über den gesamten Osten der Stadt. Aber sie zerfiel nie in ihre Einzelteile, alles war miteinander verbunden. Ihre Adern pulsten unter dem Teer der Straßen, sie war ein missgebildetes Neunauge mit Wucherungen und Tentakeln, mit einem aalartigen, verzweigten Körper, dessen Kiemenschlitze – dicht unter der Asphaltfläche – den Sommersmog aufsogen wie Ertrinkende das Meer.

Die Schule. Ich ertappe mich noch immer dabei, dass ich so denke: Die Schule tat dieses, die Schule tat jenes. Als wäre *die Schule* ein lebendiger Organismus. Mit halsstarrigem Willen, mit Vorlieben und Abneigungen und Taten – und nicht von Menschen erschaffen und gesteuert, von Personen mit Gefühlen, keinesfalls.

Ich muss einsam gewesen sein, bevor das Studium begann. Außer Zorbas kannte ich noch immer niemanden in der Stadt. Aber das machte mir nichts aus. Vielleicht, weil ich wusste, dass sich das ändern würde, schlagartig und bald. Das Wissen um all die Menschen, die in mein Leben kommen würden – die anderen Regiestudenten, die Schauspielschüler, mit denen wir die Grundausbildung machen würden, die Professoren und Dozenten und Techniker, die das hauseigene Theater betreuten –, ließ mich ruhig bleiben. Wahrscheinlich genoss ich das Alleinsein sogar.

Ich kann mich an Eckpunkte dieses Sommers erinnern, der für mich ein einziges Vorher war. Daran, dass ich eine neue Wohnung fand, in der Nähe der Landsberger Allee. Bis dahin hatte ich um die Ecke vom Rosa-Luxemburg-Platz gewohnt, nicht weit von der Volksbühne. Ich mochte die Lage, die Nähe zum Theater, zu Castorfs riesigem Schlachtschiff, in das ich ging, sooft ich es mir von meiner Halbwaisenrente leisten konnte. Ich sah mir alles an. Ich grübelte über *Clockwork Orange* nach, ich sang die Lieder aus Marthalers *Murx den Europäer!*. Ich liebte die immer belebte Torstraße, die abgeranzte Imbissbude, die sich dort an der Ecke zur Alten Schönhauser gegen den Rinnstein drückte und an der ich zum ersten Mal in meinem Leben Falafel aß. Nicht die Gourmet-Version, die es heute überall gibt, sondern tiefgekühlte, vorgestanzte Fladen, die der arabische Besitzer verächtlich in aufzischendes Fett plumpsen ließ. Die Kellerkneipe *Bukowski* in der Christinenstraße, in die ich mich manchmal, an guten Tagen, alleine hineintraute und einen Whiskey bestellte, an dem ich stundenlang nippen und mich dabei sehr künstlerisch fühlen konnte. Den auch tagsüber grell ausgeleuchteten Waschsalon, in den ich, meinen Rucksack schulternd, einmal wöchentlich meine Schmutzwäsche trug, um dann durch das Bullauge auf die rotierende, schaumbenetzte Waschtrommel zu starren, als wäre sie Kunst.

Ich hatte mir mein Umfeld erobert, an der Grenze zwischen Prenzlauer Berg und Mitte. Ich hatte *meinen* Bäcker, *meinen* Supermarkt, *meine* Bushaltestelle. Ich lernte das Wort Kiez. Mein Kiez.

Aber ich wollte nie wieder einen Winter mit einem Kohleofen verbringen. So zog ich um, in die Nähe des Volksparks Friedrichshain, den ich schon deswegen mochte, weil in einem meiner Lieblingsbücher, *Amanda herzlos*, der Märchenbrunnen vorkam.

Das Haus lag in einem toten Winkel zwischen den Plattenbau-Kästen der Landsberger Allee und dem Brachland an der Storkower. Die neue Wohnung drückte mich nieder. Sie wurde nie hell. In diesem Sommer fühlte sie sich an wie ein Brutkasten, sie staute die Bratfett-Schwaden der immer mit Töpfen und Pfannen klappernden Nachbarn, den Gärgeruch, der von den Mülltonnen im aufgeheizten Hofkessel zu mir heraufwaberte. Meine Wohnung befand sich im zweiten Stock des Hinterhauses und war winzig. Eine l-förmig geschnittene Küche, in der kein Platz für einen Tisch war, und in der ich meistens am Kühlschrank sitzend aß. Eine Nasszelle, fensterlos, in der die Lüftung nicht funktionierte und in der die Fugen schimmelten. Ein kleines Zimmer mit knarrenden, in Ochsenblut-Farbe gestrichenen Dielen und hoher Decke. Schränke besaß ich nicht, aber das Zimmer wirkte mit meinem Bett und der Kleiderstange, an die ich meine Hosen und wenigen Röcke hängte, schon vollgestopft. Bücher, Zeitschriften und Pullover schichtete ich in den Zimmerecken zu hohen Stapeln auf, meine Schreibmaschine setzte ich auf eine umgedrehte hölzerne Weinkiste, die ich auf der Straße gefunden hatte, und faltete eine alte Kamelhaardecke zum Sitzen davor. Den Himmel konnte ich nur sehen, wenn ich mich weit über das niedrige Fenstersims in den Hof hinausbeugte. Wenn ich mich morgens im immer anhaltenden Halbdunkel der Wohnung aus dem Bett schälte, sank ich oft wieder entmutigt auf den Bettrand zurück und starrte auf die unverputzte Brandmauer gegenüber. Manchmal kroch ich wieder unter die Decke und rührte mich nicht. Oder es gelang mir, aufzustehen und zu flüchten. Dann lief ich und lief und hielt nicht mehr an.

Ich mag es, mir Städte zu erlaufen. Ich bilde mir dann ein, sie besser zu verstehen. Ich ergründe ihre Struktur, ich folge den Straßen ohne Vorsatz, ich entscheide mich an jeder Kreuzung neu.

In diesem Sommer kartographierte ich Berlin. Ich schuf mir ein inneres Netz aus Wegen. Die Umgebung war für mich noch immer so fremd, so neu, so endlos. Auch wenn ich nichts weiter tat als zu gehen, zu gehen und zu *sehen*, hatte ich doch das Gefühl, als grübe ich mich tiefer und tiefer in den Kern der Stadt.

Anfangs stromerte ich direkt von meiner neuen Straße aus los. Ich kann mich erinnern, dass es morgens schon unendlich heiß war. Ich trug kurze Hosen und Trägerhemdchen und schwitzte trotzdem. Mein Rucksack, in dem ich immer eine Wasserflasche, Kekse, Äpfel und einen Notizblock mit mir führte, klebte mir nach den ersten Schritten an den nackten Schultern, und die Sonnenbrille, die zu dicht an meinem Gesicht anlag, beschlug von innen. Ich war diese Großstadthitze nicht gewohnt. Die Hausmauern speicherten die Wärme und strahlten sie auf mich ab. Die Abgase der oft stockenden, hupenden Autokolonnen stauten sich wie unter einer dickwandigen Glasglocke. Manchmal entschied ich meinen Weg danach, welche Straßenzüge im Schatten lagen und kühler waren. Im Ostteil war ich immer auf der Suche nach den alten Straßennamen, die in meinem Stadtplan noch verzeichnet waren. Ich lief durch die Clara-Zetkin-Straße, die jetzt Dorotheenstraße hieß. Ich suchte den Teil der Karl-Marx-Allee, der die Stalinallee gewesen war. Und wusste nicht, dass ich noch vor Weihnachten in eine Straße ziehen würde, die unter der SED noch Helmut-Just-Straße geheißen hatte.

In den letzten Wochen vor dem Studium begann ich eine Erweiterung. Ich fuhr gezielt mit der U- oder S-Bahn in die weiter entfernt liegenden Stadtteile. Manchmal folgte ich einfach dem Klang der Haltestellen. Ich suchte mir Namen aus, die mir gefielen. *Onkel Toms Hütte. Paracelsus-Bad. Hoppegarten.* Ich zog immer weitere Kreise, ich fuhr bis in die Trabantenstädte, irrte dort zwischen den Plattenbauten von Hellersdorf herum, passierte die Bockwindmühle von Marzahn. Ich sah den Steglitzer Kreisel. Den Bierpinsel. Aber meistens wusste ich nichts von den Gebäuden und Bauten. Ich betrachtete die Menschen, die in ihnen ein und aus gingen. Ich stellte mir vor, wie ich sie und ihre Bewegungen, ihren Rhythmus auf eine Bühne übertragen könnte. Und wie es wäre, so zu leben wie sie.

Noch heute passiert es mir manchmal, dass ich in Berlin an einer Straßenecke stehe und verwundert feststelle, dass ich dort schon einmal gewesen bin.

Ich war merkwürdig losgelöst in diesem Sommer. Ich lernte einfach niemanden kennen. Oft betrachtete ich Gruppen von Freunden, die sich in den Parks um Teller mit verrußten Grillwürsten und Tupperdosen mit Kartoffelsalat scharten. Ich sah Trainingspartner, die sich auf den Tennisplätzen der Sportparks laut ploppende Bälle zuspielten. Paare, die stumm nebeneinander im Gras lagen, ihre Augen geschlossen. Ich stand am von Christo in Stoffbahnen verpackten Reichstag und beobachtete die zusammengeballten, feiernden, lachenden Besuchertrauben. Sie alle kamen mir fern vor. Ich verstand nicht, wie sie zueinander hatten finden können. Wie man sich überhaupt auf andere Menschen einlassen, sich ihnen anschließen kann. Ich selbst sprach fast nur noch am Telefon und das nur selten. Ich hatte keinen Telefonanschluss in der neuen Wohnung und musste immer zur Telefonzelle in der Parallelstraße laufen. Nachts war es dort ungemütlich und finster, und manchmal hatte ich keine Münzen. Meine Mutter verstand nicht, warum ich den Sommer über nicht nach Hause kam und meine Familie und Freunde besuchte. Ich konnte es ihr nicht erklären. Es hatte auch mit der Liebe zu tun, die daheim zerbrochen war. Mit dem Tod meines Vaters, immer noch. Vor allem aber mit dem Gefühl, an einer Schwelle zu stehen. Das Alte war vorbei, und das Neue hatte noch nicht begonnen. Ich befand mich in einem Zwischenreich. Und dort musste ich bleiben. Allein.

An einem Nachmittag verlief ich mich auf einen Friedhof. Ich habe Friedhöfe als Kind sehr gemocht. Wenn meine Mutter die Gräber meiner Großeltern pflegte, schleppte ich eifrig Gießkanne um Gießkanne mit Wasser herbei. Mich faszinierten die mit Kerzen gespickten, dicht bepflanzten Gräber, die ich als kleine Gärten begriff. Als dann mein Vater starb, hörte das auf. Seinen Friedhof scheute ich. Jetzt stand ich mitten in Berlin an einem fremden, mit Unkraut überwucherten Grab. Es lag in einer Reihe gepflegter Ruhestätten, die alle vom gleichen Grabpflegedienst bewirtschaftet zu werden schienen. Es war das einzige Grab, das struppig und verwahrlost aussah. Die Schrift auf dem verwitterten Grabstein war mit Efeu überrankt, und von der Grablaterne lugte nur noch eine stumpfe Ecke aus einem Büschel Giersch. Ohne nachzudenken, warf ich meinen Rucksack ab, kauerte mich nieder und begann an den Gräsern und Ranken zu zerren. Ich schwitzte und rupfte und säuberte, ich grub meine Hände in den weichen Erdboden. Und plötzlich weinte ich und weinte und hörte gar nicht mehr auf.

Zorbas half. In den letzten Tagen vor der Schule nahm er mich auf Ausflüge mit. »Musst mal raus«, knurrte er. Ich widersprach nicht.

Er hatte irgendein altes Auto, eine Schrottlaube, nein, keinen Trabbi. Das Fenster der Beifahrerseite klemmte und ließ sich nicht hochkurbeln, aber das machte mir nichts. Ich hielt mein Gesicht in den staubdurchsprenkelten Fahrtwind, während wir über die oft unbefestigten Straßen holperten. Der Auspuff war fast lose und schepperte gegen den Unterbau, ich glaube, wir verloren ihn irgendwann auf der Stadtautobahn.

Zorbas fuhr mit mir nach Wandlitz. Er zeigte mir die alten Villen der SED-Parteichefs in der Waldsiedlung. Im Nachhinein denke ich, dass er mich vorbereiten wollte. Vielleicht wusste er um Brandners Vergangenheit. Vielleicht wollte er mich hinweisen. Aber er muss gemerkt haben, dass ich nicht verstand.

An einem Oktobermorgen war er dann da: der erste Tag. Es hätte noch Spätsommer sein können, aber in diesem Jahr zeigte der Herbst sich früh. Die Luft in den Straßen war kühl, über die Treppenstufen des Märchenbrunnens wehten erste, vertrocknete Blätter, und das Forum-Hotel am Alexanderplatz tunkte seine oberen Stockwerke in Schwaden aus Nebel. Mir war das recht: Ich wollte eine neue Jahreszeit für diesen neuen Abschnitt in meinem Leben. Ich wollte einen Neustart.

Ich muss aufgeregt gewesen sein. Man sollte meinen, dass sich mir von diesem Anfang alles eingeprägt hat. Wie ich etwa in der Nacht davor schlief (ob unruhig oder traumlos, gar nicht oder viel?), wie ich mir hastig (endlich!) die Kleidungsstücke überstreifte, deren Zusammenstellung ich mir schon Tage vorher überlegt hatte. Wie ich mich in der Küche über meine Kaffeemaschine beugte und mit vor Aufregung zitternden Händen das unbenutzte Kaffeepulver aus dem Filter zurück in die verrostete Dose schüttete, weil ich ohnehin schon wach war, viel zu wach. Aber ich kann mich daran nicht erinnern, an nichts davon. Mein Leben in meiner Wohnung, dieses einsame Berliner Sommerleben, blendete sich einfach weg. Als hätte ich erst in dem Moment zu existieren begonnen, in dem ich endlich das Schulgelände betrat. Als sei ich erst mit diesem einen Schritt entstanden.

Der Turm war ein Teleskop. Das unterirdische Neunauge ließ ihn mitten im Prenzlauer Berg aus der Erdkruste brechen und schickte ihn dort steil aufwärts, hinauf in die Höhe der Stadt.

Für Unbeteiligte ist es ein schönes Bauwerk. Ein solides, freundliches Backsteingebäude, mit weitschwingenden Wölbungen und elegant geformten Fenstern, die die Sonne widerspiegeln, und mit einem schmalen Ziertürmchen, das als Mützenzipfel auf dem Wasserturmscheitel sitzt.

Um zum Eingang zu kommen, muss man über eine Trasse aus steilen Steintreppen zur Hochfläche aufsteigen. Oder man nähert sich von der kopfsteingepflasterten Straße, die den Turm umzirkelt und das Areal zu einer Insel macht. Dann kommt man auf die nördliche Seite des begrünten Abhangs und gelangt über einen schmalen, von Sträuchern eingerahmten Weg direkt auf den Vorhof des Instituts.

Wann genau die Schule in den Turm einzog, kann ich nicht sagen. Erbaut haben sie ihn Ende des neunzehnten Jahrhunderts als wuchtiges Hebewerk. Er versorgte damals das komplette Arbeiterviertel und die dort ansässigen Brauereien mit Wasser. Die Stahltanks müssen in den oberen Stockwerken gethront haben, die Arbeiterwohnungen lagen direkt darunter. Dort sind heute die Büros, die Unterrichtszimmer und die kleineren Probebühnen der Regie-Abteilung. Draußen, auf der Anhöhe, auf der sich Rosensträucher, Parkbänke und Spielplatzschaukeln breitmachen, stand früher das große Maschinenhaus, das die Nazis zur Folterstätte umfunktionierten. Im Frühjahr 1933 richteten sie dort, so erfuhren wir von Brandner, ein KZ ein. Sie verhörten und schlachteten die *marxistische Pest* zwischen den stummen Maschinen. Das Gebäude wurde später gesprengt, aber das Grauen sitzt, denke ich, noch immer in den Mauern des Turms, der doch danebenstand und alles sah.

Das zweite, kleinere Maschinenhaus wölbt sich unterirdisch in den Hügel hinein, der sich unter dem Turm in die Höhe bläht. In ihm hat die Schule die Studiobühne eingerichtet. Offiziell heißt sie *Erwin Piscator Bühne*, doch die älteren Studenten nannten sie immer nur »der Stollen«. Sie gingen nicht *proben*, sondern *schürfen*. Wir fahren in den Stollen, sagten sie und lachten und bekreuzigten sich. Aber das wusste ich an diesem Herbstmorgen noch nicht.

Ich stieg von meinem klapprigen Herrenfahrrad ab, das ich für fünfundzwanzig Mark in einer vollgestopften Nachlassverwaltung im Wedding gekauft hatte. Ich hielt mich möglichst gerade und bemühte mich, nicht zu den Bogenfenstern im vierten Stock hinaufzublicken. Dort waren, wie ich wusste, die Büros der Professoren untergebracht. Ich war mir sicher, dass Brandner irgendwo dort oben stand und unser Eintreffen beobachtete. Es war das erste Mal, dass mich dieses Gefühl beschlich, das mich während des gesamten Studiums nicht loslassen sollte. Ganz egal, was ich tat oder wo auf dem Gelände ich mich befand: Ich dachte immer, er könnte mich sehen.

Ich weiß noch, wie ich das Fahrrad über den Vorhof schob und mich unauffällig umsah. Unter meinen Schuhen knirschte der Schotter. Meine Handballen presste ich so fest gegen die geriffelten Handgriffe meines Lenkers, dass ich für den Rest des Tages Rillenabdrücke auf meiner Haut haben würde.

Schwarz war der Erste, dem ich begegnete. Ich traf ihn bei den von Unkraut umrankten Fahrradständern, an der östlichen Rundung des Turms. Wir wussten nichts voneinander. Wir waren bei der Aufnahmeprüfung nicht in den gleichen Gruppen gewesen, keiner von uns, das hätten wir mitbekommen. Und das Betriebsbüro der Schule hatte uns nicht verraten, wer mit uns studieren würde. Nicht die Namen, nicht die Nationalität, das Geschlecht oder wenigstens die Anzahl.

Schon auf dem Hinweg hatte ich die Menschen um mich herum beäugt. Jeder, der sich auf den gleichen Weg zu begeben schien wie ich, konnte einer von denen sein, mit denen ich jetzt vier Jahre verbringen würde. Ich hatte eine Frau im Verdacht, die über eine lange Strecke auf der Mollstraße vor mir her radelte, rote Locken im Fahrtwind, ein wehender grüner Schal. Ich sah mich schon strahlend und lachend neben ihr vom Fahrrad absteigen, einander beglückwünschend zu der Ehre, die uns widerfuhr (Wir durften unseren Traumberuf studieren! Hier!) – doch dann bog sie vor der Prenzlauer Allee in Richtung Alexanderplatz ab.

Schwarz erkannte ich sofort. Vielleicht lag es an seinem Blick, der alles aufnahm, als sähe er es zum ersten Mal. Ihm fehlte die Selbstverständlichkeit für diesen Ort. Er wirkte ähnlich verloren wie ich.

Als ich um die Turmkurve kam, schwang er gerade seinen schlaksigen Körper von seinem Klapprad. Seine blonden Haare waren fettig und verstrubbelt, seine Jeans schlackerte um seine schmale Hüfte. Er wirkte ungepflegt, rasiert hatte er sich seit Tagen nicht. Vielleicht mit Absicht, dachte ich. Er wollte wahrscheinlich nicht, dass die Professoren glaubten, er würde sich bei ihnen anbiedern wollen. Das fand ich gut.

Ich hob mit einem Ruck mein Fahrrad in die Halterung neben ihm und lächelte ihn an.

»Auch neu?«, fragte ich.

Er zuckte zusammen, als hätte er mich gar nicht kommen hören. Seine linke Augenbraue schoss in die Höhe, als sein Blick auf mich fiel. Er kniff die Lippen zusammen.

»Mhm.«

»Extra nach Berlin gezogen?«

»Mhm.«

»Ich nicht.«

Ich weiß nicht, warum ich das sagte. Ich fand sofort, dass es dumm klang. Als wäre ich eine von denen, die nach nur zwei Wochen Berlin den Dialekt übernehmen, die ständig *wa* und *icke* sagen und so tun, als seien sie schon ewig hier.

Schwarz schob seinen Fahrradschlüssel in die Hosentasche und musterte mich. Ich wartete, dass er nachfragen würde, aber da kam nichts. Das Schweigen ließ mich rot anlaufen. Schnell bückte ich mich zu meinem Zahlenschloss.

Als ich mich wieder aufrichtete, stand er immer noch da. Er hatte den Kopf in den Nacken gelegt und sah zu den Turmfenstern hoch. Wir verharrten einen Moment.

»Heißtn du«, murmelte ich schließlich.

Er warf den Tragegürtel seiner Tasche über die Schulter. »Schwarz«, sagte er. Seine Stimme klang blechern. Dann drehte er mir den Rücken zu und stapfte voraus, auf die stählerne Eingangstür des Turms zu.

Er mochte mich nicht.

Im Treppenaufgang konnte man Brandners Rasierwasser riechen. An diesem Tag wusste ich das noch nicht. Ich nahm nur den Duft wahr, diese mutwillige Mischung aus Ambra und Sandelholz, die mich noch heute aufblicken lässt, wenn ich sie wittere.

Aber auch der Turm selbst roch. Es war eine ganz eigene Luft, die sich in ihm zusammenbraute. Zum einen war da dieser typische Bühnengeruch, der von den Katakomben aus dem Maschinenhaus heraufzog: Haarsprayschwaden aus der Maske, verstaubte und verschwitzte Kostüme, angesengte Folien von

Scheinwerfern, der beißende Farbgestank frisch lackierter Bühnenbilder, der nachwabernde Atem der Zuschauer vom Vorabend. Zum anderen sank aus dem Turm die Ausdünstung des Schulbetriebs ab. Das stechende Ozon des ständig laufenden Kopiergeräts, die Zigarillos von Brandner und der Zigarettenrauch des restlichen Kollegiums, der muffige Geruch der vergilbenden Akten, die sich im Sekretariat bis an die Decke türmten.

Aber das war nicht alles. Etwas anderes war in das Gemäuer eingesickert und drang nun aus dessen Poren. Moder. Oder, wie ich irgendwann später, viel später, dachte: Schuld.

Neunaugen ernähren sich vom Blut ihrer Artgenossen, doch das führt jetzt zu nichts.

Schwarz und ich stiegen die steile Wendeltreppe aufwärts, und ich biss mir auf die Lippen, um ihm nicht meinen Namen aufzudrängen, nach dem er mich ja nicht gefragt hatte. Tatsächlich war ich ganz froh, dass er vor mir herging. Ich war so aufgeregt, mein Puls hämmerte, und ich verfluchte meine brennenden Wangen.

François stand im vierten Stock vor der Tür und rührte sich nicht. Ich konnte sehen, wie er schnell nach der Klinke griff, als er uns kommen hörte, und so tat, als hätte er die Tür schon vorher öffnen wollen. Dann ließ er sie mit einer großen Geste los und beugte sich über das Treppengeländer uns entgegen.

»'allo, 'allo!«, rief er und lachte. »Isch bin François!«

»Katharina«, lächelte ich.

Es war unmöglich, ihn nicht sofort anzulächeln. Er sah so gutmütig aus. Ein Junge mit stämmigen Beinen und rundlichen Backen, dem ständig die braunen Locken ins Gesicht baumelten. Er trug ein gelbes T-Shirt, das er in eine schlecht sitzende, graue Bundfaltenhose gestopft hatte. Der Gürtel seiner Hose war zu kurz für seinen runden Bauch, das Gürtelende ließ sich nicht in die Hosenschlaufe einfädeln und stand in die Luft, wahrscheinlich hatte er eigenhändig ein neues Loch in das Leder gebohrt. Alles an ihm wirkte weich und gemütlich, aber er war erstaunlich flink. Mit einer schnellen Bewegung trat er an den Treppenabsatz und hielt mir für die letzten Stufen seine Hand entgegen. »Allez-hopp!«

Er wirkte so viel jünger als Schwarz und ich.

Als wir den Flur zu den Büros betraten, hörte François nicht auf zu reden. Frage um Frage purzelte aus ihm heraus, aber er hielt nicht inne, um auf eine Antwort zu warten. Schwarz lief mit hochgezogenen Schultern vor uns her. Er schien sich weit weg zu wünschen, weg von uns.

»Ist das nicht unglaublisch? Dass wir 'ier studieren? Bei Brandnär? Seid ihr auch aufgeregt? Wie alt habt ihr? Ist das kein super bâtiment? Diese Turm? Habt ihr schon gekannt die anderen Studenten? Berlin nicht ist groß?«

Der fensterlose Gang war schmal und schlecht beleuchtet. Die Neonröhren an der Decke flackerten. Jemand hatte das Linoleum mit zu viel Putzmittel behandelt, unsere Sohlen pappten mit jedem Schritt auf der Fläche fest und lösten sich dann mit leichtem Schmatzen. Ich verstand nicht, dass uns niemand begegnete. Ich hatte viel mehr Gewusel erwartet, ältere Regiestudenten, Techniker, Schauspieler, die sich nach der langen Sommerpause überschwänglich um den Hals fielen. Aber im Turm war es merkwürdig ruhig. Die Türen waren alle verschlossen. Im Vorübergehen sah ich die Namensschilder, die in kleinen Plastikhalterungen neben den stumpfen Kunststofftüren angebracht waren.

Prof. Karl Woll, Leiter Institut Regie
Prof. Dr. Dr. Wladimir Orlow, Theatertheorie und -wissenschaft
Dietmar Huth, Dozent Angewandte Dramaturgie
Peter Werck, Dozent Regie
Prof. Korbinian BRANDNER

Brandner war der Einzige, bei dem keine Fachbezeichnung angebracht war, und dessen Nachname in Großbuchstaben auf dem Schild stand. Ich hielt das für ein Versehen, aber das war es natürlich nicht. Brandners Name stand für sich.

Wir müssten uns zuerst im Sekretariat gemeldet haben, das wäre logisch, aber daran erinnere ich mich nicht. Ich war später so häufig in diesem schmalen, gebogenen Raum, zwischen all den Stapeln aus aufgeschlagenen Büchern und Aktenordnern, zwischen ratternden Schreibmaschinen, sich auftürmenden, frisch kopierten Arbeitszetteln, dem flirrenden Röhrenbildschirm eines riesigen Computers, zwischen welkenden Schnittblumen, verstaubten Gummibäumen und ständig beschlagenen Fensterscheiben. Immer klingelte gerade das Telefon, immer hatte man das Gefühl, dass für Menschen hier eigentlich kein Platz eingeplant war. Die Studenten drückten sich meist im Türrahmen herum und schielten sehnsüchtig zur röchelnden, Dampf spuckenden Kaffeemaschine, deren Inhalt den Professoren und dem Abschlussjahrgang vorbehalten war.

Wahrscheinlich begrüßte uns die Sekretärin, Frau Koch, eine adrette Dame mit pinkfarbenem, stets korrekt gezogenem Lippenstift und wolkig toupiertem Haar, die, wenn man sie zögernd rief, zwischen den Büchertürmen aufschoss wie eine kurz überspülte Boje. Sie wird uns unsere Studentenausweise ausgeteilt haben, uns gemustert haben, uns – mit am Handgelenk klirrenden Armreifen – den Weg zum Raum 3 gewiesen. Vielleicht hat sie mir, wie sie es später oft tat, aufmunternd zugezwinkert, aber das könnte ich nicht beschwören.

Ich war diejenige, die ein Stockwerk tiefer die Tür zu Raum 3 öffnete. Auf Brandner hatte ich gehofft, darauf, dass er mich zuerst sähe und mir, nur mir, zunicken würde, aber stattdessen begegnete ich dem gelangweilten Blick von Tadeusz.

Er saß zurückgelehnt an den Tischen, die vor den schwarz gestrichenen Wänden zu einer U-Form zusammengeschoben waren. Die Hände hatte er am Hinterkopf verschränkt, die langen Beine weit von sich gespreizt. Seine pechschwarzen Haare fielen ihm über die hohe Stirn bis auf die scharfen Wangenknochen. Der Rollkragenpullover war noch ein paar Schattierungen dunkler als seine Hose. Selbst die Augen schienen finster. Ich konnte zwischen Pupille und Iris kaum einen Unterschied ausmachen, obwohl ihm vom Fenster ein Streifen Tageslicht direkt auf das bleiche Gesicht fiel. Er sah so aus, wie ich mir einen Regisseur früher immer vorgestellt hatte. Grüblerisch und ein bisschen mysteriös. Nur, dass er keine Brille trug.

Tadeusz veränderte seine Haltung nicht, als er mich erblickte. Unser Eintreffen schien ihn in keiner Weise zu interessieren. Und irgendwie konnte ich das verstehen. Wir waren für ihn Statisten, die das Fußvolk spielten. Er wartete auf den Auftritt des Königs. Wie ich.

Ich nickte ihm zu und trat an die rechte Tischseite heran, während hinter mir François in das Zimmer drängelte und auf der anderen Seite zu Tadeusz stürmte: »Salut! Ich nenne mich François!«

»Mich nennt man Tadeusz.«

Seine Stimme war angenehm und warm. Er klang besonnen, aber es lag trotzdem eine Schärfe in seinem Tonfall. Er war, dachte ich sofort, jemand, dem man nicht widersprach.

Schwarz warf mit einem lauten Knall seine Tasche auf die

Frontseite der Tischanordnung, er schwang sich über die Tischplatte und ließ sich auf den mittleren der Stühle fallen.

»Sitzt dort nicht Brandner?«, fragte ich.

Schwarz schnaubte.

»Ich glaube nicht, dass Korbinian heute kommt«, sagte Tadeusz. »Der Schulbetrieb startet erst morgen, heute ist Einweisung für die Neuen.«

Wir starrten ihn an. Selbst François, der es sich gerade auf dem Platz neben Tadeusz einrichtete, hielt für einen Moment die Luft an.

Schwarz war der Erste, der sich fing.

»Du duzt ihn?«

Tadeusz ließ seinen Blick über Schwarz wandern. Er lehnte sich ein wenig weiter zurück und verzog leicht, ganz leicht, seine Mundwinkel. »Tja«, sagte er dann. Nichts weiter.

Tja.

»Ich sehe, Sie haben sich schon miteinander bekannt gemacht«, sagte jemand von der Tür her. Wir zuckten zusammen. Aber es war nicht Brandner, der dort stand, sondern ein hochgewachsener, schmächtiger Herr mit blonden, fast gelben Haaren und hageren Gesichtszügen. Seine Hakennase verlieh ihm etwas Vogelartiges, es war der Anblick eines Geiers. Seine Haut war zerknittert und fahl, an seinen Fingerkuppen konnte ich gelbliche Nikotinspuren erkennen.

Bei den Aufnahmeprüfungen hatte ich diesen Mann nicht wahrgenommen. Ich war zu sehr auf Brandner konzentriert gewesen. Die anderen Prüfer hatten sich im Hintergrund gehalten, sie waren für mich Schemen, an die ich mich nur noch verschwommen erinnerte: Orlow, der Theatertheoretiker mit dem wirren, schlohweißen Haar, der mich in eine wilde Diskussion über russische Theatergeschichte verstrickt hatte. Huth, der uns mit Fragen zum inhaltlichen Aufbau einer Szene aus einem

Stück von Schnitzler gelöchert hatte. Eine ältere Dame aus der Abteilung Schauspielkunst, die herausfinden hatte wollen, ob wir auch Talent zum Schauspielen hätten.

Aber wer war das?

Ich konnte sehen, dass Schwarz ebenso verwirrt war wie ich. Er saß vorgebeugt, seine Stirn war gerunzelt, seine Finger trommelten auf der Tischplatte herum. Von Tadeusz' unbewegter Miene konnte ich nichts ablesen.

Wir schwiegen zu lang. Manchmal denke ich, dass das ausschlaggebend war für vieles, was später kam. Wir schwiegen zu lang – und der Mann begriff sofort, für wie unwichtig wir ihn hielten. Ich sah es über sein hageres Gesicht flackern. Erst war da Verblüffung über unsere ausbleibende Reaktion. Dann: Abneigung, abgrundtief.

Ich war die Einzige, die noch stand. Ich hätte einfach vortreten und ihn begrüßen sollen, aber ich rührte mich nicht. Irgendetwas sagte mir, dass man diesen Mann mit seinem Namen zu empfangen hatte. Immer. Aber was, wenn man den Namen nicht wusste.

Der Mann wartete. In meiner Erinnerung dehnt sich der Augenblick, die Stille staute sich im Raum, dabei kann unser Schweigen nur wenige Sekunden gedauert haben.

Mein Blick schweifte ab, über die schwarz gestrichenen Wände, an denen sich die Rillen der Backsteine abzeichneten. Zum ersten Mal fiel mir auf, dass die Außenwand gebogen war, sie folgte dem Kurvenschwung des Turms. Ich wusste nicht, wo ich sonst hinsehen sollte. Ich wäre gern versunken.

François rettete uns. Er sprang auf und verbeugte sich.

»Professeur Woll, es ist eine Ehre für mich!«

Woll! Natürlich. Der Leiter des Instituts.

Schnell wirbelte ich herum. Ich trat an Woll heran und hielt ihm meine Hand hin.

»Professor Woll, guten Tag, ich bin Nachtrab. Katharina.«

Noch während ich sprach, schoss mir das Blut ins Gesicht. Denn natürlich musste Woll wissen, wer ich war! War er nicht sogar der Leiter der Prüfungskommission gewesen? Dass ich mich ihm vorstellte, verriet ihm nur, dass ich mich an eine Begegnung mit ihm überhaupt nicht erinnern konnte.

Woll war einen knappen Kopf größer als ich, aber er blickte aus viel größerer Höhe auf mich herab. Er sah angewidert aus. Meine Hand ergriff er nicht. Stattdessen trat er so abrupt vor, dass ich zur Seite springen und mich an dem Overheadprojektor festhalten musste, den jemand mitten im Raum hatte stehen lassen.

»Sitzen Sie immer noch nicht?«, sagte er im Vorübergehen. »Ich erwarte, dass die Klasse arbeitsbereit ist, wenn ich den Raum betrete.«

»Ich dachte«, stammelte ich und sah auf François, Tadeusz und Schwarz, »wir sind noch gar nicht vollzählig?«

»Das also kommt dabei heraus, wenn Sie denken?«

Ich sank auf den nächstbesten Stuhl.

Schwarz feixte.

Die nächsten Stunden vergingen wie im Flug. Woll belehrte uns zuerst über die Studienordnung. Er hatte Schwarz mit einem einzigen Blick auf den Platz neben mich verwiesen. Jetzt saß Woll am Kopfende und rauchte eine Zigarette nach der anderen. Mit leiernder Stimme erzählte er uns Dinge, die wir zwar schon wussten, die sich aber hier, in diesem gebogenen Turmzimmer, aus Wolls Mund und im Rhythmus seiner auf den Rand des Aschenbechers aufklopfenden Zigaretten, noch einmal ganz neu und wichtig anhörten, zumindest für mich.

Vier Jahre würden wir an der *Erwin Piscator* studieren, vier Jahre, in denen wir das *Handwerk des Regieführens* erlernen sollten.

Wir würden mit richtigen Schauspielern arbeiten. (»Anfänger verderben Anfänger. Wir halten nichts davon, wenn sich Regiestudenten mit Schauspielstudenten zusammentun.«)

Wir würden Prüfungen ablegen, theoretische und vor allem praktische. (»Betrachten Sie das Studium als Dauerprüfung.«)

Wir würden eine Grundausbildung in den Fächern bekommen, die auch die Schauspielschüler unterrichtet bekämen: Schauspiel, Sprecherziehung, Tanz, sogar Fechten. (»Sie müssen wissen, was Sie von Ihren Schauspielern erwarten können. Sie müssen Sie unterweisen.«)

Wir würden Konzepte entwerfen und sie vor der Prüfungskommission verteidigen, bevor uns gestattet wurde, sie umzusetzen. (»Nur wer reif ist, darf inszenieren.«)

Wir würden, flankiert von einem Mentor, zuerst einzelne Szenen analysieren und dann eine Vision der Inszenierung erarbeiten, mit Bühnenbild, Kostüm, Lichtgestaltung. (»Wir lehren Sie die Sprache der Gewerke.«)

Vor allem würden wir Theater machen, Theater, Theater.

Und ganz am Schluss unseres Studiums würde jeder von uns eine komplette eigene Diplom-Inszenierung durchführen, entweder im Maschinenhaus oder auf einer anderen anerkannten Bühne. Ein richtiges Stück, mit mehreren öffentlichen Aufführungen und Presse und allem.

»Strengen Sie sich an«, sagte Woll, »wir haben hier Absolventen, denen es gelungen ist, ihre Abschlussarbeiten an großen Häusern unterzubringen.«

Ich saß kerzengerade und machte mir Notizen. Ich schrieb alles mit, jedes einzelne Wort. Ich schrieb so schnell, dass ich ins Schwitzen kam. Mein Stift flog über die karierten Seiten des ledergebundenen Notizbuches, das ich mir gekauft hatte, als ich von meiner Aufnahme erfahren hatte. *Tag 1*, hatte ich mir schon vor Wochen am oberen Rand der ersten Seite notiert.

Und darunter, in meiner sorgfältigsten Schrift: *Erwin-Piscator, Berlin.*

Als Woll sich irgendwann von seinem Stuhl erhob, atmeten wir alle auf. Meine Hand krampfte schon um den Stift, mir war ein bisschen schwindlig. Die schwarz gestrichenen Wände wirkten durch den Rauchnebel von Wolls Zigaretten ganz verwaschen. Auch Tadeusz sah erschöpft aus, in seinem Gesicht zeichneten sich dunkle Augenringe ab, die mir vorher nicht aufgefallen waren. François neben ihm hatte einen roten Kopf, seine Augen glänzten fiebrig, er schielte sehnsüchtig zum Fenster hinüber, hinter dessen Glas die noch grünen Blätter einer Baumkrone im Sonnenlicht leuchteten. Nur Schwarz spielte unter dem Tisch mit dem Verschluss eines kleinen silbernen Flachmanns herum und lauerte darauf, dass Woll ihm den Rücken zudrehen würde und er trinken konnte. Mitgeschrieben hatte er kein einziges Wort.

Wir dachten, Woll würde eine Pause ausrufen, aber stattdessen griff er sich ein Stück Kreide aus einer Pappschachtel und drehte sich der gebogenen Außenwand zu. In riesigen Buchstaben, die über die Backsteinmaserung schrammten, schrieb er ein einziges Wort in die Krümmung:

WARUM

Dann schleuderte er die Kreide mit einem gezielten Wurf in die Pappschachtel zurück und sah uns auffordernd an. François blickte sich verwirrt um. »Pourquoi?«, vergewisserte er sich, und als sonst niemand reagierte, nickte ich ihm zu.

»Nachtrab!«

Ich zuckte zusammen. Ich mochte es nicht, wie Woll meinen Nachnamen aussprach. Er wurde Nacht-Rab ausgesprochen, wie Nacht und Rabe, aber Woll sagte: Nach-Trab. Als wäre ich eine Mitläuferin, oder schlimmer noch: als hinkte ich hinterher. Ich biss mir auf die Lippe und machte einen Fehler: ich korrigierte ihn nicht.

»Warum… warum wir hier studieren wollen?«, schlug ich stattdessen vor.

In Wolls hagerem Gesicht regte sich nichts.

»Warum… wir Theater brauchen?«, versuchte ich es erneut.

Keine Reaktion.

»Warum… ist die Schule nach Erwin Piscator benannt…, warum… sind wir hier, warum… sind wir nur zu viert, warum…«

»Warum… stellst du so unfassbar dämliche Fragen«, murmelte Schwarz.

Irgendjemand lachte. Ich fuhr herum, aber ich war nicht schnell genug, um zu erkennen, ob es François oder Tadeusz gewesen war.

Woll schnaubte. Dann richtete er sich noch ein wenig höher auf. Ich wurde das Gefühl nicht los, dass er über uns kreiste, obwohl er sich doch gar nicht von der Stelle bewegte. Als er wieder sprach, war seine Stimme schneidend.

»WARUM glauben Sie ernsthaft, dass man Kunst LEHREN kann.«

Wir blickten ihn verdutzt an.

»WARUM glauben Sie, Sie könnten an einem Ort wie diesem etwas LERNEN? Sie und Ihre jämmerlichen Existenzen, mit Ihrer heilen Welt. Sie und Ihre pubertären, feuchten Träume von Theater und von Größe. Wären Sie auch nur annähernd so talentiert, wie Sie es von sich selbst glauben, so wären Sie nicht hier. Sie würden kein Diplom benötigen, keine Bestätigung von irgendeiner Institution. Sie wären dort draußen, Sie würden inszenieren. Nehmen Sie sich ein Beispiel an Ihrer Kollegin Nele. Sie kann heute noch nicht hier sein, weil sie bei Tschechows *Drei Schwestern* in Kempten Regie führt.«

Keiner von uns sprach. François war das Blut aus seinem pausbäckigen Gesicht gewichen. Tadeusz blickte vor sich hin. Selbst Schwarz neben mir bewegte sich nicht.

Mein Kopf hatte zu pochen begonnen. Der Rauch von Wolls Zigaretten biss mir in den Augen. Das wollte ich mir zumindest einreden. Es hatte nichts damit zu tun, dass seine Worte mich trafen. Oder damit, dass ich in diesem Moment die Zeit vor mir sah, all die Zeit, die ich in den letzten Wochen und Monaten verplempert hatte. In der ich sinnlos herumgestromert war, als hätte ich kein Ziel. Was hätte ich nicht alles tun können! Ich schämte mich vor mir selbst.

Schließlich stand ich auf und kippte das Fenster. Ich sog die kühle Luft ein, die in den Raum strömte. Unten auf der Straße hupte ein Auto, ein Lieferwagen rumpelte über das Kopfsteinpflaster. Es hörte sich unwirklich an. Auf einmal wollte ich dort sein, irgendwo dort draußen in meiner Stadt, am Märchenbrunnen, oben auf der Aussichtsplattform der Siegessäule, mit Blick auf die kreisenden, bunten Verkehrsströme, selbst auf dem Friedhof hätte ich mich in diesem Moment gern befunden, direkt neben dem verwahrlosten Grab. Überall. Nur nicht in diesem Turm.

Tadeusz war der Erste, der sprach, als ich mich wieder hingesetzt hatte. »Wir sollen also Ihnen entschlüsseln, warum Sie Ihre Betätigung ausüben«, sagte er leise. Er hatte seine Augen zusammengekniffen und fixierte Woll. Ich bemerkte zum ersten Mal den leichten Akzent in seiner Aussprache, aber ich konnte ihn noch keinem Land zuordnen. Erst später würde mir seine Wortwahl auffallen. Als hätte ihm jemand Deutsch beigebracht, der es selbst seit Jahrzehnten nicht mehr sprach. »Wir sollen Ihnen und Ihrem Lehrauftrag eine Berechtigung verleihen.«

Woll schien Tadeusz gar nicht wahrzunehmen. Er setzte sich wieder an seinen Tisch, ganz unbehelligt. Mit spitzen Fingern griff er sich einen Kugelschreiber und fuhr konzentriert über die Blätter, die er vor sich liegen hatte. Ab und zu nickte er, als wolle er sich etwas bestätigen. Ich konnte sehen, wie ausgedünnt seine gelblichen Haare am Scheitel schon waren.

»Habe ich«, murmelte er schließlich so leise, dass wir uns ihm entgegenlehnen mussten, um ihn zu verstehen, »schon unser Bewertungssystem erwähnt. Wer von Ihnen eine Prüfung nicht besteht, bekommt ein Fähnchen. Wer zwei Fähnchen erhalten hat, fliegt. Das kann erstaunlich schnell gehen.«

Erst jetzt sah Woll wieder auf. Er fixierte Tadeusz. Er lächelte, aber das Lächeln erreichte seine Augen nicht. Tadeusz hielt seinem Blick stand. Ich konnte sehen, dass er sich bemühte, nicht zu zwinkern und nicht zu schlucken. Niemand sprach. Erst als Tadeusz sich leicht aus Wolls Sichtachse lehnte, ließ der seinen Blick weiterwandern. Er musterte uns, einen nach dem anderen, wie ein Raubvogel seine Beute. Zuletzt: mich.

Später standen Schwarz, Tadeusz, François und ich auf dem Vorplatz. Ein dichter Wolkenschleier hatte sich vor die Herbstsonne gelegt, der aufkommende Wind trieb welke Blätter über den Schotter und ließ sie um unsere Fußknöchel tanzen. Irgendwo in den oberen Etagen des Turms übte jemand Klavier.

Ich hätte die anderen gerne gefragt, warum wir so wenige waren. Und ob einer von ihnen etwas über diese Nele wusste. Warum hatte Brandner uns nicht empfangen? Und wieso durfte Tadeusz ihn Korbinian nennen? Aber ich schwieg. Ich wollte nicht die Erste sein, die sprach. Die anderen schwiegen auch. François tupfte sich mit einem Stofftaschentuch den Schweiß von der Stirn, Tadeusz kramte in einer ledernen Aktentasche, die er auf einem Steinpfeiler abgestellt hatte. Schwarz sah konzentriert an mir vorbei, als könne er an den Hauswänden auf der anderen Straßenseite etwas lesen.

Ich hatte mir das anders vorgestellt. Ich hatte gedacht, wir würden gemeinsam etwas trinken gehen und unseren ersten

Schultag feiern. Sogar eine Kneipe hatte ich schon herausgesucht: die Kommandantur. Sie lag schräg gegenüber, im Erdgeschoss eines dieser heruntergekommenen Ostberliner Häuser, und war ziemlich klein. Ich hatte uns dort Bierflaschen schwenken und anstoßen sehen: auf die Schule, auf diesen Beginn, auf uns. Ich hatte mich darauf gefreut, endlich eingebunden zu sein. Endlich auch an einem jener zerkratzten Holztische zu sitzen, an denen gemeinsam gelacht, gesungen, geraucht wurde. Ich wollte die Geschichten der anderen hören: wie sie hierhergekommen waren, was sie vorher gemacht hatten, wo sie hinwollten. Vor allem Tadeusz interessierte mich. Oder andersherum: Ich hätte gerne ihn interessiert. Ich wollte mich von ihm fragen lassen, wer ich war. Welche Schauspieler ich mochte, welche Stücke ich am liebsten mal inszenieren würde. Was ich von Shakespeare hielt. Solche Dinge. Stattdessen schloss Tadeusz mit einem Klicken seine Aktentasche und stellte sich neben François.

Schwarz war der Erste, der ging. Er hob einfach wortlos die Hand und verschwand. Tadeusz sah ihm nach, und ich konnte hören, wie er verächtlich die Luft ausstieß. Dann nickte er uns zu, erst François, danach mir. »Wir sehen uns.« Er drehte sich um und stapfte davon. Er fragte nicht, in welche Richtung ich gehen musste. Ob wir ein Stück gemeinsam laufen wollten. Darauf kam er gar nicht, dabei hätte ich mein Fahrrad für ihn einfach stehen lassen. Ich kickte mit der Fußspitze einen Stein ins Gebüsch. Mein Magen knurrte.

François stupste mich an. »Catherine, willst du nehmen etwas zu trinken mit mir?«

Sein Blick war so hoffnungsfroh, die runden Wangen glänzten fettig. In seinen braunen Locken hatte sich eine kleine, grüne Spinne verfangen, die der Wind aus den Bäumen herübergetragen haben musste. Ich legte ihm kurz die Hand auf die Schulter. »Ein anders Mal, une … autre fois. Ja?«

Als ich mein Fahrrad über den Vorhof schob, sah ich noch einmal zu den Fenstern im fünften Stock hinauf. Ich versuchte die Fenster zuzuordnen. Hinter einer beschlagenen Fensterscheibe konnte ich die Silhouette eines Gummibaums erkennen, das musste das Sekretariat sein. Brandners Büro wäre dann ein Stockwerk tiefer und drei Fenster weiter. Ich blieb stehen und kniff die Augen zusammen. Ich versuchte eine Bewegung hinter dem Glas auszumachen, einen Umriss, einen Schatten. Aber es regte sich nichts.

Wir bekamen Brandner an diesem Tag nicht zu sehen, nein. Auch nicht am Morgen darauf oder in den darauffolgenden Tagen. Er war, wie uns Tadeusz schließlich wissen ließ, in Salzburg und arbeitete dort an Hamlet. Wir ahnten also noch nichts von Georg Heym. Das fühlt sich merkwürdig an. Ohne ihn sind wir heute undenkbar.

Oben hängen Gerippe. Diebe leuchten. Mädchen gehen spazieren.

3

Die ersten Tage an der Schule waren fast unwirklich. So viel Neues stürzte auf uns ein: die Aufgaben und Erwartungen, die Räume und Wege, die vielen fremden Namen, Stimmen und Gesichter.

Die Jahreszeit verstärkte den Wirbel, der uns umgab. Der aufziehende Herbst intensivierte das Licht. Alles leuchtete, alles war in Bewegung. Orange glühende Blätter segelten aus den Bäumen und strudelten über nass glänzendes Kopfsteinpflaster, an den Fenstern des Wasserturms zerrannen Silberschlieren und in der kühler und kühler werdenden Stadtluft lag ein ansteigendes Rauschen. Nachts knarzte und ächzte meine Altbauwohnung unter den Herbststürmen, die durch die Straßenschluchten tobten, im Volkspark Friedrichshain krachten ganze Äste aus den Bäumen. Und an der endlosen Baustelle des Potsdamer Platzes zitterten und schwankten die Kräne über den ausgeschachteten Gruben.

Mein Hof wurde zum pfeifenden Druckkessel. Ständig klapperte irgendwo eine Tür, Doppelverglasungen schepperten in ihren maroden Holzrahmen. Einmal riss der Wind eine ganze Reihe Ziegel vom Dach, die direkt an meinem Fenster vorbeistürzten und unten im Hof zerklirrten. Ich schlief kaum, in meinem Zimmer brannte nachts immer eine Lampe. Ich saß in meine Kamelhaardecke gehüllt auf dem Bett und blätterte in den Büchern, die wir für Theatertheorie lesen sollten, all die Russen und Polen, Grotowski, Meyerhold, Stanislawski, *Die Arbeit des Schauspielers an der Rolle*.

Ich musste so viel nachholen, ich hatte mich bisher nie mit so etwas beschäftigt. Das praktische Arbeiten war mir immer wichtiger gewesen: zuerst in der Theater-AG an meinem Nürnberger Gymnasium, dann in meiner kleinen Off-Truppe, die ich gegründet hatte und auf die ich wahnsinnig stolz war: die *Musenjunkies*. Ich wollte Theater am eigenen Leib erfahren, ich wollte mich mit Schauspielern streiten und Bühnenluft inhalieren, ich wollte Visionen auf die Bühne schmettern, ich wollte schlaflos sein und zittern und mitfiebern, bis der Vorhang fiel. Auf die Theaterwissenschaftler, die an der Universität im nahe gelegenen Erlangen studierten, sah ich herab. Sie waren für mich Theoretiker, blasse, schon jetzt gescheiterte Kreaturen, die nie in der Lage sein würden, ihre Leidenschaft zum Beruf zu machen. Sollten sie doch analysieren und theoretisieren und ihre seltenen, verkopften Inszenierungen als Welttheater betrachten – ich hatte damit nichts zu tun. Das rächte sich jetzt: ich wusste nichts. Ich hatte von der Methodik der großen Theatermacher keine Ahnung. Ich hatte gar nicht begriffen, dass sie mir beim Regieführen helfen konnten. Von Meyerholds System der *Biomechanik* hatte ich noch nie gehört. Stanislawskis Methode der physischen Handlungen war mir kein Begriff. Professor Orlow, der zarte, weißhaarige Herr, dem manchmal im Eifer seiner eigenen Vorträge die Hornbrille beschlug, schien darüber nicht etwa erbost zu sein, sondern traurig. Er war gebürtiger Russe und konnte gar nicht glauben, wie wenig ich über die Erkenntnisse seiner Landsleute wusste. Mit jeder Frage, die ich ihm nicht beantworten konnte, sank er ein bisschen tiefer in den abgewetzten Ohrensessel seines Studios. Meine Wissenslücken bedrückten ihn. Das war fast schlimmer, als wenn er mich verhöhnt hätte. Ich schämte mich. Ich lief sofort in die Bibliothek und raffte alle Werke, die Orlow uns lehrte, an mich. Nachts versuchte ich, mir das alles in den Schädel zu hämmern: Stanislawskis Aufzeichnungen zum inneren Erleben einer Rolle, seine Suche nach dem Zusammenwirken von Körper und Seele, sein Ringen um die Kunst der Wahrhaftigkeit. Wie konnte es einem Schauspieler gelingen, eine Rolle Abend für Abend mit der gleichen Überzeugungskraft zu verkörpern? Wie blieb die Darstellung glaubwürdig, auch wenn sie noch so oft wiederholt wurde? Das waren doch Fragen, die auch ich mir immer wieder stellte! Ich begann zu ahnen, dass ich hier ein Werkzeug an die Hand bekam, eine Leitplanke, die mir bei meiner Arbeit helfen würde. Ich konnte gar nicht glauben, dass ich das bisher übersehen hatte. Also kauerte ich im Schein meiner Nachttischlampe auf meinem Bett und las und las, bis mir die Augen schmerzten und mir der Schlaf die Bücher aus der Hand schlug.

Tagsüber waren wir andauernd unterwegs. Der Stundenplan, den Woll uns diktiert hatte, scheuchte uns durch den Osten der Stadt. Wir hatten nicht nur Unterricht im Turm, wir wurden auch den Grundkursen der Schauspielschüler in Schöneweide zugeteilt. Wir sollten so viel wie möglich über das *Handwerk* lernen, das man ihnen dort beibrachte. Und nicht nur das: wir sollten es am eigenen Körper erfahren. Ich freute mich darauf, ich war neugierig. Aber die Wege waren lang. Manchmal pendelten wir am Tag dreimal zwischen der Schauspielabteilung in Schöneweide und dem Wasserturm im Prenzlauer Berg hin und her. Wir hatten hier Theatertheorie, dort Schauspielunterricht, hier Dramaturgie, dort Sprecherziehung. Ständig rannten wir durch Regengüsse und Pfützen auf S-Bahnen zu, wir hasteten Treppenstufen auf und ab, wir waren immer außer Atem, immer zu spät.

Das Schauspielinstitut war das Herzstück der *Erwin Piscator*, ein schmuckloser, kastenförmiger Betonbau mit vielen kleinen Probebühnen und Büros. Hier wurden sie ausgebildet, all die Theaterstars und Filmschauspieler, für die die Schule so berühmt war. Jedes Jahr kamen Theaterleiter und Filmproduzenten aus ganz Deutschland, aus Österreich und der Schweiz angereist, um die Abschlussklasse vorspielen zu sehen. Die Schauspielabteilung war dafür bekannt, dass fast alle ihrer Absolventen Engagements bekamen. Deswegen waren die Klassen auch so groß und die Räumlichkeiten viel großzügiger als bei uns. Es gab eine Hauptbühne mit breitgezogenen Zuschauerreihen, eine Bibliothek mit ineinandergreifenden Regalen, einen hohen Sportsaal für den Bewegungsunterricht – und sogar eine Kantine, deren blinde Glastüren sich zu einer zertrampelten, von Erdnarben durchfurchten Rasenfläche öffneten.

Bei uns im Turm war es, wenn nicht gerade im Maschinenhaus geprobt wurde, manchmal totenstill. Aber in Schöneweide herrschte immer Leben. Hinter jeder Tür wurde gerufen, getrommelt, rezitiert. Ritter in Rüstungen marschierten durch die Flure, auf den Probebühnen erscholl der rhythmische Sprechgesang griechischer Chöre, aus den Fechtkursen drang das Rasseln der Säbel, das ganze Gebäude flüsterte, brüllte und sang.

Die Schauspielschüler selbst beeindruckten mich. Sie waren eine lärmende Truppe, in der alle anders waren als ich. Die Studentinnen schienen alle lange, glänzende Haare zu haben. Keine von ihnen hätte je einen Armeeparka oder eine so verfilzte Frisur getragen. Ihre Stimmen waren voll und bestimmt, sie rauchten Nelkenzigaretten, bewegten sich anmutig und lachten viel. Die männlichen Studenten gaben sich unnahbarer, sie lümmelten in den Sesseln im Eingangsbereich oder schlurften durch die Flure, sie lehnten mit verschränkten Armen an Treppengeländern und belauerten sich gegenseitig. Manchmal balgten sie sich aus dem Nichts heraus wie junge Hunde, dann wieder hielten sie Abstand und musterten einander unter halb gesenkten Augenlidern.

In diesen ersten Tagen saß ich fast stumm in dem Seminar, dem ich zugeteilt worden war. Es wurde von der Frau geleitet, die auch bei meiner Aufnahmeprüfung da gewesen war. Sie war eine freundliche Dame mit kurzem grauem Haar und stahlblauen Augen, deren Blick manchmal nachdenklich auf mir ruhte. Sie traute mir den Beruf nicht zu, das konnte ich spüren. Ich sprang ihr nicht schnell genug auf die Bühne, wenn sie Freiwillige für eine Aufgabe suchte. Ich war ihr zu ruhig, zu verschlossen.

Schwarz hingegen blühte in Schöneweide richtig auf. Er war – wie auch Tadeusz und François – einer anderen Gruppe zugeteilt worden als ich. Aber in den Pausen sah ich ihn rauchend und gestikulierend an einem der Flurfenster lehnen oder in der Kantine sitzen, immer umgeben von einer Traube aus Schauspielern, die ihm lauschten. Er schien erst zu verstummen, wenn er im Vorhof auf Tadeusz, François und mich traf und sich mit uns auf den Weg zur S-Bahn-Station machte. Sobald er uns sah, kniff er die Lippen zusammen und eilte voraus. In der S-Bahn hielt er die Augen geschlossen. Ich glaube nicht, dass er schlief, auch wenn er immer müde aussah. Heute wundere ich mich manchmal, dass er überhaupt mit uns fuhr.

Am ersten Wochenende stopften sie dann alle neuen Studenten in einen Bus. Achtundzwanzig Schauspieler, sieben Choreographen, zwölf Puppenspieler – und uns. Wir fuhren auf den Grünen Hügel nach Bayreuth, wo wir im Orchestergraben standen und die Akustik bewundern sollten. Wir trabten in Weimar durch Goethes Wohnhaus und in Gera durch die Orangerie. Als großer Einstand wurde uns das Ganze angekündigt, als »Ensemblebildende Maßnahme«. Wir sollten einander kennenlernen, uns als Gruppe begreifen. Deswegen war auch eine Übernachtung in einer Jugendherberge eingeplant. Mir war das zu viel. Zu viel Austausch, zu viel Nähe. Es war, als hätte ich mir in den letzten Monaten den Umgang mit Menschen abgewöhnt. Ich wollte mich nicht zwingen lassen, Teil einer Masse zu werden. Ich hielt das für ein Merkmal des Berufes: Der Regisseur hatte außerhalb zu stehen, er durfte nicht zu sehr Teil des Ensembles werden, er musste, so erklärte ich es mir selbst, den Draufblick bewahren. In der Jugendherberge, in der wir übernachteten, teilte ich mir mit einer Schauspielschülerin aus meinem Seminar ein Stockbett. Sie hieß Sonia, hatte zerstrubbelte rote Haare und wache grüne Augen. Sie war jünger als die anderen und mindestens so nervös wie ich. Aber sie ging anders damit um. Nachts um eins rüttelte sie mich wach, nahm mich an der Hand und zog mich mit sich in den Speisesaal. Dort saßen die anderen auf den Tischen, den Stühlen, dem Boden und tranken und sangen und rauchten. Einer der Schauspielschüler hatte seine Gitarre dabei, ein anderer trommelte auf ein paar umgestülpten Emailleeimern herum. Schlaftrunken starrte ich auf das Treiben. Ich trank das Bier, das Sonia mir in die Hand drückte. Und als einer der Choreographen mich unter den Achseln packte und auf einen der Tische hob, begann ich zu tanzen.

Danach wurde vieles leichter. In der Kantine in Schöneweide saß auch ich jetzt in den plappernden Gruppen. Ich wurde herangewunken, begrüßt, eingegliedert. Ich wurde zu den Partys eingeladen, die meistens in den WGs der Schauspielschüler stattfanden. Wenn ich irgendwo auftauchte, wurde ich umarmt. Das Merkwürdige war, dass ich mich trotzdem nicht zugehörig fühlte, niemandem. Auch Tadeusz, Schwarz und François nicht, über die ich noch immer kaum etwas wusste. Von François hatte ich wenigstens mitbekommen, dass er das jüngste von mehreren Geschwistern war, und dass ihm sein ältester Bruder, der Arzt geworden war, das Studium finanzierte. Tadeusz hatte bis zu seinem vierten Lebensjahr in Deutschland gelebt und war dann, warum auch immer, zu seiner Großmutter nach Polen geschickt worden. Besonders Schwarz blieb mir fremd, ich wusste nicht einmal seinen Vornamen. Und Nele war noch nicht da.

Ich wartete auf etwas, aber ich war mir nicht sicher, worauf. Auch wenn ich in Orlows Unterricht Notizheft um Notizheft zu füllen begann, auch wenn ich mich nun manchmal im Grundlagenseminar freiwillig meldete und mit den Schauspielschülern Szenen und Dialoge probierte, so fühlte es sich doch an, als hätte das Studium noch immer nicht begonnen.

Dann, endlich, kam Brandner aus Salzburg zurück. Und alles fing an.

Ich rechnete an diesem Tag nicht mit ihm. Irgendwie war ich davon ausgegangen, dass man ihn uns ankündigen würde. Dass man uns wissen lassen würde, wenn er käme. Vielleicht hatte ich sogar geglaubt, dass ich seine Anwesenheit spüren würde, schon am Fuß des Turms. Ich fühlte mich ihm so verbunden.

Stattdessen wurde ich überrascht. Ich hatte beim Schauspielunterricht zu viel Kaffee und Mineralwasser getrunken, Glas um Glas, Tasse um Tasse, und musste eigentlich schon seit Schöneweide aufs Klo. Wir hatten uns dort in der Zeit vertan und waren so überstürzt aufgebrochen, dass ich keine Toilette mehr aufsuchen hatte können. Die S-Bahnfahrt war mir noch länger vorgekommen als sonst – zum ersten Mal verfluchte ich, dass es keine Klos in den öffentlichen Verkehrsmitteln gab. Waren die S-Bahnen hier nicht eigentlich Züge, die noch immer zwischen zwei Städten verkehrten, Ostberlin, Westberlin, und sollten in Zügen nicht immer Toiletten sein? Schwarz hatte die Augen verdreht, als ich das fragte. Als wir dann endlich die Treppenstiege im Wasserturm nach oben hetzten, stand Woll schon zürnend in der geöffneten Tür und tippte mit dem Fingernagel zweimal hart auf das Schutzglas seiner Glashütte-Armbanduhr. Unter seinem Blick waren wir sofort ins Klassenzimmer gehuscht. Nun saß ich mit fest überkreuzten Beinen an meinem Tisch und konnte mich nicht konzentrieren. Ich wollte nicht aufstehen und mich entschuldigen müssen, keinesfalls. Ich wollte die Demütigung nicht zulassen.

Wolls Klasse verließ man nicht einfach. François hatte das in einer der ersten Stunden einmal versucht. Er war aufgestanden und hatte sich mit einem entschuldigenden Bückling in Richtung Tür zurückgezogen. Woll hatte seinen Vortrag über die Szenenstruktur von Bertolt Brechts frühen Theaterstücken abgebrochen und François gemustert. »Wie wollen Sie Ihr Leben in den Griff bekommen, wenn Sie nicht einmal Ihre Körperfunktionen unter Kontrolle haben?«, hatte er leise gefragt. Und nach einer kurzen, sinnenden Pause hinzugefügt: »Vielleicht ist das der Grund, weshalb Sie so beleibt sind. Es mangelt Ihnen an Selbstkontrolle. Das wird Ihnen im Berufsleben im Weg stehen. Und nicht nur dort. Wer will schon jemandem vertrauen, der sich so gehen lässt? Haben Sie darüber schon einmal nachgedacht?«

Es war ein merkwürdiger Tonfall gewesen, in dem er das fragte. Ein feiner, höflicher Singsang, fast ein Gurren. Als würde er nur das Beste für seinen Schüler wollen. Als wäre das der liebevollste Ratschlag der Welt. Vielleicht reagierten wir deswegen alle nicht. Wir waren zu verdattert, wir saßen nur da. Keine Empörung zuckte auf, niemand sprang zur Verteidigung bei. Sogar das Gesicht von Tadeusz blieb leer.

François hatte sich wieder hingesetzt und versucht, sich unauffällig die Tränen aus den Augenwinkeln zu wischen. Später hatte ich die Urinspuren auf seiner Hose gesehen und ihm meine Gymnastikhose angeboten. Er hatte sie nicht genommen. »Er 'at recht, Catherine«, hatte er mit gesenktem Kopf gesagt, »ein Professeur 'at immer recht.«

Jetzt saß ich selbst in diesem Zimmer und musste so dringend zur Toilette wie noch nie in meinem Leben. Ich stierte auf die zerkratzte Tischkante vor mir, ich schwitzte und fror gleichzeitig und konnte spüren, dass Woll mich beobachtete. Er sprach gerade über Brechts Leben, seine ersten Schaffensjahre als Theatermacher, und schien dabei die ganze Zeit in meine Richtung zu sehen. Ich versuchte, mich von dem Druck auf meiner Blase abzulenken, indem ich meine Atemzüge zählte. Das nutzte nichts. Dann begann ich, Theaterstücke, die ich von Brecht kannte, in meinem Kopf rückwärts zu buchstabieren: *Sierkedierk ehcsisakuak red, Egaruoc Rettum*… Auch das half nicht. Ich musste zum Klo, so schnell wie möglich. Aber ich würde verdammt sein, wenn ich Woll die Möglichkeit gäbe, mich zurechtzuweisen. Aus den Augenwinkeln beobachtete ich seine Bewegungen. Als er endlich den Blick von mir löste und einen kurzen Moment lang auf seine Aufzeichnungen sah, hechtete ich zur Tür. Ich riss sie auf und warf sie sofort hinter mir zu. Durch die geschlossene Tür hörte ich Schwarz verblüfft auflachen, ein Stuhl wurde zurückgeschoben, ich glaubte Schritte zu hören. So schnell ich konnte, bog ich in den geschwungenen Flur hinein. Und hätte ihn fast umgerannt.

Brandner.

Brandner.

Endlich Brandner.

»Hoppla«, brummte er. Er griff mich an den Schultern und schob mich auf Armlänge von sich weg. Ich spürte die Wärme seiner Handflächen durch meinen Pullover hindurch. Hörte sein Einatmen, sein leises Lachen: »Nicht so stürmisch, Fräulein Nachtrab.«

Er sprach meinen Namen richtig aus.

Ich konnte nicht glauben, dass er sich direkt vor mir befand. Er war so groß. Viel größer, als ich ihn in Erinnerung hatte. Ungläubig kniff ich die Augen zusammen und betrachtete ihn. Wahrscheinlich wich ich sogar ein wenig zurück, um ihn mir besser ansehen zu können. Ich studierte seinen massigen Körper, seine aufrechte Haltung, die Lachfältchen in seinen Augenwinkeln. Die grauen Haare, die Furchen in seiner hohen Stirn. Zum ersten Mal sah ich auch, dass seine Nase ein wenig verbogen war. So als sei sie bei einem seiner früheren Boxkämpfe zertrümmert worden und schief wieder zusammengewachsen. Ich war ganz fasziniert von diesem ungelenken Nasenschwung. Es war der Makel, der Brandner besonders werden ließ. Ich beugte mich ein wenig vor, ich musterte ihn wie ein Gemälde in einer Galerie. Oder: als hätte ich ihn mir ausgedacht.

Im Winter war mir so etwas schon einmal passiert. Während der Berlinale hatten mich zwei Schauspieler von daheim besucht. Sie hatten gar nicht glauben können, wie wenig ich über die Stadt wusste, in der ich nun wohnte. Vor allem über das Nachtleben, die Kneipen, die vielen, versteckten Clubs, die illegalen Restaurants, von denen sie in der Ferne so viel hörten. Tatsächlich schienen sie enttäuscht von mir zu sein, weil ich das alles nicht nutzte. Weil ich nicht Teil der Großstadt war, mich ihrem Sog verweigerte, wie sie mir kopfschüttelnd darlegten. Also ging ich mit. Fünf Tage lang sahen wir tagsüber alle Festival-Filme an, für die wir Karten ergattern konnten: krude, abseitige Experimentalfilme, skandinavische Dokumentationen, asiatischen Horror. Nachts standen wir in parfümierten Menschenschlangen, die uns durch Hinterhöfe und Treppenschächte in irgendwelche Clubs führten. Meine Freunde wussten alle Losungen und Kennwörter, wir kamen überall hinein. Wir zogen durch Fabriketagen und durch verwinkelte, feuchte Kellergewölbe, leere U-Bahntunnel. Wir sangen Karaoke im *Knaack*, tranken Bier im *Eimer*. Im *Delicious Donuts* passierte es dann. Ich stand an der Tanzfläche und betrachtete den kleinen Mann mit dem roten Schal, der dort tanzte. Ich wusste sofort, wer er war, aber mein Verstand glaubte mir nicht. Danny DeVito, dachte ich, da ist ja Danny DeVito. Aber hätte mich jemand gefragt, hätte ich seine Anwesenheit geleugnet. Ich konnte gar nicht verstehen, dass einer der berühmtesten Hollywood-Schauspieler von der Leinwand herabgestiegen sein sollte und direkt vor mir war. Auch wenn Berlinale war, auch wenn sich doch all die Kinogrößen in der Stadt befanden: ich konnte es nicht begreifen. Und ich war nicht die Einzige. Alle ignorierten ihn. Niemand näherte sich ihm, niemand richtete sich nach ihm aus. Die Bodyguards an seiner Seite waren vielleicht deswegen so entspannt, ich bemerkte sie erst auf den zweiten Blick. Sie waren Hünen, die den kleinen, knapp eineinhalb Meter großen Mann noch winziger erscheinen ließen. Tatsächlich glaube ich, dass die anderen Clubgänger ihn absichtlich mieden. *Wir sind Hauptstädter*, schienen sie zeigen zu wollen, *uns beeindruckst du nicht*. Bei mir war es anders. Ich befand mich in der Schnittmenge von Wirklichkeit und Ausgedachtem, ich konnte das eine vom anderen nicht mehr unterscheiden. Ich stand in den Schallwellen der wummernden Bässe, ich atmete die Zigarettenwolken, den Schweiß der Tanzenden, den Alkoholdunst. Um mich herum zuckte das Licht, und ich sah Danny DeVito in lustigen, kleinen Steppbewegungen über die Tanzfläche hüpfen, *Danny DeVito*, aber ich war gar nicht da, oder er war nicht da, einer von uns war nur in meinem Kopf, das war mir klar. So wie jetzt. Ich sah Brandner, Brandner, der doch noch in Salzburg war, Brandner, dessen Ankunft für uns zum Mythos geworden war, zur Hoffnung und zum Mythos, ich nahm das Flackern der Neonröhren über uns auf, ich sah die Biegung des Flurs, erkannte in der Tapete hinter Brandner einen Riss.

»Gut, dass ich Sie treffe«, hörte ich Brandner sagen. Er zupfte einen Tabakkrümel aus dem Ärmelsaum seines Strickpullovers und schnippte ihn auf den Linoleumboden. »Ich denke, ich werde Ihren Jahrgang als Mentor übernehmen. Dazu müsste ich wissen, was Sie in den letzten Tagen gemacht haben. Wollen wir das gleich besprechen?«

Ich nickte vorsichtig, so als würde ich ausprobieren, ob ich mich überhaupt bewegen konnte. Ob mir dabei nicht womöglich der Kopf vom Hals fiele.

Er sah belustigt aus. »Alles in Ordnung? Wohin wollten Sie denn so eilig?«

»Aufs … aufs …«

»Dann erledigen Sie das mal in Ruhe und kommen Sie danach zu mir ins Büro.«

»Ja! Ach so … halt, ich bin eigentlich gerade im Unterricht von Professor Woll!«

»Ach, ich regle das schon mit Matti.«

Matti, wieso Matti, dachte ich, als ich kurz darauf den Deckel der Klobrille nach oben klappte, Woll heißt doch Karl mit Vornamen. Und dann, als ich, endlich, endlich, mit zitternden Fingern den Reißverschluss meiner Hose herunterzerrte, fiel es mir ein: *Herr Puntila und sein Knecht Matti*. Der Name eines Theaterstücks, wieder Brecht, Wolls Spezialgebiet, *Ittam Thcenk nies dun Alitnup rreh …*

Ich wusste zwar nicht mehr genau, worum es in dem Stück ging, aber der Titel sagte eigentlich alles: Brandner war Puntila und sah Woll als seinen Knecht! Das musste es sein: Brandner und sein Knecht Woll.

Ich pinkelte so lang und heftig wie noch nie.

Sein Büro war überraschend klein. Ich hatte mir eine Art private Bibliothek vorgestellt, mit Regalen aus massivem Eichenholz und ledergebundenen, uralten Ausgaben von Goethe oder Schiller. Auf jeden Fall hatte ich Stapel von zerfransten Notizheften erwartet, Fotos vom jungen Brandner mit Brechts Frau Helene Weigel, eine gerahmte Originalhandschrift von womöglich Brecht selbst. Alte Bühnenbildmodelle in Vitrinen hatte ich mir ausgemalt, daneben vielleicht einen Totenschädel aus einer von Brandners Hamlet-Inszenierungen. Einen orientalischen Teppich auf dem Fußboden, leuchtende Ölgemälde an den Wänden. Und eine riesige Pinnwand, an der sich Zettel mit handschriftlich vermerkten Geistesblitzen wild übereinandergeschoben, in einer genialischen Ordnung, die für einen unwissenden Betrachter gar keinen Sinn ergab.

Stattdessen war der Raum fast kahl. Es gab keine Regale, keine Kommoden, kein einziges Buch. Auf dem schlichten Resopaltisch standen nur ein Würfelbecher mit drei Kugelschreibern und ein mit Zigarillostummeln übersäter Unterteller, um den herum sich Spuren von Tabakkrümeln und Ascheflocken zu einer Hügellandschaft schichteten. An einem grünen Papierkorb lehnte eine Ledermappe. Ein zerknitterter schwarzer Mantel und ein Hut hingen an einem freistehenden Kleiderständer. Durch das Fenster fiel ein Streifen Herbstsonne, der sich über den Linoleumboden legte und merkwürdig verwaschen aussah. Ich sah genauer hin: die Scheibe war dreckverschmiert, die Schmutzablagerungen auf dem Fensterglas schienen die Lichtkonturen weichzuzeichnen. Auch auf dem Fensterbrett lag eine dicke Staubschicht, Staubpartikel schwebten im Sonnenlicht.

»Ich war länger nicht hier«, sagte Brandner, der meinen Blick bemerkte. »In meiner Abwesenheit darf niemand in mein Büro.« Ich fragte mich kurz, was man denn hier durcheinanderbringen könnte, aber ich sagte nichts. Brandner wischte mit der

Handkante über die Schichtstoffplatte des Tischs. Die Ascheflocken rieselten auf den Boden und verfehlten den Papierkorb. Er sah gar nicht hin und lehnte sich zurück. Dabei wippte er ein wenig mit dem Rücken gegen die geschwungene Lehne. Er saß auf einem Drehstuhl, der der einzige Gegenstand im Zimmer war, der edel wirkte: ein ergonomisch geformtes Konstrukt aus blinkendem Chrom.

»Setzen Sie sich.«

Ich sah mich verwirrt um. Es gab keinen Stuhl, auf den ich mich hätte setzen können. Auch keinen Hocker, keinen Sitzsack, keine Kiste, irgendetwas. Kurzerhand schwang ich mich auf das verstaubte Fensterbrett und ließ meine Beine baumeln. Unter mir pochte ein Heizkörper. Es war viel zu warm im Zimmer.

Wir sahen uns an. Ich konnte nicht verstehen, warum Brandner nicht Tadeusz zu sich gerufen hatte. Die beiden duzten sich doch. Aber ich würde das nicht hinterfragen. Hier saß *ich*. Brandner hatte *mich* gerufen. Ich würde warten, bis er sprach. Seine Augen waren grün, das bemerkte ich zum ersten Mal. Aus den buschigen Augenbrauen stachen ein paar weiß schimmernde Haare heraus. Er war älter, als mein Vater es jetzt gewesen wäre.

»Wie gefällt es Ihnen bisher?«, wollte er wissen.

Ich biss mir auf die Unterlippe. Meine Erziehung hätte geboten, dass ich antwortete: »Danke, gut.« Denn Nachtrabs beschwerten sich nicht. Das hatte mir mein Großvater schon eingetrichtert, als ich als Kind über eine auf den Gehsteig geplumpste Kugel Vanilleeis weinte: Nachtrabs packten Dinge an und regelten sie, wenn sie ihnen nicht gefielen. Oder sie kehrten der Situation den Rücken zu. Aber eines taten wir nie: meckern.

Andererseits war das hier Brandner. Ich konnte spüren, dass er mich nie wieder zu sich rufen würde, wenn ich ihm jetzt nichts zu kauen gab. Und zu sagen hatte ich ja schon einiges. Nur trauen musste ich mich. Ich räusperte mich.

»Naja, bisher ist alles etwas …«, ich suchte das Wort, »… etwas … trocken.«

»Trocken?«

»Furztrocken!«

Brandner lachte.

»Die Schule«, fuhr ich ermutigt fort, »ist doch dafür bekannt, dass hier so viel praktisch gelehrt wird. Die Schauspieler drüben spielen schon ganze Szenen und arbeiten an ihrer Stimme und an ihrem Körper und allem. Und wir lernen hier gerade irgendwie nur so Theoriekram. Szenenanalyse und Theatergeschichte und Brecht und so …«

»Sie denken, dass Sie das nichts angeht?«

Ich wurde rot. »Nein! So habe ich das nicht gemeint. Ich weiß schon, dass ich da viel mehr wissen muss. Professor Orlow und Stanislawski zum Beispiel sind auch echt spannend. Aber …«

»Aber?«

»Ich dachte, dass wir mehr Theater machen! Nicht nur drüber lesen. So wie in der Aufnahmeprüfung. Da durften wir doch auch richtig arbeiten.«

Noch während ich das sagte, fielen mir die Bilder wieder ein. Momente von der Prüfung, in denen ich gespürt hatte, dass sie mich nehmen würden. Eine Eheszene aus einem Stück von Arthur Schnitzler hatten wir dort inszenieren müssen, vor den Augen der gesamten Prüfungskommission. Zwei Schauspieler waren uns zur Verfügung gestellt worden, ein Mann und eine Frau, zwei richtige Profis. Sie waren, das hatte ich beglückt festgestellt, so viel erfahrener und phantasievoller als meine *Musenjunkies* daheim. Ich hatte mich mit ihnen sofort verstanden. Wir waren im traumwandlerischen Austausch, wir kamen gemeinsam auf Ideen, die wir uns vorher nicht hätten ausmalen können. Ich war so ruhig gewesen, so vergnügt, ich hatte mich richtig sicher gefühlt. Es war das Gefühl, das mich im Theater immer überkam: dass ich hierher gehörte. Die Prüfungskommission hatte ich dabei völlig vergessen. Und ich weiß, dass Brandner mir das angesehen hatte. Dass das einer der Gründe gewesen war, wieso er meine Aufnahme befürwortet hatte.

»Was gefällt Ihnen denn bisher am besten?«, wollte Brandner jetzt wissen.

Ich rutschte auf der Fensterbank hin und her. Mir war warm, mein Gesicht brannte, und das lag nicht nur an dem tuckernden Heizkörper unter mir. Ich ahnte, was er sagen würde, wenn ich ihm auf seine Frage eine ehrliche Antwort gab. Aber jetzt hatte ich mich schon so weit vorgewagt, da gab es kein Zurück. »Der Schauspielunterricht. Aber das hat nichts damit zu tun, dass ich lieber selbst auf der Bühne stehen wollen würde.«

»Nein?«

»Nein! Es ist nur so, dass es sich da anfühlt, als würden wir Theater machen. Wir haben eine Bühne und Kostüme und Requisiten, wir arbeiten an etwas Konkretem, an Geschichten. Das fehlt mir hier. Im Regieinstitut hören wir gerade nur zu. Das fühlt sich an wie Theaterwissenschaften. Hier … hier ist keine Bühnenluft!«

Brandner runzelte die Stirn. »Sie hätten ja am Theater bleiben können, den üblichen Weg gehen, erst assistieren, dann eigene kleine Stücke übernehmen …«

»Ich sage doch nicht, dass ich nicht hier sein will!«

»Sie wissen, dass das alles noch auf Sie zukommen wird? Ab dem zweiten Studienhalbjahr? Dass Sie Praktikumsinszenierungen machen werden, Szenenstudien, eine Abschlussinszenierung, vielleicht im Maschinenhaus, vielleicht auf einer größeren Bühne …«

»Ja.«

»Aber?«

»Aber da ist es noch so lange hin.«

Brandner nickte bedächtig. Mit einer fast schläfrigen Bewegung lehnte er sich vor. Auf einmal hielt er einen Zigarillo und ein silbernes Feuerzeug in seinen Händen, ich hatte nicht gesehen, woher er beides genommen hatte. Er ließ das Feuerzeug konzentriert zwischen seinen Fingern herumwandern und schien mich gar nicht mehr wahrzunehmen. Mit einem leisen Klacken loderte die Flamme auf. Brandner schloss beim ersten Zug die Augen und lehnte sich wieder zurück. Ich blieb still auf der Fensterbank sitzen und beobachtete ihn. Seine Augenlider blieben geschlossen, aber sein Blick schien sich darunter zu bewegen. Ich weiß noch, dass er mich in diesem Augenblick zum ersten Mal an ein Reptil erinnerte: Er schlief nicht – er ruhte und war hellwach dabei. Als der Zigarillo so weit heruntergeraucht war, dass ihm die Glut auf den Pullover zu fallen drohte, schob ich mich von der Fensterbank und verließ leise das Büro.

Ich kann es nicht mit Sicherheit sagen. Aber ich glaube bis heute, dass es dieses Gespräch war, das ihn auf die Idee brachte. Vielleicht erhob er sich, nachdem ich verschwunden war, und ging in seinem Büro ein paar Schritte auf und ab, denkend und denkend, die Stirn gerunzelt, die Hände auf dem Rücken verschränkt. Zog dann seinen Mantel an. Nahm seine Aktentasche, setzte den Hut auf. Stieg die Turmtreppe abwärts, setzte sich in seinen Wagen und fuhr nach Hause. Dort schaltete er in seinem immer finsteren Arbeitszimmer das Licht an. Er kniete sich zu einem Stapel aufeinandergetürmter Heftordner. Er nahm einen Ordner nach dem anderen in die Hand, blätterte und las, las und verwarf. Und dann zog er schließlich zwei Seiten hervor, zwei ganz bestimmte Seiten, und hielt sie fest, ganz fest in seinen Händen.

Die anderen standen um mich herum. François hatte vor Aufregung zu schwitzen begonnen, Tadeusz hatte mich an der Schulter gepackt und Schwarz sah mir zum allerersten Mal in die Augen: »Das hat er gesagt, das hat er wirklich gesagt?«

»Mentor, ja.«

Tadeusz pfiff durch die Zähne. »Hat er erst einmal gemacht. Bei Sperlings Jahrgang.«

Wir sahen uns an. Sperlings Jahrgang war berühmt. Oliver Sperling hatte direkt nach dem Studium als jüngster Intendant das Wiener Burgtheater übernommen Und auch die anderen Studenten seines Jahrgangs feierten Erfolge. Ihre Truppen wurden zu internationalen Festivals eingeladen, nach Lyon, nach Edinburgh, nach Sydney, sie waren der Grund, warum nun auch das Regieinstitut der *Piscator* so angesehen war und nicht nur die Schauspiel-Abteilung. Und sie alle betonten in jedem ihrer Interviews, dass sie ihr Können und ihre Fähigkeiten einem Einzigen verdankten: Professor Korbinian Brandner.

François' Augen leuchteten. »Das wäre incroyable!« Er hopste ein klein wenig auf der Stelle auf und ab, sein Bauch schwabbelte über dem Hosenbund. Tadeusz schmunzelte. Es war das erste Mal, dass ich ihn lächeln sah.

»Mann«, rief Schwarz und schlug dem hüpfenden François auf die Schulter, »Das wäre nicht nur incroyable, das wär intergalaktisch! Oberaffentittengeil wäre das! Du musst mal paar vernünftige deutsche Wörter lernen.«

»Oberaffä…?«

Wir lachten. Unser Gelächter hallte durch das Treppenhaus, in dem wir standen. Der Turm wirkte wie ein Klangtrichter, der unser Lachen vervielfältigte. Es prallte gegen die gebogenen Wände und schwoll an, je höher es stieg. Wir mussten im ganzen Gebäude zu hören gewesen sein, aber das war uns egal.

Ich war, als ich Brandners Büro verlassen hatte, nicht zurück in Wolls Unterricht gegangen. Das hatte ich mich nicht getraut. Stattdessen hatte ich mich bis zum Ende der Stunde im Klo versteckt und abgewartet, bis sich Woll mit schwerem Tritt aus dem Flur entfernt hatte. Ich hatte meine Sachen aus dem Klassenraum geholt und die spöttischen Kommentare von Schwarz ignoriert. Das Gespräch mit Brandner hatte ich für mich behalten wollen. Es war meins, ich wollte es nicht mit den anderen teilen. Aber dann, als wir gerade mitten im Treppenhaus standen, war es doch aus mir herausgeplatzt.

Mentor.

Schwarz hämmerte mit der flachen Hand auf dem Treppengeländer herum. »Mann, wenn Brandner das echt macht!« Ich hatte ihn noch nie so wach gesehen. Sein ganzer Körper wirkte aufgeweckt.

Ich konnte Tadeusz' Wärme spüren, der ganz nah bei mir stand, seine dunkle Anwesenheit. Dass er am ersten Tag schwarz getragen hatte, war keine Ausnahme gewesen. Er schien überhaupt nur schwarze Rollkragenpullover und Hosen zu besitzen. Seine Augen waren immer finster, je nach Lichteinfall eher Braunkohle oder Tollkirsche, und seine Haare glänzten manchmal so tiefschwarz, dass ich mich fragte, ob er sie tönte. Vielleicht war auch sein Vater ein Indianer, ein waschechter Winnetou, aber das konnte ich ihn schlecht fragen. Nur auf seine Sprache hatte ich ihn einmal angesprochen. Ich wollte wissen, wer ihm Deutsch beigebracht hatte. Dass es in meinen Ohren so altertümlich klang, hatte ich nicht erwähnt. Anscheinend hatte er, als er nach Polen geschickt worden war, mit seiner Großmutter weiter Deutsch gesprochen, auf Wunsch der Mutter, damit es ihm nicht verloren ginge. Die Großmutter hatte ihr Deutsch als junges Mädchen gelernt und nie ihren Wortschatz erneuert. Nach dem Zweiten Weltkrieg hatte sie sich geschworen, keinen deutschen Boden mehr zu betreten. Deswegen verwendete

Tadeusz Worte wie *unlängst, scharwenzeln, Kokolores*, es verlieh ihm das Flair von altem Adel. Oder, dank seiner bleichen Haut, die Noblesse eines Vampirs. Die Schauspielschülerinnen waren ganz fasziniert von ihm. Sie umschwärmten ihn, sie schüttelten, wenn sie neben ihm standen, ihre langen, glatten Haare, schwenkten im Vorübergehen ihre Hüften, musterten ihn unter langen, flatternden Wimpern. Es würde, fürchtete ich, nicht lange dauern, bis eine von ihnen seine Freundin würde. Aber bisher hatte ich ihn noch nie dabei erwischt, dass er eine von ihnen auch nur anlächelte. Er war immer höflich, immer zurückhaltend. Vielleicht wollte er sich auf nichts einlassen, während er hier studierte. Oder er hatte ein Mädchen in Polen.

Irgendwo im Turm öffnete sich eine Tür, und wir zuckten zusammen. François lehnte sich über das Geländer und äugte nach oben. Ich hätte schwören können, dass er blass wurde. »Professeur Woll!«, zischte er uns zu. »Vite, allez-allez!«

Und schon setzten wir uns in Bewegung. Wir sprangen und rannten die Treppenabsätze und Stufen hinunter, wir versuchten unser Gelächter zu unterdrücken, das wieder so unhaltbar in uns aufstieg, wir prusteten und kicherten und fingen, kaum dass wir aus der Turmtür heraus waren und ohne dass wir uns abgesprochen hätten, an zu rennen. Über den Weg liefen wir, die Anhöhe hinunter, hinauf auf den Gehsteig der Belforter Straße, über die Prenzlauer Allee hinweg, und weiter und weiter, bis der Turm hinter uns lag und unter den aufragenden Dächern und Schloten verschwand.

Irgendwann, auf der Höhe eines asiatischen Blumenladens, blieben wir stehen. Wir keuchten und lachten, Autos rauschten an uns vorüber, ein kleines Kind wand sich an der Hand seiner Mutter und deutete fragend auf François, der sich die stechende Seite hielt, und über uns bog sich der hohe, klare Herbsthimmel.

Mein Puls schlug schnell, aber es war nicht nur der Sprint gewesen, der mich so außer Atem hatte kommen lassen. Es war die Vorfreude, die Ahnung, dass sich etwas tun würde, irgendetwas. Vielleicht sogar etwas Großes. Es war die Neugier auf das, was da kam.

François richtete sich ächzend auf, er hielt sich noch immer mit der einen Hand die Seite, aber mit der anderen schnappte er sich eine Blume aus einem Kübel des Ladens. Eine weiße Nelke war es, eine Grabpflanze, doch das war ganz egal, denn er hielt sie mir hin.

»Catherine. Für disch.«

»Merci«, sagte ich. Schwarz verdrehte die Augen. »Franzmänner!«, murmelte er. Aber es klang gutmütig. Tadeusz tätschelte François leicht die Schulter und sagte zu Schwarz: »Lass ihn. Er ist ein Kavalier der alten Schule.«

Ich hielt die Nelke an meine Nase. Riechen konnte ich nichts, die ganze Luft war voller Abgase und durchtränkt von dem beißenden Geruch erster, gegen die Herbstfeuchtigkeit angefeuerter Kohleöfen. Aber ich konnte mich nicht erinnern, wann mir zuletzt jemand eine Blume geschenkt hatte. Ich schnupperte noch einmal und schloss die Augen.

Auf einmal bekam ich Angst, dass sich nichts ändern würde. Dass Brandner es sich anders überlegen würde. Dass wir weiter unter Wolls Fittichen blieben. Und dass ich schuld daran war.

Vielleicht hätte ich ihm einfach nur seine Frage beantworten sollen. Ihm sagen sollen, was wir bisher im Unterricht durchgenommen hatten. Vielleicht hatte ich meine Klappe zu weit aufgerissen. Vielleicht hatte mein Großvater recht und eine Nachtrab hätte nicht meckern dürfen, keinesfalls.

»Und jetzt?«, hörte ich Schwarz fragen.

Ja, und jetzt.

Den Rest des Tages verbrachten wir in Anspannung. Wir warteten darauf, dass sich etwas tat. Aber zunächst blieb alles wie immer. Wir fuhren noch einmal nach Schöneweide, wir sahen uns fragend an, als wir uns dort in der Pause in den Gängen begegneten, aber keiner von uns wusste Neues, auch Tadeusz nicht.

Unsere Unruhe wuchs.

Am späten Nachmittag war es dann so weit. Wir saßen bei Orlow und versuchten, uns auf dessen Vortrag zu konzentrieren. Er war ausnahmsweise nicht in seinem viel zu großen Ohrensessel versunken. Vielleicht spürte er, dass er uns heute etwas bieten musste, wenn er unsere Aufmerksamkeit erlangen wollte. Gerade stand er, zart und schmal, vor seinem überquellenden Bücherregal und beschrieb mit weit ausholenden Gesten ein Bühnenbild des Russen Meyerhold, als es plötzlich klopfte. Orlow hielt verdutzt in seiner Bewegung inne und rückte dann seine Hornbrille zurecht. Er schien unschlüssig darüber zu sein, was eine angemessene Reaktion auf so ein Geräusch wäre. Er war keine Störungen gewohnt. Für ihn galten eigene Regeln. Man ließ ihn in Ruhe. Er war schon zu lange an der Schule, Jahrzehnte, Lichtjahre, und hätte, das mutmaßten wir, längst pensioniert sein müssen. Oder einbalsamiert. »Herein?«, fragte Orlow schließlich, aber da war Schwarz schon aufgesprungen und hatte die Tür aufgerissen.

Es war nicht Brandner. Einer der älteren Studenten lümmelte im Türrahmen und grinste uns an. Ich war ihm schon einmal bei Frau Koch im Sekretariat begegnet, sein Name war Hans oder Franz, dritter oder vierter Jahrgang, so genau wusste ich es nicht mehr.

»Tach, Herr Orli«, sagte er. Dann entdeckte er mich und zwinkerte mir zu: »Mylady.« Ich wollte zurückgrinsen, stattdessen wurde ich rot. Der Student schien das zum Glück nicht zu bemerken. Vielleicht genoss er auch schon die Vorfreude auf den Einschlag seines nächsten Satzes, den er ganz lässig ganz nebenbei platzierte: »Soll euch sagen, dass sich euer Stundenplan für morgen ändert.«

Wir starrten ihn an. Auch Orlow sagte nichts. Er verharrte noch immer verwundert vor seinem Bücherregal und massierte mit den Fingerspitzen die Nasenbrücke seiner Brille. Das Erstaunen stand ihm ins runzlige Gesicht geschrieben, er wartete ebenso neugierig auf eine Erklärung wie wir.

Hans/Franz war sich seiner Wirkung voll bewusst. Mit einer koketten Drehung kehrte er uns den Rücken zu und winkte über seine Schulter in die Runde: »Na, dann: Tschö!«

»Mach keinen Scheiß!«, knurrte Schwarz. Tadeusz kniff seine Augen zusammen, François bekam vor Aufregung Schluckauf. Auch in Professor Orlow kam wieder Bewegung. Unfug in seinem Unterricht konnte er nicht dulden. Gerade holte er Luft, als der Student sich wieder zu uns wandte und abwehrend die Hände hob.

»Okay, okay, schon gut. Also: morgen für euch kein Unterricht bei Woll. Stattdessen Stelldichein mit Brandner. 17 Uhr. S-Bahnhof Wannsee.«

Ich war die Erste, die ihre Stimme fand.

»Wannsee?«, echote ich.

»Yes, my dear: Wannsee. Oder um es mit einem grandiosen Schlager zu sagen: Pack die Badehose ein, nimm dein kleines Schwesterlein.« Er angelte nach der Türklinke und nickte Orlow zu: »Verzeihen Sie die Störung, kommt bestimmt nicht wieder vor.« Und kurz bevor er die Tür hinter sich zuzog in meine Richtung: »Guten Flug!«

Die Bürotür war noch nicht ins Schloss gefallen, da begannen wir schon durcheinanderzurreden. Orlow klopfte ein paarmal mit der flachen Hand auf die Lehne seines Ohrensessels, aber wir waren nicht zu beruhigen.

»Brandner statt Woll!«
»Wannsee? Wieso denn Wannsee?«
»Warum so spät?«
»Heißt das …«
Ja, was hieß das.

Am nächsten Morgen war es noch dunkel, als ich in meinem verschlissenen Bademantel am Küchenfenster stand. Ich hielt meine dampfende Teetasse mit beiden Händen umfasst und starrte auf die Brandmauer gegenüber.

Fast die ganze Nacht lang hatte ich darüber nachgedacht, warum uns Brandner an den Wannsee kommen ließ. Ich hatte es nicht abstellen können, hatte mich auf meiner Matratze hin und her gewälzt und war, immer wieder hochschreckend, nur halb in wirre Träume hineingeglitten.

Kleist!

Das war das Einzige, was mir eingefallen war. Der große Heinrich von Kleist, der sich und seine Geliebte am Wannsee erschossen hatte. Plante Brandner eine Exkursion zu seiner Todesstätte? Was hatte er dort vor? Und war es wirklich der Wannsee gewesen, an dem sich der Dichter eine Kugel durch den Schädel gejagt hatte?

Ich wusste zu wenig über Kleist. Natürlich kannte ich die berühmtesten seiner Dramen, aber ich hatte noch nie darüber nachgedacht, selbst eines von ihnen auf die Bühne zu bringen. Die meisten seiner Stücke hatten zu viele Figuren, das hätten wir mit meiner kleinen *Musenjunkies*-Truppe gar nicht besetzen können. Wenn Brandner uns heute zu Kleist befragte, war ich aufgeschmissen.

Das durfte nicht passieren.

Ich stellte die Teetasse in der Spüle ab. Ich hatte kaum etwas getrunken, der Schwarze Tee schwappte über den Rand auf einen frisch gespülten Teller, aber das war mir egal. In meinem Zimmer kauerte ich mich vor einen meiner Bücherstapel. Ich hatte dort alles Mögliche übereinandergetürmt: Romane, Gedichtbände, zerfledderte Sammlungen von Kurzgeschichten, ein paar abgegriffene, mit Eselsohren bestückte Biographien. Orlows Russen. Und Theaterstücke, natürlich Theaterstücke. Blank oder mit Notizen übersät, viele davon kopiert, im Din-A4-Format zusammengetackert, notdürftig mit Bindfaden und Heftklammern verbunden oder in Klemmordner gepresst. Und all die Bände von *Spectaculum*. Ich rutschte von Stapel zu Stapel, fuhr mit dem Zeigefinger über Titel und Autorennamen, ich bog meinen Nacken, um besser lesen zu können. Als ich nichts fand, zerrte ich die Umzugskartons unter meinem Bett hervor, die ich dort gelagert und noch immer nicht ausgeräumt hatte. Irgendwo musste ich noch ein paar gelbe Reclamheftchen haben, vielleicht war da etwas von Kleist dabei, *Der Zerbrochene Krug* zum Beispiel oder *Amphytrion* oder wenigstens eine seiner Erzählungen. Dann könnte ich mich schnell noch einlesen und hätte Munition für den Kampf um Brandners Aufmerksamkeit.

Seit meiner Schulzeit war ich ziemlich gut darin, vorzutäuschen, dass ich Bücher genau kannte, obwohl ich sie in Wahrheit nie gelesen hatte. Ich las zwar für mein Leben gerne – aber sobald ich etwas lesen *musste*, verlor ich das Interesse. Ich konnte es nicht leiden, wenn mir jemand meine Lektüre vorschrieb. Im Gymnasium hatte ich es mir deswegen zum Sport gemacht, Belesenheit vorzutäuschen. Meistens hatte ich die Bücher aus dem Lehrplan einfach quergeblättert und mir ein paar Sätze eingeprägt, die ich später im Unterricht zitieren konnte. So hatte ich mich durch die Deutschstunden und später durch den Deutsch-Leistungskurs hindurchgemogelt. Der Trick bestand darin, dass es Zitate aus scheinbar unwichtigeren Szenen sein mussten, Sätze, die man nur kennen konnte, wenn man sich durch den kompletten Text hindurchgearbeitet hatte. Man musste nur den Moment abwarten, in dem man sich melden und, scheinbar spontan, eine Querverbindung zu genau dieser Szene schaffen konnte. Darin war ich geschickt. Ich bestritt meine eigene Meisterschaft, ich trieb es auf die Spitze. Goethes *Faust*, zum Beispiel, hatte ich in Wahrheit nie gelesen. Dafür hatte ich den kompletten Kurs in eine Debatte um die Szene verwickelt, in der Gretchen am Brunnen von der Schwangerschaft einer Bekannten erfährt. Ich kam mir furchtbar schlau vor. Viel schlauer als die Streber aus meiner Klasse, die alle auf ihren 1,0-Notendurchschnitt fürs Abitur hinfieberten und die im Lehrstoff aufgeführten Bücher lasen, als wären sie Heilige Schriften. Ich wurde eitel. Meine Wissenslücken wurden immer größer, die Liste der nicht gelesenen Bücher immer länger. Ich verweigerte mich dem Lehrstoff, ich las Ludwig Fels und Wolfgang Hohlbein und John Irving, aber nichts von Schiller, Goethe, Hesse, Mann. Ich verschlang die Bücher von Margaret Atwood, aber machte einen Bogen um Heinrich Böll. Und natürlich rächte sich mein Unwissen. Zum Beispiel jetzt.

Inzwischen war mir warm geworden, ich zerrte mir den Bademantel vom Körper und warf ihn auf das von der unruhigen Nacht verknäuelte Bettzeug. Ich wühlte in den Pappkartons, ich zerrte alte Tagebücher hervor, den entwerteten Führerschein meines verstorbenen Vaters, Schulzeugnisse, Briefe, die ich längst hätte zerreißen sollen, meinen Impfpass, meinen abgeliebten Teddybären mit dem zurechtgeflickten Ohr, aber da war kein Kleist.

Schließlich gab ich auf. Ich beförderte die Kisten mit einem Fußtritt zurück unters Bett und ließ mich auf die Matratze fallen. Über mir war ein Riss, der sich fast über die komplette Zimmerbreite zog. Draußen dämmerte der Morgen, der Stuck an der Decke tünchte sich mit Licht.

Noch heute fällt mir dieser Moment manchmal ein, wenn ich nebenbei einen Begriff in die Maske der Suchmaschinen eintippe. Und kann kaum glauben, wie verzweifelt ich damals war. Wie schwierig es war, Wissen schnellstmöglich zu beschaffen. Und wie umständlich.

Ich besaß noch immer kein Lexikon. Meine Mutter hatte angeboten, mir eines zu Weihnachten zu schenken, aber ich musste an den Brockhaus denken, an die vielen dicken und schweren Bände, die zu Hause unser Wohnzimmerregal vollstellten, und hatte abgelehnt. So sehr ich auch versuchte, mich in Berlin einzuleben: mich beruhigte noch immer der Gedanke, dass ich jederzeit weiterziehen konnte: zurück nach Nürnberg – oder einfach weg. Ich wollte mich nicht beschweren, mit nichts und mit niemandem.

Ich rollte mich zur Seite und presste mein Gesicht ins Kissen. Ich war todmüde. Aber ich durfte nicht wieder einschlafen, keinesfalls. Ich durfte nicht fehlen, an keinem der Tage, die ich an dieser sagenumwobenen Schule studieren durfte. Am Gymnasium hatte ich so oft geschwänzt. Hier würde ich das nicht tun, nie, nie, nie, das hatte ich mir geschworen. Und schon gar nicht heute.

Tadeusz wusste sicher eine Menge über Kleist. François bestimmt auch, wahrscheinlich sogar Schwarz. Ich wollte nicht an meinem ersten Brandner-Tag als Dummchen der Klasse dastehen. Ich stöhnte und setzte mich auf.

Wann öffneten die Bibliotheken? Vielleicht konnte ich noch in die Amerikanische Gedenkbibliothek radeln, bevor ich zum Wasserturm musste. Oder in die Staatsbibliothek Unter den Linden. Oder in eine Buchhandlung, irgendeine größere, die hatten bestimmt etwas. Aber da mir fiel nur die Buchhandlung Kiepert im Haus Hardenberg ein. Die war riesig, ich hatte dort schon Stunden um Stunden verbracht. Allerdings lag sie gegenüber der Technischen Universität. Das war in Westberlin und vor Unterrichtsbeginn kaum zu schaffen. Berlin war einfach zu groß, viel zu groß.

Je mehr ich über ihn nachdachte, desto weniger schien ich über Kleist zu wissen. Woher kam das »von« in seinem Namen, war er irgendwie adelig gewesen? Wo war er geboren, gab es da nicht ein Museum in Frankfurt/Oder? Mir fiel nicht einmal mehr der Name seiner Todesgefährtin ein, dabei hatte ich an der Schaubühne einen großartigen Monolog zu Kleists Briefen gesehen. Ich sollte meine Mutter anrufen und sie bitten, mir wenigstens den Brockhauseintrag über Kleist vorzulesen.

Ich rutschte vom Bett, angelte mir Hose und T-Shirt vom Dielenboden und begann, mich anzuziehen. Ich hatte noch immer keinen Telefonanschluss in meiner Wohnung, ich würde in die Telefonzelle in der Parallelstraße gehen müssen. Es waren eigentlich sogar zwei Zellen nebeneinander, eine für Münzen, eine für Telefonkarten, und in beiden stank es gleich übel nach Zigarettenrauch und Urin. Aber es nutzte ja nichts. Wenn ich meine Mutter noch erwischen wollte, bevor sie zur Arbeit ging, musste ich los. Ich streifte mir einen meiner Strickpullis über, steckte die Telefonkarte, die meine Mutter mir mit der Post geschickt hatte, in meine Hosentasche und machte mich auf den Weg.

Die Luft war kühl, als ich auf die Straße trat. Ich hatte mich noch immer nicht daran gewöhnt, dass mein neuer Hinterhof das Wetter verfälschte. Seine dicken Mauern gaben jeden Umschwung der Temperatur zeitverzögert wieder, er speicherte die Kälte und die Wärme. Ständig hinkte ich dem Wetter hinterher, kam zu warm oder zu luftig angezogen nach draußen. Manchmal stellte ich mir vor, dass der Hof ganze Jahreszeiten verschieben könnte. Ich malte mir aus, wie auf den Straßen von Berlin schon Schnee läge, während bei mir im Hof noch Sommer wäre. Oder andersherum: mein Hof als kalte, stille Schneekugel inmitten einer röhrenden, vor Gluthitze schmelzenden Stadt.

Berlin schlief nie. Das ist so ein Vorurteil, das über jede Metropole in Umlauf gebracht wird, *New York, New York, city that never*, aber hier, im Berlin der neunziger Jahre, stimmte es. Nie hatte ich dort dieses Gefühl erlebt, das ich von daheim her kannte: dass die Stadt sich langsam zur Ruhe bettete, dass sie hinüberglitt in die Nacht. In meinem Vorort zu Hause gab es den Moment, an dem sich alles herunterzufahren schien. Das Verkehrsrauschen an der nah gelegenen Schnellstraße schwoll ab, Garagentore schlossen sich mit leisem Rattern und aus den geöffneten Fenstern der Reihenhäuser kam erst das Klappern von Geschirr, die Eröffnungsklänge der Tagesschau, dann später ruhiges Schnarchen, Seufzen, Atmen.

Hier war es anders. Der Rhythmus der Stadt verformte sich zwar über den Tag hinweg, aber wirklich still wurde es nie. Wohin ich auch blickte, waren Häuser, Wohnungen, Fenster, Türen. So viele Menschen hausten dort in ihren eingeschachtelten Leben, überall wurde geschlafen, gegessen, geliebt, gestorben, getanzt, immer stand gerade jemand auf oder legte sich jemand zu Bett, Nachtarbeiter, Schichtarbeiter, Tagarbeiter, immer kam jemand, ging jemand oder blieb.

Als ich aus dem Haus trat, sah ich auf meine Armbanduhr: 6:25 Uhr. Für mich war das früh. Aber die Stadt war in Bewegung, natürlich war sie das, das wäre auch daheim in Franken so gewesen. Vorne an der Petersburger Straße flossen die Autos vorüber, ihre Karosserien glänzten im Morgenlicht, sie zogen ungeduldig straßauf, straßab, in beide Richtungen. Das war noch so eine Sache: In Berlin gab es keinen Magnetismus, keinen Stadtkern, auf den alles zuströmte. Daheim fuhr man morgens in die Innenstadt und abends in die Vorstädte, es gab klare

Linien, klare Ziele, auf die alles zulief. Hier schienen überall Zentren zu sein, der Kern war zersplittert.

Ein Mann im Anzug lief mit schwingendem Aktenkoffer an mir vorüber, er stierte an mir vorbei, seinen leeren Blick auf Zahlenkolonnen oder Paragraphen gerichtet. Ich versuchte, mir seinen Gang zu merken, den zackigen Schritt und die schlampig herumbaumelnden Arme, die ihn widersprüchlich erscheinen ließen. Er wäre, fand ich, eine gute Bühnenfigur, ein Zerrissener.

Die Telefonzellen waren beide frei. In der linken konnte ich einen Schwall von Erbrochenem erkennen, der über dem zerfetzten Telefonbuch erstarrt war. Ich öffnete die Tür zur rechten Zelle und trat ein.

Später saß ich im *Wronski*, gegenüber des Wasserturms. Meine Mutter war nicht zu erreichen gewesen. Ich hatte mir eine Zeitung geschnappt, ich trank Filterkaffee und blätterte im Kulturteil herum. Ich suchte und suchte, und tatsächlich, da war sie: eine Kritik zu Brandners Hamlet-Inszenierung in Salzburg.

Es war ein Verriss. Dass der Hauptdarsteller den Abend nicht habe tragen können, stand da. Das Bühnenbild sei viel zu grell gewesen. Vor allem aber ging es um Brandners Regie. Er habe Shakespeare banalisiert. Unter seiner Leitung sei der große Hamlet zum weinerlichen Kind verkommen, die Zuspitzung der Konflikte sei nicht gelungen, im Gegenteil, Brandner habe alles verflacht. Die Königsfamilie sei zu nervigen Nachbarschaft geworden, deren Genörgel nun wirklich niemanden interessieren würde. Man solle lieber daheimbleiben und sich die *Lindenstraße* ansehen. Denn wirklich alles, so lautete auch der Titel der Kritik, sei faul an Brandners Staate Dänemark.

Ich schnaubte und schlug die Zeitung zu. Am liebsten hätte ich den Wohnsitz von diesem Schmierfink ausfindig gemacht und an seine Tür gehämmert und ihn zur Rede gestellt. Ich konnte gar nicht verstehen, wie man es wagen konnte, so über

Brandner zu schreiben. Aber vielleicht war das so, wenn man so berühmt war wie Brandner: dass die Neider und Giftmischer aus ihren Ritzen krochen, um einen mit Dreck zu bewerfen. Ihm selbst machte das bestimmt gar nichts aus. Er war so groß, so berühmt. Er war das sicher gewohnt.

Draußen, vor den großen Scheiben des Cafés lief François vorüber. Ein paar Herbstblätter segelten auf ihn herunter, aber er schien es nicht zu bemerken. Seine Schritte waren schwer. Er hielt das Kinn hochgereckt und starrte im Gehen auf den Turm. Er schien immer langsamer zu werden, je näher er ihm kam.

Brandner war nicht am Gleis, als wir mit der S-Bahn einfuhren. Das machte nicht nur Schwarz nervös, aber er war der Einzige, der es zeigte. Mit seiner Fußspitze kickte er gegen die Infotafel mit den Abfahrtszeiten. Er schwitzte und roch merkwürdig chemisch.

»Und jetzt? Warten wir hier? Oder draußen? Oder was?«

»Gibt zwei Ausgänge«, sagte Tadeusz.

Schwarz funkelte ihn an: »Wenn du immer alles weißt, warum weißt du dann nicht, wo Brandner ist.« Tadeusz zuckte mit den Schultern. Ich sah den Steig hinunter. Eine alte Dame zuckelte uns mit ihrem Rollwägelchen entgegen, ein kleiner Junge umrundete sie im Laufschritt und schulterte dabei seinen Turnbeutel. Sonst war niemand zu sehen.

»Wir könnten uns aufteilen?«, schlug ich vor.

Ich war erst einmal am Wannsee gewesen. Im Hochsommer war ich bei einer meiner Stadtwanderungen bis zum Strandbad gelaufen. Ich hatte alles dort geliebt: die hölzernen Umkleidekabinen, die Strandkörbe. Die alte Uhr mit dem verwitterten Ziffernblatt, die sich auf ihrem Stahlgerüst hoch in den Sommerhimmel hinauf reckte. Die überraschende Weite. Um mich herum waren spielende Kinder gewesen, schläfrige Jugendliche mit batteriebetriebenen Stereorekordern, Damen im geblümten Einteiler. Ich war allein auf meinem Frotteehandtuch herumgelegen, während sich vor mir das Wasser in die Ferne zog. Die Badegäste mussten ausgiebig waten, um in den tieferen Teil des Sees zu gelangen. Es sah aus, als würden sie auf der Wasseroberfläche herumspazieren. Als hätten sie, leichtfüßig und ohne es zu merken, jede Verbindung mit der Schwerkraft verloren. Losgelöst flanierten sie im Gegenlicht auf dem See herum, einzeln und paarweise, manche von ihnen hielten sich an den Händen, aber sie sanken nicht ein. Etwas daran hatte mich so traurig gemacht, dass ich wieder gegangen war, ohne zu schwimmen.

»Wir bleiben zusammen«, bestimmte Schwarz. Er hatte die Augen zusammengekniffen. Ich ahnte, dass er es nicht ertragen hätte, wenn einer von uns Brandner zuerst entdeckt hätte, ohne ihn.

Wir fanden Brandner am Bahnhofsvorplatz vor den Taxiständen, neben einer bunt beklebten Litfaßsäule. Er war nicht allein. Eine hochgewachsene Blondine stand bei ihm. Ihre dunklen Augenbrauen bildeten einen scharfen Kontrast zu ihren hellen, wild aufgetürmten Locken. Ihr Mund war zu groß für ihr Gesicht. Sie hatte eins von diesen weich fallenden Wickelkleidern an, in denen ich mich immer kostümiert fühlte. Es war hellblau mit weißen tellergroßen Blumen. Über dem Kleid trug sie einen geöffneten, schmal geschnittenen, roten Herbstmantel mit schwarzer Einfassung und ein lose um den Hals geschlungenes Seidentuch. Die Füße steckten in ledernen, hochhackigen Stiefeln. Sie war älter als wir, sicher schon Ende zwanzig. Sie musste eine von Brandners Schauspielerinnen sein, sie war so anmutig.

Als wir aus dem Klinkerbau der Schalterhalle traten, lehnte sich Brandner gerade zu ihr hinüber und sagte etwas, das wir aus der Ferne nicht verstehen konnten. Sie lachten. Die Blondine warf den Kopf in den Nacken, das Lachen floss ihr durch den ganzen Körper und bog ihren Rücken zu einer eleganten Kurve. Sie wirkte so selbstbewusst, wie ich es niemals sein würde. Im Näherkommen konnten wir ihre Stimme hören, die sich unter das Rauschen eines vorne, am Kronprinzessinnenweg, vorüberfahrenden Linienbusses schob. Sie war kräftig und tief.

Brandner entdeckte uns und hielt inne. Mit einer weit ausholenden Armbewegung fuhr er herum und deutete in unsere Richtung. Der Schoß seines schwarzen Mantels wirbelte mit einem Ruck von ihm weg wie bei einem Frack. Er hatte etwas von einem Zirkus-Dompteur, der den Auftritt seiner eintrabenden Pferdchen verkündet: »Da kommt ja mein Jahrgang!«

Sein Jahrgang.

Ich konnte hören, dass Schwarz hinter mir scharf einatmete. Und ich musste mich beherrschen, um nicht einen freudigen Hüpfer in meinen Gang einzubauen und dann zu stolpern.

»Hallo«, murmelten wir, als wir schließlich vor den beiden zum Stehen kamen. Wir formten eine Pfeilformation, mit Tadeusz an der Spitze. Brandner betrachtete uns, aber nur einen sprach er an:

»Tadeusz.«

»Korbinian.«

Irgendetwas an der Art, wie Tadeusz Brandners Vornamen betonte, schien mir merkwürdig. Aber vielleicht war er auch einfach abgelenkt. Er nickte, während er Brandner antwortete, doch sein Blick blieb auf die Blondine geheftet. Ich drehte mich zu ihm um und bemerkte etwas in seinen Augen, ein Glimmen oder ein Glitzern, das ich vorher noch nie an ihm gesehen hatte.

»Willkommen im Westen«, sagte Brandner.

»Bekommen wir jetzt Begrüßungsgeld?«

Ich zuckte zusammen. Die Frage war von Schwarz gekommen. Ich konnte mich nicht erinnern, dass er jemals freiwillig im Unterricht gesprochen hatte. Und einen Witz hatte ich ihn überhaupt noch nie machen hören. Wenn es denn ein Witz sein sollte.

Brandner sah Schwarz an und schwieg. Etwas flackerte über sein Gesicht. Ich fragte mich, ob es Verärgerung oder Belustigung war, es war schwer zu deuten. Ich biss mir auf die Unterlippe und beschloss, niemals in Anwesenheit meiner Dozenten irgendwelche Ost-/West-Bemerkungen zu machen. Sie kamen alle aus dem Osten, sie waren alle alt. Sie hatten eine Vergangenheit, über die ich nichts wusste. Zorbas hatte recht: für mich war das Neuland. Das Eis war mir hier viel zu dünn. Aber Schwarz schien Brandners Reaktion nicht zu fürchten, im Gegenteil, er fügte fast lauernd hinzu: »Oder Bananen?«

Hoch oben über uns pflügte sich ein gelber Rettungshubschrauber durch den bewölkten Herbsthimmel. Er steuerte über die schwankenden Baumwipfel hinweg in Richtung des Strandbads. Jenseits der Straße konnte ich in einer Senke den Wannsee sehen, Segelboote sausten auf der aufgewühlten, grün schillernden Wasserfläche herum, ihre Segel zitterten in der Luft. Erst jetzt fiel mir auf, wie windig es war.

Die Blondine verlagerte ihr Gewicht und schien Brandner dadurch zurück zu ihr zu holen. Er richtete sich auf und legte ihr die Hand auf die Schulter.

»Darf ich Ihnen Ihre neue Kommilitonin vorstellen: Nele Donnersberg. Sie ist sozusagen das bisher vermisste Glied in der Kette.«

»Genau, ich habe euch gerade noch gefehlt!«, lachte sie.

»Nele, enchanté!«, rief François. Eilig umrundete er Tadeusz und küsste die Blondine auf die Wangen, links, rechts. Sie war so groß, dass er sich dabei ein wenig auf die Zehenspitzen stellen musste. Tadeusz fing den belustigten Blick der Blondine auf und zwinkerte ihr zu. Ich hatte ihn noch nie zwinkern sehen.

Ich starrte Nele an und versuchte wenigstens meine Mundwinkel nach oben zu ziehen. Ich hatte keine Chance. Das wusste ich sofort. Frauen wie diese waren mir auf so vielen Ebenen überlegen. Sie würde Brandner verzaubern und alle Inszenierungen bekommen, sie würde eine Familie mit Tadeusz gründen und sich François als Haustier halten, sie würde immer siegen.

Auf einmal war mir Schwarz sympathisch. Er sah als Einziger völlig unbeeindruckt und fast verdrossen aus. »Wann geht's denn endlich los«, murmelte er. Seine Worte gingen im Lärm unter, am Kronprinzessinnenweg setzte gerade ein Hupkonzert ein, irgendjemand hatte die Ampelschaltung übersehen.

Ein Windstoß fuhr über den Vorplatz, und ich zog meinen grünen Armeeparka fester um mich. Brandner rieb seine Handflächen gegeneinander. »Nun, da wir alle Begrüßungszeremonien hinter uns gebracht haben, kommen wir also zu des Pudels Kern. Sicher fragen Sie sich, warum wir uns hier treffen.«

Wir nickten. Auch Nele hob und senkte ihren Lockenkopf. Sie stand noch immer neben Brandner, während wir vor den beiden aufgereiht waren wie ihre kleinen Kinder. Mich störte das. Ich tat so, als würde ich Brandners Stimme gegen den Wind nur schwer verstehen, und trat mit drei entschlossenen Schritten an seine andere Seite. Es war eine merkwürdige Perspektive. Ich stand nun gegenüber von Tadeusz, Schwarz und François, aber sie sahen alle an mir vorbei. Sie waren völlig auf Brandner fixiert. Es waren Blicke, die ich von ihnen nicht kannte. Schwarz wirkte so wach, Tadeusz schien wie in Stein gemeißelt und in François' Augen lag ein leichter Fieberglanz. Ich begann mich zu fragen, wie ich wohl aussah. Brandner holte Luft und mein Puls schlug schneller.

Kleist. Jetzt musste es kommen.

Ich wollte es ausrufen. Wenn ich die Erste war, die seinen

Namen ins Spiel brachte, fiel es vielleicht nicht so auf, dass ich sonst nicht so viel über ihn wusste. Ich musste nur diejenige sein, die es zuerst sagte, ich musste nur …

»Nun denn, ich gebe Ihnen einen ersten Tipp: Heinrich, mir graut's vor dir.«

»Kleist.«

Es war nicht ich, die seinen Namen rief. Und er wurde auch nicht gerufen, er wurde gesäuselt, ganz sanft. Von Neles rauchiger Stimme. Ganz gelassen, ganz unaufgeregt hatte sie das Wort ausgesprochen, oder besser: gehaucht. Und sie war trotzdem schneller gewesen als ich.

Brandner nickte Nele anerkennend zu. »Sie denken um die Ecke, das gefällt mir.«

Mir schoss das Blut ins Gesicht.

»Aber«, fuhr Brandner fort. »In diesem Fall wäre die offensichtlichere Antwort die richtige.«

Wir schwiegen. Keiner von uns wollte nun aussprechen, woher das Zitat kam. Keiner von uns wollte so *offensichtlich* sein. Brandner schien das auch gar nicht zu erwarten.

»Was es damit auf sich hat: dazu müssen Sie sich noch ein wenig gedulden. Zunächst einmal«, er drehte sich um und wies auf den Taxistand, »unternehmen wir eine kleine Reise.«

Wir fuhren über eine langgezogene Landstraße, der Abendsonne entgegen. Draußen zogen Wälder und Wiesen vorüber, Zugvögel stiegen von gemähten Stoppelfeldern auf, Heuballen türmten sich in die Höhe und formten Skulpturen mit endlos langem Schattenwurf. Aber ich sah fast die ganze Zeit auf das Taxameter, auf die höher und höher steigenden Zahlen.

Taxifahren war Luxus für mich. Ich war erst zweimal in meinem Leben in ein Taxi gestiegen – einmal zur Beerdigung meines Opas, und einmal, als ein Freund und ich auf der Heimfahrt von einem seiner Schachwettbewerbe nachts am Hauptbahnhof gestrandet waren. In einem Großraumtaxi hatte ich überhaupt noch nie gesessen. Zu Hause hatten wir schließlich ein Auto, einen kirschroten Opel, und in Berlin fuhr ich immer mit den öffentlichen Verkehrsmitteln oder mit meinem klapprigen Fahrrad herum. Ein Taxi zu nehmen, wäre mir nie eingefallen, dabei war die Stadt voll davon. In Berlin musste man Taxis nicht einmal rufen, sie waren immer da. Sie schoben sich in Strömen über Brücken und durch Tunnel, sie standen an Ampeln und Imbissbuden, nachts sprenkelten ihre gelben Leuchtbuchstaben die Straßen. Als ich einmal oben auf der Besucherplattform der Siegessäule stand und auf den Großen Stern heruntersah, wurde mir fast schwindlig von den vielen weißen und vergilbten Wagen, die dort kreisten und in alle Richtungen ausschwärmten. Ich konnte gar nicht begreifen, wo die Leute all das Geld herhatten, das sie so munter durch die Stadt fahren ließ. Meine Mutter hatte mich anders erzogen: Ein Taxi nahm man nur im äußersten Notfall. Man berechnete und hinterfragte jeden Meter, den man fuhr. Und während ich zusah, wie die Zahlen aufwärts schossen, formte sich in meinem Kopf ein Gedanke. Dass Brandner mit uns Taxi fuhr, eine so lange Strecke noch dazu, konnte nur eines heißen. Wir waren ihm etwas wert, mit jedem Meter mehr.

Neben mir schlief Schwarz. Sein Kopf war in den Nacken gesackt, er hatte den Mund geöffnet und schnarchte leise. Tadeusz saß auf der anderen Seite, er starrte aus dem Fenster, ich konnte nur seinen Hinterkopf sehen. François und Nele waren auf der Rückbank und sprachen leise über Neles Inszenierung in Kempten. Es klang beeindruckend, ich hoffte, dass Brandner, der vorne neben dem graubärtigen, schweigsamen Fahrer saß, davon nicht allzu viel mitbekam.

Heinrich, mir graut's vor dir.

Faust. Das war ein Zitat aus Goethes *Faust*. Es waren, das wusste sogar ich, die Worte, die Gretchen im Kerker spricht, als sie sich weigert, gemeinsam mit Faust und Mephisto vor ihrer Hinrichtung zu fliehen. Sie widersteht dem teuflischen Angebot und rettet dadurch ihre Seele. Nur was hatte Faust mit dem Wannsee zu tun? Oder Goethe? Waren wir noch am Wannsee? Im Osten oder im Westen? Waren wir überhaupt noch in Berlin?

Irgendwo unterwegs war uns die Stadt verloren gegangen. Ich hatte den Übergang gar nicht bemerkt. Gerade waren wir doch noch in der S-Bahn gesessen, wir waren von vorüberrauschenden Gebäuden und Straßen umgeben gewesen, von Kaskaden aus ein- und aussteigenden Menschen. Jetzt war plötzlich niemand mehr da. Vor uns schwang sich die Straße völlig leer in die Ferne. Kein einziges Gebäude war mehr zu sehen. Wir hatten keine Vorstädte passiert, keine langsam ausdünnenden Trabantensiedlungen durchquert. Diese Stadt franste nicht aus oder sickerte in das Land hinein. Sie hörte einfach auf. Und wir waren über ihre Kante gefallen.

Als das Taxi abbremste und in einen Waldweg einbog, war auch ich fast eingeschlafen. Autofahren machte mich immer müde, das war einer der Gründe, wieso ich nicht gerne selbst am Steuer saß. Ich hatte Angst vor dem Sekundenschlaf, davor, dass ich mich wegträumen und die Kontrolle über den Wagen verlieren würde. Jetzt machte die Schaukelbewegung des Taxis mich wach, das den Asphalt verließ und über einen immer unebener werdenden, von Wurzeln und Zweigen durchflochtenen Erdweg holperte.

»Bis hierhin«, hörte ich Brandner sagen und das Taxi kam zum Stehen.

Neugierig blickte ich nach draußen. Wir befanden uns mitten auf einem dicht bewachsenen Waldstück. Um uns herum ragten hohe Nadel- und Laubbäume auf, Moosflecken und Flechten bedeckten den Boden, und zwischen zwei Fichten sah ich einen schmalen, sandigen Pfad, der ins Nichts zu führen schien.

Was wollten wir hier? Was hatte Brandner vor?

Auf einmal war die Aufregung wieder da. Ich spürte, dass ich zu schwitzen begann. Ich sah zu Tadeusz hinüber, aber der drehte mir noch immer den Rücken zu. Er saß ganz aufrecht, sein ganzer Körper wirkte steif. Ich war mir plötzlich sicher, dass er mehr wusste als wir.

»Alter, wo sind wir!« Schwarz beugte sich über mich hinweg. Er starrte gähnend aus dem Fenster und kratzte sich dabei am Schlüsselbein. »Hinter den sieben Bergen oder was!«

Nele lachte und Tadeusz schnallte sich ab und zog mit einem Ruck die Schiebetür des Taxis auf.

Es roch nach Kiefern und Pilzen, als wir ausstiegen. Ich hatte lange nicht mehr so würzige Luft geatmet. Die Sonne fiel in langen Lichtstreifen zwischen den Baumwipfeln hindurch, die Schatten der verschorften Stämme formten ein Gittermuster, das in der Tiefe des Walds immer engmaschiger wurde. Der Taxifahrer schaltete den Motor aus, und ich konnte einen Specht hämmern hören. Oben in den Baumwipfeln rauschte der Wind.

Brandner war sitzen geblieben und schien die Rückfahrt zu besprechen. Ich konnte sehen, dass er auf seine Uhr deutete. Das beruhigte mich ein bisschen. Wir hatten keine Taschenlampen dabei und bis zur Dämmerung konnte es nicht mehr allzu lange hin sein.

Vor allem aber hatte ich keine Ahnung, wo wir waren.

Mit einem dumpfen Knall fiel die Beifahrertür ins Schloss. Wir wichen zur Seite, als der Fahrer den Motor wieder startete und zu rangieren begann. Ein Mückenschwarm stieg aus einem Strauch auf und flirrte über den Zweigen. Der Fahrer hob die

Hand zum Gruß und verschwand in einer Wolke aus Sandstaub, aufgewirbelten Tannennadeln und Abgas.

Es war warm, wärmer als an der S-Bahn-Station. Der Waldboden schien die Herbstsonne aufzusaugen und abzustrahlen. Die Bäume bildeten einen Schutzwall gegen den Wind. Nele knöpfte ihren Mantel auf und betrachtete zweifelnd die hohen Absätze ihrer Lederstiefel. Tadeusz und François standen ein wenig abseits und sahen sich um. Die Augen von François waren weit aufgerissen, Tadeusz hatte die Stirn gerunzelt. Vielleicht suchten sie einen Hinweis. Vielleicht waren sie auch einfach lang nicht mehr in der Natur gewesen. Keiner von uns sprach, nicht einmal Schwarz, der sich mit dem Rücken gegen den Stamm einer Kiefer fallen ließ und die Arme vor dem Brustkorb verschränkte.

Brandner sagte nichts. Er stand einfach nur da und sah an uns vorbei. Ein schmaler Streifen aus Sonnenlicht fiel quer über seinen grauen Scheitel und zog sich über seine Stirn bis zum rechten Ohr. Irgendwo weiter oben ragte der Umriss eines Astes in die einfallende Sonne hinein und verlieh dem Streif einen Schattenzacken, der sich wie eine Rahmung um Brandners rechtes Auge legte. Ich hatte diese Art Maske schon einmal irgendwo gesehen. Sie sah aus wie ein Blitz.

»Ziggy Stardust«, hörte ich Schwarz murmeln.

Über uns fuhr ein neuer Windstoß durch die Wipfel. Der Specht hatte seine Schlagfrequenz erhöht. Er hämmerte jetzt schneller und heftiger, die Schläge krachten durch den Wald, sie prallten an Felsen und Erdhügel und vervielfältigten sich im Echo, eigentlich war es, fand ich, wie ein aufbrandender Trommelwirbel für die nun wohl kommende Erklärung.

Aber Brandner blieb stumm. Etwas an seinem Blick gefiel mir nicht. Ich versuchte herauszufinden, was es war. Er sah nicht unfreundlich aus. Das rechte Auge, das unter dem Sonnenblitz zu leuchten schien, war umgeben von den tiefen Lachfältchen, die ich so mochte. Um seinen Hals hatte Brandner einen roten Wollschal geschlungen, der mir vorher gar nicht aufgefallen war. Seine Füße waren leicht im Waldboden eingesunken, Laub und Nadeln schichteten sich fast bis zu seinen Knöcheln auf, aber er wirkte so groß und aufrecht wie immer. Sein Mantel stand offen, ich konnte den grobgestrickten Pullover erkennen, den er schon bei unserem Gespräch getragen hatte.

Trotzdem wirkte er fremd.

Mit einer bedächtigen Bewegung zog Brandner einen Zigarillo aus der Innentasche seines Mantels und klemmte ihn sich zwischen die Zähne. Wir sahen zu, wie er ein Streichholz aus einem Heftchen knickte und anriss. Die kleine, helle Flamme. Das Anschmauchen. Seine gerunzelte Stirn, als er wieder aufsah und den inhalierten Rauch ausstieß, den Blick wieder in die Waldtiefe gerichtet, als sähe er in einen Brunnen hinein.

Und plötzlich begriff ich: Brandner wirkte, als hätte er vergessen, dass wir bei ihm waren. Es war, als wäre er völlig allein in diesem Wald.

Einen kurzen Moment lang fragte ich mich wieder, wie alt er eigentlich war. Ob er alt genug wäre, um so etwas wie Alzheimer zu haben. Ich wusste nicht viel über diese Krankheit. Ich hielt sie für eine Erscheinung, die man eben bekam, wenn das Gehirn müde wurde. Wenn es in einem langen Leben zu viel aufgesammelt hatte, sich zu viel gemerkt, angelesen und erlernt hatte und sich deswegen langsam ins Vergessen absenken wollte, einfach, weil es zu viel wusste.

Dass Brandner plötzlich loslief, überraschte mich nicht. Er drehte sich nicht nach uns um. Er blieb nicht stehen, rief uns nicht, forderte uns nicht auf, ihm zu folgen. Den schmalen Sandpfad ignorierte er genauso wie die Fahrfurche, auf der das Taxi gekommen war. Mit weit ausholenden Schritten überquerte er den Waldboden. Sein Mantel flatterte hinter ihm her, der ausgestoßene Rauch seines Zigarillos legte sich in dünnen Nebelfetzen um die von ihm umrundeten Bäume.

Wir sahen uns an. Nele hatte eine ihrer Augenbrauen hochgezogen. François wirkte erschrocken, er holte Luft, um Brandner etwas hinterherzurufen, aber Tadeusz legte eine Hand auf seinen Arm und schüttelte den Kopf.

Wir lauschten dem Knacken der zertretenen Zweige, unter dem Brandner sich entfernte, dem Rascheln des Laubs. Bis Schwarz schließlich schnaubte, sich vom Stamm der Kiefer abstieß und loslief.

Wir folgten ihm, einer nach dem anderen. Wir gingen Brandner hinterher, hinein in den dichter werdenden Wald, wie in einen dunkel und dunkler werdenden Schacht.

4

Was wussten wir von Georg Heym. Was konnten wir wissen von einem, der uns vorgehalten wurde. Mit dem wir uns messen sollten. Wie misst man sich mit einem Toten.

Als er starb, sagte Brandner, *war er fast so jung wie Sie jetzt.*

Fangen wir mit den Daten an. Heym wurde im Riesengebirge geboren, am 30. Oktober 1887, in der Talsenke einer schlesischen Kreisstadt namens Hirschberg. Eine Postkarte von damals zeigt das Städtchen als Ansammlung von ineinander verschobenen, weiß getünchten Höfen und Häuschen. Zwei freundlich aufzeigende Kirchtürme sind unter hohem Himmel zu sehen, Spitzdächer, Flachdächer, wenige Schlote. Schmale Gassen, die zu von Bäumen gesäumten Plätzen führen. Der Stadtrand ist umschwungen von sanft ansteigenden Hügeln. Ein geschützter Ort muss das gewesen sein, eine helle Glaskugel, eingebettet in das Niemandsland der dunkel verlaufenden Berge. Langweilig und träumerisch, schrieb Heym selbst, sei seine Kindheit dort gewesen. Und wir wussten nicht, wie wir das deuten könnten.

Ich nahm es als gutes Zeichen. Verträumt war ich selbst immer gewesen – und eine langweilige Kindheit hatte ich auch gehabt. Ich konnte mit keinen grausamen Ereignissen aufwarten, die mich zu einer verstörten Künstlerin hätten verhärten können. Ich wuchs nicht im Dreck auf, sondern im Reihenhaus. Ich wurde nicht verstoßen, ich spielte Tischtennis und lernte Geige. Niemand quälte oder schlug mich, ich hatte ein Kuscheltier. Auch hungern musste ich nie. Meine Familie umsorgte mich. Mein Vater und meine Mutter hatten niemals Arbeitsverbot, sie waren keine Trinker, hatten keine Spielsucht und liebten einander. Im Sommerurlaub fuhren wir nach Italien. Nicht einmal Anzeichen von Wahnsinn gab es in unserem Familienstammbaum. Ich kam zwar aus einem geteilten Land, immerhin, aber offensichtlich aus der falschen Hälfte. Das begann ich unter Brandners Fittichen zu begreifen. Wie kann man, fragten er und ich mich immer wieder, da zu einem Genie werden?

Heym konnte es.

Sein Vater war Staatsanwalt. Auch das fand ich beruhigend. Es klang so gutbürgerlich, so gesetzt. Für mich hieß es, dass man keine kreativen Eltern haben musste, um selbst in der Kunst erfolgreich zu sein. Talent liegt nicht in den Genen, auch wenn einem die vielen Schauspieler-Dynastien das vorgaukeln. Ein Genie ist man ausschließlich selbst.

Mein eigener Vater arbeitete bis zu seinem Tod in einem Technologiekonzern. Er verließ morgens um sieben das Haus und kam abends zur Tagesschau zurück. Dann saß die Familie beim Abendbrot nebeneinander und betrachtete von der Couch aus die Nachrichten. Ich verstand nie genau, was mein Vater auf seiner Arbeit wirklich tat. Manchmal verdächtigte ich ihn, es selbst nicht zu wissen. Er war kein Träumer, er war das, was Heym als *Wirklichkeitsmenschen* bezeichnete. Er gab sein Leben für den Konzern, dabei wäre er lieber Opernsänger geworden. Er liebte die Musik. Am Wochenende legte er Schallplatten auf und setzte sich oft stundenlang vor den Lautsprecher. Er lauschte und rauchte und lauschte, bis das Wohnzimmer im

Nebel verschwand. Ich stand vor der Tür und wagte mich nicht hinein. Ich blieb dort an der Schwelle, das Ohr an das Holz gepresst. Ich hörte den knisternden Aufnahmen zu, genau so verzaubert wie er. Das verband uns mehr als die Tatsache, dass ich seine Tochter war.

Wie Heym zu seinem Vater stand, kann ich nicht wissen. Es gibt Tagebuchaufzeichnungen, die sich widersprechen. Mal ist sein Vater ein *seelenguter Mann*, dann ein *Schuft*. Aber so denken Söhne über Väter.

Als Heym fünf Jahre alt wurde, veränderte sich seine Welt. Plötzlich überquerte seine Familie die Berge, die ihn so schützend umschlossen hatten. Der Vater wurde nach Posen versetzt und schon wenig später nach Gnesen. Dort musste er der Vollstreckung von Todesurteilen beiwohnen, die er selber angefordert hatte, und wäre daran fast zerbrochen. Ein ganzes Jahr lang glätteten sie Hermann Heym in einem Sanatorium die Schuld aus der Seele, bevor die Familie weiterzog. Und der kleine Heym einen Vater hatte, der nun Militäranwalt war, am Reichsmilitärgericht zu Berlin.

Hier ist Heym im Vorteil. Entwurzelung ist gut für die Formung genialischer Züge, da bin ich mir sicher. Ich selbst habe nur einmal den Ort gewechselt: von Nürnberg nach Berlin. Davor war ich immer daheim. Ich glitt von der Grundschule ins Gymnasium hinüber. Die Kinder aus meiner Nachbarschaft glitten mit. Ein paar zweigten ab, sie gingen hinüber zu Hauptschulen, zu Realschulen, in Berufe hinein. Andere wiederum wanderten hinzu, aus ähnlichen Reihenhäusern, in ähnlichen, nun nur weiter entfernten Straßen. Selbst wenn wir uns noch nicht kannten, verstanden wir, woher wir kamen.

Bei Heym war das anders. Ihn verstand niemand. Keiner führte sein Leben. Seine Spielfreunde blieben hinter den Bergen zurück, sie kamen nicht über deren Kämme hinweg. Seine neuen Klassenkameraden hatten noch nie ein Gebirge gesehen. Und Heym noch nie eine Großstadt. Das machte ihn fremd. Hinzu kam, dass er nicht blieb, nirgends. Er wechselte von Schule zu Schule zu Schule.

Im Vergleich mit mir stünde es für Heym 1:0.

Dass er in Berlin Ernst Balcke traf, muss für ihn eine Erleichterung gewesen sein. In einem Schöneberger Tennisclub sollen sie sich gefunden haben. Ich habe nachgerechnet, dass sie, als sie sich kennenlernten, sechzehn Jahre alt gewesen sein müssen, aber es gibt ein Foto, auf dem sie viel jünger wirken. Sie musizieren auf diesem Bild, gemeinsam mit den beiden Balcke-Brüdern. Sie sehen frech aus, ihre Augen blitzen, die Wangen sind rund. Und keiner von ihnen ahnt, dass diese Freundschaft sie in die Tiefe ziehen wird, ins klirrend kalte Wasser hinein, bis weit unter das Eis.

Auch das Gymnasium in Berlin-Wilmersdorf musste Heym wieder verlassen. Sein Zeugnis vermerkt in spitzer Schrift mangelhafte Leistungen, nicht nur in Latein, Griechisch und Mathematik, sondern auch in (ausgerechnet!) Deutsch. Das gefiel, als wir es herausfanden, besonders Schwarz. Ratlos schickten ihn die Eltern nach Neuruppin, in die Unterprima des Friedrich-Wilhelms-Gymnasiums. Mit anderen gescheiterten Berliner Schülern sollte er dort durchs Abitur gestemmt werden. Schulmützen bedeutete das, nach Klassen farblich geordnet, Disziplin, Nachtruhe in den Pensionsfamilien um 21 Uhr. Während ich mich als Teenager in Jugendclubs und auf Festivals herumtrieb, patrouillierten bei Heym nach dem Zapfenstreich die Lehrer durch die Gassen des Orts und bestraften jeden Schüler, den sie fanden. Immer wieder erwischten sie Heym im Wirtshaus, sie ahndeten seine Verstöße mit Karzer und Silentium. Im Exil sei er dort, beklagte sich Heym, im *Lumpennest* und *an den Wassern Babylons*. Er klagte so laut, dass der Vater anreisen musste, um dem Sohn einen Selbstmord zu untersagen.

Ich habe nie daran gedacht, mich selbst zu richten. Ich habe auch nie damit gedroht, niemandem gegenüber.

Heym 2:0.

Tod oder Dichtung. Das waren die Auswege, die Georg Heym sah. Vom Dichten riet ihm der Direktor des Gymnasiums ab. Zu viele rhythmische Stolpersteine seien in Heyms ersten Versuchen, tadelte er, zu viel fehlerhafte Rechtschreibung. Andere hätte das entmutigt, *mich* hätte das entmutigt, aber Heym bewies – im Gegenteil – die Unfähigkeit dieses Direktors. Er entschied sich für das Leben. Und begann zu dichten.

Er schrieb und bestand das Abitur.

Er schrieb und begann ein Jurastudium in Würzburg.

Er schrieb und kam zurück nach Berlin.

Student der Rechte war er nun, so stand es auf seiner verschnörkelten Visitenkarte. Mit Ernst Balcke trieb er sich im *Neopathetischen Cabaret* herum und las dort vor Poeten und Schauspielern erstmals seine Gedichte. Mit Balckes Bruder Rudolf besuchte er Vorlesungen an der Universität. Ins Gefängnis nahmen die Jura-Professoren ihre Studenten mit, zur Begegnung mit Mördern und Verurteilten. Und auch die Opfer wurden gemeinsam besehen, aufgebahrt in den Kühlfächern der Leichenschauhäuser.

Dass Heym bald selbst so liegen würde, kalt und erstarrt in der Leichenhalle des Selbstmörderfriedhofs von Schildhorn, das war nicht abzusehen gewesen. Er war erst einundzwanzig Jahre alt, als er aus Süddeutschland nach Berlin zurückkam, aber zum Leben blieb ihm nicht mehr viel Zeit. Zum Dichten auch nicht. Er hatte die Dichtung gewählt, sagte Brandner einmal bedeutungsvoll, doch der Tod wählte ihn.

Das lässt sich nicht toppen.

Heym 100:0.

Als sie ihn bargen, war er nicht vereist. Fischer hatten mit

Stangen nach ihm gestochert, die Wasserbauinspektion Potsdam kam mit Totenankern zur Hilfe und fischte ihn aus der Havel. Er trug die Schlittschuhe noch an den Füßen.

Es ist ein Bild, das mich nicht loslässt.

Beerdigt wurde er auf dem Friedhof der Luisengemeinde in Berlin, sein Grab ebneten sie später ein, wir konnten es nicht besuchen. Er hinterließ mehr als fünfhundert Gedichte, eine Novelle und einige Dramen, vieles unvollendet. Sein Vater lebte nur noch weitere acht Jahre. Er muss zerbrochen sein am Verlust seines Sohns.

Wenn man ehrlich ist, hatten wir von all dem anfangs keine Ahnung. Wir standen mit Brandner auf einer Klippe. Wir blickten auf einen Fluss, von dem wir dachten, er sei ein See. Wir hörten einen Namen und wir wussten von nichts.

Er war ein Genie. Und Sie, was sind Sie?

»Kitsch lass nach«, murmelte Schwarz, als wir aus dem Schatten der Bäume traten. Er hatte recht. Das Wasser glühte. Vom Waldrand fransten Zweigspitzen gegen das Bild, das sich uns bot. Die Herbstsonne schien sich verflüssigt zu haben. Tief und rot schmolz sie über den Horizont, sie tropfte durch zerfetzte Wolken und tuschte die Wellen mit einem Goldstrich.

Brandner stand mit dem Rücken zu uns an einer Erdkante. Er drückte den Körper von einem verschorften Holzstock ab, den er im Wald aufgelesen haben musste. Jeden anderen hätte der krumme Stock alt wirken lassen, aber Brandner machte er erhaben. Er hielt sich aufrecht, den Blick in die Ferne gerichtet. Der Wind hatte seinen Mantel aufgeklappt, die Rockschöße blähten nach hinten. Ein steiler Abhang führte knapp vor seinen Schuhkuppen hinunter in die Tiefe. Hätten wir versucht, neben Brandner zu treten, wären wir abgerutscht und gestürzt, schnurstracks ins Wasser hinein.

Wir reihten uns schweigend hinter ihm auf und sahen hinaus auf den See. François keuchte neben mir, unser schneller Gang durch den Wald hatte ihn angestrengt. Der Wind fuhr gegen unsere Körper. Ich fingerte am Reißverschluss meines Parkas herum und versuchte ihn noch ein Stückchen höher zu ziehen. Bald würde die Dämmerung kommen, mir wurde schon allein beim Gedanken daran kalt. Aber wenn ich ehrlich war, zitterte ich nicht deswegen. Ich war nervös. Ich verstand überhaupt nicht, was Brandner hier mit uns wollte. Ich schielte nach links und rechts, aber weder Tadeusz, noch Schwarz oder François oder Nele schienen zu verstehen, was Brandner dort betrachtete. Auf dem Wasser schwankten Boote herum, ich hörte das Geklingel von Karabinerhaken, die auf Metallmasten aufschlugen, das Schwappen der Wellen, die sich an Holzkörpern brachen, ich sah Segelboote, Ruderboote, kleine Schiffe, deren Bugwände durch das Wasser tauchten, aber keines davon schien der Grund für Brandners Aufmerksamkeit zu sein. Auch das gegenüberliegende Ufer wirkte unauffällig. Ich konnte dort drüben nichts Besonderes entdecken, nur Böschungen, herbstbuntes Gestrüpp, die Ziegeldächer einiger versteckt liegender Villen.

»Hat Kleist sich hier abgemurkst oder was?«, flüsterte ich.

Aus den Augenwinkeln konnte ich sehen, dass Tadeusz den Kopf schüttelte. Schwarz holte Luft, um ihm etwas zuzuzischen, aber da begann Brandner zu reden. Er drehte sich nicht um, während er sprach. Er blieb mit dem Rücken zu uns stehen und lenkte seine Worte hinaus auf die Wasserfläche.

»Hier erlosch«, hörten wir ihn sagen, »ein großer Geist.«

Ich unterdrückte ein Glucksen. Ich fand Brandners Wortwahl so bedeutungsschwanger und schwer, das passte doch gar nicht zu ihm. Es war eine Inszenierung, die viel zu durchschaubar war. Aber als ich mich zu Tadeusz drehte, sah ich, dass er aufgemerkt zu haben schien.

Brandner wartete einen Moment, bevor er fortfuhr.

»Er ging auf das Eis und kam nicht wieder. Er ging, aber sein Werk blieb. Und dieses Werk ist immens. Es ist tief, es ist wissend, es ist berührend. Es ist das Werk eines Großen. Und wir werden ihn ehren. Wir werden sein Vermächtnis sichtbar machen.«

Seine Stimme war tief, aber nicht laut. Er sprach bedacht und sachlich. Ich starrte auf Brandners Rücken, der im Gegenlicht noch breiter schien als sonst. Von wem sprach er? Und warum redete er auf einmal so gestelzt daher? Verlief hier irgendwo die alte Grenzlinie zwischen Ost und West? Hatte ein Freund Brandners versucht, über den zugefrorenen See die BRD zu erreichen, wollte *rübermachen*, und war dort unten von Grenzsoldaten erschossen worden? Aber wer konnte das sein? Ein Schauspieler, ein Dramatiker, wer?

Irgendwo in der Ferne begann eine Schiffsglocke zu läuten. Brandner schien darauf gewartet zu haben. Mit dem nächsten, vom Wasser heraufzitternden Schlag ließ er den Stock in die Luft schnellen und fing ihn mit der gleichen Hand wieder auf. Dann drehte er sich zu uns um, mit einer dieser weitgezirkelten Bewegungen, die ich nun schon von ihm kannte.

Brandner musterte uns, einen nach dem anderen. Seine grauen Haare waren vom Wind zerzaust. Er genoss den Moment, er genoss ihn viel zu sehr, das konnte ich sehen. Aber auch ich war jetzt neugierig, auch ich war schon in seinem Bann. Mit einem Knall schlugen die Rockschöße seines Mantels um und ich zuckte zusammen. Brandner trat einen kleinen Schritt näher an uns heran.

»Sein Name ist Ihnen bekannt. Sein Name ist …«

Ich konnte sehen, dass neben mir François seine vor die Brust gehobenen Fäuste so fest gegeneinanderpresste, dass die Knöchel weiß hervortraten. Nele hatte die Lippen leicht geöffnet, Schwarz stand ganz still. Nur Tadeusz sah jetzt wieder ungeduldig aus, die Stirn gerunzelt, den Mund verzogen.

Brandner nickte uns zu und lehnte sich uns ein wenig entgegen. Und wir folgten. Wie kleine Magneten schoben wir uns zu ihm, wir drängten an ihn heran, bis wir schließlich einen Kreis bildeten. Ich konnte Tadeusz neben mir spüren und wusste plötzlich nicht, wohin mit meinem Arm. Und dann hörten wir ihn erstmals aus Brandners Mund, diesen Namen, den er so leise aussprach, so verschwörerisch und beinahe zärtlich:

»Georg. Georg Heym.«

Einen Augenblick lang reagierte keiner von uns. Wir blieben still, nur der Wind riss an unseren Körpern. Ich ahnte, dass die anderen ebenso verdutzt waren wie ich. Georg Heym? War der nicht seit Jahrzehnten tot? Ich musste da etwas verwechseln. Es gab doch diesen ostdeutschen Autor, der *Heym* hieß, vielleicht war der gemeint. *Hein* gab es auch noch einen, aber dessen Vorname war Christoph, da war ich sicher.

»Der Expressionist«, sagte Nele schließlich. Sie fragte es nicht, sie stellte es fest.

Irgendwo in meinem Hinterkopf formte sich eine Erinnerung. Ein Gedicht, das wir im Leistungskurs hatten lernen müssen. Die erste Strophe wusste ich nicht mehr, aber das war ja auch egal. Ich holte Luft und hoffte, dass meine Stimme nicht zittern würde, wenn ich jetzt sagte: »*Ein Schweigen in schwarzen Wipfeln wohnt …*«

»Das ist von Trakl«, unterbrach mich Nele. »Auch ein Georg, auch ein Expressionist, immerhin, aber halt der falsche.«

Mir schoss das Blut ins Gesicht.

»Kommt davon, wenn man auftrumpfen will«, grinste Schwarz.

Ich sah zu Boden, auf unsere Fußspitzen, die kreisförmig

aufeinander zu zeigten. Ich war froh, dass meine Haare meine roten Ohren verdeckten. Am liebsten wäre ich aus diesem Kreis ausgebrochen, aber ich zwang mich, stehen zu bleiben und auch nicht nach vorne zu treten, auf Neles lederne Stiefel obendrauf.

»Neunzehnhundertzwölf«, hörte ich Brandner über meinen Scheitel hinweg sagen. »Im Winter Neunzehnhundertzwölf brachen Georg Heym und sein bester Freund hier im Eis ein. Der Freund war sofort tot, Heym hat gekämpft. Hätte er den Kampf gewonnen, wäre unsere Welt reicher. So aber blieb vieles, das er schrieb, Fragment. Und wir werden eines dieser Fragmente gemeinsam auf die Bühne bringen. Wir werden es durchleuchten und erspüren. Wir werden es in Heyms Sinne weiterführen. Wir entreißen sein Fragment dem Vergessen.«

Ein Fragment.

Sofort hatte ich Bilder in meinem Kopf: ein verwittertes Schriftstück, das, nähme man es in die Hand, zu Staub zerfallen würde. Buchstaben, die auf vergilbten Seiten verblassten, Sätze, die unleserlich wurden und auf einmal stockten. Unfertiges hatte mich schon immer fasziniert. Meine Oma hatte mir als Kind oft die Anfänge von Geschichten erzählt. Sie hatte in dem Moment, in dem es spannend wurde, aufgehört zu sprechen und mich weiterspinnen lassen. Ganze Nachmittage hatten wir so verbracht, sie rauchend in der guten Stube sitzend, ich vor ihr auf dem Teppich herumtänzelnd, während wir in Wahrheit anderswo waren, an dem Ort, den wir uns ausdachten, bei den Figuren, die wir erfanden. Ich hatte das geliebt.

»Wie soll das konkret aussehen?«, fragte Tadeusz neben mir. Er klang skeptisch. Ich sah zu ihm hoch. Der Blick, mit dem er Brandner fixierte, wirkte kühl und starr. Er schien gar nicht zu zwinkern, mit keinem einzigen Wimpernschlag. Nicht zum ersten Mal fragte ich mich, was zwischen den beiden vorgefallen war. Und woher sie sich eigentlich kannten.

Brandner schien Tadeusz' Argwohn nicht wahrzunehmen. »Gut, dass du fragst, mein Lieber«, sagte er. »Jeder von Ihnen erhält von mir eine Textstelle aus dem Fragment. Für diese Textstelle ist derjenige dann als Regisseur verantwortlich. Er überlegt sich, wie man sie auf die Bühne bringen kann. Musik, Kostüme, Licht, alles ist in Ihrer Verantwortung. Ihrer Phantasie sind keine Grenzen gesetzt. Nur umgeschrieben wird nicht.«

»Führen wir auf?«, rief Nele.

Brandner nickte. »Und ob. Im Januar machen wir eine einmalige Aufführung, bei uns auf der Piscatorbühne. Am Todestag von Georg Heym.«

Jetzt ging ein Ruck durch unseren Kreis, ich konnte es körperlich spüren. Einen kurzen Moment lang fürchtete ich, wir könnten vor Aufregung aus dem Gleichgewicht geraten und aneinandergelehnt über die Kante stürzen, aber stattdessen neigten wir uns Brandner noch weiter zu, wir strahlten ihn an. Wir würden inszenieren, endlich! Auf der Bühne! Wir durften arbeiten! Auf einmal kannten wir kein Halten mehr, die Fragen purzelten nur so aus uns heraus.

»Wann geht es los?«

»Wer spielt?«

»Haben wir ein Budget?«

»Kommt die Presse?«

»Wer ist der Bühnenbildner?«

»Dürfen wir Freunde einladen?«

François klatschte vor Freude in die Hände, Nele hatte Schwarz an der Schulter gepackt, und sogar Tadeusz lachte. Ich atmete tief ein und lehnte mich ein kleines bisschen zurück. Die Luft war so frisch, ich roch den Wald, das Wasser, den Herbst. Ich versuchte, mir diesen Moment einzuprägen. Dieses Gefühl von Anfang. Dass es endlich losging!

Über uns begann der Himmel sich zu verdunkeln, die Sonne

musste untergegangen sein, die Farben um uns blichen langsam aus, auf dem See waren plötzlich keine Boote mehr zu sehen, das Wasser war grau, alles kühl, wie leergefegt. Ich spürte Brandners Blick über mich hinweggleiten, und diesmal richtete ich mich auf und sah ihm direkt in die Augen.

»Was ist das denn für ein Fragment?«, wollte ich wissen. Ich sprach genauso leise wie Brandner zuvor, als gäbe es diesen Kreis nicht, als wären auf dieser Klippe nur zwei Menschen: er und ich.

Brandner schmunzelte und schüttelte den Kopf. Mit einer ausholenden Bewegung warf er, ohne sich umzudrehen, seinen Stock hinter sich. Er flog hoch in die Luft, drehte sich am Scheitelpunkt und stürzte dann senkrecht hinunter auf den See. Wir hörten das Klatschen, mit dem er auf der Wasserfläche auftraf. Brandner rieb sich die Hände.

»Es wird frisch. Wer von Ihnen hat jetzt Lust auf einen Schnaps?«

Die Hütte war aus Holz. Sie lag zwischen Nadelbäumen und schien im mulchigen Waldboden zu versinken. Man hätte sie übersehen können. Die Holzwände waren mit Moosschorf überzogen, die fast blinden Fensterscheiben waren von Kletterefeu umrankt. Auf dem mit Teichfolie bespannten Dach lagen abgestorbene Zweige und Tannennadeln. Ich fragte mich, ob hier noch mehr solcher Lauben im Wald versteckt waren, an denen wir einfach vorübergelaufen waren, ohne sie zu bemerken.

Es war schon fast finster, als wir eintrafen. Brandner führte uns an. Diesmal stapfte er nicht einfach vorneweg. Er mischte sich immer wieder zwischen uns, er lachte und scherzte nach allen Seiten. Ich hatte meine Hände in die Taschen meines Parkas geschoben, aber meine Finger waren trotzdem kalt.

Brandner ging an die Seite der Hütte heran. Er griff in seine Manteltasche und holte eine flache, viereckige Taschenlampe hervor. Der Lichtkegel beleuchtete ein Geäst aus verrosteten Rechen und Schaufeln, die an der Hüttenwand lehnten. Brandner bückte sich und zerrte eine zerbeulte Blechkanne heraus. Wir konnten etwas in ihrem Inneren klappern hören, Brandner schüttelte einen Schlüssel heraus und hielt ihn triumphierend in die Höhe. Mit einem schnellen Schritt trat er an die Schuppentür. Leises Quietschen war zu hören, als die Tür aufschwang.

»*Komm Se rin, dann könn Se rauskieken*«, sagte Brandner und zwinkerte uns zu, bevor er im Inneren verschwand. Ich lachte, ich kannte den Spruch noch nicht. Vor allem aber hatte ich Brandner noch nie berlinern hören.

Der Innenraum war feucht und roch muffig. Es schien, als wäre schon länger niemand hier gewesen. Nele hustete und drückte die Tür, die sie gerade hinter uns hatte zuziehen wollen, noch etwas weiter auf. Wir drängten uns dicht aneinander, dabei war in der Hütte viel mehr Platz, als ich von außen vermutet hatte. An einem dunklen Holztisch standen speckige Stühle, alle mit unterschiedlich gemusterter, zerrissener Sitzpolsterung. Auf der zerkratzten Tischplatte thronten eine Dose mit Instantkaffee, eine Öllampe, eine verklebte Zuckerschale aus gelb lasiertem Porzellan. In der hintersten Ecke des Raums kauerte ein kleiner Ofen, sein Abzugsrohr bohrte sich durch die tief hängende Decke und war mit Alufolie umwickelt. Neben dem gusseisernen Heizkörper türmten sich Holzscheite und Zeitungen, ein Feuerhaken lag neben einer Kehrschaufel auf dem staubbedeckten Linoleumboden. Teller standen auf einer niedrigen Kommode, Tassen mit abgeschlagenen Rändern – und ein Aschenbecher, der aussah, als wäre er der einzige Gegenstand im Raum, der frisch poliert worden war. Ich trat ein wenig zur Seite und hätte mir fast den Kopf an einem schief montierten Regal gestoßen, das mit Marillenschnapsflaschen, Wodka, Spreewaldbitter bestückt war. Ich verstand nicht, wieso die Flaschen auf dem unebenen Brett nicht abrutschten. Auch auf dem Boden, neben einem blauen Wasserkanister, lehnte eine ganze Batterie von kunstvoll übereinandergetürmten Flaschen, Bier, Wein, Gin, Whisky, sie waren alle leer. Brandner sah, wie mein Blick an einer Flasche Johnnie Walker, Black Label, hängen blieb. »Heiner war hier«, sagte er und lachte. »Das ist das Gift seiner Wahl.« Dass er Heiner Müller meinte, begriff ich erst, als François einen bewundernden Laut von sich gab, die Flasche aus dem Haufen zerrte und rief: »Ein Abdrück von Müllers Finger!«

Ich sah mich nach den anderen um. Schwarz stand mitten im Raum. Die Decke hing so tief, dass er sich ganz krumm halten musste. Er rührte sich nicht. Nele neben ihm zupfte ein paar Spinnweben von ihrem roten Mantel. Tadeusz hatte uns den Rücken zugedreht und studierte eine Reihe schwarz-weißer Fotos, die mit Tesafilm neben dem mit Fliegengitter bespannten Fenster klebten. Ich konnte nicht genau erkennen, was es für Aufnahmen waren: Bilder von Theateraufführungen, Familienfotos, Zeitungsausschnitte? Auf einem der Fotos standen ein paar Männer in schwarzen Anzügen nebeneinander, alle der Kamera zugedreht. Ihre Gesichter waren bleich und überbelichtet, sie sahen ernst aus, als wären sie auf einer Beerdigung. Ich wollte mich neben Tadeusz stellen, um besser sehen zu können, aber da fuhr er zu mir herum, legte einen Arm um meine Schulter und drehte uns Brandner zu.

»Was jetzt, Korbinian«, sagte er.

Fast wäre ich zusammengeschreckt, so sehr überraschte mich Tadeusz´ Berührung. Stattdessen hielt ich still, so still, wie ich nur konnte. Er hatte mich dicht an sich gezogen, ich spürte seine Armbeuge in meinem Nacken. Er strahlte Wärme aus, er roch gut.

Brandners Blick flog zwischen Tadeusz und mir hin und her, etwas veränderte sich in seinem Ausdruck. Ich konnte es gar nicht deuten, ich wusste nur, dass ich nicht mochte, wie er uns ansah.

»Lassen Sie uns ein Feuer machen«, sagte Brandner schließlich. Er sagte es nicht zu Tadeusz und mir, er sagte es über unsere Köpfe hinweg zu Schwarz, der mit den Schultern zuckte und gehorsam in Richtung Ofen schlurfte. Tadeusz atmete aus und nahm den Arm von meiner Schulter. Ich lächelte ihm zu, aber er sah mich gar nicht mehr an.

Der Schein der Öllampe war schwach. Er warf einen Dämmerkreis auf die Tischplatte. Unsere Gesichter beleuchtete er kaum. Wir saßen um den Holztisch herum, den wir in die Raummitte geschoben hatten. Wir hatten die Tür inzwischen geschlossen, der Ofen bollerte vor sich hin. Es war so unerträglich heiß, dass ich überlegte, ob mein Unterhemd hübsch genug wäre, so dass ich das T-Shirt auch noch ausziehen könnte. François' Hemd war unter den Achselhöhlen ganz nass, Nele wischte sich unauffällig ein paar Schweißperlen von der Oberlippe. Die Stirn von Schwarz glänzte. Nur Tadeusz sah blass und kühl aus wie immer.

Brandner hatte sich noch nicht gesetzt. Er kreiste um den Tisch und teilte verstaubte Gläser aus. Sich selbst stellte er eine rot-weiß gepunktete Tasse hin. »Dieses geheime Domizil ist nicht auf so viele Gäste eingerichtet«, erklärte er. Dann setzte er zu einer neuen Runde an, diesmal mit einer Grappaflasche, die nicht im Regal gestanden und die er aus der Tiefe der Anrichte gezogen hatte. Sich selbst goss er zuletzt ein und ich bemerkte, dass er die Tasse fast bis zum Rand mit der klaren Flüssigkeit füllte.

Im Gegensatz zu uns hatte Brandner nur seinen Mantel abgelegt. Ich verstand nicht, wieso er in seinem dicken Pullover nicht zu schwitzen schien. Er sah ganz entspannt aus, als er sich jetzt an den Tisch stellte und seine mit Grappa befüllte Tasse erhob.

»Die Damen, die Herren«, setzte er an, »dies ist der Moment, in dem alles beginnt.« Er machte eine Pause und musterte uns, als sähe er uns zum ersten Mal. »Dies«, sagte er schließlich, »ist der Augenblick, an den Sie sich erinnern werden. Sie werden sich auf ein Abenteuer begeben, auf die Spuren eines genialen Künstlers. Sie werden seine Welt betreten und durch seine Abgründe schreiten. Sie werden seine Zerrissenheit spüren, seine Qualen, sein Genie. Sie werden seinen Dämonen begegnen – und Ihren eigenen. Am Ende dieser Reise werden Sie reifer sein. Sie werden wissen, ob Sie richtig entschieden haben. Ob Sie das Zeug haben zu diesem von Ihnen erwählten Beruf. Denn es ist ein Beruf, der nicht einfach irgendeine Arbeit ist, sondern eine Berufung. Eine Berufung, die nur von wahrhaft Berufenen ausgeführt werden kann. Mögen Sie dieser Aufgabe gewachsen sein. Mögen Sie sich als würdig erweisen. Mögen Sie Georg Heym ehren. Erheben Sie sich.«

Wir sahen einander nicht an, als wir unsere Gläser griffen, die Stühle zurückschoben und aufstanden. Unsere Blicke waren auf Brandner gerichtet, nur auf ihn. Meine Wangen glühten, ich hatte Schwierigkeiten, ruhig zu atmen. Ich wollte Brandners Rede albern finden, aber es gelang mir nicht. Noch nie hatte jemand mit mir so gesprochen. Noch nie. Alles schien sich mir einzubrennen in diesem Augenblick: Der Geruch nach schwelendem Holz und nach Moder. Das Knistern des Feuers. Die Spitze der Haarsträhne, die Brandner in die Stirn fiel. Mein klopfendes, klopfendes Herz.

»Auf Georg«, sagte Brandner.

»Auf Georg«, murmelten wir.

Der Grappa brannte in meiner Kehle. Ich war harten Alkohol

nicht gewohnt, ich hatte nur genippt. Trotzdem spürte ich, als wir uns wieder setzten, wie der Grappa mir durch den ganzen Körper fuhr. Nele stellte knallend ihr leeres Glas auf dem Tisch ab: »Gibt's Nachschub?«

François strahlte sie an, Brandner lachte und schenkte ihr nach. Schwarz beugte sich über den Tisch und schob sein Glas in Richtung des Flaschenhalses. Der Grappa schien ihn munter zu machen. »Was ist das denn jetzt für ein Text von Heym?«, fragte er.

Und auf einmal wusste ich es.

Es war so *offensichtlich.*

»Faust«, sagte ich. »Es ist ein Faust-Fragment.«

Brandner, der gerade den Grappa von Schwarz' Glas zurückzog, hielt inne und hob eine Augenbraue. Tadeusz drehte sich mir zu, Nele biss sich auf die Lippe. Ich konnte es gar nicht glauben: ich war die Einzige, die Brandners Hinweis nicht vergessen hatte. *Heinrich, mir graut's vor dir.*

»Da haben Sie recht«, nickte Brandner. Er verschloss die Flasche und stellte sie auf den Boden, direkt neben seinen Stuhl. »Das Fragment ist auf 1911 datiert, ein Jahr vor Heyms Tod. Es ist ein sehr eigener Zugriff auf den Faststoff.«

»Spannend!«, rief Nele. Ihre Wangen waren leicht gerötet, ihre blonden Haare reflektierten den Schein der Öllampe, sie sah dadurch so viel heller aus als wir. Schwarz und Tadeusz nickten Brandner zu. Nur François wirkte ratlos. Er rutschte auf seinem Stuhl hin und her und vermied auf einmal jeden Blickkontakt. Ich fragte mich, ob er wieder aufs Klo musste und sich wegen der Erfahrung mit Woll nicht traute.

»François?«

Brandner sprach den Namen ganz ruhig aus, fast besorgt. Ich glaube, wir stutzten alle in diesem Moment. Außer Tadeusz nannte Brandner uns bisher meistens nur beim Nachnamen.

Irgendetwas an ihm ließ es als Auszeichnung erscheinen, wenn er einen Vornamen verwendete.

Im Ofen knisterte das Feuer, ich konnte die anderen atmen hören. Draußen hatte der Wind wieder zugenommen, er fuhr über die Wände der Hütte und ließ auf dem Dach die abgestorbenen Äste rumoren. Es klang, als würden kleine Tiere mit ihren Klauen über die Teichfolie schaben. Oben beim Ofenrohr musste eine undichte Stelle sein, ein leises Pfeifen war dort zu hören.

»Ich nicht weiß so viel über Monsieur Faust.«

François sagte es leise, so als würde er hoffen, dass niemand ihn hörte. Schwarz lachte auf.

»Ist ja auch ein ziemlich deutsches Stück«, sagte Nele und griff über den Tisch, um François den Arm zu tätscheln, »von Johann Wolfgang von Goethe.«

»Das weiß er doch!«, rief ich empört. Ich mochte es nicht, wie Nele François anfasste. Wie sie ihn klein machte, vor Brandners Augen. Ich fand es mutig, dass er seine Wissenslücke zugab, ich hätte das nie getan.

»Nicht, wenn man an Doktor Faustus von Christopher Marlowe denkt«, widersprach Tadeusz, »oder an den Urstoff oder das Faustbuch von Johann Spieß.« Er hatte sich weit auf seinem Stuhl zurückgelehnt und betrachtete Nele mit zusammengekniffenen Augen. Sie verzog den Mund und nahm ihre Hand von François' Arm: »Ich mein ja nur …«

»Lassen Sie uns doch einfach zusammentragen, was wir über diesen *Monsieur Faust* wissen«, unterbrach Brandner. »Und beschränken wir uns zunächst auf die bekannteste der Varianten.«

»Das ist ein unzufriedener, eitler, alter Sack, der nicht zu seinen Taten steht«, entfuhr es mir. Sofort stockte ich und wünschte, ich hätte nichts gesagt, aber Brandner lachte: »Gut – und weiter?«

Wir sahen uns an. Wir atmeten ein.

Dann überschlugen sich unsere Ausrufe. Ein paar Sätze brauchte es, dann kamen wir in Fahrt. Wir schleuderten Worte in die sich aufheizende Luft, wir wetteiferten miteinander, wir hielten uns nicht zurück, übertrumpften uns gegenseitig. Die Handlung hatten wir schnell zusammengefasst, wir brachen sie herunter, wir entkleideten sie, wir höhnten: Frustrierter Wissenschaftler verspricht Seele dem Teufel, Teufel verwandelt ihn in jungen Mann, junger Mann schwängert Trulla, Trulla geht zu Grunde. Aber worum, beharrte Brandner, worum geht es wirklich! Geht es um diesen Faust, geht es um dieses Gretchen? Aber nein, riefen wir, es geht um Verrat, um Wissensdurst. Um das Verderben, den Tod. Um Leidenschaft, um Verführung, Schuld! Brandner schenkte uns nach, während wir nach immer neuen Begriffen suchten, Grappa oder Marillenschnaps oder Wodka, wir tranken alles, was vor uns stand, unsere Wangen glühten, wir verloren die Zeit. Um Mord geht es, riefen wir, um Wahrheit und Wahnsinn! Um die Welt! Wir tranken und riefen: um Sehnsucht nach Erkenntnis, um Liebe, um Religion! Schwarz stand irgendwann schief im Raum, er brüllte: Mephisto! Mephisto ist mein Freund! François bekam einen Lachkrampf, es war ein keckerndes Lachen, das seinen Bauch zum Hüpfen brachte, und wir konnten nicht anders, wir kicherten und johlten, bis irgendwann Nele durch den Raum wirbelte, sie kreiselte und kreiselte und ließ den Saum ihres Kleides auffliegen, wir klatschten einen Rhythmus, Tadeusz trommelte auf dem Tisch herum, ich schlug mit einem Löffel gegen mein Schnapsglas, Brandner lächelte, er war eine Sphinx, die ich nicht deuten konnte, aber das war egal, denn ich schlug gegen mein Glas, schneller und schneller, bis Nele taumelte und sich am Knauf der Hüttentür festhielt und mit einem Japsen die Tür aufriss und kalte Luft in den Raum fuhr.

Der Sauerstoff und die Kühle holten uns zurück. Wir wurden ruhiger, Schwarz lehnte sich gegen die Anrichte, Nele kehrte keuchend zurück auf ihren Stuhl. Auf dem Boden neben Brandners Stuhlbein standen auf einmal drei Flaschen, zwei davon waren leer, die dritte angebrochen. Ich schwitzte, ich hatte schrecklichen Durst.

Brandner klopfte mit dem Fingerknöchel auf die Mitte der Tischplatte und erst jetzt bemerkten wir die weißen Blätter, die dort plötzlich lagen. Sie waren kreisförmig angeordnet, jeder der kleinen Papierstapel zeigte auf einen von uns. Ich hätte nicht sagen können, wann Brandner sie ausgelegt hatte, keiner von uns hätte das sagen können, aber das war ja auch unwichtig, denn wir wussten sofort, was es war, was es sein musste.

Das Fragment.

Auf einmal hatte ich keinen Durst mehr. Dass Brandner eine Hand hob, um uns zum Stillhalten zu bringen, war überflüssig. Wir rührten uns nicht. Wir fixierten mit unseren Blicken die Blätter, als könnten wir durch die blanke Rückseite hindurch die Schrift erkennen, oder wenigstens die Anzahl der Seiten. Ich schielte auf die leicht verschobenen Blattkanten: Nele hatte nur eine, bei mir entdeckte ich drei.

Brandner zog unter der Tischplatte eine kleine Holzschublade auf, die wir vorher nicht beachtet hatten. Er kramte zwischen Bindfäden, Kronkorken, Flaschenöffnern, Batterien und Klebstofftuben eine Handvoll Stifte hervor und hielt sie uns hin. »Ich möchte«, sagte er, während wir automatisch nach den Stiften griffen, »dass Sie sich zuerst die Textpartien ansehen, die ich Ihnen zugeteilt habe. Jeder von Ihnen bekommt unterschiedliche Szenen aus dem Fragment zugeordnet. Sehen Sie sich diese Szenen an, nur diese Auszüge, einen nach dem anderen. Lassen Sie jeden einzelnen auf sich wirken, bevor Sie den großen Zusammenhang des ganzen Fragments kennen. Notieren Sie sich

Ihre Gedanken, Ihre ersten Assoziationen, ganz egal, wie absurd sie Ihnen scheinen mögen. Diesen Erstblick auf den Stoff bekommen Sie nie wieder. Er wird Ihnen später helfen.«

Schwarz, der sich bisher im Hintergrund gehalten hatte, stieß sich von der Anrichte ab, schnappte sich einen Filzstift aus Brandners Hand und ließ sich auf seinen Stuhl fallen: »Na dann. Alle Mann an Bord?«

Ich nickte und legte meine Fingerspitzen links und rechts an meinen Stapel. Ich fühlte mich wie ein Läufer vor dem Startschuss, die Hände an der Linie. Alle meine Sinne waren wach. Nele, François und Tadeusz taten es mir nach. Sogar Schwarz streckte seine Hände aus und ließ sie über seinem Stapel schweben. »Auf die Plätze …«, sagte er, »… fertig … Los!«

Wir rissen die Blätter hoch.

– Auf dem Mond –

Ich starrte die drei Worte an. Auf dem Mond? Das war wirklich alles, was dort stand? Ich konnte es nicht glauben. Unauffällig schielte ich zu den anderen.

Nele hatte sich über ihren Zettel gebeugt, der über und über mit Schrift bedeckt war. Sie lachte leise vor sich hin. François kritzelte schon wie wild auf seinem Blatt herum, und beschirmte das, was er schrieb, mit seiner Hand. Sowas hatte ich schon bei den Strebern in der Schule nie leiden können. Ich musste mich zurückhalten, um ihn nicht unter dem Tisch gegen sein Schienbein zu treten. Schwarz hatte sich weit zurückgelehnt, er starrte ins Leere und kaute an seinem Bleistift. Brandner selbst hatte sich ein Buch von der Anrichte gegriffen und schien ganz vertieft zu sein. Nur Tadeusz sah mich an. Mit einer winzigen Bewegung seines Zeigefingers malte er ein Fragezeichen in die Luft. Ich vergewisserte mich kurz, dass Brandner uns nicht beobachtete, dann hob ich meine Handflächen in Richtung Decke und verdrehte die Augen. Danach deutete ich fragend auf Tadeusz' Blatt. Für den Bruchteil einer Sekunde verzog er sein Gesicht.

Ich beugte mich wieder über meinen Textauszug und seufzte. *Auf dem Mond*. Ich war so enttäuscht. Am liebsten hätte ich gleich das nächste Blatt umgedreht, aber ich war mir nicht sicher, ob Brandner uns nicht doch beobachtete. Eigentlich konnte ich mir nicht vorstellen, dass er sich die Wirkung, die die Szenen auf uns hatten, entgehen ließ.

Ich setzte also gehorsam den Stift an. So schwer konnte es ja nicht sein, mir eine Szene zwischen Mephisto und Faust auf dem Mond vorzustellen.

Mephisto als Astronaut, schrieb ich, *Faust mit Amerikafahne. Schwerelosigkeit. Leere. Planeten. Die Erde in der Ferne. Houston, we have a problem …* Ich stockte. Das Fragment war von 1911, die Mondlandung hatte wesentlich später stattgefunden. War es nicht wichtig, was Heym sich gedacht haben könnte, als er sich diese Idee notierte? Was hatte man damals für ein Bild vom Mond? Wofür stand er? Hatte es Anfang des 19. Jahrhunderts überhaupt schon Raumfahrtpläne gegeben? Wusste man von der Schwerelosigkeit? Und wie sollte ich das herausfinden?

Ich seufzte und rieb mir die Schläfen. Ich merkte, dass ich Kopfschmerzen bekam. Nach einem Glas Wasser fragen wollte ich nicht, ich hatte das Gefühl, dass das unpassend wäre. Oder dass Brandner es mir als Schwäche auslegen würde.

Außerdem durfte ich nicht aufgeben. Zwei Blätter hatte ich noch. Wer wusste, was das Fragment noch für mich bereithielt.

Ich richtete mich ein wenig weiter auf.

Dann wendete ich das nächste Blatt.

Der Wald war kühl und dunkel, als wir uns auf den Heimweg machten. Der Mond hing als schmale Sichel am Nachthimmel, sein schwacher Schein drang kaum durch die Tannenwipfel. Ich sah immer wieder zu ihm hinauf und versuchte mir Faust und Mephisto dort oben vorzustellen. Was taten sie? Was suchten sie dort?

Brandner lief mit seiner Taschenlampe vorneweg. Der Lichtkegel zuckte im Rhythmus seiner Schritte zwischen den Baumstämmen herum, Zweige und Schnecken knackten unter unseren Schuhsohlen. Wir sprachen nicht.

Dass wir Stillschweigen über die uns zugeteilten Stellen des Fragments bewahren sollten, hatte Brandner verordnet. »Lassen Sie Heyms Worte wirken«, hatte er gesagt. Und noch einmal: »Lassen Sie sie wirken. Schweigen Sie.«

Es sei wichtig, dass wir die Szenen zunächst ohne den größeren Zusammenhang betrachteten, damit wir so das Fragmentarische des Textes begriffen. Erst beim nächsten Treffen würden wir dann mehr erfahren und das große Ganze zu Gesicht bekommen.

Ein Fragment ist ein Fragment.

Wir hatten stumm genickt. Seitdem hatten wir kaum miteinander geredet. Jedem von uns war klar, dass der andere ohnehin nur an seine eigenen Szenen denken würde, ganz egal, worüber wir sprachen.

Aber das war nicht der einzige Grund, aus dem wir uns anschwiegen. Etwas hatte sich zwischen uns verändert. Ich konnte spüren, dass wir nun noch mehr zueinander gehörten. Dieser Abend schweißte uns zusammen. Und trotzdem waren wir uns auf einmal ferner als zuvor. Ein Wettbewerb war zwischen uns eröffnet worden. Wir würden gemeinsam etwas erschaffen. Aber wir traten darin auch gegeneinander an. Jeder von uns wollte die beste Szene inszenieren. Jeder von uns wollte sich vor Brandner als würdig erweisen, würdiger als die anderen.

Jetzt liefen wir stumm und schnell durch den Wald. Ich selbst bildete das Schlusslicht. Brandners Taschenlampe leuchtete weit entfernt und verschwand immer wieder aus meinem Blickfeld. Ich sah die anderen als Schemen zwischen den Bäumen. Nele ging mit weit greifenden Schritten direkt vor mir, der Saum ihres Mantels wippte gegen ihre Kniekehlen. Ich senkte den Kopf und versuchte, Wurzeln und Kuhlen rechtzeitig auf dem unebenen Waldboden zu erspähen.

Irgendwo rief ein Käuzchen. Nele blieb stehen. Sie hatte den Ruf auch gehört.

»Das ist ein Unglücksruf«, flüsterte sie. »Käuze bringen den Tod.«

Sie klang sensationslüstern, ihr Atem roch nach Schnaps.

»Quatsch«, fauchte ich. Aber sie hatte recht, ich erinnerte mich. Meine Nachbarin von daheim hatte mir das beigebracht, eine Bauersfrau, die nach dem Tod ihres Mannes ihren Hof verkauft hatte und vom Land in die Vorstadt gezogen war: Der Kauz, so hatte sie mich gemahnt, war ein Totenvogel.

Nele beschleunigte ihren Schritt, aber ich behielt mein langsames Gehtempo bei. Zu meiner Rechten glaubte ich, zwischen Baumstämmen und Gestrüpp die silbrige Wasserfläche des Sees schimmern zu sehen. Ich fragte mich, ob Heym wirklich genau dort ertrunken war. Wie lange sie gebraucht hatten, um ihn zu finden. Ob er begriffen hatte, dass er starb.

Immer weiter fiel ich hinter die anderen zurück, aber das machte mir nichts. Am liebsten wäre ich hiergeblieben. Allein. Ich hatte so viel, worüber ich nachdenken wollte, ich hätte ewig weiterlaufen können. Mir war auch nicht mehr kalt.

Faust.

Mephisto.

Heym.

In der Ferne hupte ein Wagen, Scheinwerfer flammten auf, ihre Strahlen brachen durch das Dickicht. Es musste das Taxi sein, das Brandner an den Waldweg bestellt hatte. Ich konnte Brandners Umriss im Lichtkegel erkennen, er hob beide Arme und winkte dem Fahrer, Schwarz pfiff durch die Finger, Nele jubelte.

Ich blieb im Schatten eines dicken Baumstamms stehen und drehte mich noch einmal zurück. Die Dunkelheit hatte sich tief über den See gesenkt. Sie war der Vorhang in Brandners Inszenierung. Ich war mir nur nicht sicher, in welchem Akt wir uns befanden. Mich irritierte etwas an diesem ganzen Ausflug. An der ganzen Art, mit der Brandner uns das Fragment überreicht hatte. Die Planung, das Pathos. Etwas daran ließ mich unruhig werden.

Von der Uferböschung gellte ein Ruf herauf, und ich zuckte zusammen. Einen kurzen Augenblick war ich sicher, ich hätte ihn gehört: Heyms Todesschrei. Aber es war nur das Käuzchen. Ich atmete aus und schüttelte meinen Kopf. Dann trat ich hinaus in das Scheinwerferlicht.

5

Erinnern wir uns an die Umstände. An ein, zwei Länder, Deutschland, Deutschland, die sich wieder zusammenfügen sollten. An eine zerhackte Stadt, die sich plötzlich mit sich selbst zu verbinden hatte. Eine Verschmelzung wurde erwartet, aber die alten Fasern waren verödet, es gab keine Wundheilung. So zumindest sah es für uns aus. Auf uns wirkte alles scharfkantig, wir nahmen die Bruchstellen überall wahr. Die S-Bahnen stockten noch an den alten Grenzen, Brücken schwebten halbfertig in der Luft, gekittete Straßen beäugten skeptisch ihren neuen, alten Verlauf und das plötzlich unbewachte Niemandsland lag, wenn wir es betraten, verdutzt in der Sonne.

An den Lötstellen schoss die Energie auf. Die Geysire waren überall. Orchester spielten in toten U-Bahntunneln, zwischen Dom und Fernsehturm stürzte zur ersten Weltklimakonferenz ein Seiltänzer vom Draht, im Tiergarten erholte sich der Erdboden vom Urin der letzten Love Parade und auf den Strängen der Weltzeituhr kreisten und kreisten die Planeten in ihrem Sonnensystem aus Stahl.

Es war eine Zeit, die sich nicht zurückbringen lässt. Es gab keinen Ort, an dem wir so sehr hätten sein wollen wie hier. Wir waren, so fühlte es sich an, im Auge des Tornados, wir waren mittendrin. Die *Zweistädtestadt* nannten wir Berlin manchmal, denn noch war alles gedoppelt. Wir kannten das so nicht aus unseren Heimatorten: die zweifachen Hauptknotenpunkte, Ost, West, die endlos vielen Wahrzeichen und Gedenkstätten, Ost, West, Ost, West. Und da es ohnehin schon zu viel von allem gab, quollen manche Dinge gleich ganz über: die Bahnhöfe und Flughäfen, Ostbahnhof und Zoo, Schönefeld und Tegel und Tempelhof, die Opernhäuser, Läden, Sportvereine, Clubs, es gab von allem zu viel.

Der Rhythmus der Stadt riss uns mit. Überall wurde gewühlt, ausgeschachtet, umbenannt. Gebäude wurden zertrümmert oder schossen in die Höhe, Planierraupen und Abrissbirnen zogen Schneisen durch die Viertel. Fabriken verstummten oder wurden erbaut, Kräne schwenkten neue Wände herbei, Schlote brachen ein oder stapelten sich frisch in den Himmel. In den verwilderten Industriehallen barsten die von Graffiti umringelten Fensterscheiben und versanken hinter Büschen aus Unkraut. Auf den Plakatflächen der Großbaustellen prangten die Visionen künftiger Bauten. Grelle Bilder von Glaskuppeln blitzten uns dort entgegen, Anmutungen von verspiegelten Fassaden, von hochaufschießenden Bürotürmen, architektonischen Waghalsigkeiten: hier entsteht! Dazwischen gähnten die aufgegebenen Brachflächen und Baulücken, die sich manchmal kurz füllten und wieder leerten, während auf den Autobahnen und Straßentrassen die Karawanen herumzogen, hin und her, Stadtflucht, Landflucht, es war ein Umwälzen und Austauschen, alles war in Bewegung.

Und wir. Wir waren zu spät, aber wir waren jetzt hier. Der Mauerfall hatte mit uns nichts zu tun, an ihm hatten wir keine Teilhabe. Das war unser Grundgefühl: Wir waren zu neu und zu fremd und gehörten noch nicht zur Geschichte der Stadt. Wir wollten dabei sein, aber wir mussten uns noch beweisen. Wir liefen auf der Oberfläche herum und spürten den Unterstrom. Wir lauschten den Vibrationen, von denen wir nicht wussten, ob sie noch Nachhall oder schon Vorboten waren. Nichts schien uns hier unmöglich. Schlagbäume konnten zu- oder aufschwingen, Mauern fallen oder neu errichtet werden. Wir fühlten uns auf einem Vulkan, aber wir ahnten nicht, ob er schon tot war oder nur schlief. Und wenn wir ehrlich waren, hofften wir in Wahrheit auf eins: einen neuen Ausbruch.

So.

»Euer Brandner«, sagte Zorbas, »was weißt du inzwischen?«

Ich verstand seine Frage nicht. Wir saßen auf einer Bank im Volkspark Friedrichshain. Das Holz war marode, ein paar Spreißel stachen durch den Stoff meiner Hose. Vor uns trieb buntes Herbstlaub über die Stufen des Märchenbrunnens. Die Stadt hatte in den Bassins schon das Wasser abgelassen, die Figuren betrachteten uns mit leerem Blick.

»Hast du Menschen außerhalb?«, fragte er.

»Was meinst du.«

»Jemanden, der nicht dahin geht.«

»An die Schule?«

»Auf den Mars.«

Ich zögerte kurz, bevor ich sagte: »Na, dich.«

Er schwieg. Es war das erste Mal, dass wir uns sahen, seit ich mit dem Studium begonnen hatte. Es lag nicht nur daran, dass ich so wenig Zeit hatte. Oder dass ich, wenn ich abends mit meinen Büchern auf mein Bett sank, keine Lust mehr hatte, in die Telefonzelle zu laufen und ihn anzurufen. Ich war so beschäftigt, ich hatte nicht einmal an ihn gedacht. Als er mir endlich wieder einfiel, hatte er geknurrt: »Brauchst mich ja doch noch.«

Jetzt war ich ungeduldig. Ich war froh, ihn zu sehen, aber ich hatte keine Ruhe. Ich wollte zurück zu meinen Ausschnitten aus dem Fragment. Es schien mir noch immer so dünn und beliebig, das konnte gar nicht sein, das musste an mir liegen. Ich übersah da etwas, da war ich mir sicher. Brandner würde enttäuscht von mir sein, wenn ich es nicht fand.

Zorbas seufzte. Er sah besser aus als bei unserem letzten Treffen. Seine Gesichtszüge wirkten schärfer, die Augen klarer. Seine Hose war gebügelt. Er trug einen Schal, der nach diesem Waschmittel mit dem Fuchs auf der Verpackung duftete, das ich, seit ich hier war, auch benutzte. Wahrscheinlich trank er weniger. Oder es steckte eine Frau dahinter.

»Darfst dort nichts mit deinen Maßstäben messen«, sagte er. »Ihre Vergangenheit ist nicht deine.«

Ich zog die Stirn kraus. »Geht ja eh nicht. Jeder Mensch ist anders. Da kann man immer nur die eigene Vergangenheit kennen.«

»Stell dich nicht dumm.«

Ein Jogger keuchte an uns vorüber, er sprang die Steintreppen abwärts und nickte mir zu. Mein Gesicht muss in diesem Augenblick rot geworden sein, wahrscheinlich dachte er, ich sei auch am Rennen gewesen. Ich wollte nicht dumm sein, nicht vor Zorbas, nicht vor Brandner, nicht vor irgendwem.

»Bloß weil ich aus dem Westen komme«, murmelte ich, »kann ich doch nichts für.«

Zorbas machte ein Geräusch, von dem ich nicht wusste, ob es ein Husten oder ein Lachen war. »Bereust du wohl«, knurrte er.

»Konnt's mir ja nicht aussuchen, wo ich hineingeboren werde.«

»Und wenn du gekonnt hättest?«

Ich schwieg. Das war eine Frage, die ich mir in letzter Zeit oft stellte. Wie es wäre, wenn ich im Osten aufgewachsen wäre.

Was an mir dann anders wäre und wie es mich geformt hätte. Und ob ich mich vielleicht sogar mehr mögen würde, so, wie ich dann wäre. Es waren merkwürdige Gedanken, aber die ganze Ost-West-Sache fühlte sich ohnehin so merkwürdig an. Die meiste Zeit über vergaß ich sie einfach. Dann redete ich mir ein, dass Berlin wie jede andere deutsche Stadt war, in der ich einfach vorher noch nie gewesen war, nur größer, lauter. Und dann schrammte ich wieder an Situationen oder Momente oder Aussagen und wurde daran erinnert, dass die Menschen hier eine ganz andere Vergangenheit hatten als ich. Es war eine besonders perfide Form des Fremdseins, fand ich. Sie war fast noch schwieriger zu überblicken, als wenn ich wirklich im Ausland studiert hätte und mich in die fremde Kultur und Sprache hätte einlesen können.

Ich schüttelte den Kopf, zog zwei Eukalyptusbonbons aus meiner Jackentasche und hielt Zorbas einen hin. Zorbas nahm ihn und steckte ihn in seine Hosentasche. Ich wickelte den anderen aus und schob ihn mir in den Mund. Das grüne Papier knüllte ich zwischen meinen Fingern. »Manchmal habe ich Heimweh«, murmelte ich.

Zorbas schnaubte. »Dein Land gibt's doch noch.«

Der Jogger trabte jetzt auf der anderen Seite des Brunnens zurück in den Park. Er sah zu uns herüber. Ich fragte mich, ob er Zorbas für meinen Vater hielt. Oder für meinen Liebhaber.

»Woher kanntest du eigentlich meinen Papa?«

»War für ihn im Kittchen.«

Die Welt stand still.

Ich starrte Zorbas an, das Bonbonpapier fiel mir fast aus der Hand. Er hatte es so locker dahergesagt, dass ich hoffte, er wollte mich nur ärgern. Ihm hätte so etwas ähnlich gesehen, aber sein Blick blieb ernst, ich konnte kein Augenzwinkern darin ausfindig machen, so sehr ich auch suchte.

»Da konnte er gar nichts dafür«, fuhr er fort. »War damals in Ostberlin zu einem Kongress gewesen, mit einer Delegation von seinem Konzern. Ich war der Fahrer. Und er hat einen Verwandten von euch im Osten sehen wollen. Hab ihn hingefahren, abseits der abgesprochenen Routen. Blieb natürlich nicht unbemerkt.«

»Aber … aber …« Ich wusste gar nicht, was ich sagen sollte. Ich sprach nur, um zu reden. Der Eukalyptus war auf einmal viel zu scharf, er stach in meinem Hals. Ich hätte den Bonbon am liebsten ausgespuckt.

Zorbas beobachtete mich aufmerksam. »War meine Entscheidung, dein Vater hatte keine Ahnung, dass er mich gefährdet. War ein feiner Mann, dein Vater. Hat sich danach gekümmert, so gut es ging. Deine Mutter auch. Du schuldest mir nichts.«

»Ich …«

»Musst nichts dazu sagen. Längst vorbei.«

Mir war schwindlig. Ich holte Luft. Ich wollte so viel fragen, aber ich musste vorsichtig sein. Ich musste auf mich aufpassen. Es traf mich noch immer so sehr, wenn jemand mir etwas, das ich noch nicht wusste, über meinen Vater erzählte. Die Lücke, die er hinterlassen hatte, war ein Krater, dem ich mich nicht nähern durfte. Ich würde sonst hineinstürzen und nicht mehr an die Oberfläche zurückfinden. Das spürte ich.

Ein Windstoß fuhr über die Treppen des Brunnens. Ich verkroch mich tiefer in meinem Parka und versuchte, die Tränen nicht aus meinen Augenwinkeln laufen zu lassen. Das kannte ich schon, ich hatte dafür inzwischen einen Trick. Ich richtete den Blick geradeaus und ließ ihn starr werden. Auf dem Brunnenrand saß eine steinerne Schildkröte, die ich ansehen konnte. Sie erinnerte mich an Kassiopeia, die Schildkröte aus *Momo*. Was hätte ich dafür gegeben, mich mit ihr auf den Weg machen zu können, zu Meister Hora und den Stundenblumen oder rückwärts zu laufen, gegen die Zeit, bis dorthin, wo mein Vater noch am Leben war. Ich hätte so viel anders machen wollen.

Gespräche, die ich mit ihm nicht geführt hatte.

Ihm sagen können, wie sehr er mir fehlte.

Dasein.

Manchmal fragte ich mich, ob ich mir an der Schule nicht einen Ersatz für ihn erhoffte. Hätte mir das jemand gesagt, hätte ich ihn als Küchenpsychologen beschimpft. Aber wenn ich ehrlich war, fühlte es sich manchmal so an. Als ob ich deswegen so sehr nach einem Mentor Ausschau hielt, weil ich glaubte, jemand könnte die Lücke füllen. Und wer konnte das schon sein. Woll kam dafür nicht in Frage. Auch Professor Orlow kaum. Es blieb nur einer.

»Bist du Brandner mal begegnet?«, fragte ich und sah Zorbas noch immer nicht an. Meine Stimme klang zu hoch.

Ich konnte spüren, dass Zorbas neben mir stutzte. Er muss erwartet haben, dass ich ihn nach dem Gefängnis befragen würde, oder doch nach meinem Vater. Er konnte nicht wissen, dass das nicht ging. Ich musste schließlich nachher noch arbeiten, ich musste zurück in die Schule. Ich musste funktionieren.

»Weil alle Ossis sich persönlich kennen?«, knurrte er.

»Nee. Redest immer so von ihm. Interessiert mich halt.«

»Ich kenne genug solche Leute. Reicht völlig.«

Ich seufzte und entspannte mich ein wenig. Mein Blick irrte von der steinernen Schildkröte weiter zu den anderen Skulpturen des Brunnens. Viele waren angeschlagen oder mit Graffiti überzogen. Das auf einem Schemel kniende Aschenputtel hielt nur noch eine halbe Schale auf ihrem steinernen Schoß und hatte eine pink besprühte, pickende Taube neben sich. Von Hans im Glück fehlte die Nase. Der Wolf, der neben Rotkäppchen herlief, trug einen blauen Schriftzug auf seinem Fell.

»Noch sowas«, brummte Zorbas, der meinem Blick gefolgt war.

»Was?«

»Das sind nicht die echten Figuren. Die waren nach dem Zweiten Weltkrieg erst mal verschwunden. Sind dann in einem Gemüsebeet wieder aufgetaucht, waren nicht gut beieinander. Mussten durch Kopien ersetzt werden.«

»Und?«

»Was: und.«

»Was willst du mir damit sagen«, fragte ich und drehte mich ihm wieder zu. Er muss gemerkt haben, dass meine Augen rot waren, aber er erwähnte es nicht.

»Weißt du doch.«

»Dass Märchen nicht der Wirklichkeit entsprechen?«

Zorbas verzog den Mund. »Schon mal nicht schlecht. Du lernst ja doch was an deiner Schule.«

»Bin halt schlau«, sagte ich. »Aber das war nicht das, was du meintest.«

Er schüttelte den Kopf. Plötzlich erinnerte ich mich an einen Spruch, den ich von einer Schauspielschülerin gehört hatte, die aus Jena kam. »Jetzt weiß ich's«, sagte ich. »*Und wenn die liebe Sonne lacht, hat das die Partei gemacht.*«

Er grinste und hob einen Daumen in die Luft. Ich zerbiss meinen Bonbon.

»Nein!«, brüllte Francois. Er saß vor mir, angestrahlt von grellem Licht, sein Gesicht war rot, puterrot, dachte ich, seine Unterlippe zitterte. »Jetzt stell dich nicht an«, sagte ich. Er schluckte. Ich konnte mich nicht erinnern, dass ich jemals jemanden so aus der Fassung gebracht hatte. Er tat mir leid, aber etwas in mir war fasziniert. Es war ein Gefühl, das ich nicht kannte. Irgendetwas auf der Skala zwischen Genugtuung und Macht.

Hinter mir lachte Schwarz. Wir waren auf der größten unserer Probebühnen, im dritten Stock des Turms. Es war später Nachmittag und wir warteten auf die Bewegungslehrerin, Frau Kotatkova. Heute sollte sie uns ein paar Grundlagen lehren. Sie unterrichtete sonst die Schauspielschüler. Sie brachte ihnen Haltung bei, Tanzschritte, Körpergefühl. Und sie zeigte ihnen, wie man eine Figur durch ihre Bewegungen greifbar machen konnte: durch eine Veränderung des Gangs, durch eine Rückenkrümmung, eine leichte Drehung der Hand. Ich hatte mich auf den Unterricht gefreut. Sonia hatte mir gesagt, dass Kotatkova auf Tschechisch Kätzchen hieß – und so sah die Lehrerin auch aus. Sie trug enganliegende, glänzende Ganzkörpertrikots und einen kurzen Pagenschnitt. Ihr Lachen klang, als würde sie schnurren. Wenn sie durch die Flure von Schöneweide striff, konnte man beobachten, wie die Schauspielschüler Haltung annahmen. Der eine drückte, wenn er sie kommen sah, schnell den Rücken durch, der andere schob die Schultern zurück, die nächste hob eilig das Kinn. Die Kotatkova kannte alle Schwachstellen, von jedem von ihnen. Ich war gespannt, woran sie mit mir arbeiten würde.

Aber das Kätzchen kam nicht. Ich war mir ziemlich sicher, dass wir uns im falschen Raum befanden. Es schien mir undenkbar, dass eine Dozentin uns vergessen könnte. Vielleicht gab es auch Änderungen im Stundenplan, die uns nicht mitgeteilt worden waren. Wahrscheinlicher aber war, dass wir uns irrten.

Wir hätten Bescheid geben müssen. Das Sekretariat mit Frau Koch befand sich nur zwei Stockwerke über uns. Wir hätten dort hinaufsteigen und nachfragen können, aber wir wollten nicht. Stattdessen hatten wir uns verschanzt. Wir hatten die Tür geschlossen und die Holzverschalung für die Bühnenverdunklung vor die Fenster gezogen, einen Stuhl auf die Bühne gestellt und einen Scheinwerfer darauf ausgerichtet.

»Nein!«, brüllte François noch einmal und zwinkerte heftig, um mich durch das Gleißen hindurch mit seinem Blick zu fixieren.

»Du musst dich entscheiden«, lächelte ich und lehnte mich ein wenig zurück.

Es war stickig auf der Probebühne. Die Geräusche von draußen drangen nur gedämpft herein: das Holpern der Autos auf dem Kopfsteinpflaster vor dem Turm. Das vorüberschweifende, helle Plappern einer Gruppe von Kindern, die zum Spielplatz auf der Anhöhe geführt wurden. Das rhythmische Klackern der Bälle auf den dort einzementierten, steinernen Tischtennisplatten. Das leise Quietschen der Schaukeln. Weiter entfernt: das Aufschrillen einer Fahrradklingel, ein gebrüllter Fluch. Nur aus der Tiefe des unterirdischen Maschinenhauses gähnte die Stille bis zu uns herauf.

Der Tag war außergewöhnlich warm, viel wärmer als die Tage zuvor. Ein plötzliches Aufbäumen des Spätsommers. Schon in der Früh, als ich aus meinem Vorderhaus auf den aufgeheizten Gehsteig getreten war, hatte die Sonne mich verblüfft. In meinem Innenhof war es eiskalt gewesen, aber sobald ich draußen in den Sonnenschein hineingelaufen war, hatte ich zu schwitzen begonnen. Ich hatte angehalten, mir meinen Wollpullover und Schal vom Körper gezerrt und beides in meinem Rucksack verstaut. Meinen Parka hatte ich mir über den Arm gehängt. Mittags war ich dann in Schöneweide mit den Schauspielschülern auf den ausgeblichenen Plastikstühlen des Kantinengartens gesessen, die von Herbststürmen und vom Honigtau der Linden völlig verdreckt und verklebt waren. Ich hatte nicht verstanden, wieso alle außer mir so passend sommerlich gekleidet waren. Die Schauspielschülerinnen trugen weit schwingende Röcke und Trägerkleidchen, sie hatten riesige Sonnenbrillen aufgezogen, sie bliesen Wolken aus Nelkenzigarettenrauch in den Himmel und räkelten ihre schlanken Gliedmaßen den Sonnenstrahlen entgegen. Die Jungs saßen lässig an den Tischen, mit halb aufgeknöpften Hemden und hochgelagerten, nackten Füßen. Ich wirkte wie eine Krähe zwischen ihnen. Ich war ein verirrter Vorbote des Winters, in dicker Cordhose und mit Wollsocken und einem langärmligen, auberginefarbenen Unterziehpulli, der so eng saß, dass ich nicht einmal die Ärmel aufkrempeln konnte. Es war, als wäre ich die Einzige, die verstand, dass dieser Sommertag nur noch gespielt, nur noch vorgetäuscht war. Um mich herum drapierte sich eine Sommeridylle, es sah hübsch aus, aber etwas stimmte nicht. Die Farben waren zu strahlend, zu herbstgesättigt. Der Himmel zu blau, die Sonne zu tief. Die anderen schlürften Limonaden, sie lachten und kauften Eis aus der noch halb gefüllten Gefriertruhe neben der Kantinenkasse, bunte Flutschfinger und mit gehackten Haselnüssen besprenkeltes Cornetto und irgendwelche Ost-Überbleibsel, die ich nicht kannte. Alle spielten Sommer, aber ich sah bereits die Skelettierung der nur noch halb belaubten Bäume, ich ahnte schon den Schnee, *now is the winter of our discontent.*

Als hätte nur ich gewusst, was kommen würde.

Ich weiß nicht, wer später im Turm auf die Idee mit dem Spiel kam. Schwarz war derjenige gewesen, der irgendwann vom Podest der Probebühne heruntergesprungen war und die für die Kotatkova weit offen stehende Tür zugezogen hatte. »Endlich allein«, hatte er gesagt und gegrinst. Nele hatte sich mit einem erleichterten Seufzer auf den Bühnenboden fallen lassen, sich mit weit ausgestreckten Armen und aufgefächerten, herumringelnden Locken auf den Rücken gelegt und gemurmelt: »Pause!«

Die letzten beiden Tage über hatten wir fünf versucht, einander zu meiden. Wir hatten uns nicht darüber verständigt, aber uns allen war klar gewesen, dass das mit dem Faust-Projekt zu tun hatte. Genauer: mit Brandner.

Es war Freitag. Das nächste Treffen mit ihm sollte erst nach dem Wochenende stattfinden und keiner von uns wollte in die Versuchung geraten, die anderen nach ihren Auszügen aus dem Fragment zu befragen und sich einen Korb zu holen. Vor allem aber wollte keiner seine eigenen Szenen preisgeben. Das Schweigen, das Brandner uns auferlegt hatte, fühlte sich an wie eine Prüfung. Eine Prüfung, die uns scheitern lassen musste. Das Versagen war schon vorprogrammiert. Wir waren zu neugierig, wir trauten uns selbst nicht über den Weg.

Pause?

Mein Blick war zu Tadeusz geflogen, der mich angesehen hatte und vielleicht das Gleiche gedacht hatte wie ich. Es ging nicht wirklich darum, Brandner zu zeigen, dass wir seinen Anweisungen folgen würden, dass wir gehorsam waren: *Schweigen Sie.* Es ging um eine Herausforderung. Es ging um Vortäuschung. Darum, wem man vertrauen konnte. Aber auch darum, ob sich Brandner betrügen, blenden, leimen ließ. Es ging um Willensstärke und Mut.

»Entweder, du gehst in der nächsten Woll-Stunde aufs Klo oder du verrätst mir die beste deiner Textstellen«, sagte ich zu François, nun schon zum dritten Mal. Ich sprach sanft, aber François hielt sich die Ohren zu, als würde ich ihn anschreien. Er presste beide Handflächen gegen seinen Kopf und schüttelte ihn. Seine Stirn glänzte.

»Aufs Klo gehen?«, lachte Nele, die es sich auf einem Tisch in der hinteren Rundwölbung des Raums bequem gemacht hatte und dort mit den Beinen baumelte. »Was soll daran denn schlimm sein?«

»Kannst's ja mal probieren«, antwortete ich.

Wir hatten gelost. Wir hatten uns in einem Kreis auf den

Bretterboden gesetzt, Nele mit ausgestreckten Beinen und übereinandergelagerten Fesseln, Schwarz auf seiner Lederjacke lümmelnd, Tadeusz, François und ich im Schneidersitz. Wir hatten unsere Namen auf Papierfetzen geschrieben, die Tadeusz aus seinem Notizbuch gerissen hatte. Die Regeln waren schnell abgesprochen: jeder bekam einen einzigen Versuch, an nur einem einzigen Gegner. Es galt, dem Ausgelosten eine Aufgabe zu stellen, die ihn so abschrecken, ihn so sehr unter Druck setzen würde, dass er bereit wäre, stattdessen dem Herausforderer – und nur ihm – eine seiner Textstellen aus dem Fragment preiszugeben. Die Textstelle war umgehend aufzuschreiben und eigenhändig zu übergeben. So setzten wir es fest.

Wahrheit oder Pflicht, *Truth or Dare*.

Zu Hause hatten wir das als Kinder oft gespielt. Unendliche Male waren wir im stickigen Partykeller der Eltern eines Schulfreundes um einen zerkratzten Couchtisch herumgehockt, eine Modelleisenbahn-Landschaft und eine hölzerne Bar mit Hirschgeweihen hinter uns, und hatten einander herausgefordert. Je älter wir wurden, desto heimtückischer wurden unsere Aufgabenstellungen. Wir wurden fieser, gewagter, gefährlicher. Ich hasste und liebte dieses Spiel. Ich mochte die Aufregung. Den Moment, in dem klar wurde, gegen wen man antrat. Das Adrenalin, das einem durch den Körper schoss, kurz bevor man sich stellte. Ich hatte schon um vieles gespielt: um Hausaufgaben, Küsse, Alkohol. Sogar um Geld. Aber der Einsatz war mir noch nie so hoch erschienen wie heute im Turm.

Einen weiteren Einblick in das Fragment erhalten.

Einen Vorsprung haben.

Ich wollte das unbedingt.

In meiner Hosentasche steckte ein zusammengefalteter Zettel. Ich hatte mir meine Auszüge abgeschrieben, handschriftlich, mit Tintenfüller. Die Originalkopien von Brandner hatte ich neben meinem Bett an die Wand geklebt und meine Nachttischlampe darauf ausgerichtet. So konnte ich sie vor dem Einschlafen noch einmal lesen. Irgendjemand hatte mir einmal erzählt, dass es Beweisstudien dafür gäbe, dass man im Schlaf sogar Sprachen lernen konnte, wenn man neben dem Bett Lernkassetten laufen ließ. Vielleicht würde ja auch das Fragment in meinen Geist sickern, während ich schlief. Ich wollte es endlich verstehen, es durchdringen. Ich wollte von dem Fragment träumen. Aber als ich heute Morgen aufgewacht war, konnte ich mich an meinen Traum nicht erinnern. Und ich verstand immer noch nicht, was an diesem Faust so besonders sein sollte. Jetzt brannten die Worte in meiner Hosentasche. Ich wollte sie mit niemandem teilen, auf keinen Fall. Nicht bevor Brandner sie freigab. Und ich brauchte mehr Information, unbedingt.

»Also?«, sagte ich, »Faust oder Woll?«

François schniefte. Er fuhr sich mit dem Handrücken unter der Nase herum. »Faust«, murmelte er. Dann stand er langsam auf. Er stolperte fast, als er von der Bühnenkante zu mir heruntertappte. Die Bühne war nicht hoch, höchstens einen halben Meter, aber einen Augenblick lang fürchtete ich, er könnte hinfallen und sich das Kinn aufschlagen. Er sah so unbeholfen aus. Und so gekränkt.

Ich hatte auf Tadeusz als Gegner gehofft. Stattdessen hatte ich, als ich das zerknüllte Papier glattstrich, François' Namen entziffert. Es war eine kindliche Schrift gewesen, in der die Buchstaben auf das Papier geschrieben waren. Einfache, rundliche Buchstaben, die ich wahrscheinlich aus dem Gedächtnis hätte nachmalen können. Seine ganze Arglosigkeit sprach aus dieser Schrift. Und ich hatte nicht lange überlegen müssen, um die eine Aufgabe zu finden, die ihn einknicken lassen würde. Es war erschreckend leicht gewesen.

»Du hast zehn Minuten Zeit, dir zu überlegen, welche Textstelle du mir gibst«, sagte ich, als er jetzt neben mir stand. Ich sagte es freundlich und wollte ihm dabei die Hand tätscheln, aber er zuckte zurück.

»Ce n'est pas un jeu, Catherine!«

»Was?« Ich verstand nicht.

»Das ist nicht ein… kein Spiel, Catherine!«, wiederholte er auf Deutsch.

Fragend sah ich zu ihm hoch, aber er drehte sich weg. Ich verstand immer noch nicht. Denn natürlich war das alles ein Spiel. Was denn sonst. Und ich fand es auch fair, schließlich kamen wir alle dran. Und die Spielregeln waren klar.

»Die Nächsten, bitte«, rief Schwarz und trommelte mit den flachen Händen auf der Tischplatte herum, auf der er saß, »neue Runde, neues Glück!«

Ich spürte, wie sich mir jemand näherte. Tadeusz. Ich brauchte einen Moment, bis ich begriff, dass er auf meinen Stuhl wollte, den Stuhl des Inquisitors. Ich nickte ihm zu und erhob mich.

Neles Kleid raschelte, als sie an mir vorüberschritt. Natürlich war auch sie für diesen Sommertag perfekt gekleidet. Ihr Kleid war luftig und mit Blumen bedruckt, ihre Füße steckten in hohen Sandalen, in ihren blonden Locken thronte eine zurückgeschobene Sonnenbrille wie ein Haarreif. Sie war mit einem Hüpfer auf der Bühne und drehte sich uns mit schwingendem Kleid zu. Sie machte einen kleinen Tanzschritt, bevor sie auf dem Stuhl Platz nahm und die Beine übereinanderschlug. Ich konnte keine Spur von Unsicherheit an ihr entdecken.

»Ich weiß schon«, sagte sie und lächelte Tadeusz zu, »dass das nicht ganz fair ist. Ihr kennt mich ja erst seit vorgestern.«

»Mach dir da mal keine Sorgen«, hörte ich Tadeusz sagen. Er saß aufrecht. Einen Moment lang blieb es still, er schien zu überlegen. Dann stand er auf. Ich begriff erst nicht, was er vorhatte. Ich dachte, er würde vielleicht sagen, dass er mehr Zeit zum Nachdenken bräuchte. Stattdessen sprang er mit einem Satz zu Nele auf die Bühne. Er beugte sich zu ihr und flüsterte ihr etwas ins Ohr.

Nele legte den Kopf in den Nacken und lachte laut auf. »Keinesfalls«, sagte sie, aber ihre Augen blitzten. Tadeusz hatte sich wieder aufgerichtet. Groß und dunkel stand er vor ihr. Mein Herz klopfte bis zum Hals. Ich wollte wissen, was er ihr gesagt hatte. Sofort. Vor allem wollte ich selbst dort sitzen und von Tadeusz so angesehen werden.

»Hey!«, rief ich, »das ist gegen die Regeln!«

»Wirklich«, sagte Nele und lächelte auf mich herunter. »Na, wenn das so ist…« Sie schwang sich vom Stuhl und legte eine Hand auf Tadeusz' Brustkorb. Mit ihrem ausgestreckten Arm schob sie ihn ein wenig weiter nach hinten. Ich schluckte. Nele ließ Tadeusz los und trat an den seitlichen Rand der Probebühne. Sie sah noch immer in meine Richtung. Dann griff sie mit ihren Fingern in die Seilvorrichtung und zog mit einem Ruck den roten Stoffvorhang zu.

Schwarz verdrehte die Augen. Ich krallte meine Finger in die Tischkante, bis die Knöchel weiß hervortraten. Ich war so wütend. Hinter dem Vorhang gluckste Nele. Ich durfte mich davon nicht aus der Ruhe bringen lassen. Was auch immer da hinter dem roten Vorhangstoff geschah, es war nicht wirklich. Nele inszenierte es – für mich. Sie wusste, dass sie mich damit provozieren konnte. Sie hatte mich schon jetzt durchschaut.

Von Tadeusz war kein Laut zu hören, aber Nele seufzte jetzt hinter dem Vorhang laut auf, ihre Hand schoss an der Seilführung über den Vorhangrand und krallte sich von oben in den Stoff. Ihr Seufzen wurde zum Stöhnen, das immer lauter und höher wurde. Der Vorhang begann im Rhythmus zu zittern. Ich sah zu Schwarz hinüber, der mich angrinste und auf die Beule in seinem Schritt deutete.

»Tiefer, Tadeusz«, jauchzte Nele hinter dem Vorhang.

»Ist ja gut jetzt«, sagte ich.

Der Vorhang öffnete sich. Tadeusz trat von der Bühne. Er fuhr sich mit dem Handrücken über den Mund. Ich lehnte mich vor. Hatte er etwa Lippenstift auf seinen Lippen? Nele knickste in unsere Richtung. Sie war voll bekleidet, aber ihre blonden Locken waren zerstrubbelt. Und warum hing der dünne Träger ihres Sommerkleids über ihre nackte Schulter?

Dass François und Schwarz ihre Positionen einnahmen, bekam ich kaum mit. François hatte ohnehin keine Chance. Ich konnte mir nicht vorstellen, dass es irgendetwas gab, wovor Schwarz scheute. Ich hatte die Arme verschränkt und beobachtete Nele.

Sie sah vergnügt aus. Sie hatte sich auf einen der Stühle vor mir gesetzt und schien ganz konzentriert dem Gestammel von François zu lauschen. Ihr rechter Fuß wippte in der Luft herum. Ich konnte sehen, dass ihre Fußnägel rot lackiert waren.

»Willst du …«, stotterte vorne François.

»Klar«, sagte Schwarz.

Nele rief: »Zeig's ihm, François! Lass dir was einfallen!«

François' Ohren wurden rot. Ich konnte sehen, dass sein Blick hilfesuchend zu mir glitt, aber dann schien ihm etwas einzufallen, denn seine Gesichtszüge verschlossen sich, er zog seine Schultern hoch und er drehte sich wieder von mir weg.

»Ich finde nichts zu sagen«, murmelte François.

»Ich wüsste was!« Nele rutschte schon an die Stuhlkante, um François etwas ins Ohr zu flüstern.

»Nichts da«, knurrte ich. »Das gilt nicht.« Um keinen Preis würde ich Nele jetzt auch noch diese Runde dominieren lassen.

Sie drehte sich zu mir um und lachte: »Nicht dein Ernst.«

»Doch.« Ich kniff die Augen zusammen und funkelte sie an.

Zu meiner Überraschung rutschte sie wieder zurück und lehnte ihren Rücken gegen die Lehne.

François schüttelte den Kopf: »Ich kann das nicht!«

»Nun mach schon«, sagte Schwarz.

»Wollen Sie …«

»Ja?«

»… mir Ihre Textstelle geben …«

»Seit wann siezt du den denn?«, rief Nele.

»… oder willst Sie … du … vielleicht … vielleicht … einen Purzelbaum machen?«

Ich stöhnte auf. Nele lachte. Und Schwarz ließ sich einfach vom Stuhl rutschen und rollte polternd über den Bretterboden. Dann sprang er von der Bühne, hob den Stuhl des Inquisitors von hinten an und kippte François von der Sitzfläche. »War wohl nichts«, grinste er, »ich zeig dir mal, wie man das macht. Tadeusz, zum Schafott, bitte!«

Tadeusz erhob sich und schlenderte betont langsam auf die Bühne. Er setzte sich nicht. Er blieb neben dem Stuhl stehen und blickte von oben auf Schwarz herab. Er wirkte genauso bleich und ungerührt wie immer. Schwarz zögerte kurz und schwang sich auf die Lehne des Inquisitorenstuhls. Sie waren fast auf Augenhöhe. Einen Moment lang war es still. Sie betrachteten einander.

»High Noon«, flüsterte Nele und summte die Melodie aus irgendeinem Western.

Ich glaubte, hinter mir ein unterdrücktes Schluchzen zu hören, aber ich konnte mich gerade nicht umdrehen, das war alles zu spannend. Außerdem würde ich gleich dran sein – und bei dem Gedanken daran, was Nele sich wohl für mich ausdachte, schlug mir das Herz bis zum Hals.

Plötzlich sprang Schwarz vom Stuhl. Er trat an die Bühnenkante, beugte sich vor und raunte Tadeusz etwas zu. Es war so leise, dass ich es nicht verstehen konnte. Tadeusz schien keine Sekunde lang zu überlegen. Er trat vor, zog einen Zettel aus seiner Hosentasche und drückte ihn Schwarz in die Hand. Dann stieg er von der Bühne.

Ich konnte es nicht glauben. Schwarz offensichtlich auch nicht, so verdutzt, wie er den Zettel ansah. Betont langsam knüllte er das Papier in seine Faust und reckte sie wie ein Sieger gegen die Decke. Nele beugte sich vor und schnappte Schwarz an seinem T-Shirt. »Was hast du ihm gesagt?«, wollte sie wissen.

Tadeusz fuhr herum und fixierte Schwarz. Schwarz hielt seinen Blick. Dann nickte er ihm zu und ließ die Faust sinken. »DDR-Staatsgeheimnis«, sagte er und stopfte den Zettel in seine Hosentasche.

Nele formte ihre Hände zu einem Trichter und buhte. Ich hätte auch gerne herausfinden wollen, womit er Tadeusz so leicht zum Aufgeben hatte bringen können, aber dafür war jetzt keine Zeit. Ich war dran.

Meine Knie zitterten ein wenig, als ich auf die Bühne trat. Der Schwingboden quietschte unter meinen Füßen. Das Scheinwerferlicht war noch wärmer und greller, als ich gedacht hatte. Ich zwinkerte und fing sofort an zu schwitzen. Aber ich musste ruhig bleiben, unlesbar. Ich beschloss, es Tadeusz gleichzutun: ich setzte mich nicht.

Nele setzte sich auch nicht. Plötzlich war sie neben mir und musterte mich. »Hmmm«, machte sie, »hmmm …« Sie begann, langsam um mich herumzulaufen. Ich konnte sehen, wie wohl sie sich fühlte. Ich war jetzt ganz sicher, dass sie Schauspielerin war.

Ich hatte kein Problem damit, auf der Bühne zu stehen, ich fühlte mich wohl dort. Aber es gab diesen Unterschied zu geborenen Schauspielern, das hatte ich schon daheim am Stadttheater festgestellt. Nicht jeder, der dort im Rampenlicht stand, war auch ein echter Schauspieler, das hatte ich beobachten können. Es gibt diese Menschen, die erst im Kegel der Scheinwerfer aufblühen. Sie brauchen die Bühnenluft wie andere den Sauerstoff. Sie brauchen ein Publikum. Erst dann können sie sich entfalten. Wir hatten im Grundlagenseminar einen Studenten, der stotterte, wenn man mit ihm sprach. Aber sobald er auf einer Bühne stand, sprach er völlig flüssig.

Nele war so jemand. Sie genoss ihren Auftritt neben mir. Ihre Bewegungen waren noch geschmeidiger als sonst. Ihr Haar leuchtete. Ich kam mir furchtbar plump neben ihr vor. Ich konnte sehen, dass sie meine groben Schuhe in Augenschein nahm, während sie um mich herumlief. Die Wollsocken, die dicke Cordhose. Den Wollpulli, den ich wieder über den langärmligen Unterziehpulli gestreift hatte, und unter dem ich so schwitzte, dass Nele es wahrscheinlich schon riechen konnte. Nele blieb stehen, den Zeigefinger scheinbar nachdenklich an ihre Wange gelegt. Dann lächelte sie. Und noch bevor sie es aussprach, wusste ich es. Es war so einfach.

»Zieh dich aus«, sagte sie. »Ganz.«

Mir schoss das Blut ins Gesicht.

Ich versuchte mich zu erinnern, was für eine Unterhose ich heute früh angezogen hatte. Wann ich zuletzt meine Beine rasiert hatte. Ich erinnerte mich daran, wie unwohl ich mich vorhin im Garten der Kantine gefühlt hatte. Daran, dass ich schon dort nichts ausgezogen hatte, weil alles, was ich drunterhatte, nicht vorzeigbar war. Es sah nicht gut für mich aus. Schwarz, Nele und François waren mir egal. Aber ich konnte Tadeusz mich nicht so sehen lassen, das ging einfach nicht.

Ich biss mir auf die Unterlippe und begann schon zu überlegen, welche meiner Textstellen ich Nele überlassen konnte. Die erste? Die zweite oder dritte? Aber dann stellte ich mir vor, wie sie Brandner erzählen würde, was sie für Einfälle hatte. Wie sie sich sonnen würde in seiner Aufmerksamkeit. »Auf dem Mond?«, würde sie säuseln. »Aber das ist doch selbstverständlich! Die Astrophysik zu Heyms Zeit hat gezeigt, dass …«

Ich schob stumm den Stuhl zur Seite. Dann trat ich ins Zentrum der Bühne. Ich stellte mich mitten in den Scheinwerferkegel, dessen Licht sich drückend auf meine Schulter legte. Es war, versuchte ich mir zu sagen, ja ohnehin zu warm im Raum. Mit zitternden Fingern tastete ich nach dem Verschluss meiner Hose und öffnete den ersten Knopf.

II

Die Anderen

Schwarz

Wer will das schon sehen. Diese bleiche, aufgedunsene Haut. Trotzdem kann Schwarz die Augen nicht abwenden. Wie ein verfickter Autounfall ist das, man steht da und glotzt, während sich vor einem die brennenden Wagen übereinandertürmen und die Stichflammen einem schon die Augenbrauen abrasieren. Die Nachtrab zieht das echt durch. Steht da im Spotlight und rupft sich die Klamotten vom Körper. Gibt ja einiges, was die da ausziehen muss. Wollpullover, Wollsocken, ernsthaft. Von Röcken und Stöckeln hat die noch nie gehört. Die versucht nicht mal, was aus sich zu machen. Irgendwas an der ist merkwürdig. Andererseits kann Schwarz sie aushalten, bisher zumindest. Auch wenn er das nicht zugeben würde.

Die Neue hingegen nervt. Wie die sich produziert. Hat sich wahrscheinlich in den Kurs reingeschlafen. Allein wie Brandner die angegafft hat gestern. Peinlich war das. Schwarz nimmt sich vor, dass ihm das nicht passiert, wenn er so alt ist. Dass er merken wird, wenn er den Zenit überschritten hat und sich lächerlich macht.

Schwarz kaut an einem Fingernagel, spuckt das abgebissene Stück Nagel in Richtung des Franzosen, der vor ihm auf dem

Boden kauert und auf einem Blatt Papier rumkritzelt. Seine Schultern wabbeln ein bisschen, wahrscheinlich flennt der schon wieder rum. Der Franzose ist durch, das ist mal klar, da kommt nichts mehr. Schwarz gibt ihm noch drei Wochen, dann wird der kleine Hosenpisser hier hinschmeißen und zurück in das französische Kuhkaff tippeln, aus dem er gekrochen kam. Ist auch besser so, kann er sich da von Mami mit Croissants und Ziegenkäse aufpäppeln lassen, *Camembert, Fromage, oui, oui*, anstatt hier im Weg rumzustehen und den Tussen Blumen zu schenken.

Der Pole ist eine andere Nummer. Aus dem wird Schwarz nicht schlau.

Oben auf der Bühne hat die Nachtrab jetzt nur noch Unterwäsche an, Haarbüschel in den Achselhöhlen. Das wird ja jetzt doch interessant. Cellulite an den eingedellten Oberschenkeln, kein Wunder, dass die immer nur Hosen trägt. Erst hat er sie ja für eine Leckschwester gehalten, aber dazu hat die gar nicht den Mumm. Ist eher so Möchtegern-Zecke, aber nicht abgebrüht genug, um das wirklich durchzuziehen. Tochter aus gutem Hause, das steht ihr doch quer über die Stirn gedruckt. Hat wahrscheinlich einen Vater, der ihr alles in den runden Hintern schiebt. Wie die sich bei der ersten Begegnung damit interessant machen wollte, dass sie schon so lange hier ist. Als wäre es irgendein Scheißverdienst, in die Großstadt zu ziehen, wenn man Kohle von Mami und Papi bekommt. Dass sie es war, die das Spiel vorgeschlagen hat, hat Schwarz dann doch überrascht. Und wie sie gleich mal den Franzmann auf den Topf gesetzt hat. Nutzt ihr nur jetzt nichts. Sieht verlegen aus, wie sie da auf der Bühne rumstrippt. Wenn man das Strippen nennen kann, das unkoordinierte Gehampel. Aber hat auch was Trotziges, die Nachti. Hat den Unterkiefer vorgeschoben und starrt die Neue an, während sie jetzt die Träger ihres ausgeleierten Unterhemds von den Schultern streift. BH kennt die wohl nicht. Braucht sie auch nicht, so wie es aussieht. Die Titten sind winzig, eher so BMW halt: *Brett mit Warzen.*

Schwarz wird jetzt doch steif, aber das hat nichts zu heißen. Zurzeit reagiert er auf alles, sogar die Kuscheltiere, die Annabelle auf ihrem Bett herumhocken hat. Als die gestern Morgen in der Küche ihrer WG Kaffee gebrüht hat, hat er sich an diesem flauschigen Waschbären gerieben, von dem das eine Ohr halb abgefackelt ist, weil sie ihn mal zu dicht an eine Nachttischlampe gesetzt hat. Annabelle ist Nummer drei von den Schauspielschülerinnen. Nummer eins war Emilia, auf dieser behämmerten Klassenfahrt, Suff und Sex, was soll man machen. Von Nummer zwei hat er den Namen schon wieder vergessen, so ein blonder Feger aus dem Jahrgang obendrüber. Die hat ihn vor 'n paar Tagen in Schweineöde einfach mal aufs Schulklo gezerrt, Männertoilette, zweiter Stock, und sich aufgespießt auf ihm, da sagt man doch nicht Nein. Annabelle wollte er eigentlich nur eine Nacht lang vögeln, aber irgendwie ist ihm das entglitten, das geht jetzt schon die ganze Woche. Er ist noch nicht durch mit der, die seufzt so süß und ist so eng, da spritzt er sofort, wieder und wieder. Ist schon okay, wenn er noch bleibt bei der. Außerdem: Wenn er in dem Tempo weitermacht, hat er sonst noch vor Semesterende die Schule durch, inklusive Puppenspielerinnen und Putzfrauen. Dann müsste er auf Lehrkörper umsteigen und das Kätzchen abfingern, die maunzt bestimmt, wenn man sie rammt. Oder sie ist so athletisch, dass man hinterher einen Knoten im Knüppel hat.

Die Schule war ein Fehler. Schwarz ist davon immer mehr überzeugt. Akademischer Dreck, dämliches Gelaber. Ständig nur quatschen, die ganze Gülle, die dem Woll und dem Orly aus den verwanzten Mäulern quillt. Wär ja noch okay, wenn man da pennen könnte, in deren Unterrichtsstunden, aber stattdessen wollen die einen testen, sonst zack, Rauswurf. Voll die Sados sind das. Konzepte lassen sie einen machen, Prüfungen, bei denen diese ganzen alten Ost-Wixer sich auf ihre kleine Macht einen runterholen. Schon krass, dass es hier keine Weiber gibt an diesem Institut. Hätte er sich besser einschleimen können, darin ist er gut. So ist er ja auch durchs Abi geflutscht, gerade noch. Die Direx mochte ihn, hat ihn höchstpersönlichst durchgepuscht. Mit älteren Frauen kann er gut, die kriegen dann immer so ein Mutti-Syndrom, wollen ihn auf den rechten Weg zurückleiten, puttputtputt, weil er doch so klug ist, eigentlich, und so vielversprechend. *Musst dich nur zusammenreißen, Junge, dann kann doch wirklich was aus dir werden …*

Jaja.

Was keiner hier weiß: Theater ödet ihn an. Manchmal geht ihm darauf einer ab, dass die das nicht gerafft haben. Die ganzen Profs und Dozenten mit ihrer scheißbornierten Prüfungskommission, die sich so viel einbilden auf ihre Tests und ihre ach so erlesene Auswahl und ihre Zeremonien, das ganze Blablabla. Er ist denen glatt unterm Radar durchgerauscht, hat ihnen allen möglichen Schwachfug vorgetäuscht und jetzt sitzt er hier, fett und fein, als Kuckucksei im Theaternest. Denn eigentlich ist er echter Filmfreak, *Cineast*, durch und durch, immer schon gewesen. Am liebsten glotzt er Horror. Muss gar nicht so Slasherkram sein, mit Blutspritz und Augapfelmatsch. Craven und Carpenter reichen schon aus, das sind seine Alphas, denen eifert er nach. *Mächte des Wahnsinns* hat er schlappe neunmal im Kino gesehen und jetzt fiebert er gerade auf diesen Fincher hin, schon angelaufen in Amiland, soll ein echter Kracher sein, *Sieben*, Psychohorror vom Feinsten. Von den Klassikern mag er auch viele, Murnau, Carl Theodor Dreyer, Fritz Lang. Das hilft ihm bei den Ladies, die halten ihn dann für irre gebildet, sobald er vom *Golem* erzählt oder von der *Teufelskirche*. Aber was soll er machen, er findet das wirklich gut. Edwin S. Porter hat sogar einen Faustfilm gedreht, schon 1900, schlappe siebenundfünfzig Sekunden lang. Da morpht sich Faust in ein Skelett und Gretchen sich in Faust. Wird er vielleicht verwenden in diesem Ding von Brandner. Oder auch nicht, mal sehen.

Wegen Brandner ist er überhaupt hier. Wen der alles kennt! Alte Ost-Seilschaften und Verbindungen bis über den Teich! Schwarz will die Kontakte von dem. Hat er ja selbst sonst nicht sowas, woher auch. In dem nordrheinwestfälischen Ranzladen, aus dem er kommt, gibt's nicht mal ein vernünftiges Kino. Dass er da wegmusste, war immer schon klar, hat nur außer ihm keiner geblickt. Berlin hätte es nicht sein müssen, echt nicht. Nix Meer, nix Berge, was soll er denn hier. Warum irgendwie alle ausflippen auf diese Stadt, ist ihm ein Rätsel. Das ganze Ost-West-Gedöns geht ihm am Arsch vorbei. Nach München wollte er, wenn schon nicht Hollywood, dann wenigstens Bayern, an die Filmhochschule dort, aber da haben sie ihn abgeblockt. Versteht er immer noch nicht, wieso. Und an den anderen Filminstituten hat es auch nicht geklappt, weiß der Geier, warum, keine Verbindungen halt. Also Plan B: die Piscator. Komplette Schnapsidee, es da zu versuchen, war weder seine Liga, noch sein Ziel. Dass die ihn nehmen würden hier, damit hat echt keiner gerechnet, am allerwenigsten Schwarz selbst. Das ist so abgefahren, immer noch. War eher so Mut der Verzweiflung, dass er sich an der Schule beworben hat. Aber auch wegen der Schauspieler. Nicht nur wegen der Mädels, nein. Dass er die mitnimmt, ist nur Mundraub, die sind halt da. Aber so Schauspieler generell, die wird er brauchen, wenn er Filme ohne Kohle dreht. Er will die abgreifen, bevor sie berühmt sind. Und dann werden sie ihn mitziehen und er sie. Gibt genug Beispiele, wo sowas funktioniert. *Seinen ersten Film drehte er mit…* Und die Schule hat schon einige Filmstars ausgespien, kann nicht schaden, wenn man die schon kennt, bevor sie irgendwer *sind*.

Die Nachtrab trägt noch immer ihren ausgeleierten Slip. Stellt die sich an. Als hätte irgendwer hier im Raum noch nie einen Busch gesehen. Ist ja nicht so, als würde sie die Beine spreizen und allen ihre dreckigen Schamlippen in die Fresse halten. Schwarz stellt sich vor, wie er auf die Bühne steigt und sich die Nachtrab nimmt. Einfach so, rauf da und rein. Der Franzose würde ihn nicht hindern, da ist er sicher. Die Neue wahrscheinlich auch nicht. Die würde sich abwenden, mit quietschroten Wangen. Und der Nachti würde sowas vielleicht sogar gefallen. Ist bestimmt schon ganz nass von der ganzen Aufregung hier. Vielleicht zieht die sich deshalb nicht aus. Weils ihr nämlich sonst auf die Oberschenkel tropft, volle Kanne.

Aber der Pole.

Wie er es hier aushalten soll, vier ganze Jahre lang, das ist Schwarz schleierhaft. Die Stadt ist okay. Manchmal muss er die alte Grenze wegblenden, das ganze Ost-West-Geächze, die Tonnen von Touris mit ihrer mauerfixierten Geschichtsgeilheit, die einem ständig im Weg herumstolpern. Die rumgreinenden Ossis, die sich ständig so benachteiligt fühlen. Und die Wessis auch, klaro. Ist das erste Mal, dass man ihn zu so einem macht. Besserwessi. Macht ihn auch wütend, das. Weil alle so tun, als sei er irre bevorzugt gewesen. Ey, konntest ja reisen, konntest kaufen, saufen. Konntest Bananen fressen. Stimmt nur halt nicht. Gar nichts konnte er. Und das kotzt ihn an: wie die Ossis ihn anglotzen manchmal, wie sie ihn abblitzen lassen, sobald sie hören, dass er aus dem Westen kommt. Annabelle ist auch so eine. Ist echt noch stolz drauf, dass sie in der FDJ war. Lacht ihn immer aus, wenn er Dinge anders nennt als sie. Wenn er nicht zum *Konsum* geht, sondern zum Supermarkt. Wenn er nicht weiß, was Gummiadler sind. Oder wer Pittiplatsch sein soll.

Ständig will sie ihn vorführen, als wäre sie eine Dompteuse und er ihr blödes Zirkuspferdchen. Erst vorgestern hat sie ihn vor versammelter WG gefragt, wie die Ente macht. Und als er irritiert »Quackquack« gesagt hat und alle sich geschüttelt haben vor Lachen, hat sie gerufen: »Nagnag, du Scheiß-Wessi, das heißt Nagnag!« Musste er sich rächen, indem er sie in der Nacht auf ihrem Schreibtisch extra hart rangenommen hat. Dort war dann er der Dompteur. Hat ihr aber sogar gefallen, richtig geschrien hat die. Da waren die anderen Typen in der WG dann still. Und er hat hinterher Annabelle gefragt, ob sie jetzt mit Fleißbienchen ausgezeichnet werden will, so als brave sozialistische Sexschülerin. Hat die ihre geschwollenen Lippen geschürzt und echt noch was von »Klassenfeind« gemurmelt.

Aber alles besser als daheim. Ist auch nur irgendeine Stadt, dieses Berlin. Aber halt eine, die er sich leisten kann.

Er wohnt jetzt in einer Bierdose. So fühlt es sich zumindest an. Riecht auch so. Untermiete, 2er-WG auf 30 qm, Erdgeschoss, fucking Hinterhof, vom Vorgänger grausilbern gestrichen. Vor dem Fenster eine halbe Müllhalde, Sperrmüll, Säcke voller gärender Siffe. Der Verwalter hat sich mit dem Hauskonto abgesetzt, in die Karibik wohl, seitdem kümmert sich keiner.

Schwarz' Zimmer ist winzig und finster, und den Geruch nach Alkohol und Schimmel wird er wohl nie aus dem verkeimten Teppich bekommen. Aber ihn juckt das nicht. Hobbithöhle, nennt Max das. Max ist sein Vermieter. Der wohnt auch in der Bude und sieht selbst aus wie ein Bewohner von Mittelerde. Hat sogar Haare auf den Füßen, so wie die Hobbits im Buch. Eine Anzeige im *Tip* oder in der *Zitty* hatte Schwarz zu dem gelotst, Mitbewohner gesucht, nur 100 Öcken im Monat, den Deal musste Schwarz haben. Die anderen Bewerber hat er ratzfatz weggefegt, kein Thema. Ein Blick in die Bücherregale vom Max'schen Flur und er wusste genau, was geht. Hat

Max einfach gesagt, dass er Tolkien gelesen hat (hat er, Herr der Scheißringe) und Lovecraft (hat er nicht), und dass er manchmal Rollen spielt, Midgard und AD&D (tut er schon lang nicht mehr). Damit war das Ding geritzt.

Sein Zimmer ist voller Equipment. Türmt sich bis zur Decke, das Zeug. Alles, was er so hat abgreifen können über die Jahre. Hat ja schon in der Schule im AV-Kurs gedient. Und hat mitgehen lassen, was ging. Kameras, Mikrophone, Stative, was man halt braucht, um selbst einen Film zu schießen. Und dann die Idole. Die Videokassetten bauen fast die Pritsche zu. Abgefahrenstes Zeug, schwarz gezogene Kopien, auf Polenmärkten ergattert oder selbst aufgenommen. Manchmal leiert das Band. Oder das Bild krisselt. Wegschmeißen kann er trotzdem nichts. Wer weiß, ob man die Filme je wiederkriegt, wenn man die einmal schrottet. Diesem neuen DVD-Krempel traut Schwarz keinen Schritt weit. Ein Kumpel hat ihm gezeigt, wie man mit dem Auto drüberfahren kann, und das tut's dann trotzdem noch. Immer wieder ist der über die flache Silberscheibe gebrettert, hin und her, hat immer hysterischer gekichert dabei und das überfahrene Teil dann eingelegt. Hat's echt noch gemacht. War ein Porno drauf, logo. Nur Kratzer könnten das Ding zerstören, hat der Kumpel gestöhnt, während er sich neben ihm einen gewedelt hat. Aber geht halt trotzdem nichts über VHS-Kassetten, findet Schwarz. Da ist er Purist.

Er macht jetzt einen eigenen Shoot. Kurzfilm, 9-Minüter. Die *Cinema* hat für ihre Leser einen Wettbewerb ausgeschrieben, selbstgedrehte Kurzfilme zum Thema Unterwelt. Die Preise sind läppisch: ein Ghettoblaster für den dritten Platz, ein Jahresabo der Zeitschrift für den zweiten, eine Vorführung in einem Minikino für den ersten. Aber die Jury funzt. Lauter bekannte Filmemacher, die sollen mal Schwarz' Namen auf den Schirm kriegen. Er hat auch schon fast alles am Start, Drehbuch,

Setting, sogar Kamera- und Tonmann. Nur die Besetzung leckt noch. Annabelle ist dabei, die muss er bis dahin bei Laune halten. Paar Komparsen hat er auch an der Hand. Aber der Hauptdarsteller fehlt. Schwarz hat ein Auge auf Enno geworfen, dritter Jahrgang. Der wird Karriere machen, da ist Schwarz sich sicher. Kommt aus einer dieser Ost-Dynastien, Mutter Theaterdiva, Vater Filmstar bei der DEFA. Vollgestopft mit Vitamin B bis zum Rachenzäpfchen ist der Junge. Sieht auch noch hammer aus. Wenn Schwarz den bequatscht bekommt, wird der Film ein Erfolg, das weiß Schwarz. Ennos erster Dreh, wird es dann heißen. Schon damals mit Schwarz!

Die Nachti steht noch immer blöd rum. Bewegt sich null und zwinkert doof ins Rampenlicht. Wie ein Reh, kurz bevor es zu Brei gefahren wird. Schwarz muss sich mal einbringen hier, sonst geht das ja nie voran. Er hat keinen Bock, bis morgen früh hier zu hocken. »Hopp, mach jetzt!«, brüllt Schwarz, »Go, Nachtrab, go!« Dann fängt er an, mit den Fingern zu schnippen und Joe Cocker zu gröhlen: *You can leave your hat on,* perfekte Stripteasemucke. Der Pole funkelt ihn an.

Dass er den vorhin abgezockt hat, ist ihm ein innerer Reichsparteitag. Sagt man nicht, weiß er schon. Aber er mag es, wenn die Leute ihn entsetzt anglupschen, sobald er so Brandworte benutzt: Innerer Reichsparteitag, Spasti, Endlösung, Neger. Er wirft da alles durcheinander, mit einem Grinsen, da kennt er nichts.

Hätte er nicht gedacht, dass das so einfach wird mit dem. War voll der Blindschuss. Dass er da ins Schwarze trifft, hätte er echt nicht gedacht. Hat ihn einfach interessiert, woher der den Brandner kennt. Dass er für den mal Assi war, hat er getippt, Salzburger Festspiele oder gleich irgendwas in Polen, Festival in Krakow oder so. Aber sobald Schwarz ihm diese Frage gestellt hat, ist der Pole aufgestanden und von der Bühne heruntergetreten, an Schwarz heran. Hat nicht eine Sekunde lang gezögert, nicht geblinzelt, nicht überlegt, gar nichts. Hat einfach die Frage gehört und ist aufgestanden und zu Schwarz runter. Und hat ihm den Zettel gegeben, auf dem er die Auszüge aus diesem Heym-Ding notiert hat.

Fast wurmt es Schwarz. Denn wenn der Pole so dermaßen nicht antworten wollte, dann muss da ein Skelett im Keller liegen. Oder gleich mehrere. Ganze Heerscharen von Zombies und Untoten wittert Schwarz jetzt. Vielleicht ist Brandner eine Schwuchtel und hatte mal was mit dem. Oder die kennen sich gar nicht in echt. Haben sich noch nie vorher gesehen und der tut nur so. Oder die Eltern sind schwerreich und haben sich den Brandner gekauft. Oder …

Die Nachtrab macht jetzt Ernst. Holt tief Luft und steigt mit einem unsexy Move aus ihrem Schlüppi raus. Mehrere Dinge kann Schwarz gleichzeitig sehen. Erstens: von Rasieren hat die noch nie gehört, einen ganzen Bären züchtet die da zwischen ihren Beinen. Und zweitens: der Steg von ihrem Höschen klafft kurz in Schwarz' Richtung. Gelbe Bremsstreifen hat der. Fällt ihr selber auf, sie angelt sich schnell den Schlüppi zurück und zerknüllt ihn in ihrer Hand. »Reicht?«, fragt die Nachtrab die Neue, und die Neue nickt. Nachtrab dreht sich weg, so schnell sie kann. Denkt wohl, dass man von hinten nichts sehen kann von ihr. Hat sie sich aber verrechnet. Als sie sich bückt und fix ihre Klamotten zusammenrafft, kann Schwarz auch noch ihr Arschloch sehen. Selbst da ringeln sich die Schwänzchen von paar braunen Haaren drum.

Schwarz grinst und applaudiert.

Wenig später sitzt er auf seinem Fahrrad und tritt in die Pedale. Den Zettel des Polen hat er unbesehen in die Hosentasche geschoben. Hat er dem nicht gegeben, dass er den gierig vor ihm auffaltet. Stattdessen hat er so getan, als wär ihm das wumpe. Aber ob das den Polen gebockt hat, weiß Schwarz nicht. Der wirkt immer so robotermäßig, verzieht nie eine Miene. Während der Fahrtwind Schwarz die Haare verwirbelt, überlegt er kurz, ob er anhalten soll und nachsehen. Aber das Tageslicht wird bald weniger und er hat's eilig jetzt. Muss Mephisto halt warten.

Es dämmert, als er am Parkrand ankommt. Schwarz schwingt sich in voller Fahrt von seinem Sattel, sprintet neben dem ausrollenden Rad her und stoppt es beim nächsten freien Laternenpfahl. Zieht den Schlüssel aus dem Stahlring, der sich per Hebel durchs Hinterrad schiebt, und sieht sich um. Sind nicht so viele Leute unterwegs heute, das ist schon mal gut. Paar Jogger auf den neu geformten Asphaltwegen, paar so Pseudo-Skater auf dem Platz vor dem Teich, paar Hundebesitzer mit ihren Tölen. Schwarz sieht einen Collie mit wehenden Ohren, dem ein Junge ein Stöckchen hinwirft, und beißt sich auf die Lippe. Er hat selber mal einen Hund gehabt, Golden Retriever mit riesigen Knopfaugen, Dusty, den hat er geliebt. Bis der Scheiß LKW kam. Seitdem ist nichts mehr mit Haustier, nie, nie wieder.

Der Kies knirscht unter Schwarz' Schuhsohlen, als er losläuft. Die Enten, die schläfrig auf dem Teich dümpeln, würdigt er keines Blickes. Er läuft schnell, umquert mit federnden Schritten den Bunkerberg und hält auf den nordöstlichen Parkabschnitt zu. Bleibt kurz stehen, als er an der Stelle ankommt, wo man vom Weg abweichen muss. Überprüft noch mal das Areal. Niemand da, der ihn beobachten und verpfeifen könnte, nur eine weißhaarige Omi, die sich über ihren Spazierstock beugt, als sei der ein Tempel. Kann den Blick kaum heben, die Alte, zählt also nicht. Wobei gerade diese Runzelweiber ja manchmal die größten Petzen sind. Oder – um es mit Annabelle zu sagen – die übelsten aller Stasihenker.

Schwarz betritt jetzt die Rasenfläche. Die Halme stehen hoch.

Über den Spätsommer ist sein Trampelpfad immer weiter zugewuchert, schlimmer als das Loch von der Nachti. Soll ihm aber nur recht sein, dann kommen nicht so viele auf die Idee, hier langzulatschen. Muss ja keiner seinen Einstieg entdecken, der gehört nur ihm ganz allein. Schwarz hat selbst bisschen gebraucht, bis er den raushatte. Bis er überhaupt gecheckt hat, dass da was sein könnte hinter dieser Mauer. Dass da nicht einfach das Ende vom Park ist, sondern viel mehr.

Schwarz hebt mit einem Ruck den Zaun an und schiebt sich durch die Lücke. Ist so ein Gitterteil, wie es auf Baustellen oft rumsteht. Haben die knapp vor die Mauer geschoben und wohl gedacht, dass dann niemand einsteigt. Haben ihre Rechnung aber ohne Schwarz gemacht. Das rotweiße Band, mit dem sie das Gitter gesichert haben, hat er schon vor Wochen mit seinem Leatherman durchgefetzt, war easy, sauberer Schnitt. Die Kunst besteht darin, die losen Enden wieder so hinzunesteln, dass keiner was merkt.

Schwarz holt Luft und schwingt sich über die Mauer. Lässt sich mit Karacho auf die andere Seite fallen. Paar Steinchen drücken ihm in die Handfläche, als er sich am Boden abfängt. Er richtet sich auf und stockt. Der Anblick raubt selbst ihm den Atem, immer wieder.

Die Strahlen der Abendsonne donnern gerade durch die Wolken und prallen in die Sumpfplörre des ersten Beckens. Wie ein Kometeneinschlag sieht das aus, rotgoldenes Glühen in Matsch und Morast, Lichtwellen nach Apokalypse.

Dort, wo früher die Wettkampfbahnen gewesen sein müssen, stakt jetzt ein rostender Einkaufswagen aus dem Brackwasser. Die Poolwände sind ausgetrocknete, dreckverschmierte Schächte. Früher müssen sie blau und hell gewesen sein, umspielt von blitzendem, klarem Wasser, aber jetzt sind die Kacheln geborsten oder gleich ganz abgefallen. Am tieferen

Ende des Pools sammelt sich die Siffe. Zermatschtes Herbstlaub, Plastikschrott, Moder. Weiter hinten, am Rand des zweiten Beckens, stemmt sich der ehemalige Sprungturm in den Himmel. Sieht irre aus im Gegenlicht, hat die morschen Sprungbretter von sich gereckt wie ein bedrohtes Tier seine Tentakel. Schwarz verflucht, dass er keine Kamera parat hat. Es müsste so winzige Minikameras geben, die man immer in der Jackentasche dabeihätte, für genau solche Shots. Die Stimmung ist gerade perfekt, das bekäme man mit viel Aufwand und einem ganzen Arsenal an Scheinwerfern nicht besser hin. Außerirdische könnten in diesem Moment hier landen, Psychopathen ihre Opfer verbuddeln oder der Terminator aus dem verlassenen Bungalowbau brechen. Carpenter würde sich alle zehn Gichtfinger nach so einer Location ablecken, aber das hier, das gehört Schwarz. Dass er hier seinen Film drehen wird, ist mal klar.

Wie das sein kann, dass mitten in der Stadt so ein Koloss von Schwimmstadion unbeobachtet vor sich hingammelt, ist Schwarz ein Rätsel. Komplett durchgeknallt ist das. Riesige Wettkämpfe müssen hier stattgefunden haben, die Tribünen fassen locker 'n paar tausend Zuschauer. Also jetzt nicht mehr. Jetzt ist alles verwittert und marode, die Sitzflächen abgebrochen oder von Unkraut überwuchert. Sogar kleine Bäumchen wachsen in den Ritzen. Fehlen nur Spinnweben, und das Ganze würde als Setting für einen Horrorfilm durchgehen. Hat so was Alptraumhaftes. Kaum vorstellbar, dass hier mal Menschen waren, Sportler, Trainer, DDR-Vereinsmeier. Einmal, an einem schwülen Sommerabend, hat Schwarz einen älteren Herrn getroffen, der hier trainiert hat, früher. Sind, als sie sich bemerkt haben, beide voreinander erschrocken und hielten sich gegenseitig für Bullen: Schwarz am Torbogen, der Alte auf der Tribüne. Aber dann kamen sie ins Gespräch. Dass er mal Turmspringer war, hat der ihm erzählt, Leistungssportler der

Deutschen Demokratischen Republik. »Ich hatte einen guten Spann«, sagte er und deutete stolz auf seinen tatsächlich elegant gebogenen Fuß, der in verdreckten Lederschuhen steckte. Spartakiaden hätte er als Kind hier mitgemacht, genau in diesem Turmsprungbecken, später DDR-Meisterschaften, sogar internationale Länderkämpfe. Ganz wehmütig sah der Alte aus, als er mit zitterndem Finger auf die verfallenden Flachgebäude zeigte: Gewichtheberhalle, Ballettraum, Umkleide. Im Ruderkastenhaus, das Schwarz bisher für eine Gegenstromanlage gehalten hatte, hätten immer die schmucksten Kanutinnen trainiert. Ob er denn wisse, was aus dem Stadion werden solle, hat Schwarz den Alten gefragt und sich den Schweiß abgetupft, es war so heiß. Aber der hat nur den Kopf geschüttelt und ganz rote Augen gekriegt dabei. »Die Zeiten …«, hat er gemurmelt, »die Zeiten sind meine nicht.« Schwarz hätte noch so viele Fragen gehabt, aber stattdessen sahen sie zu, wie sich hoch über dem Becken Wolken über Wolken türmten, und lauschten dem Grollen des Donners in der Ferne, und er bot dem Alten stumm eine Zigarette an, seine letzte sogar, und gab ihm Feuer. Sind sich nie wieder begegnet danach.

Auch heute ist niemand da, die Tribünen sind leer. Als Schwarz jetzt an der ersten Sitzreihe entlangläuft und mit der flachen Hand auf das Geländer schlägt, gibt es einen metallenen Ton und ein Vogel flattert auf.

Im Gewölbe ist es kühl, die Dunkelheit gähnt ihm entgegen. Schwarz schiebt sich auf die Zehenspitzen. Die Taschenlampe ist noch an ihrem Platz, eingeklemmt hinter dem dunkel lackierten Rohr, das Schwarz mit einem Kreidekreuz markiert hat. Er schaltet die Lampe an und vor ihm öffnet sich der Gang.

Früher müssen hier die Sportler entlanggelaufen sein, vollgepumpt mit Adrenalin, gebeugt oder erhoben von Niederlage oder Sieg. Jetzt ist nur Schwarz hier. Seine Schritte hallen auf dem Boden, manchmal knirscht Glas unter seinen Schuhsohlen. Er läuft schnell, er will ankommen. Als er vor paar Wochen erstmals hier eingestiegen ist, konnte er es kaum glauben. Dass da ein Tunnel mitten in den Flachbau hineinführt, einfach so. Nicht mal ein Fenster musste Schwarz einschlagen, keine Türen eintreten, nichts.

Noch bevor er das Ende des Tunnels erreicht, schaltet er die Taschenlampe wieder aus. Könnte ja doch einer von außen in das Gebäude reinglotzen. Die Fensterscheiben in den Fluren sind zwar schon fast blind und mit Efeu bewachsen, aber an manchen Stellen ragen Glaszacken um eingeworfene Löcher und der Himmel schimmert durch. Wer weiß, wer ihn da sehen könnte, von draußen. Und Schwarz kann keine Bullerei brauchen. Generell nicht, aber hier schon gleich dreimal nicht.

Schwarz nimmt zwei Treppenstufen auf einmal, hoch in den Bau. Die Stufen sind mit Herbstlaub überzogen, das der Wind hereingetrieben haben muss. Es riecht nach Rost und Wald und Staub. Nichts hat sich verändert seit gestern Nacht. Im ersten Stock sieht es noch immer aus, als wäre jemand geflohen. Die Türen der einzelnen Räume stehen weit offen, in einem wilden Muster, einige hängen schief und verstockt in ihren Angeln. In den Zimmern erstarrtes Chaos: umgekippte Tische und Stühle, verstreute Akten mit halb heraushängenden, gilbenden Blättern, alte Tischlampen mit geplatzten Glühbirnen, Telefonapparate mit abgeschnittenen Drähten, Schreibmaschinen, deren ineinander verhakte Buchstabenhebel wie metallene Pyramiden in die Höhe ragen. Und dann dieser merkwürdige, schmale Raum hinter einer Tapetentür im dritten Zimmer, vollgestopft mit Drähten und Kabeln, die zu einem Kasten führen, den Schwarz noch immer für eine Abhöranlage hält. Irgendwann will er den noch mal genau untersuchen, aber nicht heute, heute brennt in seiner Tasche der Zettel des Polen.

Schwarz läuft jetzt noch schneller, er steuert auf den letzten Raum im Gang zu. Es ist die einzige Tür, die geschlossen ist. Das Glasfenster im oberen Türdrittel ist von innen mit schwarzer Teichfolie verklebt. Jemand hat Metallscharniere an Tür und Türstock eingedrillt und die Schlaufen durch ein Vorhängeschloss miteinander verbunden. Schwarz beugt sich zum Zahlenschloss und stellt an dem Rädchen sein Geburtsdatum ein. Mit einem leisen Klicken öffnet sich das Scharnier. Schwarz lächelt, als er das Schloss abhebelt und die Tür öffnet.

Endlich.

Die Luft ist abgestanden, es riecht noch nach dem Gras, das er letzte Nacht hier geraucht hat, nach den Bodensätzen der leer getrunkenen Bierflaschen und Dosen, die sich in der Ecke türmen, nach Verwesung irgendwie. Vielleicht muss er den Raum doch mal nach toten Ratten absuchen, gestern hat er so komische Knödelchen auf seinen Papers gefunden, könnte Kot gewesen sein. Schwarz stößt mit dem Fuß die Tür weiter auf, schwingt seine Tasche von der Schulter und wirft sie im Halbdunkel auf den zerschlissenen Sessel an der Längsseite des kleinen Zimmers.

Zwölf Quadratmeter werden das hier vielleicht sein, aufgeteilt auf einen Schlauch: 2x6=12. Ist nicht viel, aber sind zwölf Quadratmeter, für die er nicht zahlen muss. Und wo er eine Tür schließen kann und weg ist, einfach weg von allem. Und keiner, nicht mal der Hobbit, weiß, wo er ist.

Hat er selbst eingerichtet. Fenster verklebt mit Teichfolie, einen Tisch aus einem der anderen Räume hergetragen. Bierfilze druntergeschoben, damit der nicht wackelt. Sogar eine funktionierende Schreibmaschine hat er hier stehen, mit nigelnagelneuen Farbbändern.

Wo er gestern Nacht war, hat Annabelle heute in Schweineöde von ihm wissen wollen. Hat ihn im Flur abgefangen und erst einen auf unnahbar gemacht und ihn dann doch gefragt, mit zitternder Unterlippe. Und als er gesagt hat »In meinem Büro«, hat sie erst laut gelacht, so mit nach hinten gebogenem Nacken und schwingendem Haar, und dann angefangen zu heulen. Hat er aber so stehen lassen. Selbst schuld, wenn sie ihm nicht glauben will, die Pute. Nagnag.

Durch die geöffnete Tür kommen Luft und ein Streifen Dämmerung. Schwarz geht dem Lichtquader nach bis zum Fenster. Prüft dort zuerst, ob die Teichfolie noch blickdicht sitzt. Dann bückt er sich und kramt in einer kleinen Holzkiste herum, die mit Altpapier gefüllt zu sein scheint. Er schiebt seine Finger unter die alten Zeitungen, fühlt nach, stockt, entspannt sich dann. Alles noch da.

Die Papers.

Die Dose mit dem Kraut.

Das Tütchen mit den Pillen.

Schwarz zögert einen Moment. Ist noch früh, er will noch denken. Er sieht sich um. Glück gehabt, drei Dosen Sterni hat er übrig gelassen, damit kann er anfangen. Er schnappt sich eine der Bierdosen, geht zur Tür, zieht sie zu. Schiebt einen Riegel vor. Tastet sich zum Sessel zurück und lässt sich mit einem Aufseufzen auf die Sitzfläche fallen. Spürt seine Tasche im Rücken, eine durchdrückende Sprungfeder auf der Unterseite seines linken Schenkels. Lauscht auf das Zischen, als er jetzt im Dunkeln die Dose öffnet und finsteren Schaum schlürft. Erst dann schaltet er die Taschenlampen ein, die er in einem Metallgestell neben dem Sessel befestigt hat. Wie kleine Scheinwerfer hat er die ausgerichtet. Spot auf die Wand gegenüber. Da steht es. Zwei Textblöcke, einer links, einer rechts, mit schwarzer Farbe, in Schwarz' eigener, verkrakelter Schrift:

Faust begegnet Johannes dem Täufer. Die beide in der Welt herumfahren.

Und:

Die Straßen verwirren sich immer mehr. Die Bettler, die im Morgengrauen scharren. Bolle fährt vorüber. Richtiges Morgengrauen. »Sehr graue« Stimmung. Oben hängen Gerippe. Diebe leuchten, Mädchen gehen spazieren.

Schwarz sitzt. Betrachtet die Worte. Trinkt. Bewegt sich kaum. Neben dem Wort »Gerippe« ist ein schwarzer Fleck, da ist ihm der Pinsel abgerutscht. Wenn er die Augen schließt und nachdenkt, sieht er schwarz-weiß, tonlos. Das ist der Mist. Er sieht kein Theaterstück, überhaupt nicht. Ganz egal, in welche Richtung er denkt, wenn er diesen Text liest: Schwarz sieht einen Film, immer wieder, einen amtlichen Schwarz-Weiß-Film, um präzise zu sein. Nix Bühne. Bestes Zelluloid stattdessen. Kamerafahrten, Schnitte, heiliges 2D. Schwarz sieht es genau vor sich: Faust und Mephisto, wie sie in schwarz-weiß über eine Stadt fliegen, die Straßen unter sich, Vogelperspektive. Wie sie mit den Armen und Beinen zappeln, als würden sie schwimmen. Faust trägt dabei einen Zylinder auf dem Kopf, hat flatternde Rockschöße, einen grauen Bart, vielleicht noch so einen Gehstock mit Silberknauf in der Hand. Mephisto grinst ihm zu, Gesicht weiß geschminkt. Trägt einen schwarzen Rollkragenpulli, eine schwarze Hose. Nur wenn die Kamera seitlich fährt, sieht man, dass ihm ein Pferdehuf aus dem Hosenbein ragt. Sie strampeln, Faust und Mephisto, sie sausen über die Stadt hinweg, an winkenden Skeletten vorbei, die mit den Kiefergelenken klappern und an Fäden hängen. Und dann Gegenschnitt zu so herumhuschenden Dieben auf Gehsteigen, typisch Stummfilm, in Trenchcoats und hochgeschlagenen Mantelkrägen, die sich immer wieder umblicken, mit weit aufgerissenen Augen. Das Ganze mit alten Kameras gefilmt, damit es richtig schön ruckelt und knistert, 16 Bilder pro Sekunde, nicht 24, so, wie man heute dreht. Und keine Filmmucke dazu, eher das Rattern eines alten

Filmprojektors. Und irgendwann Filmriss und das Geräusch des frei drehenden, immer wieder auf dem Boden schleifenden Bandes.

Schwarz reibt sich mit der Hand übers Gesicht, öffnet dann die nächste Dose. Trinkt sie fast in einem Zug leer, rülpst und schlägt mit der Faust auf die Lehne des Sessels. Machen ließe es sich, rein technisch gesehen. Mit der Schulklasse war er mal in den Bavaria Filmstudios. Das Set von *Die unendliche Geschichte* hatten sie dort angesehen, und die ganzen Mädels aus der Klasse wollten auf diesem dämlichen Glücksdrachen reiten. Das Spannende war, dass der vor einer Bluescreen-Wand aufgebaut war. Wollte er eh immer mal ausprobieren, diese Technik. Fasziniert ihn. Wie man damit einen Menschen in eine völlig andere Welt hineinversetzen kann. Er könnte damit Mephisto und Faust über Berlin fliegen lassen, so, wie seine kichernden Klassenkameradinnen über diese Phantasien geflogen waren. Ja! Das wäre es! Mephistoflug über Berlin, das heutige, diese ganze zusammengeleimte Stadt, aus einem Hubschrauber heraus gefilmt. Wie der Teufel da im Zickzackkurs über die verschwundene Mauerlinie hinwegsaust, hin und her, Ost, West, Ost. Schwarz wüsste genau, wie er das machen würde.

Nutzt ihm nur nix. Ist kein Film, den Brandner von ihm verlangt. Ist Theater, nur Theater, dämliches Dreckstheater. Schwarz stöhnt, wirft die leere Dose gegen die Wand, vergräbt seinen Kopf in den Händen.

Was soll das überhaupt heißen, RICHTIGES Morgengrauen. Als gäbe es ein falsches. Und warum steht das »sehr grau« bei »sehr graue« Stimmung in Anführungszeichen, verfickt noch mal. Dreimal Grau in so einem kleinen Textabschnitt. *Morgengrauen, richtiges Morgengrauen, sehr graue Stimmung.* Was soll das. Schwarz' Schläfe beginnt zu pochen. Luft ist schlecht hier. Pissen muss er außerdem.

Schwarz steht auf, geht zum Fenster. Reißt es auf. Draußen ist es dunkel geworden. Schwarz atmet die Nachtluft ein. Tut gut, der Sauerstoff. Hinter dem Park glüht die Stadt. Straßenlaternen, Autoscheinwerfer, Deckenfluter in Wohnzimmern. Irgendwie zieht hier nachts niemand die Fensterläden zu. Die ganzen Altbauten hier haben ja nicht mal Fensterläden, oder wenigstens einen Rollladen, eine Jalousie. Tun in dieser Stadt alle so, als könnte niemand sie sehen. Und leuchten dabei blöd die Nacht kaputt. Der ganze Himmel ist orange von all den Lichtern, man kann nicht mal die Sterne am Himmel erkennen. Wenigstens hier im Park ist es dunkel und still. Schwarz reckt sich und seufzt. Pisst dann in hohem Bogen aus dem Fenster. Erst als er den Strahl in der Luft golden glitzern sieht, fällt ihm auf, dass er hinter sich das Licht nicht ausgeschaltet hat. Dass er hier steht, in voller Festbeleuchtung. In echt und in Farbe.

Fuck.

Gerade will er zurückzucken, aber dann hält er inne. Plötzlich weiß er es. *Richtiges* Morgengrauen! So kann er begründen, dass er tatsächlich einen Stummfilm machen wird, seinen Schwarz-Weiß-Film! Alles ist grau in einem solchen Film, *sehr grau*. Er wird einfach auf der Bühne eine Leinwand aufstellen und dann wird er das RICHTIGE Morgengrauen zeigen, in schwarz-weiß und mit allen Grauschattierungen dazwischen, einen grauen Film, sehr graue Stimmung. Dialoge gibt es sowieso nicht, zumindest nicht in seinem Part von diesem scheiß Fragment. Da kann er dann behaupten, dass er eben Heym nicht verfälschen will. Dass Heym ja tot ist und schweigt und deswegen jetzt ein Stummfilm angesagt ist, als einziges angemessenes Mittel.

Er wird ihnen einen Film unterjubeln, das ist es, was er machen wird.

Ein Werk von Schwarz.

Mitten im Theater.

Schwarz stopft seinen Schwanz zurück in die Hose, wirft das Fenster zu. Seine Augen blitzen, als er sich das letzte Bier greift. »Prost!«, ruft er und reckt die Dose der Zimmerdecke entgegen. Und noch einmal, brüllend diesmal: »Prost!«

Jetzt wird es aber Zeit für den Polen. Schwarz angelt den Zettel aus der Hosentasche, wiegt ihn triumphierend in den Händen, kostet dieses Siegesgefühl aus, tja, lieber Pole, tja, tja, und entfaltet ihn.

Hm.

Schwarz starrt die Worte an. Liest. Setzt sich. Liest noch einmal. »Heym, du Wixer!«, murmelt er. Steht wieder auf. Geht zur Kiste. Die Sache ist klar für Schwarz: Besoffen reicht nicht. Außerdem bräuchte er schon viele Biere, dass ihn die hacke machen würden. Jetzt muss die Kiste helfen, Zauberkiste, Schatzkiste.

Er wirft das Altpapier auf den Boden, beschissene Tarnung ohnehin. Er zögert. Greift nach dem Tütchen mit den Pillen. Drei Stück nur, mehr ist grad nicht drin, kohletechnisch. Die muss er sich einteilen. Er stopft das Tütchen in die Hosentasche, nimmt sich die verrostete Metalldose mit dem Gras. Lieber breit als hacke, entscheidet Schwarz.

Er baut die Tüte. Sinkt zurück in den Sessel. Zündet an, atmet ein. Liest noch einmal.

Zuletzt fahren sie alle mit dem Fahrstuhl in die Hölle. Bloß der Neger rückt aus. Der liebe Gott zieht ihn an einem Regenschirm herauf. Und sitzt oben auf dem Dache.

Was soll das. Er rafft diesen Heym nicht. Oder er rafft Brandner nicht. Warum der dieses Geschwurbel für so genial hält. Irgendwie fehlt ihm da ein Gen. Dämliches Gefasel vom lieben Gott, wer soll das denn verstehen. Und dann der NEGER. Oder soll das lustig sein? Schwarz schüttelt den Kopf, hält den Rauch. Atmet langsam aus.

Fahrstuhl, Dach. *Fahrstuhl zum Schafott*, fällt ihm ein. Und dass die Hölle immer die anderen sind. Einer von diesen Existenzialisten hat das geschrieben, Sartre oder Camus, Schwarz hat vergessen, welcher. Recht hatte der trotzdem. Hölle, Satan. Regenschirm, Fred Astaire, der mit herumwirbelndem Regenschirm durch New York tanzt und sich um Laternen schwingt: *I'm siiiinging in the rain …*

Schritte im Flur.

Schwarz fährt hoch. Er muss eingenickt sein. Der Joint ist ihm ausgegangen, die halb aufgerauchte, erloschene Tüte hängt noch zwischen seinen Fingerspitzen.

»Ist da jemand?«, ruft eine Männerstimme, gefährlich nah.

Schwarz bricht der Schweiß aus. Er rührt sich nicht.

Jemand rüttelt an der Tür: »Aufmachen! Polizei!«

Das Scharnier knackt. Noch so ein Stoß und der kleine Metallriegel wird nachgeben, wird davonkatapultiert unter einem Splitterwirbel aus morschem Holz. Schwarz springt auf. Er greift seine Tasche, sprintet zum Fenster, reißt es auf. Der Erdboden ist nicht allzu weit entfernt, er hat das ja einkalkuliert, dass er vielleicht irgendwann einmal hier wird springen müssen, aber jetzt plötzlich sieht der erste Stock doch höher aus als gedacht. Und der Boden wirkt gefährlich hart, Asphalt pur, ist ihm vorher gar nicht aufgefallen. Schwarz zögert. Gerade scheint es still zu sein im Flur. Etwas knistert oder rauscht. Ist das ein Funkgerät? Jemand schlägt mit der Hand gegen das Türholz. »Öffnen Sie, oder ich trete die Tür ein!«, ruft die Stimme.

Schwarz schwingt sich nach draußen auf den kleinen Vorsprung unterhalb des Fenstersimses, krallt sich mit den Händen in den Rahmen, prüft noch einmal den Sitz seiner Tasche. Hört, wie hinter ihm das Holz splittert. Ein Rumpeln und Poltern, als jemand in den Raum stolpert. Er springt.

Die Nacht rauscht an ihm vorüber. Schlieren aus Blau und

Orange. Der verzerrte Krakenarm des Sprungturms. Wie lang kann der Bruchteil einer Sekunde sein. Wie hoch sind drei Meter. Ein Augenblick aus Bodenlosigkeit.

Der Aufprall ist gar nicht hart. Schwarz fängt sich ab, ist schon auf allen Vieren, rappelt sich auf und beginnt zu rennen, so schnell er kann. Vorbei am Ruderkastenhaus, an der Rückseite der Tribünen vorbei, auf die Mauer zu, über die Mauer drüber, rauf auf die Parkwege, die zu hell erleuchtet sind, viel zu hell. Hinter ihm brüllt einer »Halt!«, aber Schwarz hält nicht, natürlich nicht, er sprintet, er schlägt Haken über die unbeleuchtete Wiese hinweg, er stürzt an seinem Fahrrad vorbei, raus aus dem Park, die Straße hinunter, zwischen hupenden Autos hindurch, keine Polizeiwannen immerhin, in die nächste Querbiegung hinein, dann noch um eine Ecke, und prallt fast gegen eine Telefonzelle.

Schwarz denkt nicht. Reißt die Tür auf, knallt sie hinter sich zu, streift sich den Pullover vom Oberkörper – irgendwie anders aussehen – zerrt schnell die Tasche von der Schulter, versteckt sie unter dem Pulli. Fingert in seiner Hosentasche nach den Pillen. Stopft das Tütchen in den Telefonkasten, in die Klappe für das Restgeld. Drückt die Klappe zu. Täuscht Gelassenheit vor, Rücken am Glas angelehnt, Beine von sich gestreckt. Wirft dann Münzen ein, mit zitternden Fingern, irgendein Gespräch anfangen oder vortäuschen, dass er telefoniert jetzt, schnell. Wählt, weil ihm so schnell nichts anderes einfällt, erst mal seine eigene Nummer.

»Yo«, sagt der Hobbit.

»Schwarz hier.«

»Dachte du bist auf deinem Zimmer.«

»Nee.«

»Null Problemo«, sagt der Hobbit. Der Hobbit liebt Alf.

Draußen auf dem Gehweg sieht Schwarz einen Polizisten vorbeimarschieren. Dessen Gesicht ist rot. Er läuft zielstrebig, sieht sich nach rechts und links um, während er läuft. Schwingt einen Schlagstock in der Hand. Schwarz beugt sich tiefer über den Kasten, schirmt seinen Kopf ab, als hätte er gerade etwas Unangenehmes erfahren. Krümmt dem Bullen den Rücken zu.

»Alter«, sagt Schwarz. Seine Stimme ist heiser. »Hat wer angerufen für mich?«

»Yo.«

Schwarz dreht sich leicht, schielt über seine Schulter. Sieht den Bullen in eine Gasse abbiegen. Atmet aus.

»Und wer?«

»Wer was?«

»Wer hat angerufen?«

»So 'n Mädel.«

»Annabelle?«

»Weiß nicht.«

»Was wollte die.«

»Ist noch im Tresor, soll ich dir sagen.«

»Okay.«

Mit einem Klacken fallen die Münzen durch das Gerät. Klingt, als wäre eine Untiefe da drin. Als gäbe es unterirdische Tunnel, durch die die Ströme aus Münzen abtransportiert werden.

»Bock auf Videogucken heute?«, fragt der Hobbit. »Hab paar Dosen Ravioli gemacht.« Er klingt hoffnungsfroh. Wenn Schwarz es sich recht überlegt, hat er den Hobbit noch nie mit jemand anderem reden sehen. Auch Anrufe bekommt der eigentlich nie.

»Nee«, sagt Schwarz und wischt sich mit dem Unterarm den Schweiß von der Stirn, »heute nicht, sorry.«

Aber das letzte Wort wird abgeschnitten, Geld futsch, Leitung tot.

Schwarz stützt sich am Telefonkasten ab. Atmet aus. Will gerade den Hörer in die poröse Gabel hängen, als er es sich noch einmal überlegt. Kramt in seiner Tasche, wirft eine neue Münze ein, eine ganze silberne Mark. Diesmal muss er länger warten, bis sich jemand meldet. Ihre Stimme ist hell. Klingt immer jünger, als sie ist.

»Schwarz?«

»Auch«, sagt er. »Schläfst du schon?«

Sie atmet schwer. Das Rasseln gefällt ihm nicht.

»Nein«, sagt sie. »Weißt du doch, Wölfchen. Ich brauche keinen Schlaf mehr.«

Er beißt sich auf die Lippe, als er seinen Kosenamen hört.

»Wann kommst du?«, fragt sie.

»Kann grad nicht. Die Schule ist…« Seine Stimme verliert sich, ihm fällt kein passendes Wort ein.

»Geht es dir gut da?«

Was soll er jetzt sagen.

Sie lässt nicht locker. »Kümmert sich jemand um dich?«

»Kann mich selber kümmern, aber was ist mit dir.«

»Ach, das geht zu Ende.«

Er beißt sich auf die Lippe, schließt die Augen. »Ich hole dich her.«

»Nein, Junge. Alte Bäume verpflanzt man nicht. Und wer soll sich denn sonst um die Eltern kümmern.«

»Sind nur Gräber, Omi.«

Sie schweigt. Nur ihr Atem rasselt weiter.

Schwarz schweigt auch. Er schwitzt immer noch, aber sein Puls beruhigt sich langsam. Er öffnet die Augen wieder. Auf der rot leuchtenden Anzeige vor ihm läuft das Geld abwärts. Draußen fährt ein Trabbi durch eine Pfütze. Das ist merkwürdig. Es hat doch gar nicht geregnet.

Sie schweigen, bis nur noch zehn Pfennige drin sind. Dann sagt Schwarz schnell. »Nicht sterben, Omi. Ich brauch dich noch.« Aber er weiß nicht, ob sie es noch gehört hat.

Der Laden vibriert von draußen, als er ankommt. Über ihm schwanken die Kräne im Dunkeln, die Nachtluft hat ihm den Kopf frei geblasen. Sein Fahrrad hat er am Park stehen lassen, falls der Bulle eins und eins zusammenzählt und ihm dort auflauert. Ist fast den ganzen Weg Richtung Potsplatz gelaufen, von einer Schwarzfahrt im 100er-Bus mal abgesehen. Hat unterwegs noch eine Currywurst gegessen, ohne Darm, mit Pommes Schranke. Jetzt ist er wieder komplett nüchtern. Kann er noch mal von vorn anfangen.

Er könnte schwören, dass er die Schallwellen unter den Fußsohlen spürt, als er über den Parkplatz schlendert, auf das niedrige, quadratische Gebäude zu. Die Zuckungen der Technobeats, die den Boden von unten erschüttern. Sein ganzer Körper ist hellwach, er wittert schon diesen typischen Geruch, der aus dem Gewölbekeller des Clubs aufsteigt. Eine Mischung aus Schweiß, Zigaretten, Kunstnebel und Gift. Irgendetwas ist da in der Luft, das nicht gesund sein kann, irgendwelche uralten Chemikalien womöglich, Asbest vielleicht. Oder es sind die Geister der ermordeten Juden, die hier ihr Eigentum in den alten Schließfächern verwahrt hatten. Ein gigantisches Kaufhaus soll hier vor dem Krieg drübergestanden haben, das Wertheim. Hat ihm mal ein Raver erzählt, als sie an einem Sonntagmorgen auf dem Parkplatz lagen und wie Fische nach Sauerstoff schnappten und dabei den Sonnenaufgang betrachteten, den unendlich grellen und pinken Himmel.

Dass der Club mal ein echter Tresor war, ist für Schwarz der Hammer. Gibt noch andere solcher Orte hier, feinste Industriebrachen, astreine Feier-Locations, das muss er der Stadt lassen. Stillgelegte Bunker und U-Bahnschächte, Fabriketagen, Kohlekeller. Das WMF unten in den alten Toiletten einer ungenutzten U-Bahn-Halte. Der Friseur. Der Blumenladen. Das E-Werk. Irgendwie wusste wohl nach der Wende keiner so genau, wem was gehört. Die Clubs sind überall, legal, illegal, scheißegal. Manches hält sich nur übers Wochenende, da muss man schnell sein, muss wissen, wo was stattfindet. Schwarz hat vorhin noch kurz überlegt, die Nummer der Raveline zu wählen. Ist so eine geheime Leitung, wo einem zugeraunt wird, was heute wo geht. Vielleicht macht er das später noch, hat extra die Zahlenfolge auswendig gelernt. Aber erst mal: Annabelle.

Sie ist nicht im Erdgeschoss, nicht auf dem Dancefloor, nicht an der Bar, nirgends im gesamten Globus. Wundert Schwarz. Er kann sich gar nicht vorstellen, dass Annabelle ernsthaft raven kann. Dass sie sich überhaupt da runtertraut, in den Keller. Selbst Schwarz hat es beim ersten Mal nur eine Stunde da unten ausgehalten. Unter der niedrigen Decke, die sich so klaustrophobisch über einen legt, in diesem Inferno aus Krach. Inzwischen kann er da unten locker die ganze Nacht durchtanzen. Ist wie beim Tiefseetauchen, man kann das trainieren, man geht immer ein Stückchen tiefer, irgendwie.

Das Licht hier oben ist heute freundlich, tröstendes Orangerot, die Beats sind überschaubar, nichts geht an die Schmerzgrenze. Hier oben bluten keine Trommelfelle. Schwarz bestellt sich ein Bier. Man muss sich den Abstieg schmieren, dann fällt es leichter. Die Bardame zwinkert ihm zu, hat ihn wiedererkannt. Schwarz spürt, wie er zwei Zentimeter wächst. Er nickt ihr zu, greift sich seine Flasche, macht sich auf zur Treppe. Er liebt, dass es hier abwärtsgeht. Runter in den Untergrund, rein in die Wahrheit, den echten Tresor. Das Geländer ist ganz abgegriffen von den Halt suchenden, schwankenden Gästen. Man verliert hier so leicht die Orientierung. Ist, wie wenn man in Wasser stürzt und nicht mehr weiß, wo sich oben und unten befinden.

Am oberen Treppenabsatz zündet er sich eine Kippe an. Sieht einen verschwitzten Typen neben sich, der genau das Gleiche tut. Sie nicken sich zu. Dort unten ist manchmal so wenig Sauerstoff, dass jedes Feuerzeug streikt. Fahrstuhl in die Hölle, denkt Schwarz und muss lachen. Treppe zur Hölle, mit Mephisto und Faust, ey, rein in die Unterwelt, ab ins Jenseits. Er tritt auf die erste Stufe.

Das Dröhnen rast über ihn drüber und umschlingt ihn. Eine gigantische Welle aus Sound ist das, die ihn in den Unterstrudel zerrt. Schwarz wird gesteuert, er gibt sich ab an die Bewegung des Raums. Treppe runter und rechts, Nebel um ihn, Blitze aus Licht. Das Strobe zuckt durch ihn hindurch, fräst sich in sein Gehirn, zersäbelt es in dünne Scheiben: »Heute: Hirn!« Der Sound hier unten ist wirklich einmalig. Nichts dringt hier nach draußen, alle sind sie eingesperrt in den undurchdringlichen Feuerwänden des Tresors. Die Energie der Tänzer ballt sich, potenziert sich, prallt gegen Stahl und Stein, bauscht sich auf. Könnte man das abfüllen, diese Kraft – es wäre Feuer, es wäre Atom.

Schwarz' Blick fliegt zum DJ-Pult. Auf Wolle XDP hat Schwarz gehofft, aber an den Turntables steht eine Frau. Ein Tanktop trägt sie nur, abgeschnittene Shorts. Als sie jetzt kurz nach hinten greift, sieht Schwarz eine Maske aufblitzen, Sauerstoff, sie hat sich eine eigene Flasche Sauerstoff mitgebracht. Sie atmet mit zitterndem Körper, ihre Augen sind glasig. Aber ist auch egal, solange sie weiter so auflegt, denn die Beats haben Schwarz schon ergriffen, sie lassen ihn zucken und sich biegen, es geht gar nicht anders.

Annabelle!

Er sieht sie in Standbildern aus Blitzen: ihre nackte Schulter, die Kurve ihres Rückens, ein ruckelndes Daumenkino aus Licht. Hundertpro sicher ist er sich nicht. Aber sie müsste es sein. Erst mal in ihre Richtung kommen, irgendwie. Was nicht einfach ist hier unten. Man kann sich ja fast nicht fortbewegen.

Der ganze, in den Boden versenkte Quader ist vollgepackt mit zappelnden, tropfenden Körpern. Und auch die Decke tropft, es rinnt an den Wänden herunter, an den Stahltstreben, die früher die Schließfächer beschützen sollten. Schwarz kommt nicht voran, glaubt er zumindest. Wäre da nicht der Schmerz, das Stechen, er wüsste nicht mal, dass er es versucht. Aber er spürt es an seinen nackten Unterarmen, die Glutpunkte der Zigaretten, die ihn streifen. Richtige Narben hat er davon schon. Einmal hat ein Kumpel gewitzelt, dass das Erkennungszeichen der Tresorgänger sei, die Landkarte dieser Verbrennungen.

Sie ist es. Irgendwie hat der Strom ihn in ihre Richtung gepresst, und er ist jetzt nah genug dran. Natürlich ist sie nicht allein, schon gar nicht so, wie sie heute aussieht. Die Schauspielschüler, die sie umflocken, sabbern fast. Eine hautenge, silbern schimmernde Hose, sonst fast nackt. Glitzerndes Bikinioberteil, mit einer Schleife im Nacken zusammengebunden. Welliges, offenes Haar. Eine riesige Sonnenbrille. Glänzender Stein im nackten Bauchnabel.

Annabelles Gesicht leuchtet auf, als sie ihn sieht. Er kann es im Lichtgewitter kaum erkennen, aber ihre Lippen, die gerade noch unbeteiligt geöffnet waren, sind jetzt wach, sie schürzen sich in seine Richtung. Auf einmal ist er stolz.

Er legt ihr die Pille auf die Zunge wie eine Hostie. Und dann sich selbst.

Mephisto nimmt Drogen. Faust nimmt Drogen. Sie hören Techno. Und dann fahren alle mit dem verdammten Fahrstuhl in die Hölle.

Schwarz kichert.

Er wirft die Arme in die Höhe und tanzt.

François

Das Fleisch zischt. Er drückt es mit dem Holzspatel fester in die Pfanne. Der Moment ist perfekt, die Butter schlägt gerade Blasen. Hinter ihm steckt die Chinesin den Kopf in die Küche. Sie senkt ihre Augenlider, als sie ihn sieht, und weicht zurück, ein wenig gebückt, bis der Türrahmen wieder leer ist. So leer wie alles hier.

François versucht nicht zu denken. Beim Kochen gelingt ihm das manchmal. Er leckt die Spitze seines kleinen Fingers an, stupst sie in das Tellerchen mit der Kräutersalzmischung, die er extra in seinem Zimmer aufbewahrt, weil er dem Zahlenschloss an seinem Vorratsfach nicht traut. Immer wieder verschwinden dort Dinge. Tee, eingewecktes Confit mit Zwiebeln von seiner Oma, zwei Gläser mit Gänseleber, eine Dose *Escargots de Bourgogne*, die er extra von zu Hause mitgebracht hat, weil man ihm gesagt hat, dass es hier sowas nicht gibt. Die Kräutersalzmischung ist zu wichtig, er hat sie selbst angerührt, mit getrockneten Kräutern aus dem Garten seiner Eltern: Thymian, Rosmarin, Bohnenkraut, Oregano. Er schmeckt nach, runzelt die Stirn. Zu viel Rosmarin, findet er. Er versteht nicht, warum die Mischung jedes Mal anders schmeckt. Das wird er richten, irgendwie. Aber erst mal muss er das zweite Kotelett in die Pfanne legen, bevor die Butter zu braun wird. Mit Küchenkrepp tupft er sorgsam das Blut von der Schnittfläche des Fleischs. Er zerknüllt das blutgetränkte Blatt und wirft es in den überquellenden Mülleimer der Gemeinschaftsküche. Das Problem ist nicht, dass er ihn verfehlt und der kleine Blutpapierball neben dem Mülleimer auf dem schmierigen Laminatboden landet.

Das Problem ist, dass da überhaupt ein zweites Kotelett ist.

Als er es heute früh gekauft hat, hat er tatsächlich gedacht, dass er nicht alleine essen wird. Irgendwann in der Nacht hat er den Entschluss gefasst. Im Morgengrauen hat er dann auf den Gehsteigplatten vor der Ladentür gewartet, gähnend und frierend, von einem Fuß auf den anderen tretend. Die Metzgersfrau, die ihm schließlich die Glastür aufsperrte, war so gutmütig gewesen. Mit ihrem runden Gesicht erinnerte sie ihn an die Bäuerin vom Nachbarhof daheim. »Na, junger Mann, wir sind aber heute hungrig!«, lachte sie und ließ ihn ein. Und hackte ihm – als er sagte: »Eine Freundin wird vielleicht kommen« – mit hochschwingendem Fallbeil zwei, wie sie erklärte, extra schöne Stücke ab: wenig Knochen, wenig Fett, viel Fleisch.

Mit dem Spatel hebt er das rohe Kotelett an und lässt es neben dem anderen in die Pfanne gleiten. Das Brutzeln ist das perfekte Geräusch, es klingt genau so, wie es sollte. Aber François würde sich am liebsten die Ohren zuhalten.

Nele hat ihn vorhin gerächt. So muss er das sehen. Sie hat Katharina ausgezogen, im wahrsten Sinne des Wortes. Sie hat etwas von Claudia Schiffer, findet er. Oder von den französischen Städterinnen. Sie ist überhaupt die erste Deutsche, die er trifft, die weiß, wie man sich kleidet. Die Frauen hier haben so gar keine Ähnlichkeit mit den Wesen, die François von zu Hause kennt. In der Provence können sich selbst die Bäuerinnen bewegen, findet er. Sie packen zwar zu, aber sind trotzdem nicht ruppig. Immer haben sie für François ein Lächeln übrig, kneifen ihm in die Wangen, stecken ihm Bonbons zu, die sie aus ihren Schürzen hervorzaubern. Hier trampeln selbst die Großstadtfrauen mit groben Schuhen oder mit hässlichen Sandalen, die sie Birkenstock nennen, in der Gegend herum. Oder sie stechen mit Stöckelschuhen auf das Kopfsteinpflaster ein, als könnten sie es perforieren.

Sein Opa hat ihn gewarnt. Er hat ihm sogar verboten, in dieses Land zu gehen. Das deutsche Volk, sagt er immer, sobald man ihn darauf anspricht, ist verroht, *ce sont des brutes*! Dabei streicht er dann über das linke Bein, das er seit dem Krieg nicht mehr richtig beugen kann. Und vielleicht hat er ja recht. Die sehen schon alle so aus, irgendwie fleischig. Was kein Wunder ist, wenn man einen Schweinskopf zum Bundeskanzler hat.

Er dreht die Gasflamme kleiner und wendet das Fleisch. Seine Augen brennen.

Zu Hause ist alles anders. Bei den Eltern im Dorf ohnehin, auf der hellen Steinterrasse, von der aus man so weit über die Ausläufer des Sainte-Victoire blicken kann. In der Küche der Mutter, in der Stube der Oma. Aber auch in der Stadt. Er war gar nicht so lange in Aix, zwei Jahre hat er dort neben der Classe Préparatoire beim Sommerfestival gearbeitet. Hat, als er beim Militär ausgemustert wurde, noch ein paar weitere Monate den Regisseuren ihre Mappen mit den Partituren hinterhergetragen. Auf- und Abgänge hat er notiert, Kaffee gekocht und Salbeitee für Sänger aufgebrüht. Im Winter, der nie wirklich kalt wurde, hat er bei der Organisation für die Gastspiele ausgeholfen, hat Flüge und Hotels für Musiker und Sänger gesichtet und in nächtlichen Proben kleine Monologe von Beckett und Camus auf dem Dachboden eines befreundeten Bühnenbildners inszeniert. Richtig heimisch wurde er dort nie, er sah ja nicht viel von der Stadt. Trotzdem fehlt ihm das jetzt. Die Müllmänner, die morgens die Gehsteige mit dem Wasserschlauch abspritzen. Der Duft von Kaffee in den Gassen, der im Winter von den überall aufgestellten Heizpilzen noch verstärkt wird. Die eisgefüllten Styroporkisten mit den schillernden Fischen auf dem Markt. Sogar die Lavendelsträuße, die sie dort überall verkaufen. All die Dinge, von denen er nie gedacht hätte, dass er sie vermissen könnte.

Besonders aber fehlt ihm das Licht.

Berlin ist bleich. Er kann es gar nicht richtig benennen, aber etwas stimmt nicht mit dieser Stadt. Die Farben sind falsch, sie wirken ausgewaschen. Selbst wenn der Himmel einmal blau ist, kommt er nicht an den französischen Himmel heran. Einer von den ostdeutschen Schauspielschülern hat ihm erzählt, dass er als Kind dachte, im Westen würde immer die Sonne scheinen. Und wie enttäuscht er war, als er dann vor sechs Jahren zum ersten Mal drüben war. Weil es dort regnete.

Vielleicht sehen die Leute hier deswegen so verbissen aus, denkt François, während er das Kräutersalz auf die Koteletts sprenkelt. Sie sind enttäuscht voneinander: Die Ostdeutschen von den Westdeutschen und die Westdeutschen von den Ostdeutschen. Sie haben lauter Erwartungen aneinander, die gar nicht einlösbar sind. Ziemlich dumm findet er das. Aber dieses Land ist ohnehin nicht zu verstehen.

Als François in der Schule begann, Deutsch zu lernen, ging es immer nur um die BRD. Die Lehrerin mit den roten Locken machte das gar nicht absichtlich, sie sprach einfach nur von der Bundesrepublik, immer wieder. Ihre Augen blitzten, wenn sie von ihrer letzten Reise in den Schwarzwald erzählte, von Bergbächen und Schlössern und Würstchen mit Kartoffelsalat. Die DDR war für sie ein ganz anderes Land, das sie nie erwähnte. Bis François und seine Mitschüler überhaupt verstanden, dass man auch dort Deutsch sprach, war es fast schon zu spät. In ihren Köpfen hatten die beiden Länder nichts miteinander zu tun. Wie man die zusammenfügen und behaupten konnte, sie seien jetzt eines, ist François noch immer ein Rätsel. Als würde man Spanien und Portugal zusammennähen. Oder Ungarn und Polen. Kein Wunder, findet er, dass hier alle so angespannt sind. Und so verdrossen.

Und was will er an einem Ort, der keine Lavendelsträuße verträgt.

Die Koteletts sind jetzt goldbraun, die Kräuter krisp und mit Butter getränkt. François streift sich Topfhandschuhe über, öffnet die Herdklappe und holt den vorgewärmten Teller heraus. Er füllt die Rosmarinkartoffeln auf und garniert den Tellerrand mit hauchdünn geschnittenen Radieschenscheiben und einem kleinen Büschel Petersilie. Dann hebt er eines der Koteletts an und platziert es in der Tellermitte. Noch ein Tupfer Remoulade. Es sieht perfekt aus.

Er schluckt. Der Anblick verschwimmt vor seinen Augen. Aber er darf nicht wieder weinen, nicht schon wieder. Er starrt das zweite Kotelett an. Dann lässt er es von der Pfanne auf den Teller gleiten, verächtlich, mitten auf die sorgsam arrangierte Garnitur. Er hebt den Teller hoch.

Sie dürfen nicht auf ihren Zimmern essen, aber das ist ihm egal. Es gibt sowieso niemanden, der die Hausregeln überprüft. Der Hausmeister sitzt immer unten in seinem Kabuff, er hört Fußball-Übertragungen auf einem Transistorradio und brummt nur, wenn man ihn anspricht. Außerdem ist François sich sicher, dass die meisten Verbote für die Asiaten ausgestellt wurden. Die Japaner mit ihrer Schuhphobie, die ständig auf Socken durch die Gänge huschen, weil sie sich nicht entscheiden können, ob die Gemeinschaftsräume innerhalb oder außerhalb einer Wohnung liegen und sie also die Straßenschuhe anlassen dürften. Die Inder mit ihren streng riechenden Gewürzen. Die Chinesen, die in den schimmeligen Duschkabinen mit ihren schwarzen Haaren die Abflüsse verstopfen. Sie alle studieren Informatik oder anderes mathematisches Zeug an der Technischen Universität, die sie von hier aus zu Fuß erreichen können. Sie werden zurück in ihre Länder gehen und dort für große Konzerne arbeiten. Sie bleiben ständig unter sich. Sie lächeln immer, aber es ist ein kaltes Lächeln.

Nur Nele lächelt richtig. Sie war eine Chance, sie war ein Neubeginn. Das war ihm von dem Moment an klar, als er sie am Bahnhof Wannsee neben Brandner sah. Jemand, der seine Blamage bei Woll nicht miterlebt hat. Jemand, der nichts von ihm wusste, gar nichts. Er hätte von Anfang an das Essen für sie planen sollen, nicht für Katharina. Sie wäre die richtigere Kandidatin gewesen. *Begrüßungsessen*, hätte er einfach nur sagen müssen, und ihr anbieten, dass er ihr dabei alles erzählen wird, was sie bisher schon gelernt haben. Aber er konnte so schnell nicht umschalten. Nachdem Katharina ihn bloßgestellt hatte, konnte er nicht mehr klar denken. Vor allem konnte er sich nicht mehr vorstellen, dass irgendjemand mit ihm noch zu tun haben wollen würde. Wie könnte man von jemandem, der sich die Hose einnässt, bekocht werden wollen.

Deswegen ist François vorhin mit gesenktem Kopf an Nele vorübergegangen. Nicht einmal verabschiedet hat er sich. Schon gar nicht von Katharina, der er nicht einmal mehr in die Augen sehen konnte, geschweige denn mit ihr sprechen.

Und steht jetzt hier mit diesem Kotelett zu viel.

Geh in Wolls nächster Stunde aufs Klo.

Ihr Blick war nicht böse gewesen, als sie es aussprach, gar nicht. Eher leer. Sie wollte seine Textstelle, sie wollte das Faustfragment, daneben galt nichts anderes. Er hat sie vorher noch nie so gesehen, so kühl und zielsicher. So deutsch. Als wäre sie ein Roboter.

Mit dem Fuß stößt François die Tür zu seinem Zimmer auf. Der Raum ist so klein, dass er fast nicht atmen kann. Unschlüssig steht er vor dem schmalen Schreibtisch, an dem er sich immer die Hüfte stößt, sobald er durch die Tür tritt. Die Tischplatte ist vor lauter aufgestapelten Büchern kaum zu sehen. Er trägt den Teller mit der einen Hand, versucht mit der anderen, den vordersten Buchturm beiseitezuziehen. Der Turm schwankt und kippt, reißt den Plastikbecher mit den Stiften um. Bücher poltern herunter, Kugelschreiber, Bleistifte und Textmarker prasseln auf den Boden. François zwinkert. Er steigt über die Stifte hinweg und sinkt auf das Fußende seines Betts, den Teller mit den Koteletts auf seinen Knien.

Direkt vor der schmutzbespritzten Glasscheibe rauscht eine S-Bahn vorüber.

Es war ein Fehler, in dieses Studentenwohnheim zu ziehen. Aber es liegt so zentral, gleich beim Tiergarten. Wenn François sich aus dem Fenster lehnt, so weit, dass er fast schon die S-Bahnen auf der Trasse berühren kann, dann kann er über den Baumwipfeln des Parks den schimmernden, in die Höhe gereckten Kranz der Goldfigur auf der Siegessäule sehen. Außerdem ist er froh, jeden Tag von der Schule in den Westen zurückzufahren. Für ihn ist das noch immer das eigentliche Deutschland. Jenes, für das er schon als Junge diese Sprache lernen wollte. Der Osten deprimiert ihn. Die Häuser sind so heruntergekommen, die Fassaden mit Kohlenstaub eingeschwärzt, die Gehsteige zersprungen. Der Westen wirkt bunter oder grüner, wenigstens ein bisschen. Hier muss er nur ein paar Schritte weiterlaufen und ist schon an der Spree. Es gibt dort eine Brücke, deren Name ihm ein Rätsel ist: der Wullenwebersteg. Dort steht er manchmal und sieht den Schiffen und Kähnen nach, die durch das glitzernde Wasser ziehen.

Nebenan hört der Koreaner zu laut Musik.

François schließt die Augen. Das Fleisch ist zart, die Metzgerin hat ihm nicht zu viel versprochen. Aber das macht es fast noch schlimmer. Auch wenn er sie gar nicht mehr dazu eingeladen hat: es ist und bleibt in Wahrheit Katharinas Kotelett.

Die Bitternis schwappt über auf das Stück Fleisch, das er kaut. Trotzdem kaut er weiter, er kaut und schluckt beharrlich. Man kann Dinge einfach schlucken, das hat François gelernt. Demütigungen zum Beispiel. Oder verpasste Möglichkeiten. Eine Freundschaft, die tot ist, bevor er sie beginnen lassen konnte. Einfach schlucken und vergessen. Auch wenn ihm dabei wieder die Tränen über die Wangen laufen.

Als der Teller leer ist, fühlt er sich ruhiger. Die Wärme in seinem Bauch macht ihn müde. Aber er darf nicht schlafen, er muss noch so viel lesen. Ihm steigt noch immer die Röte ins Gesicht, wenn er daran denkt, dass er Brandner nach Faust gefragt hat. Er weiß gar nicht, wie ihm das passieren konnte: dass er diesen Text nicht, kannte, diesen ganzen Mythos. So ein großes Stück Literatur. Von Goethe noch dazu. Brandner muss entsetzt gewesen sein, auch wenn er es sich nicht anmerken ließ.

Zu Hause kam er sich immer schlau vor. Er war der Klügste im Dorf, der einzige Junge, der eine Chance auf die Grand Ecole haben würde. Einer seiner Lehrer setzte sich dafür ein, dass er auf das angesehenste Lycée der Umgebung kam. Der Schulbus dorthin hielt nur für ihn in seinem Ort. Für die Classe Préparatoire war er dann nach Aix-en-Provence umgezogen, das hatte noch niemand im Dorf je getan. »Mon petit savant«, nennt seine Oma ihn immer: »Mein kleiner Gelehrter.« Seit er ihr erklärt hat, dass die Piscator sozusagen eine deutsche Grand Ecole, eine Eliteschule ist, ist sie – im Gegensatz zu seinem Opa, der noch immer seine Ausmusterung beklagt – richtig beeindruckt von seinem Studium. Auch wenn sie nicht versteht, was er am Theater will. Oder was ein Regisseur überhaupt macht. Sie hält ihn für so klug, dass er doch alles studieren könnte. Arzt könnte er werden, Physiker, Nobelpreisträger. Auch wenn François es nie zugeben würde: er hat ihr geglaubt. Aber seit er hier ist, fühlt er sich dumm. Und das ist nicht eine Frage der Sprache, wie ihm seine Mutter am Telefon immer wieder versichert. Es ist eine Frage von Geschwindigkeit.

Er ist zu langsam. Er, der immer so schnell war, der immer alle Examain als Erster beim Lehrer am Pult abgab, ist nicht fix genug. Er muss schneller lernen, schneller lesen. Vor allem muss er schneller begreifen.

Über Goethes Gretchen weiß er inzwischen fast alles. Es gibt feministische Betrachtungen über sie, Abhandlungen über ihr Verhalten, über den Kindsmord, ihren Bezug zur Religion. Aber François tut sie vor allem leid. So ein liebes Mädchen. In Brandners Projekt wird er die Margarete mit Nele besetzen, das ist ihm klar. Den Faust wird er wahrscheinlich von Tadeusz spielen lassen. Der sieht ohnehin so intellektuell aus, das passt für jemanden, der wissen will, was die Welt im Innersten zusammenhält.

Mephisto ist das Rätsel.

François reibt sich die Schläfen. Er weiß nichts über den Teufel. Und jetzt hat er auch noch kostbare Zeit mit Kochen und Essen verschwendet. Mit einer heftigen Bewegung stellt François den leergegessenen Teller auf den Boden. Der Aufprall ist hart, fast droht das Porzellan zu zerbrechen. François müsste in die Küche gehen, er müsste abspülen, auch die fettverschmierte Pfanne, die verkrustete Ofenform mit den Kartoffeln, aber er hat Wichtigeres zu tun. Er knipst die Lampe über seinem Bett an und greift sich das schwere Faustbuch, das er sich aus der Schulbibliothek ausgeliehen hat, der Tragödie erster Teil.

Eine Ausgabe von 1969 ist das, mit Illustrationen aus drei Jahrhunderten, *printed in the German Democratic Republic.* François blättert sich durch die Bilder. Holzschnitte und Tuschezeichnungen sind da zu sehen, Radierungen, Stiche, Lithographien. Sie stellen unterschiedlichste Szenen dar: Faust in seiner Studierstube, Faust und Wagner beim Spaziergang mit dem schwarzen Pudel, das angekettete Gretchen im Kerker. Aber François interessieren vor allem die Abbildungen des Mephisto, die unterschiedlichen Arten, wie die Künstler den Teufel darstellen. Die meisten Bilder sind bieder, findet er, Mephisto unterscheidet sich darauf kaum von Faust, er ist ein normaler Mensch. Nur ein paar der Illustrationen sind anders. In einer Bleistiftzeichnung von Spitzweg trägt ein kleiner Teufel dem Gretchen die Schleppe. Er hat Hörner auf dem Kopf und gezackte Drachenflügel auf dem Rücken, seine nackten Füße sind übergroß, ein Schwanz schleift von seinem Hintern aus über den Boden. Auf einem der Holzschnitte sieht Mephisto aus wie Commander Spock aus *Raumschiff Enterprise*: die gleiche Topffrisur und ähnlich spitze Ohren. Am meisten gefällt François das Porträt eines rot glühenden Mephistokopfes. Erst beim zweiten Hinsehen wird erkennbar, dass sich die Teufelsfratze aus nackten, ineinandergelegten Frauenkörpern zusammensetzt. Aber wie ließe sich das für die Bühne übertragen? Dass der Teufel aus nackten Frauen besteht? François seufzt und blättert weiter. Hinten im Buch hat er Brandners Zettel eingelegt.

Faust, der Teufel – ein Mann mit rotbeschmiertem Gesicht und einem Dreizack. Zwei Hörner auf, steht auf dem ersten.

Kann das wirklich sein? Dass Heym den Teufel so sah?

Der Inhalt des zweiten Zettels ist kryptischer:

Spiritistische Sitzung: Die Geister des ermordeten Winter in Konitz (der mengt sich dazwischen)

Napoleon.

Wildenbruch.

Bettler Kongreß in einem Keller.

Kneipe

François fröstelt. Er streift seine Schuhe ab, kriecht unter die Decke und zieht das Federbett bis zum Kinn. Der Bettbezug riecht bitter, nach dem Schweiß der letzten Nächte. In Frankreich träumt er fast nie, aber hier hat er Alpträume. Woll taucht oft darin auf, gestern als Pilot, der einen Hubschrauber mit François an Bord gegen eine Bergklippe steuerte. Einmal als Schatten, der ihn durch die Gassen von Aix-en-Provence jagte, während Scharfschützen von Mauer-Ausgucken auf ihn zielten. Oft geht aber auch einfach nur die Welt unter, ganz ohne Wolls Zutun: der Boden bricht, Feuerwalzen rollen auf François zu, dichter Giftnebel droht, ihn zu verschlingen, er kann nicht mehr atmen. Sein Bettzeug ist fast jeden Morgen nass geschwitzt. Er müsste dringend waschen. In Aix ist er immer zum Waschsalon auf dem Cours Mirabeau gegangen, dort, wo die Altstadt und Neu-Aix aufeinanderprallen. Er hat sich, nachdem er Wäsche und Waschpulver eingefüllt hatte, immer ein *Ficelle* bei der Bäckerei geholt und sich dann zu den Rauchern vor dem Tabakladen auf dem Gehsteig in die Sonne gestellt. Oder sich bei schlechtem Wetter vor die bunt wirbelnden Trommeln gesetzt und einfach nur in der Gegend herumgeguckt. Selbst jetzt kann er sich noch an den Geruch nach aufschäumendem Waschmittel erinnern, an das Schild, das an der Wand hing: *Wir übernehmen keine Verantwortung für verschwundene Wäsche.* Und die dazu gekritzelten Buchstaben: *Was ist mit verbrannter Wäsche?* Darüber konnte er stundenlang nachdenken: Wie es passieren kann, dass Wäsche beim Schleudern verbrennt. Hier war er noch nicht ein einziges Mal im Waschkeller. Man kann vom Hausmeister Marken für die Maschine kaufen, aber die Schule ließ François dazu einfach keine Zeit. Die uringetränkte Hose hat er in eine Plastiktüte gestopft und in einer Seitenstraße im Mülleimer versenkt. Er hätte sie sowieso nicht mehr angezogen, egal, wie sauber er sie wieder bekommen hätte.

Das Bettzeug muss er, wenn er es nicht bald wäscht, hinterherwerfen.

Eine vorüberfahrende S-Bahn lässt ihn zusammenzucken. Die Trasse verläuft so nah am Fenster, dass seine Möbel vibrieren. Im Halbschlaf hat er manchmal das Gefühl, dass die Bahnen mitten durch sein Zimmer hindurchfahren. Jetzt sieht er Passanten in den erleuchteten Wagons aufblitzen, Lesende, müde Gesichter, einen Betrunkenen, der an einer Stange herumschwankt. Er müsste aufstehen und den Vorhang zuziehen, aber er ist zu schlapp, sein Körper so schwer. Die Piscator ist es, die ihn so müde macht.

Mephisto.

Er ist nicht wie der Teufel, den ihm der Dorfpfarrer als kleiner Junge beschrieben hat. Das kann er gar nicht sein. Seine Hölle muss mehr sein als nur Feuer, sie ist das Haus eines Dämons, Mephisto ist eine Gedankengefahr.

Wieder durchkreuzt eine S-Bahn das Zimmer, sie fährt mitten durch François hindurch, Schatten flackern über die Wände. François stöhnt und schließt die Augen. Wer ist Wildenbruch? Und was hat Napoleon im Fragment verloren? Hat Brandner ihm absichtlich diesen Part zugeteilt, ihm, dem Franzosen? Was erwartete er von ihm? Und das ist der letzte Gedanke, den er fassen kann, der letzte Satz, der noch Sinn ergibt in dem Wirrwarr aus Schlafgeflüster: Wie nur, wie ermordet man eine Jahreszeit?

Als er am nächsten Morgen aufwacht, liegen das Buch und die Zettel noch immer auf ihm. Er scheint sich nicht bewegt zu haben, aber sein T-Shirt ist klitschnass geschwitzt. In seinem Mund ist der Geschmack des Koteletts. Die Butter ist jetzt ranzig, der Abgang beißt ihm im Rachen. Die Hose kneift am Bund, er muss dringend aufs Klo.

Draußen im Flur ist alles ruhig, es ist noch früh. Aus dem Zimmer des Koreaners kommt leises Schnarchen. François huscht über den Gang und öffnet leise die Tür zum Waschraum. Er hat Glück, die Toilettenkabinen sind alle leer. Seit er hier wohnt, hat er Schwierigkeiten mit seiner Verdauung. Er kann einfach nicht aufs Klo gehen, wenn ihm jemand dabei zuhört.

Beim Händewaschen fällt sein Blick in den von Zahnpastaklecksen verkrusteten Spiegel. Sein Gesicht ist noch pausbäckiger als gestern, da ist er sich sicher. Außerdem glänzt seine Haut, er schwitzt die Koteletts aus, die Haare sind schweißverklebt. Zwischen seinen Zähnen hängen noch ein paar Kräuter und Fleischfasern.

Er unterdrückt ein Würgen. Wie konnte er zwei davon essen. Wie konnte er. Woll hat recht: er hat keine Selbstkontrolle. Wer soll vor so jemandem Respekt haben. Er ist dumm. So dumm.

François rennt zurück in die Klokabine, greift mit beiden Händen die Schüssel. Er hustet und würgt, nimmt schließlich seinen Zeigefinger zur Hilfe und stochert in seinem Rachen herum, tiefer und tiefer in die Speiseröhre hinein, bis endlich die unverdauten Reste des Abendessens aus ihm herausbrechen. Danach lehnt er schweißüberströmt und keuchend an der halb geöffneten Kabinentür, mit gesenktem Kopf und Magensäure im Mund.

Er schafft es, zu duschen und sich anzuziehen. Seine letzte saubere Jeans, ein neues T-Shirt, das noch nach dem Waschmittel seiner Mutter duftet, die darauf bestand, alle seine Kleidungsstücke einmal durchzuwaschen und in der Sonne auf dem Hof zu trocknen, bevor er abreiste. Als er mit einer dampfenden Tasse Schwarzem Tee an seinem Schreibtisch sitzt, fühlt er sich ein wenig besser. Es ist der erste wirklich freie Tag, seit die Schule begonnen hat. Er wird lesen und recherchieren, den ganzen Samstag lang. Er wird herausfinden, wer Wildenbruch ist, und warum Heym den Teufel so verniedlicht.

Er wird es ihnen allen zeigen.

Mit einem Ruck zieht er das schwere deutsch-französische Wörterbuch, das er immer mit sich herumschleppt, aus seinem Rucksack und legt es links neben sich auf die Tischplatte. Dann nimmt er das erste Buch in die Hand, eine Biographie über Georg Heym. Ein Schwarz-Weiß-Porträt ist auf dem Umschlag zu sehen. Georg Heym trägt darauf einen Anzug mit Krawatte und hochgeschlossenem Kragen. Das Gesicht ist noch kindlich, ein wenig schmollend. Die Haare sind akkurat gescheitelt, die Wangen rundlich, das Kinn speckig. Er hält sich gerade, eigentlich sieht er brav aus. Er ist, findet François, ihm selbst nicht unähnlich. Ein wenig trotziger wirkt er vielleicht, aber das kann man lernen. François atmet tief ein. Wenn, beschließt er, ein von Brandner anerkanntes Genie so aussieht, dann ist für ihn selbst noch nicht alles verloren. Dann kann der Professor die Hoffnung in ihn noch nicht aufgegeben haben. Er greift sich einen Textmarker und beginnt zu lesen.

Als François den Kopf wieder hebt, ist es schon Mittag. Draußen muss es stürmisch sein, die Sonne fällt über den Tiergarten, in den windgeschüttelten Baumwipfeln zittern die Herbstblätter, orange, grün, gelb. Sein Magen knurrt.

François steht auf und streckt sich.

Plötzlich wird ihm klar, wirklich klar, dass er heute frei hat. Dass er nirgendwo sein muss. François beäugt die Bastion aus aufgestapelten Büchern, die er sich in den Bibliotheken zusammengerafft hat. Er liebt Bücher. Die ganze Woche schon hat er sich darauf gefreut, dass er heute Zeit haben wird und in sie eintauchen darf. In Dichtungen und Schriften von Heym, Dokumente zu seinem Leben und Werk, Gedichte mit dem Titel *Umbra Vitae*, noch mehr Faust-Ausgaben, sogar ein französischsprachiger Forschungsband mit Mutmaßungen über den Teufel.

Aber jetzt hat er eine Pause verdient.

Aus einem Impuls heraus tritt François an das Regal, das neben dem Fenster angebracht ist. Seine Finger fahren über die Ordnerrücken, bis er findet, was er sucht. Er zieht den Ordner heraus und schlägt ihn auf. Brandner blickt ihm vom Deckblatt entgegen. Ein bisschen jünger sieht er auf dem Foto aus, die Linien um seine Augen sind noch nicht ganz so tief. Dahinter hat François Interviews abgeheftet, Kritiken über Brandners Regie-Arbeiten, sogar ein von ihm signiertes Programmheft. Brandner kann sich daran wahrscheinlich nicht erinnern, aber vor zwei Jahren hat François ihn in einem Café auf der Rue Campra angesprochen und um ein Autogramm gebeten. Brandner war da mit seiner ersten Operninszenierung auf dem *Festival d'Aix-en-Provence* zu Gast gewesen, einer sehr eigenen Betrachtung von Mozarts *Zauberflöte*. Staunend hatte François im Hof des Erzbischöflichen Palais gesessen, auf einem dieser wackligen Stühle, die in diesem Jahr ständig unter dem Gewicht der Zuschauer zusammenbrachen. Er hatte gelacht, er hatte geweint. Und als während der Arie der Königin der Nacht ein Sturm aufzog, der an den großen Sperrholzplatten des Bühnenbilds rüttelte, als beim hohen C der Sängerin die Regenstriemen über Darsteller und Zuschauer peitschten und trotzdem niemand ging oder auch nur einen Regenschirm aufspannte, da hatte François eines gewusst: dass er Brandner kennenlernen wollte, unbedingt. Er wollte verstehen, wie er das gemacht hatte. Er wollte von ihm lernen! Wie er das Publikum so fesseln konnte und die Figuren so lebhaft werden lassen. Wie so etwas möglich war. Und wie man es schaffen konnte. Als er dann herausfand, dass Brandner in Deutschland Schüler unterrichtete, quasi eine Meisterklasse hatte, an dieser berühmten

Schauspielschule in Ostberlin, konnte er sein Glück kaum fassen. Auf die Bewerbung hatte er sich so gut vorbereitet wie auf nichts anderes in seinem Leben. Und den Tag, an dem der Brief mit der Zusage kam, dieser dünne Brief in dem unscheinbaren grau-blauen Umschlag, den würde er nicht vergessen, niemals.

François muss lächeln, als er findet, was er sucht. Ein Interview für ein Stadtmagazin war das gewesen. Nach den Vorteilen der Wende hat die viel zu junge französische Interviewerin Brandner darin gefragt. Und Brandner, der die Frage wohl gar nicht glauben hatte können, hatte angefangen von diesem Westberliner Café zu erzählen, in das er nun, wo nun die Mauer ja mal gefallen sei, endlich problemlos gehen könne. Richtig ausgeholt hatte Brandner, hatte von irgendeiner speziellen Kuchen-Art geschwärmt, die sie dort seit über hundert Jahren herstellten. Einen ganzen Absatz hatte Brandner diesem Kuchen gewidmet, hatte dessen Saftigkeit gelobt, die feine, ringförmige Anordnung der Kuchenschichten, die Fluffigkeit – ja, das hatte er tatsächlich gesagt: Fluffigkeit – des Teigs, die zarten Linien aus Kirschmarmelade. Ein Geheimrezept jener Konditorei sei das, hatte Brandner gesagt, und dass der unnachahmliche Geschmack den Konditor sogar zum Hoflieferanten des Preußischen Prinzen habe werden lassen. François kann sich richtig vorstellen, wie Brandner dabei die Augenbraue hochgezogen haben musste, die Lippen spöttisch gekräuselt, ohne dass die Interviewerin es sah oder begriff. Und wie er einfach nicht aufhörte, von diesem *Baumkuchen* zu reden, während die Interviewerin nickte und nickte und sich tatsächlich alles notierte, alles, und ihr Chefredakteur es dann drucken ließ, einfach so, ungekürzt und unkommentiert.

Mit dem Finger tippt François auf die schon leicht verblasste, ausgerissene Seite des Stadtmagazins und dann auf den geschwungenen Straßenzug der Bartningallee in seinem aufgefalteten, an der Wand festgeklebten Stadtplan. Ins *Café Buchwald* wird er also gehen, immer an der Spree entlang. Und vielleicht noch einen Blick auf das gleich angrenzende Hansaviertel werfen, auf die Gebäude, die dort aufragen, die Werke von Walter Gropius und Alvar Aalto, die dort nach dem Krieg das Gebiet für eine Bauausstellung neu konstruierten. Eine architektonische Fundgrube sei das, hat ihm ein befreundeter Architekturstudent in Aix mit leuchtenden Augen gesagt, als feststand, dass er in den Tiergarten ziehen würde. Über dreißig neu erschaffene Gebäude, alle unterschiedlich, alle von weltberühmten Architekten, eine Westberliner Antwort auf die Stalinallee! Dass er sich unbedingt diese Bauten ansehen müsse und ihm Fotos schicken, von den Bungalows und Sozialwohnanlagen, den Zeilenbauten und Punkthochhäusern, von diesem ganzen wahnwitzigen Areal.

Das wird er tun. Aber davor wird er, ganz wie Brandner, ein Stück Kuchen essen, genauer: ein Stück Baumkuchen. Mindestens.

Das Café Buchwald ist geöffnet. Er sieht es schon von weitem: ein hohes weißes Eckhaus unter blauem Himmel, mit geschwungenem Schriftzug über der Tür. Hinter der Hecke des Vorgartens drängen sich in Schals gehüllte Menschen mit Mützen und Hüten und Sonnenbrillen an den Tischen. Sie halten Kaffee- und Teetassen wie Schalen mit beiden Händen. Niemand sitzt im Schatten.

Sein Herz klopft schneller, als er die Straße überquert und auf die am Mauerwerk prangenden Buchstaben zugeht: *G. Buchwald, KONDITOREI CAFE.* Im Inneren ist es warm, Stimmen summen in die Höhe des Raums hinauf, Löffel schlagen gegen die Innenwände von Kaffeetassen, Kellnerinnen in gestärkten Blusen und schwarzen Röcken kreisen um François herum. Die

Vitrine ist das Erste, was ihm ins Auge fällt. Hinter dem Glas wölben sich ihm die Kuchen und Torten entgegen. Himbeersahne, Baiser, Eierlikör, kann er lesen, Apfel-Zimt, Zitronensahne.

Es dauert einen Moment, bis er den Baumkuchen entdeckt, aber dann sieht er ihn überall. In Zellophan oder Plastiktütchen verpackt, aufgereiht vor Spiegeln, auf Glasregalen, auf dem Fenstersims, mit unterschiedlicher Ringhöhe, ganz so, wie Brandner es in dem Interview beschrieben hat: ein Ring, zwei Ringe, sogar fünf Ringe, mit und ohne Schokoladenüberzug. Daneben stehen Etageren mit Pralinen, kleine verpackte Tütchen mit bunten Seidenbändern, farbenfrohe Schächtelchen.

»Sie wünschen?«

François zuckt zusammen, sieht sich verwirrt um, streift den fragenden Blick der Bedienung hinter der Glasvitrine. Sie sieht ihn freundlich an und er will antworten, aber ein runder Kranz mit gehackten Haselnüssen und kandierten Kirschen auf Sahnekringeln lenkt ihn ab. Daneben ruft ihn eine Marzipantorte, die mit einer Schokoladenkuppel übergossen ist. Kleine Marzipankuben bilden darauf ein strahlenförmiges Muster.

»Hallo Sie, Sie wünschen?«

»Das da«, sagt er hastig und deutet auf die Marzipantorte. Bis ihm einfällt, dass er wegen Brandners Baumkuchen hier ist. »'alt«, korrigiert er sich, »eine Baumkuchen. Und ein Café.«

»Wo sitzen Sie? Wir kommen hier an den Tisch.«

Vage deutet François in den hinteren Raum. Der Parkettboden knarzt unter seinen Schritten, als er sich dorthin aufmacht. Es riecht nach Kaffee und nach Haarspray und Bohnerwachs und Zimt. Der Anblick der vielen alten Damen, die mit hochtoupierten Locken und steifen Rücken um die Tische herumsitzen, beruhigt ihn. Er kennt solche Cafés. Wenn seine Oma ihn in Aix besucht hat, hat er sie auch immer ausgeführt, auf eine Tarte und einen Tee in der Altstadt, am *Place des Cardeurs* mit Blick auf den Turm mit der astronomischen Uhr.

Die Damen lächeln ihm zu, während er sich seinen Weg zu einem freien Platz am Fenster bahnt. Eine von ihnen neigt sogar ihren Kopf und François verbeugt sich in ihre Richtung. Er spürt, wie sich sein Herzschlag beruhigt. Zum ersten Mal seit langem fühlt er sich aufgehoben.

Das Paar sieht er erst, als er sich gerade auf einem der gepolsterten Holzstühle niedergelassen hat. Es sitzt fast versteckt in der hinteren Ecke des Raumes. Sie sind einander zugebeugt, die Frau hat ihre langen Beine seitlich übereinandergeschlagen, sie wirft gerade den Kopf zurück und lacht über etwas, das ihr Begleiter ihr erzählt. Der hat dem Raum den Rücken zugekehrt, aber François würde ihn überall erkennen.

Er kann es kaum glauben.

Ohne nachzudenken springt François wieder auf. Mit wenigen Schritten ist er am Tisch. Die Frau sieht ihn zuerst. Sie legt ihre Hand auf den Arm ihres Begleiters. Sein Gesichtsausdruck verändert sich nicht, als er sich umdreht und sein Blick auf ihn fällt. Er betrachtet ihn genauso freundlich wie eben noch die Frau vor ihm. Er scheint nicht überrascht zu sein.

»Monsieur Professeur!«, strahlt François.

»Einer meiner Studenten«, erklärt Brandner. »Bonjour.«

Er erwähnt keinen Namen. Er stellt auch die Frau nicht vor.

»Bonjour«, antwortet François. Und dann hastig: »Bonjour, Madame.« Er hätte die Frau zuerst grüßen sollen. Seine Wangen beginnen zu glühen.

»Sie sind Franzose?«, lacht sie und stupst Brandner an. »Du hast französische Schüler? Das wundert mich! *Ein echter deutscher Mann mag keine Franzosen leiden, doch ihre Weine trinkt er gern!*« Um Brandners Mundwinkel zuckt es. »Jetzt verwirr doch den Jungen nicht. Er kann ja nicht alles kennen.«

François horcht auf. »Das ist aus *Faust*«, sagt er eifrig.

»Siehst du!«, ruft die Frau und berührt schon wieder Brandners Arm.

Brandner mustert François. »Du hast nachgearbeitet.«

François starrt Brandner an. Hat er ihn gerade geduzt? Was für eine Auszeichnung! »Ja… ich … also, Faust, das ist eine super Geschichte. Und«, fügt er eifrig hinzu, »Heym auch. Georg Heym ist…« Er sucht nach Worten.

»Magnifique?«, schlägt die Frau vor. Sie spricht es übertrieben französisch aus: magniffikö. Sie spitzt dabei ihre Lippen, die kirschrot geschminkt sind. Aus ihren Ohrläppchen baumeln große Ohrringe aus Perlmuttscheiben, ihre Stimme ist hell. Um ihre Augen herum zeichnen sich Lachfältchen ab. François kann nicht einschätzen, wie alt sie ist. Der Wollpullover verleiht ihrem Gesicht etwas Weiches, obwohl ihr kurzer Haarschnitt fast männlich wirkt. Sie ist sicher zu jung, um Brandners Freundin zu sein. Und ist er nicht verheiratet?

»Magniffikö«, wiederholt Brandner und lacht. François sieht ihn erstaunt an. Er hat ihn noch nie so lachen hören. »Jetzt sprichst du auch noch französisch!«, sagt Brandner zu der Frau. Und dann zu François: »Du kommst klar mit Georg?«

François zögert. Er will nicht zugeben müssen, dass er Wildenbruch noch nicht recherchiert hat. Oder dass er keine Ahnung hat, was Napoleon im *Faust* zu suchen hat. Oder wie man eine Jahreszeit töten kann. Er sucht eine Antwort, die unverfänglich ist. Etwas, das Brandner nachvollziehen kann. Etwas, das ihn die Ehre, von Brandner geduzt zu werden, nicht gleich wieder verspielen lässt. »Ich nicht weiß große Sachen über Monsieur Mephisto«, sagt er vorsichtig. »Ich muss ihn zuerst ergründen. Aber sonst geht gut.«

Brandner schweigt einen Moment lang und wirft der Frau einen Blick zu.

»Und wie willst du das tun?«, fragt er François dann.

François sieht ihn verwirrt an.

»Wie möchtest du Mephisto ergründen, François?«

Verlegen tritt François von einem Fuß auf den anderen. »Ich … ich habe Bücher?«

»Bücher«, wiederholt Brandner. »Hörst du, meine Liebe: er hat Bücher.«

Die Frau richtet sich ein wenig auf. Ihre Ohrringe baumeln bei der Bewegung in der Luft. »Du möchtest den Teufel verstehen?«, vergewissert sie sich.

»Oui«, nickt François.

»Mit Büchern.« Um ihre Mundwinkel zuckt es.

Brandner seufzt. Er sieht wieder zu der Frau hinüber, als müsste er sich versichern, dass sie noch da ist und mitbekommt, was er gleich sagen wird. Erst dann dreht er sich zurück zu François.

»Wenn du wirklich den Teufel ergründen möchtest«, sagt Brandner langsam, »was suchst du dann hier?«

»Was … wie meinen Sie?«

»Das ist eine einfache Frage: Was du hier zu suchen hast.«

Verwirrt sieht François sich um. »Ici? Je …«

»Ist das hier der richtige Ort für den Teufel?«, fährt Brandner fort. Und macht mit der Hand eine Geste, die das ganze Café Buchwald einzuschließen scheint.

François stockt und sieht sich um. Auf einmal versteht er. Die verschnörkelten Tische. Die Vitrine mit den Torten und Kuchen. Die Damen mit den toupierten Haaren und den Kettchen an ihren faltigen Handgelenken. Der beruhigende Duft von warmem Gebäck. Das alles ist zu harmlos. Er senkt den Kopf, blickt auf seine Fußspitzen. Er kann Brandner nicht mehr in die Augen sehen, als der jetzt weiterspricht.

»Künstler müssen sich aussetzen, mein Junge. Dein Landsmann Jean Genet kam wegen Waffenbesitzes ins Gefängnis, Hemingway zog in den Krieg. Joseph Beuys hat drei Tage lang mit einem Kojoten in einer Galerie gelebt. Was meinst du, wo Brecht seinen Stoff gefunden hat? Oder wo heute ein großer Regisseur wie Benno Besson seine Ideen herbekommt? Sicherlich nicht davon, dass er zu Hause herumsitzt und liest. Das sind Künstler, die leben! Die hinausgehen in die Welt, die sich konfrontieren. Sie streiten, sie ecken an, sie wagen etwas. Nur so kann doch große Kunst entstehen. Das Genie muss sich aussetzen! Mein Rat an dich: Wage dich vor. Bleibe nicht im Elfenbeinturm. Geh nicht zum Nachmittagstee in hübsche Cafés, wenn du Inspiration suchst. Wenn du das Teuflische ergründen willst, gibt es nur eine einzige Lösung – stelle dich deinen Dämonen. Wenn überhaupt, dann: Trink Tee mit dem Teufel.«

In diesem Moment tritt eine der älteren Kellnerinnen an den Tisch heran. »Möchten Sie Ihre Kuchen hier essen?«, fragt sie freundlich. Ihre Haare hat sie zu einem Zopf gebunden. Sie balanciert einen Teller, auf dem neben einem Ring Baumkuchen ein großes Stück Marzipantorte zu sehen ist. François starrt sie an.

»Sieht lecker aus, nicht wahr?«, sagt die Kellnerin. »Wir haben Ihnen extra große Stücke abgeschnitten, Sie wirkten so hungrig.«

François kann sich nicht bewegen.

»Ich kann Ihnen noch einen Stuhl bringen lassen?«, die Kellnerin lächelt in die Runde, um ihre Augen herum bröckelt die Wimperntusche.

»Nein«, hört er Brandner da sagen, »der junge Mann sitzt nicht hier.«

»Oh«, macht die Kellnerin und wendet sich nun François zu, »Wo sitzen Sie denn?« Alle sehen ihn an. François schluckt und deutet mit einer fahrigen Bewegung auf den Tisch, an den er sich vorher setzen wollte. Aber dort ist jetzt ein glatzköpfiger Herr, der seine Zeitung über die ganze Tischfläche aufgefaltet hat und sich tief über die Seiten beugt.

»Dort? Aber da ist doch schon jemand.« Die Kellnerin klingt jetzt streng.

François spürt, wie ihm das Blut aus dem Gesicht weicht. Alles läuft falsch. Wie soll er Brandner jetzt noch davon überzeugen, dass er ein Genie sein kann. Der Kuchen ist schuld, ein Genie isst keine zwei Stück Kuchen, was haben die da überhaupt auf dem Teller verloren, die Bedienung hat ihn missverstanden, alle verstehen ihn miss, Brandner vorneweg, das geht nicht, das darf nicht sein. Er muss das klarstellen. »Ich nicht wollte keine zwei Stücke Kuchen«, sagt er. Er spricht zu leise, er kann sich selbst fast nicht hören.

»Finden Sie dem jungen Mann doch einen Platz in der Sonne«, sagt Brandner freundlich.

Wie er in den Garten gekommen ist, weiß er kaum. Er weiß nur, dass er jetzt draußen sitzt. An einem Tisch direkt neben der Hecke. Der metallene Stuhl ist kalt und hart, er schneidet ihm in die Unterseite der Oberschenkel. Auf dem Teller vor ihm beginnt die Kuvertüre der Marzipantorte in der Sonne zu schwitzen, der Baumkuchen liegt direkt daneben. Die Blätter der Hecke rascheln leise.

»Ihren Kaffee bringe ich gleich.«

François nickt automatisch, nickt vor sich hin oder irgendwem zu, dem Kuchen vielleicht, diesen verdammten zwei Stücken, die an allem schuld sind. Ganze Berge von Kuchenstücken sind das, die sich da vor ihm auftürmen, immer mehr Baumkuchenringe, die sich aufstapeln und ihm um den Hals legen, Schnüre aus Kirschmarmelade, die ihm die Kehle eindrücken, aufquellende Kuben aus Marzipan, die ihm die Luft abschneiden wollen, er kann das nicht essen, er kann einfach nicht. Andererseits kann er unmöglich noch immer hier sitzen und nicken und den Kuchen anstarren, wenn Brandner und diese Frau aus dem Café kommen. Einen Augenblick überlegt er, einfach aufzuspringen und loszurennen, zur Spree, den Uferweg hinunter. Genet hätte das sicher auch getan, Diebstahl, Zechprellerei, aber er wäre zu langsam, er macht keinen Sport, auch wenn er es sich immer wieder vornimmt. Er ist einfach zu plump und würde stolpern und sich in der Hecke verheddern. Sie würden ihn fangen, noch bevor er die Uferböschung erreicht.

Am Nebentisch singt ein Kind seinen Eltern ein Lied vor, irgendetwas mit Amseln und Drosseln, zwei Tische weiter fällt eine ältere Dame in den Gesang ein, die Mutter applaudiert. François' Magen knurrt wieder, während um ihn herum Münder kauen und neue Teller mit Kuchen aus der weit geöffneten Tür des Cafés getragen werden. Immer mehr Kellnerinnen mit glänzenden Tellern und funkelnden Tabletts spuckt der Türschlund da aus, eine ganze Armada aus Stücken von Nusskuchen und Sahnetorten und Berliner Kränzen zieht an ihm vorüber, flankiert von Teekannen und Kaffeepötten und gläsernen Kelchen mit Eis, während oben am blitzblauen Himmel ein paar Vögel durch die Luft stürzen und auf dem Fluss die Ausflugsschiffe Bugwellen aus Wasser und Herbstlaub vor sich herschieben, mit winkenden, trinkenden Touristen an Bord.

Brandner hat recht: Hier findet man ihn nicht, den Teufel.

Aber wo, wo dann?

Vielleicht sollte er in der Kirche anfangen. Den Dorfpfarrer könnte er daheim anrufen, ihn nach der Hölle und dem Fegefeuer befragen, ihn beknien, ihm zu sagen, wo man Dämonen aufspürt, aber das möchte er mal sehen, was das Dorf dazu sagt, wenn er aus der Fremde anruft und den Pfarrer nach einem Tête-à-Tête mit dem Teufel befragt. Binnen Stunden wären seine Großeltern hier, sein Opa würde einmarschieren in dieses

Deutschland, seinem steifen Kriegsbein zum Trotz, sie würden ihn einpacken und Kruzifixe und Weihrauch schwingen und ihn aus der Stadt entfernen, dieser dämonischen Stadt, die vielleicht, ja, das ist es, jetzt weiß er es, selbst der Teufel ist.

François zieht seine Stirn kraus, ihm fällt nichts mehr ein, gar nichts, was man nicht in Büchern nachschlagen könnte. Er denkt an die Stapel in seinem Zimmer im Studentenheim, die sich übereinandertürmenden Seiten und Buchstaben, die er so liebt, an all das Wissen, das darin ist, er versteht einfach nicht, was Brandner dagegen haben kann? Wildenbruch muss er doch nachschlagen, muss eine Verbindung von Heym zu Napoleon finden, oder von Napoleon zu Faust, wie soll er all das schaffen, wenn er Tee mit dem Teufel trinkt?

Ein Windstoß fährt durch den Garten, ein Hund fängt an zu bellen, Papierservietten flattern durch die Luft und plötzlich fallen ihm zwei andere Worte aus dem Fragment ein. Sie schweben auf ihn herunter wie die leuchtenden Blätter aus den Baumwipfeln, die im Flug die Tischkanten streifen, etwas lüftet sich und François könnte lachen, weil er es fast übersehen hätte. Heym sagt es ihm doch, Heym spricht mit ihm durch diese beiden Worte, die eine Gebrauchsanweisung sind, extra von Heym erfunden und aufgeschrieben für François:

Spiritistische Sitzung.

Das ist es, was er braucht!

Und das wird er nachschlagen können, er wird irgendwo in einem Buch oder einem Heft oder einem Magazin einen Ort finden, der ihm das bietet. Er wird eine spiritistische Sitzung auftreiben, mit irgendwelchen Teufelsanbetern vielleicht, es muss doch eine Unterwelt geben in dieser Stadt. Geisterbeschwörungen, Totenerweckungen, okkulte Handlungen auf Friedhöfen! Und wenn Brandner dann ganz begeistert ist von seinen Ideen, wenn er glüht von François' Einblicken in die Hölle, dann, ja, dann, wird er dem Professor sagen: Ohne Buch ging das aber nicht! Auch Genies lesen Bücher! Das wird er sagen, das ist plötzlich ganz wichtig, dass er das sagen können wird, denn wenn Brandner ihn anzweifelt, dann ist das eine Sache – aber das Lesen, das Lesen lässt sich François nicht nehmen.

Und plötzlich weiß er auch, was er Brandner entgegensetzen hätte können: Die letzte Verhaftung des großen Jean Genet geschah, das weiß er, wegen eines Bücherdiebstahls. Er nimmt die Gabel und rammt sie in den Kuchen. Er kaut, so schnell er kann.

Den Weg zurück nimmt er fast im Flug. Gleich wird er diesen Kuchen loswerden, den er da in sich hineingestopft hat, so hastig und verächtlich, dass er noch immer keine Ahnung hat, wie er schmeckt. Er muss ihn aus sich entfernen, diesen verhassten Kuchen, der ihn Brandners Ansehen gekostet hat. Der Magensäure und den Kotelettresten von heute Morgen wird er ihn hinterherschicken, die Kloschüssel hinunter in die schmierige Kanalisation hinein, er weiß jetzt, wie das geht, und dann, ja, dann wird er den Teufel finden.

Der Hausmeister hebt kaum den Kopf, als er an der Tür seines Kabuffs vorübereilt. Sonst begegnet ihm niemand, nicht im Treppenhaus, nicht im Flur, sein Stockwerk ist wie ausgestorben. Er hält nur kurz im Waschraum an, diesmal geht das Erbrechen schon viel schneller, ein fast sauberer Vorgang ist das, manierlich spült er sich den Mund danach aus, und dann steht er endlich im Gemeinschaftsraum vor den nach Alphabet aufgeteilten, zerfledderten Telefonbüchern und den Stapeln aus zerlesenen Magazinen. Wahllos greift er sich einen Packen aus Heften und lässt sich auf einen der zerschlissenen Sessel fallen und beginnt zu blättern.

Spiritistische Sitzung. Wo findet man eine spiritistische Sitzung?

Er blättert und blättert, er weiß selbst nicht genau, was er sucht, aber er spürt, dass er es finden wird. Ein paar Wahrsagerinnen kommen ihm unter, Annoncen für Zukunftsdeutungen durch Tarotkarten und Kristallkugeln. Ein Kurs in der Volkshochschule, der sich mit Exorzismen in der Antike beschäftigt, Einwohner im Telefonbuch, die mit Nachnamen Teufel heißen. Immer mehr Zeitschriften pflügt er durch, immer mehr Seiten und Seiten, bis draußen schon die Dunkelheit in den Tiergarten sickert und das Grollen der vorüberrollenden S-Bahnen sich in sein Bewusstsein schiebt.

François sinkt zurück und schließt die Augen.

Er ist so müde. Er müsste aufstehen und das Licht anschalten, diese grässlichen Neonröhren, die die Räume und Gänge des Wohnheims grell ausleuchten, aber seine Glieder sind so schwer, so endlos schwer.

Es war so dumm von ihm zu glauben, dass er auf diese Art etwas finden könnte. Und was denn, wenn er wirklich etwas gefunden hätte – was hätte er dann getan? Wäre er wirklich bereit, sich auszusetzen, so, wie Brandner es von ihm gefordert hat? Ist nicht alles nur in seinem Kopf? Und hat er nicht schon immer gescheut, wenn es darum ging, seine Phantasie Wirklichkeit werden zu lassen? Er ist gut darin, sich Dinge auszudenken. Ob er sie umsetzen kann, steht auf einem ganz anderen Blatt.

Ein Träumer sei er, sagt seine Mutter über ihn. Manchmal sagt sie es empört, manchmal liebevoll, aber immer besorgt. Und vielleicht hat er gedacht, dass die Regie genau das ist: ein lebendig gewordener Traum. Als könnte man ein Buch zum Leben erwecken und darin herumspazieren, sich mit den Figuren unterhalten. Aber es ist Arbeit und vor allem Kunst – und er hat dazu gar nicht das Zeug.

Er muss es einsehen.

Er ist kein Künstler.

Dass Brandner ihn an der Schule angenommen hat, war ein

Fehler. Er hat ihn betrogen. Er, François, hat den großen Brandner betrogen. Irgendwie ist es ihm bei der Aufnahme gelungen, den Prüfern eine Person vorzugaukeln, die er gar nicht ist. Jemand, der Visionen hat. Jemand, der weiß, wie man ein Publikum in Bann schlägt. Der selbstsicher ist und voller Klugheit und Ideen und Kraft und Wahn. Jemand, der alle mitreißt. Aber so ist er nicht. Der Studienplatz gehört ihm nicht. Er ist nicht würdig. Gleich morgen früh wird er in das Büro im Wasserturm gehen und sich abmelden.

Vielleicht kann er doch noch an die Grand Ecole in Paris gehen, vielleicht ist es nicht zu spät. Auf Wirtschaft könnte er sich spezialisieren und später in einem Opernhaus die Bücher führen. Oder er wird Kritiker. Oder studiert doch Medizin, dann kann er als Theaterarzt bei großen Inszenierungen am Rand sitzen und helfen, wenn Schauspieler von der Bühne stürzen und sich die Rippen brechen.

Seine Oma wird sich freuen.

Langsam steht er auf. Ein paar Stadtmagazine rutschen ihm dabei von seinem Schoß, alte Sommer- und Frühlingsausgaben, die die schönsten Badeseen und Freischwimmbäder im Umland preisen. Er bückt sich, angelt nach der obersten Zeitschrift, die sich bei den Kleinanzeigen aufgeblättert hat. Gerade will er sie zuschlagen und auf dem niedrigen Couchtisch ablegen, als sein Blick an zwei Worten hängenbleibt. *Söhne Satans*, steht da in der Spalte unter *Vermischtes.* Daneben eine Telefonnummer. Sonst nichts.

Im Flur ist es still. Seine Schritte hallen über den Boden, die Neonröhren surren. François' Hände zittern, als er den Hörer abhebt. Draußen fährt eine S-Bahn vorüber. Er atmet ein und wählt.

Nele

Sie ist zu spät. Erst seit drei Tagen sind sie jetzt hier und sie ist schon wieder zu spät daheim. Dabei hat das Studium noch nicht einmal richtig begonnen. Das wird alles nicht funktionieren, denkt sie. Das kann gar nicht funktionieren, keinesfalls. Aber sie darf darüber nicht nachdenken. Ohnehin wird nichts so, wie man es sich vorstellt. Das hat sie in den letzten Monaten begriffen.

Die Tür des Aufzugs schleift leise, als sie sich im vierten Stock öffnet. Der Gang ist dunkel. Am Ende des Flurs ist das Fenster von außen mit einer Plane verhängt. Sie haben an der Außenfassade ein Baugerüst hochgezogen, irgendetwas an der Dämmung muss wohl renoviert werden, seitdem klettern lauter übermotivierte Bauarbeiter an der Hausmauer herum und machen Krach. Schon morgens um sieben vibrieren die Wände von den Schwingungen der Presslufthämmer, die bis in die zum Innenhof ausgerichteten Wohneinheiten zu hören sind. Aber das ist egal, sie wird ohnehin nicht mehr ausschlafen können in absehbarer Zeit. Erstaunlicherweise macht ihr das nichts aus. Sie schläft jetzt selten mehr als fünf Stunden pro Nacht und ist trotzdem nie müde. Man sieht es ihr auch nicht an. Manchmal ist sie fast euphorisch deswegen. Sie hat die Notwendigkeit für Schlaf bezwungen, sie wird auch alles andere meistern. Mit links.

Woll ist ihr entgegengekommen, das hätte sie ihm gar nicht zugetraut. Er ist tatsächlich zu ihrer Premiere nach Kempten gereist. Dass er sie vom kompletten Schauspielunterricht befreien wird, hat er ihr nach der Vorstellung in der Kantine gesagt, wenn nötig auch von der Sprecherziehung. Ganz Schöneweide könne er ihr so ersparen, das würde ihr den Raum geben, den sie brauche, um das Studium überhaupt antreten zu können. »Außerordentliche Umstände«, hat er genickt, »früher hätten wir das auch ermöglicht.« Außerdem habe sie ja bereits eine Ausbildung im Schauspielfach, wenn auch eine – hier verzog er leicht das Gesicht – westlich orientierte. Die könne man durchaus anrechnen, zumal in ihrer speziellen Situation.

Sie hat einen Augenblick lang gebraucht, bis sie begriff, dass er mit »früher« meinte: vor der Wende. Unter anderen Umständen hätte sie sofort angefangen, die alte Bundesrepublik zu verteidigen, sie kommt nicht umsonst aus Westberlin. Aber Woll ist niemand, den man gegen sich aufbringen sollte. Das hat sie sofort begriffen. Vor allem ist er niemand, von dem man sich abhängig machen sollte. Trotzdem hat sie es getan und nun wird sie in den nächsten vier Jahren den Preis dafür zahlen.

Es fängt schon an.

Sie läuft an den vielen, einander zum Verwechseln ähnlich sehenden Holztüren vorbei und nimmt dann die zweite Abzweigung nach rechts. Vor der letzten Tür bleibt sie stehen. Sie klopft, steckt den Schlüssel ins Schloss und dreht ihn um.

Wer hätte gedacht, dass sie hier noch einmal wohnen wird. Die Eltern in ihrer halbierten Grunewalder Villa nicht. Die Freunde nicht, die sich über so viele Städte und Länder verteilt haben. Und am allerwenigsten sie selbst.

Die Bluse ihrer Großtante raschelt, als sie sich aufrichtet. Im Hintergrund läuft Musik, ein Swing-Stück von Benny Goodman, den ihre Tante so liebt. Der Drehteller des Plattenspielers eiert ein wenig, die Läufe der Klarinette wirken verzogen.

Die Tante sitzt an dem Esstisch, dessen runde Holzplatte man in der Mitte auseinanderziehen kann. Die Einrichtung wirkt elegant, aber es gibt Missverhältnisse in den Proportionen. Die Grünlilien versinken in zu großen Terrakotta-Töpfen. Im Flur stottert der Miniatur-Kühlschrank, in dem kaum genug Höhe für eine Milchflasche ist. Der helle Couch-Zweisitzer und die beiden gepolsterten Stühle sind zu niedrig für den hohen Tisch. Die Tante ist ohnehin sehr klein und zierlich, aber hier wirkt sie wie ein Kind, das eigentlich einen Hochstuhl benötigt.

Genau. Hochstuhl, notiert sich Nele in Gedanken.

Die Großtante zwinkert ihr zu, legt den Zeigefinger auf die rotgeschminkten Lippen. Sie trägt ihren flaschengrünen Rock, ihr Blusenkragen ist gesteift. Sie könnte sofort in einem 50er-Jahre-Film mitspielen. Sie sieht immer elegant aus, nur manchmal verrutscht ihre Perücke. Nele zieht sich den Wollschal vom Hals, knöpft ihren Mantel auf und wirft ihn über die Stuhllehne. Noch kann man erkennen, wie ordentlich es hier wäre, wenn die Tante die Wohneinheit, wie sie es normalerweise tut, nur als Wohnzimmer nutzte. Man müsste einfach einiges wieder entfernen: den Koffer, aus dem die bunten Kleider und Pullover quellen, die Nele noch nicht in den Wandschrank im Flur gehängt hat. Die Kiste mit den Spielsachen. Das Gitterbett, das neben der Schlafkoje in der schmalen Erkereinbuchtung steht.

Den kleinen, ruhig atmenden Körper.

Die blonden Locken, die wirr auf dem Blümchenmuster des Kopfkissens liegen.

Die immer noch so zarte Faust, die sich um den Plüschhund ballt.

Nele tritt leise an das Bett heran.

»Schläft?«, flüstert Nele und ihre Großtante nickt. Vor ihr auf dem Tisch stehen eine Flasche mit Klosterfrau Melissengeist und ein leeres Glas. Nele angelt sich ein Schnapsglas von der Anrichte, schenkt sich und der Großtante im Stehen ein, bevor sie die Stiefel von ihren Füßen kickt und sich auf den Zweisitzer fallen lässt. »Ging alles gut heute?«, fragt Nele.

»Wir waren unten am See, sie mag die Enten. Und sie liebt die Rutsche auf dem Spielplatz. Wie du früher.«

»Und die Kita?«

»Keine Klagen.«

»Fragt sie nach ihm?«

»Heute nicht so oft wie gestern.«

Nele nickt. Sie hebt das Schnapsglas an die Lippen und trinkt.

Sie kann noch immer nicht glauben, dass er gegangen ist. Einfach so. Dass sie das verstehen müsse, hat er ihr gesagt. Weil er nie geglaubt hätte, dass er noch einmal solche Möglichkeiten bekommen würde. Dass sich die Tore so weit öffnen könnten für ihn. Und das ist das Verrückte: sie versteht es ja.

Der Brief, den sie dann an die Piscator schreiben musste, war einer der schwierigsten ihres Lebens gewesen: *Sehr geehrte Kommission, meine Umstände haben sich überraschend geändert, ich bitte um Aufschub und um Vertagung des Studienplatzes. Ich bin jetzt alleinerziehend.*

Noch schlimmer aber war, dass die komplette Prüfungskommission wusste, wer sie da verlassen hatte. Weil sie ihn alle kannten. Und weil er, wenn man ehrlich war, wahrscheinlich schuld daran war, dass sie sie überhaupt angenommen hatten. Die Freundin eines der talentiertesten Schauspieler der Deutschen Demokratischen Republik. Der in den letzten Jahren vor dem Mauerfall zu rebellisch geworden war, zu unverhohlen und zu widerborstig in seinen Ansichten. Der also nicht mehr hatte arbeiten dürfen und trotzdem geblieben war, traurig und stumm und bewegungsunfähig und zu viel trinkend. Der dann nach der Wende langsam wieder nüchtern wurde und sich – als der Alkoholdunst sich klärte – neue Theaterengagements und eine junge West-Kollegin angelte, mit der er eine Tochter bekam. Und der dann plötzlich eine Nebenrolle in einem internationalen Kinofilm erhielt und noch eine und noch eine und ein paar wichtige Nominierungen, Golden Globes, Oscar, keinen Preis zwar, aber immerhin, und schließlich einen Agenten in Amerika, in Hollywood auch noch, der ihm dringend empfahl, dorthin zu ziehen, weil er das Eisen schmieden müsse, solange es noch heiß sei, *strike while the iron is hot*, schnell und entschieden und vor allem: allein.

Wie in einem schlechten, sehr schlechten Film.

»Habe ich dir heute schon gedankt?«

Die Großtante macht eine Geste mit der Hand. Sie zittert ein bisschen. »Ihr haltet mich jung. Außerdem wischen wir deinem Vater eins aus, das ist mir ein Vergnügen. Wirklich, dein Opa würde sich im Grabe umdrehen, wenn er wüsste, wie sein Herr Sohn sich benimmt.«

Nele muss lachen. Es tut so gut, dass jemand, der ihren Vater kennt, so über ihn spricht. Sie sieht ihn vor sich, diesen verkniffenen Mann, zu dem er geworden ist. Wie er im Grunewald dabei ist, Wände durch sein Elternhaus zu ziehen. Wie er die millimetergenaue Trennlinie vermisst, die sein Erbe von dem seines Bruders abschotten soll. Wie er eine Mauer errichtet, einen Zaun. Mitten durch den Schlot und den Dachstuhl und alle Zimmer hindurch führen seine Berechnungen, bis hinunter in den Keller, durch die Kanalisation und hinaus in den Garten. Sie sieht die beiden Brüder, die einander so ähnlich sind, den Vater, den Onkel, sieht sie sich einrichten in einander spiegelnden Leben. Einen Teich auf jeder Seite des Zauns, gleichfarbige Gartenmöbel und Hollywoodschaukeln, die niemand nutzt. Einen Birnbaum auf der Grenze, der nun beidseitig abgeerntet wird. Zwei unglückliche Ehefrauen, die mit identischen Frisuren und Designerkostümen durch halbierte Küchen und Wohnzimmer irren und es nicht wagen, sich gegen ihre Männer zu erheben. Und eine Großtante in Charlottenburg, die die Augen rollt über so viel menschliches Versagen.

»Dein Opa wäre stolz auf dich«, sagt die Großtante und nickt. »Auf das, was du jetzt machst. Er hat übrigens Heym verehrt, wusstest du das? Hat ständig seine Gedichte rezitiert, rauf und runter. Ich konnte es als kleines Mädchen nicht mehr hören. *Auf einem Häuserblocke sitzt er breit, die Winde lagern schwarz um seine Stirn …* Irgendwann konnte ich schon mitsingen! Ist wegen ihm sogar in eine Burschenschaft eingetreten, der Idiot.«

Nele horcht auf. »Eine Burschenschaft? Nee, wusste ich nicht.«

»Schlagende Verbindung, um genau zu sein. Hat sogar einen Schmiss auf der Wange gehabt, ist dir das nie aufgefallen? Hat auch später immer diese uniformierten Studenten zu Besuch gehabt, deine Oma musste die bewirten und ihr Gegröle ertragen, das hat sie gehasst.«

Diese Leben, die so nahe sein müssten und über die man zu wenig weiß. Der Opa, den Nele kaum kannte. Seine jüngere Schwester, die nach dem Krieg jede Beschäftigung annahm, die sie finden konnte. Die einen Verlobten gehabt haben soll, der in Russland gefallen ist und über den sie nie spricht. Dieses Haus hier, das ihr Schutz gab, ein Dach über dem Kopf inmitten einer zertrümmerten, sich suchenden Stadt. Ein katholisches Wohnheim für die vielen alleinstehenden, berufstätigen Frauen der Nachkriegszeit. Ein Altbau mit fünf Stockwerken und Seitenflügeln und riesiger weitgefächerter Kastanie im Hof. Mit Pförtner, katholischer Direktorin und Kapelle im Erdgeschoss. Und mit winzigen Wohneinheiten, die, wenn man sie betritt, alle gleich aufgebaut sind: eine Nasszelle mit Dusche, ein hölzerner Wandschrank und eine hinter Schrankklappen versteckte Kochnische im kurzen Flur, ein schmales Zimmer mit festgenageltem Holzkreuz über dem Bett, strikt für eine Person. Eine damals so moderne Einrichtung, die inzwischen zum Altersheim geworden ist, mit Speisesaal und medizinischem Pflegetrakt im ersten Stock, weil die meisten der Damen noch immer hier wohnen, seit nun schon gut fünfzig Jahren. Die wenigen Einheiten, die frei werden – durch Tod oder Lebensglück – werden von den alteingesessenen Bewohnerinnen übernommen. Manche durften schon Wände durchbrechen und sich erweitern, aber die Nachbarinnen der Großtante bleiben unbeirrt im Haus. Weswegen sie inzwischen zwei Einheiten an unterschiedlichen Enden des Gangs bewohnt. Ganz erfrischend sei das, behauptet die Tante, wenn sie, um in ihr Wohnzimmer zu gelangen, gleich einen kleinen Spaziergang über den Flur einlegen müsse. Und wenn sie Besuch habe, so wie nun Nele, dann bliebe der auf angenehmer Distanz. Nele hat das schon als Kind fasziniert: wie in sich geschlossen der Kosmos dieses Hauses ist. Es bedurfte alle Überredungskunst der Großtante, um für Nele und ihre Tochter eine vorübergehende Bleibe-Erlaubnis in ihrer zweiten Wohneinheit zu erhalten, zumindest für das erste Studienjahr. Und dann, sagte die hagere Direktorin, dann werden wir sehen.

Aus den Lautsprechern kommt ein Knistern. Mit einem Klacken hebt der Plattenspieler seinen Arm und es wird still. Nele springt auf und setzt die Plattennadel zurück auf die Rillen. Sie atmet auf, als Benny Goodman seinem Orchester für eine neue, beschwingte Runde den Auftakt gibt. Die Tante soll noch bleiben.

»Hast du schon gegessen? Ich mach uns ein paar Stullen!«

Die Tante zögert kurz, dann nickt sie. »Nur nicht mit diesem

Harzer Käse, der hat mir vorgestern fast die Dritten herausgezogen.«

»Hab ich schon weggeworfen, Julchen hat sich beschwert, der hat auch so gestunken.«

Nele läuft auf ihren Socken die wenigen Schritte in den Flur, öffnet den Wandschrank und den dahinter versteckten Kühlschrank. Sie hat noch Butter, Leberwurst, Tomaten, ein paar Scheiben Gouda, die sie vorne beim Bolle gekauft hat. Das Glas mit den Spreewaldgurken hat nicht mehr in das Kühlfach gepasst. Sie schraubt es auf, schnuppert, ruft über ihre Schulter: »Burschenschaften, weiß ich gar nichts drüber. Erzähl mal, vielleicht kann ich das in der Inszenierung benutzen.«

»Corps Rhenania, glaube ich. Das müsste die von Heym gewesen sein. Erschreckend, woran man sich erinnert. Dein Großvater war ganz besessen. Aber sein Corps hieß anders.«

»Wie denn?«

Einen Moment lang bleibt es still. Das Brotmesser kratzt über die Brotscheiben, ein Trommelsolo wirbelt aus den Lautsprecherboxen, im Bad tropft der Wasserhahn. Nele leckt einen Rest Leberwurst von der Messerspitze, bringt den Teller mit den belegten Broten zurück ins Zimmer. Die Tante sitzt noch immer kerzengerade, aber sie sieht trotzdem zusammengesunken aus und irgendwie verloren.

»Weißt du, das Schlimme im Alter ist: du vergisst nicht unbedingt die Dinge, die du vergessen möchtest.«

Nele schluckt und stellt den Teller auf den Tisch. »Das geht mir schon jetzt so«, sagt sie leise.

Dass er nicht anruft, dass er nicht einmal nachfragt, wie es ihnen geht, wo sie jetzt eigentlich genau sind, und ob sie ohne ihn klarkommen, ist fast nicht zu ertragen. Aber vergessen lässt es sich trotzdem nicht.

»Er war ein exzellenter Fechter«, sagt die Tante schließlich.

»Opa?«

»Beide. Dein Opa und Heym. Dein Opa wegen Georg Heym. Er hat irgendwo gelesen, dass Heym gut gewesen sein soll, und dann hat er selbst damit angefangen. Kam ihm später auf dem Feld und dann im Lager zugute, seine Reaktionsschnelligkeit. Da hatte die Burschenschaft mal was Gutes.«

Fast will Nele fragen, ob ihr Großvater Heym denn gekannt hat, aber das ist natürlich Unfug. Wobei sich seine und Heyms Lebensspanne gerade so überkreuzt haben müssten. Er ist, wenn Nele sich richtig erinnert, Jahrgang 1911. Vergangenheit, denkt Nele, ist eine merkwürdige Sache. Weltkrieg, Russische Gefangenschaft – es fühlt sich alles so weit weg an und ist dann doch gar nicht so lange her.

»Fechten ist gut«, sagt sie stattdessen und schnappt sich eines der Brote. »Müssen wir an der Piscator auch lernen, Grundausbildung im Bühnenkampf. Was macht man denn sonst noch so in diesen Burschenschaften?«

»Schwierig zu sagen. Das sind ja in sich geschlossene Verbände, mit eigenen Ritualen und Statuten, die von außen keiner mitbekommen darf. Ich habe manchmal deinem Opa aufgelauert und versucht, herauszufinden, was die eigentlich machen.«

»Klingt ein bisschen wie eine Sekte.«

»Ach was, die haben vor allem gesoffen, Schluckspechte allesamt! Deine Oma war ganz verzweifelt, wenn sie deinen Opa noch als Altherren von den Gründungsfesten abholen musste. Sie konnte ihn dann kaum nach Hause bugsieren. Und gestunken hat er immer! Die haben da stundenlang irgendwelche Trinkgelage abgehalten, ohne zu pausieren, und haben den Urin unterm Tischtuch über den Degenschaft in ihre Stiefel ablaufen lassen. Oder in Bierkrüge hinein, die dann von den Neulingen, den sogenannten Füxen, leergetrunken werden mussten. Mutprobe und sowas.«

»Iiiieh!«

Die Tante schmunzelt und legt sich eine der Stullen auf eine sorgfältig ausgebreitete Serviette. »Mich hat vor allem geärgert, dass ich als Mädchen nicht beitreten durfte, das war so ein reiner Herren-Verein. Richtig sauer war ich, weil dein Großvater immer so ein Gewese darum gemacht hat. Gott, was war er stolz auf seinen Schmiss! Und dann diese albernen Mützchen, die die immer trugen. Und die Wappen und Abzeichen, die Schärpe, die Mützenbänder, alles in den Farben ihres Corps. Ist dir nie aufgefallen, dass manche Politiker und Wirtschaftsbosse so eine Schmucknadel am Revers tragen?«

Nele schüttelt verblüfft den Kopf. »Ist das nicht nur was für Studenten, so eine Burschenschaft?«

»Nicht doch, das sind Seilschaften fürs Leben! Was denkst du denn, wo auf der Beerdigung deines Großvaters die Fahnenträger herkamen.«

Nele kneift die Augen zusammen. Sie kaut den letzten Bissen ihres Brotes, ihr Puls schlägt schneller. Sie hat die Nasenflügel leicht gebläht, als würde sie etwas wittern. »Das klingt total bühnenreif, da kann ich bestimmt was draus machen! Vielleicht erfinde ich für das Faust-Fragment einfach so eine Burschenschaft. Mit eigenen Ritualen und richtig fiesen Zeremonien und so. Das kommt bestimmt super!«

»Passt das denn zu deiner Textstelle?«

»Lässt sich hinbiegen. Ich glaube, ich bin die Einzige, die eine komplett ausgeschriebene Szene hat. Faust und der Teufel im Lunapark, die sich an eine Frau ranmachen. Eigentlich eine Vergewaltigung. *Der Teufel nimmt sie mit Gewalt.* Gibt sogar wörtliche Rede. Sie fragt den Teufel, ob er keine eigene Bude hat. Und er beschreibt ihr die Hölle. *Die ist furchtbar groß. Innen rot tapeziert. Ganzen Sommer über Feuer.* Lustig, nicht wahr?«

»Moment. Eine Vergewaltigung?«

»Ja, aber so typisch Osttheater, ohne große Gefühlsduselei. Der Teufel macht sich an das Mädel ran, *Bühne wird dunkel, Bühne wird hell, sie steht da und macht sich die Kleider,* so steht es im Fragment. Später rennt sie ihm noch bis in die Hölle nach, weil sie's so toll fand.«

»Mir gefällt das nicht«, sagt die Tante. »Eine Vergewaltigung gehört nicht ins Theater, nicht, wenn man sich darüber lustig macht.

»Ach«, Nele macht eine wegwerfende Handbewegung und nimmt sich ein neues Brot, »auf der Bühne lässt sich das prima verfremden. Ist ja nicht wie in der *Schwarzwaldklinik*, wo es gleich einen Skandal gibt, weil sie sowas ganz realistisch im Vorabendfernsehen zeigen. Und Heym hat das doch nicht ernst gemeint, das merkt man. Der Teufel poussiert auch mit der Jungfrau Maria.«

»Blasphemie auch noch?«

Nele lacht. »Und Antisemitismus! Da kommt ein *Neger* vor, auf den das Mädchen wartet.«

»Das war bis vor kurzem ein normales Wort.«

»Weiß ich doch.«

»Die Wortwahl ist etwas ganz anderes, als das komödiantische Beschreiben einer Vergewaltigung.« Die Tante sieht jetzt streng aus, ihr Gesicht wirkt plötzlich spitz und blass.

»Naja«, Nele beißt in ihr Leberwurstbrot und kaut, »dann könnte man auch Kleist vorwerfen, dass er in seinem *Amphitryon* den Jupiter Sex mit Alkmene haben lässt, schließlich täuscht der sie und verkleidet sich als ihr Mann, das ist doch dann technisch gesehen auch eine Vergewaltigung. Und dann ihr sehnsüchtiger Seufzer am Schluss des Stückes – das berühmte »Ach«? Der zeigt doch, dass es Alkmene mit ihm besser gefä–«

»Du hast keine Ahnung«, unterbricht die Tante sie scharf und

Nele zuckt zusammen. Verdutzt sieht sie ihre Tante an. Sie hat sie noch nie so sprechen hören, so ungehalten. Mit einer langsamen Bewegung legt Nele ihr angebissenes Brot auf den Tellerrand zurück und fährt sich mit dem Handrücken über den Mund.

Die Stehlampe in der Ecke des Zimmers flackert, ein Klarinettensolo erklingt aus den Lautsprechern. Draußen vor dem Fenster ist es jetzt richtig dunkel. Es muss windig sein, die Zweige der Kastanie streifen über das Fensterglas. Nele wartet, aber die Tante spricht nicht weiter. Das Bettzeug raschelt, als Jule sich im Schlaf auf die andere Seite dreht. Langsam erhebt sich Nele, tritt an das Bett heran. Die Lider ihrer Tochter flattern, sie träumt. Vorsichtig streicht ihr Nele über die warme Stirn. Als Nele sich umdreht, sitzt die Tante noch immer genauso da. Ihr Blick ist auf das Ölgemälde gerichtet, das an der Querseite des Zimmers hängt: Ikarus, der mit brennenden Flügeln über dem Brandenburger Tor abstürzt. Aber ihr Blick geht durch die Leinwand hindurch, durch sengende Sonne und Feuerflügel hinein in eine andere Zeit.

Auf einmal sieht Nele etwas. Etwas, worüber sie sich vorher nie Gedanken gemacht hat.

Die Tatsache, dass ihre Tante sich nach dem Krieg nie wieder auf einen Mann eingelassen hat, zumindest nicht, soweit Nele weiß. Dass sie immer allein war, immer hier in diesem Wohnheim lebte, in dem jeder Mann eine Sondergenehmigung vom Pförtner braucht, um es betreten zu dürfen.

Nele senkt den Blick, sie sieht ihre Tante nicht mehr an. Sie kann jetzt nicht nachfragen, sie kann das nicht. Sie würde die Worte dafür gar nicht finden. Und die Tante würde ohnehin nicht antworten, sie schweigt darüber seit Jahrzehnten.

Stumm setzt Nele sich zurück an den Tisch. Ihre Großtante greift nach der Flasche mit dem Melissengeist und schenkt sich und Nele nach und trinkt. Langsam kehrt Farbe zurück in ihre Wangen.

»Die Bühne als moralische Anstalt«, sagt die Tante schließlich. Sie klingt jetzt wieder viel ruhiger und freundlicher. »Vergiss das nicht. Du hast als Regisseurin auch Verantwortung. Pass einfach auf, wie du es inszenierst. Es gibt Themen, über deren Tragweite darf man nicht hinwegsehen. Erst recht nicht am Theater.«

Nele nickt. Im Hintergrund wechselt Benny Goodman auf das nächste Musikstück, die Stimme von Peggy Lee füllt jetzt den Raum, *Why don't you do right.* Die Tante horcht auf und summt ein paar Takte mit. »Ich habe von diesem Fragment noch nie gehört«, sagt sie dann, »ist das wirklich von Heym?«

»Wenn Brandner das sagt.«

»Ich würde ihm nicht trauen, alter Ost-Kader.«

Nele muss lachen. »Da spricht die Charlottenburgerin aus dir. Sag das mal meinen Kommilitonen! Für die grenzt sowas an Majestätsbeleidigung.«

»Wie sind sie denn so? Hast du inzwischen einen besseren Eindruck?«

»Nicht wirklich, ich kenne sie ja noch gar nicht. Schwarz nimmt irgendwas, glaube ich. Der hat immer so riesige Pupillen. Scheint aber nicht dumm zu sein. François tut mir ein bisschen leid, der ist viel zu lieb für den Theaterbetrieb. Den werden die Schauspieler schlachten, wenn er mal irgendwo inszeniert. Diese Katharina wirkt ganz klug ...«

»Aber?«

»Ich kann nicht den Finger drauf legen. Mich stört da was. Keine Ahnung, vielleicht ist sie einfach nur unsicher.«

»War da nicht noch einer?«

»Tadeusz.«

»Schöner Name.«

»Ja. Aber undurchsichtiger Typ. Hat mir meinen Teil des Fragments abgeluchst. Mit einer ziemlich miesen Masche. Aber weißt du, was merkwürdig war: Ich hatte das Gefühl, er kennt das Ding sowieso schon komplett. Der brauchte meinen Textabschnitt gar nicht.«

»Behalte den im Auge. Irgendwann wird das Hauen und Stechen um die Beliebtheit bei den Professoren losgehen.«

»Das kenne ich ja schon.«

Die Tante nickt und steht langsam auf. Sie wirkt so klein und schmal, wenn sie steht. »Liebes, ich absentiere mich. Schlaf gut.«

»Du auch!«

Nele lauscht auf die Tür, die die Großtante leise hinter sich zuzieht. Sie reibt sich die linke Schläfe, dann steht sie auf und stellt den Plattenspieler aus. Sie tritt an die doppelverglasten Fensterflügel heran, entriegelt erst das innere, dann das äußere Fenster. Kalte Luft drängt von außen ins Zimmer, es riecht nach nassem Laub. Irgendwo klappern Töpfe, eine Frau lacht. Der Nachthimmel wirkt dunkler als sonst, jemand muss gerade in den Hof getreten sein, die Kastanie wird von unten bestrahlt, ihre Blätter glänzen silbern und rascheln im Wind. Nele stützt sich mit beiden Händen an der Fensterbank ab und lehnt sich ein bisschen weiter vor, dem kühlen Luftzug entgegen.

Das ist es jetzt. Das ist ihr Leben, ihr neues Zuhause. Zumindest für das nächste Jahr.

Es könnte schlimmer sein, so viel schlimmer. Sie ist hier gut aufgehoben, das weiß sie. Als Fünfzehnjährige hat sie schon einmal hier gewohnt, zwei Wochen lang. Die Großtante war eingesprungen, weil Nele sich – wieder einmal – mit ihrem Vater gestritten hatte, diesmal so heftig, dass er vor Wut eine Glastür zerschlagen hatte. Er konnte mit Ungehorsam nicht umgehen, er, der Herr Großindustrielle, war zu sehr gewohnt, dass man tat, was er sagte. Ist er immer noch. Dass die unverheiratete

Tochter ein Kind bekommen hat, mit irgendeinem verlausten Ostler noch dazu, das ist die größte Respektlosigkeit von allen, das nimmt er persönlich. Er hat seine Enkelin noch nicht gesehen, immer noch nicht. Sie müsste ihn wissen lassen, dass sie in der Stadt sind. Sie wird es nicht tun.

Stattdessen wird sie sich einrichten. Sie muss endlich den Koffer auspacken, die Kleider aufhängen, sich auf die Schule vorbereiten. Vor allem aber muss sie sich davon abhalten, den Hollywood-Agenten zu beknien, ihr seine Adresse zu geben.

Es war seine Idee gewesen, dass sie sich für das Studium bewirbt. Einen staatlichen Abschluss für Regie zu haben, von der Piscator noch dazu, das würde ihr ganz neue Türen öffnen, fand er. Ihre Bedenken – kein Verdienst, vier Jahre lang, und Julchen, wer kümmert sich – wischte er weg. Zusammen schaffen wir alles, sagte er immer wieder. Und ist schon vorher verzweifelt an ihren ständigen Erkältungen, an ihren vermaledeiten Stimmbandentzündungen, die sie neben ihm auf der Bühne leiser und leiser werden ließ, bis sie schließlich fast unhörbar geworden war.

Dieser Stimmtest in der Ostberliner Spezialklinik, zu dem er sie schließlich schickte, alte Verbindungen. Die ruppige Dame im graugewaschenen Arztkittel, die belferte: »Dit wird wohl nüscht mit der großen Theaterkarriere.« Richtig ungehalten wurde sie, als sie hörte, dass Nele bereits als Schauspielerin arbeitete. Unverantwortlich sei das, typisch Westen, da mache man Versprechungen, die nicht gehalten werden könnten. Eine seriöse Schule hätte sie niemals zur Schauspielerin ausbilden dürfen. Die Anatomie von Neles Stimmbändern sei überhaupt nicht darauf ausgelegt, dass Nele mit ihrem Klang große Häuser fülle. Die Überbeanspruchung mache sie krank, ein Berufswechsel müsse her, sonst würde das chronisch und später: Krebs. Und als in Neles Augen die Tränen zu glitzern begannen: »Heulen Se nich, der Drops is jelutscht.«

In Neles Magen zieht sich noch immer etwas zusammen, wenn sie daran denkt.

»Mami?«

Nele fährt herum. Jule steht in ihrem Bett, sie reibt sich mit beiden Fäusten die Augen. »Kalt«, sagt sie vorwurfsvoll, ihre Unterlippe zittert. Nele muss lachen, weil es so anklagend klingt. Ein ganzer Weltuntergang in nur einem Wort: Kalt!

Schon nach nur drei Tagen ist es Routine geworden: Die Nachttischlampe auf die schmale weiße Wand im Erker richten, ans Fußende des Betts. Mit der einen Hand der Tochter über den Kopf streicheln, mit der anderen einen langohrigen Schatten auf der Raufasertapete erzeugen. Wie schnell man sich daran gewöhnt, wenn man Kinder hat: an die unermüdliche Wiederholbarkeit der Dinge.

Von einem Häschen erzählt Nele ihrer Tochter flüsternd, vom kleinen Häschen Hoppel nämlich, das auf Wanderschaft geht. Durch Wälder und über Berge und durch Städte hindurch hoppelt das Häschen Hoppel. Weil es wissen will, wo die Träume wohnen.

»... und dann fragt das Häschen den Wolf: ›Aber träumst du denn nie? Das muss doch irgendwoher kommen, so ein Traum! Und wenn jemand irgendwoher kommt, dann wohnt er auch wo.‹ Der Wolf mustert das Häschen und antwortet: ›Mmmmh, da hast du wohl recht ...‹« Jule atmet ruhig und Neles Stimme verliert sich. Sie beobachtet die eigene Hand, die sich an der Wand abzeichnet. Probehalber macht sie eine Bewegung. Ja. Die Ohren des Häschens könnten auch Teufelshörner sein. Wenn sie den Daumen einknickt und den Lichtstrahl durch die Kuhle fallen lässt, sieht es sogar aus, als würde der Teufel grinsen.

Wie wäre das.

Ein Schattenspiel.

Den Teufel an die Wand malen, der Lunapark als Scherenschnitt.

Die Schauspieler in den Uniformen einer Burschenschaft. Tadeusz, Schwarz, Katharina und François mit Mützen. Katharina mit angeklebtem Bart, vielleicht auch mit dick ausgestopftem Bauch, als Karikatur eines Mannes. Sie singen ein Lied, sie grölen Trinksprüche, prosten sich mit überschwappenden Bierkrügen zu. Dann beginnen sie, auf einer Leinwand – erst nur mit den Händen, dann mit immer wilderem Körpereinsatz – durch ihre Schatten einen Vergnügungspark erstehen zu lassen: den wirbelnden Umriss eines Riesenrads, eine Schießbude, Wolken aus Zuckerwatte. Sie trinken weiter, immer mehr Bier fließt, das Schattenspiel wird obszöner, die Burschen werfen sich in das Licht zwischen Scheinwerfer und Leinwand. Eine Frau mit Riesenbrüsten entsteht, Faust uriniert in hohem Bogen in ein Bierglas hinein und lallt etwas von Goethe, eine Teufelsfigur zeichnet sich ab: Mephisto, der mit hoch aufgerichtetem, monströsen Penis in die gebückte Frau hineinrammt. Dann ein Stromausfall, *die Bühne wird dunkel, die Bühne wird hell*, begleitet von den Buhrufen der Burschenschaft. Jemand betätigt den Lichtschalter und das Spiel geht weiter, Säbel werden gezückt, die Hölle entsteht.

Die Frau als übersteigertes Trugbild, die Vergewaltigung als Travestie.

So könnte es gehen.

Nele ist jetzt hellwach. Kurz vergewissert sie sich, dass ihre Tochter schläft, dann schwingt sie sich aus dem Bett. Sie schnappt sich den Wasserkocher, lässt im Badezimmer Wasser in den Behälter einlaufen. In der Kochnische findet sie eine angebrochene, schon leicht verstaubte Packung mit Keksen und einen Beutel 6-Kräuter-Tee. Sie kramt ihr Notizbuch aus der Manteltasche, balanciert die Teetasse in den Wohnraum, setzt sich auf den Stuhl, auf dem vorher ihre Tante saß, und trinkt den letzten Schluck aus deren Glas. Der Melissengeist ätzt in ihrer Kehle, neunundsiebzig Prozent Alkohol, Medizin ist das, sie muss sich unbedingt etwas anderes zulegen. Morgen wird sie sich und der Tante eine Flasche Grappa kaufen – und auf jeden Fall noch ein paar Flaschen von dem österreichischen Weißwein. Die Abende im katholischen Frauenwohnheim werden sonst lang.

Der Kugelschreiber klickt, als sie die Mine herausdrückt. Nele pustet sich eine Locke aus der Stirn. Sie streicht das Blatt glatt und setzt an.

Zuerst das Bühnenbild. Nele schraffiert und zeichnet, sie probiert, sie positioniert die Leinwand am Bühnenrand, dann in der Bühnentiefe, aber sie ist unzufrieden, es sieht alles so langweilig aus, so spieltot. Vielleicht, ja, vielleicht könnten die Burschen anfangs zum Gelage an einem überlangen Tisch sitzen. Das Tischtuch könnte dann mit steigendem Suff vom Tisch gerissen und zur Leinwand aufgespannt werden, der Tisch selbst würde zum Podest. Und später könnten die Burschen mit ihren Fechtsäbeln die Leinwand zerfetzen, sie umwandeln in ein flatterndes, höllisches Flammenmeer.

Die Kostüme sind schwieriger. Grobe Stiefel, Hosen mit breitem Gürtel, Hemden mit hohem Kragen. Aber dann? Wie könnte so eine Uniform aussehen? Was tragen die Mitglieder einer Burschenschaft? Wie sehen diese Mützen aus? Nele zeichnet, verwirft, reißt Seite um Seite aus dem Notizbuch, zerknüllt sie und wirft sie auf den Teppich. Ein neuer Versuch, nein, auch nicht, noch einmal zerknüllen, neu ansetzen, wieder und wieder.

Inzwischen ist Nele warm geworden, sie hat Kleid und Wollstrumpfhose abgestreift und kauert in Unterwäsche auf ihrem Stuhl. Den Tee hat sie längst ausgetrunken, sie ist jetzt wieder beim Melissengeist, um sie herum ist der Teppich gefleckt von zerknülltem Papier. In der Tischmitte liegt Brandners Blatt mit dem Fragment, darum herum hat Nele große Papierbögen aus Jules Zeichenblock ausgebreitet und mit bunten Wachsstiften die Namen daraufgeschrieben.

Katharina.

Tadeusz.

Schwarz.

François.

Nele kaut an einem Keks herum. Sie kaut und wägt ab und kaut. Das Gute an diesem Konzept ist: Wenn alle vier Darsteller Burschen sind, dann kann jeder alles sein. Sie kann vier Mephistos haben, wenn sie will. Oder vier Schatten, die zu einer einzigen Teufelsfigur verschmelzen. Sie kann, wenn sie es so bestimmt, erst den einen, dann den anderen Burschen zum Faust werden lassen. Es kann sogar eine Art Staffel geben: Alle spielen alle Figuren. In jedem Fall aber wird Katharina im Schattenspiel den Penis von Mephisto darstellen, vielleicht mit vorgerecktem Unterarm, während sich die Jungs um die Riesenbrüste der Frau kümmern. Genau. Schon allein, weil es Spaß machen wird, Katharinas Gesicht zu sehen, wenn sie sie damit beauftragt.

Nele kichert und setzt den Stift auf Katharinas Blatt an. Einen Teufel mit Riesenschwanz beginnt sie zu zeichnen, sie beißt sich in den Handrücken, während sie lange Schamhaare auf die riesigen Hoden kritzelt, um nicht mit ihrem Gelächter die kleine Tochter zu wecken und dann erklären zu müssen, was Mami da malt.

Teufel: Übrigens, ich habe jetzt keine Zeit mehr für dich.

Das hat sie der Großtante gar nicht erzählt: dass es sein kann, dass auch Faust die Frau vergewaltigt, auf Mephistos Befehl hin. So wirkt es zumindest, der Text ist da nicht ganz klar: *Du musst jetzt an Faust sein langes Messer. Sie will nicht. Er pfeift dem Faust. Faust quatscht mit dem Weib überirdisch. Er sagt aus Goethe auf. Das Weib: Der ist wohl dusselig. Ruckt immer näher. Faust wird immer überirdischer.*

Was auch immer das heißen soll: überirdisch. Nele lacht jetzt doch laut auf, sie hat eine Idee: Einen Heiligenschein könnte man dem Faust im Schattenspiel verpassen, den Umriss eines Ringes, der über der Figur herumfliegt, wenn er *überirdisch* wird. Nele stellt sich vor, wie François diesen Faust gibt, sie sieht ihn im Nachthemd und mit flatternden Engelsflügeln vor sich, vielleicht könnte man ihn sogar an einem Seil an die Decke ziehen und schweben lassen, hoch über der Bühne.

Ein Klappern lässt sie zusammenzucken. Sie kann das Geräusch nicht zuordnen, es scheint aus dem Flur gekommen zu sein. Und noch etwas ist zu hören: ein leises Schleifen, als ob etwas zu Boden gleitet. Dann entfernen sich Schritte auf dem Gang. Mit einem Satz ist Nele im Flur.

Sie braucht einen Moment, bis sie es sieht. In der Wohnungstür ist ein Briefkastenschlitz, den sie bisher nie wahrgenommen hat. Ein Umschlag liegt direkt darunter auf dem Boden. Es ist ein mittelgroßes braunes Kuvert, ohne Aufschrift. Neles Herz schlägt schneller, als sie sich hastig bückt und das Kuvert aufreißt. Aber es ist kein Brief, der ihr entgegenfällt. Und nicht die Handschrift, nach der sie sich so sehnt.

Stattdessen hält sie ein vergilbtes, schwarz-weißes Foto in den zitternden Händen. Ein junger Mann ist dort zu sehen. Er trägt eine Schildmütze, die mit einem zweifarbigen Band gesäumt ist. Sein Hemd ist hochgeschlossen, um seinen Oberkörper trägt er eine Schärpe. An der Wange glüht ein dunkler Strich. Ein frischer Schmiss muss das sein. Auf der Rückseite klebt ein gelber Post-it-Sticker. *Albernes Mützchen*, hat die Großtante in ihrer eckigen Damen-Handschrift daraufgeschrieben. Und noch etwas scheint im Kuvert zu sein, Nele ertastet eine Erhebung. Sie dreht den Umschlag und schüttelt.

Die Nadel ist länglich und schmal, fast unscheinbar. Nele dreht sie zwischen Daumen und Zeigefinger. Dann streift sie sich ein T-Shirt über und steckt sich die Nadel an. Im Badezimmer dreht sie sich vor dem Spiegel. Man könnte sie fast übersehen. Ob wirklich irgendwelche Politiker solche Nadeln tragen? Sie muss unbedingt darauf achten. Burschenschaften, Geheimbünde, Seilschaften. Nele reibt sich die Schläfe. Als gäbe es eine Welt, die neben der Wirklichkeit existiert. Als würde alles gelenkt. Und nur, wer beteiligt wäre, könnte es sehen. Nur, wer die Nadel trüge, hätte die Macht. So ist das.

Tadeusz hat ihr gedroht. Bei diesem dämlichen Spiel heute. Auf der Bühne hat er ihr ins Ohr geflüstert, dass er den anderen erzählen wird, mit wem sie zusammen war und mit wem sie eine Tochter hat. Und dass er für sein Schweigen nicht etwa das Fragment von ihr wolle, sondern einen Kuss.

Sie weiß nicht, wieso sie zugestimmt hat. Sie könnte nicht einmal sagen, ob sie den anderen gegenüber absichtlich verschwiegen hat, dass sie Mutter ist. Wahrscheinlich nicht. Sie war eher verblüfft, dass die es nicht ohnehin wussten. Sie war einfach davon ausgegangen, dass jeder, der mit dem deutschen Theater zu tun hatte, von ihm und Nele und Jule wüsste. Nichts wäre einfacher gewesen, als Tadeusz' Drohung als das zu entlarven, was sie war: leer. Aber etwas an seinem Auftreten hat sie gereizt. Und vielleicht wollte sie sich mit dem Kuss auch ein wenig rächen. An wem auch immer. An Jules Vater. An der Welt.

Das Problem war, dass es die falschen Lippen waren.

Der Melissengeist wogt in ihrem Kopf herum, sie stolpert auf dem Weg zum Kinderbett. Unverantwortlich ist das, sie muss damit aufhören. Die Decke ist von Jules Körper gerutscht. Schuldbewusst deckt Nele sie zu.

Sie hat seine Wangenknochen, seine hohe Stirn.

Nele vermisst das ganze Leben, das mit ihm verbunden ist. Das gemeinsame Auftreten auf der Bühne. Die Kantinengespräche. Das Flirren, als sie nach der ersten Premiere zu ihm nach Hause taumelten, glückstrunken, angefüllt mit dem aufbrandenden Jubel der Zuschauer, dem Gefühl, gemeinsam die Welt aus den Angeln heben zu können.

Seine Hände, seine Wärme in ihr.

Egal. Sie wird sich jetzt konzentrieren. Zurück zu Faust. Sie setzt sich, zieht das Fragment an sich heran. Ihre Finger fahren über die ersten Zeilen. Was über der ganzen Szene steht: *Faust will das Lieben lernen.* Es ist der allererste Satz.

Liebe. Was ist das nur.

Sie stützt den Kopf in die Hand und schließt die Augen.

Tadeusz

Das Pfeifen schrillt in seinen Ohren, ein Gewimmel von Armen und Beinen und wutverzerrten Gesichtern, rotwangig und schwitzend. Aufgerissene Augen und Münder zucken in seinem Blickfeld herum, geballte Fäuste, verrenkte Gliedmaßen, die sich ineinander verschlingen, als wäre er mitten in einem Gemälde von Hieronymus Bosch. »Bonzen raus!«, skandieren sie, ihre Stimmen sind heiser und wund geschrien, wieder bläst jemand in eine Trillerpfeife und die Schreie schwellen an. Der Geruch von Schweiß sticht ihm in die Nase, Stöcke mit Transparenten donnern rhythmisch gegen die Decke der S-Bahn. Ein Rucken, Tadeusz schwankt. Es gelingt ihm, seinen Arm nach oben zu stemmen, dicht an irgendeinem Körper entlang, er angelt nach der Haltestange und verfehlt. Wieder ein Rucken, aber er kann ohnehin nicht umfallen, so voll ist es in diesem Wagon. Er wendet den Kopf, sucht Nadja und nickt ihr zu, sie werden einfach aussteigen. Weit kann es bis zum Hauptbahnhof nicht mehr sein, draußen wischt gerade ein D-Zug vorüber, der Fahrtwind lässt die Fensterscheiben knacken.

Als die S-Bahn anhält, haben sie ohnehin keine Wahl. Die Körper drücken und schieben, noch bevor die Türen sich öffnen. Hoch über ihnen wölbt sich das rußgeschwärzte Dach, ein paar Tauben flattern von den Stahlstreben, der Osten greift nach ihnen. Nadja stolpert auf den Bahnsteig und schnappt seine Hand. Sie lässt sie sofort wieder los, als sie sein Gesicht sieht. Eine Strähne ihres glatten schwarzen Haars ist ihr über die Augen gefallen, sie schiebt ihre Unterlippe vor und bläst die Strähne beiseite.

»Sei doch nicht so«, sagt sie.

»Wie bin ich denn.«

Sie schüttelt den Kopf.

Kreuzberg, Hinterhof, ein Gewölbe. An der aufgebockten Kellertür klebt ein Zettel: *Theater hier*. Sie steigen die roh verputzten Stufen hinunter, gehen den an die Wand gekritzelten Pfeilen nach, immer tiefer in den Kellerdunst hinein. An einer Feuerschutztür lehnt ein schmächtiger Mann. »Macht zwei Mark«, nuschelt er, ohne den Blick zu heben. Sein Atem riecht nach Knoblauch. Der Raum ist niedrig, ein paar Klappstühle stehen um eine freie Fläche herum, in den Lichtkegeln der beiden einzigen Scheinwerfer schweben Fäden aus Staub.

Außer ihnen ist kaum jemand hier. In der ersten Reihe sitzt ein altes Ehepaar, das sich unsicher umsieht, als sie eintreten. Die Frau wiegt ihre Handtasche auf ihrem Schoß wie ein Kind. Ein Mädchen mit Rastazöpfen fläzt mit hochgelegten Beinen auf einer Bierbank, sie kaut Kaugummi und nickt ihnen zu.

Sie setzen sich in die letzte Reihe, auf zwei nebeneinandergereihte Campingstühle mit ausgeblichenem, gestreiftem Stoff. Nadja windet sich aus ihrem Mantel, schlägt die Beine übereinander. »Kafka, ja?«, flüstert sie und rückt dichter zu ihm. Tadeusz nickt, aber er sieht Nadja dabei nicht an, er blickt stur nach vorn, auf die gegenüberliegende Wand.

Plötzlich ist alles dunkel. Es geht schnell, ein Sturz ins

Schwarze, die Struktur der Mauer flimmert noch auf Tadeusz' Iris nach. Jemand schreit. Ein sich aufbäumender Schrei ist das, aus Untiefen heraus, fast ein Röhren, wie von einem Tier. Dann ein Klicken, die Scheinwerfer gehen wieder an. Der Zottelmann blinzelt in die Helligkeit hinein. Er ist nackt, seine Haare sind grau und wirr. Er wälzt sich auf dem Kellerboden, er grunzt und stöhnt. Nadja unterdrückt ein Kichern, ihre Bauchdecke zittert unter dem Stoff ihres Wollkleids. Sie knufft Tadeusz in die Seite, aber seine Miene bleibt unbewegt, er lehnt sich von ihr weg und kneift die Augen zusammen. Er sieht nur die Dinge, die er anders machen würde.

Das Licht. Die Bewegungen.

Etwas daran ist nicht folgerichtig. Es fehlt, das sieht Tadeusz, die Regie. Worte sprudeln aus dem Zottelmann heraus, *als Gregor Samsa eines Morgens aus unruhigen Träumen erwachte …* Aber das Verschlucken und Spucken und Sabbern ist übertrieben. Man müsste dem Schauspieler sagen, dass er weniger machen soll. Oder gleich die Neonröhren an der kargen Kellerdecke anschalten. Ja, das würde Tadeusz tun: das Ungetüm grell bestrahlen, es ausleuchten, noch gnadenloser, als der Schauspieler selbst es zu tun bereit wäre.

Und dennoch. Der nächste Aufschrei lässt auch Tadeusz zusammenzucken. Der Wahn, der in den Augen des Darstellers irrlichtert, stößt ihn ab, bringt ihn fast dazu, sich wegzuwenden. Das ist gut, denkt Tadeusz, das muss man erst mal schaffen.

Hinterher stehen sie im engen Hof, den Nachthimmel über den Dächern wie eine mottenzerfressene Decke. Das Ehepaar läuft an ihnen vorüber, sie schweigen, der Mann schüttelt seinen Kopf. Tadeusz zündet sich eine Zigarette an und zieht auf Lunge, er will den schimmeligen Kellerdunst aus seinen Atemwegen ätzen. Nadja knöpft ihren Mantel zu. Sie hat diesen Blick, den er nicht mehr sehen kann.

»Wie fandest du's?«, will sie wissen.

»Folter.«

Sie gehen schweigend los, durch einen Gang im Vorderhaus hindurch, die abschüssige Straße hinunter. Die Absätze ihrer Lederstiefel klackern auf dem Kopfsteinpflaster. Er erinnert sich daran, dass sie, als sie sich kennenlernten, immer im Gleichschritt liefen, ganz mühelos. Stundenlang hätte er neben ihr herlaufen können, egal wohin. Jetzt nervt ihn ihre Langsamkeit.

Er kann Neles Lippen noch spüren. Sie waren trocken, als er sie küsste, ihre Unterlippe war leicht eingerissen. Eigentlich versteht er nicht, warum er ihr nicht einfach das Faust-Fragment abgenommen hat. Sie interessiert ihn doch gar nicht.

Im Gegensatz zu Heym.

Der Zottelmann geht ihm nach. So jemanden bräuchte man für das Projekt als Teufel, jemanden, der die Grenze zwischen Mensch und Monster nicht scheut. Aber wem könnte er das zutrauen? François bestimmt nicht. Schwarz und Katharina auch nicht. Nele vielleicht, sie ist schließlich Schauspielerin. Aber sie will er nicht als Mephisto besetzen, sie ist zu hübsch. Er muss einen anderen Weg finden. Etwas, womit er einen von ihnen verwandeln kann. Etwas, das denjenigen dazu bringen könnte, Grenzen zu überschreiten, haltlos zu werden. Gierig und diabolisch, heimtückisch und charmant.

Vielleicht sollte er sich selbst besetzen.

Er hält an, wirft die aufgerauchte Kippe in den Rinnstein. »Wenn ich eine Teufelsmaske bauen wollte, wen könnte ich da fragen?«

Nadja bleibt stehen. »Willst du mir Angst machen?«

»Es dreht sich nicht alles um dich.«

Sie verschränkt ihre Arme und starrt ihn nieder. In ihre Stirn graben sich tiefe Furchen, ihre Nasenflügel beginnen zu flattern. Gleich wird es losgehen, er sieht es kommen. Die herumgeschleuderte Empörung, die er nun schon zu gut kennt. Vorwürfe, die gegen Hausmauern prallen. Herausgebrüllte Verletzungen. Enttäuschung, so viel Enttäuschung. Und dann, wenn es vorbei ist, die Leere in ihrem erschlaffenden Gesicht.

Er versteift seinen Rücken, lässt es über sich ergehen. Er ist gut darin geworden: nichts zu hören, obwohl er sich gar nicht die Ohren zuhält. Die Kunst der Versteinerung. Als sie sich beruhigt hat, berührt er kurz ihre Wange, wischt ihr eine Träne aus dem mit Mascara verschmierten Augenwinkel. »Können wir jetzt weiter? Ist nicht mehr weit.«

»Ich will da nicht hin.«

»Deine Entscheidung.«

»Das heißt, du gehst sonst ohne mich?«

»Klar.«

»Du bist ein Arschloch, seit du an dieser Schule bist, weißt du das.«

»Erst seitdem?«

Und es geht wieder los.

Sie haben Buntpapier um die Glühbirnen geschlungen, in der Küche stinkt es nach Senf und vergorenem Abwasch. Aus einem der Zimmer dröhnt Eminem, jemand baumelt von einem Hochbett und stößt, als Tadeusz sich am Türrahmen vorüberdrängt, mit dem Fuß die Tür zu. Getränke findet er im Badezimmer, Bierflaschen schwappen in der Wanne herum. Die Etiketten haben sich gelöst und treiben auf der Wasseroberfläche.

»Sorry«, hört er eine helle Stimme hinter sich sagen. Eine der Schauspielschülerinnen stöckelt an ihm vorbei, sie zerrt ihren Lederminirock hoch und ihren Slip in die Kniekehlen und lässt sich erleichtert auf die Klobrille sinken. Er setzt sich auf den Wannenrand und prostet ihr zu. Sie lacht und deutet hinter ihn. »Guck mal, da!«

»Willst ja nur, dass ich wegsehe, wenn du dich abwischst.«

»Nee, echt jetzt, guck, hinter dir!«

Er dreht sich um und sieht erst jetzt, dass die Badewanne gar nicht in den Raum hineinpasst. Auf Höhe des Wannenrands ist die Wand durchbrochen, das Fußende ragt nach draußen, wahrscheinlich in die Küche hinein. Eine Hand angelt gerade durch den Spalt, fischt blind im Wasser herum. »Gib mal Bier«, ruft einer von der anderen Seite der Wand. Es klingt hohl. Tadeusz grinst, er steht auf, angelt sich mit einem gezielten Griff die Klobürste und drückt sie in die tastende Hand. Die Finger krümmen sich, packen zu, zucken dann zurück. »Alter«, brüllt es aus der Küche, »soll 'n die Scheiße!«

Die Schauspielschülerin kichert, sie schwankt, als sie aufsteht und die Spülung drückt. Tadeusz deutet eine Verbeugung an und zieht ihr die Badezimmertür auf. Musik strömt herein, Stimmengewirr, Grölen, Gelächter. Tadeusz fischt sich ein Bier aus der Wanne, eine grüne Flasche, tschechisch könnte das sein, und macht sich auf den Weg in die Tiefe.

Die Wohnung ist groß, ein Altbau, der vom Vorderhaus bis weit in den Seitenflügel reicht. Er drängt sich an den wippenden Körpern vorbei, erkennt kaum jemanden. Die Party wird von Schauspielern aus dem dritten Jahr ausgerichtet, er weiß gar nicht mehr, wer ihn eingeladen hat. Er läuft von Zimmer zu Zimmer, öffnet doppelflügelige Holztüren, steigt über knutschende Pärchen hinweg, drängt sich an diskutierenden Gruppen und welkenden Topfpflanzen vorüber, durch sich überlagernde Musik hindurch, Hiphop hier, Techno dort, eine Kakophonie aus unterschiedlichen Stereoanlagen und Ghettoblastern, und lässt sich schließlich in der Ecke des abgelegensten Zimmers auf einen Sitzsack fallen. Er trinkt und sieht sich um.

Eine Art Gemeinschaftsraum scheint das zu sein, mit einer Bücherwand aus aufgestapelten Weinkisten und verschnörkeltem Geschirrbuffet vor einer rot gestrichenen Wand. Der rote Teppich ist mit Brandlöchern gestempelt, überall stehen Einmachgläser voller Zigarettenstummel, auf dem Fensterbrett flackern Kerzen in von Wachsstriemen überzogenen Weinflaschen, in einer Steckdose neben der Tür glimmt ein kleines Nachtlicht. Etwas drückt in seinen Rücken, und er zieht eine Fernbedienung hervor. Kurz zielt er damit auf den Röhrenfernseher, der auf übereinandergeschichteten Backsteinen thront, aber als sich nichts tut, lässt er die Fernbedienung auf den Teppich rutschen. Er sinkt in den Sitzsack zurück, den Blick auf die Stuckdecke geheftet.

Ein Diner in Berlin W.

Eingeladen: Ein Scharfrichter. Ein Mormone. Ein Opernsänger. Ein Neger. Ein Chinese. Der Teufel.

Der Scharfrichter erzählt ganz genau eine Hinrichtung. Alle jungen Damen hören zu.

Eifersucht um den Scharfrichter. Schließlich behält der Teufel die Oberhand.

Die junge Dame aus dem Lunapark fällt ihm um den Hals.

Was kann man daraus machen.

Was nur.

Es gibt so viele Fragen. Was zum Beispiel soll der Opernsänger in der Runde? Wieso sitzt da ein Mormone? Und wie verrückt war Heym. Das ist es, was Tadeusz sich seit gestern immer wieder fragt: ob Heym wirklich so gut war, wie Brandner es behauptet. War er wirklich so genial, so besessen von seiner Kunst? Wie war er überhaupt? War er grausam. Verletzlich. Oder war er ganz einfach oberflächlich und kühl und alles für ihn nur Berechnung und Taktik. Dann wäre er ein Gefühlskrüppel gewesen – genau wie Tadeusz.

Das zumindest wirft Nadja ihm vor, neuerdings.

Die Szene fängt, findet Tadeusz, an wie ein blöder Witz. *Ein*

Neger, ein Chinese und der Teufel kommen in eine Bar … Sie ließe sich leicht inszenieren, er sieht sofort Bilder vor sich: einen Esstisch voller Torten und Delikatessen, umringt von Damen in Rokokokostümen, die ihre Zähne in riesige Fleischkeulen schlagen. Der Bratensaft rinnt ihnen vom Kinn, während ein Henker davon schwärmt, wie schwierig es ist, einen Kopf sauber vom Hals abzutrennen. Die Damen hecheln, werden geil, sie kriechen einander unter die Reifröcke, umschlängeln den Henker. Der Teufel sitzt kichernd daneben, er verziert ein Baby mit Sprühsahne und Cocktailkirschen und beginnt genüsslich, es zu verspeisen. Mit dem zarten Kinderfleisch lockt er die Damen zu sich, sie reiben sich an seinen Hufen. Tadeusz kann sich förmlich hören, wie er den Professoren sein Konzept erklärt: *Wir sehen hier eine Karikatur der übersättigten Wohlstands-Gesellschaft, eine Persiflage auf Völlerei und Todestrieb.*

Aber kann Heym es wirklich so gemeint haben? So platt?

Tadeusz hebt die Bierflasche an die Lippen. Im Nebenraum quietscht eine Schauspielschülerin. Durch die geöffnete Tür sieht er, wie ein Mann mit verbundenen Augen nach ihr greift. Die Musik wird lauter, im Buffetschrank hinter ihm beginnen die Gläser zu klirren. Aber Tadeusz stört das nicht, im Gegenteil: er hat zum ersten Mal seit gestern das Gefühl, als hätte er Raum zum Denken.

Ein Diner in Berlin W.

Worum geht es.

Tod. Sex. Gewalt.

Nach einem Snuff-Video klingt das. Tadeusz hat vor kurzem zum ersten Mal davon gelesen: wie jemand vor laufender Kamera umgebracht wird. In Wirklichkeit. Einen Schwarzmarkt für solche Videos soll es geben und Tadeusz wurde körperlich schlecht, als er das las.

Wieder trinkt er.

Die Idee mit der Maske fällt ihm ein. Eine Teufelsmaske bauen – das könnte interessant werden. Masken sollen ja auf denjenigen abfärben, der sie trägt. Unter welchen Bedingungen also bekäme ein normaler Mensch – eine Katharina, ein Schwarz, ein François, eine Nele – teuflische Züge? Wie müsste so eine Maske beschaffen sein? Oder was, wenn hier das Publikum der Teufel wäre, wenn unter dessen Blick –

»Scheiße!« Jemand stolpert über Tadeusz' ausgestreckte Beine, ein Körper fällt und kann sich gerade noch am Parkettboden abfangen. Bier aus zwei Flaschen klatscht auf Tadeusz' Hosenbein. Er zuckt zusammen und flucht.

»Mann, hab dich gar nicht gesehen«, knurrt der Typ, der jetzt neben ihm kauert. »Rutsch mal!« Er lässt sich neben Tadeusz auf den Sitzsack fallen, hält ihm die zweite Bierflasche hin. »Da!«

»Wem wolltest du das denn bringen?«

»Nimm schon, ich find die eh nicht mehr. War irgendeine Neue, die sind hier sofort belegt. Immer die gleichen Fressen auf diesen Feten, bin echt froh, wenn ich hier raus bin.«

Tadeusz dreht sich dem Typen zu, die Styroporkügelchen im Sitzsack knirschen. Er sieht eine hohe Stirn, Grübchen, wache blaue Augen. »Ich kenne dich«, sagt er erstaunt. »Ich habe dein I-Vorspiel gesehen.«

Das Vorspiel, zu dem die Schule die Intendanten des Landes einlädt. Die Studenten aus dem vierten Jahr stellen sich denen dort vor, sie spielen kurze Szenen aus unterschiedlichen Stücken. Jeder von ihnen hofft auf ein Engagement an einem der großen Häuser, auf einen der begehrten Plätze in einem wichtigen Ensemble. Schon Tage vorher ist die Spannung in den Räumen greifbar. Blasse Schauspielschüler wanken oder hetzen durch die Gänge, immer weint irgendwo jemand, jemand brüllt oder keift, Freundinnen werden zu Konkurrentinnen, niemand schläft. Nur Drogen nimmt kaum einer von ihnen, ihre Körper sind ihre Instrumente, sie müssen sie beherrschen. Drei Jahre haben sie auf diesen Moment hingearbeitet. Es ist dieser Auftritt, der zählt.

Die Szene, die der Typ spielte, war aus Schillers Räubern. Er gab den Franz Moor und saß einfach nur da. Saß da auf der Bühne in einem Ohrensessel und dachte laut nach. Einen Bonbon wickelte er dabei aus Goldpapier, ganz ruhig, ganz gelassen, wie der Opa aus der *Werthers Echte*-Werbung, während er in seinem Monolog die finstersten Pläne zu schmieden begann. Betrug und Mord ersann er da fröhlich, immer grausamere Gedankenschleifen, untermalt nur vom Knistern des goldenen Bonbonpapiers. Die Atemlosigkeit im Zuschauerraum. Die Ungläubigkeit. Tadeusz hat so etwas noch nie erlebt. Dass ein ganzer Raum wusste, *einfach wusste*, dass er sich einem künftigen Weltstar gegenübersah.

»Hast bestimmt einen Haufen Angebote bekommen.«

Der Typ nickt. »Zwanzig aus zwanzig.«

Tadeusz schwitzt jetzt. Er kann nicht fassen, dass er neben diesem Schauspieler sitzt, auf einem zerquetschten Sitzsack noch dazu, während hinter ihnen die Gläser im Buffet klirren, und im Türrahmen zum nächsten Zimmer zwei Mädchen auf hohen Stöckelschuhen einen unkoordinierten Walzer zu tanzen beginnen. »Und wohin soll's gehen?«, fragt er betont gelassen.

»Burg oder Schaubühne, muss noch überlegen.« Sie trinken schweigend. In Tadeusz' Kopf rumort es. Er müsste etwas sagen, etwas, das hängenbleibt, womit er sich, wenn er mit dem Typen arbeiten will, in Erinnerung rufen kann, und sei es in ein paar Jahren.

»Ich kenn dich auch«, sagt der Typ schließlich, »bist der Pole aus dem ersten Jahr.«

»Bin ich wohl.«

»Man sagt, du kennst Brandner?«

»Zu gut.«

Der Typ lacht und muss husten. »Der Depp. Wollte mich als Hamlet mitnehmen. Hat sich's dann anders überlegt. Hatte Angst, dass ich das noch nicht durchhalte. Selbst schuld.«

»Ich würde dich sofort besetzen«, sagt Tadeusz und beißt sich schon auf die Zunge. Damit wird er keinen Blumentopf gewinnen bei jemandem, den gerade alle Welt unter Vertrag nehmen will. Schnell fügt er hinzu: »Wärst ein guter Mephisto.«

»Ach ja?«

»Wir machen ein Faust-Fragment von Georg Heym.«

»Kenn ich gar nicht.«

»Durchgeknalltes Zeug. Nutten und Neger. Müssen wir mit Brandner an den Start bringen. Der will auch, dass wir's selber spielen. Aber irgendwann mach ich's mal alleine, dann frag ich dich an.«

»Wie ist denn das Polenland so?«

»Was?«

»Polen. War ich noch nie.«

Tadeusz überlegt kurz. »Bin froh, dass ich weg bin.«

»Vermisst du's nicht?«

»Manchmal. Wobei … Weiß nicht. Ist nicht wirklich mein Zuhause, irgendwie.«

»Wenigstens gibt's deins noch. Ich komm jetzt aus einem Land, das es nicht mehr gibt. Obwohl alles noch da ist. Fühlt sich an wie im falschen Film. Da läufst du noch durch die Kulissen, und die drehen da eine völlig neue Serie, ist irgendwie auch behämmert.«

Sie nicken sich zu und trinken.

»Aber Krakow könnte dir gefallen«, sagt Tadeusz schließlich und rupft an dem Etikett seiner Bierflasche herum. »Gibt paar gute Untergrund-Sachen. Wenn du fahren willst, frag mich, dann geb ich dir Kontakte zu meinen Leuten.«

»Cool«, der Typ nickt. Er setzt noch einmal die Flasche an, trinkt sie in einem Zug leer und rülpst. »Muss mal weiter.« Er schält sich aus dem Sitzsack, hält Tadeusz zur Verabschiedung die Knöchel der geballten Faust hin, Gangsterstyle. Im Türrahmen dreht er sich noch einmal um. »Gib mal Laut, wenn Ihr den Faust aufführt. Dann komm ich.«

Tadeusz hebt die Bierflasche zum Gruß. Er sinkt zurück in den Sitzsack und schließt die Augen. Fast muss er lachen. Untergrund-Sachen, genau. *Meine Leute.* Als ob er außer zu seiner Großmutter noch irgendwelche Verbindungen in die Stadt hätte. Aber ihm wird etwas einfallen, egal was. Er hat jetzt einen Fuß in der Tür. Denn daran, dass der Typ mal berühmt werden wird, hat er keinen Zweifel.

Als er die Augen wieder öffnet, sieht er Katharina. Sie steht kaum zwei Meter von ihm entfernt, vor den übereinandergetürmten Weinkisten mit den Büchern. Sie scheint ihn nicht zu bemerken, ihr Blick ist auf die Buchrücken geheftet. Sie kann noch nicht lange hier sein, sie trägt noch ihren Parka. In ihrer linken Hand hat sie eine Bierflasche, mit der rechten Hand fährt sie über die Bücher, ganz langsam, ganz methodisch.

Sie hat sich nicht umgezogen seit heute früh. Er erkennt ihre Cordhose, den Wollpullover. Zwischen dem Hosensaum und dem Schaft der Schuhe kann er die Wollsocken sehen, die sie heute auf der Bühne ausgezogen hat.

Irgendwie erregt es ihn, dass er weiß, welche Farbe ihr Schlüpfer hat. Dass er sicher sein kann, dass sie keinen BH trägt, sondern ein ausgeleiertes Unterhemd. Er hätte nicht sagen können, welche Dessous Nadja heute anhat, irgendetwas mit Spitze wahrscheinlich, schwarz oder rosafarben, sie achtet da sehr auf sich. Aber er weiß, was Katharina drunterhat.

Er hätte Nele sagen können, dass sie mit der Striptease-Nummer kein Glück haben wird. Die anderen schienen überrascht zu sein, als Katharina begann, sich auszuziehen. Tadeusz nicht. Er traut ihr noch ganz andere Dinge zu.

Sie hat den Kopf zur rechten Seite geneigt, ihr Haar baumelt über ihrer rechten Schulter. Gerade ist sie am Ende der Reihe angelangt. Sie tritt zurück, geht wieder an den Anfang und beginnt mit der nächsttieferen Ebene. Sie hält nicht an, um dieses oder jenes Buch hervorzuziehen und anzublättern. Es scheint nicht Neugierde zu sein, die sie die Buchtitel so betrachten lässt. Sie sucht etwas.

Tadeusz rührt sich nicht.

Im Nebenzimmer drängen sich inzwischen noch mehr Studenten. Etwas daran erinnert Tadeusz an zitternde Zellen unter einem Mikroskop. Die Körper ziehen einander an und stoßen sich ab, sie schubsen sich und verklumpen und formieren sich neu. Eine der Schauspielschülerinnen bricht plötzlich aus dem Gemenge aus, sie hält sich den flachen Bauch, sie schwankt auf den Türrahmen zu, biegt dann kurz vorher ab, angelt mit einer Hand ihre Haare zu einem Pferdeschwanz zurück, zuckt konvulsivisch und erbricht sich in einen Blumentopf. Die anderen lachen, sie johlen und applaudieren und die Schauspielschülerin richtet sich auf. Sie wischt sich mit dem Handrücken über die Lippen und macht einen Knicks.

Katharina scheint es nicht zu bemerken, sie blickt nicht einmal auf. Im Gegenteil, sie rückt noch dichter an die Bücher heran. Etwas dort scheint ihr Interesse geweckt zu haben. Tadeusz sieht, wie sie ein Buch aus der Weinkiste zieht und es sich im Dämmerlicht vor die Augen hält. Dann steckt sie es mit einer flinken Bewegung unter ihre Jacke. Sie senkt den Kopf und läuft los.

Es geht so schnell, dass Tadeusz erst gar nicht reagieren kann. Als er aufspringt, ist sie schon im Nebenzimmer verschwunden. Mit einem Satz ist er im Türrahmen, er schiebt und schlängelt sich vorwärts, durch die dichter werdende Membran aus Menschen hindurch.

Sie ist in keinem der Räume, durch die er sich zwängt, auch nicht im Flur, nicht in der Küche. Er reißt die Tür zum Badezimmer auf, erschreckt ein Pärchen beim Sex, sie hat die nackten Beine um den Mann geschlungen und ihre Hände hoch über dem Kopf in der Stange des Duschvorhangs verkrallt, »Tür zu!«, keucht der Mann, der der Typ aus dem vierten Jahr sein könnte, aber Tadeusz ist schon auf dem Weg ins Treppenhaus, er wirft krachend die Wohnungstür hinter sich zu, greift nach dem alten, verschnörkelten Geländer und lauscht in den Schacht des Treppenhauses hinunter.

Ganz tief unten hört er ein paar eilige Schritte, und er zögert nicht, er sprintet die Treppe hinunter, nimmt mehrere Stufen auf einmal, springt von Absatz zu Absatz, immer schneller, bis er, als mit einem leisen Klacken die Beleuchtung ausgeht, beim Landen fast mit dem Fuß umknickt. Hektisch hämmert er mit der flachen Hand gegen den nächsten Lichtschalter und ist schon im Erdgeschoss und prallt an der Haustür fast gegen Nadja, die gerade von außen die Tür aufreißt. Sie starrt ihn an, die Türklinke gleitet aus ihrer Hand, als wäre sie überrascht, ihn hier tatsächlich zu finden. Ihre Hand zuckt vor, sie packt ihn am Kragen, zieht ihn zu sich.

»Nadja, ich gehe gerade.«

»Aber ich komme.«

»Ist nicht meine Schuld, dass du es dir anders überlegt hast.«

»Läufst du der Uschi da hinterher?«

»Ich gehe, das ist alles.«

»Du lässt mich jetzt nicht wirklich hier.«

»Doch.«

Er holt sie kurz vor der Straßenecke ein, auf der Höhe eines hell erleuchteten Spätkaufs. Sie hat ihren Parka fest um sich gezogen und erschrickt nicht, als er sie an der Schulter antippt. Nur ihre Hand schießt in die eine Jackentasche und hebt sich, als sie ihn erkennt, langsam wieder daraus hervor.

»Pfefferspray?«, fragt er.

»Messer, ein Butterfly.«

»Kann nach hinten losgehen.«

»Nicht, wenn ich zuerst zusteche.«

Sie sagt es ganz sachlich. Er will erst widersprechen, aber natürlich hat sie recht: mit einem Messer würde ein Angreifer kaum rechnen, nicht von einer Frau. Andererseits fragt er sich, ob überhaupt jemand auf die Idee käme, Katharina anzugreifen. Sie wirkt auf ihn nicht verlockend, sie ist zu störrisch, ihre Bewegungen zu eckig. Sie ist kein Opfer.

Ein Auto fährt vorüber, jemand brüllt etwas aus dem heruntergekurbelten Fenster heraus, aber Katharina bewegt sich nicht. Sie steht nur da und sieht ihn an. Die Fransen ihres Ponys fallen ihr über die Augenbrauen und berühren fast ihre langen, ungetuschten Wimpern. Sie scheint nicht überrascht zu sein, ihn zu sehen.

»Warst du bei der Party.«

Sie fragt es nicht wirklich, es ist eine Feststellung. Er nickt.

»Hab dich gar nicht gesehen«, sagt sie.

Tadeusz tritt von einem Fuß auf den anderen, plötzlich weiß er nicht, warum er ihr nachgelaufen ist. Oder was er hier will. Neben ihnen klingelt die Ladentür, ein Mann schlurft aus dem Spätkauf heraus, er wiegt Bierdosen auf seinen überkreuzten Armen, stolpert über die Stufe zum Gehsteig, einen Moment lang wirkt es, als würde alles aus dem Gleichgewicht geraten: Der Mann schwankt, die Dosen hüpfen, aber er fängt sich, presst die Dosen noch dichter an seinen Körper und trottet weiter die Straße hinunter.

»Wegbier?«, fragt Tadeusz und deutet auf die sich langsam schließende Tür.

Er ist stolz, dass er solche Begriffe inzwischen kennt. Spätkauf, Wegbier, Stulle. Dass er sich wieder zu Hause fühlt in dieser Sprache, vielleicht sogar in diesem Land, in dem er ja geboren ist. Es ging so schnell, er träumt inzwischen sogar wieder auf Deutsch.

Katharina schüttelt den Kopf und zupft am Kragen ihres Wollpullovers herum. »Zu teuer? Lass lieber irgendwo reinsetzen?« Ihn irritiert, dass sie Fragen als Feststellung betont und Feststellungen als Fragen. Andererseits hat sie recht. Der Wind lässt ihn frösteln. Und seine schwarze Jacke ist viel zu dünn.

»Komm«, sagt er, »ich weiß, wohin.«

Die Bar ist klein, ein schmaler Raum mit niedrig hängender Holzdecke. Ein Aquarium steht mitten auf der Theke, Algen schwanken im Strom der Sauerstoffanlage. In winzigen, durch Holzwände voneinander abgetrennten Sitzkuben kauern rauchende Gäste und starren in ihre Biergläser. Es riecht nach Zigaretten, Bratfett und verschüttetem Schnaps. Katharina scheint nichts davon wahrzunehmen, sie streift ihren Parka ab und hängt ihn über den klebrigen Barhocker. Er wartet, bis sie sich auf die Sitzfläche geschwungen hat, dann deutet er auf die Ausbuchtung, die sich unter dem Strickmuster ihres Pullovers abzeichnet.

»Was hast 'n geklaut?«

Sie wird tatsächlich rot. Der Barkeeper lehnt sich ihr von der anderen Seite der Theke entgegen. Sein angegrauter Schnauzbart fusselt ihm bis zur Unterlippe. »Sag an«, knurrt er durch die aufwehenden Barthaare hindurch. Katharina lässt sich von ihm die Biersorten aufzählen, Flaschenbiere, Fassbier, es gibt kaum mehr als drei Sorten, aber sie wägt ab, als hätte sie es mit einer besonders ausgefeilten Weinkarte zu tun. Sie scheint nicht vorzuhaben, Tadeusz noch zu antworten.

Sie sieht ihn auch gar nicht mehr an.

Er angelt sich ein paar Erdnüsse aus einem Schälchen und kaut. Im Aquarium vor ihm driftet ein blauer Fisch vorüber, die Pumpe gluckert. Etwas fehlt hier in diesem Laden, aber er kommt nicht drauf, was es ist. Es ist nicht unangenehm, im Gegenteil. Er lauscht dem Krachen der Erdnüsse, die er mit seinen Zähnen zermalmt. Dem leisen Schwappen des Wassers im Aquarium. Dann erst begreift er: Es gibt hier keine Musik. Man kann sogar den Kühlschrank surren hören.

Katharina wendet sich ihm erst wieder zu, als zwei große Gläser mit frisch gezapftem Pils vor ihnen stehen. Die Schaumkronen zittern noch nach von dem Schwung, mit dem der Barkeeper sie auf den Filzdeckeln abgesetzt hat. Tadeusz beugt sich vor und schlürft ab. Dann fasst er mit einem raschen Griff unter Katharinas Wollpullover und zerrt das Buch aus ihrem Hosenbund heraus.

»Hey!«

»Ist eh nicht deins.«

Das Buch ist rot, mit schlichter weißer Schrift auf dem Einband. *sammlung dialog texte* steht am oberen Rand. Und in größeren Buchstaben: *GEORG HEYM*. Tadeusz pfeift durch die Zähne und beginnt zu blättern.

»Ist es drin?«, will er wissen.

»Weiß nicht, hab noch nicht nachgucken können.«

Tadeusz grinst. »Korbinian würde das aber nicht gefallen, dass du danach suchst.«

Katharina zuckt mit den Schultern. »Muss er ja nicht erfahren?«

Es ist dämmerig in der Bar, er hat Mühe, die Buchstaben zu entziffern, sie sehen fast porös aus. Er hält das Buch näher an das grüne Innenlicht des Aquariums heran. Schatten von Algen wabern über die Seiten, während er blättert. Beim ersten Durchgang kann er es nicht finden, aber ihm springen Bruchstücke von Sätzen entgegen, die er gerne weitergelesen hätte: … *Wo ist die Totenstadt?… Wahnsinn des Schweigens… Und schwarze Vögel kommen…*

Katharina lehnt sich näher zu ihm. Er kann ihr Haarshampoo riechen, irgendetwas mit Frucht, vielleicht dieses Apfelzeug, das er versehentlich einmal gekauft hat und dessen Geruch er an sich selbst nicht leiden konnte. An Katharina stört es ihn nicht. »Gibt's keine Übersicht?«, fragt sie. Ihr Zeigefinger schnellt zwischen die ersten Seiten und schlägt zielsicher das Inhaltsverzeichnis auf. Gedichte sind dort aufgelistet, *Der ewige Tag*, Erzählungen und Prosaskizzen, lauter Titel, die ihm nichts sagen, *Das Schiff*, *Der Irre*, sogar Briefe und Auszüge aus Heyms Tagebüchern. Sein Blick bleibt an einem Wort hängen: Traumaufzeichnungen.

»Da!«, ruft Katharina, »Dramen und Dramenfragmente!«

Aber er sieht sofort, dass daneben das eine Wort fehlt, das wichtig wäre: *Faust*.

»Pech gehabt«, sagt er. Sie sieht nicht enttäuscht aus. Im Gegenteil: Ihre Augen blitzen, sie wirkt wach und irgendwie jünger als sonst. Das Licht in der Bar macht ihre Gesichtszüge fast weich.

»Wie alt bist du eigentlich?«, will er wissen.

»Fragt man eine Dame nicht. Und du?«

»Innerlich älter als äußerlich.«

Sie runzelt die Stirn. »Soll das denn heißen.«

»Sag ich dir, wenn du mir dein Fragment gibst.«

Katharina lacht und beugt sich dem Aquarium zu. Mit dem Finger zeichnet sie die Abwärtskurve nach, mit der sich gerade ein dunkler Fisch entlang der Glasscheibe in die Tiefe sinken lässt. Tadeusz fällt auf, dass es dafür kein Wort gibt, in keiner seiner beiden Heimatsprachen. Schwimmbahn, Flugkurve, krzywna balistyczna, aber das trifft es alles nicht.

»Ich würde verrückt werden da drin«, sagt er.

»Wär doch gut. Heym war bestimmt auch verrückt.«

»Glaubst du?«

Sie nickt: »Genies müssen alle wahnsinnig sein, wenigstens ein bisschen.«

»Und? Bist du's?«

Sie lächelt schief und zuckt mit den Schultern. An ihrem Mund klebt noch ein Rest Bierschaum. Er unterdrückt den Impuls, ihr mit dem Finger über die Lippen zu streichen, und nimmt stattdessen selbst ein paar tiefe Züge. Das Glas ist schnell leer, viel zu schnell, er wendet es zwischen seinen Fingern, betrachtet den Kältefilm der Wassermoleküle an der Glaswand, seine Abdrücke darin. Er stellt das Glas ab und wundert sich über das Zittern seiner Hand. Ein Fisch schwimmt vorüber, und als er wieder zum Bierglas hinsieht, ist es auf einmal frisch gefüllt, hell und leuchtend, mit neuer, nachschwankender Schaumkrone. Erstaunt dreht er sich nach dem Barkeeper um und kann ihn nirgends entdecken. Ein Mann grinst ihm aus einem der Sitzerker zu, seine Zähne sind gelb, der Kühlschrank surrt mit fiependem Oberton.

»Zeigst du mir deins, zeig ich dir meins«, sagt Katharina und lehnt sich näher an ihn heran. Ihre Augen sind grün und irgendwie unstet, die Pupillen in ihnen scheinen zu flirren. »Du zuerst«, antwortet er. Seine Stimme klingt hohl.

Einen Moment lang sieht sie ihn nur an, mit diesen flimmernden Pupillen. Dann verankert sie ihre Füße seitlich in den Streben des Sitzhockers, als säße sie auf einem Pferd. Sie hebt sich in die Höhe und zieht einen zusammengefalteten Zettel aus ihrer Hosentasche. Überrascht sieht er sie an. Irgendwie hat er nicht geglaubt, dass sie mitmachen wird. Im Aquarium blubbert es, er entfaltet den Zettel, den sie ihm über den Tresen zuschiebt, ein Fisch schwimmt vorüber.

»Chojnice?«, fragt er überrascht.

»Was?«

»Konitz«, sagt er, »das ist ein polnischer Ort.« Katharina verändert ihre Haltung nur leicht, aber er merkt, dass sie das noch nicht wusste. Seine Finger fahren die Worte ab, *Wildenbruch, Napoleon.* Etwas stört ihn, er dreht sich nach dem Kühlschrank um, dieses Surren beginnt ihm auf die Nerven zu fallen, es ist zu hell.

»Ist das wirklich deine Handschrift?«

Wieder zuckt sie nur mit den Schultern. »Du bist dran«, sagt sie.

Er zögert und trinkt. Das Dinner in Berlin W will er ihr nicht geben. Wer weiß, was für Ideen sie dazu hätte oder womit sie ihn beim nächsten Treffen mit Brandner übertrumpfen könnte. Drei Textstellen hat er bekommen, eigentlich will er keine davon verraten, er würde sich lieber die Traumaufzeichnungen von Heym ansehen oder sich mit diesem Zettel davonstehlen, Wildenbruch, wieso Wildenbruch, aber ihre Pupillen flimmern vor ihm her, die Klinge des Butterfly in ihrer Jackentasche fällt ihm ein, auch wenn das natürlich Unfug ist, sie wird ja nicht zustechen, nicht einfach so.

Er zieht den Bierdeckel unter dem Glas hervor, das schon wieder frisch gefüllt ist, und dreht ihn auf die trockene Seite. Woher er auf einmal den Stift in seiner Hand hat, weiß er nicht. Wahrscheinlich hat Katharina ihn ihm zugeschoben, sie will das Fragment, sie will, dass er es ihr aufschreibt, sie will es so dringend. Er grinst, während er im Halbdunkel Buchstaben auf den Filz malt, wer weiß, was er noch von ihr hätte bekommen können für diese paar Sätze, sie hat sich heute schon einmal ausgezogen, immerhin. Sie rasiert sich nicht. Er wird steif, als ihm das einfällt. *In dem allgemeinen Tohuwabohu,* schreibt er, *kommt einmal der Dichter über die Bühne gelaufen: Donnerwetter, jetzt habe ich ganz den Faden verloren. Er sucht, findet einen kleinen Bindfaden: Das ist er nicht. Schließlich zerrt er zwei Personen auf die Bühne: Das Stück kann weitergehen.*

Er reibt sich die Schläfe. In seinem Kopf ist ein Pochen, er versteht nicht, warum er auf einmal das rote Buch unter sich liegen hat und nicht den Bierfilz. Das Buch ist aufgeschlagen, und da stehen seine Sätze, säuberlich notiert unter dem Wort *Fragment.* Eigentlich sieht auch die Schrift nicht mehr aus wie seine, die Buchstaben kippen, aber sie sehen auch nicht aus wie Katharinas Handschrift, zumindest nicht wie die auf dem Zettel, Katharinas Zettel, der hier irgendwo liegen müsste, und der nun nirgends zu sehen ist. Katharinas Gesicht ist dafür zu sehen, es ist auf einmal dicht an seinem, sie berührt ihn fast mit ihren Wimpern. »Was machst du damit?«, flüstert sie. Er schüttelt den Kopf und kühlt seine Stirn an ihrem Atem, die Sauerstoffblasen perlen aus dem Bierglas aufwärts, sie gleiten über in das Aquarium, die Algen streifen hin und her, seine Hand noch immer unruhig, das Wort Zitteraal fällt ihm ein. Er schüttelt wieder den Kopf und unterdrückt ein Kichern, er hat an diesem Abend erst drei Bier getrunken. Oder waren es schon vier?

»Ich baue eine Teufelsmaske«, hört er sich sagen. Seine Zunge ist schwer.

»Commedia dell' Arte?«

Er stutzt, weil er daran gar nicht gedacht hat, Commedia de'll arte, das venezianische Maskenspiel, natürlich, eine gute Idee ist das, *Donnerwetter.* Wieso reagiert Nadja nicht so, wenn er solche Sätze sagt, wieso bezieht sie immer alles auf sich. Das Pochen in seinem Kopf wird stärker, jemand klopft von innen gegen seinen Schädel, Wildenbruch oder Napoleon womöglich, er kann die Migräne heran galoppieren hören, die ihn manchmal überfällt, sieht schon das Licht, das er dann nicht mehr ertragen können wird, den gleißenden Schmerz.

»Vollmaske«, murmelt er und krümmt sich ein bisschen auf seinem Stuhl. Auf einmal ist ihm übel. Dennoch redet er weiter, er brabbelt vor sich hin, dass das bei der Commedia dell' Arte nur Halbmasken seien, die ja ein ganz anderes Spiel erforderten. Vollmasken hingegen stünden für die Verwandlung, schon weil man unter ihnen nicht sprechen würde, die Stimme zu dumpf unter der Maskenwand, und Katharina nickt, aber sie schwankt dabei oder er schwankt, ein Fisch schwimmt vorüber, und jetzt spricht sie weiter, sie greift den Bindfaden auf, den er verloren hat, das Stück kann weitergehen, sie wispert etwas von einer Totenmaske oder einer Gipsmaske, er kann das alles nicht mehr so genau verstehen, etwas knistert in seinen Gehörgängen, vielleicht ist es der Bierschaum, der vor ihm in sich zusammensackt, er muss trinken, den Schaum wegtrinken, damit das Knistern aufhört, ganz schnell.

Dass die Masken ihren Träger verändern würden, sagt einer von ihnen beiden, er ist sich nicht sicher wer, vielleicht ist es auch der Barkeeper oder der Mann mit den gebleckten, gelben Zähnen oder der Fisch, der vorüberschwimmt, sie gehen über auf den Körper, diese Vollmasken, sie bestimmen die Bewegungen, sie verändern den Geist. Sein Kopf klopft so laut, Donnerwetter, ein Tier möchte da ausbrechen aus seinem Schädel, ein Zitteraal oder schwarze Vögel vielleicht, und er muss wieder lachen, weil die anderen in dieser Bar das doch sicher hören, dieses Pochen. »Wo ist die Totenstadt«, will er wissen und irgendjemand lacht oder singt oder flüstert, aus einem roten Buch steigen Sätze auf, und er greift nach den Worten, er sucht und sucht, das Wort Teufel muss er finden, *der Teufel Hälse wachsen wie Giraffen,* während das Glas sich füllt und füllt und dieser Fisch nicht aufhört vorüberzuschwimmen. Und sein Kopf pocht und sein Körper sich krümmen will, wegkrümmen will, weil hier etwas nicht stimmt, etwas gar nicht stimmen kann.

»Gift«, murmelt er.

»Was?«

»Du hast mich vergiftet.«

Was redest du denn da.

Sie stehen draußen, das Rillenmuster des Gehsteigs unter ihm, eine Hand liegt auf seinem Rücken, Katharinas Hand muss das sein, denn er stützt sich doch mit beiden Handflächen an einer Hauswand ab, er spürt die Kälte des Steins unter seiner Haut, während er würgt und würgt und zusammenzuckt und sich aufrichtet, weil ihm etwas einfällt, das viel wichtiger ist als sein Würgen. »Hast du das Buch«, hört er sich fragen und erschrickt, als sie ihn so fremd ansieht und sagt: »Welches Buch denn.« Das Blut schießt ihm ins Gesicht, er muss sie beleidigt haben, sie starrt ihn an, so fremd, etwas stimmt an seiner Erinnerung nicht, die Verlegenheit flammt auf seiner Haut.

Plötzlich ist es wichtig, dass er das wiedergutmacht, dass er ihr etwas anvertraut. »Mein Mitbewohner hat das Fragment«, sagt er eifrig und beißt sich auf die Zunge, als er erkennt, wie sie anspringt auf diesen Satz. Ein Gerangel ist das, als er sie abhalten muss, ihre Arme überall, er trägt sie drei Schritte weg von der U-Bahn, bei der sie (wie kamen sie her?) auf einmal sind und in die sie springen will, um zu ihm zu fahren. Weil das nicht geht, das geht nicht, geht einfach nicht. Zur Tram zerrt er sie irgendwie, Steinstufen hinunter, Steinstufen hinauf, er stopft ihren störrischen Körper in den Wagon der Straßenbahn hinein, aber sie lacht dabei, das ist gut, vielleicht ist auch sie einfach betrunken und wird sich an nichts erinnern, morgen, übermorgen, die nächsten Jahre. Ob er sie küssen müsste, fragt er sich kurz, aber da schließen sich schon die Türen zwischen ihnen, ein Fisch schwimmt vorüber, die Tram klingelt schrill und fährt mit einem Ruck an, und er kann ja auch nicht Nele und Nadja und Katharina an einem einzigen Tag küssen, aber vielleicht hat er Nadja auch gar nicht berührt heute, er weiß das alles nicht mehr, er sieht nur noch Katharinas Umriss, der von der leuchtenden Tram die Straße hinuntergetragen wird, er sieht das Buch, das sie hochhält, dieses rote Buch, mit dem sie winkt, bis sie verschwindet.

Die Luft lässt ihn zittern, als er aus dem Nachtbus steigt. Er läuft die Straße hinunter, an den bekannten Litfaßsäulen und Straßenlaternen vorüber, und langsam spürt er sich wieder. Sein Körper hält sich aufrecht, seine Fußsohlen setzen hart auf dem Asphalt auf, er hat den Boden unter sich, verlässlichen Grund.

Er versteht nicht, was mit ihm los war. Irgendetwas scheint er nicht vertragen zu haben, das ist die einzig sinnvolle Erklärung. Im Kopf geht er alles durch, was er heute zu sich genommen hat, er war doch essen mit Nadja, in dieser arabischen Imbissbude an der Friedrichstraße, Falafel mit Soße, ranzig schmeckender Kichererbsenbrei, vielleicht sollte er Nadja anrufen und sich erkundigen, ob bei ihr alles gut ist. Andererseits fühlt sich sein Körper nicht nach Lebensmittelvergiftung an, eher so, als hätte vorhin jemand in seinen Gehirnwindungen herumgepfuscht, irgendwie chemisch. Der Typ auf der Party fällt ihm ein, Franz Moor aus dem vierten Jahrgang, vielleicht hatte der etwas in dieses Bier gemischt, das er ihm gab, denkbar wäre das sicher. Ein Mädel hatte der sich doch gefügig machen wollen, irgendeine Neue, und er hatte ihm die Flasche geöffnet überreicht.

Er steht vor seiner Haustür in Weißensee, Nummer 75, endlich. Das Haus ragt hoch in den Nachthimmel hinauf, auf den Balkonen über ihm krümmen sich die vom Herbst schon verdorrten Pflanzen. Sonnenschirme stecken in Regenhüllen, die schmiedeeisernen Ziergitter sind verrostet. Den Schlüssel hat er schon in der Hand und will ihn gerade ins Schloss stecken, aber dann stopft er ihn doch zurück in die Hosentasche und läuft weiter. Eine Runde um den Block nur, vielleicht auch zwei, noch ein bisschen Sauerstoff atmen, den Kopf kühlen, den Faden wiederfinden, Heyms Bindfaden. Er muss klar werden, bevor er diese Wohnung betritt.

Außer ihm ist kaum noch jemand unterwegs. Ein Hundebesitzer steht neben seinem Dackel unter einem vom Herbstlaub schon halb entkleideten Baum und gähnt, sonst ist es ruhig. Nur wenige Fenster sind erleuchtet, Fernseher flackern dort hinter zugezogenen Vorhängen, Nachttischlampen werden ausgeknipst, in der Ferne schwelt das leise Rauschen der Autobahn. *Wahnsinn des Schweigens*, dieser Satz fällt ihm wieder ein. Schweigen, ja, Schweigen wäre vernünftig gewesen. Er weiß nicht, wie er in diesen Abend mit Katharina hineingeschlittert ist, in dieses Wirrwarr vorhin, dieses merkwürdige Gespräch. Was hat er ihr alles erzählt? Hat sie ihn nicht gefragt, wo er herkommt, hat er ihr etwas geantwortet?

»Mein Vater wurde verhaftet und hat sich im Gefängnis umgebracht. Meine Mutter wurde darüber verrückt. Hat paar Jahre gedauert, bis das einer gemerkt hat. In der Zeit bin ich doppelt so schnell gealtert wie andere Kinder.«

»Und dann haben sie dich nach Polen geschickt?«

»Zu meiner Oma, ja.«

»Und deine Mama?«

Tadeusz zieht die Jacke fester um sich, er fröstelt. Er wird sich Katharina vom Leib halten müssen, in nächster Zeit, sie weiß womöglich zu viel. Bei Nadja ist das egal, sie studiert auf Lehramt an der FU, sie versteht das alles ohnehin nicht. Sogar nach Hause kann er sie mitnehmen, sie weiß nicht, mit wem sie es zu tun hat, sie könnte das gar nicht einordnen.

Nadja.

Das Pochen in seinem Kopf hat endlich nachgelassen, sein Atem geht wieder ruhig. Tadeusz wird langsamer, als er sich jetzt wieder dem Haus mit der Nummer 75 nähert. Diesmal tritt er ein. Die Briefkästen ignoriert er, ohnehin weiß niemand, dass er hier wohnt. Ihm wird warm, endlich, als er jetzt die Treppen in den vierten Stock hinaufsteigt. Meyer aus dem dritten Stock hat wieder seinen Sperrmüll vor die Tür geräumt, man muss sich an Spanplatten und Regalböden vorüberschieben und aufpassen, dass die aufragenden Schrauben und Nägel einem nicht die Kleidung zerreißen. Aus der Wohnung von der Riester riecht es nach geschmorten Zwiebeln. Plötzlich hat Tadeusz Hunger, ganz furchtbaren, wölfischen Hunger, sein Magen knurrt.

Dass er die Wohnung für sich hat, hofft er. Ein paar Eier hat er noch im Kühlschrank, Kartoffeln von gestern, er könnte sich ein Omelett braten, mit Zwiebeln, Kräutern, Speckwürfeln, eine Art Bauernfrühstück, das würde helfen. Auch wenn ihm ein paar deftige gołąbki lieber wären. Und sich dann hinsetzen und Notizen machen, er muss sich diesen Abend merken, er muss sich Katharinas Textstück aufschreiben, Wildenbruch und Napoleon, er muss herausfinden, was Heym mit Konitz zu schaffen hat. Und dann die Maske, die Teufelsmaske, Vollmaske, Halbmaske, Commedia dell' Arte – wo fängt er da an.

Aber die Chance, dass er allein sein wird, ist gering. Die Schlaflosigkeit in dieser Wohnung betrifft nicht nur ihn.

Er ist noch wach. Tadeusz spürt es schon in dem Moment, in dem er die Wohnungstür aufsperrt, noch bevor ihm der Geruch der Zigarillos entgegenschlägt und er den Lichtschein der Leselampe sieht, der durch die geöffnete Wohnzimmertür vom

Sessel bis in den Flur fällt. Er sitzt dort und liest. Jetzt lässt er das Buch sinken und sieht ihn an, über den Rand seiner Brille hinweg.

»Wo warst du«, sagt Brandner.

Brandner

Der Junge starrt ihn an.

Er kann diesen Blick nicht ertragen. Die Augen wirken in dem blassen Gesicht wie Höhlen. Dass das alles ein Fehler war, denkt Brandner, aber man macht so viele Fehler im Leben, einige liegen weit zurück und ragen dann doch bis in die Gegenwart hinein. Ganz egal, was man tut, es gibt Dinge, die lassen sich nicht tilgen.

»Wo warst du«, sagt Brandner noch einmal und Tadeusz schnaubt. Er kippt ein wenig seitwärts und hält sich am Türstock fest.

»Du hast getrunken.«

»Und wenn.«

Der Junge verändert kaum etwas an seiner Haltung, aber sein ganzer Körper spannt sich Brandner entgegen. Man kann die Feindseligkeit fast mit den Händen greifen. Sogar der dunkle Haarschopf wirkt auf einmal spitz, man würde sich, wenn man ihm über den Kopf streichen wollte, an den Stacheln stechen.

Er sieht ihm so ähnlich.

Der Junge rumort in der Küche. Eine Pfanne klappert, etwas kollert auf den gefliesten Boden, eine Zwiebel vielleicht. Wenig später riecht es nach geschmortem Speck. Brandner setzt die Lesebrille ab und legt sie auf das aufgeschlagene Buch in seinem Schoß. Er müsste aufstehen und zu ihm gehen, ein Gespräch beginnen. Er bewegt sich nicht.

In seinem Rücken hört er das leise Ticken, mit dem das Pendel der Standuhr in seinem Kasten umherschwingt. Der Kachelofen in der Ecke des Zimmers bollert. Brandner liebt dieses Geräusch. Manchmal wirft er den Ofen sogar im Sommer an, einfach um es zu hören. Es geht ihm gar nicht um die Wärme, die die Kacheln abstrahlen. Man braucht, damit einem warm wird, nur das Geräusch, davon ist Brandner überzeugt. Er hat sogar schon überlegt, es auf Kassette aufzunehmen und in diesen nüchternen Hotelzimmern und Theaterwohnungen abzuspielen, in die er manchmal einquartiert wird. Aber vielleicht wäre das falsch. Das Bollern bedeutet Heimat.

Die neuen Besitzer wollen die Kachelöfen zerschlagen und ein Heizsystem in das Haus einziehen. Alles soll neu und modern werden: neue Edelstahl-Rohre, neue Elektroleitungen, neue Fassade. Sogar einen gläsernen Aufzug wollen sie in den Innenhof pflanzen. Westlicher Standard nennen sie es, *diese Bruchbude mal aus der Steinzeit herausholen*, und fühlen sich, wenn sie in ihren westdeutschen Wohnzimmern schaudernd von Außentoiletten und Kohlekellern erzählen, ganz samaritergleich dabei. Aber Brandner weiß, was wirklich dahintersteckt: Wer jetzt eine Wohnung im Osten kauft und saniert, bekommt Steuervergünstigungen vom Staat. Das lassen sich die Westler nicht zweimal sagen. Wie die Heuschrecken fallen sie über den Ostteil der Stadt her. Keiner geht nach Görlitz oder Cottbus oder Karl-Marx-Stadt, das jetzt also wieder Chemnitz heißen soll, alle wollen sie in Berlin investieren. Seit klar ist, dass der Deutsche

Bundestag hierher ziehen wird, lauern die Haie auf die *Vollendung der Einheit Deutschlands.* In der Nähe vom künftigen Regierungsviertel treiben die Makler sich vor allem herum, aber es kippt schon in die anderen Stadtteile über und neuerdings verirren sich sogar welche bis zu ihm, hoch nach Weißensee. Im Sommer passierte das zum ersten Mal. Plötzlich standen irgendwelche Anzugträger auf dem Gehsteig. Einer von ihnen, ein grauhaariger Herr mit Einstecktuch und Kapitänsmütze, winkte Brandner heran und wollte von ihm wissen, ob Weißensee tatsächlich noch zu Berlin gehöre. Dass er »Nicht wirklich« geantwortet hat, hat den am Zaun lehnenden Makler ganz wuschig gemacht. Aber er lässt sich nun mal nicht kaufen. Auch wenn sie das gerne hätten. Dann könnten sie Brandner nämlich aus seiner Wohnung herausködern und ihre Immobilie viel teurer vermieten. Nur: so leicht wird ihnen das nicht gelingen, er wohnt hier seit über dreißig Jahren, es gibt Rechte.

Mit einem Poltern fliegt die Küchentür auf. Der Junge trägt einen dampfenden Teller an ihm vorbei. Er sieht ihn nicht an und Brandner sagt nichts. Die schmale Gestalt wankt den Flur hinunter, es gibt einen leichten Luftzug, als die Tür ins Schloss fällt. In der Küche flackert etwas. Brandner beugt sich vor und kann sehen, dass der Junge die Gasflamme am Herd hat brennen lassen. Auch die Kühlschranktür ist sperrangelweit offen. Brandner seufzt. Er legt Buch und Brille beiseite und steht langsam auf.

Auf den Küchenfliesen knirscht etwas unter den Sohlen seiner Hausschuhe. Der Junge hat die Eierschalen einfach auf den Boden fallen lassen, er muss wirklich betrunken sein, eigentlich ist er ordentlicher als Brandner selbst. Die Butter liegt mit aufgeschlagenem Papier auf der Anrichte, ein paar Zwiebelschalen wehen über die Kante, als Brandner die Kühlschranktür schließt. Es riecht gut, nach Speck und Kräutern, Bratkartoffeln mit Kümmel. Brandner läuft das Wasser im Mund zusammen. Kurz überlegt er, sich auch ein paar Eier zu braten, aber dann dreht er die Gasflamme einfach ab. Er muss aufpassen. Seine Cholesterinwerte sind zu hoch, seine Arterien verkalken, seit er nicht mehr trainiert, sein Herz stolpert. Das sind so Dinge, mit denen er sich neuerdings beschäftigen muss. Das Theaterleben, all die durchzechten Nächte in verrauchten Kantinen, die zergrübelten Stunden auf Probebühnen und vor allem die vielen, vielen Zigarillos fordern ihren Tribut. Mehr auf sich achten müsse er, sagt der Arzt, sich auch mehr bewegen. Aber darin sieht er kein Problem, Luise hält ihn schon auf Trab. Ihre Lebenslust wirbelt jeden auf, der sich ihr nähert. Sie ist noch jung, manchmal ärgert ihn das. Er wollte so jemand nie werden: der zu alte Mann.

Trotzdem hat er nach dem Arztgespräch den alten Boxsack wieder anmontiert. Starr und unbewegt hängt der nun in der Wohnzimmerecke herum und sammelt Staub auf seinem Plateau, als wäre er eine von Mehltau überzogene Pflanze.

Drüben im Zimmer rasselt die Standuhr. Es ist schon zwei.

Es wäre Zeit. Endlich schlafen gehen. Endlich die Bettdecke aufschlagen und den immer älter werdenden Körper auf die Federkernmatratze schieben. Aber er wird nicht einschlafen können, das weiß er jetzt schon. Er muss noch müder werden, noch willenloser. Er darf erst in sein Schlafzimmer gehen, wenn er nicht mehr denken kann. Sonst werden die Gedanken wieder kreisen, die Bilder kommen zurück und jede Ahnung eines Geräusches hält ihn wach. Am besten wäre, wenn es ihm gelänge, in diesem Sessel im Wohnzimmer zu verschwinden. Einfach dort sitzen zu bleiben und einzusinken, tiefer und tiefer, bis sich sein Bewusstsein wieder ausknipst, so wie in den letzten Tagen.

Die Kränkung ist noch immer so laut. Er hört noch den Nachhall der Buhrufe, die in dem Moment aufröhrten, als er die Bühne betrat. Und sieht, sobald er die Augen schließt, die fremd werdenden Blicke der Schauspieler, die ihn vorher so vertrauensvoll angesehen hatten, die ganze Probenzeit über.

Er muss den Fehler finden.

Immer wieder geht er es durch, seit Tagen schon. Er muss wissen, was da passiert ist. Wo er sich getäuscht hat. Warum dieser Hamlet so ein Misserfolg geworden ist. Es ist der bisher größte Sturz in seiner Karriere.

Abgedroschen, verkrampft, überzogen.

Der Hauptdarsteller war eine Fehlbesetzung, das hat Brandner sofort begriffen. Der junge Student aus dem vierten Jahrgang wäre es gewesen, aber das Risiko war ihm zu hoch. So ein großes Haus, so eine wichtige Inszenierung. Was, wenn der Student das nicht durchhielt. Was, wenn er einen zu eigenen Kopf hätte, zu anstrengend wäre in der Probenarbeit. Den anderen Schauspieler kannte Brandner seit Jahren, der war berühmt. Schon sein Name auf einem Plakat konnte ein Haus füllen.

Das hat er nun davon.

Eitelkeit, denkt Brandner und öffnet nun doch die Kühlschranktür, um sich wenigstens einen Schokoladenpudding herauszunehmen, *diese verdammte Eitelkeit*. Er reißt die Folie vom Rand und sticht mit dem Löffel in die Sahneschicht. *Halten wir fest: Eitelkeit ist dein Untergang, Korbinian.*

Wer hätte das gedacht, nach allem anderen.

Er wird sich ablenken müssen. Diese Nächte treiben ihn noch in den Wahnsinn. Das endlose Warten und Hoffen auf einen neuen Morgen, der einfach nicht schneller kommen will, egal, wie sehr Brandner es sich wünscht. Manchmal hat er Atemnot. Und dann das Schwitzen, dieser Nachtschweiß, die Erschöpfung, mit der er sich, wenn der Morgen doch endlich erreicht ist, aus der klammen Bettdecke schält – das kann so nicht weitergehen. Auf das Premierenloch würde er es gerne schieben, die Nachwehen einer intensiven Probenzeit, aber wenn er ehrlich ist, schläft er seit Jahren schlecht. Dass er den Jungen nun bei sich hat, macht es nicht besser, im Gegenteil. Jetzt kriechen auch noch die Gedanken aus der Vergangenheit zu ihm unter das Federbett und werfen ihn hin und her.

Es muss aufhören.

Brandner kratzt die letzten Reste des Puddings aus dem Becher. Der Pudding ist viel zu süß, Westgeschmack, er wird einen Zigarillo zum Ausgleich brauchen. Er wirft den Plastikbecher in den Mülleimer unter der Spüle. Den Jungen wird das aufregen, er hat ihm noch vor zwei Tagen diesen albernen grünen Punkt auf den Verpackungen erklärt und dafür eine extra Mülltüte an den Türgriff gebunden, für Recycling. Noch so etwas, wovon man, wenn man es nicht tut, ein schlechtes Gewissen bekommen soll. Dieses Nicht-Tun ist ja neuerdings manchmal schlimmer als das Tun, denkt Brandner. Früher war das anders. Das ist noch etwas, das ihn nicht schlafen lässt: die Verdammung des Handelns.

Mit den Handflächen fegt er die Zwiebelschalen zusammen und wirft sie dem Plastikbecher hinterher. Auch die könnte man vom Hausmüll trennen, aber wo soll man hier schon kompostieren. Seine Mutter hat früher immer kleine Kuhlen in die Beete gegraben und dort die Eierschalen und Gemüsestrünke verbuddelt. Dass das gut für den Boden sei, hat sie ihm erklärt, wegen der Nährstoffe. Und die wild herumrankenden Brechbohnen gaben ihr recht. Nur sein kleiner Bruder hat das nicht verstanden, er wollte an Verwesung nicht glauben.

Stopp.

Nicht denken, nicht daran denken.

Vor der Kaffeemaschine zögert Brandner. Die Nacht ist ohnehin fast vorbei. Er könnte sich eine frische Kanne brauen und sich damit an den Schreibtisch setzen. Vielleicht fiele ihm dann etwas ein. Irgendetwas Neues, Weitreichendes, das ihn vereinnahmen und verschlingen könnte. Etwas, das lauter wäre als seine Gedanken. Und sinnvoller. Eine Idee, die ihn größer werden ließe, als er es ist. Etwas, das bliebe.

Dass er dafür aber auch den falschen Beruf hat, denkt Brandner und legt den Filter in die Maschine ein. Manchmal verflucht er das Theater dafür. Nichts von dem, was er tut, hat Bestand. Seine Werke verschwinden von den Bühnen, sie werden aus dem Spielplan genommen, manche früher, manche später. Sie verblassen, sie leben nur noch in der Erinnerung der Zuschauer. Und meistens nicht einmal dort. So oft passiert es ihm, dass er von Leuten angesprochen wird, die eine seiner Inszenierungen gesehen haben. Aber wenn er dann mit ihnen über Einzelheiten reden will – über einen der Darsteller, einen wirklich wichtigen, leuchtenden Moment –, stellt sich heraus, dass sie sich gar nicht wirklich erinnern.

Bei seinen Boxkämpfen war es genauso. Er selbst kann sich noch an jede Schlagabfolge erinnern. Jede Meidbewegung, die nicht sauber genug ausgeführt war, jeden Treffer, den die Gegner landeten. Aber die wenigen Zuschauer, die ihn heute noch auf einen dieser Kämpfe ansprechen, wissen meistens nicht einmal mehr, ob er gesiegt oder verloren hat.

Es bleiben nur die Dinge, die nicht bleiben sollen.

Brandner füllt Wasser in den verkalkten Behälter, kippt Pulver in den Filter und schaltet die Maschine ein. Er hätte Filmregisseur werden sollen. Oder Autor. Dann könnte man die Filme, die er gedreht hat, auch später noch ansehen, wieder und wieder. Man könnte die Bücher noch einmal lesen, die er geschrieben hätte, in immer neuem Licht. Es gäbe eine Haltbarkeit seiner Kunst, eine Chance auf die Ewigkeit.

Dreiundsechzig Jahre – und noch nichts für die Unsterblichkeit getan.

Aber dafür ist es zu spät. Er wird sich nicht mehr umorientieren können. Auch wenn Luise das bestreitet. In ihrem Alter glaubt man daran, dass man sich täglich neu erfinden kann. Brandner nicht. Und vielleicht, denkt er, ist es ja auch gut, wenn man verschwindet. Wenn man nichts hinterlässt als eine leergefegte Fläche. Immerhin wird auch dieser Hamlet vergessen werden, wahrscheinlich schon mit Beginn der nächsten Spielzeit.

Die Kaffeemaschine gurgelt, die Würze steigt auf und breitet sich in der Küche aus. Brandner atmet tief ein. Er greift sich eine Kaffeetasse aus dem Regal, trommelt mit den Fingern auf der Anrichte herum. Ewigkeit, denkt er, ist Unfug.

Die Theater beginnen neuerdings, die Aufführungen auf Videokassetten aufzuzeichnen, als Stütze für die Assistenten, wenn sie nach längeren Pausen das Stück wiederaufnehmen sollen. Oder als Dokument gegen die Vergänglichkeit. Er hasst das. Er hat schon mehrfach versucht, diese Aufnahmen zu verbieten. Jeder Schritt, den die Darsteller machen, wirkt dort gestelzt, jede Handbewegung übertrieben. Brandner weiß genau, woran das liegt. Es fehlt der Bühnengeruch, die Tiefe des Raums. Vor allem aber fehlt die Unwägbarkeit. Das ist es, was Brandner so liebt, wenn er selbst im Zuschauerraum sitzt: das Wissen, dass bei einer Vorstellung jederzeit etwas Unvorhergesehenes passieren kann. Im Kino können die Figuren nicht plötzlich von der Leinwand steigen, aber im Theater ist jeder Abend anders, die Inszenierung lebt. Immer gibt es leichte Verschiebungen: ein Schauspieler vergisst seinen Text, ein Requisit fehlt, ein Zuschauer wird ohnmächtig, die Möglichkeiten für Abwandlungen sind endlos. Und manchmal stürzen ganze Abende einfach ab, obwohl doch alles ganz genau so war, wie es sein sollte. Der Funke springt dann nicht über, das Publikum sitzt mit leeren Gesichtern in seinen Sitzreihen und die Schauspieler spielen und spielen und erreichen es einfach nicht. Und niemand kann es sich erklären.

Das ist die Magie, denkt Brandner, und leckt sich einen Klecks Schokoladenpudding von den Lippen, die Magie des Theaters. Oder eine grausame Laune der Muse Thalia, die ihren Jüngern einen Streich spielen will. Er greift sich die Kaffeekanne und schenkt ein, kein Zucker, keine Milch, schaltet das Küchenlicht aus und tappt im Halbdunkel auf den Schein der Leselampe zu. Kurz vor dem Couchtisch bleibt er stehen. Auf der aufgeklebten Mahagonioberfläche türmen sich die Kritiken. Wieder zieht sich etwas in Brandners Magen zusammen. Er hätte sie nicht lesen sollen, keine einzige davon, das weiß er ganz genau. Es sind Tiefschläge, die im Kampf von jedem Ringrichter geahndet würden. Aber er konnte sie genauso wenig nicht lesen. Jetzt kann er sie auswendig, er wird sie nie wieder los.

Ein Desaster für ein solches Haus.

Wer diesen Hamlet sieht, muss den Glauben an Shakespeares Genialität verlieren.

Brandner wird – man muss es nach dieser enormen Fehlleistung leider sagen – alt.

Brandner schnaubt. Mit einem Ruck stellt er die Tasse auf den niedrigen Tisch. Der heiße Kaffee schwappt über, tropft von der Tischkante auf den hellen Teppichläufer, aber er achtet nicht darauf. Er zerrt den Stapel an ausgerissenen Zeitungsausschnitten von der Tischfläche. Schon ist er am Ofen und entriegelt die Klappe. Die Hitze schlägt ihm ins Gesicht, das Knistern und Prasseln des erst vorhin frisch angefachten Feuers beißt in seinen Ohren. Er senkt seinen Unterarm an die Öffnung und unterdrückt einen Fluch, als die Hitze seine Haut erreicht. Schnell lässt er die Artikel fallen und zieht seine Hand zurück. Ein scharfer Geruch steigt auf, verbrannte Härchen. Brandner flucht nun doch laut auf und saugt an seinem Daumen. Das wird eine Brandblase geben, wenn er nicht sofort zu kühlen beginnt. Aber er kann sich nicht bewegen. Gebannt starrt er auf den obersten Artikel. Ein Bild wölbt sich dort auf den glühenden Kohlen, ein altes Foto von ihm. Er sieht so anders darauf aus. Keine Zornesfalten auf der Stirn. Die Augenbrauen nicht so buschig. Alles wirkt schmaler und schärfer. Seine Nase war noch nicht von dem Kampf gegen Wendler zertrümmert. Vor allem aber verblüfft ihn der Blick. So siegessicher, wie er hier aussieht, hat er sich seit Jahren nicht mehr gefühlt. Jetzt schmort die Glut von unten an dem Zeitungspapier herum, sein jüngeres Antlitz wird zerfressen, schwarze, glutumrandete Löcher klaffen in ihm auf, ein Zischen ist zu hören und sein eigenes Gesicht verglimmt.

Zuletzt fahren sie alle mit dem Fahrstuhl in die Hölle.

Brandner wirft die Klappe des Ofens zu und lehnt sich ein wenig vor. Seine Stirn auf den warmen Kacheln. Die Augen geschlossen. Das Bollern, der Schmerz in seiner Hand. Alles vergänglich. Wer weiß schon, wie lange es noch geht.

Hinter der Tür des Jungen rumpelt es und Brandner schreckt hoch. Sein Daumen pocht, sein Herz pumpt. Er hätte nicht so zusammenzucken müssen, aber manchmal vergisst er, dass außer ihm überhaupt jemand in dieser Wohnung ist.

Er tritt ein paar Schritte in den Flur hinein und lauscht. Noch einmal rumpelt es.

»Tadeusz?«

Keine Antwort, nur die Dielen knarren unter seinem Gewicht, als er auf die Tür zugeht. Brandner hebt die Hand, um zu klopfen, und drückt stattdessen die Klinke. Die Tür rattert ein wenig im Rahmen, sie ist verschlossen. Brandner rüttelt noch einmal an der Klinke, ungläubig. Das ist sein Arbeitszimmer. Es war noch nie verschlossen. Er wusste nicht einmal, dass es für dieses Schloss einen Schlüssel gibt.

»Tadeusz!«

Es bleibt still.

Im Wohnzimmer tropft der Kaffee weiter auf den Boden.

Das Bollern des Ofens klingt jetzt höhnisch. Brandner dreht sich im Raum herum, der Tisch steht falsch. Alles ist falsch, seit der Junge hier eingezogen ist. Der Tisch gehört zurück in sein Arbeitszimmer und der Junge gehört nach Polen. Er hätte ihn bei der Kommission nicht durchboxen dürfen. Auch das war ein Fehler. Er hätte es wissen müssen: Schuld ist ein schlechter Katalysator. Manchmal fragt er sich, ob der Junge versteht, was für ein Opfer das alles für ihn ist. Aber die Rechnung, die er zu begleichen hat, ist ja ohnehin um so vieles höher, sein –

Stopp.

Er muss jetzt arbeiten. Zur Hölle mit dem Schlaf, zur Hölle mit dem Jungen. Wenn er arbeitet, ist alles gut, Arbeit ist das Einzige, was hilft. Daran kann auch Luise nichts ändern. Das ist ein Problem, sie beginnt es schon zu merken. Sie hasst es, wenn sie keinen Zugriff auf ihn hat und ihre eigene Begrenzung erkennen muss. Darin ähnelt sie seinem kleinen Bruder, der doch –

Stopp, Stopp.

Brandner setzt seine Lesebrille auf und greift sich die Kaffeetasse. Er tritt an den Schreibtisch heran, den sie neben die Balkontür geschoben haben, als der Junge hier einzog. Er setzt sich auf den harten Holzschemel, auf dem er seit fast vierzig Jahren die Nächte durcharbeitet. Der Trick ist einfach: Er kann sich nicht anlehnen. Ein Zurücksinken ist nicht möglich, das hält ihn wach. Brandner atmet tief durch. Er knipst die festgeschraubte Schreibtischlampe an und greift unter dem quer aufragenden Gestänge hindurch nach dem Stapel mit den übereinandergeworfenen Notizzetteln. Ganz oben liegt es.

Das Fragment.

Zum ersten Mal an diesem Tag wird Brandner ruhig. Er zieht die obersten beiden Blätter vom Stapel und legt sie sorgfältig nebeneinander, Blattkante an Blattkante. *Szenenbruchstücke*, steht am oberen Rand und in Klammern: 1911. Brandner streicht die Seiten glatt und lächelt.

Es ist so unscheinbar. Zweieindrittel Druckseiten, die er sich auf diese zwei kargen Blätter kopiert hat, Seite achthundertachtzig bis Seite achthundertzweiundachtzig aus dem Gesamtwerk von Georg Heym, herausgegeben von Karl Ludwig Schneider. Der Band selbst steht im Zimmer des Jungen, irgendwo in den Untiefen eines der Regale, die auszuräumen ihnen beiden zu mühselig erschienen war. Es ist noch fast neu, eine kaum gelesene Erstausgabe, die er in einem Antiquariat in Charlottenburg entdeckt hat.

Die Blätter, die vor Brandner auf dem Schreibtisch liegen, sind dagegen abgegriffen und vergilbt. Auf der ersten Seite ist ein Kaffeering eingetrocknet, ein alter Fettfleck prangt auf der unteren Hälfte des zweiten Blattes. Alles ist übersät mit Brandners scharf gezirkelter Handschrift. Wie Insekten ziehen sich seine winzigen Notizen über die Seitenränder, sie schieben sich zwischen die Zeilen, krabbeln auf die Rückseiten der beiden Blätter und verknoten sich. Manches davon kann er schon jetzt nicht mehr entziffern. Er müsste alles abschreiben und neu ordnen. Er müsste sich frische Kopien anfertigen, so wie er sie für die Studenten machen hat lassen. Aber er liebt diese beiden Blätter. Es sind die allerersten Kopien, die er damals, als er das Fragment entdeckte, sofort gemacht hat. Er weiß noch, wie schwer es war, einen Laden zu finden, der das konnte. Der ihm helfen konnte, festzuhalten, was er da sah. Für ihn ist das hier das Original.

Ein Zufallsfund war das, er hatte damals gar nichts Bestimmtes gesucht. Eigentlich wollte er sich ausruhen, am Balaton, bei ungarischen Verwandten, nach seiner ersten wirklich großen Inszenierung am Gorki. Einer seiner Schauspieler hatte ihn während der Proben auf Georg Heym gebracht, ein störrischer alter Mann mit ausgemergeltem Gesicht, der Brandner schweigend von der Bühne herunter anstarrte, wenn er ihm aus dem Zuschauerraum Anweisungen gab. Und der dann mit den Schultern zuckte und dunkle Zitate spuckte, anstatt Brandner wirklich zu antworten. Während der Proben hatte Brandner sich darüber empört, er hielt es für eine Taktik, mit der der Schauspieler ihn, den jüngeren Mann, in seine Schranken weisen wollte. Aber dann hatte der alte Schauspieler eines Abends in der Kantine begonnen, ihm von Heym zu erzählen, von der Finsternis in dessen Leben, von seinem viel zu frühen Tod. Und dass Heym die Dinge so oft besser benennen konnte als man selbst. Brandner war sitzen geblieben und hatte gelauscht, fast die ganze Nacht lang. Etwas war da, das ihn anzog, eine Art Unterstrom, der ihn näher trieb, ihn mitzog bis tief unter das Eis. Ihm gingen die Sätze gar nicht mehr aus dem Kopf. Gedichte und Stücke wollte er deswegen nachlesen. Es dauerte ein bisschen, bis er sich den Expressionisten hatte beschaffen können, aber dann hatte er gleich zwei Bücher in seinen alten Reisebeutel geworfen: einen Band mit Lyrik und einen Band mit Prosa und Dramen. Es waren heiße Sommertage, als er mit dem Lesen begann. Er lag auf seinem zerschlissenen Badetuch im Gras, den von Kondensstreifen zerrissenen Himmel über sich, er spürte die Sonnenwärme auf seiner Haut, den an ihn geschmiegten Körper von Theresia, ihre damals noch roten Locken auf seiner Brust. Daran erinnert er sich noch genau: wie er den Ringelblumenduft von Theresias Haaren einatmete und ihr immer wieder ein paar Zeilen vorlas. Und wie sie murmelte, dass er mit dem Finsterkram aufhören solle, mit all den schwarzen Tälern und Nachtglocken und Sümpfen und Gerippen. Also schwieg er. Er legte die Gedichte weg, angelte sich das zweite Buch. Er strich über den hellen Einband, auf dem sich zwischen die schwarze Titelschrift noch rote Druckbuchstaben schoben. *Unsere Krank-*

heit ist unsere Maske, stand da. *Unsere Krankheit ist grenzenlose Langeweile.* Und etwas weiter unten die Worte, die Brandner am meisten trafen: *Unsere Krankheit ist es, Feinde des Schweigens zu sein.* Hastig öffnete er das Buch, auf irgendeiner beliebigen Seite, und da war es.

Wenn er sich jetzt an den Moment erinnert, weiß er noch, dass alles andere verschwand. Das Sonnenlicht war plötzlich nicht mehr wichtig, das Schwappen der Wellen am Seeufer verstummte, keine Vögel kreisten mehr am Sommerhimmel und selbst Theresia und ihre Locken waren auf einmal nicht mehr vorhanden. Brandner war allein mit Heym.

Erklären kann er es nicht, bis heute nicht. Natürlich kennt er es von sich, dass er tief in Bücher hineinsteigt. Dass alles um ihn herum verschwindet, sobald er zu lesen beginnt. Er taucht in die Welten und Räume ein, die die Autoren ihm erschaffen, und löst sich auf. Er hört, was gesprochen wird, aber er hat keine eigene Stimme. Er nimmt wahr, aber ihn sieht niemand.

Bei dem Fragment war es anders. In der Sekunde, in der Brandner zu lesen begann, konnte er das schon spüren. Es lag eine Unruhe zwischen den sonnenbeschienenen Zeilen, die ihn sofort ansprang. Er fühlte sich gefordert. Er würde, das wusste er, das Unvollendete vollenden. Wieso er es erst jetzt wieder hervorgekramt hat, kann er sich selbst nicht erklären. Und wieso er es jetzt mit den Studenten umsetzt. Aber vielleicht wird es ja auch interessant werden, was die Studenten zusammentragen. Heym war schließlich kaum älter, als er diesen Faust schrieb. Auch wenn das kaum vorstellbar ist. Sie wirken so naiv. Sie sind ohnehin ein merkwürdiger Jahrgang. Keiner von ihnen hätte das Zeug, selbst ein Heym zu sein. Aber Brandner wird sie auf ihn ansetzen, ja, das wird er.

Denn dieses Fragment ist ein Rätsel, das gelöst werden will.

Es ist eine Herausforderung.

Und er wird sie annehmen.

Ohne aufzusehen tastet Brandner nach der Kaffeetasse, trinkt noch einen Schluck. Er spült seinen ganzen Mund mit der warmen schwarzen Flüssigkeit aus, zieht sie noch einmal durch die Zwischenräume seiner Zähne, bevor er schluckt. Dann setzt er sich in Position. Er reckt den Rücken gerade, bis seine Wirbelsäule knackt, und legt seine Handballen unterhalb der Blattkanten ab. Mit seinen Fingerspitzen berührt er die ersten Worte.

Die Tür zum Arbeitszimmer fliegt auf. Brandner hebt den Blick, sein Kopf schwirrt. Er weiß nicht, wie viel Zeit vergangen ist, es muss inzwischen sehr spät sein. Der Junge trampelt in T-Shirt und Boxershorts an ihm vorbei, sein Körper wirkt schwer, seine Augen sind glasig. Brandner will etwas zu ihm sagen, irgendetwas, aber er ist schon in der Küche verschwunden.

Ein Glas wird aus der Anrichte genommen, das Wasser rauscht aus dem Hahn. Dann erscheint der Junge im Türrahmen. Seine dünne Gestalt hält sich aufrecht. Er hat den schmalen Rücken durchgebogen, er trinkt und trinkt und setzt das Glas nicht ab.

»Kannst du nicht schlafen?«, fragt Brandner.

Der Junge zuckt zusammen. Seine Pupillen fokussieren sich auf den Schreibtisch und auf Brandner, er nimmt ihn jetzt erst wahr. Sofort verändert sich seine Körperspannung. Er senkt das Glas von seinen Lippen und starrt zu ihm herüber, mit halb zusammengekniffenen Augen.

»Was geht dich das an.«

»Tadeusz …«

»Onkel!«

Er zischt das Wort. Es ist fast tonlos, aber die Wucht könnte nicht größer sein. Brandners Oberkörper weicht zurück, als hätte ihm jemand gegen den Brustkorb gestoßen, der Hocker unter ihm kippelt.

Es muss Jahre her sein, dass er ihn zum letzten Mal so genannt hat. Bevor –

Stopp. Stopp.

Der Junge grinst jetzt. Er sieht triumphierend aus. Er beäugt Brandner unter halb gesenkten Lidern und schwingt dabei das leere Glas vor sich herum. Es sieht fast aus, als würde er tanzen.

Er darf es ihm nicht übel nehmen.

»Warst du bei deiner Mutter?«, fragt Brandner so ruhig er kann. »Sie lassen mich nicht zu ihr, sie will mich noch immer nicht sehen.«

Das Schwingen stoppt. Der Junge starrt ihn an, das Grinsen verschwindet aus seinem Gesicht, seine Muskeln werden schlaff. Er sieht auf einmal viel jünger aus und so blass. Fast wie früher, als er noch ein Kind war. Dieser kleine Kerl mit den großen, dunklen Augen, der sich am Hosenbein von Brandners Bruder festhielt und zu ihm aufsah.

»Wen wundert's«, sagt der Junge. Er will feindselig klingen. Aber es gelingt ihm nicht mehr, seine Stimme ist dünn. Brandner steht auf und tritt an ihn heran, ganz vorsichtig, ganz langsam. Er legt ihm nicht die Hand auf die Schulter, das weiß er besser.

»Sag mir wenigstens, wie es ihr geht«, sagt Brandner leise.

»Das geht dich nichts an. Wir gehen dich nichts an, nicht mehr.«

Sie stehen jetzt dicht voreinander.

»Dann hättest du mein Angebot nicht annehmen dürfen.«

Der Junge hebt seine Hand. Ohne den Blick von Brandner zu nehmen, löst er seinen Griff, einen Finger nach dem anderen. Die Splitter spritzen weit, als das Glas auf dem Boden zerschmettert, kleine Diamanten aus Wut. Sie glitzern auf den Dielen, auf dem karierten Stoff von Brandners Hausschuhen, auf den nackten Füßen des Jungen.

Brandner bewegt sich nicht. »Räum das weg«, sagt er.

»Mach du doch.«

»Ich bin nicht deine Putzfrau.«

»Richtig. Du bist mein Professor, ach, halt, sogar mein Mentor. Das musste sein, oder? Dass du unseren Jahrgang übernimmst? Willst wohl überwachen, was ich tue.«

»Das hatte nun wirklich nichts mit dir zu tun.«

»Nein?«

»Nein.«

»Umso schlimmer! Aber das kennen wir ja: Hauptsache, deine Handlungen dienen deinem … deinem … poczucie własnej godności.«

»Mein Selbstwertgefühl hat damit nichts zu tun.«

Der Junge schnaubt. Er rempelt Brandner an der Schulter an und will an ihm vorbei, aber Brandner packt ihn und hält ihn zurück.

»Tadeusz, was soll das, die Scherben, du bist betrunken, bleib stehen.«

Mit einer flinken Bewegung reißt sich der Junge los. Er weicht zurück, es gibt ein merkwürdiges Geräusch, fast ein Quietschen, als er mit den nackten Fußsohlen in die Scherben tritt. Er verzieht das Gesicht nicht, aber ein paar der Splitter müssen sich in seine Haut gebohrt haben. Als er jetzt mit einem Sprung auf den Teppichläufer neben dem Sessel hüpft, sieht Brandner Blutstropfen auf den Dielen.

Der Junge fängt an zu lachen, als er das Blut bemerkt, er lässt sich auf die Lehne des Sessels sinken, er untersucht kichernd seine nackten Fußsohlen. Brandner betrachtet ihn ratlos. Er hat ihn so noch nie erlebt. Nicht einmal bei der Beerdigung.

»Wir können so nicht weitermachen. Entweder du beginnst, dich zu benehmen …«

»Oder – was? Wem willst du mich ausliefern? Oh, richtig, es

gibt niemanden mehr, den dein Geschwätz interessiert. Mein Vater…«

»Dein Vater hätte gewollt, dass wir uns vertragen.«

»Woher willst du das wissen! Woher willst du…«

Plötzlich verliert der Junge die Fassung. Sein Körper wird geschüttelt, Tränen laufen ihm aus den Augenwinkeln, aber er schluchzt nicht. Er fährt mit seinem Unterarm über das Gesicht, dann stemmt er sich aus dem Sessel und stapft davon. Er dreht sich nicht um. Brandner hört, wie die Tür zum Arbeitszimmer aufgerissen wird. Und dann, bevor sie zurück ins Schloss fällt, ein einziges Wort, es ist so leise, dass es fast nicht zu erraten ist, aber Brandner hört es, es flüstert aus der Tiefe des dunklen Flurs bis zu ihm:

»Mörder.«

STOPP.

Als Brandner sich wieder bewegt, setzt er sich nicht. Er tritt zurück an den Tisch und hebt das zweite Blatt des Fragments zu sich. Das Blatt zittert in seiner Hand. Der letzte Satz wackelt vor seinen Augen.

Wer das Tragische mit dem Komischen mischen kann, hat ein tieferes Lebensgefühl.

Brandner öffnet die Tür zum Balkon und tritt hinaus. Es riecht noch nach Herbst, nach Laub und Erde. Hinter dem Zaun beginnen die Einfamilienhäuser mit den Gärten. Die Nachbarn haben einen Kaninchenstall auf den Rasen gebaut. Brandner kann von hier aus das Gitter erahnen, das wieder geflickt worden ist. Der Fuchs hat im Spätsommer dort aufgeräumt, aber ein paar der Tiere haben sich in die Tunnel geflüchtet, die sie unter den Stall gegraben haben. Brandner stellt sich vor, wie sie dort eine eigene Unterstadt errichtet haben, ein ganzes System aus

Tunnelgängen, aus unterirdischen Abzweigungen und Kreuzungen, eine Unterhöhlung bis weit hinüber in den Westen.

Brandner klemmt das Blatt unter den Arm, angelt sich einen Zigarillo aus seiner Brusttasche und zündet ihn an. Er atmet tief ein und dann langsam aus. Die Wolke aus würzigem Rauch legt sich um ihn. Langsam hört das Zittern auf. Er muss sich nur konzentrieren. Auf nichts anderes als auf Heym.

Das Fragment ist zu wichtig, das weiß er jetzt. Er braucht es. Es ist viel zu bedeutsam, um es an diese Studenten zu verschwenden. Aber warum sie nicht daran arbeiten lassen. Warum nicht beobachten, wozu es sie inspiriert. Es muss ja nicht bis zur Aufführung kommen, das lässt sich verhindern.

Auf dem Schlot des Nachbardachs beginnt eine Amsel zu singen. Ihr Gesang steigt auf in den Himmel, der sich schon bläulich zu färben beginnt. Brandner legt den Kopf in den Nacken und schließt die Augen.

Endlich. Der Morgen kommt.

III

Wer war Winter

6

Wir standen im Sockel des Turms, am Eingang zum Stollen. Der Treppenabsatz war schmal, wir drängten uns aneinander. Vor uns zog sich die Stahltür in die Höhe, die hinunter in das Maschinenhaus führte. Sie war fest verschlossen. So oft hatten wir schon Schauspieler durch diese Tür treten sehen: still und konzentriert, wenn sie einer nach dem anderen über die knisternde Lautsprecheranlage zu ihren Auftritten gerufen wurden. Und dann im Pulk, stolz oder niedergeschlagen nach ihrem Schlussapplaus. Jetzt standen wir hier und kamen nicht weiter. Vor Beginn des Studiums war ich immer über den Zuschauereingang am Fuß des Hügels ins Innere gelangt. Ich war in jedes Stück gegangen, für das ich Karten bekommen hatte. Ich mochte dieses Theater. Ich fand es faszinierend, dass man dort tief unter der Erde saß. Der Zuschauerraum war mir wie eine riesige Höhle erschienen. Ich hatte auf die Bühne gestarrt und mir vorgestellt, wie es sein würde, wenn ich zum ersten Mal selbst dort inszenierte. Die Anordnung der Scheinwerfer hatte ich mir eingeprägt, die Maße der Bühne, die Möglichkeiten für Auftritte und Abgänge. Ich hatte auf die Akustik gelauscht, hatte die alten Verankerungen der Maschinen und die schwarz gestrichenen Wände und die hohe Decke mit ihrem Stahlrohrsystem betrachtet und mich gefragt, wie ich diesen unterirdischen Raum so inszenieren könnte, dass er ganz anders aussähe. So, dass er allen in Erinnerung bleiben würde (»Als die Nachtrab damals…«). Auf der Bühne selbst war ich noch nie gewesen. Wir hatten dort nichts verloren. Bis jetzt.

»Erster Jahrgang zur Bühne«, hatte auf dem Zettel gestanden, der oben am Probenraum gehangen hatte. Der Zettel war mit einem Marienkäfer-Sticker an der Türklinke befestigt gewesen. Unterzeichnet war er mit »KB«.

François hatte einen kleinen Hüpfer gemacht und gerufen: »Wir dürfen auf die Bühne! Mit Brandner!« Schwarz hatte seine Hand zur Faust geballt und gemurmelt »Yes!« Nele hatte sich näher an Tadeusz herangeschoben und ihn in die Seite gestupst. Und ich war, als die anderen schon am Ende des Gangs waren, schnell noch einmal umgekehrt und hatte den Zettel samt Sticker von der Klinke gerissen und mir in die Jackentasche geschoben. Ich wollte später in Ruhe Brandners Schrift untersuchen. Ich liebte Handschriften, sie verrieten so viel über ihre Urheber. Sogar als ich noch klein war und selbst noch gar nicht schreiben konnte, hatte ich schon die Zettel untersucht, die meine Eltern einander manchmal auf dem Küchentisch hinterließen. Mich hatte fasziniert, wie unterschiedlich das aussah. Mein Vater hatte sehr steil und gedrängt geschrieben, meine Mutter weitschwingend und niedrig. Das hieß nicht, dass man das einfach auf ihre Persönlichkeiten übertragen konnte. Aber anderes ließ sich ableiten. Je eiliger meine Mutter es zum Beispiel hatte, desto kleiner wurde ihre Schrift. Und bei meinem Vater verzitterten, je müder er abends war, die großen Ds und Bs bis zur Unleserlichkeit. Mit den Nachahmungen begann ich dann, als ich auf das Gymnasium kam. Ich ahmte Schriften von Klassenkameraden und Lehrern nach, es war eine Art Hobby. Meiner besten Freundin schrieb ich, wenn ich mit meinen Eltern im Urlaub war, Postkarten in ihrer eigenen Schrift. Aber das war schwierig. Unterschriften waren einfacher zu fälschen. Der Trick war es, den zu kopierenden Schriftzug auf den Kopf zu drehen. Er ließ sich dann viel leichter und freier nachzeichnen, weil man nicht unbewusst versuchte, die einzelnen Buchstaben zu imitieren, und dabei versehentlich die eigene Handschrift mit in den Schriftzug mengte oder durch ein Stocken im Schreibfluss die Fälschung verriet. Am besten gelang das mit einem Bleistift mit weicher Mine. Man sah dann nicht wie bei Kugelschreibern oder bei einsickernder Füllertinte jedes kurze Zögern. Aber ich hatte ohnehin gelernt, den Schwung aufzunehmen. Ich dachte mich in den Schreibenden hinein und folgte dann seiner Spur.

Es gab Handschriften, bei denen das Fälschen einfach war. François' Schrift schien mir so eine zu sein, zumindest, soweit ich das von dem Zettel mit Konitz ableiten konnte. Sie war, fand ich, meiner eigenen gar nicht unähnlich. Brandners Schrift hingegen war schwerer zu kopieren, sie wirkte mindestens so komplex wie er selbst.

Jetzt standen wir hier und kamen nicht weiter. Unsere Schemen spiegelten sich im matten Stahl der Feuerschutztür. Schwarz rüttelte noch einmal am Griff. Ich glaubte, ein leises Donnern zu hören, das sich bis tief in den Schacht fortpflanzte, aber die Tür bewegte sich nicht. Neben mir hustete François. Sein Atem roch irgendwie säuerlich.

»Sollen wir außenrum gehen?«, schlug ich vor.

Tadeusz schüttelte den Kopf. Er sah noch blasser aus als sonst, die Augenringe wirkten in seinem Gesicht fast blauschwarz. Ich fragte mich, ob er verkatert war. Dabei hatten wir in der Bar doch kaum etwas getrunken. Als wir vorhin die Treppe hinuntergegangen waren, schien er sogar ein wenig zu humpeln. Aber das bildete ich mir wahrscheinlich nur ein.

Ich war ungeduldig. Ich hatte schon in der letzten Nacht kaum geschlafen. Immer wieder war ich hochgeschreckt und hatte auf die fluoreszierenden Zeiger meines Weckers gestarrt. Ich war so gespannt auf das nächste Treffen mit Brandner. Tadeusz und ich waren nun diejenigen, die die meisten Textstellen besaßen. Und ich war ihm gegenüber im Vorteil. Ich war auf sein Gesicht gespannt, wenn er begriff, dass ich ihm François' Auszug untergejubelt hatte. Wobei ich das fast bereute. Denn das war die Textstelle, die ich bisher am interessantesten fand. *Spiritistische Sitzung: Die Geister des ermordeten Winter in Konitz (der mengt sich dazwischen)*. Es war so ein rätselhafter Satz. Winter. Konitz. Hatte es etwas zu bedeuten, dass dieses Konitz heute in Polen lag? Wahrscheinlich nicht, das war bestimmt nach dem Ersten Weltkrieg passiert. Heym hatte das ja nicht vorhersehen können. Aber was war mit dem Winter, warum mengte der sich dazwischen. Gab es dort einheimische Rituale, die Gespenster aus Schnee und Eis beschworen, und die man bei einer spiritistischen Sitzung anrufen konnte? So wie man in manchen Dörfern noch heute den Winter mit lautem Schellengeklapper aus dem Ort jagte? Ich ärgerte mich, dass Tadeusz schon die Idee mit der Teufelsmaske gehabt hatte, sie war wirklich gut. Ich musste etwas ähnlich Greifbares und Bühnentaugliches finden, etwas, womit ich Brandner beeindrucken konnte. Ich wälzte mich im Bett herum, ich dachte an Masken, Holzmasken, Ledermasken, Masken aus Wachs. An den Winter. Und dann noch an diesen Wildenbruch, den ich mir auch nicht erklären konnte. Gegen fünf Uhr morgens hatte ich dann das Licht angemacht und mir das rote Buch gegriffen, das Tadeusz bei der Party geklaut hatte. Ich saß im Bett, fuhr mit dem Finger über die Zeilen und murmelte die Gedichte vor mich hin. Meine Stimme zitterte, ich konnte fast nicht atmen. Ich hatte so etwas noch nie gelesen. Ich wollte die Welt auch so sehen können wie Georg Heym. So finster und so kraftvoll.

»Kommt, Brandner wartet sicher«, setzte ich nach und drehte mich schon halb von der Tür weg. Ich war todmüde, aber gleichzeitig hellwach. Ich wollte anfangen. Ich wollte jetzt endlich den Rest des Fragments kennenlernen. Da durften wir uns von so einer blöden Tür nicht aufhalten lassen. Andererseits wollte auch ich gerne in diesen Gang absteigen, den wir bisher nicht hatten betreten dürfen. Ich stellte ihn mir fast mystisch vor, diesen Stollen, der direkt zur unterirdischen Bühne führte. Runen und geheime Zeichen wären in die Wand eingeritzt, *eine Fackel noch oben bog aus den Gängen*. Es wäre der Weg zum Boden des Brunnens, den die Novizen der geheimen Bruderschaft nun beschritten. Erst, wenn wir ihn gegangen wären, gehörten wir wirklich dazu. So fühlte es sich zumindest an. Vielleicht hatte ich aber auch nur zu lang in dem roten Buch gelesen. Heym färbte ab.

»Ich gehe hoch und hole den Schlüssel von dem Koch«, schlug Nele vor. Ich nickte ihr erleichtert zu.

In dem Moment hörten wir ein Schaben. Es klang, als würde ein Mühlstein von einer Höhlenöffnung gewälzt. Der Luftzug, der uns entgegenschlug, war kühl und roch modrig, es war der Geruch von Fäulnis und Brackwasser. Etwas in mir zog sich zusammen, eine Ahnung vielleicht, *dass unsere Herzen nicht stocken, wenn die Türen sich auftun ins Finstere leise …*

Ich musste an ein tschechisches Kinderbuch denken, das ich geliebt hatte. Der Wassermann entführt dort ein Mädchen in sein finsteres Reich. Er zieht sie bis tief unter die Oberfläche und lässt sie nicht mehr gehen. Der Schatten, der vor uns aufragte, hätte dieser Wassermann sein können. Er war groß und breit, seine Haare standen von seinem Kopf ab. Hinter ihm flackerten Neonröhren und unterlegten seinen Umriss mit einer unruhigen Lichtlinie.

Und seine Flügelschultern zittern stumm.

»Folgen Sie mir«, sagte Brandner.

Das Regiepult war in der siebten Reihe angebracht. Später hat darüber niemand gesprochen: über die siebte Reihe. Warum der Körper dort aufgeknüpft war, auf genau dieser Höhe. Vielleicht hat es auch niemand bemerkt. Aber wir bemerkten es. Es war eine Botschaft. An uns.

Es gibt im Stollen zur Piscatorbühne zwei Abzweigungen. Wenn man nach rechts abbiegt, kommt man zum Pult des Inspizienten und über eine schmale Stiege weiter bis zum Technikraum, in dem die Kabel und Drahtseile verwahrt werden. Läuft man geradeaus, gelangt man direkt auf die Hinterbühne. Man geht auf die beiden Flügeltüren zu, die, wenn sie aufschwingen, den Zuschauern den Blick bis in den Gang freigeben. Es ist der Königsauftritt. Wer hier erscheint, steht im Zentrum des Stücks, das brachte Brandner uns an diesem Tag bei.

Wir liefen dicht hintereinander durch den Gang. Eigentlich war es eher ein Schacht. Die Wände waren schwarz gestrichen, aber sie wirkten durch abgelagerten Staub und Spinnweben ganz grau. Dic Decke hing so niedrig, dass Schwarz, während wir tiefer und tiefer stiegen, den Kopf einziehen musste. Es war eng, mir fiel das Atmen schwer. Ich war froh, dass ich am Ende des Tunnels schon den Ausstieg zur Hinterbühne erkennen konnte. Auch François schien der Weg quer durch den Hügel nicht geheuer zu sein, er sah sich immer wieder nach mir um. Ich streckte den Arm aus und fuhr mit der Hand an der Wand entlang. Ich spürte die Rillen der Backsteine unter meiner Haut. Meine feuchte Handfläche hinterließ eine Linie im Staub. Sie zog sich und zog sich. Dann, endlich, öffnete sich der Schacht.

Die Hinterbühne blähte sich in zwei Flügel nach links und rechts. An den Seitenwänden lehnten zusammengerollte Leinwände, Leitern, übereinandergetürmte Möbel, zwei verschnörkelte Säulen aus Pappmaché. In Metallregalen stapelten sich

Requisiten, Teller, Koffer, Vasen mit künstlichen Blumen, Schwerter aus Gummi. Auf einem Rollpodest thronte ein ausgeweidetes Klavier. Die Decke war hier erstaunlich hoch, fast wie bei einer Kathedrale. Abgegrenzt wurde der Raum von einer schwarzen Trennwand, in die eine große Doppeltür eingelassen war. Direkt davor blieb Brandner stehen.

Er hob eine Hand und bedeutete uns, zurückzutreten. Er stand aufrecht und bewegte sich nicht, das hätten wir geschworen. Einen Moment lang blieb es still. Irgendwo knackte ein Scheinwerfer. Dann, wie auf ein geheimes Zeichen hin, schwangen die Türflügel auf, und wir sahen sie: die Bühne.

Ich musste schlucken, François entfuhr ein ehrfürchtiges Seufzen. Nele und Tadeusz standen wie gebannt. Nur Schwarz verschränkte die Arme und versuchte möglichst unbeeindruckt auszusehen. Aber Brandner bemerkte das gar nicht. Er drehte sich nicht nach uns um. Er trat hinaus. Und langsam, ganz langsam folgten wir ihm.

Sie wirkte viel größer, als ich sie vom Zuschauerraum aus eingeschätzt hatte. Die Bühnenfläche zog sich vor uns in die Breite, sie wirkte von hier aus kreisförmig, wie bei einer Arena. Die Seitenwände schienen unendlich weit entfernt. Vor uns stiegen die Zuschauerreihen steil aufwärts, das Licht der Scheinwerfer stach scharf auf uns herab. Wir standen da, mit klopfenden Herzen, und zwinkerten ins Licht.

»Wie hat er das gemacht?«, flüsterte Nele mir schließlich zu. Ich stutzte kurz. Dann erst verstand ich, was sie meinte. Die Tür war einfach aufgeschwungen, ohne dass Brandner sie berührt hatte. Ich hatte mich darüber gar nicht gewundert, mir schien es fast logisch, dass sich alles nach Brandners Willen richtete. Das war natürlich Unfug, sie hatte recht. Wie hatte er das gemacht?

Neugierig lugte ich hinter den rechten der Türflügel. Ich erwartete, einen der Techniker dort zu finden, der mit Brandner diesen Auftritt vorbereitet hatte. Aber da war niemand. Ich konnte auch keine Seilvorrichtung oder irgendwelche Scharniere entdecken. Es gab nur eine Erklärung: Die Tür hatte sich doch von selbst geöffnet.

Ich konnte sehen, dass Brandner mich beobachtete. Er schmunzelte. »Sie müssen den Auslöser mit dem Fuß betätigen. Das ist eine der Besonderheiten unserer Bühne. Ich habe das selbst entworfen und bauen lassen. Das hier ist der Königsauftritt, das absolute Zentrum im Raum. Wenn Sie hier jemanden auftreten lassen, unterstreichen Sie seine Wichtigkeit. Die Zuschauer werden das unterbewusst verstehen: Das ist die Figur, um die es geht. Es ist die Figur, um die sich alles dreht. Und das muss nicht notwendigerweise die Titelfigur sein.«

Wir nickten eifrig. François lief sofort zurück und kniete sich auf den Boden, um die Bühnenbretter nach dem Mechanismus abzutasten. Schwarz stellte sich in die Tür und breitete die Arme aus. Nele lächelte mir zu. Nur Tadeusz hatte seine Lippen spöttisch verzogen und musterte Brandner. Am liebsten hätte ich ihn zur Seite genommen und ihn gewarnt. Man konnte doch einen Brandner nicht so ansehen. Nicht, ohne dass es Folgen haben würde. Woll hatte uns ja schon spüren lassen, über welche Macht die Professoren hier verfügten. Aber Brandner schien Tadeusz' Gesichtsausdruck gar nicht zu bemerken.

»Nun denn. Wen würden Sie bei Heym dort erscheinen lassen?«, fragte Brandner.

»Faust«, sagte Nele sofort.

»Faust«, schoss Tadeusz hinterher.

»Faust«, echoten François und Schwarz.

»Den Teufel«, sagte ich.

Brandner drehte sich mir zu. Etwas lag in seinem Blick, ein Aufmerken. Er hatte mich doch schon so oft betrachtet. Aber jetzt war es, als sähe er mich zum ersten Mal.

Das ist noch so eine Frage: Warum nannte Heym den Teufel nicht Mephisto. Ich hatte alle Textstellen, die ich kannte, durchgesehen. Nirgendwo erschien der Name des Teufels. Heym musste sich dabei etwas gedacht haben. In diesem Fragment bedeutete alles etwas. Da war ich mir sicher. Ich wusste nur noch nicht, was.

Brandner saß in der siebten Reihe. Das Fragment lag vor ihm auf dem Regiepult. Er deutete auf denjenigen, der dran war. Ich hätte gerne die Augen geschlossen und einfach nur gelauscht. Ich wollte das Fragment in mich aufsaugen, wenn ich es nun zum ersten Mal ganz hörte. Ich wollte es wirken lassen. Aber ich musste ja selbst mitmachen.

Ich lehnte mit dem Rücken an der Bühnenwand, direkt neben der nun zugezogenen Doppeltür, deren Umriss in der schwarzen Fläche gar nicht mehr zu erkennen war. Nele hatte sich eine der Leitern von der Hinterbühne geholt und in die Bühnenmitte geschoben, direkt in einen der Scheinwerferkegel hinein. Sie saß oben auf dem Scheitel und sah wunderschön aus. Sie trug heute ein rotes Kleid mit schwingendem, glockenförmigem Rock. Der Stoff musste aus Seide oder Ähnlichem sein, er floss über die Trittflächen der Leiterstufen. Neles Rücken war durchgebogen, ihre blonden Locken schimmerten im Kunstlicht. Um ihre Schultern hatte sie ein weißes Tuch geschlungen. François kauerte am Fuß der Leiter und blickte bewundernd zu ihr auf. Ich musste mich zwingen, sie nicht auch noch anzustarren. Wie leicht hätte man es im Leben, wenn man aussähe wie sie.

Schwarz und Tadeusz hatten sich so weit voneinander entfernt wie möglich. Schwarz lagerte lässig links vorne an der Rampe, Tadeusz stand starr und aufrecht im hinteren, rechten Drittel des Bühnenraums. Mir fiel auf, dass er seinen Körper nicht wie wir nach Brandner ausgerichtet hatte. Stattdessen stand er leicht schräg, mit der Schulter zu den Zuschauerreihen. Es war keine gute Position. Es wirkte, als wollte er nicht hier sein. Aber Brandner korrigierte ihn nicht. Stattdessen hob er die Hand für den ersten Einsatz.

François sprach zuerst. Seine Stimme zitterte, als er von seinem zerknitterten Papier ablas. »Faust«, las er, »der Teufel – eine Mann mit rotbeschmiertem Gesicht und eine … einem … Dreizack. Zwei große Hörner auf.«

Ich stutzte. Ein Mann mit Hörnern. Das sollte der Teufel sein? Da fehlte ja nur der Pferdefuß. Aber ich hatte keine Zeit, darüber nachzudenken, denn nun zeigte Brandners Finger schon auf mich. Vom Lunapark las ich, von den Schwarzen als Ringkämpfern und von der Bretterbude mit den Liebespärchen auf den Bänken. Dann kam Schwarz. Er genoss den Moment. Theatralisch atmete er ein. Und las dann nur einen einzigen Satz. Faust und Johannes der Täufer fuhren bei ihm allein durch die Welt.

Plötzlich ging es Schlag auf Schlag. Szenen mit der Heilsarmee. Bei den Spiritisten. Ein Neger mit einer Pastorsfrau, Faust mit einer Nutte. Brandners Finger wirbelte hin und her, wir riefen fast durcheinander: Dächer, auf denen der Neger sitzt, der Teufel und ein Chinese, der den Wagner spielt – es wurde immer absurder.

Ich lauerte auf Konitz. Ich wollte wissen, wie es eingebettet war. Ob die Sätze davor ein bisschen mehr über den Winter verrieten. Oder über die Absicht, die Heym gehabt hatte, als er beschloss, diese Stadt in sein Fragment aufzunehmen. Mir war klar, dass das François' Textstelle war. Dass ich ihn überhaupt nicht inszenieren würde dürfen, aber ich witterte dort etwas, der Winter ließ mich nicht los.

Brandner deutete auf mich. »Auf dem Mond«, rief ich. Und schon schnellte Brandners Finger weiter. »Spiritistische Sitzung«, fiel François mir ins Wort, »Die Geister des ermordeten…«. Ich konnte es nicht glauben. Das sollte der Übergang sein? Vom Mond direkt nach Konitz? Das half mir überhaupt nicht weiter.

Doch ich hatte keine Zeit, mich daran aufzuhalten, Tadeusz war gerade dabei, etwas von einem Fahrstuhl in die Hölle vorzulesen, und dann, als Brandners Finger in seine Richtung deutete, Schwarz von Gerippen und leuchtenden Dieben. Tadeusz folgte ihm sofort wieder, mit der Textstelle mit dem Bindfaden, die ich schon kannte, diesem Faden, den der Dichter verloren hat, Donnerwetter.

Gerade fing ich an, mich zu wundern, wieso Nele bisher nichts gesagt hatte, als Brandner in ihre Richtung wies und sie anfing zu sprechen. Sie saß dort oben auf ihrer Leiter, sie las nicht ab. Völlig frei erzählte sie von Faust und vom Teufel im Lunapark. Eine ganze Seite Text war das, die sie auswendig gelernt hatte. Ihre tiefe Stimme füllte den Raum. Sie klang vielleicht ein wenig kratzig, aber ich hätte alles dafür gegeben, so eine Stimme zu haben. Ich konnte nicht verstehen, warum sie Regisseurin werden wollte. Sie war sicher eine großartige Schauspielerin. Sie war so schön, man konnte gar nicht anders, als zu ihr hinsehen. Und nicht nur das: Sie hatte auch die ausgefeilteste Textstelle. Sogar Dialoge gab es darin. Ich biss mir auf die Lippen. Ich fand das nicht fair, das würde einfach zu inszenieren sein. Auch der Absatz von Tadeusz war schon weit ausgearbeitet: ein Dinner in Westberlin.

Es war kein Wunder, dachte ich, wenn die anderen das Fragment gut fanden. Sie hatten lauter spannende Figuren: Einen Scharfrichter. Einen Opernsänger. Und was hatte ich? Den Mond. Und diesen blöden Lunapark, mit dem ich mich noch gar nicht richtig auseinandergesetzt hatte. Und in dem, wie sich jetzt herausstellte, auch noch Neles Szene spielen würde. Und dann war da noch mein letzter Auszug aus dem Fragment, von dem ich überhaupt keine Ahnung hatte, wie man ihn inszenieren konnte.

Die anderen sahen alle schon so entspannt aus, François wirkte richtig erleichtert. War es das etwa schon? Tatsächlich. Brandner stand auf und deutete mit einer letzten, gebieterischen Bewegung in meine Richtung.

Ich hatte den Schlusssatz.

Ich stieß mich von der Wand ab. Langsam schritt ich an der Leiter vorbei und trat bis ganz vorne an die Mitte der Rampe. Ich holte Luft. »Wer«, rezitierte ich langsam, »das Tragische mit dem Komischen mischen kann, hat…« Ich tat so, als würde ich zögern. Als wäre ich mir nicht sicher, ob ich verraten dürfte, wie es weiterginge. Dann trat ich noch einen Halbschritt vor. Ich zwinkerte Brandner zu und flüsterte: »…ein tieferes Lebensgefühl.« Brandner klatschte.

Ich verbeugte mich.

Wir saßen im Zuschauerraum, um die siebte Reihe herum. Wir redeten durcheinander. Das also war es, das war das Fragment! Im Lunapark, bei spiritistischen Sitzungen, mit Negern, Chinesen, Scharfrichtern! »Warum darf ich nicht die Nutten inszenieren, das ist unfair!«, tönte Schwarz. Nele rangelte mit Tadeusz um seine Zettel, die er nicht aus der Hand geben wollte. Tadeusz rief in meine Richtung: »Das gibt Rache!« Und ich trommelte François, der eine Reihe tiefer saß als ich, auf der Schulter herum. »Mann, hast du's gut, Konitz hätte ich gern«, rief ich. Er fuhr zusammen und fauchte mich an: »Lass das, Catherine!« Ich lachte.

Brandner zog an seinem Zigarillo und nickte mir zu: »Sie alle können sich bei den anderen Textstellen miteinbringen, Sie stehen einander dort schließlich als Schauspieler zur Verfügung.

Ich werde nicht nur Ihr jeweiliges Konzept und die Umsetzung bewerten, sondern auch Ihre Zusammenarbeit«, erklärte er. »Sie alle sind ein Team, Sie sind das Ensemble. Tadeusz, du weißt, wie schwierig das ist, die Bildung eines Ensembles. Und, nicht wahr, François: Sie können den anderen doch übersetzen, was dieses Wort bedeutet?«

Ich sah, dass etwas über François' Gesicht flackerte, als Brandner ihn ansprach. War das Enttäuschung? Ich konnte es nicht verstehen – was hatte Brandner denn Schlimmes gesagt? »Zusammen«, murmelte François und senkte den Blick.

»Zusammen«, wiederholte Brandner und nickte, »oder genauer: gemeinsam. Dies ist ein Gemeinschaftswerk: von Ihnen und von mir. Eine wirklich wichtige Uraufführung, mit der wir Aufmerksamkeit erregen können. Es ist wichtig, dass wir alles geben. Dass wir dem großen Georg Heym die Ehre erweisen, die ihm gebührt. Deswegen werde ich Ihnen auch Stütze sein, bevor Sie vor die Prüfungskommission treten. Gewöhnen Sie sich nicht daran, das wird künftig anders sein.«

Ich blickte mich erschrocken um. Prüfungskommission? Wovon redete er?

Auch die anderen sahen verdattert aus. Schwarz hatte eine Augenbraue gehoben, François linste fragend zu Nele hinüber. Nur von Tadeusz' Gesicht konnte ich nichts ablesen. »Kommission?«, fragte Nele schließlich, »Entschuldigen Sie, Herr Professor Brandner, ich bin ja erst seit ein paar Tagen hier, das habe ich anscheinend verpasst – können Sie mir das noch einmal erklären?«

Brandner atmete Rauch aus und wedelte mit dem Zigarillo in meine Richtung. »Katharina«, sagte er. »Warum beschreiben Sie Ihrer Kollegin nicht die Vorgehensweise?«

Ich spürte, wie mir das Blut ins Gesicht schoss. »Ich …«, stotterte ich, »ich … ehrlich gesagt scheine ich das auch nicht so ganz mitbekommen zu haben.«

Einen Augenblick lang herrschte Stille. Brandner betrachtete mich und schmauchte dabei weiter an seinem Zigarillo. Ich versuchte, seinen Blick zu halten, aber meine Wangen brannten. »So achtlos beginnen Sie Ihr Studium?«, sagte Brandner schließlich. Er schüttelte den Kopf und setzte nach: »Das wundert mich.«

Mein Herz hatte zu hämmern begonnen. Ich schämte mich. Dabei war ich mir sicher, dass ich nichts übersehen hatte. Hätte er Schwarz oder François befragt, hätten sie ihm genauso wenig antworten können. Er hatte uns nichts von dieser Kommission erzählt, das wusste ich genau. Ich sog doch jedes Wort auf, das er sprach.

Aber Brandner fragte die anderen nicht. Stattdessen wandte er sich von mir ab und Nele zu. Freundlich begann er ihr zu erklären, was wir alle noch nicht wussten: dass wir mit ihm nur an diesem Faust-Projekt arbeiten durften, wenn die anderen Lehrkörper des Regieinstituts zustimmten. Ein Konzept für unsere Textstellen hätten wir vor der Kommission zu präsentieren und vor allem: erfolgreich zu verteidigen. Nur wenn es überzeugend sei, würden wir auch zur Probenarbeit zugelassen.

Ich nagte an meiner Unterlippe. Ich erinnerte mich. Woll hatte uns von diesem Vorgang erzählt, gleich am allerersten Tag. Ich war aber davon ausgegangen, dass das nicht für Brandners Faust-Projekt galt. Irgendwie hatte ich gedacht, wir wären an seiner Seite unangreifbar. Wir wären geschützt.

François war blass geworden. »Was passiert«, fragte er, »wenn man besteht nicht?«

»Dann spreche ich einem Ihrer Kollegen Ihre Textstellen zu. Spielen wird derjenige für die anderen aber dennoch müssen. Das Versagen von Einzelpersonen darf ja nicht das ganze Projekt gefährden.«

»Und wenn alle bis auf einen durchfallen?«, wollte Schwarz wissen. Er saß ein paar Sitzreihen über uns und hatte die Beine auf der Stuhllehne vor sich abgelegt. Sein Oberkörper war weit zurückgebeugt, seine Hände hatte er am Hinterkopf verschränkt. Er sah so entspannt aus. Und so selbstsicher.

»Sie hoffen wohl darauf, dass Sie den Faust ganz alleine inszenieren dürfen«, schmunzelte Brandner ihm zu.

Schwarz zuckte mit den Schultern: »Klar.«

»Träum weiter«, murmelte ich.

»Wer ist denn in dieses Kommission?«, fragte François.

»Die üblichen Kollegen«, antwortete Brandner. »Professor Orlow, die Herren Huth, Werck, Woll, und ich. Wir können ungnädige Richter sein, ich empfehle Ihnen also, sich gut vorzubereiten. Sie haben jetzt die Chance, mich als Testfahrer zu benutzen. Also? Wer von Ihnen möchte beginnen?«, sagte Brandner und sah sich um.

Ausgerechnet Schwarz schwang die Füße von der Lehne und begann zu sprechen. Er erzählte etwas von Schwarz-Weiß-Ästhetik. Etwas von *grauer, sehr grauer Stimmung*. Er klang auf einmal so klug. Das, was er sagte, hatte Hand und Fuß. Und es war ein sehr eigener Ansatz. Er sah auch irgendwie anders aus, während er sprach. Ich hatte ihn noch nie so wach gesehen. Von Stummfilmen redete er, von Murnau und dessen filmischem Expressionismus. Davon, dass er untersuchen werde, wie man die Begrenzungen des Stummfilms auf die Bühne übertragen könne. Wie man der Darstellung des Teufels auf der Bühne etwas Neues hinzufügen könne und trotzdem auf ihre filmische Tradition verweisen. Und dabei vielleicht noch weitere übernatürliche Gestalten des Expressionismus miteinbeziehen: Nosferatu etwa, oder den Golem. Brandner nickte ihm wohlwollend zu. »Eine interessante Ableitung«, sagte er. »Ich bin gespannt, wohin Sie das führt.« Er zog ein kleines, ledergebundenes Notizbuch aus seiner Brusttasche und schrieb sich darin etwas auf.

Meine Gedanken begannen zu rasen. Was sollte ich nur erzählen, was? Schwarz hatte die Latte so hoch gehängt, da konnte ich unmöglich mithalten, nicht jetzt schon. Ich fing an zu schwitzen, meine Hände wurden kalt. Ich wusste überhaupt noch nicht, wie ich meine Textstellen inszenieren wollte. Ich hatte ein paar Einfälle, aber sie waren völlig zusammenhanglos. Es gab ein spanisches Weingut, das Faustino hieß. Von dem wollte ich den Teufel im Lunapark irgendwelchen Rotwein trinken lassen, aus einem riesigen, hölzernen Fass. Und auf dem Mond würden alle Darsteller die Titelmelodie von Kubricks *2001: Odyssee im Weltraum* summen. Das war es aber auch schon.

Als Nächstes kam Nele dran. Sie begann von Heyms Bezug zu Burschenschaften zu reden, von deren Ritualen und Entgleisungen. Ich konnte mir überhaupt nicht erklären, wo sie all dieses Wissen hernahm. Sogar Zeichnungen der Kostüme hatte sie schon angefertigt. Mit ihnen stellte sie sich mitten auf die Bühne und hielt sie ins Scheinwerferlicht. Wir waren verblüfft. Schwarz lehnte sich interessiert nach vorne, und auch Brandner war begeistert, das konnte ich sehen. Er hörte gar nicht mehr auf, sich Notizen zu machen. Er schraffierte sogar eine der Uniformen, die Nele uns zeigte, in seinem Büchlein mit.

Mein Kopf begann zu pochen, mein Mund war trocken. Einen kurzen Augenblick erwog ich, Tadeusz seine Maskenidee zu klauen, einfach nur, um etwas sagen zu können. Die Commedia dell' Arte war schließlich meine Idee gewesen! Ich wusste darüber einiges, ich hatte mal eine Goldoni-Inszenierung von Roberto Ciulli gesehen und war von der letzten Szene, in der er die traditionellen Figuren in einer Tiefgarage auftreten ließ, so begeistert gewesen, dass ich mich danach in ein Seminar an der Universität in Erlangen eingeschmuggelt hatte. Ich liebte diese Tradition des italienischen Maskenspiels, die Verrenkungen, zu denen die Masken die Schauspieler zwangen. Den

Teufel konnte man vielleicht zur Figur des Arlecchino umdeuten und den Faust zum Dottore, der ja der Denker war. Dann trüge der Teufel ein buntgescheckte Kostüm und einen lustigen Federhut und Faust hätte die große weiße Halskrause und die schwarze Ledermaske mit der runden Nase, die ich im Seminar selbst schon einmal hatte austesten dürfen. Je mehr ich darüber nachdachte, desto mehr Sinn ergab das! Aber das ging natürlich nicht, nicht, wenn ich Tadeusz je wieder unter die Augen treten wollte, und dann sah Brandner von seinem Notizbuch hoch und rief ohnehin als Nächstes Tadeusz auf, und er begann selbst von der Teufelsmaske zu erzählen.

Brandners Gesicht blieb seltsam unbewegt, während Tadeusz redete.

»Und diese Maske willst du im Eigenbau anfertigen, wie so eine Faschingsmaske?«, fragte er ihn. Es klang kühl. Ich stutzte. Das hatte Tadeusz doch gar nicht gesagt?

»Vielleicht nehme ich auch den Gipsabdruck einer echten Leiche«, sagte Tadeusz und starrte Brandner an, »und mache dem Teufel eine Totenmaske. Tod und Teufel, das gehört doch zusammen.«

Etwas lag in der Luft. Ich konnte mir nicht erklären, was es war. Brandner rührte sich nicht. Er saß einfach nur da und sah Tadeusz an. Eigentlich sah er eher durch ihn hindurch. Es war ganz still, wir konnten sogar das leise Knistern hören, mit dem der Zigarillo in Brandners Hand abbrannte.

Auch die anderen schienen zu merken, dass etwas nicht stimmte. Schwarz, der gerade dabei war, einen Kaugummi auszuwickeln, hielt mitten in seiner Bewegung inne. Nele knabberte auf einer Strähne ihrer blonden Locken herum und runzelte die Stirn. Wir warteten auf Brandners Reaktion. Nur François schien gar nicht zuzuhören, er rutschte auf seinem Sitz hin und her und betrachtete seine Hände.

»Was ist mit dem Mond«, sagte Brandner schließlich und drehte sich mir zu.

Ich konnte mich kaum bewegen, so kalt war mir auf einmal. »Er ist … ist ein Sehnsuchtsort«, stammelte ich.

»Und wie wollen Sie das inszenieren?«, fragte Brandner.

Ich holte Luft. »Ich … ich … also, damals gab es ja die Mondlandung noch nicht und die Raumfahrt …«, fing ich an. Ich hatte das so lange nicht mehr machen müssen: über etwas reden, wovon ich nichts wusste. So tun, als wüsste ich, was ich sage. Eigentlich war ich darin immer gut gewesen: einfach vor mich hinplappern, bis alle davon überzeugt waren, dass ich Ahnung hatte. Aber jetzt, unter Brandners Blick, fiel mir nichts ein. Gar nichts.

»Ich möchte ehrlich sein«, unterbrach ich mich, »ich wusste nicht, dass wir heute schon etwas vorstellen sollen. Ich dachte, wir lernen erst das komplette Fragment kennen, bevor wir uns dazu etwas ausdenken.«

Brandner schwieg und musterte mich. Er schnippte mit einer abrupten Geste die Asche von seinem Zigarillo auf den abschüssigen Boden des Zuschauerraums. Kurz fragte ich mich, wieso es hier eigentlich keinen Rauchmelder gab.

»Ausdenken«, wiederholte Brandner. »Ist das Ihre Vorgehensweise?«

Ich wusste gar nicht, was er damit meinte. Ich wusste nur, dass es besser war, wenn ich jetzt schwieg.

Brandner hatte sich aufgerichtet. Seine Starre von vorhin war schlagartig verflogen, es kam richtig Bewegung in ihn. »Ein guter Regisseur denkt sich nichts aus!«, donnerte er. »Er wird ergriffen von dem Text, er entwickelt sein Konzept aus dessen Sinn heraus! Wahre Regisseure werden bewegt. Und nur dadurch können sie selbst bewegen. Alles andere ist aufgesetztes Kasperletheater!« Er schlug mit der flachen Hand auf das Regiepult.

Ich zuckte zusammen. »Aber das wollte ich doch, ich hatte nur noch nicht den ganzen –«

»Und?«, unterbrach mich Brandner. »Habe ich Ihnen einen Text zugeteilt oder nicht?«

Ich nickte stumm.

»Haben Sie diesen Text überhaupt gelesen oder nicht?«

Wieder nickte ich. Meine Augen brannten.

»Sie müssen sich doch beim Lesen etwas gedacht haben«, röhrte er.

»Habe ich ja auch«, verteidigte ich mich.

»Und was wäre das? Wollen Sie uns daran vielleicht teilhaben lassen?«

Ich schluckte. Ich konnte doch Brandner nicht sagen, dass ich das Fragment für kompletten Murks gehalten hatte. Dass ich mich deswegen auf die Suche nach dem vollständigen Text gemacht hatte. Und dass ich dann lieber die Gedichte weitergelesen hatte, die ich so toll fand, diese finsteren, verzweifelten Worte.

»Naja, ich habe es erst mal wirken lassen …«, murmelte ich stattdessen.

»Und?«

»Wie und?«

»Was für Visionen hatten Sie, was für Bilder, was für Gefühle?«

Unglaube. Skepsis. Ablehnung. Aber das konnte ich schlecht zugeben. Ich schüttelte stumm den Kopf.

Auf Brandners Stirn zeichnete sich plötzlich eine tiefe Falte ab, eine Kluft. Er lehnte sich vor.

»Sind Sie Regisseurin?«, donnerte er. Seine Stimme fuhr durch den Raum, durch das System aus hohlen Stahlrohren an der Decke, über die Wände der Bühne bis hinein in die Tiefe des Schachts.

»Ich … ich hoffe es«, stotterte ich. Mir war schwindlig. Hilfesuchend sah ich zu Schwarz, aber der spielte mit dem Silberpapier seines Kaugummis, er kaute und schmatzte und grinste mich an.

»Wenn Sie selbst das schon nicht so genau wissen«, sagte Brandner leise, »was soll ich dann hier mit Ihnen?«

Zitternd holte ich Luft, diese ausgesogene, dünne Bühnenluft, aber Brandner winkte ab.

»Leute wie Sie«, murmelte er, »verschwenden meine Zeit.«

Er wandte sich von mir weg.

Ich bekam kaum mit, dass auch François nichts vorzuweisen hatte. Dass er schluchzte, er könne sein Konzept noch nicht präsentieren, er arbeite gerade daran, es fehlten ihm noch wichtige Informationen, wichtige Einblicke in die Hölle. Ich bekam nicht mit, was Brandner zu ihm sagte. Ich sah auch nicht, wie François reagierte. Das Einzige, was ich sah, war der Kratzer in der Lehne des Zuschauersitzes vor mir. Darauf musste ich mich konzentrieren. Auf diesen Kratzer, dessen Linie, solange sie noch scharf und gestochen aussah, mir bewies, dass ich nicht weinte.

Wie aus weiter, sehr weiter Entfernung hörte ich, dass Brandner den Unterricht für heute beendete. Das hieß, dass wir gehen konnten, aber ich konnte mich nicht bewegen. Ich saß nur da und sah nicht auf. Meine Knie zitterten. Die Linie blieb scharf. Ich nahm das Klackern von Neles Stöckelschuhen wahr, die sich entfernten, das Pfeifen, mit dem Schwarz davonschlenderte, das leiser werdende Wimmern von François. Ich hörte das dumpfe Geräusch, mit dem irgendjemand das Bühnenlicht auf Notbeleuchtung umschaltete.

Die Stille.

Irgendwann, als ich mich wieder bewegen konnte, fiel mein Blick auf das Fragment, das Brandner auf den Sitz vor mir gelegt haben musste. Es waren zwei kopierte Blätter, die auf den

Boden gerutscht waren. Sie lagen mit der blanken Seite nach oben. Im Widerschein der Notbeleuchtung schimmerten sie grün, als trieben sie unter Wasser. Ich bückte mich langsam und hob sie auf.

Ich hielt mich daran fest.

Die Straße vor mir war verschwommen. Ich wusste nicht, wie ich aus dem Theater herausgekommen war. Ich hätte nicht einmal sagen können, ob ich durch den Schacht gegangen war und wie lange ich jetzt schon lief. Ich setzte einen Fuß vor den anderen, Schritt für Schritt. Die Luft war kühl, viel kühler als auf der Bühne. Und sie war, dachte ich, heller als dort unten, ja, es war hellere Luft.

Ich hatte keine Ahnung, wohin ich ging. Eigentlich musste ich nach Schöneweide zum Unterricht. Aber ich konnte dort nicht hin, ich hatte keine Zeit. Ich musste alles wiedergutmachen. Ich musste Brandner zurückgewinnen. Ich wusste nur noch nicht, wie.

Das Kopfsteinpflaster war merkwürdig nachgiebig. Hinter mir hupte jemand, und ein Lieferwagen rumpelte so dicht an mir vorüber, dass ich den Luftzug spüren konnte, mit dem der Wagen die Herbstblätter aus dem Rinnstein wirbelte. Ich sprang hoch auf den Gehsteig und wäre fast ausgerutscht. Einen Moment lang stand ich und schwankte. Dann gab ich nach. Ich setzte mich einfach auf die Gehsteigkante und vergrub meinen Kopf in den Händen.

Brandner hatte recht, natürlich.

Heym hatte nicht zu mir gesprochen.

Ich hatte keine Vision.

Mir passierte das zum ersten Mal. Ich hatte mich immer als Regisseurin gefühlt – auch als ich noch gar nicht wusste, was das war. Schon im Kindergarten hatte ich unsere Spiele angeleitet. Ich hatte mir Geschichten ausgedacht, Rollen an meine Spielkameraden verteilt, Gebäude und Welten und Abenteuer erfunden. Meine erste Theatergruppe hatte ich in der Grundschule gegründet. Ich war diejenige gewesen, die bestimmte, was wir für unsere Eltern aufführten. Ich spielte gern, aber noch lieber blieb ich außerhalb und behielt die Fäden in der Hand. Ich war es, die den Pappkarton in einen Fernseher oder in ein Haus oder in ein Schiff verwandelte, ich machte das Garagendach zur Bühne, das Bettlaken zum Zirkuszelt. Später, bei den Musenjunkies, war ich dann diejenige, die die Stücke aussuchte. Die bestimmte, ob wir Beckett aufführten oder Pinter oder die Sterntagebücher von Stanislaw Lem. Ich hatte immer eine Art Grundgespür für den Kern eines Theaterstücks. Ich war immer meinem Instinkt gefolgt, meine Ideen waren einfach da. Ich konnte sie nicht zwingen. Niemand käme doch auf die Idee, von einem Maler das Bild sehen zu wollen, das er noch nicht gemalt hatte.

Vielleicht ging das alles gar nicht. Dann wäre dieses ganze Institut ein Hirngespinst.

Ein Radfahrer zog vorüber, die Erschütterung durch das Kopfsteinpflaster ließ seine Klingel anschlagen, in einem hektisch klirrenden Rhythmus. Das weckte mich auf. Ich fuhr mir mit der Hand über das Gesicht und drückte den Rücken durch. Ich musste mich an die Arbeit machen.

Brandner täuschte sich. Er verschwendete mit mir nicht seine Zeit. Ich musste mich nur umgewöhnen, das war alles. Das konnte so unmachbar nicht sein. Ich musste lernen, das Bild zu beschreiben, bevor ich es malte. Den Rahmen gab es schließlich schon. Es gab Heym.

Und es gab den Lunapark. Damit konnte ich beginnen.

Aus meiner Hosentasche kramte ich ein Markstück hervor. Ich musste dringend etwas trinken, mein Hals war so trocken, dass er schmerzte. Nur wenige Häuser weiter war einer dieser kleinen Läden, die es in Ostberlin überall zu geben schien. Es roch dumpf nach Gewürzpulver und Scheuermittel, als ich die Tür aufdrückte. Eine Ladenglocke schepperte. Eine junge Frau räumte Packungen mit H-Milch in die Regale, ich war die einzige Kundin. Ich griff mir eine Flasche Mineralwasser aus einem verstaubten Getränkekasten und zahlte. Der Mann hinter der Kasse sah freundlich aus, er lächelte mir zu. »Entschuldigen Sie«, sagte ich, von seinem Lächeln ermutigt, »wo ist denn bitte der Lunapark?«

Er sah mich verständnislos an.

»Wie komme ich denn bitte in den Lunapark?«, wiederholte ich.

Seine Augen verengten sich. »Scheiß-Wessi«, zischte er.

Meine Hand, die gerade nach dem Wechselgeld hatte greifen wollen, zuckte zurück, als hätte ich mich verbrannt. Die Tränen, die ich vor Brandner gerade noch hatte unterdrücken können, schossen mir in die Augen, sie liefen mir über das Gesicht, ganze Sturzbäche davon, ich konnte es nicht aufhalten. Ich ließ das Münzgeld liegen, ich stolperte rückwärts, riss die Tür auf und rannte. Die Rillen des Gehsteigs flogen unter meinen Füßen, ich wollte weg, einfach nur noch weg. Von Brandner, von der Schule, aus dieser Stadt, aus diesem ganzen zusammengekleisterten Land.

»Hey, warte!«, rief jemand, als ich das Ende der Straße schon fast erreicht hatte. Die junge Frau kam mir nachgelaufen, sie hielt noch eine der Milchpackungen in ihrer Hand. Ich zögerte, dann blieb ich stehen. »Nimm es ihm nicht übel«, keuchte sie, als sie mich erreichte, »er hat viel verloren, der hat an das System geglaubt, ist alles nicht einfach für ihn.«

»Aber das ist doch nicht meine Schuld«, schluchzte ich und hätte die Worte am liebsten sofort zurückgenommen. Ich wusste genau, wie das klang. Wie verwöhnt und ichbezogen. Mit einer wütenden Bewegung wischte ich mir die Haarsträhnen aus dem Gesicht, die an meinen Tränen kleben blieben.

Sie schüttelte den Kopf. »Natürlich nicht. Aber du hättest ihn genauso gut nach Atlantis fragen können. Den Lunapark gibt es doch längst nicht mehr. Der war im Westen, aber das ist fast ein halbes Jahrhundert her. Du meinst wahrscheinlich den Spreepark im Plänterwald, da musst du mit der S-Bahn zum Treptower Park. Ist toll da, musst mal mit dem Spreeblitz fahren, unbedingt. Wir haben sogar ein Riesenrad. Bin mir nur nicht sicher, ob grad noch offen ist, im Winter ist geschlossen.«

»Spreeblitz«, wiederholte ich. Das Wort gefiel mir.

Sie hielt mir die Milch hin. »Brauchste? Schenk ich dir. So von Ossi zu Wessi, Begrüßungsgetränk.«

Ich musste lachen.

Die S-Bahn nach Schöneweide. Mein kurzes Zögern, als die S-Bahn am Treptower Park hielt. Dann ein Schritt, ein einfacher, flinker Schritt auf den Bahnsteig hinaus. Plänterwald. Spreepark. Der Wind in meinem Haar. Das Kreischen, als der blaugelbe Wagon abwärtsstürzte. Die würzige Luft. Das Glitzern der Spree im Hintergrund. Bäume, die nur noch halb belaubt waren. Hinter mir ein hoch aufragendes Fahrgeschäft, das hin- und herschwang wie ein riesiges Pendel. Das Gefühl des Schleuderns, das nun endlich auch von außen kam und nicht mehr nur aus mir heraus. Meine Stimme, als der Wagen in das Maul des Drachen raste, blitzende Lichter um mich. Mein Atem. Das langsame Aufsteigen der Gondeln am Riesenrad. Die Stadt unter mir, der Fluss als spiegelnder Glasfaden. Spitze Baumwipfel, Spaziergänger, klein wie Spielzeugfiguren. Boote. Ein verfallener Ballsaal, dessen sonnenbeschienenes Parkett durch die zerschlagenen Fenster leuchtete. Mein Herz, das schneller schlug und das sich trotzdem zu beruhigen begann, endlich.

Und ein Gedanke, der mir zuflog: Luna hieß der Mond.

Später saß ich in einer Stadtteilbibliothek im Prenzlauer Berg. In meinem Körper spürte ich das Nachschwanken der Achterbahn, ich hörte noch das Rattern der Wagons auf den Schienen. Mein Kopf war jetzt wieder frei, mein Gesicht vom Fahrtwind noch kühl. Ich konnte wieder klar denken. Ich spürte richtig, wie sich meine Gedanken neu zu formen begannen. Wie sie sich aufrichteten, sich wetzten und neu sortierten.

Und ich hatte etwas beschlossen. Der einzige Weg, Brandner zu beeindrucken war, ihn zu vergessen. Was jetzt zählte, war ausschließlich das Fragment. Darauf musste ich mich konzentrieren. Alles andere würde sich fügen.

Es war eine merkwürdige Bibliothek, in der ich saß. Sie lag in einem ganz normalen Wohnhaus. Von außen sah sie aus wie ein Laden. Sie hatte ein großes Schaufenster und das Zimmer, das man vom Bürgersteig aus sehen konnte, wirkte klein. Sobald man aber im Inneren war, stellte man fest, dass der Raum in einen anderen überging – und dann in noch einen und noch einen und noch einen. Man konnte laufen und laufen, bis man glaubte, mindestens drei Häuser durchquert zu haben. Die Regale standen in diesem Schlauch kreuz und quer, sie schichteten sich um Säulen herum, sie formten Buchten und Gänge. Ein ganzes Tunnelsystem aus Büchern war das, was sich da vor mir auftat. Die meisten von ihnen waren vergilbt und hatten Eselsohren. Und noch etwas fiel mir auf. Etwas, das mir logisch erschien, weil die Bestände wohl noch nicht nachgerüstet waren: Es gab kaum Westliteratur. Bücher, die ich in jeder kleinen westdeutschen Bibliothek gefunden hätte, waren gar nicht vorhanden. Es gab keinen Grass, keinen Johnson, nicht einmal Orwell, den wir doch im Ethik-Unterricht rauf und runter besprochen hatten. Aber deswegen war ich ja auch nicht hier.

Ich saß an einem Tisch vor dem Fenster zum Innenhof. Draußen begann es, dunkel zu werden, die Winterzeit war nicht mehr weit. Das Oberfenster war geöffnet, über mir knisterten Nachtfalter, die mit ihren Flügeln gegen die Glühbirne an der Zimmerdecke schlugen. Im Hof stand ein alter Mann neben einem Laubhaufen und rührte sich nicht von der Stelle. Außer mir war niemand hier, nur vorne, im ersten Raum, saß eine weißhaarige Bibliothekarin auf einem Bürostuhl und rollte mit leisem Quietschen hin und her.

Ich hatte Bände über das alte Berlin vor mir aufgetürmt. Das Fragment hatte ich danebengelegt. Auch wenn Brandner der Meinung war, dass ich sofort von Visionen überrollt werden sollte, wenn ich das Fragment las: Ich musste meinen eigenen Weg gehen. Ich musste es erst verstehen und zwar komplett. Ich musste herausfinden, wo Faust und der Teufel sich überhaupt befanden. Wer diese Stadt damals war. Und ich konnte ja niemanden fragen, außer die Bücher.

Eine in sich zusammenhängende Stadt war sie, damit fing es schon mal an. Das begriff ich nach den ersten Sätzen. Es war ein völlig anderes Berlin als das, das ich gerade kennenlernte. Kein zerhacktes und wieder zusammengekittetes Ding. Nichts, was sich in West und Ost unterteilen ließ. Berlin war im Deutschen Kaiserreich eine Weltstadt, ein blühender, surrender Kosmos, der etwas hermachen wollte. Und der Lunapark sollte dafür ein Zeichen sein. Er war der größte Vergnügungspark auf dem europäischen Kontinent gewesen.

Sie hatten ihn, erfuhr ich, während ich blätterte und blätterte, 1904 eröffnet, aber erst 1909 so genannt. Die Terrassen am Halensee waren der Anfang gewesen. Ich konnte mir das Ausflugslokal auf einer nachkolorierten Postkarte ansehen. Eine

Luftaufnahme war das. Alles war viel größer, als ich es mir vorgestellt hatte: ein riesiger Bau mit verzwirbelten Türmchen, eleganter Freitreppe und hochaufschießenden Wasserfontänen. Es gab eine Wasserrutsche, die in einem künstlichen See endete, es gab Schönheitswettbewerbe und Boxkämpfe, Völkerschauen und Revuen, *die Schwarzen als Ringkämpfer*. Ich konnte mir Heym dort überhaupt nicht vorstellen. Den gequälten Heym, der so finstere Gedichte über die Großstadt verfasste, der *der Städte Schultern knacken* ließ. Ich fragte mich, wie oft er wohl selbst dort war. Ob er mit anderen Herren am Beckenrand des Wellenbads gesessen hatte, um die halbnackten Damen in ihren Badeanzügen zu betrachten. Ob er die Hosenbeine hochgekrempelt hatte, die nackten Zehen ins Süßwasser getaucht und das Schwimmbad, wie es unter den Berlinern damals Brauch war, kichernd als Nuttenaquarium bezeichnet hatte. Ob er auf der schwankenden Shimmy-Treppe darauf gelauert hatte, wie es seiner Begleiterin die Unterröcke in die Höhe blies. Ob er Zuckerwatte verzehrt und wie wild getanzt, gewürfelt, geschossen, Feuerwerke bestaunt hatte. Ob er sich treiben ließ in der Menge. Die Besucher strömten damals, hieß es, von überallher, zu Tausenden kamen sie mit ihren Droschken herbeigefahren, schon 1910 wurde der einmillionste Gast gekürt. Ich hörte fast das Wiehern der Pferde, das Klackern der Hufe, das Jauchzen der Damen. Ich las und notierte und begann zu verstehen: Der Lunapark war nicht irgendein Rummel. Er war ein Sog.

Einen Moment lang schloss ich die Augen und stellte mir vor, wie es wäre, wenn ich für die Inszenierung eine Achterbahn bauen könnte. Einen eigenen Spreeblitz, in den ich die Zuschauer hineinsetzte. Ich würde sie in einem Looping um den Turm herumsausen und dann abwärts in den Schacht rasen lassen, quer durch das Maschinenhaus, direkt in den Schlund des Teufels hinein.

Das ging natürlich nicht, das war mir klar. Aber manchmal führten solche Ideen zu irgendetwas. Ich musste sie nur umdenken und umdenken, musste sie anpassen, bis ich einen Weg fand, sie in eine realistische Möglichkeit zu verwandeln. Zum Beispiel könnte ich die Zuschauer auf einer hydraulischen Plattform Platz nehmen lassen, die man dann herumschwenken konnte. Auch das war natürlich zu teuer, aber es kam den Gegebenheiten, die ich auf der Piscatorbühne haben würde, schon deutlich näher.

Luna, schrieb ich, Lunablitz.

Ich lehnte mich zurück. An der Türöffnung zum Vorderraum rollte gerade die weißhaarige Bibliothekarin auf ihrem Stuhl vorüber. Konnte sie alt genug sein, um das Ende des Parks noch erlebt zu haben? Im Ersten Weltkrieg war er zum Lazarett umfunktioniert worden, aber pleite ging er erst vor dem Zweiten Weltkrieg. Anscheinend ließ der Magistrat dann zu den Olympischen Spielen eine Verbindungsstraße über das Gelände bauen, aus der später ein Teil der Stadtautobahn wurde, über die man noch heute fuhr.

Ich seufzte. Diese Stadt triefte vor Geschichte. Ich hätte gern eine Oma hier in Berlin gehabt. Oder besser eine Ur-Oma. Jemanden, den ich zu dieser Zeit befragen könnte. Es hatte sich so viel verändert seitdem.

Die Schwarzen als Ringkämpfer zum Beispiel fand ich schwierig. Es klang nach Zoo und nach Rassismus. Ein ganzes Dorf mit »Somali-Negern« hatte es damals wohl im Lunapark gegeben. Sie hatten so laut getrommelt und getanzt, dass die Anwohner sich über den Lärm beschwerten. Sie waren zur Schau gestellt worden wie exotische Tiere. Wie konnte man das heute darstellen? Vielleicht nur, indem man den Vorgang übertrieb, ihn ins Groteske überhöhte und die Kämpfer gleich durch brennende Reifen hechten ließ. Vielleicht sollte ich mich darüber mit Nele unterhalten, ihre Szene spielte doch auch im Lunapark.

Wieder seufzte ich. Mir gefiel es nicht, dass Neles Szene am gleichen Ort spielte wie meine. Ich wollte keinen direkten Vergleich mit ihr. Da konnte ich, da war ich mir sicher, nur verlieren.

Draußen im Hof sprang eine Lampe an, der Mann war verschwunden, vom Laubhaufen wehten ein paar Blätter herab. Ich sah auf die Uhr. Ich hatte noch ein bisschen Zeit, bevor die Bibliothek schloss. Ich wollte das Fragment noch einmal in Ruhe lesen, Wort für Wort. Ich musste endlich ausblenden, welche Textstellen Tadeusz, Nele, François und Schwarz zugeteilt waren. Ich musste es im Ganzen wirken lassen.

Ich zog die Blätter zu mir heran. Leise flüsterte ich die Sätze vor mich hin. *Faust, der Teufel…* Als ich zu Neles Textstelle kam, stutzte ich plötzlich. Mir fiel etwas auf, das ich vorher gar nicht bemerkt hatte. Mein Blick flog zurück zu meiner ersten Szene. Tatsächlich. Heym schrieb auf einmal den Lunapark anders, er wechselte mitten im Text die Schreibweise. Bei mir war der Lunapark zusammengeschrieben, bei Nele groß und auseinander. Lunapark und Luna Park.

Ich zog die beiden Blätter noch dichter zu mir. Auf einmal wollte ich wissen, ob es noch mehr solcher Fehler gab. Und wenn ja: was sie bedeuteten. Ich holte tief Luft und fing wieder von vorne zu lesen an, hastiger diesmal, mit dem rechten Zeigefinger auf den Zeilen.

Immer schneller fuhr ich mit dem Finger über die Buchstaben. Und tatsächlich. Da war es. Mitten bei meiner Lieblingsstelle, es war mir vorher einfach nicht aufgefallen: *Die Geister des ermordeten Winter in Konitz.* Es musste anders heißen. Dort hätte stehen müssen: »des ermordeten Winters«.

Ich richtete mich auf. Ich hatte Grammatik nie gemocht. Ich war darin nicht sattelfest, obwohl ich Deutsch als Leistungskurs gehabt hatte. Trotzdem war ich mir sicher, dass hier der Genitiv hingehörte: des Winters. Ich atmete durch und schob das Fragment ein wenig von mir weg. Heym konnte so gut mit Sprache umgehen. Er machte doch nicht solche Fehler, das konnte ich mir nicht vorstellen. Des ermordeten Winters. Irgendetwas hatte das zu bedeuten. Und ich würde es herausfinden

Ich zückte meinen Kugelschreiber. Des Winters, schrieb ich. Und daneben: des Winter. Ich betrachtete meine Schrift. Mein s war relativ klein, man hätte es fast übersehen können. Vielleicht war das ja auch nur ein Übertragungsfehler? Zum ersten Mal begann ich mich zu fragen, wie das Fragment im Original wohl aussah. Gab es das noch irgendwo? Heym hatte es 1911 geschrieben. Es lagen zwei Weltkriege zwischen damals und jetzt, es bestand eine gute Chance, dass es verloren, verschüttet, in Flammen aufgegangen war. Andererseits gab es doch in Museen ganze Bibeln, die im Mittelalter von Mönchen gemalt worden waren. Die waren schließlich auch noch erhalten. Und wenn es eine Handschrift war, konnte sie bestimmt viel verraten, zumal jemandem wie mir. Ich hatte mich zwar nie mit offiziellen Regeln der Graphologie beschäftigt, aber ich war sicher, dass ich auch so schon vieles aus seiner Handschrift lesen können würde. Es gab so viele Faktoren, die man beachten konnte: die Hast oder Ruhe, mit der etwas geschrieben wurde. Den Druck, mit dem sich ein Stift in das Papier eingegraben hatte oder über es hinweggeflogen war. Die Weitläufigkeit oder Gedrängtheit der Buchstaben. Den Zeilenabstand, der, wenn er auf unliniertem Papier vom Schreiber selbst gewählt wurde, meist viel über die Situation verriet, in der er sich gerade befand. Und dann natürlich das Übliche: Schlichtheit oder Verschnörkelung, Neigung und Schrifthöhe, Rhythmus und Dynamik. Das alles konnte so viel verraten.

Für mich war es eine Art verlängerte Körpersprache, eine gefrorene Bewegung der schreibenden Person. Es war – jenseits dessen, was da inhaltlich stand – eine Theatervorstellung auf Papier. Es war ein stummer Monolog.

Ich wollte Heyms Schrift sehen, unbedingt.

Mir fiel etwas ein. Ich kramte in meiner Jackentasche und legte Brandners Zettel neben meinen eigenen. Den Sticker mit dem Marienkäfer klebte ich mir auf den Pulli. Das a war bei ihm besonders eng, das große B in die Höhe gezogen. Bei François und mir sah das ganz anders aus, wir hatten tatsächlich Ähnlichkeiten in der Schriftführung. Jetzt ärgerte ich mich fast, dass ich Tadeusz François' Zettel gegeben hatte, ich hätte seine Schrift gerne direkt mit Brandners verglichen.

Über mir ging plötzlich das Licht aus und dann wieder an.

»Ick schließe, wa«, rief die Bibliothekarin aus dem vorderen Raum. Ein hagerer Mann trabte mit fliegenden Mantelschößen an mir vorüber, er kam aus der Tiefe der Bibliothek, ich hatte ihn vorher gar nicht gesehen. Schnell sprang ich auf und räumte die Bücher und Bildbände zurück in ihre Regale. Ich wollte mir nur eines der Bücher ausleihen: *Geschichten aus dem alten Halensee, vom Lunapark und vom Kurfürstendamm.*

Am Tisch der Bibliothekarin stellte ich mich hinter den Mann, der eine ganze Batterie an Büchern vor ihr aufgetürmt hatte.

»Hab meenen Ausweis vaschmissen«, sagte er.

»Schon wieder?«, knurrte die Bibliothekarin. »Und wie heißen Sie?«

»Mann, Trude, weesste doch«, sagte der Mann. »Michael.«

Sie starrte ihn an und schnalzte missbilligend mit der Zunge.

»Herbst! Michael Herbst!«, rief er.

Und plötzlich verstand ich. Der Winter war kein Fehler, natürlich nicht. Es war so einfach. Er war ein Name.

7

Ich bin der Teufel.

Ich sagte es mir immer wieder: Ich bin der Teufel, der Teufel bin ich. Ich stand dicht vor dem schmalen Spiegel, der an der Rückseite der Tür zum Fundus angebracht war. Ich studierte mein Spiegelbild und versuchte, irgendetwas Diabolisches an mir zu entdecken. Ich sah so durchschnittlich aus wie immer. Ich hätte meinen Pony waschen müssen, und auch der Rest der Haare wirkte zottelig. Ich überlegte, sie in einem Pferdeschwanz nach hinten zu binden, aber dann sähen meine Wangen noch runder aus. Ich bekam diesen Babyspeck einfach nicht los, neuerdings kniff auch der Bund meiner Hose. Mir fehlten meine Gewaltmärsche durch die Stadt. Seit ich an der Schule war, bewegte ich mich nicht mehr genug. Ich hatte auch keine Zeit, darauf zu achten, was ich aß. Zum Einkaufen kam ich nie, die Läden waren immer schon geschlossen, wenn wir die Schule verließen. Manchmal ernährte ich mich tagelang von Joghurt und Salzstangen und Schokolade. Das sah man, fand ich. Meine Lippen waren zersprungen, die Mundwinkel eingerissen. Meine Haut wirkte fahl und unrein, ich musste wirklich mehr Orangen essen. Und anfangen, mich richtig zu schminken. Aber ich wusste nicht, wie. Immer wenn ich versuchte, mir Lippenstift aufzutragen, fand ich, dass das völlig unnatürlich aussah. Mir stand nicht einmal Wimperntusche. Ich verzog das Gesicht. Ich war doch viel zu harmlos, um der Teufel zu sein.

Schwarz war derjenige, der beschlossen hatte, mich dazu zu machen. Er hatte einfach in meine Richtung genickt und gesagt: »Nachti-Teufeli.« Tadeusz hatte er zum Faust ernannt, Nele zu Johannes dem Täufer. Zu François hatte er nur gesagt: »Und du den Rest, Franzmännchen.« Jetzt turnte er gerade zwischen den Kleiderständern und vollgestopften Schränken im Fundus herum und kramte nach Kostümen. Immer wieder hörte ich ihn aus einer Ecke des Raumes fluchen oder lachen, manchmal kam er nach vorne und warf einem von uns Kleider zu: »Anprobieren!« Ich beneidete ihn. Nicht nur darum, dass er heute vor Brandner mit uns arbeiten durfte. Auch darum, dass er schon wusste, was er da überhaupt vorhatte.

Diesmal hatte Brandner uns zu sich ins Büro bestellt gehabt. Mir schlug das Herz bis zum Hals, als wir im Flur darauf warteten, dass er uns hereinrief. Ich hatte noch immer kein richtiges Konzept. Aber diesmal war ich besser vorbereitet. Ich würde mich nicht wieder unterkriegen lassen, ich würde anders reagieren, ganz anders, dazu war ich wild entschlossen. Ich würde für mich einstehen. Als wir eintraten, reckte ich das Kinn in die Höhe, ich hielt mich gerade und schielte in Brandners Richtung. Aber er beachtete mich gar nicht.

Tatsächlich sah er aus, als hätte er hier in seinem Büro übernachtet. Seine Haare waren nicht gekämmt, an seinem Pullover hingen Tabakkrümel, der Aschenbecher vor ihm quoll über. In einem Glas sprudelte eine Tablette vor sich hin, vielleicht hatte auch er Vitaminmangel. »Ich habe beschlossen, dass jeder von Ihnen die Chance bekommt, seinen Ansatz anzuproben, bevor er das Konzept niederschreibt«, brummte er ohne von dem Stapel aus Papieren aufzusehen, der vor ihm lag, »Sie haben die Möglichkeit, jeweils einen ganzen Probentag lang zu überprüfen, ob Ihre Ideen auch stichhaltig sind. Das ist eine Gelegenheit, die Sie sonst nie bekommen. Sie erhalten vormittags Zutritt zum Fundus und zur Requisite. Am Nachmittag arbeiten Sie dann auf Probebühne Sieben. Ein Techniker hilft Ihnen, wenn Sie Ihre Bühnenbildidee andeuten wollen. Ich selbst komme gegen Abend dazu und sehe mir das Ergebnis an. Beginnen wir heute mit demjenigen, der mich bisher am meisten überzeugen konnte.« Er hatte Schwarz' Namen nicht einmal aussprechen müssen, es war uns allen klar, wen er meinte.

Schwarz schoss gerade um die Ecke und riss beinahe den Kleiderständer um, auf dem schon die Kostüme für den Brecht-Abend des dritten Jahrgangs bereit hingen. Er warf mir eine Dose zu. »Mach mal aufs Gesicht«, sagte er, »drüben, in der Maske. Und dem Franzmännchen auch!«

Ich schraubte den Deckel ab und zuckte zurück. Das Zeug roch ranzig, irgendeine weiße Paste, die ihr Verfallsdatum sicher schon längst überschritten hatte. »Das ist nicht dein Ernst!«, rief ich ihm nach, aber er war schon wieder zwischen schwankenden Kleidern und gegeneinander klappernden Bügeln verschwunden.

Die Maske war ein fensterloses Kabuff. Irgendjemand hatte die Heizung voll aufgedreht. Der Stahlkörper pochte und wummerte, ich bekam vor Hitze kaum Luft. Schnell streifte ich meinen Pullover über den Kopf und sah mich nach einer Lüftungsanlage um. Als ich keine fand, packte ich mit beiden Händen die Türklinke und zog sie auf und zu, wie einen überdimensionalen Fächer. Der Luftzug brachte kaum Sauerstoff, aber am Schminkspiegel raschelte es im Takt meiner Bewegung. Neugierig trat ich näher. Schwarz hatte ein paar Blätter an den Spiegel geklebt. Sie waren mit unseren Namen beschriftet und zeigten kopierte

Fotografien, für jeden von uns eine. Ich runzelte die Stirn. Ich verstand das nicht, Schwarz war so gut vorbereitet.

Vorsichtig löste ich das Blatt mit meinem Namen vom Spiegel. Ich kannte das Foto. Ein kreideweißes Gesicht sah mir da entgegen. Die Brauen waren steil aufragende schwarze Striche, die Augen selbst lagen in finster schattierten Höhlen. Selbst die Lippen waren dunkel. Vor allem aber beeindruckte mich der Blick, der mich, schon als ich ihn das erste Mal gesehen hatte, nicht mehr losgelassen hatte. Er wirkte so ausdruckslos, aber er erzählte gleichzeitig unheimlich viel. Ich konnte mir überhaupt nicht erklären, wie man das als Schauspieler hinbekam. Klaus Maria Brandauer war das, in der Roman-Verfilmung von »Mephisto«. Ich meinte mich zu erinnern, dass er auf dem originalen Filmplakat dunkelrote Lippen hatte, aber das hier war eine Schwarz-Weiß-Kopie. Und hatte Schwarz nicht etwas von Schwarz-Weiß-Ästhetik erzählt? Ich sah mich um. Tatsächlich. Auf dem Tisch lagen schwarze Kajalstifte, ein schwarzer Lippenstift und schwarzer Lidschatten. Schwarz hatte an alles gedacht.

Mit einem Gummiband zurrte ich nun doch meine Haare zurück und schmierte Gel, das ich in einer Tube neben dem Waschbecken fand, auf den Ansatz. Ich verteilte die Paste auf dem ganzen Gesicht, bis auch meine Augenbrauen schneeweiß waren. Dann setzte ich den Kajalstift an und zog mit schnellem Strich zwei steile Linien von der Nasenwurzel quer aufwärts über die Stirn. Ich umrandete meine Augen, pinselte Lidschatten auf und tuschte meine Wimpern. Dann noch der schwarze Lippenstift – fertig.

Die Veränderung war erstaunlich. Ich erkannte mich selbst nicht wieder.

Jemand klopfte an die Tür. Es war François. Er trug eine weiße Mönchskutte, die Kordel spannte um seinen Bauch, er wirkte nicht glücklich. Als er mich sah, zuckte er zurück.

»Buh!«, machte ich.

»Das ist nicht lustig, Catherine.«

»Du findest irgendwie gar nichts mehr lustig«, murmelte ich und stand auf, um ihn auf den Stuhl zu lassen. Ich rupfte mir sein Foto vom Spiegel. Diesmal kannte ich die Vorlage nicht. Es sah nach einem alten Stummfilm aus. Ich fragte mich, warum die Männer aus der damaligen Zeit eigentlich immer so altmodisch wirkten. An den Frisuren lag es nicht, eher an den Gesichtszügen. Die Männer heute sahen anders aus, kantiger. Zum ersten Mal fiel mir auf, dass auch François etwas Altertümliches an sich hatte. Eigentlich musste ich ihm nur das Gesicht weiß malen, dann sah er schon so aus wie der Typ auf dem Bild. Ich beugte mich zu ihm und stutzte.

»Was ist denn das?«, fragte ich.

Er hatte eine merkwürdige Wunde auf der Stirn. Wie ein Kreis sah das aus, aus dem ein schräger Stil wuchs. Ich wollte die dünne Blutlinie vorsichtig berühren, sie erinnerte mich an etwas, aber er wandte sein Gesicht ab, so schnell, dass meine Finger automatisch zurückzuckten.

»Brauchst du da nicht ein Pflaster?«, fragte ich, als ich die Fingerspitzen schon in den Tiegel mit der Paste tauchte. Irgendwie schien es mir keine gute Idee, das stinkige Zeug da hineinzureiben. Aber er schüttelte wild den Kopf. »Non, das ist nichts«, beteuerte er, »rien!«

Ich nickte stumm und strich ihm, um ihn zu beruhigen, mit der sauberen Hand die Locken aus dem Gesicht. Er schloss die Augen, seine Wimpern flatterten. Er kam mir manchmal so viel jünger vor als ich, fast wie ein kleiner Bruder.

Kurz zögerte ich. Ich hatte es für mich behalten wollen, bis ich vor Brandner damit auftrumpfen konnte, aber jetzt erschien es mir François gegenüber nicht mehr fair. Ich gab mir einen Ruck. »Du, wegen deiner Textstelle …«, begann ich und bückte mich zu ihm, um den ersten Klacks weiße Farbe auf seinem Kinn zu verteilen. Aber er fiel mir ins Wort. »Ich nicht möchte reden«, sagte er. Sein Gesicht war dicht an meinem, sein Atem roch schon wieder so säuerlich. »Klar«, sagte ich, »aber ich hab da was herausgefunden, das interessiert dich bestimmt. Stell dir vor, der Winter in Koni–«

Ich stockte. François war aufgesprungen, so abrupt, dass er mir fast mit seinem Kopf einen Stoß versetzt hätte. Jetzt stand er dicht vor mir. »Ich nicht möchte reden«, zischte er. So klein, wie er mir immer vorkam, war er gar nicht.

Ich drehte kurz den Kopf weg, um nicht noch mehr von seinem säuerlichen Mundgeruch einzuatmen. Es war ohnehin schon kaum Sauerstoff im Kabuff. »Dann halt nicht«, sagte ich. »Meine Güte, entspann dich mal. Du wirst echt immer merkwürdiger.«

Er starrte mich an. Ich konnte richtig zusehen, wie meine Worte bei ihm ankamen. Seine Wangen wurden rot, sein Blick wurde weicher und dann sank François langsam zurück in den Maskenstuhl. Er murmelte etwas auf Französisch, das ich nicht verstand. Es klang verächtlich.

»Quoi?«, fragte ich.

Er presste die Lippen zusammen und schüttelte den Kopf.

Dass er dann doch aufschrie, als ich die Paste in die Wunde rieb, dafür konnte ich ja nichts.

Ich lag mit dem Bauch auf dem Tisch und strampelte mit den Beinen. Neben mir lagerte Tadeusz und ruderte mit den Armen in der Luft herum. Er trug ein Monokel, das ihm ständig aus dem zusammengekniffenen Auge fiel, einen angeklebten Backenbart und einen Zylinder. In der ausgestreckten Hand hielt er einen Gehstock, in dessen Knauf ein Totenschädel geschnitzt war.

Der Tisch unter uns war mit blauem Samtvorhang bedeckt, der sich an der Rückwand bis über eine von Schwarz aufgestellte Schultafel und das Klavier am Ende der Bühne spannte. »Linkskurve«, rief Schwarz hinter seiner Kamera und wir drehten uns seitwärts. Soweit das eben ging, wenn man auf einer Tischplatte lag. Ich kippelte kurz und wäre beinahe von der Kante gerollt. »Nachti, ernst bleiben!«, brüllte Schwarz, und ich unterdrückte mein Lachen. Ich versuchte ernst und finster dreinzublicken, aber ich fühlte mich kein bisschen wie der Teufel. Eher wie Karlsson vom Dach in einem hellblauen Samthimmel. Oder wie ein Rollmops auf dem Boden des Ozeans.

Ich verstand nicht so ganz, was wir da taten. Schwarz hatte uns einen Vortrag über etwas namens *Blue Screen* gehalten, mit einem Haufen an technischen Details. Anscheinend konnte man aus dem Filmmaterial eine bestimmte Farbe entfernen und dann einen zweiten Film in die Fläche hineinspielen. Ich war sicher, dass Brandner davon beeindruckt sein würde. Auch wenn ich bezweifelte, dass das mit so einem Vorhangstoff funktionieren konnte. Aber das war mir egal. Ich genoss es zu sehr, hierzuliegen, neben Tadeusz.

Er roch gut. Ich spürte die Wärme, die sein Körper abstrahlte. Ich konnte seinen Atem hören, der schneller wurde, wenn wir uns hektischer bewegten. Ab und zu berührten sich unsere Schultern. Und als ich einmal fast das Gleichgewicht verlor, legte er seine Hand auf meine Hüfte und hielt mich bei sich.

Ich wünschte mir, dass ich wirklich der Teufel wäre. Dass ich die überirdische Macht hätte, die anderen verschwinden zu lassen. Dass Nele, die sich in einem schwarzen Kleid neben Schwarz auf einen Stuhl geschwungen hatte, sich gemeinsam mit ihm in Luft auflöste. Dass François, der wie ein bleiches Gespenst in seiner Mönchskutte auf einem Tisch kauerte und uns anstarrte, einfach nicht mehr hier wäre. Ich wollte mit Tadeusz allein sein. Am liebsten hätte ich einfach den Samtstoff über ihn und mich gezogen. Ich wollte mich an ihn schmiegen und mit ihm sprechen. Ich wollte wissen, was mit seinem Vater passiert war. Wo er wohnte. Der Abend in der Aquarium-Bar hatte so merkwürdig geendet. Sein Mitbewohner klang merkwürdig, ich hätte mir den gerne mal angesehen. Und was war mit seiner Mutter?

Ich lehnte mich leicht zu Tadeusz.

»Du«, flüsterte ich.

Aber Schwarz rief: »Kamera läuft!«, und ich begann wieder zu strampeln, gegen meine eigenen Gedanken an.

Wann war Winter gestorben. Das musste ich herausfinden, so schnell wie möglich. Bisher wusste ich nur, dass er vor 1911 ermordet worden war, sonst hätte Georg Heym ja nicht über ihn schreiben können. Aber wie hatte Heym von diesem Mord erfahren. Und warum hatte sein Tod ihn so fasziniert. Irgendetwas an diesem Tod musste besonders gewesen sein. So besonders, dass Heym ihn festhalten wollte.

Aber warum.

Vielleicht, überlegte ich, war es ein besonders bestialischer Mord gewesen. Eine Tat, die Schlaflosigkeit und Schrecken verbreitete. Die niemanden losließ, der von ihr erfuhr. Vielleicht war dieser Winter Opfer eines Serienmörders geworden, der ihn über Wochen gequält und gefoltert hatte. Oder er wurde gepfählt, gehäutet, zerhäckselt, in einer Kirche ans Kreuz genagelt.

Ich hatte selbst noch nie eine Leiche gesehen. Bei meinem Vater war mir das erspart geblieben. Der Unfall hatte, das ließen sie uns wissen, einen offenen Sarg unmöglich gemacht. Sie mussten ihn anhand seiner Zähne identifizieren.

Vielleicht – das war eine andere Möglichkeit – war Winter ja auch berühmt gewesen und Heym hatte seinen Tod deswegen mitbekommen. Ein wichtiger Politiker könnte er zum Beispiel gewesen sein, ein General, ein angesehener Hotelier, ein Maler, Industriemogul. Oder ein begnadeter Sänger, dessen Verlust alle bedauerten.

Oder konnte es sein, dass er ein Freund von Heym war? Dass sie gemeinsam Jura studiert, im *Neopathetischen Cabaret* Gedichte diskutiert, den Lunapark unsicher gemacht hatten, bevor Winter sich auf eine unheilvolle Reise nach Konitz begab?

Nein, beschloss ich, dann hätte Heym nicht so kühl von ihm geschrieben: *der mengt sich dazwischen.* Der. Sollte Heym diesen Winter doch gekannt haben, dann hatte er ihn wahrscheinlich nicht sonderlich gemocht.

Und noch etwas fand ich rätselhaft: Wenn Winter eine Person und keine Jahreszeit war – warum war nicht auch sein Geist in der Einzahl? Warum gab es im Fragment mehrere *Geister* des ermordeten Winter.

Überhaupt. Warum ließ Heym gerade diese Geister anrufen

Was konnten sie den Spiritisten denn erzählen, was, was, was.

Und was hatte das Ganze mit Faust zu tun.

Ich hatte das Gefühl, dass ich nichts löste. Im Gegenteil. Je länger ich nachdachte, desto mehr Rätsel taten sich auf. Es war wie in einem von diesen verspiegelten Labyrinthen, die es auf Jahrmärkten manchmal gab. Jeder Pfad, jede Kurve, die man nahm, jede Entscheidung, die man traf, öffnete eine neue Abzweigung, eine neue Möglichkeit. Und dann noch eine und noch eine und noch eine. Und am Schluss hatte man sich völlig in den Spiegelgängen verlaufen. Man war von Trugbildern umgeben, alles wirkte möglich, man sah sich selbst in tausendfachen Prismen, hatte sich zersplittert, in jede der angebotenen Möglichkeiten hinein, und fand nicht wieder zu sich selbst zurück.

Mein Vater hatte mich als Kind einmal auf der Kirchweih aus

so einem Labyrinth retten müssen. Ich hatte aufgegeben, sagten sie mir hinterher. Ich sei mit meinem Teddybär auf dem gläsernen Boden des Labyrinths gesessen, ich hätte die Augen fest geschlossen gehabt und mich geweigert, mich zu bewegen. Dabei war der Ausgang nur wenige Schritte entfernt, aber kein Winken, kein Rufen konnte mich dazu bringen, die Augen zu öffnen. Alle dachten damals, ich hätte Angst gehabt. Aber so war es nicht. Im Gegenteil, ich war ganz ruhig, daran erinnere ich mich genau. Ich musste nichts mehr tun. Ich hatte das Gefühl, ich hätte mich aufgeteilt. Meine Spiegelbilder waren in jedem der verglasten Gänge unterwegs. Ich war doch überall, meine Ebenbilder erforschten für mich die unterschiedlichen Wege im Irrgarten, sie würden mich hier schon herausführen, ich musste mich selbst gar nicht mehr bewegen. Davon war ich überzeugt gewesen. Nur hatte ich dabei eines übersehen: Ich hatte mich selbst verloren.

Das durfte mir hier nicht passieren. Ich würde nicht erstarren in Anbetracht der vielen Möglichkeiten, die im Fragment verborgen waren. Ich brauchte nur mehr Information. Ich würde aus den Irrwegen und Sackgassen und Falltüren dieses Textes herausfinden. Vielleicht könnte ich in Konitz anrufen. Im Bürgeramt oder im Tourismus-Büro. Oder ich konnte Tadeusz bitten, dass er das übernahm, er sprach schließlich polnisch. Aber je mehr ich darüber nachdachte, je schneller und schneller sich die Gedanken in meinem Inneren drehten, desto sicherer wurde ich: Ich wollte selbst dicjenige sein, die Brandner die Lösung zu diesem Rätsel präsentierte.

Das war meine Entdeckung.

Winters Tod gehörte mir.

»Was soll das heißen«, sagte Brandner. Er stand neben Schwarz, er hatte die Stirn gerunzelt und betrachtete die samtüberzogene

Probebühne. Er sah verwirrt aus. Sein Gesicht wirkte noch abwesender als am Vormittag, seine Haare waren noch zerzauster. Er tat, als würden wir ihn stören. Als hätten wir ihn gerade aus tiefster Konzentration gerissen. Dabei war doch er derjenige, der zu uns gekommen war.

Er war schon mit brennendem Zigarillo in den Raum getreten. Wir hatten ihn nicht kommen hören. Die Tür hatte offen gestanden, er war auf einmal in ihr erschienen, in einer Wolke aus Rauch. Als wir aufgesprungen waren und ihn gegrüßt hatten, war er leicht zusammengezuckt, so als wäre er völlig überrascht, uns zu sehen. Aber vielleicht lag das auch an unserem Anblick. François, Nele, Tadeusz und ich waren ja noch im Kostüm. Mein Gesicht spannte inzwischen unter der weißen Paste, die auf meiner Haut nachgetrocknet war und nun zu bröckeln begann. An einer der Seitenwände lehnte ein verschnörkelter, fast blinder Spiegel, in dem ich unsere Reflexion sehen konnte: bleiche, ramponierte Gestalten, die aussahen, als wären sie Gespenster.

»Blue Screen«, sagte Schwarz noch einmal. Er sah stolz aus. Wir hatten den ganzen Nachmittag gedreht. Schwarz hatte uns über die Bühne gescheucht, wir mussten als Bettler auf Knien über den Boden rutschen und als Diebe mit Taschenlampen herumfuchteln. François hatte sich, als er auf einem Fahrrad durch den Raum radeln sollte, mit der Kordel seiner Mönchskutte in den Speichen verheddert. Jetzt hatte er nicht nur die Schnittwunde auf der Stirn, sondern auch Schrammen an seinen Knien und Ellbogen.

»Das müssen Sie mir übersetzen. Ins Deutsche. Oder wegen mir auch ins Russische«, brummte Brandner und zupfte an dem blauen Samtstoff herum, der noch immer die halbe Probebühne einkleidete.

Schwarz grinste. »Na, Blue Screen halt, also blaue Leinwand? Das ist ein kameratechnisches Verfahren, mit dem ich die Figuren, die ich aufnehme, von ihrem Hintergrund abtrennen kann. Und dann kann ich sie im Film woandershin setzen.«

»Und was hat das mit unserem Faust zu tun?«, fragte Brandner und drehte sich Schwarz zu.

Ich konnte sehen, dass er schlagartig bei uns war. Es war, als hätte er in sich einen Schalter umgelegt. Etwas von dem, was Schwarz gesagt hatte, musste ihn aus seiner Gedankenwelt herausgerissen haben. Er war jetzt nicht nur mit seinem Körper anwesend, er war wieder hier bei uns, er war wieder Brandner. Er nahm uns wahr. Und er lauerte. Sein ganzer Körper wirkte auf einmal angespannt, wie bei einer Katze kurz vor dem Sprung. Ich konnte schon die Falle wittern, die er Schwarz stellte. Aber Schwarz sah es nicht kommen, er war noch zu stolz auf seinen Dreh, er war zu überzeugt von dem, was er da tat. Er sah Brandner nicht einmal an, sondern wienerte an den Knöpfen seiner Kamera herum, als er jetzt antwortete: »Na, Faust ist ja dann zu sehen auf dem Material.«

»Und der Teufel?«

»Der auch.«

»Und das zeigen Sie auf der Bühne, wie?

»Hm?«

»Was sehe ich auf der Bühne.«

»Die Leinwand?«

»Wir sind kein Kino.«

»Aber ein Kino ist doch auch eine Bühne.«

»Ich verbiete Ihnen die Kamera.«

»Was?«

»Das Ding da, das können Sie gleich einpacken, sonst lasse ich es wegsperren.«

»Aber …«

»Ja?«

»Ich brauche das doch.«

»Wofür?«

»Für die Aufnahmen!«

»Theater benötigt keine Aufnahmen, es findet im Jetzt statt.«

»Aber ich brauche das!«

»Theater ist wichtiger als Sie.«

»Aber ich will doch einen Stummfilm drehen!«, rief Schwarz. Seine Stimme überschlug sich fast, seine Augen waren weit aufgerissen, als hätte ein elektrischer Schlag ihn durchzuckt. Er hatte eine Hand schützend über die Kamera gelegt, mit der anderen Hand klammerte er sich an dem endlosen Kabel fest, das sich durch den halben Raum bis zur Steckdose schlang.

Brandner stieß den Rauch seines Zigarillos aus. Und schon an der Art, wie er das tat, erkannte ich seine Ungehaltenheit. »Jetzt verstehe ich. Sie wollen Filmregisseur werden«, sagte er. Seine Stimme war dabei ruhig, viel zu ruhig.

Jetzt bemerkte auch Schwarz, dass er etwas Falsches gesagt hatte. Er stand aufrecht und blickte sich panisch um. Er sah so aus, als hätte er die Worte am liebsten zurückgeholt und verschluckt. »Ja. Nein. Ich…«, stotterte er, »Ich glaube nur, dass bei diesem besonderen Projekt, also, dass da der Einsatz von filmischen Mitteln inhaltlich total gerechtfertigt ist. Ausnahmsweise.«

»Sie möchten also nicht lieber Filme drehen?«

Schwarz wand sich.

»Das ist doch keine so schwierige Frage«, setzte Brandner nach.

»Ich glaube nicht, dass das eine das andere ausschließt«, stieß Schwarz schließlich hervor.

Brandner lachte. Es war kein freundliches Lachen, es klang eher wie ein Bellen. »Sie haben keine Ahnung von Bühnenkunst. Die Bühne ist ein dreidimensionaler, poetisierender

Raum, nicht ein plattes Abbild der Realität. Wir haben hier eigene Regeln, eine eigene Bildsprache. Es ist schon schlimm genug, dass sich sogenannte Filmsternchen immer wieder auf die Bühne verirren, weil sie damit ihren Ruf aufpolieren wollen. Die sind dafür überhaupt nicht ausgebildet. Bühne und Film – das sind völlig unterschiedliche Berufe.«

»Ich mache ja keine Doku, ich mache einen Stummfilm!«

»Glauben Sie mir, das werden Sie nicht tun. An diesem Hause drehen Sie keinen Film. Nicht unter meiner Direktive. Dieser Unfug hat am Theater nichts verloren.«

»Aber …«, Schwarz sah jetzt völlig ratlos aus. »Sie fanden die Idee doch gut?«

Ich musste ihm recht geben. Ich war mindestens so verwirrt wie Schwarz über Brandners Reaktion. Hatte er nicht verstanden, was Schwarz vorhatte? Auch François sah Brandner fragend an, Tadeusz hatte sich vorgelehnt und schüttelte leicht den Kopf. Nur Nele neben mir lächelte.

»Sie müssen sich entscheiden«, sagte Brandner, »Film oder Theater. Beides geht nicht. Und wenn Sie sich für den Film entscheiden, dann tun Sie mir und sich einen Gefallen und verlassen uns umgehend.«

Schwarz senkte den Kopf. Einen Augenblick lang glaubte ich tatsächlich, er würde seine Kamera zusammenpacken. Ich war mir sicher, dass er das Kabel aufrollen, seine Kamera greifen, den Raum verlassen und auf Nimmerwiedersehen aus diesem Turm verschwinden würde. Auch wenn ich noch nie gehört hatte, dass das vorgekommen war. *Die Schule* verließ man nicht freiwillig.

Wenn einem von uns das zuzutrauen war, dann ihm.

Aber Schwarz rührte sich nicht. Seine Hand schwebte unentschlossen über der Kamera. Er starrte auf das Gehäuse, als gäbe es daran irgendetwas unglaublich Faszinierendes zu entdecken.

»Das seh ich anders«, sagte er schließlich ohne aufzublicken. Ich hielt die Luft an. Brandner sah verdutzt aus. Er war wahrscheinlich nicht gewohnt, dass ihm ein Anfänger widersprach.

»Bitte?«

»Ich sehe das anders«, wiederholte Schwarz und richtete sich nun doch auf, um Brandner direkt zu fixieren. »Ich glaube, dass es neue Formen geben wird. Dass jede neue Generation neue Ideen raushaut. Warum soll denn keine Leinwand auf einer Theaterbühne stehen? Es kommt doch immer auf die Umstände an, die man halt nutzen kann oder eben nicht. Brecht hat doch mit seinem Arbeiterzeug auch sein Ding gemacht und Grotowski hätte das arme Theater gar nicht erst erfunden, wenn irgendwer ihm Kohle gegeben hätte. Und bloß weil Sie alt sind, heißt das noch lange nicht, dass wir jungen Leute nichts Neues erfinden dürfen.«

Ich zuckte zusammen, neben mir atmete Nele scharf ein.

»Vergleichen Sie sich gerade mit Brecht?«, donnerte Brandner.

Schwarz schwankte. Dann nickte er. Eigentlich war es eher ein kurzes Senken des Kinns, um es dann trotzig wieder in die Höhe zu reißen. »Klaro«, sagte er und zuckte mit den Schultern. Seine langen Arme baumelten an seiner Seite.

Brandner trat näher an ihn heran. Sie waren fast gleich groß, aber Brandner wirkte durch seine Statur mindestens doppelt so wuchtig. Einen Augenblick lang schien es, als würde er Schwarz schlagen, er sah unfassbar wütend aus. Die Furchen in seiner Stirn waren so tief, dass sie wie eingemeißelt wirkten. Dann fing er an zu lachen.

»Chuzpe haben Sie, das muss man Ihnen lassen«, sagte er und tätschelte Schwarz' Schulter. »Ich warne Sie dennoch: Kommen Sie uns bei der Verteidigung nicht mit einem Filmkonzept. Ihr Ansatz ist interessant, aber Sie müssen einen Weg finden, daraus Theater zu machen.«

Er bückte sich und griff nach einem Zipfel des blauen Samtstoffs. In hohem Bogen riss er ihn von der Bühne und ließ das Stoffknäuel direkt vor Schwarz' Füßen landen. »Räumen Sie das weg!«, befahl er. »Nele, auf die Bühne!«

Nele sprang auf. Der Saum ihres Kleides schwang um ihre Knöchel. Sie sah selbst in schwarz-weiß großartig aus. Ihr Gesicht und ihr Dekolleté waren weiß gepudert, sie trug eine weiße Strumpfhose, weiße Stiefeletten und weiße Handschuhe. Schwarz hatte ihr eine schwarze Glatthaar-Perücke verpasst, mit akkuratem Bob und Pony. Sie sah aus wie Louise Brooks, nur dass sie statt einer Perlenkette ein aus Bühnentape geklebtes weißes Kreuz auf ihrer Brust trug.

»Was bedeutet das?«, fragte Brandner.

»Sie ist Johannes der Täufer«, sagte Schwarz, bevor Nele antworten konnte. Er stopfte schnell den Stoffballen unter einen Tisch und stellte sich wieder neben Brandner.

»Lektion 1: Sie brauchen einen Vorgang«, erklärte Brandner. »Vorgänge, die von Interesse sind, finden *auf* der Bühne statt, so dass wir als Zuschauer sie mitbekommen. Die Schauspielerin verwandelt sich in Johannes den Täufer – das ist ein Vorgang. Nele, machen Sie das Kreuz ab. Dann treten Sie auf. Sie schreiten auf das Publikum zu, Sie kleben sich das Kreuz selbst an. Sie gehen zur Tafel und schreiben uns auf, wer Sie sind.«

Er griff sich einen Stuhl und setzte sich. Er wartete einen Moment. Dann sagte er: »Und: bitte!«

Ich richtete mich auf. Brandner saß nun direkt vor mir, ich konnte die Bühne nur über seinen Scheitel hinweg sehen. Nele kam direkt auf uns zu. In der Bühnenmitte blieb sie stehen. Sie hob die Arme und hielt das Kreuz in die Höhe. Aber sie heftete es sich nicht auf die Brust. Sie pappte es sich mitten ins Gesicht, so dass der Kreuzbalken ihr den Mund verklebte. Jetzt musste sie stumm bleiben, die Kirche verschloss ihr die Lippen. Sie versuchte zu sprechen, sie wand sich, aber es ging nicht. Dann schien sie eine Eingebung zu haben. Sie huschte an die Tafel, griff sich die Kreide und schrieb.

Ich seufzte. Sie war gut. Natürlich war sie das.

»Großartig«, bestätigte Brandner. Er drehte sich zu uns um. »Jetzt haben wir das Verstummen zum Vorgang gemacht. Was macht einen Stummfilm noch aus?«

»Die ruckeln immer so«, sagte ich schnell. Ich war froh, dass ich endlich auch etwas beitragen konnte. Ich wollte nicht nur Zuschauerin sein, ich hatte bei Brandner noch so viel gutzumachen.

»Richtig«, sagte Brandner, »damit hätten wir gleich eine Idee für die Spielweise. Lektion 2: Geben Sie den Schauspielern etwas zu knabbern. Sie brauchen eine Anleitung. Hier sage ich: Bewegen Sie sich so, als sähen wir Sie in einem Stummfilm. Können Sie damit etwas anfangen, Nele?«

Nele nickte.

»Was ist noch typisch?«, fragte Brandner.

»La musique«, rief François eifrig. Er lehnte sich Brandner so weit entgegen, dass er fast von der Stuhlkante fiel.

Brandner nickte. »Entgegen der heutigen Filmmusik gab es damals keine auf den Film zugeschnittene Komposition. Die Filme wurden von Live-Musik begleitet, zum Beispiel an einer Stummfilm-Orgel. Der Organist bekam dann einen Katalog und Anweisungen, auf welche Stücke er zugreifen konnte: Es gab Musikstücke für lustige Szenen, für traurige Szenen, unheimliche Musik. Tadeusz?«

Tadeusz stöhnte. »Das hat man davon, wenn einen der Professor kennt«, murmelte er. Er stand auf und schlurfte an das Klavier, das in der hinteren Ecke der Bühne an der Wand stand. Verblüfft sah ich zu, wie er den Deckel aufklappte und im Stehen ein paar Takte anschlug, Ragtime.

»Hat das Klavier Rollen?«, unterbrach Brandner ihn. Tadeusz hielt inne und sah nach. Er nickte. »Dann schiebst du nach Neles Auftritt das Klavier herein. Du schreibst deinen Namen auf die Tafel und beginnst zu spielen. Nele, was macht der Täufer?«

Nele zupfte mit spitzen Fingern das Klebeband von ihrem Mund. »Er tauft«, lachte sie.

Auf Brandners Signal begann die Szene. Zuerst trat Nele auf wie zuvor. Dann kam Tadeusz. Er trug den Zylinder, er schob das Klavier und stolperte fast, er fuchtelte mit dem Gehstock herum, es war eine Slapstick-Nummer. Dann trat er an die Tafel. Aber er schrieb nicht. Er malte eine Faust.

Wir lachten.

Tadeusz schwang sich an das Klavier und begann zu spielen. Nele setzte sich in Bewegung. Sie ruckelte und zuckelte im Takt der Musik, sie taufte und segnete einfach alles, mich, die Kamera von Schwarz, das Klavier. François und ich lachten und applaudierten. Sogar Brandner lächelte. Nur Schwarz blieb still. Ich hatte gar nicht mitbekommen, wann er sich in den hinteren Teil des Raums zurückgezogen hatte. Er lehnte an einem Tisch. Den Kopf hielt er gesenkt, seine Beine waren überkreuzt. Die Finger hatte er so fest in die Tischkante gekrallt, dass seine Knöchel weiß hervor traten. Johannes der Täufer und Faust tanzten jetzt zusammen auf der Bühne einen tonlosen Walzer, es sah schwebend aus und irgendwie anrührend, aber Schwarz sah gar nicht hin.

Der Lärm schlug über uns zusammen, gebrüllte Gespräche, Gläserklirren, Musik. Wir stiegen die Steinstufen abwärts, in den Keller hinunter. Es war ein ganz normaler Abend, mitten unter der Woche, aber die Eckkneipe gegenüber des Turms war so überfüllt, dass die Leute bis in die geöffneten Toiletten hinein standen und rauchten und tranken. Jemand hatte den Vorhang zum kleinen Lagerraum aufgezogen, ein paar Mädchen kauerten dort auf Getränkekisten und Bierfässern. Im Flur zum Klo räkelte sich ein Pärchen auf dem Zigarettenautomaten und knutschte, eine dünne Blondine war auf die Schultern ihres Freundes geklettert und schwankte knapp unter der gewölbten Decke. Wir drängten uns durch bis an die Theke. Ich brüllte beim Barkeeper nach ein paar Flaschen Bier, Schwarz ließ drei kleine Gläschen mit Schnaps vor sich aufreihen, Wodka oder Grappa oder Tequila, irgendetwas Klares. Ich wollte ihn gerade fragen, für wen er mitbestellt hatte, aber da kippte er sie selbst, einen nach dem anderen.

Wir schoben uns in eine Nische im Lagerraum, direkt neben einen großen, ratternden Kühlschrank. Ich verteilte die kalten Bierflaschen und wir prosteten uns zu. Hier war das Stimmengewirr gedämpfter, nur die Mädchen auf den Getränkekisten plapperten, ich konnte jetzt sogar die Musik erkennen, die vorher in den Wellen aus Gelächter und Geschrei ertrunken war: das neue Album von Michael Jackson, *HIStory*.

»Brandner war so toll«, rief ich. Meine Wangen glühten.

Ich hatte Brandner noch nie inszenieren sehen. Er war dafür bekannt, dass er niemanden, der nichts mit seiner Produktion zu tun hatte, bei seiner Arbeit zuließ. Sogar seinen Dramaturgen verbot er manchmal die Teilnahme an den Proben. Deswegen schienen seine Inszenierungen auch so magisch. Niemand konnte erklären, wie sie entstanden. Und jetzt war ich dabei gewesen. Ich hatte sogar für ihn gespielt. Aber ich verstand trotzdem nicht, wie er es gemacht hatte. Wie unter seinen Anweisungen die Worte von Heym zu einer Szene geworden waren. Es war so einfach gewesen, so, als würde man sich einem Bergführer anvertrauen, der einen leichtfüßig und ruhig an gefährlichen Schluchten vorbeilotst.

»So ein Schmarrn, der Alte hat überhaupt nichts gerafft«, fuhr Schwarz mich an.

»Ist doch toll, wenn du von ihm lernen kannst!«, sagte Nele und nippte an ihrem Bier.

»Was soll ich denn lernen, wenn der nicht schnallt, was ich will, und einfach nur seinen Stiefel fährt«, belferte Schwarz zurück. Er sah fiebrig aus, sein Blick wanderte hektisch hin und her, er schwitzte.

»Was hast du denn erwartet, wenn du mit einer Kamera anrückst?«, fragte Nele. »Die haben an der Pisci doch alle ihre alte Ost-Ästhetik.«

Pisci. Das hörte ich zum ersten Mal.

»Korbinian weiß schon, was er tut«, sagte Tadeusz, »zumindest auf der Bühne.«

»Ach, halt's Maul«, fauchte Schwarz.

Tadeusz atmete scharf ein und schob sich dicht vor Schwarz. Sie starrten sich an. Einen Augenblick lang sah es so aus, als würden sie aufeinander losgehen. Aber dann polterte es hinter uns, eines der Mädchen fiel kichernd von zwei übereinandergetürmten Getränkekisten, eine ihrer Freundinnen fing das Glas auf, das ihr dabei aus der Hand geglitten war, und wir lachten und Tadeusz half ihr vom verklebten Boden auf.

Neben mir sah François auf seine Armbanduhr. Er wirkte unruhig, dabei war es noch nicht einmal Mitternacht. »Du kannst bei mir schlafen, falls du die letzte S-Bahn verpasst«, wollte ich ihn beruhigen, aber François schüttelte den Kopf. Er hatte sein Bier nach dem Anstoßen auf dem Kühlschrank abgestellt und überhaupt nicht angerührt. Sein Gesicht war, obwohl wir uns doch abgeschminkt hatten, noch immer ganz bleich. Die Paste hatte sich tief in seine Wunde eingefräst, er trug jetzt eine weiße Sechs auf seiner leicht angeschwollenen Stirn. Sie sah genauso aus wie die Zeichen von diesem Künstler, der überall in der Stadt seine weißen Sechser hinpinselte: An Bauschutt, auf Plakate, auf Sperrmüll, der sich in Hauseingängen stapelte. Angeblich fuhr er immer mit dem Fahrrad herum, den schwappenden Farbtopf vom Lenker baumelnd, um im Zweifelsfall der Polizei davonradeln zu können. Ich freute mich jedes Mal, wenn ich seine 6 irgendwo entdeckte. Ich erkannte sie inzwischen sogar an ihrem Schwung. Die Sechs auf François' Stirn wirkte natürlich ganz anders. Als hätte man sie mit einem Messer eingeritzt. Die Schnittwunde ging ziemlich tief. Ich verstand nicht, wie François es angestellt hatte, eine so geformte Verletzung abzubekommen.

»Tut's noch weh?«, fragte ich. Er antwortete nicht, sondern drehte sich einfach von mir weg.

Ich zuckte mit den Schultern, wandte mich zu Tadeusz und ließ den Hals meiner Bierflasche gegen seinen klacken. Einen Moment lang glaubte ich, er würde mir zulächeln, aber sein Gesicht blieb so unbewegt wie immer.

»Na, du Teufel«, sagte er, »weißt du denn inzwischen, wie du deine Szenen inszenieren willst?«

Ich stockte. Mir wurde sofort flau im Magen. Vor lauter Begeisterung über Brandner hatte ich fast vergessen, was noch alles vor mir lag. Ich musste noch so viel tun. Aber ich kam einfach nicht dazu. Wie sollte ich mir denn etwas zu Heym ausdenken, wenn ich ständig für die anderen auf der Bühne stand oder nach Schöneweide musste. Der Stundenplan ließ uns keine Luft, nicht zum Atmen, nicht zum Denken. Langsam bekam ich Angst.

Was, wenn mir nichts einfiel, bevor ich das Konzept präsentieren musste.

Was, wenn ich nicht genug Zeit bekam.

Und was, wenn ich einfach nicht genial genug war für diesen Beruf.

»Ich weiß nicht, wie ihr das macht«, murmelte ich.

»Was denn?«

»Na, Ideen auf Knopfdruck. Sowas braucht doch … Ruhe?«

Tadeusz betrachtete mich. Er schob sich ein bisschen näher an mich heran. Langsam beugte er sich zu mir, seine Lippen berührten kurz mein Ohr. »Musst du eben eine Muse küssen«, flüsterte er und lehnte sich wieder zurück. Ich starrte ihn an. Seine Wimpern flatterten leicht.

»Kommt, da vorne wird grad ein Tisch frei«, hörte ich Nele sagen. Sie schob sich zwischen uns, griff meine Hand und zog mich mit sich. Ich tappte hinter ihr und Schwarz her und versuchte mich nicht nach Tadeusz umzudrehen. Mir schlug das Herz bis zum Hals.

Dass wir saßen und redeten, bekam ich kaum mit. Ich muss an den korrekten Stellen gelacht oder genickt haben, aber ich war nicht richtig anwesend. Ich spürte noch Tadeusz' Lippen an meinem Ohr. Außerdem musste ich nach Hause. Ich musste endlich arbeiten. Ich musste weiterdenken, viel weiter. Der Winter in Konitz wartete auf mich. Aber das hier, das war doch das, was ich mir so gewünscht hatte. Ich war angekommen in dieser Stadt, zumindest in diesem kurzen Moment. Ich war Studentin der Pisci, ich saß hier mit meinen Kollegen, und wir redeten über Kunst. Und Tadeusz war da und blickte nicht zu Nele, sondern zu mir. Also blieb ich sitzen. Und sitzen. Die Kneipe leerte sich langsam um uns herum, es wurde leiser und leiser, die Bierflaschen türmten sich auf unserem Tisch, der Aschenbecher füllte sich, dic Kerzen im Raum brannten herunter, und wir redeten und redeten, über Faust, über Brecht und Brandner und das Doppelbewusstsein des Schauspielers, der doch wissen musste, dass das, was er spielte, nicht die Wirklichkeit war, egal wie glaubhaft er sie auch darstellte.

»Aber stimmt das tatsächlich? Dass ein Schauspieler wirklich immer weiß, dass er gerade Theater spielt?«, fragte Tadeusz gerade. »Auch wenn er so richtig tief in seiner Rolle steckt? Wenn er gerade in einem herzzerreißenden Monolog den Tod seiner Frau beklagt und das ganze Theater am Weinen ist?«

»Klar weiß er das!«, rief ich, »Das ist doch die Kunst! Sich so sehr zu versenken, dass jeder Gedanke, jeder Schritt dem Vorgetäuschten entspricht und dessen Logik folgt. Aber wenn du dann einen Feueralarm im Theater auslöst, weiß er auch sofort wieder, dass er ein Schauspieler ist, der auf der Bühne steht und sich in Sicherheit bringen muss.«

»Das glaube ich auch«, pflichtete Schwarz mir überraschend bei. »Die wirklich guten Schauspieler haben genau das total drauf. Die hauen so ihre eigene Wirklichkeit über die echte Wirklichkeit drüber. Aber die wissen auch ganz genau, was sie da gerade tun. Und das machen sie dann …«

»… wirklich echt gut?«, wiederholte ich. Wir lachten.

Nele nickte. »Orlow hat das doch unlängst auch gesagt: dass ein Kind, das dir im Sandkasten einen Kuchen aus Sand anbietet, immer entsetzt sein wird, wenn du den wirklich isst. Aber genauso empört wäre es, wenn du es darauf hinweist, dass der Kuchen aus Sand ist. Das ist das Doppelbewusstsein des Darstellers. Das ist …«

»Schauspieler-Schizophrenie?«, sagte Tadeusz. »A la Stanislawski?« Wieder lachten wir.

Nur François hatte die Stirn gerunzelt. »Aber muss man nicht durchlebt haben selbst die Situation, die man zeigt? Um zu sein gläubig?«

»Glaubwürdig«, korrigierte ich ihn.

»Quatsch. Um zum Beispiel einen Mörder spielen zu können, muss ich doch auch keinen Mord begehen«, rief Nele.

»Naja«, widersprach Tadeusz, »Aber man muss vielleicht mal eine Fliege zerquetscht haben, damit man weiß, wie sich das anfühlt. Dann kann man das von da aus hochrechnen.«

»Den Mord selbst sieht man ja meistens eh nicht auf der Bühne«, sagte ich. »Also muss man eher verstehen, wie man sich unschuldig verhält, damit man nicht entdeckt wird. Man muss sich in den Mörder hineinversetzen, der sich in einen Unschuldigen hineinversetzt. Und der sich dementsprechend benimmt. Der Schauspieler mimt ja den Mörder, der den Unschuldigen gibt. Also ist die Unschuld der Punkt!«

Die anderen starrten mich an. »Häh?«, machte Schwarz.

»Na, wenn ich jemanden umgebracht hätte«, rief ich, »dann würde ich mein Denken so umbiegen, dass ich es nicht war! Ich würde ein Unschuldiger werden, auch vor mir selbst.«

Tadeusz schüttelte seinen Kopf. »Du ergibst keinen Sinn.«

»Ach, ihr seid zu betrunken, um das zu verstehen«, lachte ich und hob meine Bierflasche. Wir stießen an. »Halten wir also fest«, sagte Nele, »wenn wir Othello inszenieren, müssen wir keine Desdemona in echt getötet haben.« Sie war schon ein wenig beschwipst, ihre Aussprache war verwaschen.

»Auch nicht, um den Teufel zu verstehen?«, fragte Schwarz. »Nicht mal so einen klitzekleinen Totschlag?«

Wir lachten wieder. Nur François verzog keine Miene mehr und blickte schon wieder auf seine Armbanduhr. Langsam kam mir das merkwürdig vor. Er wirkte nicht wie jemand, der um diese Uhrzeit noch verabredet sein könnte. Trotzdem sah er unruhig aus.

»Der Teufel mordet ja nicht selbst«, warf ich ein. »Er raubt nur die Seele desjenigen, der stirbt.«

Ich war mir nicht sicher, ob das stimmte. Der Raum um mich war schon verschwommen, der Alkohol hatte ihn genauso weichgezeichnet wie meine Gedanken. Ich war mir auf einmal unsicher, was das eigentlich war: das Böse. Die Grenzen schienen da fließend.

»Ich glaube schon, dass man jemanden töten muss, um einen

Mörder zu verstehen«, widersprach Schwarz. Er lallte ein wenig. »So ein Blutrausch ist bestimmt geil. Brandner wäre ich heute auch am liebsten an die Gurgel gegangen.«

»Jetzt hör aber mal auf«, sagte Nele und zündete sich eine Zigarette an.

»Hast du nie Lust, jemanden umzubringen?« Schwarz knibbelte an den Wachsstriemen der Kerze herum, die in der Tischmitte in einer Weinflasche flackerte.

Nele sog den Rauch ihrer Zigarette ein und hielt ihn in der Lunge. Ihr Blick schweifte an die Zimmerdecke, sie sah einen Augenblick lang so aus, als wäre sie ganz weit weg. Dann lächelte sie und sagte im Ausatmen: »Oh doch.«

»Ich glaube ja, dass unter den richtigen Bedingungen echt jeder bereit ist, jemanden abzumurksen«, fuhr Schwarz fort. »Ich würde jeden Einzelnen von euch über die Klinge springen lassen, wenn ich müsste.«

»Danke, danke«, lachte Nele.

Und ich fragte: »Wen denn zuerst?«

Schwarz grinste. Dann hob er seinen Arm und deutete auf Tadeusz. Tadeusz verzog keine Miene. Er nickte nur, hob auch seinen Arm und deutete zurück auf Schwarz. Nele klemmte sich die Zigarette zwischen die Lippen und zielte nun mit der freien Hand auf uns. Ihre Bewegung war kreisend, sie zog an Tadeusz und François vorbei, sie verweilte kurz auf meiner Stirn, dann noch einmal zurück zu Tadeusz. Schließlich stoppte auch sie bei Schwarz. Ich ließ meinen Arm hochschnellen und zielte auf Nele. Unsere ausgestreckten Arme bildeten jetzt ein Geflecht, *ein Gespinst des Todes*, dachte ich.

»Na, Franzmann, wen bringst du um?«, fragte Schwarz.

François sah von seiner Armbanduhr auf. Seine Augen waren gerötet, als hätte ihm irgendetwas die Tränen in die Augen getrieben. Ich erwartete, dass er sich weigern würde, dass er sagen würde »Ich das nicht kann!«. Aber sein Finger schoss hoch und zeigte ohne zu zögern auf mich, direkt auf mein Herz.

»Dann hätten wir das ja auch geklärt«, sagte ich. »François ist der Einzige, der diesen Kurs überlebt.« Schwarz und Nele lachten, sogar Tadeusz verzog leicht den Mund. »Vielleicht sollten wir einen Vertrag schließen«, sagte er, »einen Anti-Mord-Vertrag oder so.«

»Oder gleich einen Teufelspakt«, sagte ich.

»Genau, und den unterzeichnen wir alle mit Blut«, feixte Nele.

François sprang auf. Seine Bewegung war so abrupt, dass er mit dem Oberschenkel an der Tischkante anstieß und den Tisch zum Wackeln brachte. Die Bierflaschen klirrten, die Kerze schwankte. »Adieu«, sagte er und war schon die Steinstufen hoch und aus der Tür, bevor einer von uns reagieren konnte.

Wir sahen uns an.

»Ich mach auch mal los«, sagte ich dann und warf ein paar Markstücke auf den Tisch. Ich griff mir meine Jacke und eilte François nach. In der Tür drehte ich mich noch einmal um. Nele schob sich gerade an ihn heran, aber Tadeusz bemerkte es nicht. Er hatte sein Kinn auf seine Hand gestützt, seine schwarzen Haare fielen ihm in die Stirn. Er starrte auf den Tisch und sah mir nicht nach.

Ein kalter Windstoß fuhr mir in den Kragen. Oben auf dem Hügel ragte der Turm in den Nachthimmel, seine runden Mauern waren finster, die Skelette der Bäume schienen nach ihm zu greifen. Zum ersten Mal in diesem Herbst konnte ich meinen Atem als helle Wolke in der Luft sehen. Ich fröstelte und zog meinen Parka enger um mich. Der November kroch tief in die Stadt, er schwärzte alles ein und schärfte die Umrisse.

Ich wusste selbst nicht, was ich vorhatte. Ob ich François zur

Rede stellen wollte, um zu erfahren, was mit ihm los war. Vielleicht wollte ich auch nur sichergehen, dass er heil zur Haltestelle und nach Hause kam. Auch wenn ich zu ahnen begann, dass er dort gar nicht hinwollte.

Er war noch nicht weit gekommen. Gerade tauchte er weiter vorne in den orangefarbenen Lichtkegel einer Straßenlaterne. Er überquerte die Straße und eilte weiter, in östlicher Richtung. Ich zog mir meine Kapuze über den Kopf und folgte ihm. Ich trat leise auf und hielt mich auf der anderen Straßenseite, aber er drehte sich gar nicht um.

Er lief so rasch, dass ich Mühe hatte, mit ihm Schritt zu halten. An der Prenzlauer Allee lief er quer über die Straßenbahnschienen und wäre auf der anderen Straßenseite fast mit einem Radfahrer zusammengestoßen. Ich hörte den Fahrer fluchen, ein vorüberrauschendes Auto blendete die Scheinwerfer auf und hupte, aber François blieb nicht stehen. Hastig bog er in die nächste Seitenstraße ein, um seine Füße wirbelte Herbstlaub herum, er rannte jetzt, immer gegen den Wind.

Die Straße vor uns war abschüssig und dunkel, ein paar der Laternen waren ausgefallen. Es fühlte sich an, als würden wir in einen Tunnel eintauchen, es war hier so merkwürdig still. François hielt sich dicht an der Steinmauer, die auf der rechten Seite den Gehsteig von einem Friedhof abgrenzte, seine Schritte hallten auf dem Gehsteig. Ich blieb auf der anderen Straßenseite, im Schatten der Bäume und der parkenden Autos, ich rannte jetzt auch. Als François plötzlich am Eingang zum Friedhof hielt, wäre ich fast gestolpert. Ich sah, wie er am Tor rüttelte, aber es gab nicht nach. Er rüttelte noch einmal und sah sich suchend um.

Schnell duckte ich mich hinter einen geparkten Trabbi und hielt die Luft an, aber François' Blick flog über mich hinweg, hoch zum Turm einer Kirche, deren rote Backsteinfassade hinter mir nahtlos in die Front der Wohnhäuser eingefügt war. Oben am Giebel war eine große Uhr angebracht, mit römischen Ziffern und großen, metallenen Zeigern. Es war kurz vor Mitternacht.

Ich verstand nicht, was er hier wollte. Vielleicht lag Heym auf diesem Friedhof. Zum ersten Mal fragte ich mich, wo sie ihn wohl vergraben hatten. Ob seine Wasserleiche gleich dort am Wannsee verscharrt worden war, im hartgefrorenen Boden. Und ob es das Grab noch gab.

Drüben auf der anderen Straßenseite schien François unschlüssig, was er tun sollte. Er trat von einem Fuß auf den anderen, er lief ein paar Schritte hin und her, stellte sich dann auf die Zehenspitzen und spähte durch das Tor.

Gerade überlegte ich, ob ich zu ihm hinübergehen sollte und ihn einfach fragen, was er da tat, aber auf einmal hörte ich ein Rattern und Quietschen und das Tor öffnete sich. Jemand wisperte etwas, eine Hand schnellte vor und zog François in das Innere des Friedhofsgartens.

Es ging so schnell, dass ich gar nicht reagieren konnte.

Ich sprang auf und lief hinüber zum Tor, das gerade zurück ins Schloss fiel. Als ich ankam, zitterte das Gitter noch im Rahmen, aber die Klinke ließ sich nicht mehr bewegen. Durch die Gitterstäbe hindurch konnte ich nichts erkennen, aber auf einmal war ich mir sicher, dass ich François keinesfalls allein lassen durfte.

Mein Blick flog an der Mauer entlang. Sie war hoch, aber an einer Stelle gab es einen Stromkasten, auf den ich klettern konnte. Ich dachte nicht nach. Ich zog mich einfach auf den Kasten und schwang mich über die Mauer. Ich landete weich, meine Hände griffen in nasses Laub.

Der Friedhof war unbeleuchtet, er lag als dunkles Quadrat zwischen zwei Straßenzügen und den Brandmauern der angrenzenden Häuser. Es dauerte eine Weile, bis sich meine Augen an die Dunkelheit gewöhnten. Dann langsam begannen sich Schemen abzuzeichnen, Gräber, Kreuze, Grabsteine. Grablichter flackerten in roten Plastikummantelungen, über die Mauer brachen ein paar Lichtstreifen von der Straße herüber und legten sich über die schmalen Wege. In der Ferne rauschte der Verkehr, der Wind verfing sich in den Gießkannen, die hinter den Gräbern aufbewahrt wurden, überall pfiff und heulte es. Aber unter dem Geräusch lag noch etwas anderes: Stimmen. Ich fuhr herum.

Sie standen nicht weit entfernt, sie waren zu viert. Ich konnte nur ihre Umrisse sehen. François erkannte ich sofort an seiner pummeligen Gestalt. Neben ihm standen drei Typen in bodenlangen Mänteln. Einer von ihnen lehnte an einem Grabstein, er schien auf François einzureden, der mit hängenden Schultern vor ihm stand. Seine Stimme war dunkel, er sprach gegen die Windrichtung, ich konnte nicht hören, was er sagte, aber ich mochte den Klang nicht. Und jetzt kniete François vor ihm nieder und senkte den Kopf.

Mein Magen verkrampfte sich. Irgendetwas stimmte hier nicht. Auf einmal fiel mir die Sechs auf François' Stirn wieder ein. Und eine Zeile von einem Song der Pixies: *If man is five then the devil is six, and if the devil is six then god is seven …* Es war die Zahl Satans.

Was, wenn die Wunde auf seiner Stirn kein Zufall war, sondern ein Teufelsmal.

Wenn nicht François derjenige war, der in Gefahr war, sondern ich.

Ich kannte ihn doch kaum.

Hinter mir hörte ich gedämpfte Glockenschläge. Ich zuckte zusammen. Die Kirchenuhr musste das sein. Zwölf Schläge waren es. Plötzlich begriff ich, dass es das war, worauf François den ganzen Abend über gewartet haben musste: Mitternacht.

Und auf einmal ging alles sehr schnell.

Ein Brummen und Zischeln war zu hören, die Schemen begannen sich zu bewegen. Sie zirkelten um François herum. Ein Tanz schien das zu sein, sie hoben und senkten ihre Arme, sie stampften im Kreis um das Grab, neben dem er kniete. Eines von diesen steinernen Gräbern war das, mit liegendem Grabstein. Staub wirbelte auf. Erst jetzt konnte ich sehen, dass da etwas lag, etwas Lebendiges, ein Hund, eine Katze, ein Fuchs, irgendein Tier. Es wand sich, aber es strampelte nicht. Sie hatten ihm die Beine gefesselt, es versuchte, sich aufzubäumen, einer der Typen rief etwas und drückte es auf den Grabstein zurück. Das Brummen schwoll an und François sprang auf und riss seine Arme in die Höhe. Ich sah etwas zwischen seinen Händen aufblitzen, es war spitz und lang. Eine Klinge, die François abwärts sausen ließ, wieder und wieder, François stieß zu und ich schrie auf. Mein Laut vermischte sich mit dem Kreischen der Kreatur, ein Gurgeln und Röcheln. Das Zischeln der Tänzer schwoll an, ihr Brummen wurde tiefer und lauter, und ich wich zurück, aber hinter mir war die Mauer, ich prallte mit dem Rücken gegen die Steinfläche. Und weit und breit kein Stromkasten, auf den ich hätte klettern können. Es gab keinen Ausweg, ich sah mich panisch um. Ich floh über Gräber, riss eine metallene Gießkanne um, jemand brüllte etwas, ein Zweig peitschte mir quer über das Gesicht, ich rannte und rannte, einfach auf das entgegengesetzte Ende des Friedhofs zu. Und plötzlich sah ich die Friedhofsgärtnerei vor mir, Grabblumen, Sträucher, einen Spalt im Zaun, durch den ich mich pressen konnte, hinaus auf die Straße, ins Licht hinein, das beruhigende Licht der Stadt, glänzendes Kopfsteinpflaster unter meinen Füßen, weiter, weiter, so schnell ich nur konnte, hinein in das Geflecht aus Straßen, dem inneren Kompass nach. Am Turm riss ich mein Fahrrad aus dem Ständer, ich trat in die Pedale, ich keuchte, Häuser, Bäume, leuchtende Werbetafeln rauschten an mir vorüber, eine Gruppe aus wankenden, singenden Männern, ein Krankenwagen mit tonlos flackerndem Blaulicht, Stille in meinem Hinterhof. Erst als meine Wohnungstür hinter mir zufiel, hörte ich auf mich zu bewegen. Aber etwas klapperte noch, und ich brauchte einen Moment, bis ich begriff, dass es meine eigenen Zähne waren, die da aufeinanderschlugen. Ich sank auf den Boden, mit dem Rücken an der Wohnungstür. Ich umschlang meine Knie und wiegte mich hin und her, ich fing an zu summen, bis das Zittern weniger wurde und das Klappern verstummte.

8

Die Eisdecke war blank. Ich konnte durch sie hindurch den Himmel sehen. Ein heller Winterhimmel war es, der sich da als hohe Luftkuppel über die Ebene zog. Das Licht der Sonne war hart, ihr Gleißen brachte die Eiskristalle um mich herum zum Glitzern. Meine Hände strichen bewundernd über die klare Fläche, sie war so kühl und glatt. Ich stellte mir vor, wie es wäre, Schmuck aus einem solchen Material zu besitzen. Ich hörte ein Schwappen und Glucksen, alles war friedlich. Mein Herz schlug ganz ruhig. Oben am Himmel zog ein Schatten durch das Blau, ein Vogel oder ein Flugzeug, ich konnte es durch das Eis hindurch nicht erkennen. Ich hörte Rufe, sie waren gedämpft. Die Stimmen riefen meinen Namen. Ich lächelte. Ich wollte zu ihnen gehen und sie begrüßen. Aber vor mir war noch immer die Fläche, sie ließ mich nicht durch. Ich prallte an ihr ab, wieder und wieder. Bis ich verstand: Ich war auf der falschen Seite, ich war unter Eis. Ich rang nach Luft, ich schrie, aber niemand konnte mich hören. Meine Augen waren weit aufgerissen, ich sah über mir den Eishimmel, durch den sich der Stuck meiner Zimmerdecke zog. Ich zitterte und schwitzte. Meine Arme schlugen gegen Kissen und harte Eiskrusten, ich biss in Frost und schluckte Daunen, ich versank. Erst als ich an der Spüle in meiner Küche den Hahn aufdrehte und mir das kalte Wasser von den Wimpern tropfte, begriff ich. Das war nicht mein Alptraum gewesen, den ich da geträumt hatte. Es war der von Georg Heym.

Ich saß in der Staatsbibliothek Unter den Linden. Aus der kleinen Cafeteria im Erdgeschoss stieg der Geruch nach Kaffee und Spülmittel zu mir auf, draußen rauschte der Springbrunnen im Innenhof und vermischte sich mit dem harten Aufprall des Novemberregens, der gegen die Fensterscheiben schlug. Ich hatte mir einen Platz an einem der Holztische im ersten Stock sichern können, aber ich konnte kaum denken. Es war ein ständiges Knarzen in diesem alten Gemäuer. Die Dielen gaben unter den Schritten der herumschleichenden Besucher nach, Holzregale verzogen sich in der Herbstfeuchte, Fensterkreuze knackten in ihren Rahmen. Die Stille im Lesesaal ließ jedes Geräusch anschwellen. An den Tischen frästen Tintenfedern über Papier, umgeschlagene Seiten knallten wie Zeltplanen im Wind. Mein Kopf schmerzte. Ich hatte kaum geschlafen. In der Nacht hatte ich das Licht nicht mehr ausgemacht. Immer, wenn ich es versucht hatte, war ich aus der Dunkelheit hochgeschreckt und hatte panisch mit der Hand nach dem Schalter geschlagen, überzeugt davon, dass ich nicht allein im Raum war, und dass dort in der Ecke jemand auf meinen Schlaf lauerte. Es war nicht François, den ich dort stehen sah, mit erhobener, blinkender Klinge. Etwas anderes wartete da auf mich, etwas Ungreifbares, es kam näher, legte sich auf meinen Brustkorb, es flüsterte in meinen Gehörgängen und zog mich mit sich hinab in die Tiefe.

Mir gegenüber saß eine schmale Asiatin, die sich tief über ihre Notizen beugte. Sie lauschte einer Lernkassette, die aus den Kopfhörern ihres Walkmans wisperte. Vor sich hatte sie mindestens zehn verschiedenfarbige Filzstifte angeordnet, deren Kapseln sie mit flinken Fingern von der Mine ploppen ließ und wieder aufsteckte.

Ich hatte Heyms Bücher vor mir aufgetürmt, ich hatte mir alles geben lassen, was sie in den endlosen Katakomben der Bibliothek von ihm hatten. Ich wollte seine Traumaufzeichnungen lesen, diejenigen, die im roten Buch vermerkt waren. Es gab darin diesen einen Traum von ihm, diesen erschreckend klarsichtigen. Am 2. Juli 1910 träumte er, er bräche auf einem winterharten See in das Eis ein. Ein kurzer Eintrag war das nur, und ich wollte sehen, ob er für das rote Buch gekürzt worden war. Aber ich war abgeglitten, der Gedanke an François ließ mir keine Ruhe. Ich sah ihn vor mir, wie er auf die Kreatur einstach, wieder und wieder, ich wurde die Bilder nicht los. Das Mal auf seiner Stirn. Sein suchender, gehetzter Blick, kurz bevor er im Inneren des Friedhofs verschwand. Statt im Heym blätterte ich jetzt abwechselnd in einem Almanach der Zahlen, einem Buch über Okkultes und in der Bibel.

Ich wollte wissen, worauf François sich eingelassen hatte. Die klaffende Sechs auf seiner Stirn war ein Hinweis, ein Anker, von dem ich nicht wusste, in welchen Untiefen er versenkt war. Und ich wollte es herausfinden.

Dass die Stadt Pergamon für den Sitz des Satans gehalten wurde, las ich. Ich las von Pentagrammen und umgedrehten Kreuzen, von Dreieckszahlen und Primzahlen, ich stieg immer tiefer ab in die Insignien, bis weit hinunter zu des Teufels Kryptographie und zur Deutung der dreifachen Sechs.

Auf einem uralten Papyrusfragment soll sie zuerst gesichtet worden sein, einer fragmentiert erhaltenen Abschrift des Neuen Testaments, die in Ägypten entdeckt worden war. In der Offenbarung des Johannes taucht sie dort auf, 666, als Hinweis auf das Untier, den Antichristen. Dass der Okkultist Crowley seine

Briefe gern mit der 666 abzeichnete, las ich. Und ich las, mit schweren Augenlidern, während der Regen weiter gegen die hohen Scheiben prasselte und die aufgedunsenen Holzregale knackten und stöhnten, in der Bibel: *ich sah ein Tier aus dem Meer steigen, das hatte zehn Hörner und sieben Häupter und auf seinen Hörnern zehn Kronen und auf seinen Häuptern lästerliche Namen.*

In meinem Kopf hämmerte es jetzt. Heym blitzte von seinem Stapel zu mir herüber und drängte sich zwischen die Teufelszahl, Traumaufzeichnungen, *in diesem Augenblicke versank ich auch schon*, Skizzen, eine Fratze, Gedichte, *vom Abend glänzt der rote Bauch des Baal.* Ich spürte, wie sich meine Nackenmuskeln verkrampften und mir der Schmerz in den Hinterkopf stach, draußen donnerte es, eine dunkle Wolkendecke schob sich über den Innenhof der Bibliothek, der Gott der Stadt rang mit dem Fürsten der Finsternis, alles zog sich zu.

Ich rieb mir das Gesicht, ich hatte nicht viel Zeit. Es war unlogisch gewesen, heute hierherzukommen. Ich musste nach Schöneweide, ich konnte nicht schon wieder das Seminar dort schwänzen. Am späten Nachmittag sollte dann endlich ein Techniker zu mir nach Hause kommen und in meiner Wohnung einen Telefonanschluss installieren. Am liebsten hätte ich das als Ausrede benutzt, um heute gar nicht in die Schule zu müssen. Ich wollte François nicht begegnen. Ich wusste nicht, wie ich ihm gegenübertreten sollte. Wie ich ihm in die Augen sehen könnte. Und nicht nur das. Ein neues Gefühl beschlich mich, wenn ich hier, zwischen Abbildungen von Runen und Teufelszeichen, an ihn dachte. Ich brauchte eine Weile, bis ich es verstand: Ich hatte Angst. Nur, dass ich noch nicht wusste, ob um ihn oder vor ihm.

Die Asiatin schaltete mit einem Klacken ihren Walkman aus. Sie setzte den Kopfhörer ab und lächelte mir zu. Ich beneidete sie. Sie sah so ruhig aus, so heil, wie sie nun in aller Ruhe begann, ihre Filzstifte zusammenzuräumen und ihre Notizen mit der Seitenkante auf den Tisch zu klopfen. Hier, im milden Tageslicht, das durch die regenverschlierten Fenster der Bibliothek auf ihren Scheitel fiel, kam mir sehr unwahrscheinlich vor, was ich dort auf dem Friedhof beobachtet haben wollte. Vielleicht hatte ich mir auch alles nur eingebildet. Ich war müde gewesen, als ich da hinter dem Grabstein gestanden hatte, müde und überreizt. Eigentlich war ich seit Schulbeginn angespannt, ich kam nicht zur Ruhe.

Aber nein.

Ich hatte die Sechs gesehen, die blutverschmierte, sich entzündende Wunde. Ich hatte das Summen und Stampfen der Tänzer gehört. Das Läuten der Glocken um Mitternacht. Und dann dieser furchtbare Schrei. *Wer Verstand hat, der überlege die Zahl des Tieres; denn es ist die Zahl eines Menschen, und seine Zahl ist sechshundertsechsundsechzig.*

Ich schob den Stuhl zurück und stand langsam auf.

Ich war schon im windgeschüttelten Innenhof, den aufgespannten, zitternden Regenschirm in der Hand, als es mir einfiel. Der Winter. Ich hatte doch nach ihm suchen wollen, unbedingt. In den Karteikästen war ich beim Durchblättern auf nichts gestoßen, aber es gab noch die Lesegeräte für den Mikrofichekatalog. Kurz zögerte ich. Die Bibliothek lag ungünstig, von hier aus würde ich länger als sonst bis zur Schauspielabteilung brauchen. Ich musste zweimal umsteigen, Alexanderplatz, Ostkreuz. Aber wenn ich jetzt losginge, würde ich pitschnass werden. Und wer wusste schon, wann ich wieder Zeit hatte, hierherzukommen. Eine Windböe fuhr durch den Hof und drückte mir einen Schwall aus Regentropfen gegen die Hosenbeine. Schnell schloss ich den Schirm und sprang die Stufen hoch, zurück zum weinumrankten Eingang und hinein in die Bibliothek.

Ich hatte Glück, eines der Geräte war frei. Es war ein grauer Kasten. Ich wischte meine nassen Hände an meiner Hose ab und setzte mich. Das Gerät wirkte tot. Wahrscheinlich musste ich irgendwo kurbeln oder einen Knopf drücken, eine Lampe anschalten, aber ich wusste nicht, wo. Ich sah mich nach den Karteikästen mit den blauschwarzen Folien um, aber ich konnte sie nicht finden. Eigentlich wusste ich auch gar nicht, was man mit ihnen anstellte.

Ein Typ lief vorüber, ein Student musste das sein, von der nahe gelegenen Humboldt-Uni vielleicht, er trug eine Hornbrille und hatte seine blonden, langen Haare zu einem Pferdeschwanz zurückgebunden. Seine Bewegungen wirkten so selbstverständlich, als wäre er oft hier. Er sah freundlich aus. Und so, als hätte er Zeit.

»Entschuldige?«, flüsterte ich. »Kannst du mir helfen?«

Er blieb stehen. »Was suchst du denn?«

Ich biss mir auf die Lippe. Ich war mir nicht sicher, ob ich mich ihm anvertrauen konnte. Mir kam es vor, als würde ich ein großes Geheimnis verraten. Aber das war natürlich Unfug. Wer auch immer der Studi war: er konnte ja mit dem Winter gar nichts anfangen. »Einen Mord. In Konitz«, sagte ich, »Jahrhundertwende rum, vielleicht gibt es dazu ein Buch oder so.«

Seine Augenbraue schoss in die Höhe. »Spannend!« Er zeigte auf meinen Sitzplatz. »Lass mich mal.«

Ich stand neben ihm und musste nur zusehen. Ich hatte mir vorgenommen, genau aufzupassen, damit ich beim nächsten Mal nicht so hilflos wäre, aber es ging so fix, ich verstand gar nicht, was er da tat. Seine Finger wirbelten hin und her, über eine plötzlich aufleuchtende Fläche flitzten blaue Buchstaben, ich konnte so schnell gar nicht gucken.

»Noch irgendein Stichwort?«, murmelte er nach einer Weile.

»Winter. Der Ermordete hieß Winter.«

Er nickte, ohne den Blick von den vorüberwischenden Buchstaben zu nehmen. Ich überlegte fieberhaft, wie ich ihn bei Laune halten konnte. Ich hatte Angst, dass er das Interesse verlieren würde. Aber gerade als ich Luft holte, um etwas zu erzählen, irgendetwas, hielt er inne und pfiff durch die Zähne.

»Was ist?«, fragte ich und beugte mich zu ihm. Ich starrte auf das Buchstabengewirr, aber ich konnte nicht einmal einzelne Worte ausmachen. Mein Herz schlug mir jetzt bis zum Hals. Wenn ich ehrlich war, hatte ich nicht geglaubt, dass wir wirklich etwas finden würden. Aber da war etwas, etwas, das ihn aufmerken ließ.

»Krass«, sagte er und schüttelte den Kopf, immer wieder. »Das ist eine Hetzschrift.«

Ich sah ihn fragend an, ich verstand nicht, was er meinte.

»Da gibt's was, das hat deine Stichworte alle im Titel, aber die scheinen das nicht mehr hierzuhaben. Der Verlag war ein rechter Verlag«, erklärte er, »hat lauter krudes Zeug rausgebracht, Nazikram, Freimaurerzeug, okkulte Sachen. Hat noch erstaunlich lange in der BRD existiert, aber vor ein paar Jahren haben sie den endlich dichtgemacht. Da kommst du nicht mehr so einfach ran.«

Ich konnte es gar nicht glauben. »Steht das da?«

»Nee, aber ich beschäftige mich genau mit sowas. Den Verlag kenn ich. Der Verleger war volle Kanne rechts, so ein NSDAP-Fuzzi, der dann aber doch irgendwann gegen Hitler war. Den haben sie später sogar aus der Reichsschrifttumskammer ausgeschlossen, nur deswegen gab's den Verlag noch so lang. Aber das Zeug, das der davor so rausgebracht hat, das kannst du heute echt nicht mehr drucken. Ich finde auch nicht, dass man das aufheben sollte, so ein Müll darf nicht mehr verbreitet werden.« Er drückte einen Knopf und die Buchstaben erloschen. »Also, sorry, dass ich dir nicht helfen konnte.« Er schob den Stuhl zurück und stand auf.

»Ja, aber wie heißt denn der Text genau?«, rief ich. »Und dieser Verlag?« Meine Stimme war viel zu laut, sie schrillte bis hoch zur Decke.

Irgendjemand zischelte in der Tiefe des Lesesaals, aus einem Gang murmelte jemand: »Ruhe!«, aber das war mir egal. Ich würde mich so einfach nicht abspeisen lassen, nicht jetzt, wo ich eine Fährte aufgenommen hatte.

Ich kramte nach einem Stift und einem Zettel. »Sag an«, forderte ich. Der Student betrachtete mich stirnrunzelnd. »Du wirst dir doch diese braune Plörre nicht wirklich reinziehen wollen«, sagte er. Er wirkte auf einmal so selbstgerecht, es machte mich richtig wütend. Ich stellte mich dicht vor ihn und reckte mein Kinn in die Höhe. »Ich bin klug genug, um das differenzieren zu können«, zischte ich.

Er zögerte. Kurz sah er sich sogar um, als wollte er jemanden holen, der mich zur Vernunft bringen oder aus dem Saal entfernen konnte. Aber dann zuckte er einfach nur mit den Schultern. »Du wirst das eh nirgends finden«, sagte er. Und fing an, mir zu diktieren.

Ich kann mich kaum erinnern, wie ich aus der Bibliothek zum Bus kam. Ob ich dem Studenten noch für seine Hilfe dankte oder ihn einfach stehen ließ. Ich muss den Alexanderplatz überquert haben, im Windschatten des Forumhotels mit seinem Casino, das weit oben wie ein gläsernes Aquarium eingefügt war, und zu dem ich wahrscheinlich zum allerersten Mal nicht aufsah. Ich muss mich beeilt haben, ich weiß noch, dass ich Angst hatte, der Zettel könnte nass werden und die Schrift verwischen. Dabei hatten sich die Worte schon in mein Gedächtnis gebrannt. Sie ratterten in meinem Kopf herum, während die S-Bahn nach Schöneweide brauste und der Fahrtwind den Novemberregen an den verschmutzten Fensterscheiben in Streifen schnitt.

Der Ritualmord in Konitz an dem Gymnasiasten Ernst Winter.

Ernst. Der Winter hieß Ernst.

Und ich war ihm auf der Spur.

Ich sprintete den Gang hinunter, zu der Probebühne, auf der das Grundlagenseminar für den Schauspielunterricht stattfand. Regenwasser rann mir aus den Haaren, der Wind hatte mir auf dem Vorhof der Schauspielschule den Schirm aus der Hand geschleudert. Ich versuchte, mir im Laufen die nasse Jacke vom Körper zu zerren. Aber ich war noch gut in der Zeit. Die Türen schlossen sich gerade erst für die nächsten Unterrichtsstunden, überall eilten Schauspielstudenten zu ihren Kursen. Ich bog um eine Ecke und da stand François. Er lehnte an einem Schrank neben der Tür zu seinem Seminar und biss in ein Brötchen. Er kaute und winkte, als er mich sah. Er wirkte fröhlich.

Ich konnte es gar nicht glauben. Etwas in mir hatte sich um ihn gesorgt. Vor allem aber hatte ich mir Vorwürfe gemacht. Niemals hätte ich ihn, dachte ich, auf diesem Friedhof allein lassen dürfen. Wer wusste schon, was da noch passiert war. Und wer diese Gestalten waren, mit denen er dort war. Ich hätte jemanden rufen sollen, die Polizei, die Friedhofsverwaltung, Brandner, irgendwen. Denn wo immer François da hineingeraten war: er konnte das, was ich dort gesehen hatte, doch nicht gewollt haben. Er war in Gefahr. Und ich hatte ihm nicht geholfen. Fast hatte ich erwartet, dass ich ihn nie wiedersehen würde. Aber da lehnte er und kaute an seinem Käsebrötchen, aus dem der Blattsalat heraushing, er kaute und winkte und wirkte gelöster als in den ganzen letzten Wochen.

Ich tat so, als hätte ich ihn nicht gesehen.

Jetzt saß ich auf einer Stuhllehne in der letzten Reihe meines

Kurses. Neben mir saß Sonia. Ihre roten Haare waren noch verstrubbelter als sonst, sie sah noch immer so jung aus, und das war sie ja auch, jünger als alle anderen. Kurz bedauerte ich, dass ich mit ihr nicht mehr zu tun hatte. Wir sahen uns immer nur im Kurs. Sie hatte mich ein paarmal gefragt, ob wir etwas unternehmen wollten, Kino, Badminton, Konzerte, aber ich hatte immer verschoben oder abgesagt.

Ich hatte dafür keinen Raum.

Auf der Bühne vor uns zog sich gerade einer der Studenten aus. Wir sollten heute jeder ein Tier verkörpern. Einer nach dem anderen grunzten und gackerten und staksten die jeweiligen Darsteller über die Bühne, während die Übrigen lachend das Tier errieten und applaudierten. Der Student stand jetzt in einer altmodisch wirkenden Unterhose da, aus der ersten Reihe grölte einer: »Machst du einen Seitenhüpfer, dann doch nur im Konsum-Schlüpfer!« Die, die darüber lachten, waren wahrscheinlich alle aus dem Osten.

Mein Kopf hatte wieder zu hämmern begonnen. Mir kam das alles hier wie eine riesige Zeitverschwendung vor. Ich musste weiter, unbedingt. Ich hatte Wichtigeres zu tun. Ich war mit meinen Gedanken noch immer bei Winter, einem Gymnasiasten also, er musste noch jung gewesen sein, als er starb. Ich stellte ihn mir vor, in Schuluniform, pausbäckig oder hochgeschossen, ungelenk oder sportlich, mit Sommersprossen, bleich, braunhaarig oder blond. Ich wollte endlich wissen, was mit ihm geschehen war. Ich musste die Hetzschrift von diesem Nazi-Verlag auftreiben, koste es, was es wolle. Aber ich hatte keine Ahnung, wo ich da anfangen sollte.

Und dann François. Er ging mir einfach nicht aus dem Kopf.

Ich beugte mich zu Sonia. »Was würdest du tun, wenn du mitbekommst, dass ein Kommilitone irgendwelche Teufelsrituale macht?«, raunte ich ihr zu. Sie sah mich mit ihren großen grünen Augen an.

»Na, aber macht der das für ein Stück?«, flüsterte sie zurück. Ich überlegte kurz. Darauf war ich noch gar nicht gekommen. Dass François das tat, um den Heym zu verstehen. Vielleicht wusste er längst mehr über den Winter als ich? Es war immerhin seine Textstelle. Wollte er herausfinden, wie ein Ritualmord sich anfühlte?

Ich nickte. Sie zuckte mit den Schultern. »Ist doch normal.«

Ich sah sie verblüfft an. Sie wischte sich eine Strähne ihrer roten Haare aus der Stirn und deutete auf einen Studenten in der zweiten Stuhlreihe. »Der da hat bei der Aufnahmeprüfung auf der Bühne Katzenfutter gefressen. Aus dem dritten Jahr schläft einer seit Wochen in der Datsche seiner Eltern. Hat sich da einen Schützengraben gebaut, weil er im Berliner Ensemble in den *Soldaten* von Lenz mitspielen darf. Und Nicolas Cage hat sich ohne Narkose zwei Zähne ziehen lassen, um Schmerz richtig darstellen zu können. Ist doch alles erlaubt. Method acting halt.«

Ich schwieg. Natürlich kannte ich diese Methode. Der Amerikaner Lee Strasberg hatte sie erfunden, sie weiterentwickelt, aus der Lehre von Stanislawski. Laut ihm sollten Gefühle auf der Bühne als Erinnerung abgerufen werden. Man musste also eine Emotion schon einmal erlebt haben, in all ihrer Tiefe, um sie überzeugend zu vermitteln. Mir war so etwas fremd, aber Sonia schien es völlig selbstverständlich zu finden. Ich fragte mich, ob das daran lag, dass sie Schauspielerin war – oder daran, dass sie im Osten aufgewachsen war. Generell hatte ich immer öfter das Gefühl, dass die Grenzen, ab denen man Unerreichbarkeit für ein Ziel witterte und aufgab, im Osten anderswo verliefen als im Westen. Mich konnte man einschüchtern, wenn man mir sagte, dass etwas nicht möglich war. Die Schüler, die aus dem

Osten stammten, schienen solche Schranken hingegen gar nicht wahrzunehmen. »Wir mussten uns eben immer zu helfen wissen«, hatte Zorbas achselzuckend gesagt, als ich ihn darauf einmal ansprach. »Wir sind erfinderisch.« Aber das war es nicht nur. Es war auch eine Belastbarkeit, die ich einfach nicht besaß. Ich musste an eine der Studentinnen aus dem vierten Jahrgang denken, die, bevor sie sich beim Training gleich vier Sehnen gerissen hatte, in der DDR eine Ausbildung zur Tänzerin an der Staatlichen Ballettschule absolviert hatte, von Kindesbeinen an. Sie war, erzählte sie mir, von der russischen Lehrerin immer angehalten worden, Zahnpasta zu essen, sobald die Waage beim täglichen Überprüfen zu viel Gewicht anzeigte. Sie fand es völlig normal, sich so herunterzuhungern, es war für sie eine ganz gängige Form der Disziplin.

Es gab so viel, was ich noch lernen musste.

Vor uns robbte der Student jetzt über den Bühnenboden, er hatte inzwischen auch seinen Schlüpfer ausgezogen. Er schob seinen nackten Hintern in die Höhe und streckte sich dann in die Länge, wieder und wieder. »Nacktschnecke!«, rief Sonia neben mir und alle lachten. Die Lehrerin drehte sich zu uns um. »Exakt«, nickte sie. »Katharina, Sie sind als Nächstes dran.« Sie hielt mir einen Fächer aus Karteikarten hin. Ich seufzte und zog.

Löwe.

Ich öffnete meine Haare. Ich schüttelte meine Mähne. Ich trat an den Bühnenrand und ließ meinen schweren Körper auf den Boden sinken. Ich versuchte, mich in das Tier hineinzuversetzen. In seinen Körper, sein ganzes Sein. Ich gähnte. Unter zusammengekniffenen Augen musterte ich meine Beute. Ich versuchte, die Menschen vor mir einzuteilen. Sie waren Fleisch, Sehnen, Fett. Ich warf meinen Kopf in den Nacken, riss mein Maul auf und bleckte meine Zähne.

Das Untier, the beast.

Mit einem Aufbrüllen katapultierte ich mich nach vorn. Die Studenten in der ersten Reihe kreischten, manche sprangen auf und wichen seitwärts, die, die sitzen geblieben waren, zogen schnell ihre Knie hoch und brachten ihre Beine in Sicherheit. Einer von ihnen war nicht schnell genug. Es war einer der Schönlinge, denen man jetzt schon ansah, dass sie später einknicken und Fernsehwerbung für Seife und Bausparverträge machen würden. Seine Wade war direkt vor meinem Gesicht. Ich sah an seinem Hosenbein entlang zu ihm auf. Er starrte mich an, ich konnte die Unsicherheit in seinem Blick erkennen. Dann lachte er und ich biss zu.

666, wer der Teufel sein will, muss teuflisch handeln.

Der Wind rüttelte an meinem Fenster. »Vielleicht findest du es in einem der Antiquariate«, sagte Zorbas gerade. Seine Stimme klang über mein neues Telefon blechern. »In dieser Stadt kannst du alles bekommen, Drogen, Sklaven, russische Handgranaten, *Mein Kampf.*«

Ich kauerte in meinem Zimmer auf den dunkelroten Dielen. Ich hatte die Heizung zu hoch aufgedreht, ich schwitzte. Der Telefontechniker hatte erst vor kurzem die Wohnung verlassen, ich witterte noch seinen Schweiß und sein Aftershave. Ich war nicht gewohnt, dass es hier nach Fremden roch, ich war hier ja immer allein. Als er gegangen war, war ich kurz im Türrahmen stehen geblieben und hatte von dort aus den grünen Apparat betrachtet, der nun auf einem der Bücherstapel saß. Er war mir vorgekommen wie ein Fremdkörper.

Trotzdem musste ich das Telefon sofort ausprobieren. Ich wollte jemanden anrufen, aber ich wusste nicht, wen. Ich hätte gerne mit Tadeusz gesprochen, aber ich wusste seine Nummer nicht. Die Gespräche mit den Freunden daheim gestalteten sich immer mühseliger. Ihnen war die große Stadt nicht geheuer, sie veränderte mich, behaupteten sie. Sie verstanden auch die Schule nicht.

Meine Mutter hätte sich über einen Anruf gefreut, aber ich hörte immer, wenn wir miteinander sprachen, die Sorge in ihrer Stimme. Ich brauchte jemanden, der mein Leben hier begriff, am besten besser noch als ich selbst. Jemanden, mit dem ich über den Winter sprechen konnte. Und der mir helfen konnte, ihn zu finden. Der sich auskannte in den Hinterhöfen und in den Verwerfungen und Unterhöhlungen der Stadt. Also hatte ich mich auf den Boden gesetzt und Zorbas' Nummer gewählt.

»Ich wüsste gar nicht, wo ich da anfangen soll, ich kenn keine Neonazis«, sagte ich und wartete.

Er schwieg. Der Telefonhörer war warm an meinem Ohr. Ich ließ mich mit dem Oberkörper nach hinten sinken, bis ich ganz auf dem Boden lag. Ich schloss die Augen und lauschte auf Zorbas' Atem. Ich war so unendlich müde. Aber ich würde wieder nicht schlafen können, das wusste ich schon.

»Hilfst du mir«, fragte ich schließlich.

Zorbas seufzte.

Als er mich mit seinem Auto abholte, hatte er trotz der Kälte das Fenster heruntergekurbelt und reckte mir etwas entgegen, einen kleinen, metallischen Gegenstand. Ich nahm ihn in die Hand und stieg ein.

»Kalt hier drin«, sagte ich und suchte kurz nach dem Sicherheitsgurt, der abgerissen in seiner Halterung baumelte.

»Fenster kaputt, Prinzessin.«

Wir fuhren durch die dunkle Stadt. Es war schon spät, aber man sah es den Straßen nicht an. Sie waren belebt, als wäre es helllichter Tag. Überall waren Menschen unterwegs, sie schoben sich auf den Gehsteigen entlang, sie warteten an Ampeln und lehnten in Hauseingängen, sie lenkten Fahrräder, Kinderwägen,

Sackkarren durch die Dunkelheit. Ich fragte mich, ob es einen Stromausfall gegeben hatte, die Laternen schienen mir heute viel schwächer als sonst, die Mauern der Kirchen und Kaufhäuser waren fast schwarz, selbst die Ampeln leuchteten nur matt. Meine Augenlider wurden schwer, die Schemen der Fußgänger verwischten am Straßenrand, die Fassaden der Häuser kippten auf mich zu. Nur die Rücklichter der Autos vor uns glühten. Wie Teufelsaugen, dachte ich müde, wie Glutaugen in der Hölle. Und wir folgten ihnen, wir blieben im Strom, der sich nördlich aus der Stadt hinausdrängte, wir zogen dem roten Aufglühen hinterher, immer tiefer hinein in die Dunkelheit.

Ich wachte davon auf, dass Zorbas an meiner Schulter rüttelte. Ich brauchte einen Moment, bis mir einfiel, dass ich in seinem Auto war. Ich richtete mich im Beifahrersitz auf, meine Finger waren klamm. Draußen war es still, wir standen auf einem verrotteten Parkplatz mit dicht aneinandergereihten Trabbis auf zersprungenen Steinplatten. Ich konnte kaum ein Westauto sehen. Ich nahm an, dass wir in Hohenschönhausen waren, oder in Marzahn. Um uns herum ragten Plattenbauten in den Nachthimmel, mit einander nachahmenden Balkonen und Fenstern, eine ganze Landschaft aus Türmen.

»Steck mal an«, sagte Zorbas und nickte zu dem Gegenstand, den ich noch immer in der Hand hielt. Es war ein kleiner Blechbutton mit Anstecknadel, auf den etwas eingraviert war, zwei verschlungene Endloszeichen, die übereinandergelegt waren. Ich drehte sie zwischen meinen ausgekühlten Fingern, bis ich zwei Achter sah und begriff. Ich fuhr hoch.

»Was soll das denn!«

»Siehst zu alternativ aus, kommt nicht gut, da, wo wir hingehen«, sagte er.

Ich hatte mich nie mit der Symbolkraft von Zahlen beschäftigt. Aber jetzt. Der Code war überall. Und diesen hier verstand sogar ich. Nicht die 666 diesmal, sondern die 88. Die achte Zahl des Alphabets. Das zweifache H, *Heil Hitler*, und bei rückwärtsgerechneter Buchstabenfolge: die Initialen der SS.

Zorbas betrachtete mich vom Fahrersitz aus. Er hatte seinen Jackenkragen hochgeschlagen, das Fenster hinter ihm war noch immer geöffnet, seine Ohren waren rot vor Kälte. Er sah besorgt aus. Aber nicht um mich, das konnte ich erkennen. Er wirkte eher so, als fürchtete er, dass ich uns in Schwierigkeiten bringen könnte. Als wäre ich die Gefährdung.

»Umkehren?«, fragte er. »Wenn, dann jetzt.«

Ich drehte den Button zwischen den Fingern, ich dachte an den Winter, an die Worte des Studenten, *braune Plörre*. Plötzlich fragte ich mich, ob das Buch nicht doch einfach in der Bibliothek zu kriegen gewesen war, und der Student nur verhindern hatte wollen, dass es jemand las. Begab ich mich jetzt unnötig in Gefahr? Ich starrte auf die beiden Achter, die mit jeder Drehung ihre Bedeutung verschoben, die von rechtsradikalen Kürzeln zu Schleifen wurden, zum Siegel der Unendlichkeit, dann wieder zum Abzeichen schrecklichster Gewalt und schließlich: zum Mittel zum Ziel.

Wie weit geht man für die Kunst, wie weit.

Welche Abgründe ist man bereit zu durchschreiten.

Ich wusste es nicht. Alles, woran ich bisher immer festgehalten hatte, schien plötzlich brüchig. Nur eines wusste ich mit Sicherheit: Ein Genie würde sich solche Fragen gar nicht stellen. Und ein Brandner auch nicht, bestimmt nicht. Wenn man in eine Nazi-Hochburg hineinspazieren musste, um künstlerisch etwas dadurch zu gewinnen, dann tat man das eben, da war doch nichts dabei. François trieb sich schließlich auch auf irgendwelchen Friedhöfen herum. Und ich war ja nicht allein. Zorbas würde mir den Rücken freihalten. Auch wenn ich gar nicht wirklich wusste, wieso ich ihm so vertraute.

Ich gab mir einen Ruck und öffnete den Verschluss des Buttons. Ich stach mich dabei tief mit der Nadelspitze in den Zeigefinger, aber ich zuckte nicht zusammen. Ich steckte den Button an die Brusttasche meines Parkas, sog die Blutstropfen von meinem Finger, nickte Zorbas zu und stieg aus dem Auto.

Die Luft war hier besser als in meiner Straße. Sie wirkte klar und frisch. Es roch nach Schnee. Die Scheiben der geparkten Autos waren schon mit eisigem Hauch überzogen, unter unseren Schuhen knirschte Kies oder Frost.

»Da lang«, sagte Zorbas und deutete auf die Schlucht zwischen einem quergelegten Gebäudeblock und einem endlos steil aufragenden Hochhaus. Er lief los, seine Schritte waren gleichmäßig und ruhig, er hatte die Hände in den Hosentaschen vergraben.

Ich war unruhig, ich versuchte, mich dicht an Zorbas zu halten. Der Button brannte mir auf der Brust, ich tat mich mit dem Atmen schwer. Ich hatte keine Ahnung, wohin wir gingen. Zu einem Händler für rechtsradikale Schriften sicher. Oder in ein Nazi-Vereinsheim. Die Brandanschläge von Mölln und Solingen fielen mir ein, die Molotowcocktails, die applaudierenden Anwohner, aber ich sah hier keine Nazitrupps über die verzweigten Wege marschieren, keine Glatzen mit Bomberjacken und Springerstiefeln und gebleichten Jeans. Eine asiatische Familie kam uns stattdessen entgegen, Vietnamesen vielleicht, das Kind saß hellwach im Kinderwagen und winkte mir zu, die Mutter gähnte.

Das Gebäude, vor dem wir stehen blieben, war fast unbeleuchtet. Irgendwo hoch oben strahlten ein paar Fenster, ich konnte, wenn ich mich zurücklehnte, nicht einmal das Dach sehen. Bevor wir eintraten, hielt Zorbas mich an der Schulter fest. »Keine Namen. Nicht von dir, nicht von mir, egal, wie oft man dich fragt«, murmelte er. »Du sprichst so wenig wie möglich. Wenn ich sage, wir gehen, gehen wir sofort.« Ich nickte stumm.

Es war merkwürdig still in diesem Treppenhaus. Etwas an diesem Gebäude wirkte erstarrt. Die Briefkästen sahen alle gleich aus, sie quollen über vor Wurfsendungen, Flugblättern, ungeöffneten Mahnbriefen, der Treppenabsatz war angeschlagen, die Betonrampe wirkte matt, als läge auf ihr eine Schicht aus Staub. Ein langer Gang zog sich dahinter in die Tiefe, die Luft wirkte darin milchig, es sah aus, als mündete der Weg in ein Quadrat aus Nebel.

»Was wollen wir hier?«, flüsterte ich. Aber Zorbas schüttelte den Kopf.

Der Aufzug ruckelte und quietschte, meine Augen begannen zu tränen, eine chemische Mixtur stach mir in die Atemwege, eine Mischung aus Chlor und Kohlsuppe und Pferd und Äthyl. Der Aufzug stieg erstaunlich schnell aufwärts. Mir wurde schwindlig, ich wäre am liebsten ausgestiegen und hätte die Treppen genommen, aber da hielten wir schon und vor uns öffnete sich ein dämmriger Flur. Ich tappte hinter Zorbas über den langgezogenen Linoleumboden, ich trat leise auf, ich lauschte. So viele Menschen mussten hier hausen, ein ganzes Geflecht aus Flurlinien spann sich um uns herum, mit Abzweigungen zu Türen und nochmals Türen, aber ich hörte nichts, nur aus einer der Wohnungen kam ein dumpfes Poltern.

An der Tür, vor der wir hielten, stand kein Name. Ich versuchte mir vorzustellen, wen wir hier trafen. Wer konnte mir Zugang zu einer Hetzschrift verschaffen? Ich wäre am liebsten umgekehrt, aber Zorbas lehnte sich vor und klopfte eine rhythmische Folge gegen das Türblatt. Ich sah eine Bewegung hinter dem gewölbten Glas des Spions, Bilder schossen mir durch den Kopf, von bulligen Glatzköpfen, alten Nazischergen, selbst Woll flackerte kurz vor meinem inneren Auge auf, Woll mit seiner Adlernase. Dann hörte ich, wie eine Kette aus einer Metallschiene gezogen wurde, und ich richtete mich höher auf.

Der Mann, der uns öffnete, sah freundlich aus. Er musste einmal groß gewesen sein, aber das Alter hatte ihn gebeugt, er stützte sich auf einen Stock. Er hatte volles weißes Haar und Lachfalten in den Augenwinkeln. Obwohl es mitten in der Nacht war, trug er eine Krawatte und einen Anzug, der ihm an den Ärmeln zu lang war. Er klopfte mit seiner knöchrigen Hand Zorbas auf die Schultern. »Muchacho«, sagte er. Und an mich gewandt: »Na, wen haben wir denn da.«

Ich gab ihm die Hand. »Kat-, sagte ich automatisch und korrigierte mich schnell, »-tja.« Und fügte, als er mich abwartend ansah, hastig hinzu: »Schwarz, Katja Schwarz.«

»Ein schöner, deutscher Name«, sagte er und legte seine zweite Hand auf meine. Seine Haut fühlte sich ledern an, der Knauf des Gehstocks lag kühl auf meinem Handgelenk auf. Der Mann musterte mich, ich konnte sehen, dass er den Button an meinem Parka registrierte. Ich widerstand dem Impuls, meine Hand wegzuziehen, und hielt seinen Blick. Einen Augenblick lang sagten wir nichts und sahen uns nur an. Dann nickte er. »Immer herein in die gute Stube«, sagte er. Er ließ mich los, winkte uns in den Flur und stieß mit dem Stock die Tür zum Wohnzimmer auf.

Mir blieb, als ich eintrat, fast die Luft weg. Das war keine Wohnung, es war ein Verkaufsraum, eine ganze Galerie aus Schauerlichkeiten. SS-Uniformen hingen auf Kleiderstangen, an den Wänden waren Fahnen mit Preisschildern befestigt, Reichskriegsflaggen, Hakenkreuze auf rotem Grund. In der Durchreiche zur Küchenzeile war eine hohe Glasvitrine mit Orden und Abzeichen ausgestellt, in der Küche hingen Stahlhelme und Mützen mit Adlern und Totenköpfen, in einem Kübel für Regenschirme steckten Säbel und Schwerter, ein Degen lehnte gerahmt am unbenutzten Herd. Und in der Wohnraumecke neben der Balkontür sah ich etwas, das aussah wie ein Waffenschrank. Nur Bücher konnte ich keine entdecken. Ich drehte mich zu Zorbas. Was zum Teufel taten wir hier?

Der Mann bemerkte meinen Blick. »Die Schriften sind nebenan«, sagte er. »Sie müssen selbst nachsehen, ob ich das habe, was Sie suchen. Unser gemeinsamer Freund wollte mir keine Details verraten. Möchten Sie etwas trinken?« Er deutete auf ein kleines Tablett, auf dem eine Feldflasche und ein paar Schnapsgläser standen.

Meine Kehle war trocken von dem beizenden Geruch im Aufzug und auch hier drin war es so stickig, ich bekam kaum Luft. Aber ich sah, dass Zorbas unmerklich den Kopf schüttelte. »Danke, nein«, sagte ich und öffnete stattdessen den Reißverschluss meines Parkas. »Wir brauchen sicher nicht lang.«

Ich schob mich zurück in den kleinen Flur und schloss die Tür des Schlafzimmers hinter mir. Ich stützte mich auf meine Oberschenkel und atmete durch. Erst jetzt bemerkte ich, dass meine Knie zitterten. Ich musste hier raus, so bald wie möglich. Aber vorher musste ich funktionieren. Schnell richtete ich mich wieder auf und sah mich um. Es gab ein schmales Einzelbett, das mit einem hellen, aufwändig bestickten Stoffüberwurf abgedeckt war. Ansonsten war alles voller Bücher. Die Regale bedeckten jeden freien Zentimeter der Wände, das Nachtkästchen verschwand unter den aufgetürmten Ordnern, unter dem Fenster stapelten sich vergilbte Zeitschriften. Auf einer Kommode thronten eingerahmte Original-Handschriften. Ich trat näher und versuchte, die Schriftzüge zu entziffern. Das eine sah aus wie die Unterschrift einer Frau, ich erkannte das an der leichten Weichheit im Schwung. Männer und Frauen führten Stifte ganz anders, das hatte ich in all den Jahren, die ich mich nun schon mit Handschriften beschäftigte, gelernt. Ich beugte mich noch ein bisschen näher heran und kniff die Augen zusammen. Eva konnte es heißen, Eva Braun. Mir war auf einmal unerträglich heiß.

Ich trat an das Fenster und rüttelte am Griff. Das Scharnier quietschte. Der Ausblick raubte mir fast den Atem. Ich war so hoch oben, ich flog in einem Cockpit über den Straßen. Tief unter mir glommen Laternen, die die Straßenführung säumten. Sie bildeten Lichtfäden, die in der Ferne zusammenliefen, und sich am Horizont ballten, zu einer glimmenden Stadt.

»Finden Sie sich zurecht, Fräulein Schwarz?«

Ich fuhr herum. Der Mann stand im Türrahmen. »Was exakt suchen Sie?«, wollte er wissen. Er trat näher an mich heran, der Stock klackte, sein rechtes Bein schien zu hinken. Auf einmal fragte ich mich, was er im Zweiten Weltkrieg wohl genau getan hatte. Die Lachfältchen um seine Augen zuckten, aber sein Blick war kalt. Hätte ich nicht das Fenster im Rücken gehabt, wäre ich zurückgewichen.

»Eine Hetzschrift«, stotterte ich und korrigierte mich schnell, »eine vom Feind sogenannte. Von einem Verlag, den es ... leider ... nicht mehr gibt. Aber wohl erst seit kurzem. Geht um einen Mord, einen Ritualmord.«

»Von Juden begangen?«

Ich nickte überrascht. Manchmal war ich so langsam, ich hatte so weit noch gar nicht gedacht. Dabei war es doch logisch. Wenn das Ganze eine Hetzschrift war, hieß das, dass der Autor den Juden die Tat zuschrieb. Er hielt sie für die Mörder von Ernst Winter.

»Haben wen umgebracht«, erläuterte ich. »Einen Gymnasiasten aus Konitz.«

»Versuchen Sie es hier«, sagte der Mann und wies auf ein tief gelegenes Regal neben der Kommode, »*Die Judenfrage, Die große Täuschung* ... das könnte der Verlag sein, den Sie suchen.« Er nickte mir zu und verließ das Zimmer. Die Tür ließ er weit geöffnet.

Ich trat an das Regal. Auf Sichthöhe waren verschiedene Ausgaben von *Mein Kampf* aufgereiht. Ich atmete flach. Aus den Augenwinkeln konnte ich sehen, dass Zorbas den Mann im Wohnzimmer zu dem Tablett winkte. Er hob ein Schnapsglas und drückte es ihm in die Hand, dann stieß er mit ihm an. Aber hinter seinem Rücken drehte er die freie Hand in meine Richtung, er schaufelte Luft, schneller hieß das, beeil dich.

Ich ging in die Hocke. So flink ich konnte, zog ich Hefte und Bücher aus der Reihe im unteren Regal, ich kippte sie an, ich las und blätterte und schob zurück. Meine Finger flogen über die Titel, *Der jüdische Kriegsplan zur Ausrichtung der Judenweltherrschaft*, *Jahwe's Doppelgesicht*. Ich sah, dass der Stich an meinem Zeigefinger wieder aufgesprungen war, ein Blutstropfen war an einer der Seitenkanten hängen geblieben und ich versuchte hastig, ihn abzutupfen, und blätterte mit der anderen Hand weiter. *Das angeborene Nationalgefühl (Rasseeigenart) der Deutschen*, *Reden aus völkischer Zeit*, mir wurde schummrig, aber das durfte ich nicht zulassen, ich hatte ein Ziel. Winter hieß es, der Winter, der Winter, ich musste ihn finden, so schnell wie möglich. Ich biss die Zähne zusammen, mein Kiefer knackte, ich presste den verletzten Daumen an meinen Handballen, ich nahm jetzt beide Hände, meine Finger flogen noch schneller über Heftköpfe und Buchrücken – und auf einmal stockte ich. Ich schob mich näher. Es gab keinen Zweifel.

Da war er.

Meine Hände zitterten, als ich ihn aus dem Stapel zog. Der Text wog nicht viel, es war eher ein Heft als ein Buch. Ein paar Seiten nur, die an den Falzstellen schon fast auseinanderfielen. *Der Ritualmord von Konitz*, stand da in wuchtiger, altdeutscher Schrift und darunter, etwas kleiner: *an dem Gymnasiasten Ernst Winter*. Und noch etwas weiter unten, knapp über dem Siegel des Verlags: *Mitgeteilt von Otto Feuerstein.*

Ich sprang so rasch auf, dass meine Ohren zu rauschen begannen, ich musste mich mit der freien Hand am Regal festhalten. Aber ich ließ den Winter nicht los, ich schlug das Heft auf, so schnell ich nur konnte.

Am 11. März 1925 waren es 25 Jahre, seit im Osten unseres deutschen Vaterlandes ein furchtbarer jüdischer Ritualmord erfolgte, der – unglaublich aber wahr – bis heute noch keine Sühne gefunden hat …

Ich atmete durch.

Ich sah mich um.

Ich durfte jetzt keinen Fehler machen.

Als ich das Wohnzimmer betrat, versuchte ich, meine Gliedmaßen schlaff wirken zu lassen, meine Hand mit dem Heft baumelte neben meinem Körper. »Hab's«, sagte ich, so gleichgültig wie ich nur konnte.

Zorbas und der Mann standen an der Durchreiche zur Küchenzeile, sie tranken noch immer. Zorbas warf mir einen warnenden Blick zu. Ich verstand. Ich stellte mich neben ihn und schwieg. Zorbas knallte sein Schnapsglas zurück auf das Tablett und griff sich das Heft. Er blätterte es durch und legte es dann vor dem Mann auf der Durchreiche ab. »Bisschen dünn«, sagte er und klopfte auf die Titelseite. »Willst 'n dafür?«

Der Mann leckte sich Schnaps von den Lippen. Er grinste jetzt. Ich sah zum ersten Mal, wie künstlich seine Zähne wirkten, sie waren viel zu weiß. »Unverkäuflich.«

Ich atmete scharf ein, aber Zorbas zuckte nur mit den Schultern. »Dann wären wir nicht hier.«

»Wollte dich einfach mal wiedersehen, Muchacho. War zu lang her.«

Sie starrten einander an. In der Glasvitrine tickten ein paar Armbanduhren.

Ich wusste, dass ich nichts sagen durfte. Zorbas' Anweisungen hallten mir noch in den Ohren. *Du sprichst so wenig wie mög-*

lich. Aber der Moment zog sich, die Uhren tickten und schnurrten, Zorbas und der Mann bewegten sich nicht und schließlich hielt ich es nicht mehr aus. »Kann ich es vielleicht einfach kopieren?«, fragte ich.

»Sie hat Humor«, sagte der Mann. Und zu mir gewandt: »Sie haben Humor, Fräulein … Schwarz.«

Ich hörte die bewusste Pause vor meinem Namen. Ich hörte die Drohung, die sie darstellte. Aber ich würde darauf nicht eingehen. Mir war jetzt alles egal. Ich wollte endlich wissen, wer der Winter war. Und was man ihm angetan hatte. Ich musste es herausfinden.

»Wenn Sie es nicht verkaufen wollen, lese ich es einfach hier?«, schlug ich vor.

Der Mann lehnte sich mir so nah entgegen, dass er mich fast mit seiner Stirn berührte. Ich konnte spüren, wie Zorbas sich neben mir höher aufrichtete.

»Wozu brauchst du das so dringend?«, zischte er.

»Wir gehen«, hörte ich Zorbas sagen. Er sprach es aus, wie man eine Tatsache benennen würde. Ohne Nachdruck, ohne Hast. Trotzdem wusste ich genau, was ich zu tun hatte. *Wenn ich sage wir gehen, gehen wir sofort.*

Aber das war nicht durchführbar. Es ging einfach nicht, nicht so knapp, bevor ich erfahren konnte, was Heym da beschrieben hatte. Ich konnte jetzt nicht ablassen, ich konnte es einfach nicht.

Einem guten Schauspieler, sagte unsere Lehrerin im Grundlagenseminar, *sieht man nicht an, dass er spielt. Man fragt sich auch nicht, wie er es macht. Man glaubt ihm einfach. Und das ist das einzige Geheimnis: ihr müsst die Person, die ihr darstellt, sein.*

»Das deutsche Volk muss doch die Wahrheit wissen«, sagte ich zu dem Mann und strich ihm sanft eine Strähne seines weißen Haares aus der Stirn, die so nah vor mir war, viel zu nah.

»Vor allem die nachfolgenden Generationen. Wir brauchen das. Wir brauchen jemanden, der uns führt.«

Er hielt inne. Sein Blick wurde weich unter meiner Berührung. Dann, langsam, ganz langsam, nickte er.

»Du bürgst«, sagte er zu Zorbas. »Wartet hier.«

Er nahm mit einem erstaunlich flinken Griff den Text von der Durchreiche und verschwand im Flur. Wir hörten das Klacken seines Stocks auf Laminat, das Schlurfen seines nachziehenden Beins und dann das Einrasten der Tür im Schloss. Ich sah Zorbas an. Ich holte Luft und wollte etwas sagen, aber Zorbas schüttelte nur den Kopf.

Die Uhren tickten in ihrer Vitrine. Draußen muss die Stadt sich geregt haben, Busse, Autos, Bahnen zogen auf ihre Ballung zu und von ihr weg, in den Wohnungen erloschen und erstrahlten Lichter und formten wechselnde, aufstrahlende Mosaike, Flugzeuge blinkten zwischen Sternen, aber ich hielt den Kopf gesenkt und atmete flach. Ich hätte mich gerne hingesetzt, mir war inzwischen richtig schlecht. Ich traute mich nicht, mich zu bewegen. Ich stellte mir alles Mögliche vor. Dass der Mann mit einem Schlägertrupp zurückkäme. Dass er für den Verfassungsschutz arbeitete und uns verhaften ließe. Dass er gegangen war, um nie wiederzukehren. Auch Zorbas sah angespannt aus, er hatte die Hände in seiner Jacke vergraben und ließ den Türrahmen nicht aus den Augen. Zum ersten Mal fragte ich mich, ob er bewaffnet war.

Als sich die Tür wieder öffnete, war der Mann allein. In seiner von Altersflecken überzogenen Hand hielt er einen Stapel Papiere. Ich konnte es nicht glauben. Ich verstand nicht, wo er mitten in der Nacht ein Kopiergerät aufgetrieben hatte. Das war doch unmöglich.

»Fuffzig«, sagte er und reckte sein Kinn in meine Richtung. Er ignorierte Zorbas, er sprach jetzt nur noch mit mir.

»Mark?«

Ich hatte nicht so viel Geld dabei. Ich hatte überhaupt nicht so viel Geld. Kurz überlegte ich, ob ich Zorbas bitten konnte, mir etwas zu leihen, aber dann bemerkte ich etwas in den Augen des Mannes, ein Lauern auf meine Reaktion. Ich kannte diesen Blick von den Flohmärkten, die ich so mochte. Und von den Basaren im Wedding.

»Zehn«, hörte ich mich sagen. »Höchstens. Ist ja nicht mal das Original.«

Wir nahmen nicht den Aufzug. Ohne uns abzusprechen steuerten Zorbas und ich das Treppenhaus an. Die Stufen flogen unter unseren Füßen, meine rechte Handfläche klatschte an der Wand entlang, meine linke umklammerte die Seiten. Ich wollte hier weg, so schnell wie möglich.

Zorbas war schneller als ich. Er wartete im Erdgeschoss, er stemmte die Tür auf und stürmte voran. Ich keuchte, ich versuchte, mit ihm Schritt zu halten. Im Laufen riss ich mir den Button vom Parka und warf ihn in einen Strauch.

Ich atmete erst auf, als wir im Auto saßen.

Zorbas startete den Wagen, er legte den Arm auf meine Sitzlehne und lenkte uns rückwärts aus der Parklücke. Seine Augenbrauen waren zusammengezogen. Er sah so wütend aus. Seit wir die Wohnung verlassen hatten, hatte er mit mir kein einziges Wort mehr gesprochen.

Wir fuhren schnell, zu schnell. Der Fahrtwind brach durch das kaputte Fenster und griff mit Eisfingern nach meinen Haarwurzeln. Aber mir wurde nicht kalt, ich war hellwach. Auf meinen Knien brannten die kopierten Seiten. Ich wollte sie unbedingt lesen, jetzt, sofort, ich wollte endlich wissen, was mit dem Winter passiert war, doch Zorbas' Schweigen lag so schwer im Raum.

Wie sollte ich das denn sagen.

Zorbas beachtete mich ohnehin nicht, er starrte auf die Fahrbahn. Wir bogen gerade in eine Seitenstraße ein, wir ratterten über Kopfsteinpflaster. Die Seiten des Textes hüpften auf meinen Knien, sie fächerten sich auf. Ich schielte nach den freigelegten Sätzen, ich spürte, wie mein Herz schneller zu schlagen begann. Die altdeutschen Buchstaben waren im Halbdämmer der vorüberwischenden Laternen schwer zu entziffern. Die schwarzen Haken und Balken der alten Schrift kreuzten sich unter dem Gerüttel des Wagens zu einem hüpfenden Raster, aber ich konnte Bruchteile ausmachen, *einen Christen geschlachtet und gemartert,* las ich, *erst nach sechs oder acht Stunden sei das Opfer gestorben –*

Wir bremsten scharf. Die Reifen quietschten. Ich flog vorwärts, knallte mit dem Brustkorb gegen die Armatur. Fast zeitgleich krachte meine Stirn gegen die Scheibe, ich keuchte. Zorbas fluchte laut, jemand hupte, Zorbas reckte seinen Kopf aus dem Fenster und brüllte und schrie einem Mann hinterher, der davonrannte und der sich im Rennen kurz umdrehte, mit aufgeworfenem Mittelfinger und wutgewölbten Lippen. Und der dann in die Dunkelheit eintauchte und verschwand.

»Bist du in Ordnung?«

Ich richtete mich auf, ich hielt mir den Brustkorb, ich spürte, dass auf meiner Stirn eine Beule entstand. Ich versuchte zu atmen, meine Finger tasteten nach dem Text und erst dann nach meinen Rippen und nach meinem Schädelknochen, alles war heil, ich erspürte keine Frakturen und der Text, der Text war noch da. Ich nickte.

Zorbas stieß scharf die Luft aus, er lenkte das Auto an den Wegrand und schaltete den Motor aus. Seine Hände zitterten. Plötzlich begriff ich, dass er doch gar nicht mehr trank. Und dass er dort oben trotzdem mit dem Mann angestoßen hatte, um mir den Rücken freizuhalten, wieder und wieder. Meine Ohren begannen zu glühen, meine Stirn schmerzte so sehr, plötzlich schossen mir die Tränen in die Augen.

»Wegen vorhin …«

»Schon vergessen«, unterbrach er mich.

»Ich wollte nur …«, fuhr ich fort und stockte. Die Tränen liefen mir über die Wangen, ich konnte es nicht aufhalten, ich schmeckte das Salz, ich tastete noch einmal nach meiner Stirn, die immer noch trocken war, unblutig, und sagte das eine Wort, das mir einfiel: »Danke.«

Zorbas schnaubte. Er griff um mich herum und zog den kaputten Sicherheitsgurt aus der Halterung. Er wickelte mich ein, er knotete und band mich fest, so gut er konnte. Als er sich überzeugt hatte, dass ich verzurrt war, irgendwie, griff er an die Decke und schaltete mit einem Klicken das schmale Licht über dem Rückspiegel an.

»Verdirbst dir ja sonst die Augen«, knurrte er und startete den Motor.

Ich lächelte ihm zu.

Dann wand ich einen Arm aus der Verknotung. Ich wischte mir die Nässe vom Gesicht und trocknete die Hand an meinem Hosenbein. Während sich draußen die Welt wieder in Bewegung setzte und wir uns einfädelten in den Verkehrsstrom, der auf die Stadt zurauschte, schneller und schneller, blätterte ich die Seiten auf. Ich atmete ein und begann, endlich, zu lesen.

9

Schau nach oben, will ich Dir zurufen, sag mir, was Du siehst.

Aber Dein Blick bleibt gebrochen, Dein Himmel ist aus Glas, Du siehst längst schon nichts mehr. Der Mönchsee legt in Konitz seine Eishülle über Dich, er umgreift und schaukelt Dich in seinem flüssigen Sarg, während mir vor dem Fenster die Nacht vorüberfällt, Stadtmauern, Stadtrand, Stadtkante, wir dringen zurück bis zum Kern. Du siehst nicht das Stottern der Leuchtreklamen, deren Buchstaben an abgerissenen Drähten in die Tiefe deuten, hörst an den Ampeln keine Lockrufe aus rot beleuchteten Fenstern. Du kennst nicht die Strommasten, die zitternd und dunkel an mir vorüberziehen, nicht die Baugruben an Straßen, Wegen, Kreuzungen, in denen behelmte Nachtarbeiter auf Planierraupen fahren, auf und ab und ab und auf, während auf meinem Schoß die Worte liegen, die mir alles verraten über dich. Von Industriebunkern, die aus Feldern wachsen, weißt Du nichts, hörst nicht das Bellen der Hunde, die die Wachmänner durch kühle Fabrikgänge treiben, das Rasseln und Rattern aus den Spielotheken in den Seitenstraßen, durch die wir fahren, das Dröhnen der Flugzeuge über uns. Es muss still sein, dort, wo Du jetzt bist. Wie lange liegst Du, wie lange treibst Du schon unter dem Eis?

Mein Kopf pocht, mein Kopf pocht so sehr.

Ernst Winter.

Ich habe Dich gefunden. Ich weiß jetzt, wer Du bist.

Dass später jemand über Dich schreiben wird, könnte ich Dir verraten. Jemand macht Dich unsterblich. Deine Geister werden beschworen, von einem, der das kann. Das würde Dich nicht trösten, denke ich. Oder doch.

Der, der über Dich schrieb, war groß. Du kannst es nicht wissen, aber seine Leiche haben sie in einem gefrorenen See entdeckt, ausgerechnet. Und ich kann es kaum glauben, diese Gemeinsamkeit zwischen Euch: auch du lagst unter Eis.

Warum trifft mich das, warum trifft mich das so sehr, warum zittern meine Hände, während ich das lese, wieso stockt mir der Atem, als mir die Worte entgegenspringen. Ich keuche: See, Eis, See. Und jemand fragt: Was sagst du, was sagst du denn da.

Vielleicht ist es die Kälte, die durch das Fenster greift, vielleicht die Wucht der Entdeckung, die mich so schüttelt, vielleicht nur das unebene Pflaster unter mir, die Risse im Stein. Ich weiß es nicht. Aber es ist doch so: Niemand ahnt jetzt davon, von dieser Todesverbindung, von Eurem gleichermaßen geeisten Grab, nur ich und Ihr.

Ernst Winter und Georg Heym.

Dass ich das herausfinden durfte, ich, ich, ich, das ist nicht zu fassen. Das Wissen wacht im Inneren dieses Wagens auf, in dem ich sitze, es ruckelt und sträubt sich unter meinen Fingerspitzen, es will nicht ans Licht. Aber so oft ich die Augen auch schließe und wieder öffne, die Buchstaben bleiben, sie heben sich mir entgegen, sie stehen noch immer da, ungerührt: *Die Polizei wird rege, sie sucht weiter unter dem Eis.*

Ein anderer See war das, eine andere Zeit, natürlich. Zeit und

Raum legen sich zwischen Euer Sterben, zwölf ganze Jahre spreizen sich zwischen Euch. Und doch habt Ihr im Tod diese Verbindung.

Sie kannten sich nicht, werde ich sagen – und ich werde es allen sagen, die mich hören wollen –, sie kannten einander nicht, aber sie endeten beide im See. Und der eine, ja, der eine schrieb über den Tod des anderen, nur kurz bevor er selbst im Eiswasser versank.

Man stelle sich vor.

Sie fanden zuerst Deinen Rumpf. Jemand hat Dich verpackt, Deinen Torso, ihn eingeschlagen in mehrere Bögen aus rotbraunem Papier. Dein Rückgrat war auf Höhe der Rippen durchgesägt worden, schreibt Otto Feuerstein, *ein wahrhaft grausiger Anblick bietet sich den Umstehenden.* Kopf, Hals, Gesäßbacken und auch die Beine und Arme fehlten.

Ich versuche es mir nicht vorzustellen.

Dein Vater ist es gewesen, der mit einem Stock unter der Eiskruste stocherte. Schon am Vortag soll er den Mönchsee gekreuzt haben, wieder und wieder, rufend und suchend, aber er fand keine Lücke. Warum er den See so schnell in Verdacht hatte, kann ich mir nicht erklären. Jemand verschwindet, eine Suche beginnt. Wohin wendet man sich?

Der See konserviert seine Toten im Winter, das Eis wird sein Formaldehyd. Deinen Bewahrer hat der Wannsee einbalsamiert. Er soll eine schöne Leiche gewesen sein, so friedlich, so schlafend.

Das war bei Dir anders.

Eine Sirene heult, Blaulicht zieht an mir vorüber, es flackert auf den Armaturen und über den Beifahrersitz, hinauf auf meine Jackenärmel und zwischen die Worte, es läuft durch sie hindurch.

Dein Wirt, der Bäckermeister Lange, bemerkte Dein Fehlen

zuerst. Noch am gleichen Tag benachrichtigte er Deinen Vater. Der Sonntag war das gewesen, noch am frühen Abend warst Du gesichtet worden, und schon am Montag erreichte Dein Vater die Stadt. Aber die Polizei wollte nicht helfen. Zu wenige Angaben konnten gegeben werden, ein Gymnasiast, dachte man sicher, ein Obertertianer, ein junger Mann, der tanzt, der trinkt, was soll da schon geschehen sein. Sie werteten Dich nicht als verschwunden.

Am Dienstag, dem 13.3.1900, dann fand Dein Vater die zerschlagene Stelle im Eis.

In der Nähe der städtischen Spüle soll das gewesen sein und ich stolpere, ich kenne das Wort nicht, zumindest nicht so: Spüle. Er hat gestochert, tiefer und tiefer, bis er Dich fand. Wie war es, als er sich plötzlich verfing.

Ob Dein Vater sich auf die Eisfläche gelegt hat, um Dich zu bergen, kann ich nicht wissen. Vielleicht hat ihm der Bäcker geholfen. Man soll ja das Gewicht verteilen, sagen sie, damit man nicht selbst durch die Eisdecke kracht.

Georg Heym wusste das nicht, als er fiel.

Das Paket, das sie fanden, muss schwer gewesen sein, es muss getroffen haben vor Seewasser, als sie es auf die Fläche wuchteten. In Packleinwand warst du eingeschnürt und die erste Naht, die sie trennten, enthüllte Deine nackte Brust. Da waren nur Dein Vater und der Bäcker bei Dir. Als sie das Paket dann ganz öffneten, waren alle anwesend: der Bürgermeister, der Gerichtsarzt, der Staatsanwalt, der Kreisphysikus, eine ganze Versammlung. Dein Vater soll dich anhand von Muttermalen erkannt haben, oder sagen wir: diesen Teil von Dir.

Mir ist übel.

Deine Zerstückelung ist schwer zu ertragen, selbst für mich. Dabei kenne ich Dich doch gar nicht, Du bist jünger als ich und trotzdem älter, Du bist weit weg von hier und längst tot. Und dennoch zittert mein Körper, als ich jetzt weiterlese, als ich erfahre, wie die Polizei Deine Gesäßbacken aus dem See fischte, wie sie am Tor des Kirchhofs Deinen rechten Arm fanden und an einer anderen Stelle des Mönchsees Deinen Unterschenkel. Und wie später, im Frühling, auf einer Wiese des Stadtwäldchens ein paar Kinder Deinen Kopf und Deinen Hals entdeckten beim Spielen. Das lese ich und zittere und denke: Lesen kann man das nicht mehr nennen, was ich da tue. Ich bebe. Und durch mein Beben hindurch fällst Du mir zu.

Sie sollen Dich geschächtet haben, geschächtet wie ein Tier.

Angeblich hat man Deine Halsgefäße durchschnitten. Otto Feuerstein behauptet das. *Der Obertertianer Ernst Winter ist also sachgemäß geschächtet worden,* schreibt er. Und führt dann auf, wie so etwas vor sich geht.

Diese Art der Tötung ermöglicht nun aber ein vollständiges Auslaufen des Blutes aus dem ganzen Körper, indem das Herz auch nach dem Halsschnitte fortfährt, das Blut in Bewegung zu halten.

Hast Du das noch mitbekommen: Du warst blutleer.

Am Wegrand sitzt ein Hund. Er sieht mich vorüberziehen, in diesem Wagen, er merkt auf, als er mich sieht, sein Schwanz schlägt auf den Asphalt, seine Augen tränen. Und ich weiß nicht, was mit mir ist, aber ich hebe meine Hand hoch zum Gruß.

Meine Quelle ist unrein. Das muss ich mir sagen, immer wieder: meine Quelle ist ein Tümpel aus Gift. Otto Feuerstein ist es, der ihn befüllt, es zischt, es brodelt unter der Fläche, seine Sätze mutieren unter seinen Händen, sie verbinden sich chemisch. Dieser See, dieser Mönchsee, er spotzt und speit eine Lava aus Hass.

Beweise will er anführen, eine Beweiskette gegen Deine Mörder, und baut einen Brandsatz dabei.

Ein jüdischer Ritualmord wurde da begangen, ätzt er, *im Osten unseres deutschen Vaterlandes.* Ein unverheiratetes Schlachtopfer hätten die Juden sich gesucht, *so recht die Persönlichkeit, die in einen Hinterhalt gelockt werden konnte*, gesund und unverheiratet und jung. Wie Du.

Mördersekte, schreibt Feuerstein, dessen Giftworte mir auf den Schenkeln knistern, ausländische Juden, Israelskis. Dinge trägt und treibt er zusammen, Hörensagen, Gerüchte, Geflüstertes. *Der Sack, worin der Rumpf des Toten eingenäht war, deutet auf die Familie Lewy hin.*

Ich will nicht blättern. Mein Körper beginnt sich zu sträuben, ich bräuchte Desinfektionsmittel, Gummihandschuhe, eine Müllzange, ich will diesen Dreck nicht berühren. Aber er hört nicht auf und natürlich will ich wissen, will alles erfahren, was es zu erfahren gibt über Dich.

Wer es war, der Dich geschlachtet hat – es wurde nie bewiesen.

Das versetzt Feuerstein in Rage, Seiten um Seiten türmen sich seine Anschuldigungen über Tat und mutmaßliche Täter. Einen Fleischermeister hat er im Verdacht, einen Schächter, einen Kaufmann, alles Juden. Zwei Judenmädchen sollen Dich in die Falle gelockt haben, denn auf einem Geburtstag warst Du bei ihnen geladen, warst doch auf dem Weg dorthin, als man Dich zuletzt sah.

Den ganzen Mordtag nimmt er unter sein Zerrglas, diesen 11. März 1900, und garniert ihn mit seinen Substanzen. Deine Wege zeichnet er nach, Deine letzten, beglaubigten Schritte. Wann Du das Haus verließt, wann man Dich sah. Und wo. Dass Du an diesem Sonntag zur Kirche gingst, ist ihm wichtig, Und dass Du noch beim Fischer im Zigarrenladen warst, mit ihm plaudertest, aber nichts kauftest. Deine Stubengenossen erwähnt er, Dein letztes Mittagsmahl beim Bäckermeister Lange. Sogar Dein Taschengeld führt er auf. Diese fünf Mark für ein Vierteljahr, die Dir kein Ausschweifen erlaubten, jenseits von Handschuhen, Zigaretten oder Krawatten. Er braucht das, er braucht dieses Bild von Dir, die Redlichkeit und Bescheidenheit. für mehr Sympathie mit dem Opfer.

Nachtbilder, Todesbilder blähen sich auf, von fernen Straßennamen lese ich, Schützenstraße, Danzigerstraße, höre Deine Schritte auf dem Pflaster in Konitz, während wir über eine Hochstraße rasen. Schrebergärten teilen sich in der Tiefe von Wohnhäusern, überall Splitterungen, Abrieb, Fassaden, die sich pellen, Plakatwände, von denen die Fetzen hängen, Papierfetzen, Wortfetzen, Du atmest nicht mehr, während ich zugeschüttet werde, verschüttet unter einem Wortrutsch aus Verdächtigungen.

Aber ich werde nicht ertrinken. Ich nicht.

Ein Schlachtopfer brauchten die Juden. Das behauptet Feuerstein und zündelt mit Erfundenem. Seitenweise schüttet er Öl in das Feuer, er schleudert mit seinem Hass um sich, lässt Stichflammen aufschießen, greift jeden Juden an den Haarspitzen und zerrt ihn hinein in den Fall. Wie in den Wochen vor Deinem Mord der jüdische Fleischermeister Lewy einen anderen Christen zum Morden aufgesucht habe, kreischt er. Und wie dieser seinen Häschern entkam. Und dass sie Dich daraufhin zum Schlachten freigaben, Dich, denn Du seist zwar jung, aber Du gäbest doch Blut.

An Solingen muss ich denken, an Hoyerswerda, Rostock. Das Fremde ist schuld, so plärren es die Rassisten, immer wieder, hier wie dort, das Fremde, das Fremde, Ausländer raus, Asylbewerber, Einwanderer, die Juden, die Türken, die Jugos, sie alle. Alles lodert, Synagogen, Asylantenheime, Menschen gehen in Flammen auf, ihr Nachlass eine Brandruine, ihr Vermächtnis der Rauch.

Sind das die Geister, die Heym rufen lässt?

Die Geister des ermordeten Winter in Konitz.

Überhaupt Konitz, was sollte die Stadt.

Dass Du nicht von dort stammtest, machte Dich besonders geeignet, behauptet Feuerstein. Du warst nicht einheimisch, Dich würde man so schnell nicht vermissen. Seit ein paar Jahren wohntest Du ja erst dort, Du kamst doch aus Prechlau, einem Kirchort in der Nähe, deine Familie war dreißig Kilometer entfernt. Dein Vater hatte dich in das Gymnasium eingeschrieben, als Du dreizehn warst. Und konnte nicht wissen, dass Du dort sterben würdest, nur sechs Jahre später.

So jung, jünger als ich.

Du kannst kein leichtes Opfer gewesen sein, das scheint mir bewiesen. Ein fleißiger Schüler warst Du, und vor allem: ein Turner, der beste Deiner Schule. Dein Körper muss trainiert gewesen sein, Du warst klug, Du warst stark.

Warum konntest Du Dich nicht wehren.

Am 11. März 1900, zwischen 7 und 8 Uhr abends ist aus der Mauergasse her, wo das Lewy'sche Hinterhaus sich befindet, der schreckliche Schrei eines Menschen gehört worden. So stichelt Feuerstein. Und dass der alte Lewy gleich am Tag nach der Mordnacht seinen erst kürzlich neu gemachten Fleischklotz frisch abhobeln ließ, obwohl er doch gar nicht mehr schlachtete.

Mein Kopf pocht noch immer, ich kann nicht mehr, ich lehne mich seitwärts, suche die Kühle. Jemand murmelt, jemand spricht zu mir, aber ich höre nicht hin. Etwas muss passiert sein, etwas ist passiert, damals vor fast hundert Jahren.

Teile von Dir sind nie gefunden worden, weißt Du das. Dein linker Arm, das linke Bein, Deine Eingeweide. Die Juden haben sie verspeist, ätzt Feuerstein, wobei er das nicht wirklich sagt, mein Kopf führt seine Worte weiter, meine Gedanken haben sich schon in seinem Giftgespinst verstrickt und sticken sie nach. Dass Juden zwar der Genuss von Tierblut verboten sei, hechelt der Mann, dass aber *im Talmud der Genuß des Blutes von »Zweifüßlern« (Nichtjuden)* gestattet sei. Und beschreibt, wie gebärenden Frauen Zettel zwischen die Zähne geklemmt würden, auf die man Formeln mit christlichem Blut gezeichnet habe, mit Blut von kleinen Kindern.

Mir ist so übel, immer noch, mir zieht sich alles zusammen, ich kann nicht, ich kann das nicht mehr, in meinem Magen rumort es, Eingeweide, ich lehne mich aus dem Fenster und breche die Galle in die Nacht hinaus. Ein kurzes Aufbäumen ist das, der Schwall aus Luft eine Befreiung. Dass an der Karosserie nichts kleben bleibt, ist meine größte Sorge, denn hier war doch noch jemand, jemand sitzt neben mir in diesem Wagen, aber was ich von mir gebe, versinkt in der Nacht und niemand ist bei mir, nur Du.

Ernst Winter.

Wenn ich ganz still bin, kann ich es hören. Ich lehne mich zurück, ich kuschle mich in den harten Sitz, ich schließe die Augen und lausche. Das Murmeln um mich herum wird lauter, es drängt unter dem Rattern des Motors hervor und endlich begreife ich, dass es Du bist, der spricht.

Was willst Du, flüsterte ich, was.

Und Deine Stimme wird lauter, sie hallt aus dem Eis bis zu mir, ich höre ein Knirschen, ein Riss klafft auf, ich höre das Wasser gegen die Eisdecke schwappen, ein Stein springt über die Fläche und bringt alles zum Klingen.

»Der Mond«, willst Du mir sagen, weil Du es glaubst oder zu glauben glaubst, »ist ein eiserner See.«

Ja, denke ich und nicke vor mich hin, und dass du recht hast, denke ich, dass die Toten immer recht haben. Da war etwas, das stimmt sicherlich, das muss ich Dir glauben. Aber ich komme nicht drauf, was es ist. So sehr ich auch denke und nicke und denke, ich weiß einfach nicht, was Du meinst.

Und ich öffne die Augen und sehe auf die Fahrbahn, die unter uns durchzieht wie ein quecksilbernes Band, ich sehe auf die Nacht, ihre Lichtschlieren, die uns umströmen, die Straßenlaternen, Schilder, Litfaßsäulen, und blicke dann doch wieder zurück auf die Buchstaben, auf diesen Wortfluss der Vergiftung, der mir meine Hände beizt, meine Seele, und der ja versiegen muss, irgendwann.

Warum bei den Ermittlungen nichts herausgekommen sei, will Feuerstein wissen, warum wurde der Mord bis heute nicht gesühnt. Er spricht mich an, mich direkt, seinen Leser, den er aufzustacheln, zu durchseuchen versucht, *Merkst was?,* schreibt er, merkst was. Und zischelt schon die Beantwortung der eigenen Frage: *weil es Juden waren, die ihn vollbrachten, und die Juden Geld und gute Beziehungen haben.*

Eine ganze Verschwörung will er aufdecken oder aufgedeckt haben mit seinen Nachforschungen, die er 1925 vorlegt, fünfundzwanzig Jahre nach Deinem Mord und dreizehn Jahre nach Heyms Tod. Und führt die *Wahrnehmungen zuverlässiger Nichtjuden* zum Beweis an für seine Hatz.

Den ganzen Apparat sieht er kontaminiert, den Staat, das System, er führt alle an, die ihm verdächtig sind, den *Inhaber der Polizeigewalt in Konitz,* den Bürgermeister, der ja mit einer Jüdin verheiratet sei, einen Ministerialdirektor, einen Geheimen Oberjustizrat, einen Senatspräsidenten. Namen und Posten rauschen an mir vorüber, Zielobjekte seiner Giftpfeile, der *Zentralverein deutscher Staatsbürger jüdischen Glaubens,* sie alle seien verwickelt, sie alle seien schuld. Immer steiler schwingt er sich auf in seinen Lügenbau und klettert so hoch, bis er höher nicht kann: *Demokratie, Sozialdemokratie und Kommunismus* stehen an seinem selbstgezimmerten Pranger. *Aber der Tag wird kommen, da die Weltgeschichte das Weltgericht bringen wird über das gesamte Judentum,* kreischt er dort oben von seinem irrigen Gipfel. Und ich beginne zu begreifen, was er erreichen will mit diesem Text, beginne zu verstehen, in welches Klima seine Worte stechen sollen – und in welche Zeit.

Aber das ist zu viel, das führt zu weit, ich muss zurück. Zurück zu den Fakten und vor allem: zurück zu Dir. Denn es gibt ja einen Grund, aus dem ich hier bin, das darf ich nicht vergessen: – Ich habe einen Auftrag.

– Auf dem Mond –

Ich kann nicht mehr denken, was ist mit dem Mond, *The moon's a balloon* fällt mir nur ein, ein Buchtitel ist das, die Memoiren von David Niven, dem großartigen David Niven, aber du sprichst von einem See. Und ich verstehe nicht, ich verstehe gar nicht, was Du meinst. Ein See, nicht aus Eis, sondern aus Eisen, willst Du mir zuflüstern, aber was soll ich denn, was soll ich denn damit.

Straßenschluchten drängen zueinander, die Mauern rücken näher, im Stadtinneren müssen wir sein, alles wird eng. Kahle Zweige greifen vom Mittelstreifen auf uns herunter, sie spreizen und stechen, ich kann den Himmel nicht mehr sehen. Wir fahren schnell, zwei Kurven nehmen wir, ich kippe seitwärts, der Fahrtwind zerrt und rüttelt an den Seiten der Schrift, an mir, an Dir, alles flattert, bekommt Risse, ich weiß nicht mehr, wo wir sind.

Eiserner See.

Du hast recht, da ist etwas, das kann ich spüren. Ich müsste wissen, was Du meinst, ich müsste dich verstehen. Etwas klingt nach in meinem Inneren, ich habe den Begriff schon einmal gesehen, ich habe davon gelesen, glaube ich. Ich müsste nur begreifen, was Du da sagst.

Der Mond, das Eis.

Dass Du mit den Judenmädchen Schlittschuh gelaufen bist, wispert Otto Feuerstein mir zu, er träufelt sein Gift in meine

Ohren, und ich sehe es vor mir, aber nicht Dich und die Mädchen sehe ich, ich sehe Dich und Heym, Georg, ich sehe Euch auf Euren zugefrorenen Seen, ihr zirkelt aufeinander zu, ihr tanzt auf dem Mönchsee, dem Wannsee, die Eiskristalle spreißeln unter euren Kufen. Ich sehe es und schaudere, ich spüre den Frost, das Eis, das Eisen, eiserner See, ich wische mir Schneepartikel aus dem Gesicht, Mond, Lunapark. Und das ist es, auf einmal erkenne ich, was Du meinst.

Es gab im Lunapark einen Eisernen See.

Schlittschuh konnte man dort im Sommer laufen, im Frühling, im Herbst, das habe ich gelesen. Boote glitten über die Fläche, Sitzkörbe aus Bast, und jetzt weiß ich es. Ich sehe Rollschuhläufer, die über eine Bühne gleiten, ich sehe den Mond, der zu einer Fläche wird, einer grauen Fläche aus Stahl und Kratern, Trockeneis sehe ich durch die Zuschauerreihen ziehen, den Teufel auf Schlittschuhen. Und alles vereist.

Ich werde Dich feiern, Dich und Georg.

»Prinzessin«, sagt jemand, aber ich kann jetzt nicht, ich darf jetzt nicht, ich muss denken, weiterdenken, ich sehe das Licht, das sich auf der Bühne bricht, kaltes blaues Scheinwerferlicht. Die Schwarzen als Ringkämpfer im Schnee sehe ich, Liebespaare, die erstarren, ein Schneebild wird das, die Kälte glasiert ihre Opfer, die Welt friert ein.

Ich hole Dich zu mir.

»Prinzessin«, sagt jemand noch einmal, warum ist er nicht still. Ich muss bleiben, wo ich bin, ich muss bleiben wo du bist, ich muss –

Prinzessin. Ein Gesicht schiebt sich in mein Blickfeld, Augen, die so besorgt sind. Eine Stimme, die ich kenne. Jemand berührt mein Gesicht.

Und ich tauche auf.

Zorbas sah mich an, seine Hand strich über meine Stirn. »Wir sind da«, sagte er. »Dein Kopf ist ganz heiß. Sicher, dass du kein Schleudertrauma hast? Gehirnerschütterung?« Und als ich nicht reagierte: »Soll ich dich in die Notaufnahme bringen.«

Ich schüttelte den Kopf. Zorbas zögerte, seine Finger trommelten auf dem Lenkrad. Dann seufzte er und stellte den Motor ab. Wir lauschten beide auf die Stille, das Knacken unter der Kühlerhaube, das durch das kaputte Fenster hereindrang. Ich hörte meinen Atem.

Langsam nahm ich alles wieder wahr. Die Kälte im Wagen. Das Armaturenbrett vor mir. Das Pochen hinter meiner Stirn. Draußen auf dem Gehsteig die Nacht. Eine Gruppe von betrunkenen Mädchen zog an meiner Haustür vorüber, sie kicherten und sangen, ich sah kurz, wie eine von ihnen torkelte und sich am Seitenspiegel meines Beifahrersitzes festhielt, grellrote Fingernägel, bunte Kettchen am Handgelenk. Eine Blondine in weißen Stöckelschuhen riss sie weiter und kickte dabei eine Bierdose vor sich her. Jemand hupte.

Zorbas holte Luft. Er schien etwas sagen zu wollen. Er beugte sich zur mir, und ich zuckte zurück. Zorbas hielt mitten in der Bewegung inne und musterte mich. Er war nicht erstaunt. Seine Augen hielten meinen Blick.

»Bin nicht sein Muchacho«, sagte er. »Musst du wissen.«

»Wer…«, setzte ich an, aber dann verstummte ich wieder. Meine Stimme klang so dünn.

»Bekannter. Von früher.«

Ich wartete. Sein Blick flog zu der Hetzschrift, die ich noch immer umklammert hielt.

»Dieses Zeug… Er ist abgedriftet. Falsche Richtung. War nicht immer so. Andere Zeiten, ganz anderes Deutschland. Verstehst du?«

Stumm nickte ich.

Und als sich Zorbas diesmal zu mir beugte, hielt ich still. Er nestelte an meinem Sicherheitsgurt herum und begann mich zu entknoten. Ich wollte ihm helfen, aber ich war auf einmal müde, schrecklich müde, ich konnte mich gar nicht bewegen.

»Reicht dein Telefon bis zum Bett?«, wollte Zorbas wissen.

Ich wusste es nicht, ich hatte es noch nicht ausprobiert. Ich hatte völlig vergessen, dass ich jetzt überhaupt ein Telefon besaß. Das alles schien mir so unendlich weit entfernt. Auch wenn ich diejenige war, die weg gewesen war. So weit weg.

Ich zuckte mit den Schultern.

»Ruf an, wenn was ist«, sagte Zorbas. »Egal, wann.«

Seine Augen waren freundlich. Ich nickte.

Meine Knie zitterten, als ich aus dem Auto stieg. »Kühl deine Stirn«, sagte Zorbas aus dem Wageninneren, und ich nickte wieder. Zorbas startete und fuhr los. Ich sah, wie er noch einmal die Hand hob, ich sah, dass sein rechtes Rücklicht eingeschlagen war. Und auch ich hob die Hand, um ihm zu winken. Feuersteins Schrift flatterte vor meinen Augen.

Ich wich zwei Schritte rückwärts, bis ich die Hauswand in meinem Rücken spürte. Sie war erstaunlich warm, die Fassade schmiegte sich durch die Jacke hindurch an meine Wirbelsäule. Langsam beruhigte sich mein Atem. Es roch nach Braunkohle, nach Abgas, nach dem Speck, den die Frau im ersten Stock immer briet. Ich war zu Hause. Mein Blick flog hinauf zum Himmel.

Die Stadt war zu hell, ich konnte keine Sterne sehen. Aber der Mond zeichnete sich ab, direkt über mir. Er war eine schmale Sichel mit ganz spitzen Enden. Wind fuhr von den Dächern zu mir herunter und kühlte mir das Gesicht.

Es wurde Zeit für Schnee.

10

»Deine Stimme sitzt nicht«, tadelte Kiki, die Sprecherzieherin, »du bist nicht in deinem Körper, bei dir ist alles Kopf, Kopf, Kopf, du denkst schon wieder zu viel.«

Sie stand breitbeinig vor mir, ihre Knie waren gebeugt, sie federte auf und ab. Sie wirkte immer so fröhlich in ihrer Latzhose mit den bunten Ringelshirts und dem stacheligen Kurzhaarschnitt. Wenn ich sie sah, bereute ich jedes Mal, dass ich nicht Schauspiel studierte. Ich würde als Regiestudentin nur ein paar wenige Einzelstunden bei ihr haben, während sie die Schauspieler bis zum Abschluss begleitete, die ganzen vier Jahre über.

»Stimme fallen lassen«, befahl sie, »dein ganzer Körper muss vibrieren, wenn du sprichst. Wir müssen dich mal aus deinem Kopf rausholen.«

Sie ließ nie locker, ich war ihr Projekt. Ihr war egal, dass ich keine Schauspielerin werden würde. Es ärgerte sie, dass meine Stimme, wenn ich laut werden sollte, so dünn klang. Ich streckte dann den Kopf vor und wurde, fand sie, viel zu grell. Lehrerinnenkrankheit nannte sie das. So wirst du keine Regisseurin.

»Gib mir mal ein Wort mit dem Buchstaben o«, forderte sie jetzt.

Ich musste nicht lange überlegen. Otto, dachte ich, Otto Feuerstein. Aber ich wollte ihn nicht aussprechen, ich wollte ihn abschütteln, er war nicht mehr wichtig. Ich hatte alles, was ich von ihm brauchte. Er durfte nicht noch mehr Raum bekommen.

»Mephisto«, sagte ich stattdessen.

»Mephistooooooooo«, korrigierte sie und stieß dabei ihre Fersen auf den Schwingboden der Probebühne. Ich tat es ihr gleich: »Mephisto.« Sie beobachtete mich kritisch. »Nicht so abrupt, mehr Körperspannung.«

Ich versuchte es wieder: »Mephistooo.«

Sie seufzte. »Gib mir mal ein anderes Wort, eines, bei dem das o in der ersten Silbe steckt.«

»Konitz!«

»Konitz? Na gut. Kooooonitz.«

Sie griff mit ihren Händen nach meiner Hüfte und schob mich ein wenig nach hinten. »Du stehst zu wacklig, dich kann man ja umpusten.«

Ich verlagerte mein Gewicht und wäre fast umgekippt.

»Achte auf deine Körperachse!«

»Wie denn?«

Kiki ließ mich los. Sie stellte sich auf die Zehenspitzen und begann durch den Raum zu spazieren. Ich balancierte ihr hinterher, ich war aufrecht und hielt die Arme seitwärts ausgestreckt, wie auf einem Schwebebalken. Draußen war der Himmel klar, an der Außenseite des doppelverglasten Fensters waren zum ersten Mal Eisblumen zu sehen. Durch die Blütenzeichnung fielen Sonnenstrahlen auf das Holz des Schwingbodens und sprenkelten es mit einem hellen Muster. Ich tauchte auf Strümpfen in das Licht.

Kiki drehte sich zu mir und blieb stehen. »Und jetzt lass die Fersen auf den Boden fallen.«

Ich rammte die Hacken in die Holzdielen und zuckte zusammen, so laut war der Aufprall.

»Nein, das soll eher eine Wippbewegung werden«, korrigierte mich Kiki. Sie ging erneut auf die Zehenspitzen und ließ sich abwärtssinken. Es sah bei ihr so leicht aus, so elegant. Ich schüttelte den Kopf. »Bin zu doof für sowas.«

»Papperlapapp. Du musst nur alles nach unten schicken, durch den ganzen Körper hindurch. Stell dir vor, du würdest auf einem zugefrorenen See stehen und mit deinen Fersen die Eisfläche testen«, sagte sie und deutete auf den Boden. »Guck mal, ob das Eis hält.«

Ich stockte und starrte sie an.

»Was ist?«, fragte sie und lachte.

»Nichts«, wehrte ich ab, »ich hab nur …«

»Angst? Der Holzboden an der Piscator ist noch nie durchgekracht, glaub mir. Hier trägt dich das Eis.«

Das Eis. Schon wieder das Eis.

Sie wusste ja gar nicht, was sie da sagte.

Ich schloss die Augen und ließ mich fallen.

Es gibt diesen Magnetismus der Dinge.

Wenn wir uns mit etwas beschäftigen, ziehen wir es an.

Es ist alles immer schon da, aber wir sehen es vorher nicht.

Das weiß ich jetzt.

Ich saß in der Kantine und versuchte die anderen auszublenden. Um mich herum klapperte Geschirr, es roch nach Pfefferminztee und Selchfleisch. Es lag eine Unruhe in der Luft, ein Summen und Röhren und Seufzen. Geschirr klapperte, Töpfe zitterten auf Herdplatten, die hohen Fenster waren mit Dampf beschlagen. Alles wirkte aufgeladen. Die ersten Prüfungen standen an, die ersten Vorspiele vor dem Gremium, das die Schüler für ihre Darbietung benoten würde. Seit Wochen probten die Schauspieler mit ihren Dozenten einzelne Szenen aus berühmten Theaterstücken, und jetzt wurde es Zeit für den ersten Test. Alle waren fiebrig. Alle hatten Angst vor dem *Fähnchen*, dem ersten Schritt zum Rauswurf aus der Piscator. Schauspielschüler staksten an mir vorüber, sie rutschten auf ihren Stühlen herum und murmelten Texte aus ihren Szenenstudien. Ein Schüler in Kniebundhose trug einen Totenschädel vorüber, an einem der Tische saß Schwarz. Er hatte seine Füße neben einem leer gegessenen Teller hochgelagert, er grinste dem Totenschädel hinterher und sang »Bummbumm, der Tod geht um, wieder einer tot von Konsumbrot, was soll denn das noch werden, wenn alle Menschen sterben …«. Eine von den Schauspielschülerinnen merkte auf, es war eine von den besonders hübschen, sie warf ihre Haare zurück und rief Schwarz zu: »Ey, Wessi, woher kennst du denn so einen Ost-Song!« Und Schwarz lachte.

Ich hielt den Kopf so tief gesenkt, dass meine Haarspitzen bis auf die Seiten fielen. Ich hatte die Schrift von Otto Feuerstein in eine rote Mappe eingelegt und begonnen, mir Notizen am Rand zu machen. Auf einem separaten Blatt hatte ich angefangen, das Bühnenbild für meine Szenen zu entwerfen. Ich hatte beschlossen, dass es in allen Szenen das gleiche Bild sein sollte: der Eiserne See, der immer mehr zuschneite.

Ich stellte mir vor, wie die Figuren dort langsam im Schnee verschwanden. Wie die Bühne immer weißer würde und immer gläserner. Den letzten Satz des Fragments wollte ich dann von Georg Heym selbst sprechen lassen. Ich würde ihn als Figur auftreten lassen. Ich wusste genau, was ich erreichen wollte: dass er auf Schlittschuhen hereinglitt, hinaus auf eine weite weiße Fläche. Um ihn herum sollten wie eingefroren die Figuren der vorangegangenen Szenen stehen: Faust, der Teufel. Die Schwarzen im Lunapark. Die Liebespärchen auf den Bänken. Die Geister des ermordeten Winter in Konitz. Ich wollte, dass Heym der Einzige war, der sich noch durch die Schneeverwehung bewegte. Ich wollte, dass er eine Pirouette vollführte, wie schwerelos, und an die Rampe heranfuhr. Dass er dort den letzten Satz sprechen würde, den Zuschauern direkt ins Gesicht. Und dass er dann – Bruchteile, bevor es dunkel würde – nach unten wegbrach, unter die Bühne, unter das Eis.

Ich hatte noch keine Ahnung, wie das gehen sollte.

Auf jeden Fall würde ich Rollschuhe brauchen. Und eine Art Zellophan, das sich als Eisfläche über die Bühne spannen ließ. Ich musste herausfinden, ob die Piscator über Trockeneis verfügte. Und über Spiegel, damit für die Zuschauer ein Gefühl von Endlosigkeit entstand. Wenn ich sie richtig anordnete, würde es mir vielleicht gelingen, die Weite des Wannsees auf die Bühne zu bringen. Ich kritzelte vor mich hin, aber je mehr ich zeichnete, desto weniger schien die Idee zu funktionieren. Am liebsten hätte ich die Skizzen zerknüllt und quer durch die Kantine geschleudert.

»Was machst du denn da?«, fragte jemand hinter mir.

Ich zuckte zusammen. Tadeusz schwang sich auf den Stuhl neben mir, auf seinem Tablett ein halbes Käsebrötchen mit Petersilie, ein Duplo und einen Pott Kaffee. Kein Wunder, dass er so dünn war, wenn das alles war, was er mittags aß.

»Ist das Sütterlin?«, fragte er und deutete auf die Mappe, die ich schnell zuschlug. Ich kannte den Begriff nicht. Sütterlin. Aber bevor ich fragen konnte, was er meinte, blieb sein Blick an meiner Stirn hängen. »Was hast du denn da gemacht?«, wollte er wissen. Ich konnte es kaum glauben. Die Schauspieler im Grundkurs waren alle auf ihre Prüfungen konzentriert gewesen, sie hatten mich gar nicht richtig wahrgenommen, auch die Lehrerin nicht. Nicht einmal Kiki hatte mich auf die

Beule angesprochen. Tadeusz war der Erste, der sie bemerkte. Er schob sein Gesicht nah an meines heran. Mein Herz schlug schneller.

»Ach, ist nicht schlimm«, winkte ich ab, »wollte nur wieder mit dem Kopf durch die Wand.«

Er atmete aus, und ich spürte den Lufthauch an meinen Wangen. Er roch nach Nelkenzigaretten, wahrscheinlich war er gerade noch von Schauspielschülerinnen umringt gewesen. Ich pustete zurück. Jeder andere hätte jetzt gelächelt, aber Tadeusz nickte nur und drehte sich wieder seinem Tablett zu. »Ja, das passt zu dir«, murmelte er. Mit beiden Händen griff er nach seiner Kaffeetasse und blies auf die dampfende Flüssigkeit. Sein Blick wanderte durch den Raum und zurück zu der Mappe, die unter meinen Handflächen lag. Ich konnte sehen, dass er mich gleich wieder danach fragen würde. Ich wollte ihn nicht anlügen. Aber erzählen, was ich da aufgetrieben hatte, wollte ich auch nicht. Ihm nicht, niemandem, noch nicht.

Brandner sollte der Erste sein, der es erfuhr.

»Was macht deine Teufelsmaske?«, fragte ich schnell.

Er schüttelte den Kopf. »Gar nicht so einfach«, sagte er. »Hab versucht, das Ding selber zu bauen, aber ich bin hochgradig unbegnadet.«

Unbegnadet. Das war wieder eines von diesen Worten, die nur Tadeusz benutzte. Und vielleicht ein paar ältere Damen aus dem Bridgekreis meiner Oma. Tadeusz runzelte die Stirn.

»Was denn?«, fragte er.

Ich schüttelte den Kopf. Ich wollte ihn nicht auf seinen Wortschatz aufmerksam machen. Mir gefiel, wie er sprach. Mir gefiel an ihm überhaupt so viel.

»Du brauchst einen Maskenbauer«, sagte ich stattdessen.

Er trank einen Schluck Kaffee und verzog das Gesicht. »Woher nehmen und nicht stehlen.«

»Volkshochschule?«

»Zu brav.«

»Schreiner?«

»Zu teuer.«

»Kunststudenten?«

»Zu arrogant.«

»Venedig!«

Jetzt musste er lachen. »Das wär's«, sagte er.

»Ich komm mit«, stieß ich hervor. Wir sahen uns an.

Einen Moment lang stellte ich es mir vor. Wie wir einfach in einen Nachtzug springen und davonfahren würden, durch die Dunkelheit, hinunter in den Süden, bis zur Lagunenstadt. Weg von Brandner, weg von der Schule, weg vom Turm. Ich sah uns im Morgenlicht am Santa Lucia aus dem Zug steigen, müde, aber glücklich. Ich sah die Kanäle, die Gassen, die ich noch nie im Winter gesehen hatte. Wir würden auf irgendwelchen Steinstufen sitzen, Chianti aus einer Flasche trinken, umflattert von Tauben. Ich konnte schon das Brackwasser riechen, den Moder, der aus den verschlammten Kanälen aufstieg. Wir würden Spaghetti essen, nicht mit den Gondeln fahren und in einer schmalen, verwinkelten Gasse einen uralten Maskenbauer finden. Einen, der seit Jahrzehnten Masken für den Karneval anfertigte. Der mit Leder und Federn arbeitete, wie bei den Masken der Commedia dell' Arte. Und dann …

Tadeusz senkte den Blick.

»Oder du baust was aus Pappmaché«, murmelte ich und stopfte die Mappe mit Feuersteins Text in meinen Rucksack. »Das habe ich mit meiner Mutter früher manchmal gemacht. Da brauchst du nur altes Zeitungspapier, Leim und einen Luftballon. Oder Gips. Ich kann dir helfen.«

»Würdest du?«

Ich sah überrascht auf.

»Hey, Turtelvögel«, sagte Schwarz und schlug mit der flachen Hand auf die Tischplatte, so dass das Besteck auf meinem Teller zu klirren begann. »Genug rumgevögelt, lasst uns mal zu Brandner rübermachen.«

Tadeusz nickte. Er schlug sein Käsebrötchen in eine Serviette ein und schob seinen Stuhl zurück. Schwarz beobachtete grinsend, wie ich meinen Suppenteller auf Tadeusz' Tablett stellte und es zur Geschirrabgabe trug.

Als wir aus dem Eingang zur Kantine traten, schlug er Tadeusz auf die Schulter und hielt ihn zurück, so dass die beiden hinter mir waren. »Hattest du nicht mal eine andere Ische am Start?«, hörte ich ihn raunen. »Was willst du mit der ollen Nachti.«

Ich drehte mich nicht um.

Wenn die Schatten beginnen, über die Wände zu tanzen, darf man ihnen nicht glauben. Jeder entdeckt in ihnen nur das, was er sehen will. Sie nähren sich von unseren Ängsten, sie nehmen Formen an, die nicht eindeutig sind. Ihre Umrisse zeichnen Furcht nach, nicht Wahrheit. Würde man ihnen folgen, geriete man auf Abwege. Wir wissen das, wir erkennen die Falltüren und Gruben und Irrgärten, die sie für uns errichten. Und trotzdem lassen wir uns verleiten. Wir folgen ihnen und vergessen dabei eines. Nicht das Licht ist es, das zählt. Bei jedem Schatten ist doch die wichtigste Frage: wer ihn wirft.

Tadeusz' Hand lag auf meinem Hals. Ich versuchte nicht zu schlucken. Sein Oberkörper war weit nach hinten gebogen, er griff von unten zu mir herauf. Seine Haut war warm. Er stützte sich mit den Fingerspitzen der einen Hand am Boden ab, während er mit der anderen auf meine Kehle drückte. Er war erstaunlich gelenkig. Hätte ich versucht, mich in seiner Stellung zu halten, hätte ich mir wahrscheinlich einen Rückenwirbel ausgerenkt. Aber ich war nicht der Angreifer, ich war, obwohl ich über ihm stand, das Opfer. Ich hielt still.

»Würg sie«, befahl Nele.

Auf der Leinwand konnte ich unsere Umrisse sehen. Nele hatte uns zwischen einem Scheinwerfer und einem aufgespannten Tuch aufgestellt. Unsere Schatten waren verzogen, meine Brüste wirkten riesig, Tadeusz griff mit überlangen Fingern nach mir. Wir standen leicht schräg, so dass die Zuschauer beides sehen würden: unsere Schatten auf der Leinwand und uns, die Mitglieder von Neles Burschenschaft.

»Ihr seid die Auserwählten«, hatte Nele gesagt, als sie uns dunkelrote Hemden und Uniformhosen austeilte, »die Auserwählten einer sehr geheimen Burschenschaft. Geheimer noch als die Illuminati, unerreichbarer als die Freimaurer – und mindestens genauso mächtig. Der Name eurer Vereinigung sei: Discipuli Piscatorum!«

»Die Schüler Piscators«, hatte ich gemurmelt. Und Tadeusz hatte mich korrigiert: »Nein, die Schüler der Fischer. Mehrzahl.«

»Piscator heißt Fischer?« Das war mir neu.

»Auch«, hatte Nele genickt, »aber eigentlich sollte das die Einzahl … egal. Euer Leitspruch ist: Absit Omen!«

Ich hatte sehen können, dass François nicht wusste, was das hieß. Aber er hatte nur die Augen aufgerissen und nicht nachgefragt. Also tat ich es: »Sei es kein Omen?«

»Genau«, hatte Nele bestätigt, »möge es kein böses Vorzeichen geben! Das passt doch: zu Heym, zu Faust, zu uns. Und deswegen werden wir das jetzt rufen, zum Aufwärmen und zum Beschwören. Zieht euch mal um und stellt euch auf.«

Wir hatten ihr gehorcht. Nele hatte die Übung angeleitet, eine Art Zeremonie. Wir waren hintereinander hermarschiert, in einer kreisförmigen Formation, alle im Gleichschritt, alle im Takt. Immer einer von uns war in die Mitte gesprungen und hatte gerufen: »Absit!« Und die anderen hatten die Hände in die Höhe gerissen und zurückgebrüllt: »Omen!«

Das Merkwürdige war gewesen, dass wir uns in diesem Moment tatsächlich wie eine Gruppe anfühlten. Wir wirbelten um einander herum, in diesem rotierenden, stampfenden Zirkel, wir gehörten zueinander, vielleicht zum allerersten Mal.

Dass Brandner uns dabei beobachtete, von seinem Regiestuhl in der hochgelegenen siebten Reihe aus, hatte das Gefühl noch verstärkt. Während wir wirbelten und trampelten und die Zuschauerreihen zu samtroten Streifen verschwammen und die Decke der Bühne sich höher und höher über uns zu wölben schien, wusste ich es auf einmal eines ganz genau: Wir waren nicht die Eleven der Piscator. Wir folgten Brandner, ihm ganz allein. Und ich wollte nirgendwo lieber sein als hier.

Davon war jetzt nichts mehr zu spüren. Mein Hemd roch nach Mottenkugeln. Die dunkelrote Hose, die ich trug, war mir zu groß und kratzte. Ich fragte mich, wie Nele es geschafft hatte, so schnell eine Uniform für uns alle aufzutreiben. Und wieso Brandner sie gleich auf der großen Bühne proben ließ.

Es war kühl hier unten im Maschinenhaus, geheizt wurde nur für die Vorstellungen. Der Winter knirschte schon in den Wänden, er stieg aus dem Erdinneren auf, er arbeitete sich aufwärts, über die unterirdischen Katakomben des Maschinenhauses bis hin zum Grundstein des Turms.

Wenn ich nach rechts schielte, konnte ich Brandner sehen. Er saß jetzt zurückgelehnt, der Zigarillo hing erloschen in seinem Mundwinkel. Er blickte in unsere Richtung, aber er nahm Schwarz, mich und François gar nicht mehr wahr. Nicht einmal Nele schien er zu registrieren. Er sah ausschließlich auf Tadeusz.

Etwas daran war merkwürdig. Ich brauchte eine Weile, bis ich dahinterkam. Das hier war nicht der Blick eines Professors, der seinen Studenten betrachtet. Etwas lag in Brandners Augen, etwas, das kaputtgegangen war, eine Enttäuschung, wie man sie nur empfindet, wenn man sich nahesteht. Wieder einmal fragte ich mich, was zwischen den beiden vorgefallen war. Und woher sie sich eigentlich kannten. Ich wollte das endlich herausfinden.

François kauerte hinter mir. Er hatte einen Reif mit Teufelshörnern im Haar, den ihm Nele gegeben hatte, und er stank. Dieser Sauergeruch, der aus seinem Mund kam, war inzwischen fast nicht mehr zu ertragen. Ich fragte mich, was er wohl aß. Etwas Vergorenes musste das sein, fermentierte Milch, Kefir, saure Sahne, irgendetwas voller Pilze und Bakterien. Vielleicht machte er eine merkwürdige Diät, er kam mir dünner vor als sonst.

»Mach schon«, sagte Nele.

Tadeusz legte den Kopf in den Nacken, sein Blick schweifte an der Leinwand vorbei, hinauf in den ansteigenden Zuschauerraum. Auf Brandners Höhe hielt er inne. Ich spürte, wie sich seine Finger fester um meinen Hals legten. *Faust nimmt sie mit Gewalt.* Ich hustete und riss mich los.

»Hey«, schrie ich ihn an. »Schon mal was von Schauspielen gehört? Du sollst mich doch nicht in echt würgen!«

Er erschrak, sein Blick zuckte von Brandner zurück zu mir. »Entschuldige«, murmelte er.

»Ich hätte sowieso gedacht, dass du dich weigerst«, sagte Schwarz, der vor uns auf dem Boden saß und mit der Gürtelschnalle seiner Uniform spielte. »Bist doch sonst so pazifistisch drauf.«

»Was soll das denn heißen«, fuhr Tadeusz ihn an.

Brandner schlug im Zuschauerraum ein Bein über das andere. Wir merkten sofort auf, wir hielten die Luft an und warteten ab, was er sagen würde. Ich betrachtete unsere unbewegten Schatten auf der Leinwand, der Projektor surrte.

Brandner zündete mit einem Klacken seines Feuerzeugs seinen Zigarillo wieder an. Er zog und atmete aus. Wir sahen uns an, wir warteten immer noch. Brandner zog noch einmal, nichts passierte, Brandner schwieg.

»Aus heutiger Sicht«, sagte Nele schließlich und runzelte die Stirn, »ist das vielleicht ohnehin nicht mehr politisch korrekt. Oder was meint ihr. Kann man das denn wirklich noch unkommentiert lassen, so eine Vergewaltigung?«

Sie wickelte eine Strähne ihrer blonden Locken um ihren Zeigefinger und sah hilfesuchend in Brandners Richtung. Sie wirkte gequält, aber ich traute Nele nicht. Ich hatte den Verdacht, dass sie diesen Gedanken längst durchdacht hatte, noch bevor sie mit der Probe begann. Sie wollte, dass Brandner ihr beim Entwickeln ihrer Idee zusah. Oder noch besser: dass er ihr half. Mich störte das. Ich wollte, dass ihre Probe endlich vorbei war. Dass ich endlich die Chance bekommen würde, Brandner alles zu erzählen: von Konitz, von Winter, vom Eisernen See.

»Wenn Monsieur Heym das so geschrieben hat, darf man das nicht ändern«, hörte ich François hinter mir sagen.

Ich stöhnte und drehte mich zu ihm um: »Klar darf man das.«

Schwarz grinste: »Darf man oder muss man?«

Ich zuckte die Schultern. »Die Zuschauer können schon selber denken. Denen muss man nicht alles vorkauen.«

»Aber das Theater ist doch auch moralische Anstalt«, widersprach Nele. Sie hatte ihre Augen weit aufgerissen, sie wirkte jetzt richtig verzweifelt. »Das hat doch schon Friedrich Schiller gesagt. Dass die Bühne ein Instrument der Aufklärung ist. Und damit hat er total recht. Besonders heute, wo wir gesellschaftspolitisch und so … Guckt euch doch mal an, in was für Zeiten wir leben! Hier ist eine Mauer gefallen! Das kann man doch nicht einfach ignorieren? Ich meine …«

»Nele«, kam Brandners Stimme aus der siebten Reihe. Er stand auf und kam die Treppen des Zuschauerraums herunter, auf uns zu. Das Holz knarzte unter seinen Schritten. Für einen ganz kurzen Moment sah ich, wie Neles Mundwinkel nach oben schossen, zu einem zufriedenen Lächeln, das sofort wieder verschwand.

»Sie haben«, fuhr Brandner fort, als er vor ihr stand, »hier doch eine wunderbare Anordnung.« Er deutete auf den Projektor, auf unsere Schatten. »Das ist ein sehr gutes Beispiel dafür, wie man Technik auf der Bühne verwenden kann. Und es öffnet Ihnen inszenatorisch so viele Möglichkeiten! Warum lassen Sie nicht einfach den Faust von einer Frau darstellen? Dann verfremdet sich die Vergewaltigung und der Zuschauer kann über das Wechselspiel der Geschlechter nachdenken. Und über die Mauer in den Köpfen.«

Nele lachte: »Wie dumm von mir, natürlich! Das ist eine wunderbare Idee!« Sie drehte sich zu mir. »Katharina? Würdest du den Faust darstellen?« Sie sah erleichtert aus, aber ihre Erleichterung war zu groß. Ich konnte nicht glauben, dass das außer mir niemandem auffiel.

»Klaro«, murmelte ich.

Ich spürte noch immer Tadeusz' Griff an meinem Hals.

Brandner trat näher an die Leinwand heran. »Sehen Sie diese Schatten, Nele? Denken Sie an die Doppeldeutigkeit, die Sie hier erzeugen können. Behaupten Sie das eine und zeigen Sie gleichzeitig etwas völlig Gegenteiliges. So füllen Sie die Kluft zwischen Wahrheit und Täuschung, so regen Sie Ihr Publikum zum Denken an.«

Er schob sich selbst vor den Scheinwerfer, und wir traten zurück.

»Was sehen Sie?«, sagte Brandner. »Stellen Sie sich auf die andere Seite, achten Sie nur auf meinen Schatten.«

Wir schoben uns vor das Tuch und betrachteten die Projektion. Ich hörte, wie François aufseufzte. Ich konnte ihn verstehen. Selbst Brandners Schatten war beeindruckend, er wirkte so mächtig. Seine Schultern waren breit, er war ein Monolith. Einen Moment lang geschah nichts. Dann begann Brandner sich zu bewegen. Sein Umriss wurde größer, bis er schließlich die komplette Projektionsfläche ausfüllte. Dann wurde er wieder kleiner und wandelte sich, er sah jetzt schmächtiger aus. Plötzlich war er ein schlanker Baum. Dann eine tänzelnde Ballerina, ein Raubtier auf dem Sprung.

Nele lachte und fing an zu klatschen. Das Geräusch prallte an den Wänden ab und schallte von dort zu uns zurück.

»Das können auch nur Sie, Professeur Brandner«, entfuhr es François.

»So kann man sich täuschen«, sagte Woll und trat hinter der Leinwand vor. Seine hageren Gesichtszüge waren zu einem Grinsen verzogen.

Wir starrten ihn an.

Wir hatten ihn nicht kommen hören, keiner von uns. Es musste einen Moment gegeben haben, in dem Brandner und Woll sich ausgetauscht hatten, eine Charade, ein Taschenspielertrick. Aber ich hätte nicht sagen können, wann das gewesen war. Ich trat zur Seite und spähte um die Leinwand herum. Im Scheinwerferlicht tanzten ein paar Staubflusen, die Bühnenbretter waren leer.

Brandner blieb verschwunden.

»Abrakadabra«, murmelte Schwarz, der mir über die Schulter linste. Ich fixierte die Doppeltür in der Bühnenrückwand, die leicht nachzuzittern schien. Ich erwartete, dass Brandner sie aufschwingen lassen würde, mit seiner speziellen Mechanik. Dass er einen Königsauftritt machen würde und sich verbeugen. Aber die Tür blieb zu.

Ich konnte es nicht glauben. Ich war mir sicher gewesen, dass Brandner mich nach Neles Probe nach meinem Konzept fragen würde. Heute hatte ich mich zum ersten Mal gewappnet gefühlt. Dass er nun einfach gegangen war, dass er kein Interesse zu haben schien, an mir, an meinen Gedanken, traf mich mehr als alles andere. Mein Blick flog zu meiner Tasche. Ich wollte sicher sein, dass sie verschlossen war. Dass niemand die rote Mappe sah. Auf keinen Fall würde ich heute jemandem von ihrem Inhalt erzählen, nicht ohne Brandner, keinesfalls.

Woll fuhr sich mit der Hand durch seine Haare, die im Licht der Scheinwerfer noch gelber aussahen als sonst. »Professor Brandner musste weiter. Ich vertrete ihn bis zum Ende Ihrer Probe. Dann bekomme ich schon mal ein Gespür dafür, was Sie uns bei der Verteidigung auftischen. Wie ich höre, Fräulein Donnersberg, beschäftigen Sie sich mit Burschenschaften?«

Nele nickte stumm. Ihre Lippen lächelten noch immer, ihr ganzer Körper richtete sich nach Woll aus, sie wirkte verbindlich, aber ich war mir sicher, dass sie auch wütend war. Nicht nur darüber, dass Brandner mitten in ihrer Probe einen Abgang hingelegt hatte.

Ich zumindest hätte mich betrogen gefühlt. Ich war davon ausgegangen, dass unsere Ideen unter uns blieben, zumindest vorerst. Dass wir uns hier ausprobieren durften, ohne dass gleich die ganze Schule davon erfuhr. Und nicht nur das: Ich hatte das ganze Faustfragment als ein Geheimnis betrachtet, ein Geheimnis zwischen Brandner und uns. Aber das war naiv gewesen, das begriff ich jetzt. Wir waren schließlich Schüler hier. Und Woll war der Direktor des Instituts.

»Wer von Ihnen ist der Nächste?«, fragte Woll.

Keiner von uns sagte ein Wort. Ich hielt den Kopf gesenkt, ich atmete kaum. Ich wollte nicht Wolls Aufmerksamkeit auf mich ziehen. Unter ihm würde ich nicht den Winter preisgeben, keinesfalls, das durfte nicht passieren.

»Professor Brandner nicht hat …«, stotterte François, der unser Schweigen als Erster nicht mehr ertrug.

»Dann sind Sie nach Nele dran.«

François riss die Augen auf. »Mais …«

Woll trat näher zu ihm. »Wie heißt das auf Deutsch?«, fragte er.

»Aber … Je ne … ich …«

»Die nächste Probe gehört Ihnen. Oder möchten Sie hier nicht studieren?«

François' Blick irrte zu Nele und wieder zurück zu Woll. Er sah auf einmal richtig bleich aus.

»Wird Professor Brandner denn dann wieder da sein?«, fragte Nele.

»Das werden wir sehen«, sagte Woll. Und fügte in François' Richtung hinzu: »N'est-ce pas?«

François nickte stumm.

»Dann sind wir uns also einig. Monsieur haben die nächste Probe. Übermorgen, Probebühne. Am besten bringen Sie gleich die ersten Seiten Ihres Konzepts mit. Das ist sicher korrekturbedürftig.« Woll drehte sich um und steuerte auf den Zuschauerraum zu. Wir sahen uns an. François schluckte, sein Mund öffnete und schloss sich stumm, er zwinkerte panisch, aber Nele schüttelte den Kopf und legte ihren Finger an ihre Lippen.

Woll setzte sich nicht auf Brandners Platz. Er stieg höher hinauf, bis in die letzte Reihe des Zuschauerraums, die so knapp unter der Decke lag, dass er beim Gehen durch die Reihen den Rücken krümmen musste. In der Mitte hielt er an und klappte sich dort einen der Sitze herunter. »Bieten Sie mir etwas, Nele«, befahl er von oben. Seine Stimme klang hohl.

Ich an ihrer Stelle wäre erstarrt, aber Nele setzte sich sofort in Bewegung. Sie holte ein paar Requisiten heran, die sie auf einem Tischchen bereitgestellt hatte: Bierkrüge, Säbel, eine übergroße Brezel aus Plastik. »Dann lass uns mal gucken, wie wir deinen Schatten in ein Vollweib verwandeln können«, strahlte sie

Tadeusz an. Sie schob ihn vor den Scheinwerfer, umarmte ihn von hinten und hielt ihm zwei Bierkrüge vor die Brust. Tatsächlich erschien sein Schatten jetzt mit zwei riesigen Brüsten auf der Leinwand. Schwarz johlte.

Ich verstand nicht, wie Nele so ruhig wirken konnte. Mir fiel sogar das Atmen schwer. Woll thronte so hoch über uns, wie ein Greifvogel in einem Horst. Sein hagerer Körper beugte sich uns entgegen, seine Augen waren zu Schlitzen verengt. Wir waren, das spürte ich genau, seine Beute.

François duckte sich weg. Er hielt den Kopf gesenkt, so dass Woll von dort oben nur seinen Lockenscheitel mit den aufgesetzten Teufelshörnern sehen konnte. Die Sechs auf seiner Stirn hatte zu eitern begonnen, sie war fast nicht mehr zu erkennen. Ich unterdrückte den Impuls, ihm über den Unterarm zu streicheln. Er sah so zerschunden und unglücklich aus.

»Irgendwas, was ich als Faust beachten soll?«, fragte ich stattdessen Nele.

»Du kannst für die Vergewaltigung den Säbel als Penis benutzen«, sagte sie. »Das kommt als Schatten bestimmt gut. Aber erst darfst du Tadeusz würgen und dich für vorhin rächen.«

Ich atmete ein. Dann trat ich zu Tadeusz und legte vorsichtig meine Hand an seine Kehle. Ich konnte spüren, wie seine Halsschlagader gegen meine Handfläche pochte. Er sah mich an. Seine Augen waren noch dunkler als sonst.

Ich hatte noch nie den Hals eines anderen Menschen so ungeschützt in meinen Händen gehalten. Ich fühlte, wie meine Haut unter Tadeusz' Pulsschlag wärmer wurde, mein Herz begann, schneller zu klopfen, es glich sich seinem an.

»Wollen wir nachher die Maske bauen?«, flüsterte Tadeusz.

Ich nickte.

Einen Augenblick lang blieb es still.

»Und: bitte«, gab Nele den Einsatz und ich drückte zu.

Er lehnte in der Tür und sah sich um. Seine Hand hielt sich am Rahmen fest, der Kragen seiner Jacke war hochgeschlagen. Ich stand neben ihm, ich betrachtete meine Wohnung mit seinen Augen. Ich hatte mit Besuch nicht gerechnet, ich wollte gar nicht eintreten.

Das dunkle Zimmer. Mein zerschlissener Bademantel, der über der Klinke zum Badezimmer hing. Die zerknüllten Hosen und Pullover, die überall verstreut waren. Ein Teller mit verschimmeltem Toastbrot auf einem Hocker, halb leer getrunkene Kaffee- und Teetassen überall, die Bücherstapel, von denen einer umgekippt war. Der Lappen, mit dem ich versucht hatte, meine Stirn zu kühlen. Der Staub auf allen Flächen. Dass ich die Kopien des Fragments schief an die Wand geklebt hatte, sah ich erst jetzt. Wenigstens hatte ich heute Morgen das Bett gemacht und kurz gelüftet.

»Nett hast du es«, sagte Tadeusz und trat ein.

Ich schnaubte.

Er drehte sich zu mir um. »Ich meine das ernst«, sagte er und sah mir direkt in die Augen. »Ich hätte gern einen Ort für mich ganz allein.« Er nahm mir meine Tasche ab und half mir aus der Jacke.

»Was ist denn mit deinem Mitbewohner«, fragte ich und ging in die Küche, um den Wasserkessel aufzusetzen. Ich drehte den Hahn auf, ließ Wasser in die verkalkte Kanne einlaufen und angelte zwei saubere Tassen aus dem Regal. »Scheint ja ein übler Kerl zu sein?«, rief ich und sah mich hektisch um. Irgendwo musste ich noch eine angebrochene Packung mit Haferkeksen haben. Ich öffnete den Schrank, aber ich fand nur eine Tüte mit Reis, in der ein paar Motten krabbelten. Schnell griff ich mir den Früchtetee und schloss die Schranktür. Tadeusz antwortete mir nicht. Die Heizung in der winzigen Küche gluckerte, sie lief auf Hochtouren. Ich zog meinen Pullover über den Kopf. Sofort luden sich meine Haare auf und standen in alle Richtungen. Ich versuchte sie wieder glatt zu streichen, aber es nutzte nichts. Meine Haare flogen, meine Lippen waren trocken, ich sah bestimmt furchtbar aus. Ich schraubte ein Honigglas auf. Ich tupfte mir, während das Wasser zu brodeln begann, ein bisschen Waldblütenhonig auf die Lippen und kniff mir dann in die Wangen. Tadeusz blieb still.

Als ich mit dem dampfenden Tee ins Zimmer kam, saß er auf dem Boden. Er hatte seine Jacke ausgezogen. Sein Rücken lehnte an meinem Bettgestell, die Nachttischlampe brannte. Meine Tasche lag geöffnet neben ihm. Auf seinem Schoß hielt er meine rote Mappe. Sie war aufgeschlagen. Mir schoss das Blut in die Wangen.

»Deswegen bist du hier«, sagte ich. Ich konnte nicht glauben, wie dumm ich gewesen war, Der Geschmack des Honigs auf meinen Lippen war auf einmal bitter, am liebsten hätte ich Tadeusz den heißen Tee ins Gesicht geschüttet. Er sah auf.

»Du hast den Winter gefunden.«

Mit einem Knall setzte ich die Teetassen ab. »Und was wirst du jetzt tun?«, fauchte ich. »Damit zu Brandner rennen, damit er dich endlich leiden kann?«

Tadeusz runzelte die Stirn. Er sah ehrlich verwundert aus. Ich mochte mich selbst nicht in diesem Augenblick. Er hatte mir doch gar nichts getan. Aber ich war noch immer so erschöpft. Und so zornig.

Ich riss ihm die Mappe aus der Hand. Wir musterten uns. Tadeusz schien zu überlegen, was er mir antworten sollte. Zweimal holte er Luft, bevor er endlich sprach. »Korbinian ist der Bruder meines Vaters«, sagte er ruhig.

Ich starrte ihn an, ich konnte es nicht fassen. Langsam, ganz langsam sank ich zu ihm auf den Boden. »Brandner ist dein Onkel?«

Tadeusz lächelte schief und nickte. »Glaub mir: Nichts, was ich an dieser Schule tue, könnte unser Verhältnis ändern. Gar nichts. Der Winter gehört dir ganz allein.« Er griff sich eine der Tassen und begann, den Faden des Teebeutels um seinen Finger zu wickeln.

»Wie …«, setzte ich an, aber er schüttelte stumm den Kopf, und ich sprach nicht weiter.

Über uns war ein Schleifen, jemand zog einen Gegenstand über die Dielen, vielleicht einen Staubsauger, vielleicht einen Bürostuhl auf Rollen. Draußen im Treppenhaus lief jemand die Stufen abwärts. Die Schritte klangen auf dem Sisalteppich gedämpft. Sonst war es ganz still im Haus.

»Ich geh schon mal den Tapetenkleister anrühren«, sagte ich schließlich und stand auf. In der Tür drehte ich mich noch einmal um. Ich hielt noch immer die Mappe umklammert. Ich zögerte und wog sie in meiner Hand. Dann schlug ich sie auf und legte sie Tadeusz zurück auf den Schoß.

Später knieten wir um vier Luftballons herum, die wir aufgeblasen und mit Tesafilm in Tassen befestigt hatten. Ein Pizzakarton lag neben uns, es roch nach gebackenem Käse und Salami. Tadeusz hatte darauf bestanden, dass wir das neue Telefon mit einem Anruf beim Pizzadienst einweihten.

Wir pinselten Kleister und klebten Schnipsel aus Zeitungspapier auf die Ballons, wir tranken Dosenbier und lachten. »Das Gesicht von François sah auch so aus, als Woll ihn auf das Konzept angesprochen hat!«, sagte Tadeusz und deutete auf die weit aufgerissenen Augenlöcher, die er auf einem gelben Ballon ausgespart hatte.

Ich prustete los. »Oh Gott, ja. Hast du eine Ahnung, was der vorhat?«

»Woll oder Franzi?«

»Beide!« Kurz überlegte ich, ob ich Tadeusz von François auf dem Friedhof erzählen sollte, aber mit dem Winter und Brandner hatten wir, fand ich, schon genug Geheimnisse auf dem Tisch.

Tadeusz setzte den Pinsel ab und wischte sich mit dem Handrücken seine schwarzen Haare aus der Stirn. »François ist ein Buch mit sieben Siegeln, ich weiß nicht, was ich von dem halten soll. Ich traue ihm auch nicht wirklich etwas zu. Aber Woll ist okay.«

»Wie bitte?«

»Glaub mir, verglichen mit Korbinian ist der ein Heiliger. Kennst du die Geschichte, wo Woll zwei Schauspielschüler gedeckt hat, die bei einem Gastspiel in Westberlin geflohen sind? Anfang der Achtziger war das, bei einem internationalen Festival für Schauspielschulen. Da fuhren zur Bewachung der Piscator-Sprösslinge zwei Herren von der Stasi mit. Woll musste die allen als Kulturattachés verkaufen. Als die Typen dann an einem Zeitungsstand von der Westpresse abgelenkt waren, ist das Schüler-Pärchen einfach losgerannt, Hand in Hand. Und da hat Woll so getan, als würde er das gar nicht bemerken. Hat erst Alarm geschlagen, als die beiden schon um die Ecke und über alle Berge waren.«

Ich runzelte die Stirn. Ich hatte mir über so etwas bisher noch gar keine Gedanken gemacht: wie sich unsere Dozenten zu DDR-Zeiten wohl positioniert hatten. Vielleicht, weil ich mir gar nicht anmaßen wollte, da eine Haltung dazu zu haben. Ich wusste einfach zu wenig über die Umstände in diesem Land. Die Mittel, mit denen man gefügig gemacht werden konnte. Aber Woll hätte ich, wenn ich ehrlich war, eher für einen IM gehalten. »Wer erzählt denn sowas?«, bohrte ich nach, »Hat Woll das nicht vielleicht einfach erst so spät gerafft? Und die beiden dann sofort verraten und verkauft?«

Tadeusz lachte. »Der Teufel ist nie so schrecklich, wie man ihn malt.«

»Was?«

»Oh, sagt man das nicht auf Deutsch? Nie taki diabeł straszny, jak go malują? Egal, das ist halt so eine Legende an der Piscator. Dass Woll die beiden bewusst hat laufen lassen. Inzwischen sind die in Heidelberg am Theater, haben sogar geheiratet. Wundert mich, dass du davon noch nie gehört hast.«

Ich blies einen neuen Ballon auf und knotete ihn zu. »Gibt es über Brandner auch solche Samaritergeschichten?«

Tadeusz stockte und legte den Leimpinsel ab. Dann fingerte er in seiner Aktentasche herum und brachte ein Päckchen Zigaretten zum Vorschein. Es dauerte ewig, bis er sich die Zigarette zwischen die Lippen geklemmt und sie angezündet hatte. Offensichtlich wollte er nicht über seinen Onkel reden. »Korbinian ist ja noch nicht so lange Professor«, sagte er schließlich und stieß den Rauch gegen meine Zimmerdecke.

Ich biss mir auf die Lippen. Ich hatte so viele Fragen, zu Brandner, zu Tadeusz' Vater, zu dieser ganzen Verbindung. Aber ich musste Tadeusz Zeit lassen, das begriff ich in diesem Moment.

»Warst du mal in Konitz?«, fragte ich stattdessen.

»Nein. Auch ein Pole kann ja nicht überall in Polen gewesen sein. Oder warst du mal in Wuppertal?«

Ich schüttelte den Kopf. »So hab ich das nicht gemeint, hätte ja sein können.«

»Bruchsal?«

»Nee.«

»Gemünden?«

Ich zerknüllte ein Stück Zeitung und warf es nach ihm. Er fing es auf und lachte. »Von Konitz weiß ich wirklich nichts, sorry. Aber das mit Ernst Winter ist krass. Stell dir mal vor: so zu sterben …« Seine Stimme verlor sich. Er griff sich eine der Bierdosen, aber sie war leer. Ich hielt ihm eine frische hin und lehnte mich ein wenig zu ihm: »Denkst du oft an den Tod?«

»Manchmal.«

Nun sagte ich es doch. »Dein Vater …«

»… lebt nicht mehr.«

Mit einem Zischen öffnete er die Dose. Er setzte an, trank sie in einem Zug leer und zerquetschte sie dann in seiner Faust. »Was ist denn genau passiert?«, fragte ich leise. Tadeusz fing an zu lachen. Ich hatte ihn noch nie so lachen hören, ich spürte, wie sich mir die Nackenhaare aufstellten.

»Wenn du wüsstest«, sagte er kopfschüttelnd, als er sich beruhigt hatte. Und bevor ich etwas erwidern konnte: »Hast du einen Föhn? Dann trocknet das schneller.«

In der nächsten Stunde sprachen wir kaum. Wir klebten, wir föhnten, wir malten. Wir tranken. Irgendwann war der Pizzakarton leer und die Masken lagen vor uns. Sie sahen niedlich aus, viel zu niedlich. Es waren Kindermasken, die wir da erschaffen hatten, sie wirkten kein bisschen gruselig.

»Die da ist nicht schlecht«, sagte ich und deutete auf eine Maske, die wir schwarz lackiert hatten. »Müsste man vielleicht noch echte Haare draufkleben, für buschige Augenbrauen.«

»Woher willst du denn jetzt Haare nehmen?«, fragte er.

Ich lächelte. Dann stand ich auf. Ich kramte in den Schubladen meiner Kommode herum und zog ein Federmäppchen heraus. Die Schere war klein, ich hatte sie lange nicht mehr benutzt. Ich nahm eine Strähne meiner Haare und zwirbelte sie zwischen meinen Fingern. Tadeusz starrte mich an. »Du spinnst!«, rief er. »Lass das!« Ich setzte die Schere an und Tadeusz sprang auf.

Wir rangelten und rauften, die Schere klapperte auf die Dielen, wir fielen auf mein Bett, wir waren ineinander verschlungen, seine Gliedmaßen waren überall. Meine Lippen berührten seinen Hals, seine Hände fuhren über meinen Rücken, meine Kamelhaardecke rutschte über die Bettkante. Wir lachten und keuchten und rollten hin und her und dann wurden wir langsamer und langsamer und hielten plötzlich still.

»Ich muss los«, murmelte Tadeusz.

Ich flüsterte: »Bleib.«

IV

Discipuli Piscatorum

François

Er hasst Woll. Das spürt er. Mit jeder Faser seines Körpers. Er hat so etwas noch nie erlebt. Puren, kalten Hass auf ein anderes Lebewesen, einen anderen Menschen sogar. Es fühlt sich gut an.

»Genieß es«, sagt Azrael. François nickt.

Azrael sitzt ihm auf seinem Bett gegenüber. Er hat Schuppen, die ihm in Flocken auf den schwarzen Umhang rieseln. Seine langen, kreisrund gebogenen Fingernägel klappern, wenn sie gegeneinanderschlagen. François ekelt sich vor ihm. Aber er hat ihn angerufen und gebeten zu kommen. Ihn und nicht Nele. Das war eine Entscheidung. Eine künstlerische Entscheidung war das, sagt sich François. Eine Revolution. Endlich hat er sich einmal entschlossen, nicht der brave Schüler zu sein. Er ist nicht der kleine Unsichere, der zu seiner Kommilitonin rennt und sie um Rat fragt. Damit ist es jetzt vorbei. Er wird nicht versuchen, die Regeln herauszufinden, nach denen er ein Konzept schreiben soll. Er wird nicht alles tun, um Woll zufriedenzustellen. Stattdessen steigt er hinab in die Tiefe. Und trinkt dort Tee mit dem Teufel.

Auch wenn Azrael lieber Mezzomix schlürft. Er balanciert

die Dose auf seinen Handballen und trinkt aus einem Strohhalm, damit ihm die Fingernägel nicht brechen, die er seit Jahren nicht mehr geschnitten hat. »Gab's nicht bei uns, diese Mezzomixe«, sagt er und leckt sich die geschminkten Lippen. »Voll geil, das Zeug.«

Azrael heißt nicht wirklich Azrael, das ist François klar. Azrael kommt ursprünglich aus einem Ort namens Köthen. Er hat einen Dialekt, den er nicht zuordnen kann. Und einen Job, von dem François nichts weiß. Er weiß auch nicht, wo Azrael wohnt. Ob er Mitbewohner, Freunde, Geschwister hat. Aber das ist auch nicht wichtig. Wer Satan verehrt, das haben sie ihm auf dem letzten Treffen erklärt, gibt seine Vergangenheit ab. Die Söhne Satans sagen sich los von ihren irdischen Bindungen und bekommen einen neuen Namen. Auch François wird anders genannt werden. Aber erst, wenn er alle Prüfungen bestanden hat. Noch ist es nicht so weit, noch lange nicht. Er muss sich das erst verdienen.

Als er zum ersten Mal die Nummer angerufen hat, war da nur ein Anrufbeantworter. Finstere Musik, Glockengeläut, ein Röcheln. Und eine Männerstimme, die raunte: *Sprich dein Begehr.* Beim ersten Mal hat François vor Schreck aufgelegt. Aber dann wählte er noch einmal und hinterließ seinen Namen und die Nummer des Wohnheims. Und dass er wegen der Anzeige anrufe. François war noch nicht einmal den Flur bis zu seinem Zimmer hinuntergelaufen, da klingelte schon das Telefon.

Auch heute musste er erst eine Nachricht hinterlassen. Aber Azrael war wieder schnell, er rief ihn gleich zurück. Ob sie sich treffen könnten, fragte François ihn. Und bemühte sich, dabei nicht zu verzweifelt zu klingen. Verzweiflung ist Schwäche. Und Söhne Satans sind stark.

Dass Azrael zu ihm ins Wohnheim kommen wollte, war ihm erst gar nicht recht. Er wusste nicht, wie er ihn am Kabuff des Hausmeisters vorbeischmuggeln sollte. Der hatte so jemanden bestimmt noch nie gesehen: das weiß gepuderte Gesicht mit den dunkel umrahmten Augen. Die verfilzten schwarzen Haare und diese endlos sich einrollenden gelblichen Fingernägel. Der blutrote Mund. Und was erst würde die Chinesin denken, wenn sie so eine Gestalt in François' Zimmer huschen sähe. Aber er muss lernen, sich nicht mehr darum zu scheren, was andere Leute denken. Und in der Not, diesen Ausdruck hat er erst vor kurzem gelernt, ja, in der Not frisst der Teufel Fliegen.

Das ist überhaupt ein Bild, das er inszenieren will: wie Mephisto sich ein paar Fliegen fängt und genüsslich verspeist. Er will das einbauen, als Regie-Einfall, vielleicht gleich in der ersten Szene: *Faust, der Teufel – ein Mann mit rotbeschmiertem Gesicht und einem Dreizack.* Der, während er mit Faust spricht, nebenbei ein paar Fliegen an ihren Beinen erhascht und am Stück herunterschluckt ohne zu kauen. Das wäre lustig. Und es kann nicht schaden, wenn Brandner lacht. Oder das Publikum.

Vielleicht wird er noch mehr solche Anspielungen einbauen. Ihm gefallen die deutschen Teufelssprichwörter, die er in einem seiner Bücher nachgeschlagen hat. Sie sind noch besser als die französischen. Wenn er sie sich auf der Bühne vorstellt, muss er sofort kichern. Er könnte Wildenbruch den Teufel an die Wand malen lassen. Oder den Teufel beim Bettlerkongress auf den größten Haufen scheißen lassen. Besonders befriedigend wäre das, wenn Katharina den Teufel spielen muss. Er könnte sie vor allen entblößen. Er könnte ihr befehlen, die Hose runterzulassen und einen großen, stinkenden Haufen auf die Bühne zu setzen. Das wäre verwegen, das wird er sich nicht trauen. Er ist für so etwas viel zu brav. Andererseits: genau das will er, darf er ja nicht mehr sein. Er wird sich aufbäumen, er wird sie alle überraschen, die werden noch sehen.

N'est-ce pas, Professeur Woll, n'est-ce pas.

Der Teufel steckt im Detail. Das ist ein Sprichwort, das sie daheim auch haben: *le diable se chache dans les détails.* Leider lässt sich das auf der Bühne schwer inszenieren, die Zuschauer würden es nicht erkennen. Im Spanischen gibt es auch eine schöne Redewendung: *Cuando dios cierra una puerta, el diablo avra una ventana.* Wenn Gott eine Tür schließt, öffnet der Teufel ein Fenster.

Aber er schweift ab.

»Was muss ich machen?«, fragt François. Er sieht Azrael nicht an und zupft stattdessen am Nagelbett seines Daumens herum. Das hat er sich in den letzten Wochen angewöhnt. Er muss aufhören damit, die Haut ist eingerissen und voller Fetzen, seine Finger sind ständig am Bluten. Als Nächstes sind dann die Lippen dran, die Mundwinkel sind ihm schon eingerissen.

»Du musst sie in eine Falle locken. Lass sie glauben, dass du harmlos bist.«

»Ich aber bin harmlos.«

»Nicht mehr, du hast jetzt uns.«

Nun sieht François doch auf. Er ist Azrael so dankbar. Es hätte ja auch einen anderen treffen können. Azrael wurde ihm zugeteilt, er ist sein Pate. Und er nimmt seinen Job ernst. Er ist zwar nicht der Boss selbst, aber er kümmert sich um ihn. Da macht es auch nichts, dass ihm die Schuppen aus den Haaren auf das Bettzeug schneien, in dem François später schlafen muss. Und den Boss darf man ohnehin erst kennenlernen, wenn man alle Prüfungen bestanden hat.

François versteht nicht ganz, warum das so ist. Der Boss ist gesichtslos, nicht einmal dessen Namen weiß er. Bisher wurden ihm nur Befehle vom Boss ausgerichtet. Die Aufgabe mit dem Tieropfer kam von ihm. Vielleicht ist er berühmt und darf sein Gesicht nicht zeigen. Oder – bei dem Gedanken fröstelt es François – der Boss ist der Teufel selbst.

Der Teufel. Lucifer. Satan.

Er ist sich nicht mal sicher, ob er wirklich an ihn glaubt.

Aber wer selbst kein Genie ist, der muss eben seine Seele verkaufen. Das haben schon genug andere Künstler gemacht. Nicht nur mit ihren Figuren, Faust, Dorian Gray, Peter Schlemihl. Es gibt eine ganze Reihe von Künstlern, die sich selbst dem Bösen verschrieben. Paganini, zum Beispiel. Baudelaire. Lord Byron. Seele gegen Ruhm.

Im Moment scheint ihm das ein geringer Preis für Brandners Gunst.

»Ist doch schnafte, wenn sie den Teufel anbeten, ohne es zu merken«, sagt Azrael und grinst. Er hat Lippenstift auf den Schneidezähnen.

»Wird er ihnen das nicht nehmen übel?«

Azrael lacht. Es ist ein keckerndes Lachen. »Wer? Satan?«

»Oui.«

»Du gefällst mir«, sagt Azrael und lacht noch immer.

François lächelt ihn an. Es tut ihm gut, dass er jemanden zum Lachen gebracht hat. Vielleicht wird Azrael sein erster Freund hier in Berlin. Sie sind doch, wenn sie beide den Söhnen angehören, ohnehin so etwas wie Brüder.

Die nächste Frage wählt er mit Bedacht. Sie haben ihm beigebracht, wie man den Teufel benennt. Er will Azrael beweisen, dass er lernfähig ist, dass er ein würdiger Sohn Satans werden wird. Er darf jetzt keine Fehler machen. »Woher«, sagt er, »woher weiß ich, dass wir den Meister gerufen haben?«

»Das wirst du spüren. Und du wirst ihn fragen.«

Geist befragen, notiert sich François in dem Notizheft, das er auf seinen Schoß gelegt hat. Er runzelt die Stirn. Was fragt man einen Geist, um herauszufinden, ob er der Teufel ist? Hallo, sind Sie Satan?

»Frag ihn, ob er das Licht bringt. Wenn nicht, stößt du den Becher um und kippst den Geist wieder aus.«

»Und wenn dann wieder ein anderer kommt?«

»Keine Sorge. Das Böse ist schneller als das Gute.«

François nickt und schreibt: *le mal arrive vite*. Die Aufregung lässt ihn zu fest aufdrücken, mit einem Knacken bricht die Spitze seiner Bleistiftmine ab und rollt auf den Zimmerboden. Er spürt, dass Azrael ihn beobachtet.

»Hast du was zu futtern?«, fragt Azrael. »Ich hab langsam Kohldampf.«

François springt auf. »Ich kann uns kochen was.«

In der Küche sucht er fiebrig nach Essbarem. Er flucht, als er sein Fach aufsperrt, die Regale sind fast leer. Seit er ohnehin alles wieder erbricht, hat er die Lust am Kochen verloren. Der Aufwand lohnt sich einfach nicht. Aber ein bisschen was ist noch da. Eine angebrochene Packung mit Spaghetti findet er. Öl, Pfeffer, Meersalz. Ein eingetrocknetes Stück Parmesan im Kühlschrank, einen gedörrten Strauß aus Salbei auf dem Fensterbrett. Nur Knoblauch fehlt, dann kann er anständige Salbeinudeln braten.

Kurz zögert François. Er ist sich nicht sicher, ob Knoblauch für Söhne Satans ein Problem darstellt. Aber Azrael ist schließlich ein Satanist und kein Vampir.

François sieht sich um. Im Wohnheim ist alles ruhig, es ist ein ganz normaler Wochentag, die Informatiker müssen früh raus. Draußen auf der Straße hat die Laterne einen Wackelkontakt, sie morst unverständliche Nachrichten in die Nacht hinaus.

Das Fach des Japaners ist nicht verschlossen. Mit den Fingerspitzen schiebt François die Tür auf, leise, ganz leise. Tatsächlich. Zwischen einer Flasche Sojasauce und einer Packung mit merkwürdig aussehenden Glasfasern sitzt eine pralle samtweiße Knolle aus Knoblauch.

Irgendwo im Flur knackt etwas und François zuckt zusammen. Sein Herz klopft. Er wischt sich mit der zitternden Hand die Locken aus dem Gesicht. Er hat noch nie etwas von jemandem genommen, das ihm nicht gehört. Normalerweise würde er jetzt auf den Knoblauch verzichten. Oder er würde beim Japaner anklopfen und fragen, ob er sich etwas davon ausborgen darf. Aber Genies dürfen nicht höflich sein. Er muss seine Grenzen überschreiten, sonst wird Brandner ihn niemals ernst nehmen.

Sein ganzer Arm zittert, als er die Knoblauchknolle in die Hand nimmt und beginnt, die Haut abzuziehen. Immer wieder sieht er sich um, der Japaner ist leise, wenn er auf seinen Socken durch die Gänge huscht. Zwei große Zehen pult er sich ab, bei der dritten versagen ihm die Nerven, und er wirft die Knolle zurück in den Schrank, als hätte er sich verbrannt. François stellt einen Topf Wasser für die Nudeln auf, er greift eine Pfanne und ein Schneidebrett aus dem Regal und beginnt zu kochen.

Azrael liegt mit einem Buch auf seinem Bett, als François mit den dampfenden Tellern im Türrahmen steht. Er hat seine Schuhe ausgezogen, in seinen Strümpfen sind Löcher. »Wow«, sagt Azrael. Er richtet sich auf und schnuppert. »Riecht ja überirdisch!« François strahlt ihn an.

Sie essen schweigend. Es ist still im Zimmer, manchmal rumpelt vor dem Fenster eine S-Bahn vorbei. Azrael seufzt und schmatzt, während er kaut, aber das macht François nichts aus, im Gegenteil: ihn macht das glücklich.

Die Nudeln sind ihm wirklich gelungen. Der Knoblauch ist genau richtig geworden: glasig und würzig. Nur der Diebstahl macht den Geschmack bitter. François wird morgen eine Knolle kaufen und dem Japaner die Zehen zurück in den Schrank legen, das nimmt er sich fest vor.

Als Azrael fertig ist, schleckt er sogar den Teller aus. Seine Zunge ist belegt und erstaunlich lang. »Saulecker, danke«, sagt er und reicht François den vom Speichel glänzenden Teller. Eigentlich ist auch Azrael ziemlich höflich, findet François. Man kann also höflich und trotzdem etwas Besonderes sein. Aber Azrael muss niemandem beweisen, dass er ein Genie ist.

»Wann soll das Ding denn steigen?«, will Azrael wissen.

»Bald schon.«

»Schaffst du's«, sagt Azrael. »Die Nummer auf dem Friedhof war schon mal echt eine Ansage. Hätte ich dir nicht zugetraut.«

François senkt den Kopf und schweigt. Er darf sich jetzt nicht verraten. Sollen sie ihn für mutig halten. Sie wissen nicht, dass er auf dem Land aufgewachsen ist. Sie wissen nichts von seinem Opa, der ihm schon als Kind beigebracht hat, die panisch flatternden Hühner auf dem Schlachtblock festzuhalten. Sie können auch nicht ahnen, dass er seinem Vater manchmal geholfen hat, die kleinen Kätzchen zu ertränken, wenn die auf dem Hof wieder überhandnahmen. Oder dass er gelernt hat, den halbtoten Mäusen und Maulwürfen, die die größeren Katzen herbeischleppen, den Schädel mit einem Stein zu zertrümmern. Ein Tier zu töten ist für ihn kein Problem. Wer Fleisch isst, muss auch töten können, das hat man ihm so beigebracht. Nur das rohe Blut, das sie ihn danach aus einem silbernen Becher trinken ließen, hat ihn geekelt, wegen möglicher Bandwürmer. Aber er wusste ja, dass er es wieder erbrechen konnte. Und im Dunkel des Friedhofs sahen sie nicht, dass er die Hälfte davon direkt wieder in ein Gebüsch spuckte, als sie irgendeinem Obdachlosen hinterherzujagen begannen, den sie mit ihren Gesängen hinter einem Grabstein aufgescheucht hatten. Das Ritzen seiner Stirn tat zwar weh, aber mit ein paar Schmerztabletten ließ sich auch das ertragen. Das alles ist ihm bisher so leicht gefallen, dass es ihn fast erschreckt.

Anders ist es mit der spiritistischen Sitzung. Da weiß er nichts, da braucht er Rat. François tupft sich den Mund mit einem Taschentuch ab und schnappt sich sein Notizbuch. »Lass uns weitermachen«, sagt er.

Nele ist die Erste, die die Probebühne betritt. Ihr Rock raschelt im Näherkommen. Sie zuckt zurück, als sie im Halbdunkel seinen Umriss an der Bühnenkante stehen sieht und schlägt mit der flachen Hand nach dem Lichtschalter. »Lass aus«, befiehlt er, und sie hält inne. Seine Stimme klingt gefährlich, findet er. Roh. Er blickt von oben auf sie herab, er fühlt sich mächtig in diesem Augenblick.

»Du machst es ja spannend«, sagt sie. Im perfekten Bogen wirft sie ihre Tasche auf einen der Tische und streift ihren flauschigen Mantel und den Wollschal neben der Heizung ab. Es muss feucht draußen sein, ihre blonden Haare dampfen ein wenig. Sie sieht selbst im Dämmerlicht gut aus. Ihre Haut schimmert im Schein der Grablichter, die er auf der Bühne verteilt hat.

Schwarz, Tadeusz und Katharina kommen zusammen. Er kann sie schon im Treppenaufgang des Turms hören, das Poltern von Schwarz, das Schlurfen von Katharina in ihren wuchtigen Stiefeln. »Was soll das denn«, nölt Schwarz, als sie eintreten.

»Spiritistische Sitzung denke ich mal«, flüstert Katharina mit theatralischer Stimme. Und Schwarz sagt: »Ach, Gottchen.«

François schießt das Blut in die Wangen, er ist froh, dass es hier drin so finster ist. Er hat fast eine Stunde gebraucht, um den Raum in die geheimnisvolle Stimmung zu tauchen, die er sich wünscht. Für jede einzelne Kerze hat er sich den richtigen Platz ausgesucht, er hat immer und immer wieder umarrangiert, jeder Lichtkreis, jeder Schattenwurf ist genau durchdacht. Nur durch die Ritzen in den Fensterverkleidungen dringt noch ein wenig ungeordnetes Tageslicht herein, aber der Dezember wird bald für Dunkelheit sorgen, in spätestens einer Stunde. Er hat das alles berechnet. Er wird sich von niemandem aus dem Konzept bringen lassen, nicht heute.

»Glaubst du, er kommt?«, fragt Katharina. Alle wissen, von wem sie spricht. Aber sie fragt nicht ihn, sie fragt Tadeusz. François findet das empörend. Das hier ist seine Probe, er ist derjenige, der gefragt werden müsste. Wenn er jedoch ehrlich ist, könnte er ihr gar nicht antworten. Er hat von Brandner nichts mehr gehört. Es kann immer noch sein, dass er sich wieder vertreten lässt.

Bei der Vorstellung, dass statt Brandner Woll zu seiner Probe kommen könnte, wird ihm schlecht. Ein körperlicher Schmerz ist das, er schießt ihm durch den Magen bis in den Darm. François versucht dagegenzuatmen. Mit der rechten Hand hält er sich unauffällig den Bauch, mit seiner linken Hand tastet er nach dem Anhänger, den ihm Azrael gegeben hat. Er trägt ihn um seinen Hals, unter einer Schicht aus Pullover, Shirt und Unterhemd. Ein silbernes, umgedrehtes Kreuz ist das, an dem noch ein paar der Blutstropfen von dem getigerten Kater kleben, den sie ihn auf dem Friedhof haben abstechen lassen. Sein Herz beruhigt sich, als er die Umrisse ertastet. »Professor Brandner kommt«, hört er sich sagen. Seine Stimme zittert nicht.

Der Plattenspieler knistert, als er sich herunterbeugt und ihn anstellt. »Der Meister kommuniziert so mit uns«, hat Azrael gesagt. Und ihm von Led Zeppelin erzählt. Und was passiert, wenn man bei *Stairway to heaven* die Musik rückwärts abspielt. Wie dann plötzlich versteckte Worte aus der Tiefe aufsteigen, Anbetungen, satanische Botschaften. *Oh here's to my sweet Satan,* heiße es dann da nämlich, und: *The one whose little path would make me sad, whose power is Satan. He will give those with him 666…*

»Musst du machen«, rief Azrael, »Satan rockt!«

Aber François traut sich das nicht zu: eine Schallplatte rückwärts zu drehen und dabei eine spiritistische Sitzung zu leiten. Stattdessen hat er eine Aufnahme mit Kompositionen von Niccolò Paganini aufgetrieben, dem Teufelsgeiger. Dämonisch soll dessen Spiel gewesen sein, so unfassbar und genial und unmenschlich, dass ihm und seinen Kompositionen eine direkte Verbindung zum Teufel nachgesagt wurde.

Die Geigenklänge springen jetzt durch den Raum, manchmal kratzt der Bogen, man kann sogar den Geiger vor Anstrengung keuchen hören. Die Musik ist hektisch, die Noten überschlagen sich, der Geigenspieler jagt und hetzt ihnen nach als, ja, als triebe ihn der Teufel. François nickt vor sich hin. Ein bisschen dramatisch ist das vielleicht, aber zur Einstimmung kann es nicht schaden.

»Wollen wir nicht auf Brandner warten?«, fragt Katharina und schielt in den hell erleuchteten Gang. Sie sieht so erwartungsfroh aus. Ihre grünen Augen blitzen. Etwas stimmt daran nicht.

»So weit kommt es noch«, sagt Schwarz. Mit einem Fußtritt stößt er die Tür zu und klebt den Kaugummi, den er gerade noch gekaut hat, unter einen der aufgestapelten Tische. »Lass mal anfangen, ich hab echt noch was Besseres vor.«

»Ja, warten wäre unfair François gegenüber, ist doch seine Probenzeit«, pflichtet Nele ihm bei und lächelt François zu.

Er zögert. Es kommt ihm nicht richtig vor, ohne Brandner zu beginnen. Aber Nele hat recht: Er ist heute der Leiter. Und womöglich ist es nicht schlecht, dass Brandner erst auftaucht, wenn die Sitzung in vollem Gange ist. Vielleicht kann François ihm mit der Kraft, die sie erwecken werden, sogar einen Schreck einjagen.

Bei dem Gedanken muss er lächeln.

»Wir beginnen jetzt«, sagt er und winkt die anderen zu sich herauf.

Sie folgen ihm. Selbst Katharina steigt ohne mit der Wimper zu zucken hoch zu ihm. Irgendwo ist ein Luftzug im Raum, die Kerzen flackern, das macht sich gut. François hat einen kreisrunden Holztisch in die Bühnenmitte gestellt und fünf Stühle darum herum angeordnet. Keiner von ihnen bemerkt den großen Drudenfuß, den er mit Kreide unter den Tisch gezeichnet hat. Keiner von ihnen sieht, dass die fünf Stühle genau auf den Spitzen des Knotenmusters aufsitzen. Oder dass hinter den Stuhllehnen die merkwürdigen Zeichen herausragen, die Azrael ihm aufgemalt hat und die François selbst nicht lesen kann. »Du bist noch nicht so weit«, hat Azrael ihm nur auf die Frage, was die bedeuten, geantwortet. Und hinzugefügt, dass das umgedrehte Pentagramm in diesem Symbol die bösen Geister nicht abhalte, sondern anlocke. »Musst nur unbedingt entscheiden, wo vorne und wo hinten ist«, schärfte Azrael ihm ein. Einen Moment lang ist Francois sich nicht sicher, ob er sich da richtig entschieden hat. Es ist das alte Dilemma des Bühnenschaffenden: Wo ist links, wo ist rechts? Vom Zuschauer aus gesehen oder doch vom Schauspieler aus? Er hat sich für den Blickwinkel des einen entschieden, um den es geht: Brandner. Wo er ist, ist das Zentrum. Wenn der Teufel kommt, kommt er von dort.

François bedeutet ihnen, sich hinzusetzen. Nur er selbst bleibt stehen. Tadeusz schiebt sich neben Nele, natürlich. Er lehnt sich zu ihr und sieht sie an, unter seinen dichten, schwarzen Wimpern. Wahrscheinlich läuft längst etwas zwischen denen. Aber das darf François jetzt nicht ärgern, er muss sich konzentrieren. Schwarz lässt sich auf einen der gegenüberliegenden Stühle fallen und schwingt die Füße auf die Tischplatte. Das scheint seine Lieblingsposition zu sein. »Na, Franzi«, sagt Schwarz, »dann fang mal an.«

François starrt auf Schwarz' Schuhe. Die Kanten der Sohlen liegen fast auf den Kärtchen auf, die er so sorgfältig auf dem

Tisch angeordnet hat. Vierundzwanzig Stück, auf die er in Schönschrift und mit Tusche das Alphabet gezeichnet hat. Dann noch zehn Karten mit den Zahlen von Null bis Neun. Und in der Mitte die zwei größten, auf denen in schwungvollen Buchstaben je ein Wort steht: *Ja* und *Nein*.

Kleine Kunstwerke sind das geworden. Jede einzelne der Karten hat er mit der Kerzenflamme angekokelt, so dass sie verkohlt und fast antik aussehen. Ein paar rote Wachstropfen hat er auch auf die Karten gesprenkelt. Und jetzt ist Schwarz kurz davor, seinen Straßendreck an ihnen abzustreifen.

Er weiß genau, was er tun müsste. Er müsste Schwarz sagen, dass das so nicht geht. *Setz dich anständig hin*, müsste er sagen, *die Bühne ist ein heiliger Raum*. Aber er will Schwarz nicht gegen sich aufbringen, nicht gleich zu Beginn der Probe. Anfangen kann er nun aber auch nicht. Stattdessen steht er wie eingefroren da und blickt auf die Schuhsohlen von Schwarz wie durch ein Vergrößerungsglas. Sie sind abgetreten und schmutzig. Kleine Steine haben sich in die Rillen des Profils eingegraben. Eine Lehmkruste droht abzubröckeln und auf den Zettel mit dem Buchstaben H zu fallen.

H wie Höllenfürst, denkt François und rührt sich noch immer nicht.

Katharina ist es, die sich schließlich vorbeugt und mit einem einzigen Schlag ihrer Hand Schwarz die Füße vom Tisch fegt. Nele lächelt François zu. Ihr Gesicht ist so schön. Er wird einfach sie ansehen, während er spricht.

Er räuspert sich. Er wollte nicht über das Deutsche stolpern, er hat in seinem Lexikon alles nachgeschlagen, was er heute braucht. Satz für Satz hat er zusammengefügt und vor dem Spiegel im Waschraum geübt. Aber jetzt fühlt er sich wie bei der Hochzeit seiner ältesten Cousine, als die ganze Verwandtschaft von ihm erwartete, dass er eine Rede hielt. Auch damals wurde ihm flau unter den Blicken, die auf ihn gerichtet waren. Und wie damals hat er plötzlich alles vergessen. Er kann sich einfach nicht mehr erinnern, was die ersten Sätze waren. Und Neles freundlicher Blick macht alles nur noch schlimmer, er wird sie enttäuschen, das weiß er, das weiß er ganz genau.

François verlagert sein Gewicht und senkt den Kopf. Die Geigenklänge von Paganini kommen ihm auf einmal zu laut vor. Seine Hände schwitzen. Als er wieder aufsieht, haben die anderen sich nicht gerührt. Tadeusz blickt ihn ausdruckslos an. Man kann von seinem Gesicht nichts ablesen, keinen einzigen Gedanken. Er sieht ihn an, als wäre er ein Ding. Oder als wäre er gar nicht da. François will sich schon wegdrehen, aber etwas an Tadeusz' Blick macht ihn ruhiger. Plötzlich hilft es ihm, diese dunklen, leeren Augen zu fixieren, die so tief in ihren Höhlen liegen. Er kann sie hineinsprechen in dieses Vakuum. Und da, mitten im Nichts, sind auch seine Worte wieder.

»Willkommen«, beginnt François. Er spricht zu Tadeusz und nur zu ihm. »Heute machen wir eine spiritistische Sitzung, so, wie es das Faustfragment verlangt. Wir bedienen uns der schwarzen Magie. Wir beschwören jemanden aus dem Reich der Toten. Wir nähern uns dem Jenseits. Ich bitte euch, meinen Anweisungen genau zu folgen. Dann – und nur dann – wird es uns gelingen, ihn zu uns zu rufen.«

»Hast wohl seine Telefonnummer nicht«, kichert Schwarz. Aber er verstummt, als François sich nun doch von Tadeusz abwendet und zu Schwarz dreht. »Mit dem Okkulten spielt man nicht«, sagt er. »Das rächt sich schnell.« Er lauscht seiner eigenen Stimme und ist verblüfft, wie bestimmt sie klingt. Es ist ein Satz, den er von Azrael hat.

»Rufen wir Heym?«, fragt Nele. »Oder den Winter in Konitz?«

François ist erstaunt. »Nein, eine Jahreszeit nicht kann man beschwören?«

Er sieht, wie Katharina, die sich gerade noch auf die Lippen gebissen hat, zu lächeln beginnt. Anscheinend hat sie Gefallen an der Sache gefunden. Vielleicht wird ja doch alles gut.

»Commençons, maintenant.«

Paganinis Klänge tropfen und trommeln um sie herum, als sie beginnen. Es ist ein kraftvolles Stück, mit dissonanten Akkorden und viel Staccato. Immer wieder lässt der Geiger den Bogen so hart aufprallen, dass er von den Saiten abzuspringen scheint. Es ist ein guter Rhythmus, beschließt François.

Er atmet ein.

Ein Kreis liegt vor ihnen, ein Zirkel aus Buchstaben und Zahlen. Der umgedrehte Becher steht genau in der Mitte. Es ist der Silberbecher, aus dem er das Blut getrunken hat.

Auf seine Anweisung hin legen alle ihre Fingerspitzen auf den Becherboden auf, jeweils Zeige- und Mittelfinger einer Hand, bis der Becher aus allen Richtungen berührt wird.

»Nimm die linken Hände«, sagte ihm Azrael. »Der Meister ist ein Rebell, er liebt die Verdrehung.«

Was dann passieren soll, kann François selbst nur erahnen. Laut Azrael müsste der Becher beginnen, über die Tischplatte zu wandern. Ein ganz fremdbestimmtes Gefühl müsste das wohl sein, ein zielgerichtetes Gleiten. So, als hätte der Innenraum im Becher eine Energie eingefangen, die sich freisetzen will. Man darf nicht loslassen. Man darf aber auch nicht nachhelfen, keinesfalls. Das hat Azrael ihm eingeschärft. Ganz ruhig soll man bleiben und warten.

Erst einmal tut sich nichts. Gar nichts. Die Schallplatte knistert, der Geigenspieler bereitet sich auf das nächste Musikstück vor. Draußen streift eine Windböe um den Turm. Oben unter dem Dach ist ein Ächzen. Sie warten. Aber es geschieht weiterhin nichts. Zum Glück hat Azrael ihn darauf vorbereitet. Er weiß, was zu sagen ist. Er kennt den Wortlaut.

»Wir müssen gemeinsam atmen«, flüstert François. »Wir sind noch zu gefangen in der Außenwelt, wir müssen uns aufeinander einschwingen.«

Er kann Katharina Luft holen hören, sie hat die Augen geschlossen, ihre Gesichtszüge sind entspannt. Er nimmt ihren Rhythmus auf, er atmet mit ihr ein, mit ihr aus. Und langsam, ganz langsam gleichen sich auch die anderen an.

Beim ersten Ruck erschrickt er. Es ist mehr ein Zucken, ein kurzes Aufbäumen. François könnte schwören, dass nicht er diese Bewegung erzeugt hat, keiner von ihnen. Sie alle waren still, sie haben sich nicht gerührt. Sein ganzer Körper ist plötzlich angespannt, seine Augen sind weit aufgerissen. Er starrt auf den silbernen Boden des Bechers. Er spürt ein Zittern unter seinen Fingerspitzen. Und dann beginnt es. Mit einem Quietschen fängt der Becher an, über die Tischplatte zu rutschen. Schwarz äfft das Geräusch nach, aber Katharina tritt ihm unter dem Tisch gegen das Schienbein.

François ist jetzt hellwach, sein Herz schlägt schnell.

»Geist«, fragt er leise, »bist du da?«

Der Becher scheint zu zögern, er hält inne. Dann fährt er umso schneller auf die Karte mit der aufgemalten Antwort zu und hält abrupt vor ihr an: *Ja*.

François stockt der Atem. Katharina hat ihre Augen wieder geöffnet, sie sieht ihn an, mit einem misstrauischen, prüfenden Blick. Aber er wird sich davon jetzt nicht aus dem Konzept bringen lassen. Er nicht. Er ist ein Novize der Söhne Satans. Er wird seine Anweisungen genau befolgen.

»Wer bist du?«, flüstert François.

Der Becher drängt jetzt von der Ja-Karte weg, er schiebt sich von innen an den Zirkelrand. Immer mehr Buchstaben fährt er an und stockt kurz bei manchen von ihnen. Katharina ist es, die die Buchstaben mitzumurmeln beginnt. Das macht es umso unheimlicher. Und umso besser, denkt François. Sie ist die Trägerin der Botschaft. Sie verleiht Satan ihre Stimme.

»N-e-n-n m-i-c-h w-i-e d-u w-i-l-l-s-t«, wispert sie.

Nenn mich, wie du willst. François rutscht an seine Sitzkante, näher an den Becher heran. Das könnte er wirklich sein. Der Meister hat viele Namen, das hat er inzwischen begriffen. Teufel. Lucifer. Beelzebub – man kann ihn nennen, wie man will. François schluckt, sein Hals ist trocken.

»Was tust du hier?«, fragt er. Seine Stimme klingt tonlos, er raunt es beinahe.

Aber wer auch immer es ist, mit dem er da kommuniziert: er hat ihn vernommen. Kurz zögert der Becher. Dann zieht er erneut los, diesmal mit einer Geschwindigkeit, die ihnen allen an den Armen reißt und Nele zu einem überraschten Aufkeuchen bringt.

Ich helfe duch.

»Duch? Soll das denn sein«, murrt Schwarz. Aber auch er spricht gedämpft, er ist schon im Bann der Sitzung. Der Becher fährt jetzt zurück auf den Buchstaben e zu, immer wieder stupst er von unten gegen die Kante der Karte, als würde er sich korrigieren.

»E«, sagt Katharina. »Ich weiß, er will sagen: *ich helfe euch*! Euch – nicht duch.«

Das ist der Moment, auf den François gewartet hat. Er wird sie stellen, die entscheidende Frage. Er muss wissen, ob er die richtige Kraft gerufen hat. Die, mit der er weiterarbeiten kann, mit der er aufsteigen wird zu Höherem. Die Kraft, mit der er sich einen neuen Namen verdienen wird. Er holt Luft. Diesmal muss er laut sprechen, laut und vernehmlich. Es darf keine Zweifel geben.

»Bringst du das Licht?«, ruft François.

Die anderen zucken zusammen. Es ist fast, als würde auch

der Becher erschrecken. Er stürzt los, er saust von einem Buchstaben zum Nächsten. Er stottert, er haspelt, die Worte, die er buchstabiert, scheinen sich zu wiederholen.

»Nie, nie, nie! SCHUTZ«, buchstabiert Katharina. Sie klingt alarmiert. »Was soll das heißen, François?«, fragt sie. Sie hat ihn so lange nicht mehr bei seinem Namen genannt. Aber er nimmt es kaum wahr, zu groß ist seine Enttäuschung. Denn das hier, das ist ein guter Geist, ein Schutzgeist gegen das Böse. Er muss ihn loswerden, so schnell wie möglich, er muss ihn bannen.

Mit aller Kraft drückt François gegen den Becher und kippt ihn um. Paganinis Geige kreischt auf, es gibt ein lautes Klappern, als der Becher erst auf die Platte kracht, dann von den zurückzuckenden Fingern weg und über die Tischkante rollt und polternd vom Bühnenboden abprallt.

Katharina ist aufgesprungen, ihr Stuhl umgefallen. Nele hat ihre Hände in die Höhe gerissen, als hätte sie sich verbrüht. Tadeusz mustert ihn unter zusammengezogenen Augenbrauen, dunkel, noch dunkler als sonst, und selbst Schwarz hat sich ihm ruckartig zugedreht. Eine Kerze ist durch den Luftzug erloschen, der Wachsdampf steigt zu ihnen auf.

Sie alle starren ihn an.

»François, was war das denn«, sagt Tadeusz.

»Ich … Ich …«, stottert François. Er versucht, Zeit zu gewinnen, er darf sich jetzt nicht verraten. Er schüttelt den Kopf und beißt sich auf die Lippen.

Nele tätschelt seinen Arm. »Er ist erschrocken, das kann doch mal passieren. Ist ja auch aufregend, das Ganze.« Sie bückt sich zum Bühnenboden und angelt nach dem Becher. »Oh, guck mal«, sagt sie, »der ist ja innen ganz rostig.« Mit einem flinken Griff zieht sie ein Taschentuch aus dem Ärmel ihres Kleids. Sie spuckt auf das Tuch und beginnt, den Becher von innen auszuwischen. »Wollen wir einfach nochmal?«, lächelt sie, während sie hin- und herwischt und nicht sieht, dass das Tuch sich rot zu färben beginnt.

Mit einem Griff reißt er ihr den Becher aus der Hand. Er rupft das Tuch heraus, das sie verdutzt losgelassen hat, und stopft es sich in die Hosentasche, so schnell er kann. »Das gehört so«, murmelt er. Jetzt ist auch Nele befremdet, aber das ist ihm egal. Er wird den Teufel rufen. Und dann wird er mit ihm einen Pakt schließen, koste es, was es wolle.

»War das da gerade Blut an dem Taschentuch?«, fragt Katharina.

Er schüttelt den Kopf. Aber sie lauert. Und kaum, dass er den Becher losgelassen hat, schnappt sie ihn sich und hält ihn mit der Innenseite gegen eine der flackernden Kerzen. François stürzt zu ihr, aber Nele hat ganze Arbeit geleistet. Der Becher glänzt unschuldig und silbern im Licht.

Katharina kneift die Augen zusammen. Sie lehnt sich nah an ihn heran, als sie ihm den Becher zurückreicht. Ihre Lippen streifen sein Ohr. »Ich weiß es«, flüstert sie. »Ich weiß, was du tust.« Und fügt, als er sie mit großen Augen ansieht, ein einziges, französisches Wort hinzu: »Cimetière.«

François erstarrt. Friedhof. Woher will sie das wissen. Niemand hier kann mitbekommen haben, was er in den letzten Wochen so getrieben hat, niemand. Sie blufft.

Aber sein Herz hat in seinem Brustkorb zu trommeln begonnen, ihm ist schlagartig heiß. Er spürt, wie sich an seinem Stirnansatz eine Schweißperle bildet. Etwas in ihm beginnt zu ahnen, dass sie die Wahrheit spricht. Cimetière. Bilder blitzen in ihm auf. Die Friedhofsmauer, die angrenzenden Mausoleen im Dunkeln. Azrael und die anderen. Der grässliche Schrei des kleinen Katers, dem er die Kehle aufschlitzte, das Gurgeln des Bluts. Sie kann es nur wissen, wenn sie dort war.

Und auf einmal sieht er es: Der Obdachlose, der aus dem

Gebüsch hervorbrach und in seinen Stiefeln über die Gräber sprang. Der davonjagte und im Dunkeln verschwand. Vor seinem inneren Auge wandelt er sich. Zu einer Frau wird er zunächst – doch ja, das ist möglich – und dann, hier bleibt ihm fast das Herz stehen, dann wird er zu ihr.

Er wartet darauf, dass Katharina ihm den letzten Stoß versetzt. Dass sie ihn vor den anderen anklagt, als den, der er ist. Du Tiermörder, Teufelsbrut. Aber sie schweigt und sieht ihn nur an. Das macht ihn fast noch unruhiger. Warum schweigt sie, warum lächelt sie nur so sphinxartig vor sich hin. Sie lässt ihn nicht aus den Augen. Und plötzlich, als hätten sie gerade eine Vereinbarung getroffen, nickt sie ihm zu.

»Können wir jetzt weitermachen«, beschwert sich Schwarz.

»Klar«, sagt Katharina und lehnt sich in ihrem Stuhl zurück, »Wegen mir schon längst.«

François' Knie zittern, als er sich wieder auf seinen Platz setzt. Was war das gerade, was war das. Er versteht nicht, was soeben geschehen ist. Es fühlt sich an, als hätte er einen Pakt geschlossen. Nur dass es nicht der Pakt ist, den er eingehen wollte, ganz und gar nicht.

Beim neuen Anrucken des Bechers sieht er kaum hoch. Unter seinen Fingern vibriert und pulst der Silberbecher, es fühlt sich ungestüm an, noch kräftiger als zuvor, aber er ist nicht bei der Sache.

»Geist, bist du da?«, murmelt er abwesend.

Nein.

Schwarz lacht. »Der ist ja lustig.«

Der Becher bewegt sich weiter, er zirkelt im Kreis herum, dabei hat François ihm gar keine neue Frage gestellt. Nun merkt François doch auf. »Was will der denn?«, fragt Nele. Ihre Stirn ist gerunzelt, sie sieht nun fast so misstrauisch aus wie vorhin Katharina.

Immer mehr Schleifen und Zirkel und Linien fährt der Becher ab, ohne Befehl, ohne Anlass, er zerrt an ihren Fingerspitzen, an ihren Armen und Schultern, er wird schneller und schneller, und François will schon dem Ganzen ein Ende bereiten, den Becher umkippen und einen neuen Anlauf starten, als er es auf einmal begreift.

Die Erkenntnis schnürt seine Kehle zu. Am liebsten würde er es jetzt nicht glauben, aber er ist sich sicher: Der Becher fährt das umgedrehte Pentagramm ab, das mit Kreidelinien unter dem Tisch verborgen ist. Es sind die genauen Wege: der Kreis, die Zacken, die fünf Diagonalen, wieder und wieder.

Schwarz lacht. »Ist der besoffen oder was?«

François schüttelt stumm den Kopf. Es ist zu viel, alles zu viel. Er muss es sich eingestehen: Vielleicht hat er gar nicht an das geglaubt, was sie da tun. Vielleicht hat er doch gedacht, dass er selbst es ist, der all das hier beeinflusst und steuert. Vielleicht war in ihm noch ein kleines Element, das das alles belächelt hat: diese Sitzung, die Söhne Satans, sogar den Meister selbst.

Doch vom Pentagramm, von diesem Siegel unter dem Tisch, weiß niemand außer ihm.

Eine Erweckung. Das ist es, was gerade passiert. So, wie in den Legenden irgendwelchen Pilgern die Jungfrau Maria am Himmel erscheint, so erscheint ihm nun der Teufel. Er kann ihn noch nicht sehen, aber er weiß, dass er anwesend ist. Der Meister ruft ihn.

François neigt die Stirn in Ehrfurcht. Von jetzt an wird er an das Böse glauben. Ganz fest, das gelobt er. Unter dem Tisch spreizt er die rechte Hand zu dem Satansgruß, den Azrael ihm gezeigt hat: Zeige- und kleiner Finger sind abgespreizt wie die Hörner des Teufels, der Daumen liegt auf dem Handballen auf, Mittel- und Ringfinger klappt er darüber. Dann richtet er sich auf, so hoch er nur kann. Es ist so weit. Gleich wird er sie noch einmal stellen, die Frage aller Fragen. Auch wenn er diesmal, da ist er sich sicher, die Antwort schon kennt.

»Bringst du das Licht?«

Ja.

Er hört ein Knacken und zuckt zusammen. Brandner sitzt im Dunkeln, aber sein Körper zeichnet sich als Schatten gegen die Wand ab. Keiner von ihnen hat ihn kommen hören. Er weiß nicht, seit wann Brandner schon bei ihnen ist. Katharina nimmt die Hand vom Becherboden und beschattet ihre Stirn, ihre Augen leuchten auf, als sie Brandner entdeckt.

»Was ist denn das hier für ein alberner Budenzauber«, ist das Erste, was Brandner sagt. Seine Stimme klingt bedrohlich tief. Jetzt nehmen auch die anderen ihre Finger vom Becher, erst Nele, dann Schwarz und Tadeusz. Nur François nicht, seine Hand liegt weiter auf dem silbernen Boden auf, er kann nicht loslassen, das geht nicht, am liebsten würde er seine Fingernägel in das Silber hineinkrallen. Sein Blick fliegt zwischen Brandner und dem Becher hin und her, es kann und darf nicht wahr sein, dass Brandner die Sitzung abbricht. Nicht jetzt, ausgerechnet jetzt.

»Hätten Sie die Güte, mir zu erklären, was Sie hier tun?«

»Ich inszeniere die spiritistische Sitzung«, antwortet François. Noch ist er überzeugt, dass das alles ein Missverständnis ist. Gleich wird Brandner begreifen, was er hier tut. Und dass das mit Budenzauber nichts, aber auch gar nichts zu tun hat. Gleich.

»Ach. Das soll eine Inszenierung werden? François, muss ich Ihnen die Grundregeln von Theater beibringen? Das Publikum sitzt hier. Hier, wo ich mich gerade befinde. Nicht mit Ihnen auf der Bühne. Ich sehe nicht einmal, was da auf Ihrem Tisch liegt. Ich sehe Fräulein Nachtrab von hinten. Und alles, was ich höre, ist Geraune. Das ist kein Theater, was Sie hier anstellen. Nicht einmal Schultheater ist das. Das ist Kindergarten.«

Mit einem Ruck steht Brandner auf. Er schaltet das Deckenlicht an, die Neonröhren, die grell und gleißend den Raum ausstrahlen. François kneift die Augen zusammen und blinzelt. Erst jetzt kann er Brandners Gesicht sehen. Auf seiner Stirn hat sich eine steile Falte eingegraben, er wirkt unfassbar wütend.

»Machen Sie sofort die Kerzen aus«, herrscht er François an. »Oder wollen Sie die ganze Schule in Brand stecken?« Er dreht sich um und hebelt die Verkleidung, die das Tageslicht abhalten soll, herunter und reißt das Fenster auf.

»Unverantwortlich ist das. Muss ich Sie auf die Feuerschutzbestimmungen in diesem Haus hinweisen?«, brüllt Brandner, während François sich endlich in Bewegung setzt und sich zitternd niederkniet, um die Kerzen auszupusten, eine nach der anderen. Und plötzlich ist Brandner über ihm, er fegt mit einer großen Bewegung die Karten zusammen, das Alphabet, die Zahlen, das *Ja*, das *Nein*, er stürmt zum geöffneten Fenster und schleudert alles hinaus in die Nacht.

Wenig später sitzen sie in einem Kreis um Brandner herum. Das Fenster ist wieder geschlossen, aber es ist trotzdem eiskalt auf der Probebühne. Nele hat sich ihren Schal gegriffen, sie hustet leise. Katharina hat sich in ihrem großen Strickpullover verkrochen, Tadeusz hält die Arme vor seinem schmalen Brustkorb verschränkt. Niemand sagt ein Wort.

Brandner stopft sich eine Pfeife. Die Tüte, aus der er das Kraut nimmt, knistert. Erst, als er die Pfeife angeschmaucht hat, beginnt Brandner zu reden. »François, wer war Wildenbruch?«

François schweigt. Er hat fast nicht die Kraft, den Kopf zu heben und Brandner anzusehen. Aber es gelingt ihm, langsam, ganz langsam. Nur sagen kann er nichts. Er wüsste auch nicht was. »Das müssen Sie doch inzwischen recherchiert haben«, fährt Brandner fort.

Stille. Er müsste sie brechen, diese Stille, diese Totenstille, aber François kann einfach nicht.

»Nele, können Sie Ihrem Kollegen erklären, wer Wildenbruch war?«

Neles Blick fliegt zu ihm herüber. Sie sieht unsicher aus, aber noch bevor sie den Mund aufmacht, weiß er, dass sie es weiß. Sie kommt schließlich aus Berlin. Warum hat er sie nicht einfach gefragt, warum ist er darauf nicht gekommen.

»Es gibt mehrere«, murmelt sie. Er kann sehen, dass sie ihn nicht vorführen will.

»Und auf welchen könnte Heym wohl anspielen?«

»Am ehesten wahrscheinlich auf den Diplomaten und Schriftsteller«, sagt Nele.

»Und warum?«

»Er … Er starb zwei Jahre bevor Heym das Fragment schrieb«, nun kommt Nele doch in Fahrt, »denkbar wäre, dass sie sich kannten. Wildenbruch war auch Jurist, das wird Heym interessiert haben.«

»Wieso?«

»Na, weil Heym doch selbst Rechtswissenschaften studierte.«

»Und woher wissen Sie das?«

»Ich, naja, ich habe es halt nachgeschlagen.«

»Nachgeschlagen«, ruft Brandner, »das ist doch mal eine ungewöhnliche Idee. Können Sie so etwas, François? Einfach mal etwas in einem Lexikon *nachschlagen*? Ich dachte, Sie wären jemand, der auch hin und wieder ein Buch in die Hand nimmt.«

François starrt ihn an. Das kann nicht sein. Erinnert Brandner sich wirklich nicht? An seinen eigenen Rat im Café Buchwald? Er will Luft holen, *Tee mit dem Teufel* will er stammeln, aber bevor er etwas sagen kann, stellt Brandner schon seine nächste Frage.

»Und was ist mit dem Konitzer Winter? Das ist doch ein sehr merkwürdiger Satz, meinen Sie nicht? Was lassen Sie sich dazu einfallen.«

Er sieht, dass Katharina sich aufrichtet und Tadeusz ihr die Hand auf den Arm legt, als wolle er sie zurückhalten. Aber Katharina schüttelt ihn ab, sie scheint Tadeusz nicht einmal wahrzunehmen. Sie holt einfach Luft und legt los.

Der Winter.

Er kann nicht glauben, was Katharina erzählt. Wieso hat er das nicht entdeckt, nichts davon. Er wusste ja nicht einmal, dass der Winter eine Person ist. Die Sprache ist das, dieses gottverdammte, vermaledeite Deutsch. Er sieht, wie Brandners Gesichtsausdruck sich aufhellt, während Katharina redet. Wie er sich ihr zuwendet, ganz und gar. Wie er beginnt, ihr Fragen zu stellen, immer lebhaftere, auf die sie alle eine Antwort hat. Eine Ewigkeit scheinen die beiden miteinander zu sprechen, ausschließlich miteinander. Als Brandner irgendwann später, viel später, aufsteht und geht, verabschiedet er sich von ihr mit einem Handschlag. Nur von ihr.

Brandner ist schon fast den gebogenen Flur hinunter, als François aufspringt und ihm hinterherläuft. Sein Körper fühlt sich fremd an, seine Füße scheinen in das Laminat einzusinken, als wäre der Boden befüllt mit Quallen.

»Monsieur Brandner?«

Brandner schüttelt nur den Kopf. Er bleibt nicht stehen, er verlangsamt nicht einmal seinen Schritt. Und dreht sich auch nicht zu ihm um, bevor er die Tür zum Treppenhaus öffnet und direkt hinter sich wieder schließt.

Jemand klopft. François dreht sich weg, weg von der Tür. Seit Tagen liegt er hier schon herum. Er weiß nicht mehr, wie er es hierher geschafft hat. Die letzte Erinnerung hat er an den

Moment vor dem Maschinenhaus. Er konnte nicht mehr sprechen, ihm liefen die Tränen über die Wangen, der Schleim quoll ihm in Blasen aus den Nasenlöchern. Er saß auf dem kalten Steinboden vor dem Eingang, Nele kauerte bei ihm, ihr Mantelsaum stupste auf dem Boden auf, sie tätschelte seinen Rücken. »Wenn du willst, machen wir so eine Sitzung noch mal«, sagte sie. »Einfach demnächst mal um Mitternacht. Wir können das auch zusammen leiten, das wäre doch was, was die Discipuli Piscatorum machen würden. Oder?«

»Klar«, nickte Katharina. Sie stand hinter Nele, sie lehnte an ihrem Fahrrad, zog sich ihre Wollhandschuhe an und sah auf ihn herab. Sie wirkte mitleidig. Er wollte ihr diesen Blick aus dem Gesicht schlagen.

Und dann.

Er ist einfach nicht mehr in die Schule gegangen. Nicht nach Schöneweide, nicht in den Turm. Er hat sich nicht krank gemeldet, aber das ist egal, alles ist egal. Es kommen auch keine Anrufe. Niemandem fällt auf, dass er fehlt.

Wieder klopft es.

Er weiß nicht mehr, welcher Wochentag heute ist. Er hat den Überblick verloren. Tag und Nacht kann er noch auseinanderhalten, obwohl es fast immer dunkel ist. Nachts fahren nicht so viele S-Bahnen an seinem Fenster vorbei.

Die Chinesin hat ihm einmal eine Schale mit grünem Tee hereingereicht. Da hat er die Tür noch geöffnet. Er starrte sie an, er nahm den Tee, er konnte gar nichts sagen. Als sie weg war, liefen ihm die Tränen ins Kopfkissen. Die Tasse steht noch immer unberührt neben seinem Bett. Auf der grünen Flüssigkeit treiben inzwischen Staubflusen.

Es klopft noch einmal, François zieht die Decke über den Kopf und schließt die Augen. Durch das Federbett hindurch hört er, wie die Tür geöffnet wird. Jemand tritt zu ihm ans Bett.

Er wehrt sich nicht, als die Bettdecke von seinem Gesicht gezogen wird.

Azrael streicht ihm mit der Hand über die Stirn. Einer der Fingernägel berührt seine Wange. François müsste sich ekeln, vor diesem gelben rissigen Horn auf seiner Haut, aber er spürt nichts, gar nichts.

»Hör mal. Du musst aufstehen«, sagt Azrael. François kann nicht einmal den Kopf schütteln, so müde ist er.

»Was ist denn passiert«, fragt Azrael.

Er antwortet nicht.

Er lauscht, aber er kann keine Schritte hören, die sich entfernen. Die Tür klappt nicht auf oder zu. Stattdessen das Schaben, mit dem Azrael den Stuhl unter dem Schreibtisch vorzieht. Sein Atmen. Das leise Ticken einer Armbanduhr. Das Rumpeln der S-Bahn auf den Schienen, wieder und wieder.

Irgendwann, als draußen eine Dämmerung einsetzt, vom Hellen ins Dunkle oder vom Dunkel ins Helle, fängt François doch an zu sprechen. Und hört nicht wieder auf. Er erzählt alles. Vom Erscheinen des Meisters. Von Brandner. Von Katharina und dem Winter. Es tut so gut, es sich von der Seele zu reden. Dass da jemand ist, der ihn hört.

Als er endlich verstummt, ist die Stille in seinem kleinen Zimmer noch dröhnender als zuvor. Trotzdem fühlt er sich leicht. Er kann hören, dass Azrael sich vorbeugt. Seine Stimme ist ganz nah.

»Wir sind für dich da«, sagt er. »Wir rächen dich.«

»Wie denn?«, flüstert François in sein Kopfkissen hinein.

»Ist doch logisch. Menschenopfer.«

Brandner

Die Tür fällt hinter ihm ins Schloss und Brandner atmet auf. Es ist stickig in seinem Büro, die Heizung im Turm bollert und pfeift, sie lässt sich nicht richtig regulieren und das Fenster klemmt. Aber wenigstens ist hier niemand außer ihm selbst.

Er kann sie alle nicht mehr sehen. Es war ein Fehler, überhaupt zu dieser Probe zu gehen, nicht jetzt, nicht nach diesem Anruf von heute Nachmittag. Aber der Fehler ist nur ein Folgefehler, die Fehler stapeln sich, eine ganze Treppe aus Fehlern ist das inzwischen, und er steigt sie gehorsam immer weiter aufwärts und wartet darauf, dass irgendwo ein Balken bricht und die ganze Konstruktion in sich zusammenstürzt.

Manchmal hofft er sogar darauf.

Der kleine Franzose tut ihm fast leid. Das Getrappel seiner Füßchen im Flur war rührend. Man könnte zurückgehen und sich entschuldigen. Seine Wut hatte mit ihm schließlich gar nichts zu tun. Vielleicht wird er ihm vorschlagen, dass er bald einmal bei ihm assistieren darf. Andererseits: Wenn der Franzose so einen winzigen Anraunzer nicht wegsteckt, ist er für diesen Beruf ohnehin gänzlich ungeeignet. Man tut niemandem einen Gefallen, wenn man ihn in Watte packt, davon ist Brandner überzeugt. Dieser Beruf ist tückisch, das ist unbestritten, er hält ihn ja selbst manchmal kaum aus. Zumindest an Tagen wie diesem.

Brandner sinkt in seinen Stuhl und reibt sich die Schläfen. Er kann noch immer nicht glauben, was ihm da passiert ist. Vor vier Stunden erst erhielt er die Nachricht, aber wahrscheinlich wird er sein Leben lang brauchen, um sie zu verdauen.

Das Edinburgh International Festival. Im nächsten Jahr feiert es sein fünfzigstes Jubiläum. Natürlich ist alles hochkarätig besetzt. Bob Wilson wird *Orlando* inszenieren, Lepage ist mit seinem Video-Firlefanz für einen *Hamlet* im Gespräch. Und Pina vertanzt *Iphigenie*. Beste Gesellschaft ist das, natürlich längst durchgeplant und unter Vertrag. Aber ein Platz für eine letzte Produktion war noch frei, ein Platz für einen Theaterregisseur, das hatte Brandner durch eine Freundin erfahren, eine Beleuchterin. Tanz und Musik seien längst in Sack und Tüten, sagte sie, Beethovens Neunte, Schönbergs *Überlebender aus Warschau*, die New Yorker Symphoniker, das Netherlands Dance Theatre, aber beim Schauspiel gäbe es, so munkelte man, eine Lücke. Und die gehöre, beschloss Brandner, ihm. Eine Antwort auf den Zweiten Weltkrieg war das Festival schließlich bei seiner Gründung gewesen – und wer könnte den Frieden und die Kunst bei so einem Jubiläum besser symbolisieren als ein Regisseur aus dem wiedervereinten Deutschland? Der Schweizer Bondy nicht. Der Ami Sellars auch nicht, Simon McBurney mit seinem Théâtre de Complicité nicht, Benno Besson nicht, keiner von ihnen hatte das richtige Profil. Selbst Peter Stein nicht, der kam nun mal von der falschen Seite Deutschlands. Da brauchte es schon jemanden aus dem Osten, jemand Hochkarätigen. Viele kamen da nicht in Frage. Castorf und Karge waren beschäftigt. Eigentlich blieb da, so hatte Brandner geglaubt, gar niemand übrig außer ihm selbst.

Das Treffen mit dem Festivalleiter war nach Plan verlaufen. Nach Berlin kam McMaster geflogen, extra – so dachte Brandner –, um ihn zu sehen. Ein Treffen in der Nähe vom Checkpoint Charlie hatte Brandner arrangiert. McMaster kam zur Tür herein und fragte prompt nach dem alten Grenzposten. Und schon war man im Gespräch. Man unterhielt sich über die Wende – Brandner gelang es, nicht zu bedauernd und nicht zu stolz zu klingen –, man trank und aß und trank weiter, man redete über Theater und Schauspieler und Spielweisen, man fand Gemeinsamkeiten und angenehme Divergenzen und ging spät, sehr spät auseinander. Brandner war sich sicher gewesen, dass er das Ding in der Tasche hatte. Dass McMaster noch einen weiteren Tag in der Stadt blieb, hatte ihn nicht weiter gewundert. In Berlin, erst recht in diesem neuen Berlin, verweilte man eben gerne länger. Aber vor vier Stunden kam die Nachricht. Sie hätten Sperling engagiert, erklärte ihm die Sekretärin. Oliver Sperling.

Seinen früheren Schüler.

Es ist eine Geschichte, so alt wie die Welt: Der Schüler überflügelt den Lehrer, der Lehrling selbst wird der Herr. Tausendmal ist das schon da gewesen, aber ihm selbst ist es noch nie passiert. Er hat es auch nicht kommen sehen, überhaupt nicht.

Die Erkenntnis könnte bitterer nicht sein. Er ist selbst schuld. Er ist falsch abgebogen, wieder einmal. Er hat diesen Posten angenommen und jetzt züchtet er seine eigene Konkurrenz. Er erkennt Rohdiamanten, er schleift sie und hält sie gegen das Licht und schleift sie weiter, bis sie heller funkeln und wertvoller sind als er selbst.

In diesem Moment hasst er seine Studenten. Sie kommen nachgeschwappt, in immer höheren Wellen, aus allen Windrichtungen und aus den allertiefsten Untiefen. Sie werden ihn wegspülen, ihn als Künstler, er sieht es kommen. Am Ende wird er nichts weiter sein als ein Professor, der früher selbst einmal Regisseur gewesen ist.

Sperling war ein Nichts, als er ihn vor sechs Jahren zum ersten Mal traf. Ein blasser, schüchterner Junge, der noch kein einziges Stück von Brecht gelesen hatte. Und jetzt wird er in Edinburgh den *Kreidekreis* inszenieren. Es will nicht in Brandners Kopf.

Brandner stöhnt auf und schlägt mit der flachen Hand auf die Tischplatte. Der Würfelbecher mit den Stiften hüpft in die Höhe, aus dem Unterteller mit den Zigarettenstummeln steigt eine Aschewolke und unten in den Schubladen des Tisches klirrt es leise.

Er muss aufhören, seine Studenten so zu fördern. Das ist die einzig logische Konsequenz. Er wird nicht zulassen, dass ihm das noch einmal passiert. All die Sperlings und Schwarzs und Nachtrabs – sie dürfen unter ihm nicht zu groß werden.

Er muss das Fragment selbst inszenieren.

Das wird ihm immer klarer.

Er darf den Heym nicht an sie verschwenden, keinesfalls.

Katharina hat ihn heute überrascht. Er wusste das alles nicht. Tatsächlich versteht er selbst nicht, wie ihm das entgehen konnte. Das fehlende »S«. *Die Geister des ermordeten Winter*. Irgendwann, bei einer nächtlichen Sitzung, war ihm das sogar aufgefallen, daran erinnert er sich jetzt. Aber da war er zu müde gewesen und zu betrunken zur Recherche, und am nächsten Morgen hatte er es schon wieder vergessen.

Ernst Winter. Vielleicht sollte er Katharina die Szene mit der spiritistischen Sitzung übertragen, er mag es, wie sehr sie sich in die Sache verbeißt. Trotzdem glaubt er, dass sie zu kurz denkt. Es muss noch mehr dahinterstecken. Umwälzungen muss dieser Blutmord ausgelöst haben. Sonst hätte, davon ist Brandner überzeugt, Georg Heym ihn nicht in das Fragment aufgenommen. Wer weiß, wofür Ernst Winter instrumentalisiert wurde.

Was waren die Folgen? Pogrome, Judenhatz, Rachefehden? Vielleicht ging ganz Konitz in Flammen auf. Er muss das noch herausfinden.

Es klopft. Brandner bewegt sich nicht. Die Heizung pfeift. Es klopft wieder.

Woll steckt den Kopf zur Tür herein. »Mich wirst du ja wohl reinlassen.« Brandner knurrt: »Muss wohl, bist ja der Chef.« Woll lacht. Sie wissen beide, dass er ihm nichts befehlen kann, gar nichts. Einmal hat er es versucht, das ist lange her. Seitdem weiß Woll es besser.

Brandner seufzt und lehnt sich zurück. »Was willst du, Matti.«

Woll setzt sich ihm gegenüber. Er sieht immer ungelenk aus, wenn er sich in einen Raum einzuordnen versucht, seine Gliedmaßen sind zu lang für jedes Möbel. Stühle werden unter ihm zu klein, Betten zu kurz, Tische zu niedrig. Selbst Schränke, denkt Brandner, verlieren ihre Proportion, wenn Matti neben ihnen steht.

»Sperling ist in der Stadt«, sagt Woll.

Brandner nickt. Das hat er inzwischen auch begriffen. In seinem Mund macht sich ein bitterer Geschmack breit.

»Er will uns treffen«, fährt Woll fort. Er hat einen Ellenbogen auf der Stuhllehne abgestützt und legt sein spitzes Kinn in die Handfläche. Er sieht aus, findet Brandner, wie Professoren eben aussehen und wie er selbst niemals aussehen möchte. Wie ein Schreibtischtäter, ein Theoretiker, ein Büromensch.

Brandner schüttelt den Kopf. »Ich bin verhindert.«

Woll mustert ihn. »Das heißt, du weißt.«

Was soll er darauf jetzt sagen. Er hätte sich denken können, dass Matti schon von der Absage gehört hat. Seine Seilschaften reichen überallhin. Wahrscheinlich wusste er es schon vor Brandner selbst, ach was, wahrscheinlich wusste er es noch vor Sperling. Der Geschmack in seinem Mund wird noch bitterer. »Bist du hier, um zu triumphieren?«, fragt er. Er zieht eine Schublade auf und zerrt ein Wasserglas und eine Schnapsflasche heraus. Das Glas hätte er letztes Mal ausspülen müssen, es klebt, aber das ist jetzt auch schon egal. Er öffnet den Schraubverschluss und schenkt sich ein. Woll beäugt den steigenden Pegel der klaren Flüssigkeit.

»Mach mal langsam mit dem Zeug«, sagt er.

»Warum sollte ich.«

»Puntila«, sagt Woll.

Sie sehen sich an. Wäre Frau Koch jetzt hier, würde sie sie schelten für das alte Spiel, die Anspielung auf Brechts *Puntila und sein Knecht Matti*, in dem der Aufseher Puntila, sobald er betrunken ist, seine Mitmenschen liebt und umgarnt, um sie dann im nüchternen Zustand zu drangsalieren. Bei ihm sei es andersherum, hat Woll früher gesagt, Brandner sei freundlich, wenn nüchtern – und bösartig, wenn betrunken. Aber darum geht es, wenn Woll das Wort heute benutzt, nicht mehr. Das wissen sie beide. Brandner hört die Drohung, er hört sie genau.

»Matti«, antwortet Brandner und stellt die Flasche ab.

Woll seufzt und schlägt die langen Beine übereinander. »Für die Schule ist es gut, weißt du«, sagt er. Seine Fußspitze wippt. Der Stuhl sieht unter ihm jetzt ganz klein und schief aus, fast asymmetrisch, so, als würde ihm ein Bein fehlen.

»Was.«

»Wenn sie so erfolgreich werden.«

Brandner schnaubt und hebt mit einem Ruck sein Glas. Schnaps fließt über den Glasrand und klatscht auf den Unterteller mit den Zigarrenstummeln. »Auf Sperling«, röhrt Brandner, »und auf all die anderen vermaledeiten Vogelsorten dieser Erde. Auf die Spatzen! Auf die Kakapos in Neuseeland! Mögen sie endlich fliegen lernen.« Er setzt an und trinkt in einem Zug leer. Er weiß selbst, dass er sich nicht wie ein Erwachsener benimmt, schon gar nicht wie ein Professor, aber vor Matti ist es ihm gleichgültig. Sie haben einander schon in ganz anderen Situationen gesehen.

Der Schnaps brennt nicht einmal in seiner Kehle. Verwundert hebt Brandner die Flasche an, dreht sie in seinen Händen. Marille. Keine Ahnung mehr, woher er den hat. Wenigstens ist es kein schottischer Whisky, das würde er jetzt nicht ertragen.

Woll seufzt. »Wie läuft es mit dem Jungen? Kommt er klar damit, dass du ihn unterrichtest?«

»Bist du heute die Inquisition?« Langsam spürt Brandner, wie die Wut zurückkehrt. Das ist gut, Wut ist besser als Selbstmitleid. Und mit Woll trifft er, beschließt er, auch keinen Falschen.

Aber Woll lässt sich nicht beirren, er lächelt sogar. »Ich frage mich nur, ob sie etwas herausgefunden haben. Die Schotten, meine ich. Ob vielleicht demnächst etwas über dich herauskommen könnte. Und ob ihnen das zu riskant war. Bist du sicher, dass alles vernichtet wurde?«

Brandner stutzt. Er hat seine Niederlage bis jetzt dem Alter zugeschrieben, genauer: seiner fehlenden Jugend. Aber das hier, das ist ein völlig anderer Gedankengang. Brandner stellt das Glas ab. Auf einmal ist sie wieder da: die alte Angst. »Hast du etwas gehört?«, will er wissen und beugt sich Woll entgegen.

Woll lächelt noch immer und schüttelt den Kopf. Aber es ist ein einstudiertes Kopfschütteln, findet Brandner. Auch das Lächeln ist unecht. Er kennt dieses spezielle Lächeln von Woll, es ist sonst für Fremde bestimmt. Woll senkt die Stimme, als er jetzt weiterspricht. »Was, wenn deine Akten bei denen waren, die nun doch wieder rekonstruiert werden? In den Müllsäcken voller Schnipsel, die sie jetzt zusammenkleben?«

»Nein, alles verbrannt worden. Grother hat sich selbst darum gekümmert. Da gibt es nichts mehr, das hat er geschworen.« Brandner legt seine ganze Autorität in seine Stimme. So als könnte er sich seiner Aussage sicher sein. Dabei weiß er genau, dass es diese Sicherheit nie geben kann. All die Mitschriften, Karteikarten, Quittungen, Treffberichte mit seinem Führungsoffizier, Abschriften von Tonbandmitschnitten – irgendetwas kann immer übrig geblieben sein.

Das Problem ist, dass auch Woll das weiß.

Brandner öffnet das Etui und hält es Woll hin. Er nickt und greift zu. Sie zünden gleichzeitig ihre Zigarillos an, jeder mit seinem eigenen Feuerzeug. Einen Augenblick rauchen sie schweigend, selbst die Heizung ist stumm.

»Und der Junge?«, fragt Woll schließlich.

»Den habe ich im Blick.«

»Warst du mal wieder bei seiner Mutter?«

Brandner schüttelt den Kopf.

»Solltest du. Wer weiß, was sie erzählt.«

Brandner sagt nichts. Er fährt mit der Nagelkante des linken Daumens an der Tischkante entlang, hin und her, er falzt das Resopal. Die Heizung beginnt wieder zu pfeifen, höher diesmal, als wäre sie die Oberschwingung zu den nicht gesprochenen Worten.

Woll klemmt sich den Zigarillo zwischen die Zähne und steht auf. Mit den Knöcheln seines rechten Mittelfingers klopft er zweimal auf die Tischfläche, kurz und hart, und begibt sich zur Tür. Brandner hebt den Kopf nicht. Er betrachtet den Stuhl, auf dem Woll eben noch saß. Der sieht jetzt wieder völlig normal aus.

Woll hat die Tür schon fast hinter sich zugezogen, als er sie noch einmal aufschwingt. »Du weißt, wie sehr ich dich schätze, Korbinian«, sagt er. Brandner richtet sich auf. Der Tonfall gefällt ihm nicht, ganz und gar nicht. Bevor Woll weitersprechen kann, hebt er eine Hand: »Ich kümmere mich«, sagt Brandner und sieht Woll nun direkt in die Augen. »Ich kümmere mich darum.«

Es ist Sonntag, als er vor dem Backsteingebäude steht. Der Wind fährt ihm in den Kragen seines Mantels und lässt ihn frösteln. Der Tag wird nicht klarer, so sehr er auch darauf hofft. Alles liegt unter einer Glocke aus Milchglas. Die Wolken verschleiern den Dachfirst, vom Boden steigt Nebel auf. Brandner kneift die Augen zusammen. Es ist ein Zittern in der milchigen Luft, Schneeflocken, die auf Brandners Stirn schmelzen und seinen Mantel sprenkeln. Die Pflastersteine vor ihm sind feucht, die Temperatur des Bodens liegt noch über dem Gefrierpunkt. Er hätte nicht gedacht, dass die Kälte schon für Schnee reicht. Er kann in den Fugen Moos und Unkrauthalme erkennen, vom Rand schlängelt sich Ackerwinde in seinen Weg.

Oben im ersten Stock ist ein Fenster sperrangelweit geöffnet. Eine vergilbte, bodenlange Gardine schmiegt sich über das Fensterbrett an die Fassade, nur ihr Saum flattert und zuckt mit jeder neuen Böe. Ansonsten wirken die Fenster unbelebt, niemand ist zu sehen. Keine Schatten und Schemen, nirgendwo brennt Licht, trotz der trüben Sicht hier draußen. Das Haus ruht. Die hohen Bäume, die es umrahmen, tragen längst kein Laub mehr. Ihre Skelette sehen trostlos aus, ein paar schwarze Vögel rasten auf ihren Zweigen.

Kaum zu glauben, dass er noch in Berlin ist.

Die Tür quietscht, als sie unter dem Druck seiner Hand aufschwingt. Schon im Eingangsbereich weht ihm dieser Geruch entgegen, beißend und künstlich, Chlor, Essigreiniger, ausgeschwitzte Pharmazeutika.

Brandner atmet flach und nickt dem grauhaarigen Pförtner zu, der sich hinter seinem Schutzglas mit einer Zeitung verschanzt. Es ist ein anderer Mann als beim letzten Mal, das schon viel zu lange her ist. Er hat ihn noch nie hier gesehen. Brandner wird trotzdem versuchen, ohne Anmeldung an ihm vorbeizukommen. Er nickt in Richtung der Pförtnerloge und bemüht sich, ruhig und gleichmäßig weiterzulaufen. Den Metallknauf der Schwingtür hat er schon in der Hand, als der Pförtner von seiner Zeitung aufsieht.

»Junger Mann«, ruft er ihm nach. Seine Stimme klingt gar nicht alt, sie ist voll und respekteinflößend, ein Bariton, denkt Brandner. Widerstrebend bleibt er stehen und dreht sich um. Der Pförtner reckt sich über seine Tischplatte, öffnet das ovale Fenster in seinem Ausguck.

»Zum ersten Mal hier?«, will er wissen.

Brandner schüttelt den Kopf.

»Name?«

Brandner ist sich unsicher, ob sein eigener Name oder der der Patientin gemeint ist, aber solange er sich selbst hier heraushalten kann, wird er es versuchen: »Mazur«, sagt Brandner leiser, als er sonst sprechen würde.

Der Pförtner stutzt, der Name scheint ihm nicht häufig unterzukommen. Mit einem Knall wuchtet er ein dickes Buch auf seinen Tisch, er beginnt zu blättern, fährt mit gekrümmtem Zeigefinger ganze Kolonnen aus Namen ab.

Einen Augenblick lang tut sich nichts, nur das Entlangstreifen des Fingers auf dem Papier ist zu hören. Brandner tritt näher und knöpft seinen Mantel auf. Obwohl er gerade noch gefroren hat, beginnt er schon zu schwitzen. Er kann fast spüren, wie der Geruch des Hauses in sein Mantelgewebe eindringt. Noch tagelang wird er den Besuch im Stoff riechen können, da kann er so viele Zigarillos rauchen, wie er will.

Der Pförtner kommt in einer Zeile zum Stocken, sein Zeigefinger fährt jetzt hin und her, als würde er die Buchstaben eines der Namen nachzählen. Dann nickt er.

»Verwandtschaftsgrad?«, will der Pförtner wissen.

»Schwägerin.«

»Bitte hier unterschreiben, Herr Mazur«, sagt der Pförtner. Er legt das Buch auf einen Drehteller und lässt es mit einem metallenen Schnalzen auf Brandners Seite erscheinen.

Brandner stutzt. Aber dann begreift er: Eine Schwägerin müsste mit seinem Bruder verheiratet sein, also den gleichen Namen tragen wie er selbst. Der Pförtner kann nicht wissen, dass sie sofort nach der Beerdigung ihren Mädchennamen wieder angenommen hat. Den Namen, den auch Tadeusz trägt.

Er korrigiert den Pförtner nicht. Seine Unterschrift kritzelt er in das vorgegebene Feld hinein, er kann sie selbst kaum entziffern. Und ohnehin sind Namen nur Schall und Rauch, das weiß er zu gut. Er schlägt das Buch zu und schiebt es zurück auf den Drehteller. Der Pförtner wirft keinen Blick darauf. Er nickt ihm zu, greift sich sein Telefon und wählt eine kurze Nummer, die Drehscheibe rasselt. »Eingang hier, der Schwager von Frau Mazur«, sagt er und wartet. Brandners Puls schlägt schneller. Sie könnten ihn abweisen, fortjagen, denkt er, aber als der Pförtner auflegt, lächelt er Brandner an. »Sie kennen den Weg?«

Brandner nickt. Inzwischen steht ihm der Schweiß auf der Stirn. Er zieht seinen Mantel aus, greift sich das Stofftaschentuch aus der Seitentasche. Er faltet den Mantel und hängt ihn sich über den Unterarm. Vier Schritte sind es bis zur Zwischentür, vielleicht fünf. Eigentlich würde er lieber umdrehen, hinaus in die Kälte gehen, die Auffahrt hinunter, bis zu dem viel zu großen Parkplatz, auf dem sein Auto fast alleine steht.

»Lassen Sie es sich nicht zu sehr unter die Haut gehen«, sagt der Pförtner. Brandner spürt, als er in das freundliche, zerfurchte Gesicht blickt, etwas in sich aufwallen, ein Gefühl, das er so sehr vergessen hat, dass er es fast nicht mehr als das erkennt, was es ist: Dankbarkeit.

Die Gänge sind leer. Brandner hebt kaum den Blick vom Linoleumboden. Die Maserung läuft auf die Tür am Ende des Gangs zu, er setzt einen Fuß vor den anderen. Das Putzmittel wurde nicht richtig abgewischt, seine Fußsohlen kleben und lösen sich mit leisem Schmatzen.

Warum ist es so still.

Die Tür schwingt auf, bevor er klopfen kann. Eine junge, grell geschminkte Pflegerin huscht an ihm vorbei, ihr auftoupiertes Haar streift sein Kinn, sie grüßt ihn nicht. Die Tür zum Schwesternzimmer ist verschlossen. Der Geruch scheint ihm hier noch stärker zu sein als im Eingangsbereich. Brandner atmet flach. Er wechselt seinen Mantel auf den anderen Arm und sieht sich um.

Der Raum hat sich nicht verändert, seit er zum letzten Mal hier war, natürlich nicht. Da sind die beiden abzweigenden Flure, die in der Flucht immer heller zu werden scheinen, als liefe man ins Licht. Der sich ausbuchtende Aufenthaltsraum mit den merkwürdig steril wirkenden Möbeln: die Stühle mit ihren ausklappbaren Tabletts, die unnatürlich glänzenden Tische. Nur die Sessel in der Sitzecke sehen abgewetzt aus, bunte Polster mit sich abzeichnenden Sprungfedern, ein Sammelsurium aus Sperrmüll.

Sie sitzt am Fenster. Ihr schmaler Körper ist vorgebeugt, ihr langes, glattes Haar fällt ihr ins Gesicht. Es ist so schwarz wie das von Tadeusz. Sie trägt ein Nachthemd mit geschoppten Ärmeln und Rüschen auf der Brust. Ihre Haut ist so blass, dass sie fast durchsichtig wirkt. Sie wirkt konzentriert, ihre Stirn ist gerunzelt. Die Augen zusammengekniffen, aber sie blicken ins Leere.

»Maria?«

Sie reagiert nicht. Ihr Blick bleibt in die Ferne gerichtet, in Richtung des Fensters, dabei ist die Gardine vor ihr so dicht, dass sie gar nicht durch sie hindurchsehen kann. Brandner zieht einen der Stühle zu sich heran und setzt sich neben sie.

»Frau Mazur?«

Langsam löst sie den Blick und dreht sich ihm zu. Ihr Gesichtsausdruck wirkt höflich und abwartend, als würde sie annehmen, dass er sie nach der Uhrzeit fragen wird. Oder nach dem Weg. Das ist gut so. Wenn sie ihn erkennt, wird alles noch schlimmer, das weiß er aus Erfahrung.

Brandner versucht sich zu erinnern, wie er das letzte Gespräch mit ihr geführt hat. Natürlich war er der Einzige gewesen, der redete. Aber wer war er da, für wen hat sie ihn gehalten. Und was hat er ihr gesagt.

»Frau Mazur«, beginnt Brandner, »ich unterrichte Ihren Sohn Tadeusz.«

Nichts regt sich in ihrem Gesicht. Das ist neu. Auf Tadeusz' Namen hat sie bisher noch jedes Mal reagiert, mit einem noch so leisen Aufmerken etwa, oder mit einem Zittern der Nasenflügel, einer Weitung der Pupillen. Jetzt bleibt ihr Blick unbeteiligt, als spräche er über einen völlig Unbekannten oder über eine Bühnenfigur.

»Er …«, noch ist Brandner nicht sicher, welchen Weg er einschlagen soll, »er … macht mir Sorgen.«

Das ist die Wahrheit.

»Er isst kaum, er raucht zu viel«, fährt Brandner fort. »Wenn man ihn ansieht, weiß man überhaupt nicht, was er denkt. Das ist für … für den Unterricht nicht förderlich. Es hat auch Auswirkungen auf die Struktur der Klasse. Ihr Sohn wirkt immer feindselig, Frau Mazur. Er mauert. Gegen mich, gegen alles. Dabei ist das doch eine Chance, die er bei mir hat, bei uns, meine ich, an der Schule.« Sie reagiert immer noch nicht, ihr Blick bleibt leer, trotzdem gerät Brandner immer mehr in Fahrt. »Er lässt niemanden mehr an sich heran. Ich weiß auch nicht, was mit seiner Freundin ist. Ob es sie überhaupt noch gibt. Er redet ja kaum mit mir, er igelt sich ein, in seinem Zimmer, in sich selbst.«

Er sollte aufhören. Aber es tut gut, sich das von der Seele zu reden, es quillt aus ihm heraus. Es gibt niemanden, mit dem er darüber sprechen könnte. Mit Matti nicht, mit Luise nicht. Und schon gar nicht mit Tadeusz. Und sie sieht so freundlich aus, während sie ihn anblickt. Dieses blasse Gesicht, diese Leinwand. Diese Schönheit, immer noch.

»Manchmal«, fährt Brandner fort und schluckt, »manchmal höre ich ihn nachts herumlaufen, er schläft kaum. Ich erreiche ihn einfach nicht mehr, weißt du. Ich habe keine Ahnung, was er denkt. Ich weiß einfach nicht, ob er dir zu ähnlich ist oder seinem Vater. Ob er überhaupt eine Chance hat. Es muss doch Wege geben, wie man ihn unterstützen kann. Aber das tue ich doch. Er hat ein Dach über dem Kopf, er hat ein Ziel. Und er ist gesund. Seine Psyche ist nicht deine, er ist stark. Er muss nur endlich einmal alles loslassen, sonst geht er auch noch kaputt. Und ich will doch, ich will ihm doch wirklich helfen, es ist nur … ohne euch …«

Sie wendet sich ab. Die Bewegung ist nicht vollständig, ihr Oberkörper bleibt ihm zugewandt, nur ihr Nacken biegt sich von ihm fort, ihr Kopf kippt seitlich, weg von ihm. Brandner hält inne, er spürt, dass ihm das Blut ins Gesicht schießt. Er presst die Lippen zusammen. Er muss vorsichtiger werden. Beinahe hätte er sie selbst an alles erinnert.

Schnell steht er auf. Er tupft sich mit seinem Taschentuch den Schweiß von der Stirn und sieht sich um. An der Rückseite des Raums steht ein Servierwägelchen. Ein junger Pfleger schraubt gerade an einer Thermoskanne herum und schenkt sich Kaffee in einen Plastikbecher ein. Mit wenigen Schritten ist Brandner bei ihm.

»Verzeihung, kann ich Sie etwas zu Frau Mazur fragen?«

Der Pfleger reißt mit den Zähnen eine Zuckertüte auf. Er spuckt den abgebissenen Papierfetzen auf den Boden und lässt den Zucker in den Becher rieseln. Mit einem Plastikstäbchen rührt er in dem Becher herum, Er bläst auf die dampfende

Oberfläche, trinkt. Dann erst sieht er Brandner an. »Was wollen Sie wissen?«

»Spricht sie?«

»Längst nicht.«

»Wird sie?«

»Schwer zu sagen.«

»Was tut sie denn den ganzen Tag?«

Der Pfleger trinkt noch einen Schluck und überlegt. »Die Zeit vergeht für sie anders«, sagt er und zuckt mit den Schultern. Er knüllt das Zuckerpäckchen in seiner Hand und stopft es in die Tasche seines weißen Kittels. Er ist schon ein paar Schritte entfernt, als Brandner ihm nachruft.

»Warten Sie! Malt sie noch?«

Der Pfleger betrachtet seinen Kaffeebecher, er pustet noch einmal, trinkt noch einmal. Dann winkt er Brandner, ihm zu folgen. Sie gehen diesen Gang hinunter, der immer heller wird. Ob das eine Finte des Tageslichts ist, fragt sich Brandner wieder einmal. Oder ob sie wirklich die Wände heller gestrichen haben, je tiefer man kommt.

Sie halten vor einer Tür am Ende des Flurs. Sie ist schmaler als die anderen. Der Pfleger zückt einen Schlüsselbund. Es klackt, als er den Schlüssel im Schloss umdreht. Die Tür springt auf und Brandner stockt der Atem.

Die Gemälde sind überall. Sie lehnen und hängen dicht nebeneinander an den Wänden. In der Ecke direkt neben der Tür türmen sich Leinwände in einer Stahlhalterung. Auch der Boden ist mit Bildern übersät. Oft hat sie die Leinwandkanten ignoriert und den Boden einfach mitbemalt, er ist voller Farbflecken, voller breiter, ineinander zielender Pinselstriche. Die Luft ist trocken und terpentingetränkt. Der Raum hat kein Fenster, nur von der Decke kommt das kühle Licht einer einzelnen, verstaubten Neonröhre.

Aber die Bilder leuchten.

Flammende Farben. Gelb, Rot, gleißendes Orange. Es gibt kein Grün, nirgends. Aufschwingende Geometrien. Bunte Schlingpflanzen, die überspringen von Bild zu Bild. An der Rückwand lehnt das größte der Bilder. Es ist so groß, dass man in es hineinlaufen könnte, durch es hindurch. Der Holzrahmen steht leicht gekippt und stößt trotzdem mit der Oberkante an die Decke. Brandner tritt näher. Türme, Schlote, Häuser mit vergitterten und vermauerten Fenstern, eine Stadt, die Berlin sein könnte, ein Niemandsland. Ein Mann, der über den Dächern aus dem feuerroten Himmel ragt, er fliegt, nein, er stürzt durch einen Lichtschacht, sein Genick ist schon gebrochen. Brandner weicht zurück und stößt mit dem Rücken gegen den Pfleger, der im Türrahmen lehnt. Kaffee schwappt über den Becherrand auf dem farbverschmierten Boden.

»Das Terpentin …«, murmelt Brandner entschuldigend und wedelt mit der Hand in Richtung eines getränkten Lappens, der über einem der Rahmen hängt. Erst jetzt fällt ihm auf, dass nirgendwo Pinsel oder Farbtuben zu sehen sind.

»Sie trinkt es nicht.«

Brandner zuckt zusammen. Daran hat er gar nicht gedacht. Er greift sich sein Stofftaschentuch und geht in die Hocke, seine Knie knacken. Er tupft die Kaffeepfütze weg, mit der gleichen Bewegung, mit der er sich vorher den Schweiß von der Stirn getrocknet hat. Neben ihm steht eine kleine Nachttischlampe, sie ist mit erstarrten Farbschlieren übergossen.

»Ist einer der Ärzte hier?«, fragt er und richtet sich auf.

Der Pfleger seufzt. Er greift Brandner am Ellenbogen und zieht ihn aus dem Raum heraus. Erst jetzt fällt Brandner auf, wie groß sein Schlüsselbund ist, ein ganzes Arsenal aus aneinanderschlagenden Schlüsseln. Den Weg zum Arztzimmer legen sie schweigend zurück, nur die Schlüssel klimpern.

Er muss einen Moment warten, bis sie ihn einlassen. Der Arzt sitzt hinter einem hohen Schreibtisch. Brandner erkennt ihn, er war bei der Einweisung auch hier. Ein älterer Herr mit kleinen, freundlichen Augen hinter seiner dickglasigen Brille. Ein Grieche, wenn Brandner sich richtig erinnert, ein griechischer Oberarzt.

»Herr Brandner, lange nicht gesehen«, sagt der Arzt. »Nehmen Sie doch Platz. Möchten Sie ein Glas Wasser?«

Brandner nickt und sinkt auf den Stuhl vor dem Schreibtisch. Er merkt erst jetzt, wie erschöpft er ist. Das Glas Wasser, das der Arzt ihm aus einer gekühlten Karaffe einschenkt, leert er in einem Zug. Er presst das kalte Glas gegen sein Handgelenk und spürt, wie sein Atem sich langsam beruhigt.

»Der Zustand meiner Schwägerin ist unverändert?«, fragt Brandner.

Der Arzt wiegt seinen Kopf. »Wissen Sie: Es gibt solche und solche Tage. Stellen Sie sich eine Sinuswelle vor. Wenn wir von den Ausschlägen aus den Mittelwert berechnen, bin ich nicht unzufrieden. Stillstand wäre schlimmer.«

»Aber die Angstzustände …«

»Kommen und gehen.«

»Sie sollte also hierbleiben?«

»Unbedingt.«

»Auch wenn das alles nicht stimmt?«

»Wie meinen Sie das?«

»Ich meine: Auch wenn die Bedrohung, die sie spürt, nicht real ist.«

Ein Schmunzeln huscht über das Gesicht des Arztes. »Bloß, weil Patienten Dinge fürchten, die wir nicht wahrnehmen, heißt das nicht, dass sie nicht stimmen«, sagt er. Er lehnt sich zurück und beginnt Brandner von einem Fall zu erzählen, den er als junger Assistenzarzt in Thessaloniki erlebt hat. In der geschlossenen Anstalt war er da angestellt, in einem alten, verwinkelten Gebäude. Eine Patientin fürchtete sich dort vor Gespenstern. In jeder Nacht vernahm sie das Heulen und spürte den kalten Hauch, mit dem die Geister über sie hinwegstreiften. Der behandelnde Chef hat ihre Medikamentendosis erhöht und erhöht. »Und dann«, lacht der Arzt, »habe ich das Bett zur Seite geschoben. Eigentlich wollte ich sie damit nur beruhigen. Ich war einfach jung und interessiert, ich wollte helfen. Und wissen Sie, was ich da fand?«

»Ein Gespenst?«

»Eine Verblendung! Das Haus war früher ein Kloster gewesen, mit einem eigenen Spital. Um den Nonnen die Wege zu ersparen, gab es Röhren für die Schmutzwäsche, die durch die Stockwerke bis in die Waschküche hinunterführten. Die Wäsche rutschte direkt in den aufgestellten Bottich hinein. Später hat man dann metallene Verblendungen über die Öffnung montiert und einfach mit Farbe überstrichen. Durch den Zahn der Zeit entstand Rost. Das Heulen, das die Patientin hörte, gab es wirklich. Es war der Wind, der durch die eingefressenen Rostlöcher pfiff. Der Luftzug, den sie spürte, war real. Sie deutete ihn nur falsch.« Der Arzt lächelt Brandner zu. »Verstehen Sie, was ich damit sagen will?«

»Man muss ernst nehmen, was die Patienten reden«, murmelt Brandner. Er spürt einen Druck hinter seiner Schläfe, der immer stärker wird. Er dreht das leere Glas in seiner Hand, das inzwischen gar nicht mehr kühl ist. Ein paar Wassertropfen laufen über die Innenseite. Er weiß nicht, wie er die Frage stellen kann, deren Antwort ihn am meisten interessiert. »Worüber …«, beginnt er zögernd, »worüber wird sie wohl reden, wenn sie zu sprechen beginnt? Über den Grund für ihr Verstummen?«

»Oh, sie hat schon gesprochen«, sagt der Arzt.

Das Glas rutscht aus Brandners Hand, er greift nach, so schnell er kann, und hält es fest, ganz fest.

»Nicht viel allerdings«, fährt der Arzt fort. »Der Name Ihres Bruders taucht immer wieder auf, natürlich. Dann Teilsätze, unzusammenhängend. Wir geben unser Bestes, um sie zu verstehen. Vieles ist unverständlich, manches auf Polnisch, manches auf Deutsch ...«

»Zum Beispiel?«

Der Arzt beugt sich vor, über die Platte des Schreibtischs. Erst jetzt sieht Brandner, dass die Akte bereits aufgeschlagen vor ihm liegt. Er muss ihn erwartet haben, noch bevor der Pfleger ihn über Brandners Kommen informierte.

»Das meiste kreist um die Verhaftung Ihres Bruders. Und um die Haftbedingungen. Sie hat wohl immer Angst um ihn gehabt. Wahrscheinlich hat sie es kommen sehen. Ein Wort hat sie mehrfach wiederholt: Engst?«

Brandner senkt den Kopf. Er hat es schon so lange nicht mehr gehört, dieses Wort.

»Sie wissen, was sie damit meint?«, hört er den Arzt fragen.

»Das ...«, murmelt Brandner, »das war das, was meinem Bruder besonders zu schaffen machte: dass sie ihn in immer kleinere Räume sperrten. Er hat dafür ein eigenes Wort erfunden, eine Mischung aus Angst und Enge. Man spricht es aus, wie die Amerikaner *German Angst* aussprechen: Engst. Er kam damit nicht zurecht. Und dazu der Schlafentzug ... Mein Bruder konnte ... er konnte nicht ...« Plötzlich kann Brandner nicht weitersprechen. Er hebt das Glas in die Höhe, seine Hand zittert. Der Arzt steht auf, schenkt ihm nach.

»Haben Sie jemals selbst an eine Therapie gedacht, Herr Brandner? Zur Unterstützung? Auch für Ihren Neffen?«

Brandner setzt das Glas ab. Er antwortet nicht. Langsam erhebt er sich. Seine Glieder sind so schwer. Er schüttelt stumm die Hand des Arztes, der sich ebenfalls erhoben hat. In der Tür dreht er sich noch einmal zu ihm um. Er muss es wissen. »Gibt sie … gibt sie denn jemandem die Schuld für ihren Zustand? So ganz konkret?«

»Nein.«

»Aber wenn es so wäre, wie ernst würde man es nehmen?«

»Macht Ihnen jemand Vorwürfe?«

»Vielleicht.«

»Sie sind nicht verantwortlich, Herr Brandner. Das ist alles eine Frage der psychischen Konstitution. Wenn es nicht der Selbstmord Ihres Bruders gewesen wäre, dann hätte etwas anderes den Ausschlag gegeben. Sie hätten sie nicht schützen können. Wenn überhaupt, dann müsste man das System anklagen, das Ihren Bruder hinter Gitter gebracht hat. Das waren die wahren Verbrecher.«

Brandner nickt und bemüht sich, erleichtert zu wirken. Er ist der besorgte Schwager, der sich Vorwürfe macht, weil er den Zusammenbruch nicht hat kommen sehen. Seine Rolle in dieser Geschichte muss dort enden, genau dort.

Wenn es so einfach wäre.

Die Tür klickt, als er sie hinter sich ins Schloss zieht. Er läuft zügig, seine Schuhe schmatzen am Boden. Es klingt, als würde er ein Pflaster von einer Schnittwunde abreißen, und noch eins, noch eins, noch eins.

Als er den Aufenthaltsraum durchquert, sitzt sie noch immer auf ihrem Platz. Sie hat die Knie an den Oberkörper gezogen und schaukelt hin und her, in einer weichen, langsamen Bewegung. Ihr Blick ist wieder auf die Gardine vor dem Fenster gerichtet, er verliert sich in den Maschen. Brandner zögert. Dann geht er zu ihr und stellt sich neben sie. Er betrachtet die Gardine, er versucht zu sehen, was sie sieht. Aber das Muster ist dicht, da ist nichts, keine Unregelmäßigkeiten, keine Strukturen. Seine Augen beginnen zu tränen.

Er weiß nicht, wie lange er so bei ihr steht. Hinter ihnen ist alles still, nur manchmal hört man ein Knarzen, ein Türenschlagen aus einem der anderen Trakte. Sie sieht nicht zu ihm auf, aber sie spürt seine Anwesenheit, da ist er sicher. Etwas daran scheint sie zu beruhigen. Das Schaukeln wird langsamer und verebbt schließlich ganz.

»Wir kommen schon klar«, flüstert Brandner schließlich. »Er hat jetzt mit dem Studium begonnen, er schafft das. Er kann inszenieren, er ist gut. Wir … wir bringen jetzt einen Faust auf die Bühne, gemeinsam.«

Er tupft sich mit seinem Taschentuch die Augenwinkel trocken. Es riecht noch nach dem Kaffee des Pflegers. Brandner beugt sich vor. Leise zieht er die Gardine zur Seite und macht ihr den Blick frei.

Draußen funkelt die Luft. Das Licht legt sich auf ihr blasses Gesicht. Die Wolkendecke ist an einer Stelle aufgerissen, ein Sonnenstrahl drängt durch den Riss und hinterleuchtet die Schneeflocken, die auf die Rasenfläche herabschweben und sich auf die Grashalme setzen, um dort langsam zu schmelzen.

Einen Augenblick lang sieht es so aus, als würde sie lächeln.

Schwarz

Jemand schreit. Es hört einfach nicht auf. Schwarz zieht die Decke über den Kopf. »Fresse«, murmelt er in den Bettbezug hinein und stöhnt. Sein Kopf platzt. Er weiß nicht mehr, was er gestern genommen hat. Irgendwie hat er im Laufe des Abends alles Mögliche durcheinandergeworfen. Und dann noch Schnäpse draufgegossen. Ist ja sonst auch nicht auszuhalten, das alles.

Die Höhle ist eiskalt, der ganze Hinterhof klirrt, er will nicht aufstehen. Er braucht dringend Kohle, Kohle für Kohle. Er muss diesen kleinen Kachelofen anfeuern. Der Dreckswinter ist im Anmarsch, das lässt sich jetzt echt nicht mehr leugnen. Schwarz kann richtig spüren, dass der ungeheizte Keller direkt unter dieser Wohnung liegt. Seine nackten Füße bekommen Gefrierbrand, sobald sie den Boden berühren, da will man gar nicht aufstehen. Schwarz rollt sich zusammen und stopft sich das Kissen in den Nacken. Gibt eigentlich auch keinen Grund, sich hier herauszubewegen. Schwänzt er halt Schweineöde, der Grundkurs nervt eh. Und die Probe vom Polen ist erst am Abend, da bleibt er einfach hier und geht nachher direkt in den Turm.

Schon wieder schreit jemand. Eine Frauenstimme ist das. So richtig gellend kreischt die, *a damsel in distress,* wie Jessica Lange beim ersten Anblick von King Kong. Klingt, als wäre die ganz nah. Schwarz stöhnt noch einmal, dann schwingt er sich aus dem Bett und wankt zur Tür.

Annabelle steht im Flur, sie starrt auf ein Wesen, das sich am Rahmen der Küchentür festklammert. Es trägt ein Kettenhemd und einen alten Offiziershelm mit Puschel dran. An den Kniegelenken sind irgendwelche Scharniere befestigt, die das Wesen offensichtlich aus dem Gleichgewicht kippen. Es torkelt nach vorn, auf Annabelle zu, und die kreischt noch einmal.

Hatte er glatt vergessen, dass sie da ist.

»Mann, zieh das Teil aus!«, grummelt Schwarz das Wesen an.

»Sorry«, sagt der Hobbit. Er fummelt an einem Riemengurt unter seinem Kinn herum und zerrt sich den Helm vom Kopf. »Kostüm fürs nächste Live-Rollenspiel«, murmelt er dabei. Annabelle fängt an zu kichern. »Oh, du bist der Mitbewohner? Hast mich echt erschreckt! Aber siehst ja ganz harmlos aus!« Sprichts und strubbelt dem Hobbit mit der Hand durch die plattgedrückten Haare. Der Hobbit glotzt.

»Wir müssen mal los«, sagt Schwarz und zieht Annabelles Hand aus dem Hobbithaar.

»Wir?«, fragt Annabelle und klimpert mit den Wimpern in Hobbitrichtung. »Vielleicht bleib ich einfach hier bei … Wie heißt du noch mal?«

Der Hobbit läuft an.

»Nix da«, sagt Schwarz.

Er weiß genau, dass sie ihn eifersüchtig machen will. Aber das wird er nicht zulassen. Schon gar nicht, wenn sie dafür den Hobbit bezirzt. Der hält das nicht aus, hat so eine Frau wahrscheinlich noch nie in echt gesehen. Fehlt Schwarz gerade noch, dass Annabelle hier alles durcheinanderbringt und er dann einen liebeskranken Hobbit zu Hause herumsitzen hat. Also auf nach Schweineöde. Wenigstens ist da geheizt.

»Vamos«, sagt Schwarz und gibt Annabelle einen Klaps auf ihren Apfelhintern.

Annabelle strahlt. Er weiß auch genau, wieso. Gerade schwingt vor ihnen die Tür auf und sie betreten Hand in Hand das Schauspielinstitut. Er hat einfach mal nicht daran gedacht, die Hand rechtzeitig wegzuziehen. Alle sehen das. Ist bisschen, wie zusammen übern roten Teppich spazieren. Ist ihm jetzt aber auch schon egal. Und Annabelle sieht auch extra hübsch aus, wenn sie so strahlt. Kann er gar nicht glauben, dass er es ist, der diesen Gesichtsausdruck bei ihr hervorruft. Sowas macht er eigentlich nicht. Er ist eher so für Zornesfalten zuständig. Oder für Tränen.

Muss er jetzt halt durch. Gibt Schlimmeres.

Schwarz reckt sich in die Höhe und sieht sich um. Merkwürdigerweise scheint kaum jemand ihn und Annabelle wahrzunehmen. Die Stimmung in den Gängen ist anders als in den letzten Tagen. Der Angstschweiß ist verdunstet. Ein paar von den Schülern wirken so gelöst, als wären sie auf Droge. Sie stehen in Grüppchen herum und lachen und plappern und sehen niemanden außer sich selbst. Aber dann gibt es ein paar, die ducken sich weg. Huschen vor allen davon, wie aufgescheuchte Kakerlaken. Gerade hat einer am Ende des Ganges einfach umgedreht, als er Schwarz und Annabelle hat kommen sehen. Schwarz braucht ein bisschen, bis er begreift. Aber dann versteht er: Die ersten Prüfungen sind vorbei. Ein Riss geht jetzt durch die Schule. Plötzlich gibt es zwei Kasten: die Bestärkten – und diejenigen, die ab jetzt mit einem von diesen behämmerten Fähnchen im Nacken herumlaufen. Nur eine Prüfung müssen die noch verkacken und dann sind die hier raus.

Schwarz stellt sich vor, wie er das in einem Film umsetzen könnte. Er würde die, die nicht bestanden haben, markieren. Zielscheiben würde er über deren Köpfen schweben lassen, zum Abschuss freigegeben. Kann ihm auch noch blühen.

Er denkt an Brandner und schluckt.

Plötzlich hat er keinen Bock mehr auf das Seminar. Er muss mal mit diesem bekloppten Konzept anfangen, das ist viel wichtiger. Nächste Woche ist Abgabe und er hat keine Ahnung, was er da schreiben soll. Wird Zeit, dass er das rausfindet. Und der Seminarleiter hier ist cool, so ein Alt-68er mit langen Zottelhaaren, der wird ihn schon nicht gleich verpfeifen, wenn er mal fehlt.

»Muss noch in die Bib«, murmelt er und lässt Annabelles Hand endlich los. Seine Finger sind schon ganz glitschig. Annabelle lächelt. Ihre Prüfung hat sie gestern natürlich bestanden. Hat den Puck in einer Szene vom *Sommernachtstraum* gespielt und ist von der gesammelten Kommission bejubelt worden. Kein Wunder, dass die so gut drauf ist. Mit ihm hat das wahrscheinlich gar nichts zu tun. Jetzt stellt sie sich auf die Zehenspitzen und küsst ihn auch noch mitten auf den Mund. Das geht natürlich gar nicht, das muss er ihr echt austreiben. Schwarz dreht sich weg und prallt fast in die Nachti. Die steht da und grinst.

»Lädst mich zur Hochzeit ein?«, fragt sie.

»Schnauze.«

Er will an ihr vorbei, aber sie geht einfach nicht zur Seite.

»Sag mal, weißt du, was wir bei diesem Konzept schreiben müssen?«, fragt sie.

»Keinen Schimmer.«

Schwarz will gerade davonstapfen, im weiten Bogen um die Nachti rum, aber eigentlich hat er wirklich keinen Schimmer. Und in der Not frisst der Teufel halt auch Nachtis. »Zusammen dransetzen?«, fragt er. Sie sieht überrascht aus. Wäre er auch an ihrer Stelle. Aber sie nickt.

Die Bibliothek ist klein. Es riecht muffig, wie diese Bambina-Schokolade, die Annabelle so gern isst und die für Schwarz nach eingeschlafenen Füßen schmeckt. Katharina wuchtet ihren Rucksack auf einen der Tische und streift ihren Parka ab. Ihre Brüste drücken von innen gegen das Maschenmuster des roten Wollpullovers. Irgendwie sieht die besser aus in letzter Zeit. Wahrscheinlich hat der Pole sie rangenommen, das tut ihr gut, so untervögelt wie die war. Irgendwas läuft zwischen denen, da ist Schwarz sich sicher, er hat da einen Riecher für. Aber kann auch sein, dass das Lob von Brandner sie beflügelt hat. Der war ja ganz aus dem Häuschen über den Krempel mit dem zerstückelten Typen in Konitz. Und die Nachti ist eine Speichelleckerin, die nährt sich von solchem Lob.

Ist aber auch eine krasse Story, denkt Schwarz. Eigentlich guter Stoff, sogar Spielfilm-Länge. Ungeklärter Mord. Leichenteile überall im Dorf verteilt. Jeder beschuldigt jeden, das Misstrauen wächst, der Hass gewinnt. Krimi oder Splatter oder Horror könnte das sogar werden. Oder so ganz schwerwiegende Kost, über das Zerbrechen von Gemeinschaften. Dann noch irgendwas mit Liebe rein, die verbotene Liebe zum Judenmädchen – und schon ist ihm der Oscar-Gewinn sicher. Er muss sich das merken. Wenn nur sein Kopf nicht so Matsch wäre.

»Hast du nicht Seminar jetzt?«, fragt Schwarz und lässt sich auf einen der Stühle sinken. Er ist auf einmal irre müde. Sein Magen rumpelt, sein Kopf will sich spalten. Katharina verzieht die Lippen. »Gibt Wichtigeres«, sagt sie. Schwarz nickt. Wo sie recht hat. »Heym«, sagt er.

»Heym.«

Er mag es, wie sie den Namen ausspricht, irgendwie sanft. Als wäre das jemand, den sie wirklich kennen, ein gemeinsamer Freund. Was der ja auch sein hätte können, wenn man mal gleichzeitig auf der Welt gewesen wäre. Er kramt in seiner Tasche nach Stiften und Papier. »Schon krass, dass der noch leben könnte«, murmelt er.

Sie stutzt. »Wie meinst du?«

»Okay, jetzt vielleicht nicht mehr, aber er hätte ja nicht versuchen müssen, seinen Kumpel zu retten.«

Sie kneift die Augen zusammen. »Könntest du das? Jemanden einfach ertrinken lassen?«

»Warum nicht?«

»Jemanden, den du gern hast?«

»Davon gibt's nicht viele.«

»Erzähl keinen Mist.«

»Echt jetzt. Hab niemanden. Brauche sowas nicht.«

»Das wird deine kleine Freundin aber anders sehen.«

Er zuckt mit den Schultern. »Mir hilft ja auch keiner.« Katharina holt Luft, um etwas zu antworten, aber dann lässt sie es bleiben. Geschieht ihm recht. Hat man davon, wenn man mal kurz ehrlich ist. Da glaubt einem dann eh niemand.

»Wie fangen wir an?«

Katharina wiegt den Kopf und verschwindet hinter einem der vollgestopften Regale. Er hört, wie sie mit der Bibliothekarin tuschelt, die eigentlich eine Studentin aus dem dritten Jahr ist. Dann ein Quietschen, als die beiden die Trittleiter verschieben, mit der man an die höher gelegenen Regale kommt. Als Katharina zurück ist, reckt sie triumphierend eine Mappe in die Höhe. »Diplom-Konzept von Sperling«, sagt sie. »Über *Der gute Mensch von Sezuan*.«

Sie blättern schweigend. Schwarz schwitzt. So nah saß er überhaupt noch nie an der Nachti. Die riecht gut. Besser als er auf jeden Fall. Sie haben grade kein warmes Wasser in der Höhle, der Hobbit hat Rechnungen nicht bezahlt. Hier bei

Schauspielern soll es aber Duschen geben, wegen Fechtunterricht und Schminkerei und so, muss er mal rausfinden, ob das stimmt. Oder er schleicht sich beim Turm runter ins Maschinenhaus, da muss es auch einen anständigen Waschraum geben, in der Nähe von den Garderoben. Hat er sowieso schon überlegt, wie er an einen Generalschlüssel rankommt. Vielleicht kann er der Koch einen aus dem Sekretariat stibitzen. Dann kann er im Winter auf einer der Probebühnen pennen, wenn's zu Hause zu kalt wird. Sein Büro fällt flach. Da war er nicht mehr, seit er vor dem Bullen aus dem Fenster gehüpft ist. Schade eigentlich. Aber heizen hätte man da eh nicht können.

Sein Magen rumpelt wieder, Schwarz hat Hunger. Durst auch. Sperlings Konzept ödet ihn an, er kann mit den Begriffen, mit denen der seine Ergüsse übertitelt hat, nichts anfangen. *Grundgedanken. Entwicklung der Figuren. Spielweise. Hintergrund.* Klingt alles dröge und öde. Und das Schlimmste: *Dramaturgischer Aufbau.*

»Hm«, macht Katharina, als sie die letzte Seite umgeblättert haben, eine *Danksagung an Professor Korbinian Brandner.* Sie sieht auch nicht überzeugt aus. »Dafür hat der eine Eins bekommen?«, fragt sie und nagt an ihrer Unterlippe.

»Ist halt ein Arschkriecher.«

Sie lacht. Ihr Lachen ist hell, schöner als das von Annabelle. Annabelle klingt immer auch ein bisschen hämisch, fast keckernd, vor allem, wenn sie ihn wieder wegen seiner West-Herkunft vorführt. Die Nachti klingt reiner, so nachtigallmäßig. Schwarz muss grinsen. Nachti-Galli. Das gefällt ihm. Katharina verstummt und sieht ihn verwundert an. Einen Augenblick lang würde er sich gern bei ihr anlehnen. Einfach mal kurz die Stirn ablegen in der Kuhle von Nacken und Schulter. Das sieht weich aus. Und geschützt. Vielleicht gingen dann die Kopfschmerzen weg.

»Klingt so, als hätte der einfach geschrieben, was sie hören wollen«, sagt Katharina schließlich und fährt mit dem Zeigefinger ein paar der Sätze ab. »Hier, hör mal: *die Verfremdung der Darstellung ist elementar, Psychologisieren ist nicht erwünscht.*«

»Ossi halt.«

Sie sieht überrascht aus. So, als hätte sie sich darüber nie Gedanken gemacht. Manchmal ist die fast rührend. Könnte man sich glatt mal bisschen kümmern.

»Schon Schiss vor deiner Probe?«, fragt Schwarz. Klingt arg väterlich, merkt er selber. Als wäre er irgendwie drei Jahrgänge über ihr oder so. Da wird sie ihm gleich dafür eine aufs Maul geben, kratzbürstig, wie sie ist.

Zu seiner Überraschung nickt die Nachti. Und lächelt ihm zu, fast zaghaft. Damit hat er nicht gerechnet. Jetzt muss er sie wohl trösten oder was. »Wird schon«, brummelt er. »Hab's ja auch überlebt.« Wird er ihr nicht verraten, dass er nach dieser verkackten Probe nach Hause gegangen ist und sich sofort einen Rettungsschirm gebastelt hat. Drei brandneue Bewerbungen an die Filmhochschulen hat er rausgehauen: München, Hamburg, Berlin. Wenn die ihn nehmen, ist er raus hier, aber sowas von pronto.

Geht gar nicht, was Brandner für eine Einstellung zu Technik hat. Da ist ja der alte Orlow fitter. Und was der aus seiner Idee gemacht hat: grauenvoll war das! Überzeichnetes Gehampel, damit kann er echt nichts anfangen.

»Zu François war Brandner ganz schön fies«, sagt Katharina.

Interessant. Die klingt gar nicht mitfühlend oder so. Ihr geht es nur darum, dass Brandner das mit ihr auch machen könnte. Das hört Schwarz. Fast gefühlskalt kommt das rüber. Aber macht ihm nix, er ist da ähnlich.

»War ja auch Blödsinn, dieser Eso-Schmarrn«, sagt Schwarz.

Annabelle würde ihn jetzt wegen seiner Wortwahl aufziehen,

da ist er sicher. Schmarrn kennt die nicht, das ist für sie Wessi-Sprech. Das wäre dann schon wieder ein Grund, ihn zu belehren. Aber Katharina fällt es gar nicht auf. Sie wickelt sich eine Haarsträhne um den Finger und runzelt die Stirn.

»Glaubst du, der kommt wieder?«

Ihm doch egal. Einer weniger – umso besser. Wenn sie so wenige in der Klasse sind, können die Profs die anderen ja nicht alle rauswerfen, so Schwarz' Theorie. Ist schließlich eine staatliche Hochschule, da können sie schlecht einen nach dem anderen raushauen und eine Klasse komplett räumen. »Wenn er das hier nicht packt, schafft er den Beruf eh nicht«, sagt Schwarz und zuckt mit den Schultern, »der ist halt 'ne Muschi.«

Auf einmal sieht sie lauernd aus. »Und wenn er ein Mörder wäre?«, fragt sie.

Schwarz stutzt. »Soll das denn jetzt.«

»Ich glaube, der führt was im Schilde. Der tut nur so harmlos.«

»Ach, Quatsch.«

»Doch!«

»Du hast sie doch nicht mehr alle«, winkt Schwarz ab und wendet sich wieder dem Sperlingschen Konzept zu.

Aber die Nachti ist nicht zu halten. Irgendwas fängt die an zu brabbeln. Richtig in Rage redet die sich. Klingt wie eine grottige Räuberpistole. Friedhof, Mitternacht, Teufelsanbeter – und der Franzmann als schwertschwingender Schlächter mittendrin. Der Hobbit hätte seine helle Freude.

»Du denkst dir das aus«, knurrt Schwarz.

Aber statt einfach mal die Klappe zu halten, wird die noch hektischer. Von einer eingeritzten Sechs auf der französischen Stirn will sie wissen. Die Teufelszahl sei das, zischt sie und packt ihn am Ärmel. Und fängt dann ernsthaft an, die Pixies zu zitieren: *If man is five …*

Weiß er auch nicht, warum die jetzt so abdreht. Völlig steil geht die. Zum ersten Mal fragt er sich, ob die eigentlich ganz sauber tickt. Bisschen irre ist ihr Blick schon. Die spricht auch viel zu schnell. Als hätte sie was genommen und würde sich jetzt allen möglichen Quark zusammenhalluzinieren.

Apropos.

Er entreißt seinen Ärmel den Nachtrabschen Fingern und tastet, während Katharina weiterplappert, in seiner Hosentasche herum. Irgendwas muss er doch bei sich haben, irgendeine Pille, einen Upper, einen Downer. Oder einen Keks, wenigstens einen Krümel von einer seiner letzten Back-Aktionen. Ist auch schon fast egal was, Hauptsache das Pochen in seinem Kopf hört auf.

Aber da ist nichts. Gar nichts. Vor lauter Annabelle hat er vorhin glatt vergessen, was einzupacken. Schwarz stöhnt. Er hätte lieber liegen bleiben sollen, diesen ganzen komischen Tag gar nicht erst anfangen.

Er schielt auf seine Quarzuhr. Wenn er jetzt gleich geht, kann er sich noch was besorgen. Paar Mark hat er noch, muss die Ofenkohle halt wieder warten. Hasenheide vielleicht, Weinbergspark ist ihm zu riskant geworden. Da hatte er letztes Mal einfach Glück, dass er auf dem Hinweg die Bullenwannen bemerkt hat, die sie in der Parallelstraße geparkt hatten. Musste die Razzia wohl ohne ihn stattfinden. Andererseits sind ihm die Asiaten im Gebüsch dort sympathischer als die Araber auf den Parkbänken bei den Heidehasen. Und vielleicht ist der Weinberg ja jetzt sogar sicherer, die Bullen müssen schließlich denken, dass sie alles abgegrast haben. Ist eh witzig, dass die da direkt gegenüber ihre Riesenstation haben und sie die Dealer trotzdem nicht weggerottet kriegen, obwohl die ihnen zum Fenster raufwinken.

Egal, er kann sich immer noch in der S-Bahn entscheiden.

»Ich mach mich mal weg«, sagt er, mitten in einen Satz von

Katharina hinein. Sie verstummt, Mund offen, und er steht auf. Nicht mal Tschüss sagt er, will jetzt nur noch raus hier. Nach ein paar Schritten dreht er sich trotzdem noch mal um und springt zurück an den Tisch. Er schnappt sich das Konzept von Sperling und stopft es in seine Tasche. Irgendwo hinter einem der Regale ruft die Bibliothekarin: »Hey!«

Die Nachti verschränkt die Arme und funkelt ihn an. Sieht jetzt wieder aus wie immer. Schwarz nickt ihr zu.

»Dusch mal kalt, Nachtigalli.«

Den Mittelfinger hat er erwartet.

Endlich.

Pille auf die Zunge.

Wasserflasche an die Lippen. Schlucken.

Warten auf Wirkung.

Winterwolken gucken.

Warten.

Gibt so viel, was er vergessen will.

Das Gekicher ist laut. Er selbst ist es, der kichert. Auf dem Bühnenboden rollt er herum und kann sich nicht halten vor Lachen. Keine Ahnung, was er so lustig findet. Aber er kann einfach nicht aufhören damit, er kichert und gluckst, er hämmert mit der flachen Hand auf den Bühnenboden.

Der Pole dunkel über ihm. »Reiß dich zusammen, Mann«, blafft er ihn an.

Das macht es nicht besser, natürlich nicht. Eine neue Lachsalve rollt über ihn hinweg oder durch ihn hindurch, sein Zwerchfell hüpft, seine Stimme ist schon ganz heiser. Auf dem Rücken liegt er jetzt und strampelt mit den Beinen, hohoho, hört er sich krähen, hihihi, hähä.

Sein Herz flattert so komisch.

Wieder der Pole über ihm und dann noch andere, aber die sehen alle merkwürdig aus. Bleiche Gesichter, viel zu bleich, kreidebleich und verdächtig starr. Auch die Augen sind komisch, eher so Höhlen mit darin herumzuckenden Pupillen. Dauert eine Weile, bis er rafft, dass das Masken sind. Zwei Stück, Nachti und Nele wahrscheinlich, die vor einer schwarz gestrichenen Wand hin und her schwanken. Die auch komisch ist, nicht gerade, sondern rund, irgendwie eingedellt. Und er beginnt zu begreifen, wo er ist.

Turm, Polenprobe.

Logisch.

Ob er selber auch eine Maske trägt, will er wissen und tastet auf seinem Gesicht herum. Fühlt sich merkwürdig an, irgendwie fern, er kann es nicht so richtig sagen. Vorsichtig klopft er gegen seine Wange. Klingt hohl. Muss er mal die Lippen spitzen und gucken, ob die wo anstoßen. Ist aber gar nicht so leicht, wenn man sich dabei ausschüttet vor Lachen, höhöhö.

Die Masken wieder über ihm, irgendwo dazwischen der Pole. Frage ist, warum der keine Maske trägt. Würde dem gut stehen. Dann sähe man nicht, wie wütend der auf Schwarz ist. Soll sich mal locker machen, der. Wo doch grad alles so lustig ist hier.

Irgendwas drückt gegen Schwarz' Hinterkopf. Könnte der Boden sein. Oder ein Maskenband. Spiegel, er braucht einen Spiegel. Er muss sich mal angucken, sonst wird er hier noch verrückt. Hat aber vergessen, wie man aufsteht. Oben und unten müsste man dazu unterscheiden können, und er ist sich nicht ganz sicher, wo was ist. Der Pole über ihm, das wäre eine Orientierung gewesen, aber der ist jetzt wieder weg, und die Bleichgesichter sind auch nicht mehr da.

»Hallo?«, ruft Schwarz.

Klingt dünn, die Stimme, die da gerufen hat. Kann er gar nicht sagen, ob das seine eigene war. Eher nicht, er klingt doch anders, nicht so hoch, nicht so piepsig. Noch mal, kräftiger jetzt: »Hallo?« Klingt auch nicht besser. Und plötzlich ist es still, viel zu still, was ist denn da los. Ach so. Lacht gar keiner mehr.

Irgendwo rumpelt was und er dreht den Kopf.

Ein Riese steht da, so ein hoher Rübezahl mit Beinen bis zum Bühnenhimmel. Breite Schultern, lange Arme. Sieht interessant aus, und hoch, sehr hoch, muss er sich wohl doch unten befinden. Nur das Gesicht kann er nicht erkennen. Komisches Kinn, Augenbrauen voll buschig oder sind das Hörner, man weiß es nicht. Vielleicht wieder eine Maske, eine echt fiese aber.

Also. Die Sache mit dem Spiegel. Da sollte er jetzt echt dringend mal reingucken. Sind doch welche in den Garderoben, da muss er nur hin. Krabbeln, krabbeln ist eine gute Variante. Aber vier Beine sind irgendwie unangemessen, das spürt er. Zwei wären besser, eindeutig. Muss er halt doch aufstehen. Er angelt nach den Riesenbeinen, vielleicht kann man sich ja hochziehen daran, denn wo der Riese ist, ist oben.

Ist aber gar nicht so einfach. Entweder sind seine Arme zu kurz oder er zielt schlecht. Oder der Riese bewegt sich weg von ihm oder um ihn herum. Soll mal stehen bleiben, der. Ist doch unfair sonst.

Jetzt geht das Gekicher wieder los, aber er selbst ist das nicht diesmal, hihihi. Oder doch?

Stahlrohre in Sichtweite, auch gut. Da kann man sich dran aufrichten. Und dann einfach festkrallen und höher klettern, immer höher, hähä, einfach von allen weg. Irgendwo ist dann Schluss da oben, blöde Decke im Weg. Schade eigentlich, sonst könnte man bis in den Himmel. Aber macht nix, da oben sind so viele Querstreben, auch gut. Wie ein Affe kann man sich da rüberschwingen, oder wie Tarzan, aaahhiii … Er muss nur aufwärts, das kann ja so schwer nicht sein.

Jemand packt ihn unter den Achseln. Der Griff ist hart und

bestimmt, das kann nicht der Pole sein, der ist dafür zu schwach. Und schon gar nicht die Nachti oder die Nele oder der Franzmann, der aber ja eh nicht da ist, die feige Sau. Bleiben nicht mehr viele, eigentlich einer nur.

Hups.

»Was …«, hört er Brandner sagen. Und dann unverständliches Gemurmel, als würde jemand den Sender wechseln. Dann wieder laut und deutlich: »… hochklettert und runterfällt, der bricht sich noch das Genick …«

Jetzt schüttelt wer an ihm herum, er spürt wie sein Nacken knackt. Seine Beine sind ausgestreckt und irgendwie ist es hart darunter. Anscheinend sitzt er schon mal, ist doch gut so. Aber das reicht denen nicht, wieder Rumgeschüttel, heftigst, sein Kopf rollt auf den Schultern hin und her. Schwarz will protestieren, aber er kann nicht, er muss ja lachen. Ist nämlich doch wieder er, der hier so rumkichert.

Auf einmal Windhauch und ein Schlag in sein Gesicht. Frechheit. Die Nachti war das, bestimmt war die das, flache Hand, seine Wange brennt, also doch nix Maske auf der Haut.

»… genommen?«, fragt jemand und schüttelt noch immer an ihm herum, sehr unangenehm das, die Wände hüpfen, der Boden tanzt, da wird ihm ganz schwindlig. Und – hey, was das jetzt! – ein Ruck und eine Schulter drückt plötzlich in seinen Bauch, seine Beine baumeln in der Luft, die Arme schlenkern, alles ist durcheinander, irgendwie falsch rum, das ist gemein, wo er doch gerade rausgefunden hatte, wo was ist, und jetzt verdreht sich wieder alles, oben ist unten, unten ist oben, aber das wird er sich merken, er lässt sich da nicht durcheinanderbringen, ätsch.

Zunge rausstrecken wäre jetzt angemessen, einfach Zunge raus, gegen alle. Macht er auch glatt, Mund auf, Zunge raus, so weit er kann, aber die stößt nun doch irgendwo an, Gips oder Pappe oder sonst sowas, schmeckt nicht, Holz ist das nicht.

Er kann fliegen.

Schon irre das. Er macht gar nichts und bewegt sich trotzdem. Der Boden wird anders unter ihm, er fließt unter ihm weg. Holz schwimmt in Linoleum, Treppen gleiten abwärts, sein Gekicher prallt gegen Wände.

Steuern will Schwarz, gegensteuern, links, rechts, und lehnt sich seitwärts. Nutzt nix. Muss er vielleicht doch mit den Armen flattern. Aber jemand packt ihn, irgendwer brüllt ihn an, und jetzt spürt er wieder die Schulter, auf der er liegt, die Schulter, die ihn einfach wegtransportiert, ihn forträgt, wohin auch immer.

Irgendetwas läuft hier, aber er rafft einfach nicht, was.

Dann Eintauchen in Nebel, viel Nebel, könnte aber auch Rauch sein, riecht ganz gut, fast würzig. Wieder ein Ruck, freier Fall, fast. Auf einmal weich unter ihm, Woll bettet ihn auf ein Sofa, aber das kann eigentlich gar nicht sein, weil Woll ist überhaupt nicht da. Nele ist da, die schöne Nele, oder ist das Annabelle oder Gretchen, Margarete, und überhaupt: Wo ist Faust?

»Heym, ach, Heym«, hört er sich seufzen, den Namen hat er heute schon einmal gehört, schön klang der, nach einem lieben Freund. Von denen er selbst keine hat, irgendwie. Und auf einmal lacht er nicht mehr, er weint und weint, weil Balcke im Eis versinkt und Heym hinterherhechten muss, dabei hätte man das doch anders handhaben können, so wie bei dem Pferd in der *Unendlichen Geschichte*, das im Moor versinkt und nicht will, dass der Junge ihm folgt, weil es weiß, das Pferd, dass der Junge sonst untergeht. Und Atréju lebt weiter, aber Heym nicht, einer versinkt im Sumpf des Vergessens und einer lebt, jemand geht unter und rettet den anderen, so wie Eltern sich vor ihr Kind werfen, sich vor ihr Kind werfen, während der Lastwagen ihr Auto zerquetscht, die selber bersten, damit es lebt.

»Omi«, flüstert Schwarz jetzt und dreht den Kopf zur Seite.

Das Gesicht von der Nachti ist ganz nah an seinem. Sie raunt etwas. Klingt eigentlich nett, so hell wieder, er versucht sich aufzurichten, weg von ihr oder auf sie zu. Aber vielleicht sollte er gar nicht verstehen, was sie da murmelt, vielleicht wäre es besser, wenn er es nicht hört. Aber dann ist es zu spät, denn sie steht schon über ihm, mit dem Wassereimer in der Hand, hinter ihr stehen sie alle: der wütende Pole, Nele und der Riesen-Brandner – und kurz bevor der Schwall ihn trifft, versteht er es doch.

Jetzt duschst du, Schwarz, jetzt duschst du kalt.

Wo sie recht hat.

Tadeusz

Sie schläft. Er hört es an ihrem Atem, der plötzlich tiefer und gleichmäßiger wird. Einen Moment lang schließt er die Augen und überlässt sich dem Geräusch, dunkel oder hell, Darth Vader oder doch friedliches Meeresrauschen, ein Heranrollen jedenfalls, dann ein Wegziehen, vor und zurück, er ist das Treibholz, das zu ihr gespült wird oder von ihr wegtrudelt.

Sie haben nicht darüber gesprochen, ob er heute bleibt. Ob Gehen etwas bedeuten würde. Oder ob Bleiben ein Schritt wäre. Auf einmal könnte alles etwas bedeuten – oder nichts. Probehalber lehnt er sich ihr ein wenig entgegen. Ihr Atem fließt über seine Stirn. Dann scheppert etwas im Innenhof, eine Kanne fällt um oder ein anderes Stück Metall, und er richtet sich auf.

Die Dielen knarren unter seinen Füßen. Im Türrahmen dreht er sich noch einmal um. Sie hat sich tief unter dem Federbett verkrochen. Ihr roter Wollpulli liegt vor dem Bett auf dem Boden, er muss Polyester enthalten oder andere Synthetikfasern, vorhin haben sie im Dunkel des Zimmers knisternde Funken versprüht, die wirkten wie Sterne.

Er würde das gern noch einmal sehen.

Die Nacht ist kühler, als er erwartet hat. Der Winter legt sich in Schichten auf die Straßen. Unter Tadeusz' Sohlen knacken steif gefrorene Herbstblätter und Pfützen, übrig gebliebene Kastanien und Eicheln. Die Scheiben der parkenden Autos sind mit einem Blindschleier überzogen. Ganz oben auf den Dächern liegt weißer Flaum. Selbst die Laternen scheinen zu frieren, ihr Licht zittert.

Es ist noch zu früh für den Morgenverkehr, wenige Menschen sind unterwegs, sie gehen eilig, ducken sich tief in ihre aufgeplusterten Jacken. Die Kreuzung an der Landsberger Allee ist fast unbefahren. Nur in der Ferne glühen Rücklichter, die Gleise der Tram führen ins Nichts. Etwas an dieser Leere zieht ihn an. Er läuft an der Haltestelle für den Nachtbus vorbei, weiter in Richtung Norden.

An einer Ampel bleibt er stehen und kratzt, während er wartet, mit den Fingernägeln ein Kreuz in die befrostete Windschutzscheibe eines parkenden Golfs. Dann legt er die Spitze seines Zeigefingers auf das Glas. Er spürt, wie der Reif unter der Wärme seiner Haut zerfließt und schreibt in Großbuchstaben FAUST.

Wenn er die ganze Strecke bis nach Hause liefe, könnte er so das vollständige Fragment aufschreiben: hier ein Wort, dort ein Wort, über unterschiedliche Autos verteilt. Er könnte so Heym in der Stadt verbreiten, ihn in einer langen Zeile von Friedrichshain bis Weißensee ziehen. Ihm gefällt der Gedanke: wie die Wagen irgendwann alle losfahren, in unterschiedlichste Himmelsrichtungen, nach Osten, Westen, Norden, Süden. Und wie sich das Fragment dabei neu durcheinanderwürfelt, sich umsortiert, während es die Stadt durchquert.

Die Ampel springt um und er läuft los. Er wird sehen, wie weit er kommt.

Früher hat sich sein Vater solche Spiele für ihn ausgedacht.

Wer sieht die meisten roten Autos, bis wir zu Hause sind. Wer entdeckt im Advent in den Fenstern der Plattenbauten den ersten Schwibbogen. Als Junge hat er nicht durchschaut, was sein Vater da tat: ihm die Wege verkürzen. Jetzt macht er das selbst.

Katharina hat ihm von ihren Streifzügen erzählt. Wahrscheinlich hat sie recht damit, dass man sich eine Stadt erlaufen kann. Hongkong würde er sich gerne erwandern. Oder New York. Manhattan fasziniert ihn. Die Geometrie der Straßen, die natürliche Abgrenzung durch das Wasser des Hudson, des East, des Harlem River. Eine Stadt, die eine Insel ist, zumindest im Kern, das gefällt ihm. Irgendwann will er dort einmal hin.

Erst als er an einer Telefonzelle vorbeiläuft, merkt er, dass er schon die ganze Zeit in der Hosentasche mit den passenden Münzen gespielt hat. Er tritt ein, betrachtet seine Finger, die wie selbständig die so oft gewählte Nummer tippen, und denkt, dass sie das vielleicht zum letzten Mal tun.

Sie muss noch wach gewesen sein, so schnell wie sie sich meldet. Aber ihre Stimme wirkt dünn, wie ausgelaugt, selbst ihr Name klingt erschöpft. Als hätte sie, schlaflos, seit Tagen auf ihn gewartet.

»Ich hier«, sagt er.

Sie schweigt. Kurz fragt er sich, ob sie den Hörer aufgelegt hat oder womöglich den Stecker aus der Wand gezogen, so still ist es, aber dann hört er ihr Schlucken. Es klingt trocken, so als bekäme sie dabei keine Luft.

»Nadja …«

»Ja?«

»Wir … Ich …«

Er bricht ab. Diesmal vernimmt er ein leises Rascheln, vielleicht ein Taschentuch, das sie in den Händen knüllt. Oder eine Bettdecke, die sie am Küchentisch sitzend um sich geschlungen hat. Dann hätte sie tatsächlich auf seinen Anruf gewartet.

Und jetzt fällt es ihm ein. Er wollte sich nach seiner Probe bei ihr melden, das hatte er ihr versprochen, das war vor Tagen. Er beißt sich auf die Lippen. Wieder raschelt es. »Lass«, sagt sie schließlich, mit dieser müden Stimme. »Du musst es nicht aussprechen.« Sie schluckt wieder. »Ich kann sowieso nicht mehr, ich tue mir dich nicht mehr an.«

Der Satz trifft ihn mehr, als er sollte. Er hat ihn kommen sehen, mehr noch: er hat ihn provoziert, diesen oder einen ähnlichen. Seit Wochen oder Monaten oder Jahren hat er alles Mögliche getan, um einen solchen Satz bei ihr hervorzurufen. Aber jetzt, wo er ausgesprochen ist, wünscht er, er könnte ihn ungesagt machen. Wünscht, er könnte ihn einfangen und zurückbringen und wegsperren, in einen Käfig für unausgesprochene Sätze.

Ich tue mir dich nicht mehr an.

Als er auflegt, zittert seine Hand. Der schwarze Hörer verfehlt die Gabel und fällt abwärts, schlägt gegen die Glaswand. *Der Teufel – ein Mann* schreibt er auf die Scheibe, die von seinem Atem beschlagen ist. Sein Zeigefinger ist danach so nass wie seine Wange.

Trotzdem muss er lächeln, als er weiterläuft. Er atmet tief, etwas hat sich gelüftet, eine Schwere hat sich von seinen Schultern gehoben, die ihn sonst so langsam sein lässt. Er schwebt auf den Atemwolken, die er ausstößt. Er kann gar nichts dafür. Die Leichtigkeit zieht ihn einfach an seinen Mundwinkeln nach oben.

Schwarz hat ihn gerettet. Die Probe war ein Desaster. Dass die Masken nicht funktionieren, hat Tadeusz gleich gesehen. Für die Nebenfiguren waren sie gerade noch in Ordnung: der Opernsänger, der Mormone, der Scharfrichter, all die Damen des Dinners in Berlin W., für die er Puppen bauen wird, Puppen mit verrenkten Gliedern und ausdruckslosen Gesichtern. Von

Pappmaché auf Gips wird er vielleicht noch umsteigen, bleicher und starrer könnte das alles werden, mumienhafter, das lässt sich auch prima begründen, denn er zeigt: einen Totentanz.

Aber die Maske des Teufels. Sie ist völlig falsch.

Sie ist nicht bedrohlich genug, nicht annähernd. Diese Maske besitzt keinerlei Bösartigkeit, sie wirkt nicht verschlagen. Nach einem süßen Comic sieht das Ganze eher aus, nach dem Fehlerteufelchen aus dem West-Kinderbuch, das seine Mutter unter den Sofakissen versteckt hielt.

Es war auch ein Fehler gewesen, die Maske Schwarz aufzusetzen. Das ist ihm schnell klar geworden. Schwarz ist kein Teufel. Seine Bewegungen stimmen nicht, sie sind nicht ansatzweise diabolisch. Der lange, schlaksige Körper, die zerstrubbelten Haare – das alles wirkte in der Probe wie bei einem Clown. Mal ganz abgesehen davon, dass Schwarz, sobald Tadeusz ihm die Maske überstreifte, begonnen hatte zu lachen und dann einfach nicht mehr aufhörte damit.

Großartig war das gewesen. Die ganze Probe fiel ins Wasser. Brandner hatte überhaupt keine Zeit bekommen, sich auf die Unstimmigkeiten in der Inszenierung zu konzentrieren. Er war zu fasziniert gewesen von Schwarz, von dessen kicherndem Zusammenbruch. Und hatte darüber völlig vergessen, seinen Neffen mit Korrekturen zu peinigen.

Wieder hält Tadeusz an einem Auto, einem himmelblauen Trabbi diesmal, er stippt den Zeigefinger in den Frost und schreibt: *mit rotbeschmiertem Gesicht.* Und auf die Kühlerhaube eines direkt dahinter parkenden, verdreckten BMW: *und einem Dreizack.*

Es ist ihm noch immer ein Rätsel, wieso Heym den Teufel so beschreibt. So grell. *Zwei große Hörner auf.* Es hört sich nach Mummenschanz an. Und trotzdem liegt darunter etwas Bedrohliches. Vielleicht ist es sein noch immer leicht fremdelnder

Blick auf die deutsche Sprache, der ihn das denken lässt, aber *rotbeschmiert* klingt für ihn nach Blut.

Er muss eine andere Maske auftreiben. Eine, die sich richtig anfühlt.

Auf einmal wünscht er sich, er wäre bei Katharina geblieben. Er könnte sie jetzt wecken, ihr einfach in den Nacken pusten und mit ihr besprechen, was er tun soll. Wo er mit der Suche beginnen kann. Irgendwo hier in dieser Stadt wird er die passende Maske finden, da ist er sich sicher. Und Katharina könnte ihm helfen. Sie hat schon den Winter gefunden, sie ist gut im Aufspüren.

Sein Zeigefinger schwebt unentschlossen über dem nächsten Wagen, einem sonnengelben Ford mit zerdellter Beifahrertür. Der Weg nach Hause ist noch weit. Und Korbinian wird ihn nicht vermissen.

Er denkt an den roten Pullover, an den Funkenflug im Dunkel des Zimmers.

Einen kurzen Augenblick noch zögert er (ob sie ihm öffnen wird, wenn er jetzt bei ihr klingelt?), dann dreht er sich zurück in die Richtung, aus der er kam. Seine Schritte sind weit, er läuft schnell. Der Weg scheint ihm kürzer, jetzt, wo er ihn kennt. An den Ampeln bleibt er diesmal nicht stehen, er ignoriert die Männchen, rot, grün, er quert die leeren Straßen. Als er an der Telefonzelle vorbeikommt, in der noch immer der Hörer neben der Gabel hängt, stumm und bewegungslos, sind seine Worte längst überfroren.

Der Tisch ist beladen mit Armeeabzeichen und alten Fotos. Überall stehen Ständer mit Pullovern, Jacken, Offiziersmänteln, Schals. In großen Haufen liegen zerknüllte Blusen und Röcke auf Auslagen, in Bastkörben türmen sich zusammengeknotete Schuhe und Stiefel. Der Geruch nach Mottenkugeln zieht scharf und beißend durch die Winterluft, er mischt sich mit dem Dunst des Bratfetts, der aus einer Bude für Quarkkeulchen steigt. Kaltes Sonnenlicht liegt über allem, es sind keine Wolken am Himmel, aber die Wintersonne wirkt trotzdem schwach, als verlöre sie ihre Kraft an einen über die Stadt gestülpten Glaspanzer.

»Kann ick helfen?« Ein Mann mit grünen Puscheln auf den Ohren beugt sich ihnen über den Tapeziertisch entgegen. Seine Nase ist rot, von Alkohol oder von Kälte.

Katharina dreht eines der Abzeichen zwischen ihren Fingern. Sie hat Wollhandschuhe an, Fingerlinge mit abgeschnittenen Spitzen, über die sich eine aufgenähte Stoffklappe ziehen lässt. »Gibt's hier irgendwo Masken?«

»Wat für Dinger?«

»Holzmasken oder sowas.«

»Wofürn ditte?«

»Na, für schamanische Rituale zum Beispiel, afrikanisch vielleicht.«

Der Mann mit den Ohrpuscheln starrt sie an, sein Mund ist leicht geöffnet. Dann schnaubt er und dreht sich weg. Katharina deutet auf seinen Rücken und lacht. »Exzellenter Service«, sagt sie.

»Du bist hier im Osten, hast ihn mit Afrika verscheucht.«

Sie runzelt die Stirn. Plötzlich sieht sie irritiert aus. Sie schürzt die Lippen und verkriecht sich tiefer in ihrem Parka, der ihr auf einmal eine Nummer zu groß zu sein scheint. Ihr Haar, das unter der Wollmütze hervorquillt, spreizt sich ab wie die Stacheln eines Igels.

»Hab ich wohl«, murmelt sie.

Er schnappt sie an ihrem Ärmel, zieht sie mit sich, in die Gassen zwischen den vielen überdachten Holzständen, hinein in den von Daunenjacken gepolsterten Menschenstrom: »Lass uns mal da hinten gucken.«

Er war so lange nicht mehr auf einem Flohmarkt. Ihm schwirrt der Kopf von all den Dingen, die an ihnen vorüberziehen. Pappkartons, in denen sich Gläser und Teller stapeln, Rollen mit Nähgarn, Türme aus angeschlagenen Kaffeeservices, Zuckerdosen, bei denen die Deckel fehlen, verstaubte Bilderrahmen, Schallplatten, Türklinken, ein von innen beleuchtbarer Plastik-Schneemann, verrostete Fahrräder, Gitarren mit gebrochenem Hals, Kinderwägen, grün angelaufenes Silberbesteck, Teddybären, Batterien, Knöpfe, zerfledderte Zeitschriften und ineinander verklebte Schlümpfe. Menschen reiben sich an ihm, jemand tritt ihm mit dicken Winterstiefeln auf den Fuß, die Fransen eines gehäkelten Schals streifen wie Spinnweben über seinen zu Katharina gestreckten Arm. Längst hat er die Orientierung verloren, er hat keine Ahnung, wo er hinwill, aber er zieht Katharina hinter sich her, als hätte er ein Ziel.

»Warte mal«, ruft sie plötzlich und deutet auf einen Stand, der leicht nach hinten versetzt ist und von einem dunklen Baldachin überspannt wird.

Die Maske hängt an einer Seitenstrebe. Sie wird halb verdeckt von einer Geige und einem mottenzerfressenen Tuch. Die Strohbüschel stechen von ihrer Stirn bis unter das Stoffdach. Sie ist aus Holz geschnitzt, dunkel lackiert und sieht plastisch aus, eine Landschaft aus Höhen und Tiefen, als hätte jemand das Holz zurechtgedrückt. Ihre Tränensäcke sind aufgedunsen, die Wangen eingefallen. Sie wirkt gequält.

Es ist keine Teufelsmaske, das ist ihm sofort klar. Aber etwas daran zieht ihn an. Niemand steht hinter ihr und trotzdem spürt Tadeusz, dass ihm aus den leeren Augenlöchern ein Blick folgt. Als er sich zu der Maske beugt, wird ihm kalt. Er kennt diesen Ausdruck, der sich in die Gesichtszüge eingegraben hat. Er kennt es zu genau.

Die Furchen auf der Stirn.

Die Müdigkeit.

Es ist Gram.

Er erkennt das alles von dem Ebenbild wieder, das ihm aus dem Spiegel entgegenstarrt, jeden Morgen, wenn er über Brandners Waschbecken gebeugt versucht, mit kaltem Wasser die Spuren der Nacht aus seinem Gesicht zu schwemmen.

»Guck mal«, sagt Katharina.

Aus dem Mund ragt ein echter Zahn.

»Von einer Kuh vielleicht?«, fragt sie und fühlt mit den Fingern in die Mundhöhle hinein. Tadeusz will sie zurückreißen – *Nicht berühren!,* will er rufen –, aber im letzten Moment fängt er sich und sieht nur zu, wie Katharina sich schon auf die Fußballen schiebt, um die Maske von dem Haken zu heben, auf dem sie sitzt.

»Finger weg«, knurrt jemand.

Ein Mann biegt sich zu ihnen, sein Oberkörper windet sich um die Seitenstrebe des Standes. Seine Nasenflügel sind gebläht, die Augen hinter dicken Brillengläsern riesengroß. Katharina zögert. Kurz wirkt sie so, als würde sie widersprechen wollen, die Maske an sich reißen, mit ihr davonrennen, aus der Stadt heraus, nach Dresden über Děčín bis Prag, aber dann senkt sie sich wieder auf ihre Fersen ab und verschränkt die Arme. »Hängt nur zur Zierde da, oder was?«, murrt sie.

Der Verkäufer zieht sich zurück, es gibt ein kurzes Gepolter, dann schlurft er hinter dem Stand hervor zu ihnen. Er ist riesig, sein Oberkörper überlang, er überragt selbst Tadeusz noch um mindestens einen Kopf.

»Die besitzt Kräfte«, faucht er Katharina an, »die kann man nicht einfach so antatschen.«

»Beißt die oder was?«

»Kann ja nicht jeder seine Fettgriffel da dran abstreifen.«

»Aber kaufen kann man sie doch wohl«, gibt sie zurück.

»Du nicht.«

Sie blinzelt nicht. Sie steht noch immer mit verschränkten Armen da. Dann dreht sie sich um und geht. Die Bewegung ist so abrupt, so überraschend, dass Tadeusz gar nicht nachdenkt und ihr einfach folgt. Wie betäubt läuft er hinter ihr her, ihrem Windschatten nach, während sein Herz immer schneller schlägt und er etwas spürt, das er erst nach ein paar Schritten erkennt: einen Trennungsschmerz.

Als Tadeusz endlich hält und sich zurückdreht, sehnsuchtsvoll der Maske entgegen, steht der Verkäufer noch immer da und sieht ihnen nach. Er tippt sich an eine imaginäre Hutkrempe und nickt Tadeusz zu, über die wippenden Mützen und Hüte und Kopfscheitel der Flohmarktgänger hinweg. Und greift dann die Maske vom Haken und hebt sie in Tadeusz' Richtung, wie zu einer kleinen, auffordernden Verneigung.

Er spürt einen Ruck, innerlich, äußerlich, umkehren will er, will zurückstürzen, auf die Maske zu, aber Katharina zieht ihn weiter, und er lässt sich ziehen, er strömt mit ihr und dreht sich nicht mehr um.

Sie erwähnen die Maske danach nicht mehr. Er weiß nicht, wie es passiert, aber plötzlich ist es, als wären Katharina und er auf einem ganz normalen Ausflug. Als gäbe es für ihr Hiersein keinen Grund. Katharina schleppt ihn von Stand zu Stand, Hüte und Jacken probieren sie an, sie blättern in Büchern und Katalogen, sie halten einander Plattencover und Videokassetten unter die Nase, stecken sich Sonnenbrillen ins Haar, trudeln weiter und weiter, an Alleen mit vorüberrauschenden Autos entlang, in die Dämmerung hinein, an hell erleuchteten Geschäften vorbei, bis sie plötzlich auf einem der Weihnachtsmärkte stehen, Pappbecher mit Glühwein in den Händen, die Holzwand einer Bude für Schupfnudeln und Grünkohl im Rücken, über ihnen das Blinken eines Riesenrads.

Katharina bläst auf die dampfende Fläche ihres Glühweins, sie hat die Mütze abgenommen, ihre Ohrmuscheln sind vom kalten Wind gerötet, in ihren Augen schillert der Schein der bunten Lichter. Dass das hier nicht angemessen sei, ruft sie über das Rumpeln des Rummels hinweg, die Fahrgeschäfte, die Karusselle und Geisterbahnen hätten auf einem Christkindlesmarkt nichts verloren, sie dürfe das sagen, der Königin aller Weihnachtsstädte entstamme sie schließlich, Nürnberg nämlich, und wer dort geboren sei, der wisse eins: ein Weihnachtsmarkt sei nun wirklich kein Lunapark.

»Hey«, sagt er und schiebt sein Gesicht ganz nah an ihres, »machen wir hier gerade für dich Recherche? Zum Lunapark?«

Sie lacht und sieht sich um. »Ich kann hier keine Schwarzen als Ringkämpfer entdecken, du?«

Er lacht auch und lehnt sich noch näher zu ihr und murmelt in ihr Haar hinein, das nach Glühwein riecht, nach Zimt und Anis: »Aber Liebespärchen auf Bänken.«

Ob der Dichter, der in seiner Szene den roten Faden suche, für ihn auch Georg Heym selbst sei, will sie flüsternd wissen, ihre Lippen berühren seine Wange. »Wir könnten den gleichen Darsteller dafür einsetzen, du in der Mitte, ich am Schluss. Ist doch schön, wenn er erst bei dir auftaucht und danach bei mir.« Und er spürt, wie er nickt und sich über die Wärme wundert, die ihn durchflutet. Es fühlt sich an wie ein Versprechen.

Irgendwo beginnt ein Chor zu singen, schiefe Kinderstimmen und das Tremolo einer Chorleiterin, *Stille Nacht, heilige Nacht*, und Katharina schmiegt sich an ihn. »Ich wollte mal Christkind werden«, murmelt sie. Ihre Wangen glühen jetzt warm auf seiner Haut, während er auf ihr Gemurmel lauscht. Die goldenen Locken, das weit ausgestellte Kleid, die Krone – all das habe sie gereizt. Er beißt sie in ihr Ohrläppchen und flüstert, dass sie dafür nicht unschuldig genug sei. Das Holz knarrt, als er sie gegen die Budenwand drückt, aber plötzlich hat er Nadja vor seinem inneren Auge, er glaubt, sie in der Menge zu spüren, direkt hinter sich, er riecht schon ihr Parfüm, ganz deutlich, und er tritt von Katharina weg, rückwärts, und sieht in ihrem verwunderten, fragenden Blick die ersten Zeichen der Fremdheit.

Der Geschmack des Glühweins liegt auf einmal bitter auf seiner Zunge. Er knüllt den Pappbecher in einen Müllsack hinein, der am Ausschank baumelt, er läuft jetzt vor, wühlt sich durch die Menge. Am Karussell zögert er kurz, eine Runde könnte man drehen, den Kopf wieder freiwirbeln, den Pferdchen und Kutschen und gesattelten Schweinen hinterher, immer im Kreis. Man könnte durchtauchen unter den kreuz und quer aufgespannten Girlanden aus Tannenzweigen und roten Schleifen hindurch, oder sich mit dem blinkenden Riesenrad über die Stadt erheben, aber dann sieht er den Wohnwagen.

»Hereinspaziert«, hört er sich sagen, als er die Treppe hochspringt und die Tür zur Wahrsagerin aufstößt. Der Geruch nach Räucherstäbchen, der ihnen entgegenquillt. Die nach Schweiß riechende Frau in ihren bunten Röcken, die wirkt, als hätte sie sich in ihren Plüschsessel eingenäht. Das Geklingel ihrer Ohrringe, Traumfänger, die von der Decke hängen. Eine dumme Kristallkugel auf dem Tisch, Fettabdrücke von den beringten Fingern – es fühlt sich sofort falsch an.

Aber er bleibt trotzdem, er sinkt auf einen Turm aus bunten, mit Pailletten bestickten Seidenkissen, Katharina hinter sich, die unter der niedrigen Decke, schief und eingeknickt, verwundert stehen bleibt. Den Zehnmarkschein legt er auf den Tisch, als würde Geld ihm nichts ausmachen, und er nickt großspurig, als die Wahrsagerin wissen will, ob er die Wahrheit verkrafte.

Ja, sicherlich.

Ihr Blick, der ihn mustert, ihn abtastet, während sie die Kugel zur Ablenkung in den rissigen Händen kreisen lässt. Katharinas verzerrte Spiegelung im Glaskern. Das Schmatzen, mit dem die Wahrsagerin ihren Kaugummi von einer Backe in die andere wälzt. Und dann ein Satz, noch so ein Satz.

»Du möchtest sein wie dein Vater, aber du hast Angst davor.«

»Was?«

»Dein Vater …«

Er steht auf und geht, die Tür des Wohnwagens schnappt im Zuschlagen nicht ein, sondern flattert und rumpelt im Rahmen.

Als Katharina ihn einholt, ist er schon aus der Marktfläche heraus und auf der anderen Straßenseite. Drüben blinkt und kräht der Weihnachtsrummel, die Wagons sausen in die Höhe, Menschen lachen und kreischen, aus den Lautsprechern schallt Mariah Carey, *All I want for Christmas*, aber er sieht und hört nicht mehr hin. Er hält den Kopf gesenkt, starrt auf die Pflasterung des Gehwegs. Katharinas Füße sieht er erst, als sie in einen Gleichschritt mit ihm fallen, Schritt für Schritt für Schritt.

»Wie hat er es getan?«, hört er ihre Stimme.

Er muss ihr also doch etwas erzählt haben an diesem Abend in der Aquarium-Bar, er muss ihr gesagt haben, dass es ein Selbstmord war, das ist erstaunlich, ihm unterläuft das sonst nie. Nicht einmal Nadja wusste davon, aber das ist auch egal, denn er hört sich schon antworten, die Worte wollen aus ihm heraus, so lange schon, jetzt und hier und sofort.

»Es war ein Sprung.«

»Und du wirfst Brandner vor, dass er nichts getan hat, um das zu verhindern?«, fragt sie. Ihr Atem holt ihn zurück, sie laufen noch immer, die Pflastersteine erstaunlich ebenmäßig unter ihren Füßen.

Er rammt die Füße in den Boden, der Ruck geht durch seinen ganzen Körper. Er steht jetzt und brüllt ihr direkt in ihr Gesicht. »Von wegen: nichts getan! Er hat zu viel getan! Er ist schuld an allem, er hat ihn doch überhaupt erst in diese Situation gebracht. Und ich kann ihm das nicht beweisen, niemand kann ihm das beweisen, ich komme ja nicht mal an seine Akten heran, ich …« Seine Stimme bricht.

Sie starrt ihn an, ihr Blick ist prüfend. Es war ein Fehler, ihr etwas zu erzählen. Sie versteht nicht. Oder sie glaubt ihm nicht, will ihm nicht glauben, sie ist eine Jüngerin seines Onkels, das darf er nicht vergessen.

Sie sagt nichts, immer noch nicht, sie fragt nicht einmal nach. Stattdessen greift sie nach ihm und will ihn umarmen.

Er reißt sich los und reckt ihr seine gespreizte Hand entgegen. Das kapiert sie sofort. Er sieht selbst, was das für eine Geste ist: ein Abwehren. Sie bleibt einfach stehen, wortlos, wird kleiner und kleiner hinter ihm, sie steht und sieht ihm nach, während er zurückweicht, weg, endlich weg.

Und er weiß auch wohin, er weiß es sofort.

Der Flohmarkt wird, als er dort außer Atem eintrifft, gerade abgebaut. Überall schieben Händler quietschende Sackkarren zu geöffneten Kofferräumen, Plastikbügel klappern in Plastiksäcken, Kisten schlagen dumpf auf Transportflächen auf. Die Ebene ist schon fast leer geräumt, Laternen flirren über der plattgetrampelten Fläche. Irgendwo weiter hinten stapeln sich Wände aus Containern. Keuchend versucht er sich zu orientieren, versucht nachzuzeichnen, wo der Stand sich befunden haben muss, in welchem Quadrat.

Er ist nicht mehr da. Die Abdrücke der Standstreben sind noch in den Boden gedrückt, alles ist leer. Tadeusz kickt mit der Schuhspitze einen Kieselstein aus dem Feld. Er stampft vor Frust auf dem Boden auf und da sieht er es: eine Maske ist in den verstaubten Grund gezeichnet. Auf ihrer Stirn ruht ein Stein, der einen Zettel beschwert. Seine Hände zittern, als er ihn an sich reißt und hastig entfaltet. Eine Adresse reckt sich ihm entgegen, wirr verschlungene Pfeile auf einer Zeichnung, die wie ein Grundriss aussieht.

Und darunter die Worte: »Komm allein.«

Ein ehemaliges Fabrikgebäude, Backsteinmauern, Quergebäude, Hinterhof im Hinterhof, buckeliges Kopfsteinpflaster, das von Unkraut in die Höhe gehoben wird. Untertunnelungen, Aufgänge, Feuerleitern und Kellerstiegen. Tadeusz krampft seine Hände um den Zettel, als er den aufgezeichneten Pfeilen folgt. Im dritten Stock eines Hintergebäudes steht er schließlich, in einem dämmerigen Treppenaufgang, vor einer meterhohen, stählernen Tür. Dort endet die Pfeilspitze.

Das Scharnier quietscht, als die Tür sich öffnet. Irgendwo in der Tiefe der Halle läuft ein Fernseher, wahrscheinlich eine von diesen amerikanischen Familienserien, *Bill Cosby* oder *Roseanne*, künstliches Gelächter eines künstlichen Publikums, es riecht nach Spiritus und Schweinebraten und Metall.

Der Verkäufer wirkt nicht überrascht, ihn zu sehen. »Du warst nie hier, dass das mal klar ist«, ist das Erste, was er sagt. Tadeusz stutzt und nickt. Er knüllt den Zettel in seiner Hand und reicht ihn dem Verkäufer. »Na dann«, sagt der und winkt ihn herein. »Mach, sonst geht die Wärme raus.«

Der Raum ist so riesig, dass Tadeusz die Rückwand nicht sehen kann. Ein ganzer Wald aus Säulen greift von der hohen Decke, überall stehen bunte Zelte, zusammengeflickte Bretterverschläge, sogar ein aufgebockter VW-Bus mit Blümchenvorhängen in den heruntergekurbelten Fenstern. Über großen Teppichen sind bunte Wolldecken und Vorhänge aufgespannt und bilden Trennwände zu provisorischen Wohneinheiten. »Willkommen in unserem Dorf«, sagt der Verkäufer. »Oder wie andere es nennen: die größte inhäusige Wagenburg der Nation. Mit eigener Regierung.« Er sieht erwartungsvoll aus, so, als müsste Tadeusz jetzt Beifall klatschen, aber Tadeusz nickt nur und folgt ihm in die Halle hinein.

Gassen und Wege führen durch das Dickicht. In allen Ecken stehen Baustrahler und Stehlampen herum, Lichterketten schlängeln sich um Säulen und Stahlstreben, sogar eine Diskokugel hängt an einem Draht. Eine neue Retorten-Lachsalve rollt durch die Halle, aber darunter hört Tadeusz jetzt echte Stimmen, Gespräche, Schluchzen, Kichern, einen Streit, der durch eine der Stoffwände dringt. Ein kleines Mädchen klammert sich in eine herunterhängende, aufgeribbelte Wolldecke, sie beobachtet Tadeusz und lutscht an ihrem Daumen.

Der Verkäufer greift sich einen Schlägel, der in der Mitte der Halle an einer wuchtigen Säule hängt. Er reckt seinen dünnen Oberkörper einer hoch oben montierten Schiffsglocke zu und schlägt sie an, in einer schnellen, rhythmischen Folge. »Ist unser Durchsagesystem«, sagt er und wirkt schon wieder so beifallsheischend.

Tadeusz zuckt mit den Schultern. »Habe ich dich nicht gefragt«, sagt er.

»Verstehe: du bist einer, der sich nicht beeindrucken lassen will.«

»Wenn du dich damit besser fühlst.«

Er weiß selbst nicht, wo sie herkommt, diese Feindseligkeit. Er ist auf einmal so wütend, wütend auf alles und jeden, und gleichzeitig so resigniert. Es war ein Fehler, heute noch hierher zu kommen, es ist zu viel, alles zu viel. Katharina, die Wahrsagerin, *du willst sein wie dein Vater*. Er muss zur Ruhe kommen, sich konzentrieren. Er muss arbeiten, endlich heim, genau: heim zu Heym. »Kann ich dir jetzt die Maske abkaufen?«, fragt er.

»Nein.«

»Nein?«

»Habe ich vertickt.«

Tadeusz dreht sich um und geht. Die nachschwingenden Glockenklänge zittern ihm hinterher, er ist schon fast an der riesigen Stahltür, als der Verkäufer ihn an der Schulter packt. »Halt, halt, warte doch mal, ich hab was viel Besseres für dich.«

»Kein Interesse.«

»Auch nicht…«

»Nein!«

»…am Maskenmeister selbst? Ich kann ihn dir vorstellen, jetzt und hier.«

Innehalten. Sich zurückdrehen.

Ein kleiner, stämmiger Mann stapft gerade über den Mittelweg auf sie zu. Er hat dunkle Haare, dunkle Haut, eine breite Stirn. Seine Kleidung sieht merkwürdig aus, eine übergroße Cordhose und ein wild gemusterter Pulli, als hätte den Mann jemand angezogen, der ihn nicht kennt. Tadeusz kann nicht einmal schätzen, wie alt er ist, zwischen dreißig und siebzig ist so ziemlich alles möglich, so klein und kompakt, wie er ist. Der Verkäufer muss sich bücken, um mit ihm auf einer Augenhöhe zu sein. Die beiden murmeln in einer fremden Sprache miteinander, spanisch oder portugiesisch wird das sein, irgendetwas mit vielen Lispel- und Kehllauten, Tadeusz versteht kein Wort. Der Mann grummelt und schielt unter zusammengezogenen Augenbrauen in Tadeusz' Richtung.

»Darf ich vorstellen«, sagt der Verkäufer, »Pedrito aus Papua-Neuguinea.«

»Hallo«, sagt Tadeusz und streckt seine Hand aus. Ein Manöver ist das, damit sie nicht merken, dass er ihnen seinen Namen nicht gibt. Der Mann schüttelt den Kopf und tritt einen Schritt zurück. Der Verkäufer lacht. »Ist ein echter Papua, unser Pedrito«, sagt er. »Der war mal Höhlenmensch, im Regenwald, da hat er's noch nicht so mit den deutschen Sitten. Ist sozusagen unser Austauschschüler.«

»Er hat die Maske gebaut?«

»Hat er.«

Der Mann zischt etwas und gestikuliert in Tadeusz' Richtung. »Er mag dich nicht«, sagt der Verkäufer. »Das beruht durchaus auf Gegenseitigkeit«, sagt Tadeusz. Der Verkäufer raunt etwas und Pedritos Augenlider flattern, als er wieder etwas gurrt und zischt. »Er will wissen, was du genau brauchst«, übersetzt der Verkäufer. Tadeusz zögert. Irgendwo klirrt ein Glas, dann scheppert die Schlussmusik von *Roseanne* durch den Raum. Applaus, Applaus.

Es ist doch egal, alles schon egal.

»Den Teufel«, sagt Tadeusz.

Im Gesicht Pedritos verändert sich nichts, als der Verkäufer die Worte übersetzt. Er brummt etwas und der Verkäufer lacht. »Er sagt: der Teufel ist das Einfachste von der Welt. Den kannst du sogar heute noch kriegen.« Und fügt lauernd hinzu: »Also, wenn du genug Bares dabei hast. Und Zeit.«

Die Holzkiste, auf die sie ihn setzen, ist niedrig. In eine der hinteren Ecken der Halle haben sie ihn gelotst, in ein hoch aufgezwirbeltes Zelt aus Stoffen und Tüchern. Hier drin ist es still und stickig, dabei öffnet sich direkt über Tadeusz' Scheitel eine Art Stoffschlot, der bis knapp unter die Decke reicht. Das Zelt hat die Form einer kleinen Manege. Nur dass hier kein Sand liegt. Stattdessen flocken Holzspäne und Haarbüschel auf dem unverputzten Boden, es riecht nach Haarspray. Ein abgewetztes Ledersofa ist das einzige Möbelstück. Es sieht merkwürdig verloren aus in dem runden Raum, als würde es versuchen, sich in die Kurven zu schmiegen.

Auf einer Stele vor Tadeusz ist ein Block aus Holz aufgebahrt, offene Kisten mit Werkzeugen stehen auf dem Boden herum. Eine Tasse mit Kräutertee haben sie zu Tadeusz' Füßen abgestellt, der Dampf, der zu ihm aufsteigt, riecht gut.

Dass Pedrito zuerst seinen Schädel vermessen werde, hat ihm der Verkäufer erklärt, während er die Geldscheine von Tadeusz zählte. Und dass er dann sein Wesen studieren müsse. Seine Haltung, sein Gesicht, seine Seele eigentlich. Das sei wichtig, hatte der Verkäufer noch hinzugefügt, bevor er den Eingang aus Stofftüchern hinter sich zuzog: dieses Aufsetzen auf den inneren Eigenschaften des Maskenträgers. Tadeusz müsse dafür gar nichts machen, einfach nur der Musterung standhalten. Pedrito brauche ihn nicht einmal in aufmerksamem Zustand. »Denk einfach vor dich hin. Kannst auch schlafen, wird ja wahrscheinlich spät. Der Papua macht das schon, der guckt direkt in dich rein.«

Jetzt ist er mit Pedrito allein. Tadeusz spürt Pedritos Blick, der an der Zeltwand steht und ihn anstarrt. Der Blick brennt auf ihm, Tadeusz rutscht hin und her, weicht schließlich aus und bückt sich zu der Teetasse und trinkt sie leer, in einem Zug. Die heiße Flüssigkeit brennt in seinem Hals, er verschluckt sich, muss husten. Er hat den Moment verpasst, in dem er den beiden hätte sagen können, dass die Maske gar nicht für ihn selbst ist. Er müsste den Verkäufer herbeirufen oder sonst jemanden aus dieser Wagenburg, der die Sprache Pedritos spricht. Aber er ertappt sich dabei, dass er schweigt. Und vielleicht ist das ja die Lösung: Er wird in seiner eigenen Inszenierung mitspielen. Nicht Schwarz wird den Teufel darstellen, nicht Nele oder François und schon gar nicht Katharina. Sondern er selbst.

Brandner wird sich wundern.

Tadeusz schreckt zurück. In genau dem Moment, in dem er Brandners Namen gedacht hat, steht Pedrito plötzlich vor ihm. Wie in diesen Filmen, in denen es einen Bildsprung gibt und jemand, der sich gerade noch am anderen Ende des Flurs befand, auf einmal ganz nah ist, ohne dass man hätte sehen können, wie er den Abstand überwand.

Pedritos Augen sind dunkel. Seine Haut riecht herb, sein Gesicht ist jetzt dicht an Tadeusz', viel zu dicht, sein Blick noch immer prüfend. Er knurrt etwas. Dann nickt er plötzlich und verzieht den Mund, triumphierend, als hätte er etwas gefunden. Ein Maßband lässt er aufschnalzen, Tadeusz will zurückweichen, instinktiv, aber das Band legt sich eng um seinen Kopf, er kann dem Griff nicht entkommen. Der Druck schmerzt auf seinem Schädelknochen, plötzlich stellt er sich vor, wie Pedrito statt des Holzblocks seinen Kopf bearbeiten wird, mit Hobel und Meißel, ihn zurechthämmern, zurechtschnitzen, aber dann lässt der Druck nach und Pedrito legt ihm das kühle Messband aufs Gesicht und vermisst fast sanft den Abstand der Augenhöhlen zu den Wangenknochen und zur Nasenwurzel. Tadeusz will aufatmen, aber es ist zu wenig Sauerstoff im Raum, die dumpfe Luft kriecht ihm in den Körper, er beginnt müder zu werden, so müde, und als Pedrito sich von ihm abwendet, dem Holzblock zu, steht er auf und sinkt auf das Ledersofa und schließt die Augen.

Er hätte Katharina mitnehmen sollen, er weiß selbst nicht, was mit ihm los ist. Es ist kein Wunder, dass sie sein Gestammel nicht begriffen hat, er hat sie mit alldem überfallen. Er wird es ihr noch einmal in Ruhe erzählen müssen. Wenn sie ihn noch hören will, so wie er sich vorhin benommen hat.

Eine Sehnsucht nach Erlösung muss es gewesen sein. Das hätte er ihr sagen können. Ein Druck, dem anders nicht beizukommen war. So hat er es sich über die Jahre zusammengereimt. Andere Gefangene waren nervenstärker, sie hielten der Untersuchungshaft länger stand. Aber sein Vater zerbrach. Am Klappern der Riegel und Scharniere vor der Zellentür (immer wieder erwähnte er das bei dem einen Besuch, den die Mutter machen durfte: das Klappern). Am Schlafentzug der ersten achtundvierzig Stunden, den er nie wieder aufholte. An der Kälte der Verhöre. An den kleiner und kleiner werdenden Räumen, in die sie ihn pferchten. Dreihundert Gefangene auf hundertvierzig Zellen und der Vater dennoch allein in sich enger und enger schnürenden Räumen. Niemand, mit dem er hätte reden können, tagelang, wochenlang. Nichts zu betrachten, nichts zu lesen, zu sehen, nirgends. Reizreduzierung als Mittel der Folter. Schwarze Pritschen, graue Wände, Metallrohre und klappernde, klappernde Türen. Als sie ihm schließlich den Freigang gestatteten, war es schon zu spät. Zwanzig Minuten, auf dem Dach des Gefängnisses. Und selbst dort wurde ja das Moos entfernt, damit es kein Grün gäbe, keine Natur. Keine Hoffnung auf ein Außerhalb. Als die Gefangenen vom Dach geführt wurden, hinunter auf die Galerie im obersten Stock, war an diesem Tag das Stahlnetz, das sonst den Abgrund überspannte, nicht an seinem Platz. Bis heute weiß niemand, warum. »Er muss sich binnen Bruchteilen von Sekunden entschieden haben«, hört Tadeusz sich murmeln. »Er ist durch den Lichthof des Gefängnisses geflogen, mit weit ausgebreiteten Armen, den Kopf voran.«

Jemand wischt über sein Gesicht, über seine Wangen, die plötzlich nass sind. Dann ein Schaben und Kratzen. Es riecht nach Holz.

Als er erwacht, versteht er erst nicht, wo er ist. Über ihm ein Baldachin, ein Kegel aus bunten Tüchern, die sich in die Höhe schrauben. Auf seinem Brustkorb eine Schwere, die ihn nach unten drückt. Seine Hände tasten nach der Unterlage, auf der er liegt. Polster, abgewetztes Leder. Er wendet den Kopf. Die Stele steht noch im Raum, direkt vor ihm, aber der Holzblock ist verschwunden. Niemand ist mehr hier.

Vorsichtig will er sich aufrichten, gegen die Schwere auf seinem Oberkörper an, als er es spürt. Da sind Kanten, die gegen seinen Pullover drücken. Es muss die Maske sein, die auf ihm liegt.

Sein Herz klopft, als er zu tasten beginnt. Seine Finger gleiten über glattes Holz, sie greifen Haare und Hörner, spitze Teufelshörner. Er spürte, wie sich ihm die Nackenhaare aufstellen. Er müsste nur den Blick nach unten wenden oder die Maske greifen und in die Höhe recken.

Stattdessen setzt er sich auf. Er hält den Blick starr und angelt ein Stofftuch zu sich. Ohne sie anzusehen, schlägt er die Maske darin ein und klemmt sie unter seinen Arm. Dann tastet er nach seinem Geldbeutel und seinem Schlüssel. Und schämt sich, als alles vorhanden ist, sofort für das eigene Misstrauen.

Er hat keine Ahnung, wie spät es ist. Der Ausgang des Zelts ist offen, das Stofftuch zurückgeschlagen. Ein paar Späne sind nach draußen getrieben, sie liegen dort wie Brotkrumen, die ihm den Weg weisen sollen. Im Dorf ist alles still, aus einem der Zelte kommt Rascheln, das leise, rhythmische Seufzen einer Frau. Die Tür quietscht, als er sie hinter sich zuzieht.

Draußen nieselt es, eine leise Verwehung von Schneekristallen oder Regentropfen, er kann es im Dunkeln nicht genau sehen. Die Maske liegt schwer in seiner Armbeuge. Immer wieder bleibt er stehen, zögernd, unter den Lichtkegeln von Laternen, im Schein von Leuchtreklamen, an den aufglimmenden Schächten der U-Bahn-Stationen. Er wiegt das Knäuel in seinen Händen und zieht dann doch den Stoff nicht von ihrem Antlitz.

In der Straßenbahn ist er fast alleine. Nur eine müde Fabrikarbeiterin lehnt mit der Stirn gegen eine der Haltestangen, sie trägt einen blauen Kittel, der unter ihrem Parka hervorlugt, ihr Haar ist noch im Netz gefangen. Mit jeder Unebenheit, jeder Schwelle, die der Wagon nimmt, ruckelt sie auf und ab.

Tadeusz schwingt sich auf einen Sitzplatz, klemmt die Knie gegen den Vordersitz, legt die eingehüllte Maske auf seinen Schoß. Sein Herz klopft noch immer. Die Hörner, die sich unter dem Stoff abzeichnen, bohren sich durch das Gewebe hindurch. Vorsichtig befühlt er mit den Fingern die Hornspitzen und schiebt das Tuch ein wenig tiefer. Echtes Horn ist das, vergilbt, Kuhhörner vielleicht oder irgendein anderes Nutztier. Dazwischen ertastet er Büschel von Haaren, die sich unecht anfühlen, strohig.

Draußen zieht die Stadt vorüber. Tadeusz starrt aus dem Fenster, in dem sich das Wageninnere spiegelt und sein eigenes, müdes Gesicht. Plötzlich weiß er, was er tun muss. Er schließt die Augen und rupft das Tuch von der Maske. Mit den Händen ertastet er das Band, mit dem er sie an seinem Kopf befestigen kann, und zieht es sich über. Sie sitzt perfekt.

Er hört den eigenen Atem so laut, als bliese er in ein tiefes, unterseeisch verlegtes Rohr. Das Merkwürdige ist, dass die Maske sich nicht schwer anfühlt. Sie schmiegt sich an ihn, sie wird auf ihm plötzlich leicht.

Er gibt sich einen Ruck und wendet den Kopf zur Fensterscheibe.

Augen auf.

Die Stadt fährt durch die Spiegelung der Teufelsfratze hindurch, glitzernder Schneeregen, Schatten und Schemen, Umrisse von Fußgängern und Radfahrern, rot glühende Rücklichter von Autos, vorüberwischende Gebäude, Haltestellen, Bäume. Die Fratze starrt ihm entgegen. Tiefe Gramfurchen in der Stirn, der Mund verzogen, die Mundwinkel biegen sich abwärts. Hühnerknochen als Zähne. Die schwarzen Haare stehen in Büscheln von Stirn und Kinn ab, die Teufelshörner stechen spitz in seine Richtung. Aber das ist es nicht, was Tadeusz aufspringen und zurückweichen lässt. Es ist etwas anderes.

Er erkennt die Gesichtszüge, die darunter liegen, egal wie entstellt sie sind. Hinter ihm ist die Arbeiterin hochgeschreckt, ihr ausgestreckter Arm fuchtelt panisch in seine Richtung, sie schreit und schreit in das Aufschrillen der Tram hinein, die zu klingeln beginnt, ein Alarmsignal, während der Fahrer eine Vollbremsung einleitet und die Welt draußen stürzt und anhält und gefriert.

Es sind die Züge von Brandner.

Nele

Das Lachen schallt durch die Gänge des Heims. Als Nele die Tür zu ihrer Wohneinheit öffnet, schlägt ihr eine Wolke aus Parfüm und Zigarettenrauch entgegen, angedickt mit dem Geruch von Babypuder. Sie stößt die Tür mit dem Fuß hinter sich zu und trägt den Teller mit den Kuchenstücken durch den kurzen Flur.

Da sitzt ihre Vergangenheit. So fühlt es sich zumindest an. Drei Möglichkeiten, wie sich ihr Leben hätte weiterentwickeln können. Drei Klassenkameradinnen von früher, die alte Clique, alle aus Grunewald, alle mit dem gleichen Notendurchschnitt, alle aus Villen mit Gärten, eine davon mit Pool im Keller. Alle früher mit ähnlichen Interessen. Und alle drei gerade in der Stadt, herbeigeflogen zum zehnjährigen Klassentreffen, das wegen der ganzen Auslandsteilnehmer in die Vorweihnachtszeit gelegt wurde. Dass sie verstehen könnten, wenn Nele nicht kommen wolle, hatten sie ihr im Vorfeld geschrieben, nachvollziehbar sei das in ihrer Situation, so als frisch Verlassene, da sei Wegbleiben wohl gesünder fürs Selbstbewusstsein. Aber sehen müsse man sich, keine Widerrede. Schon um der alten Zeiten willen.

»Vorglühen im katholischen Altersheim, das glaubt uns keiner!«, hatte die eine gerufen, als sie die erste Flasche öffneten. Und Nele hatte gestutzt und dann mitgelacht, weil es das Einzige war, was ihr einfiel.

Inzwischen stehen zwei leere Sektflaschen neben dem winzigen Kühlschrank, die dritte steht angebrochen auf dem Tisch und das Lachen ist eine Oktave höher als noch vor zwei Stunden. Die Freundinnen sind nicht zu stoppen. Geschichten aus ihren neu sortierten Leben fliegen hin und her, Abenteuer von den Laufstegen in Paris, den besetzten Häusern in London, dem Großstadtdschungel New York. Alle sind sie damals zum Studium aus Westberlin ausgebrochen, zwei Jahre vor der Wende, nur weg, raus aus dem Käfig dieser halbierten Stadt, diesem DDR-umrandeten Kaff. Die Freundinnen übertrumpfen sich mit Fremdwörtern, mit ihren ausländischen Liebhabern und Freunden und Geschäftspartnern. Wirkliche Metropolen seien das eben, nicht so provinzlerisch wie das olle Berlin, an dem jetzt auch noch der Osten dranhänge. Nele zwingt sich, in die Runde zu lächeln, als sie ihrer Tochter ein Stück Schokoladenkuchen vor die Lippen hält. Sie selbst hat seit einer Stunde kein Wort mehr zur Unterhaltung beigetragen, es sei denn, es ging um Julchen. »Sie ist so niedlich!«, schallt es ihr auch jetzt wieder entgegen, als Jule automatisch den Mund aufsperrt und abbeißt, ohne ihre Mutter dabei anzusehen. Und schon geht das Gegurre wieder los, alle wollen sie anfassen, streicheln, kitzeln, *auch mal halten*.

Julchen selbst bemerkt den Aufruhr kaum, sie sitzt auf Neles Schoß und blättert in einem Kinderbuch, ganz konzentriert. Nele streicht ihrer Tochter über den Lockenkopf. Manchmal ist es für sie noch immer ein Wunder, wie groß sie schon ist. Dass sie blättern, alleine ein Buch halten kann. Sogar erste Buchstaben kann sie inzwischen malen – auch wenn sie, außer bei M-A-M-A, keine Ahnung hat, welche es sind.

»Wahnsinn, wie ähnlich sie ihm sieht!«, ruft jetzt die, die gerade in New York wohnt, und schwenkt ihr Sektglas. »Dass du das aushältst?« Und die Pariserin, die in Wahrheit doch in Lille lebt, fügt hinzu: »Ja, echt mal. Ständig an ihn erinnert werden, ich würde da durchdrehen!«

»Naja«, wendet die Dritte ein und schüttelt ihre Haare, »umtauschen geht ja schlecht, wa? Und in die Babyklappe passt die ja och nicht mehr rin.«

Gekicher, spitzer als vorher. Nele spürt, wie ihr der Schweiß ausbricht. Sie gibt sich einen Ruck. »Ladys, so leid es mir tut: Ich hab nicht mehr viel Zeit, muss für die Schule noch Hausaufgaben machen, wir haben da bald ein paar krasse Prüfungen. Und Julchen gehört demnächst auch ins Bett.«

Ihre Stimme muss zu ruppig geklungen haben, das Lachen flaut ab, sie sieht, wie die anderen sich Blicke zuwerfen.

»Willst uns wohl loswerden«, murrt die Pariserin, angelt nach der Flasche und schenkt sich Sekt nach. »Dabei kannst du dir doch echt die Sonne auf den Pelz scheinen lassen.«

»Was?«

»Na hör mal, mit einem Kind von einem Hollywoodstar hast du ja wohl ausgesorgt. Da würde ich mich auch schwängern lassen und für irgendein sinnfreies Studium eintragen, wenn ich den Luxus hätte, dass einer mich aushalten muss.«

Nele starrt sie an. »Aushalten? Sinnfrei? Bitte was?«

»Schon gut«, lächelt die New Yorkerin ihr zu. »Vor uns musst du dich nicht verstellen, wir kennen dich doch lang genug. Ist halt alles nicht so gelaufen, wie du gehofft hast mit deiner Karriere. Und jetzt hängst du hier fest. Hätte uns auch passieren können.«

»Kann ja nicht jeder bei einer Kanzlei in Amerika arbeiten«, nickt die dritte, »oder in Paris Modenschauen organisieren.«

»... oder in London einen auf Hausbesetzer machen, obwohl

einem der Papa in Steglitz ein Haus mit dreißig Mietparteien überschrieben hat«, fügt die Pariserin hinzu. »Ist doch toll, wie du das meisterst, Nelili! Besonders wo dein Paps dich enterbt hat.«

»Meine Familie hat mich nicht…«, hebt Nele an. Aber dann sieht sie die drei ihr gierig zugewandten Gesichter. »Jule und mir geht es gut«, sagt sie stattdessen nur. Die New Yorkerin lacht hell auf und lässt ihren Blick bedeutungsvoll durch das kleine Zimmer schweifen. »Sicher. Ist ja auch eine edle Residenz hier.«

»Was sind das denn für Prüfungen, die du da hast?«, will die Pariserin wissen.

»Faust, wir inszenieren einen Faust.«

»Beileid«, sagt die New Yorkerin. Nele setzt schnell nach: »Nicht den Goethe. Von Georg Heym!«

Die Blicke könnten leerer nicht sein.

Als sie endlich im Flur stehen, nehmen die Umarmungen kein Ende. Nele hält Jule wie ein Schutzschild vor sich, aber die Kleine, die sonst bei jedem Fremden den Kopf wegdreht, ist ganz verzückt von all dem Schmuck, der ihr da entgegenfunkelt. Sie verheddert ihre Fingerchen in den Gold- und Silberkettchen. Die Freundin, die jetzt in London lebt, hat sogar einen Ring in der Nase, das scheint Jule besonders zu faszinieren.

»Ich bewundere wirklich, wie du das alles schaffst«, sagt die Pariserin, als sie mit der Umarmung dran ist.

»Ja«, stimmt die New Yorkerin mit ein. »Allein wie du das mit Cindy wegsteckst, Respekt. Mich könntet ihr von den Bahnschienen kratzen, wenn mir das passieren würde.«

»Cindy?«, fragt Nele abwesend und zupft einen Kuchenkrümel aus Jules Haar.

»Na, verlassen werden ist schon schlimm genug, aber wenn die Nachfolgerin auch noch ein Supermodel ist und mit meinem Ex durch jedes Hochglanzmagazin spaziert…«

Nele spürt, wie die Farbe aus ihrem Gesicht weicht. Sie kann nichts sagen, gar nichts.

»Ach, wusstest du das nicht?«

»Stimmt, du liest ja keine Klatschblätter!«

Sie weiß selbst nicht genau, wie es ihr gelingt, aber sie lächelt weiter. Gelernt ist gelernt. Sie lächelt, bis die ehemaligen Freundinnen ihre Stiefeletten und Markenmäntel und Mützen übergestreift haben und zum Aufzug hinunterstöckeln, an der Tür der Tante vorbei. Am Ende des Gangs bleiben sie noch einmal stehen und die Londonerin ruft: »Komm doch mit, dit Gör schläft doch eh? Endlich mal wieder Party, kannste doch bestimmt gebrauchen!«

Weiterlächeln. Lächelnd ablehnen und winken, gemeinsam mit Julchen. Julchen anlächeln. Abendessen zubereiten, den Suppentopf anlächeln, den Teller, die Tischkante, dann wieder Julchen. Eine Einschlafgeschichte vorlesen, ohne die Stimme zittern zu lassen. Die Buchstaben anlächeln und die Wand. Erst losweinen, als die Tochter später, viel später im Bett liegt und wirklich, wirklich schläft.

»Sie passen nicht mehr zu dir.«

Die Großtante steht in der Tür. Sie tritt ein, nimmt Nele die leeren Sektgläser ab, die sie gerade ins Badezimmer bringen und abspülen wollte. »Du bist ihnen entwachsen.« Der zarte, alte Körper, der sie umfasst, an den sie sich schluchzend wirft. Die warme Hand, die ihr über das Haar streicht, während die Tante flüstert, dass alles gut wird, wieder und wieder.

Es muss mehr geben. Das ist es, was Nele denkt, als sie am nächsten Tag vor dem Gehege steht. Mehr von allem, auch wenn sie gar nicht genau weiß, was sie damit meint. Sie ist mit Jule zum Zoo gefahren. Julchen presst ihre kleine Nase gegen die Glasscheibe. Auf der anderen Seite sitzt der Gorilla, er hat Stroh in seinem zerzausten Fell, er lutscht an seinem Daumen und umklammert mit seiner freien Hand eine zerschlissene Wolldecke. Neles Hals schmerzt von dem vielen nächtlichen Schluchzen, sie zieht ihren Schal enger.

»Mama? Ist der Affe traurig?«, will Julchen wissen.

»Nein, Schatz. Er denkt«, sagt sie und streicht ihrer Tochter über den Kopf.

»An Papa?«

Nele schluckt. »Wie kommst du denn darauf?«

»Du siehst auch so aus, wenn du an Papa denkst. Und ich auch.«

Die Hitze in den Gehegen, der scharfe Stallgeruch. Der traurige Affe vor ihnen. Zwei Gehege weiter schlägt ein aufgeknüpfter Autoreifen gegen die Wand, den ein herumhangelnder Schimpanse zum Schwingen gebracht hat. Das Geräusch ist dumpf und rhythmisch, es erinnert sie an das hohl klingende Tuten in der Leitung, das sich durch kein Bitten verändern hatte lassen, durch kein Fluchen und Flehen: Nimm ab.

Sie hat mitten in der Nacht versucht, ihn anzurufen. Spätnachmittags muss es da bei ihm gerade gewesen sein, verdammtes Amerika, verdammte Zeitzone. Ob die Nummer stimmt, weiß sie nicht, immer noch nicht, aber es ist sowieso niemand rangegangen. Geschlafen hat sie kaum. Vorm Bolle hat sie dann im Morgengrauen auf die Öffnung gewartet, sie ist an das Regal mit den Tageszeitungen und Illustrierten gestürzt und hat alles durchgeblättert, hat Bilder gesucht, seinen Namen und Cindy, welche Cindy, aber es war nirgendwo etwas zu finden. Boris Becker stattdessen überall, auf Hochglanz und in kurzen weißen Hosen, und immer noch Prinzessin Diana mit ihrem Reitlehrer, Skandal, Skandal, und jetzt schneidet ihr der Stallgeruch der Affen die Luft ab, sie muss hier raus.

Draußen ist der Schnee grau. Julchen protestiert, als sie sie aus dem Affenhaus führt. Sie will die Mütze nicht aufsetzen, die Fäustlinge nicht anziehen, nein, nichts trinken, nein, auch keinen Keks, nein, nein. Sie will bei dem traurigen Gorilla bleiben. Die Tränen schießen ihr aus den Augenwinkeln, sie stampft mit den kleinen Füßen auf den gefrorenen Boden, sie starrt Nele mit diesem vorwurfsvollen Blick an, den sie einfach nicht aushalten kann, auch wenn sie es muss.

Egal, was sie auch tut: Nichts gelingt. Mit jedem Schritt wird ihr das klarer. Sie ist keine gute Mutter. Sie ist keine Partnerin mehr und auch keine Schauspielerin. Sie hat keine Stimme. Für das Theater nicht und auch sonst nicht. Es muss mehr geben, mehr von allem: von hier, vom Jetzt, vom Leben. Das kann noch nicht alles gewesen sein, nicht so.

Auf den Wegen ist niemand. Niemand außer ihr kommt auf die Idee, heute in den Zoo gehen zu wollen, natürlich nicht. Selbst die Tiere haben sich verkrochen, sie ducken sich in ihre Behausungen, verkriechen sich in Bauten und Kuhlen, so tief sie nur können. Im Wolfsgehege muss gerade Fütterung gewesen sein, Fleischreste liegen im Schnee, abgenagte Knochen stechen in die klare Luft. Blut ist in die Schneedecke gesickert, schwarze Krähen picken an den Kadavern herum. Die Wölfe selbst sind nicht zu sehen.

Heym hätte es bestimmt gefallen, dieses Bild.

Julchen schluchzt und schnüffelt, sie lässt sich nicht an der Hand nehmen. Ihre kleinen Finger hat sie zu Fäusten geballt, sie stapft vorneweg und dreht sich nicht um. Nele trabt ihr hinterher, sie müsste sie rufen, etwas tun, irgendetwas Erzieherisches, aber sie ist so müde. Sie hat keine Ahnung, wie das weitergehen kann und soll. Wenn alles gut läuft mit dem Heym, dem Faust, der Schule, dann wird sie immer weniger Zeit für ihre Tochter haben. Und wenn es nicht gut geht, was dann. Sie beobachtet eine Zoowärterin, die weiter hinten im Overall aus einem Gebäude kommt, Pinguine oder Eisbären wahrscheinlich, einen Metalleimer in der Hand, aus dem das Wasser bis hoch zum Henkel spritzt. Einen Augenblick lang beneidet sie sie.

Wieder zieht sie den Schal enger.

Wie wäre das: eine klare Aufgabe haben, die man erfüllen muss. Im Theater ist nichts klar, denkt Nele. Alles ist offen, man kann so viele Möglichkeiten beschreiten und doch die falsche wählen. Dann ist alles umsonst. Der Vorhang senkt sich über einen leeren, sinnlosen Raum, und die Zuschauer zucken mit den Achseln und haben schon am nächsten Morgen vergessen, was sie da eigentlich gesehen haben. Das ist die größte Gefahr: dass nichts haften bleibt. Sie lauert auch bei diesem Faust, das spürt sie immer deutlicher. Es könnte ein lustiger Abend werden, ja. Aber um wirklich etwas zu bedeuten, wirklich etwas zu sein, um zu bewegen, zu berühren, reicht es einfach nicht. Es fehlt noch etwas. Und es fehlt nicht nur in ihrem Konzept oder bei Schwarz, bei Tadeusz. Bei Katharina und François – es fehlt schon bei Heym. Da ist Nele sich sicher. Er selbst hätte ihr, denkt sie, da wahrscheinlich sogar zugestimmt, er war ja längst noch nicht fertig. Es gibt zu viele Leerstellen, zu viel Flüchtiges. Theater muss etwas ausdrücken, findet Nele, es muss mehr wollen, mehr können, mehr sein als die Wirklichkeit. Heym ist seit Jahrzehnten tot, und Berlin, dieses Berlin, durch das er seinen Faust schlingern lässt, hat sich seither so verändert. Das kann man nicht alles ignorieren. Sie muss da nachrüsten, egal, was Brandner sagt. Stillstand wäre falsch, das sieht sie immer wieder. Allein schon bei den Freundinnen, die zwar fortgegangen, aber doch so unfassbar stehen geblieben sind, allein schon in ihrem Blick auf die Stadt. Nele versteht diesen Blick, sie hatte ihn ja selbst. Aber das Berlin von jetzt ist längst nicht mehr das Berlin von vor ein paar Jahren und erst recht nicht das Berlin von 1911. Ein Lunapark wäre heute nicht mehr denkbar, *Schwarze als*

Ringkämpfer. Sie muss das aufgreifen, sie muss sich positionieren. An Goethes Faust wird sie sich orientieren: *was die Welt im Innersten zusammenhält.* Sie muss weitersuchen, weiterdenken, weiterarbeiten. Wer weiß, wie viele Inszenierungen sie machen darf in ihrem Leben. Sie opfert so viel, die Zeit mit ihrer Tochter, den Kontakt zu ihrer Familie – sie muss sich sicher sein, dass es sich lohnt.

Vorne macht der Weg eine Biegung, ein paar Steinstufen führen hoch zum Hintereingang des Aquariums, in dem die Reptilien und Fische untergebracht sind. Vor den Krokodilen hat Julchen Angst, auch die Schlangen sind ihr nicht geheuer, aber sie liebt die Tiefseefische. Es gibt einen winzigen, komplett abgedunkelten Raum, der die Dunkelheit tief unten im Meer nachbilden soll. Wenn man dort ganz still steht, sieht man das bläuliche Blinken der Fische, die hinter dem Glas herumschweben. »Sie orten sich«, hat er Nele einmal erklärt, als sie dort aneinandergelehnt standen. »Sie wollen ihre Liebsten wissen lassen, wo sie sind.« Nele war damals gerade schwanger.

Später hat sie erfahren, dass die Fische so ihre Beute anlocken. Und dass manche der Fische matt gefärbt sind, um das Licht ihrer Angreifer zu schlucken. Aber sie hat mit ihm darüber nie gesprochen.

Eine Postkarte von den Tiefseefischen könnte sie ihm schicken. Eine Ortung. Ihn wissen lassen, wo sie sind. Dass es sie überhaupt noch gibt. Vielleicht verkaufen sie im Laden eine Abbildung mit einem von diesen verformten Fischen darauf, die bei Licht besehen alle ziemlich hässlich sind.

Sie läuft schneller, schnappt ihre Tochter an der Kapuze, beugt sich über sie und küsst ihr die Stirn. »Komm«, sagt sie, »wir gehen zu den Funkelfischen.«

Das Kratzen im Hals lässt nicht nach. Karamellen hat sie sich in der Apotheke gekauft, eine Tüte mit dunklen Malzblöcken, die sie krachend zerbeißt. Sie lächelt, als sie in die Knaackstraße einbiegt und der Turm im Dunkeln vor ihr aufragt. Dort darf sie einfach sie selbst sein, sie muss sich nicht kümmern, muss sich nicht sorgen, um niemanden, nur um sich selbst. Manchmal macht ihr das fast ein schlechtes Gewissen: wie frei sie sich hier fühlt. Und vor allem wie jung.

Die Tür zum Treppenhaus quietscht, als Nele sie aufstemmt. Ein paar Studenten aus dem dritten Jahrgang kauern auf den unteren Stufen der Wendeltreppe, sie nicken Nele zu und stecken sofort wieder die Köpfe zusammen. Katharinas Probe ist für heute angesetzt, die zweite Lunapark-Szene. Ob sie Rollschuh fahren könne, hat Katharina sie gestern gefragt und Nele hat gelacht und genickt.

Bevor sie die Tür zum dritten Stockwerk öffnet, zögert sie kurz. Sie könnte weiter aufsteigen, hoch zum Sekretariat, und Frau Koch bitten, noch einmal in François' Wohnheim anzurufen. Dreimal hat sie es bisher versucht, jedes Mal war eine dünne Mädchenstimme am Apparat, die offensichtlich überhaupt nicht verstand, was man von ihr wollte. Sogar auf Französisch hat Nele sich ein paar Worte zusammengeschrieben, *je voudrais parler avec François*, aber das hat auch nichts geholfen.

Der Probenraum ist hell erleuchtet. Katharina kauert auf der Bühnenkante, sie hat Rollschuhe neben sich aufgereiht und kritzelt in einem Notizbuch herum. Sie wirkt noch müder und angestrengter als sonst, fast verbissen. Jemand müsste ihr mal die Haare kämmen oder ein Kleid anziehen, dann sähe sie, denkt Nele, gar nicht so schlecht aus. Überhaupt nehmen sich die anderen dieses Studium viel zu sehr zu Herzen. Es ist doch nur eine Schule. Und Brandner ist nicht Gott.

»Glaubst du, dass er kommt?«, ist das Erste, was Katharina

sagt. Sie grüßt Nele nicht, sie sieht nicht einmal auf, während sie spricht. Auch ihr Stift stoppt nicht auf dem Papier, sie schreibt einfach weiter.

»François? Ich weiß nicht, ich mache mir langsam Sorgen, dass er –«

Katharina unterbricht sie. »Brandner«, sagt sie und sieht nun doch von ihrem Heft auf. Sie klingt tadelnd, als hätte Nele doch wissen müssen, von wem sie redet. Oder als wäre es Frevel, es nicht sofort zu erahnen.

Nele zuckt mit den Schultern. »Und wenn nicht.«

»Leicht gesagt, wenn man sein Lieblingskind ist.«

»Was soll denn der Quatsch.«

»Wer durfte denn die Probe auf der großen Bühne im Stollen machen.«

»Und bei wem ist er dort einfach abgehauen?«

»Ist halt eh alles supi, was du machst.«

»Hast du ein Problem?«

»Habe ich«, ruft Katharina und wedelt mit der Hand, »Die Probebühne ist viel zu klein. Wie soll ich denn hier die Idee mit der Eisfläche ausprobieren.«

»Wenn Ihr Konzept an der Größe einer Bühne scheitert, ist es höchstwahrscheinlich nicht das richtige«, sagt Brandner. »Wirklich gute Ideen lassen sich überall umsetzen. In einer Schuhschachtel genauso wie in einem Flughafenhangar.« Er lehnt in der Tür, sein Mantelkragen ist hochgeschlagen. Es muss gerade begonnen haben zu regnen, aus seinem Haar tropft Wasser. Hinter ihm stehen Schwarz und Tadeusz, beide mit nass schimmernden Haaren. Sie sehen in seiner Nähe fast zierlich aus. Selbst Schwarz, der doch mindestens genauso groß ist wie er, wirkt auf einmal ganz klein.

Plötzlich ein Luftzug, hinter ihnen schwingt die Tür auf und noch jemand betritt den Flur. Schmal und ausgemergelt kommt er über die Biegung auf sie zu, er hält sich aufrecht, aber sein Blick ist gesenkt, die Lippen zusammengepresst: François.

Nele hebt freudig die Hand zum Winken, aber François merkt es gar nicht, er betrachtet seine Schuhspitzen, er blickt nicht auf, grüßt niemanden. Regenwasser oder geschmolzener Schnee rinnt ihm aus dem Kragen und tropft auf das Linoleum. Brandner wischt sich mit seinem Schal die Stirn trocken. »Dann sind wir ja endlich wieder komplett«, sagt er. »Katharina, zeigen Sie mal, was Sie vorhaben. Wir sind gespannt.«

Und auf einmal hat Nele ein schlechtes Gefühl.

»Sie haben keine Ahnung von Figurenführung«, erklärt Brandner wenig später.

Von gefrorenen Seen hat Katharina vorher gesprochen, von Winter und von Heym und ihren steif gekühlten Leichnamen unterm Eis. Und dass alle Figuren daher Schlittschuhlaufen müssten. Katharinas Herleitung fand Nele gut, eine langsam zuschneiende Bühne, Schlittschuhläufer auf dem Eisernen See im Lunapark, aber dann schlingerten sie alle auf Rollen durch den kleinen Probenraum, Schwarz und Tadeusz prallten gegeneinander und stürzten auf die Bühnenbretter, François verhedderte sich im seitlichen Bühnenvorhang und Nele selbst bekam einen Lachkrampf.

Katharina ist die Einzige, die sich jetzt auf der Bühne befindet, alle anderen versuchen, sich schwankend im Zuschauerraum auf den Beinen zu halten. Tadeusz klammert sich an die Heizung und rollt hin und her, François umkreist einen Stuhl, Schwarz krallt sich an eine Tischkante und reibt sich seinen Knöchel. Nur Nele selbst tänzelt spielerisch auf der Stelle.

»Wie bringen Sie die Schauspieler dazu, das zu tun, was Sie vorhaben?«, will Brandner von Katharina wissen. »Welche Anweisung geben Sie Ihnen?«

Katharinas Augen sind weit aufgerissen und wirken leer, sie starrt in das Scheinwerferlicht wie ein Reh auf nächtlicher Straße und schüttelt den Kopf. Fast hat Nele Mitleid mit ihr.

»Sie brauchen gestische Verben!«, ruft Brandner schließlich.

Katharina sieht ihn verständnislos an. »Was … was meinen Sie damit?«

Brandner seufzt und dreht sich zu Nele um: »Nele, bitte helfen Sie ihrer ahnungslosen Kollegin.«

»Verben, die eine Handlung implizieren«, hört Nele sich automatisch antworten, dabei wäre es besser gewesen, zu schweigen, denkt sie, schweigen und nicht wieder bestätigen, dass sie das Lieblingskind ist, die Streberin, die alles weiß. Aber eigentlich ist es ihr auch egal, was Katharina denkt.

Sie kann sehen, wie Katharina die Augen zusammenkneift, auf ihrer Stirn zeichnet sich eine Furche ab. Brandner scheint es nicht zu bemerken, er schmunzelt Nele zu. »Genau. Tadeusz, was gäbe es da für Beispiele?«

Tadeusz zuckt zusammen, als wäre er überrascht, dass Brandner ihn aufruft. Einen kurzen Augenblick scheint er zu überlegen, dann sagt er: »Würge sie! Renn ihn um. Weiche ihr aus.«

»Genau. So setzen Sie die Figuren automatisch miteinander in Beziehung. Sie geben dem Schauspieler Futter, sie versetzen ihn in Aktion, in eine Handlung. François, verstehen Sie das sprachlich?«

Auch François sieht überrascht aus. Es ist ihm gerade gelungen, sich trotz der Rollschuhe auf einem Stuhl niederzulassen. Jetzt kippelt er damit herum, so dass seine Füße in der Luft baumeln und die Räder der Schuhe den Boden nicht berühren. »Qui«, ruft er eifrig.

»Nennen Sie ein Beispiel.«

»Packe ihn?«

»Sehr gut!«, nickt Brandner. »Katharina, Sie sehen nicht überzeugt aus.«

Nele kann sehen, dass Katharina ihre Hände in ihre Hose gekrallt hat.

»Schon«, sagt Katharina. Ihre Stimme klingt dünn. »Aber der Schauspieler muss doch auch so denken wie seine Rolle? Das erreicht man wohl nicht mit solchen Anweisungen?«

»Das Denken?«

Am liebsten würde Nele dazwischengehen. Sie kann sehen, was kommt. Sie schiebt sich zurück, hinter Brandner, sie fixiert Katharina und schüttelt den Kopf. Aber Katharina bemerkt es nicht, sie glaubt, wieder an Boden zu gewinnen. »Ja, das Denken! Der Gedanke muss doch klar sein, wenn der Schauspieler ihn darstellt.«

Brandner lehnt sich zurück. »Und woher soll der Zuschauer sehen, was ein Schauspieler denkt?«

»Ich... na, das zeigt sich in seinem Gesicht, in seinen Augen...«

Brandner seufzt noch einmal. Dann wirft er seine Arme in die Höhe. »Wir sind hier doch nicht beim Fernsehen«, röhrt Brandner. »Wie soll denn der Zuschauer in der zwanzigsten Reihe sehen, was sich in den Pupillen des Schauspielers abspielt?«

»Ja, aber er muss doch den Gedanken denken, den die Figur hat? Und das spiegelt sich dann im ganzen Körper?«

»Er muss den Gedanken denken? Das ist Ihre Idee von Schauspiel?«

»Ja.«

»Der denkende Schauspieler?«

»Das...«, Katharina sieht sich verwirrt nach den anderen um. »Ja, natürlich?«

»Und womöglich noch das denkende Publikum?«

»Ja?«

Brandner schnaubt: »Wir psychologisieren hier nicht!«

Jetzt scheint Katharina völlig ratlos zu sein, sie öffnet ein paar Mal den Mund und schließt ihn wieder. Brandner betrachtet sie dabei. Er sieht plötzlich angewidert aus, seine Lippen sind verzogen, sein Oberkörper wendet sich leicht von ihr ab. Nach einer langen Stille fragt er schließlich: »Welche Inszenierung hat Ihnen denn zuletzt gefallen?«

Katharina sieht erleichtert aus, als sie die Frage hört, wahrscheinlich, weil sie endlich eine Antwort bieten kann. Sie überlegt einen Augenblick. Dann sagt sie: »*Julius Caesar* von Peter Stein.«

Nele verschluckt sich fast. So dumm kann Katharina doch nicht sein. Dass sie einen West-Regisseur nennt. Und dann noch einen der größten Widersacher Brandners. Aber sie steht da ganz arglos, ihr Blick wirkt offen und klar, sie bemerkt gar nicht, wie sehr sie Brandner gerade provoziert. Im Gegenteil, als er nicht antwortet, fügt sie auch noch hinzu: »Bei den Salzburger Festspielen. Da hat man richtig gesehen, wie Caesar sich selbst immer weiter reinreitet. Und wie er denkt! Und das Publikum denkt dann auch, es denkt sozusagen mit.«

Brandner dreht sich Nele zu.

»Nele, schnallen Sie die albernen Dinger da ab und kommen Sie auf die Bühne. Katharina, Sie setzen sich neben mich.«

Nele zögert kurz, sie ahnt, was kommen wird. Aber dann schlüpft sie gehorsam aus den Schlaufen der Schuhe. Sie ist nicht hier, um Katharina zu retten.

»Drehen Sie sich mit dem Rücken zu uns. Denken Sie an etwas.«

Es ist noch schlimmer, als sie gedacht hat. Aber nun gut. Sie wird denken. Sie wird an ihre ehemaligen Freundinnen denken. Nele sammelt sich und konzentriert sich auf die ersten Gefühle, die ihr dabei in den Sinn kommen. Enttäuschung. Und Zorn. Ja,

Zorn, das ist besser. Zorn könnte man ablesen von ihrem Körper. Diese Chance zumindest hätte Katharina.

»Nachtrab, was denkt Ihre Kollegin?«, hört Nele Brandner sagen. Und dann das Stottern von Katharina: »Ich … naja … das …«

»Mag ja sein, dass Ihr verehrter Herr Stein auf der Theaterbühne mit Fernsehästhetik arbeitet. Aber dann hätten Sie bei ihm ein Studium beginnen sollen und nicht bei mir.«

»Fernsehästhetik?«, hört Nele Katharina stottern. »Der Caesar war in der Felsenreitschule, mit Hunderten von Statisten, das ist doch nicht …«

»Psychologisieren können Sie anderswo.«

»Aber ich psychologisiere doch ni-«

Brandner fällt ihr ins Wort: »Nele drehen Sie sich um.«

Nele würde am liebsten den Blick senken, als sie sich jetzt langsam zum Zuschauerraum zurückwendet. Stattdessen starrt sie Katharina an und versucht dabei weiter zu denken, weiter bei ihrem Gedanken zu bleiben, der Zorn ist das Einzige, was sie für Katharina jetzt tun kann. Und Nele ist zornig! Nele spürt, wie sich ihr Magen zusammenzieht, sie ballt die Fäuste, ihre Schläfe beginnt zu pochen. Sie kann sehen, wie Tadeusz aufmerkt, als würde er das Gefühl wiedererkennen, aber Brandner sieht es nicht, er will es gar nicht sehen.

»Was denkt sie jetzt«, knurrt Brandner und hält dabei den Blick seitlich gerichtet, auf Katharina. »Nachtrab, das müssen Sie doch sehen! Gucken Sie ihr einfach in die Augen, diese denkenden Augen!«

Katharinas Gesicht ist flammend rot. Sie sitzt gekrümmt neben Brandner, sie schluckt mehrmals, bevor sie antwortet, das kann Nele sehen. Aber dann murmelt Katharina etwas, so leise, dass Nele es kaum versteht. »Ich glaube, sie denkt, dass Sie Ihren Neffen besser behandeln sollten.«

Der Stuhl, auf dem Brandner gerade noch saß, kippt mit lautem Poltern um. Brandner steht direkt vor Katharina, die sich langsam von ihrem Stuhl erhebt und ihn dabei nicht aus den Augen lässt, als wäre er ein wildes Tier. Einen Moment lang stehen die beiden direkt voreinander, Mentor und Schülerin, dicht, viel zu dicht. Nele kann sehen, wie sich Katharinas gekräuselte Haare im Takt von Brandners Atem bewegen. Keiner von ihnen sagt etwas, sie atmen einander an, Katharina schwankt leicht, als würde es sie alle Kraft kosten, sich gegen Brandner aufzubäumen, ihr linkes Knie beginnt schon zu zittern. Dann dreht Brandner sich um und stürmt aus dem Probenraum. Sie hören ihn den Gang hinunterpoltern, die Tür zum Treppenhaus wird aufgerissen und fällt donnernd ins Schloss.

»Alter, was war das denn?«, hört Nele Schwarz fragen.

Nele schweigt. Ihr Blick ist noch immer auf Katharina gerichtet, die auf Tadeusz zustakst, mit jetzt eindeutig zitternden Knien. Nele hört nicht, was sie ihm zuflüstert. Sie sieht nur, wie Tadeusz die Rollschuhe abstreift, sie gegen die Wand schleudert, knapp am Kopf von Schwarz vorbei. Wie Schwarz zurückschreckt, als Tadeusz an ihm vorüberrennt. Sie hört François kichern, der noch immer hin- und herkippelt, sieht, dass Katharina seinem Stuhl einen Tritt versetzt, bevor sie losrennt, Tadeusz hinterher. François schlägt auf dem Boden auf und fängt an zu wimmern. Da erst dreht Nele sich zu Schwarz. Schwarz will etwas sagen, aber dann schließt er den Mund und schüttelt nur stumm und ratlos den Kopf.

»Passt ditte?«, ruft der Techniker.

Sie kann ihm nicht antworten. Ihre Stimme ist ein Hauchen, ihr Hals kratzt.

Nicht schon wieder. Es darf nicht schon wieder passieren, dass ihre Stimmbänder sie im Stich lassen. Nicht jetzt. Nele will sich räuspern, aber nicht einmal das ist zu hören. Stattdessen nickt sie, so heftig sie kann.

Ihr Nicken versetzt das Seil in Schwingung. Neles Füße schweben hoch über dem Boden der Bühne, dicht über ihr wölbt sich die Decke des Maschinenhauses. Unten liegt ihre Tasche mit der Postkarte.

Eine Zeichnung ist darauf zu sehen. Ein merkwürdiger Fisch, dessen Flossen irgendwie unordentlich aussehen. Seine viel zu großen Augen wirken flehend und aus seinem verzogenen, riesigen Maul ragen zu viele Zähne. *Ich denke an dich*, hat Nele in kleiner Schrift auf die Rückseite geschrieben. *Hier – und sowieso.* Sie musste zweimal absetzen, weil ihre Hand so zitterte. Jetzt steckt die Postkarte im Seitenfach. Und sie weiß auf einmal nicht mehr, ob sie sie überhaupt losschicken will. Oben im Sekretariat könnte sie die Karte abgeben, Frau Koch läuft in ihrer Pause immer zur Post.

Stattdessen hat Nele die abgebrochene Probe genutzt, um den Bühnenmeister zu suchen. Die Vorrichtung für den schwebenden Faust wollte sie testen, wollte sichergehen, dass sie ihre Idee auch verwenden kann. Die Idee, dass Faust in die Höhe zu fliegen beginnt, wenn er *überirdisch* wird. Sie stellt sich vor, wie man ihn vorher nur als Schatten sieht, und er plötzlich mit seinem Heiligenschein aufzusteigen beginnt. Wie er höher und höher steigt, über die Kante der aufgespannten Projektionsfläche hinaus. Und wie er für die Zuschauer plötzlich real sichtbar wird.

Sie stellt sich vor, dass der fliegende Faust da von der Decke hängt. Und dass plötzlich zu erkennen ist, dass er Hammer und Sichel in den Händen hält. Ein aufgeknüpfter Roter Engel des Kommunismus. Es ist nur ein Effekt, das ist ihr klar. Aber einer, der ihr gefällt.

Vor allem ist es ein Bild, das man politisch deuten kann.

»Dann lass ick dir runter«, brüllt der Techniker ihr von unten zu. »Achtung!«

Nele nickt wieder und sieht, wie die Bretter des Bühnenbodens auf sie zukommen. Sie schwankt kurz, als ihre Schuhsohlen auf der Fläche aufsetzen. Dann beginnt sie, sich aus dem Geschirr zu schnallen.

»Aber dass Ihr da nicht ohne Aufsicht dran rumspielt«, sagt der Bühnenmeister, der in der geöffneten Bühnentür lehnt und sie und den Techniker beobachtet. Nele nestelt an der Halterung herum und zieht sich aus der Schlaufe. Ihr Blick fliegt hoch zu den Stahlstreben.

Ihr Lachen ist heiser. Ihre Stimme ist gerade noch zu hören, als sie antwortet:

»Wir doch nicht.«

V

Todestage

11

Es gibt diese Dinge, die die Zeit ausradiert. Die Linien verwischen, und wir bewegen uns innerhalb einer Ausfransung. Wir meinen, die Strecke zu kennen, und folgen ihrem Verlauf. Wir tasten uns an Wänden entlang, die wir selbst aufgestellt haben, und glauben zu wissen, wo wir abbiegen müssen. Aber wir vergessen dabei eins: Man sollte niemandem glauben, am wenigsten sich selbst.

Ich stand auf der Feuerleiter. Der Eiswind stach mir in den Ohren. Ich zog meinen Pullover eng um mich und stampfte mit den Füßen auf den Rost, aber mir wurde nicht warm. Durch das Metallgitter hindurch konnte ich hinunter auf den kleinen Spielplatz sehen. Die Schaukeln und Rutschen waren verschneit, die Sandkästen weiß überzuckert. Ich zitterte und betrachtete von oben die spielenden Kinder auf der Anhöhe. Mit ihren Händen schaufelten sie einander Schnee ins Gesicht, sie purzelten in kunterbunten Skianzügen durch die Schneewehen und schlitterten über vereiste Pfützen. Überall türmten sich halbfertige Schneemänner, ein bärtiger Erzieher baute an einem Iglu, am vereisten Klettergerüst lehnte eine Kindergärtnerin und rauchte.

Sie sah zu mir hinauf und nickte mir zu, durch ihre Rauchwolke hindurch, aber vielleicht bildete ich mir das nur ein.

Ich wollte dort unten sein. Das Gefühl war so stark. Ich wollte dort unten sein und mit den Kindern im Schnee spielen. Oder am Gerüst lehnen und zum Turm hinaufblicken, unbeteiligt, mit einer wärmenden Tasse Tee in meiner Hand. Wenn ich ehrlich war, wollte ich überall lieber sein als hier.

Es war der Tag der Konzeptverteidigung. Ich wusste nicht, wie ich das durchstehen sollte. Brandner hatte seit meiner Probe nicht mehr mit mir gesprochen. Tadeusz auch nicht. Es schien mir kaum machbar: Die Feuerschutztür öffnen und in den Flur eintreten. Den gebogenen Gang hinuntergehen, auf dieses Zimmer zu, in dem sie alle saßen. Huth, der Dramaturg, der in unserer Aufnahmeprüfung gesessen hatte und mit dem wir seitdem nicht wieder zu tun gehabt hatten. Werck, der Regie-Dozent, der uns freigegeben hatte, sobald Brandner uns für sich beanspruchte. Woll. Orlow. Und Brandner, natürlich.

Es fühlte sich an, als müsste ich vor Gericht.

Ich verstand nicht, wie die anderen den Druck aushielten. Ich war mir ziemlich sicher, dass es ihnen auch nicht gut ging, aber wir redeten nicht darüber. Wir sprachen überhaupt nicht, als wir gerade noch gemeinsam im Flur standen, wir schwiegen einander an und atmeten die stickige Turmluft, dieses Aroma aus Ozon, Rasierwasser, Moder und jahrzehntealter Schuld. François rannte ständig auf die Toilette. Nele lehnte an der Wand und zupfte am eingerissenen Nagelbett ihres Zeigefingers herum. Nur Schwarz sah entspannt aus, er saß auf dem Boden, hatte die Augen geschlossen und lächelte vor sich hin.

Aber Tadeusz. Er stand mitten im Flur, als hätte ihn dort jemand vergessen. Er presste etwas an seinen Brustkorb, ein Bündel, irgendetwas Unförmiges, das in ein Tuch eingeschlagen war. Ich fragte mich, was es war. Von den Masken, die wir gebastelt hatten, konnte es eigentlich keine sein. Ich hatte ja gesehen, wie enttäuscht er von ihnen bei seiner Probe gewesen war. Ich hätte mich gerne zu ihm gestellt, aber seine schwarzen Haarsträhnen fielen ihm ins Gesicht wie ein eiserner Vorhang, hinter den er niemanden blicken ließ, vor allem nicht mich.

Ich hatte das nicht ertragen und aus einem Reflex heraus die Tür zur Feuerleiter geöffnet. Der Notausgang, hatte ich noch gedacht, wie passend. Erst als die Tür aufschwang und die Kälte mir entgegenschlug, war mir eingefallen, dass wahrscheinlich gleich ein Alarm losschrillen würde, aber der Turm blieb still. Nun stand ich hier, den Eiswind am Körper, die plattgepressten Schneehäufelungen des verschneiten Geländers unter meinen auskühlenden Fingern, über mir die Eiszapfen, die von der Dachhaube abwärts stachen, und wusste nicht, wie ich die Kraft finden sollte, wieder in den Turm einzutreten. Es fühlte sich so merkwürdig an, hier an seiner Außenwand zu stehen, so hoch oben. Es war ein Schwebezustand, ich war weder drin noch draußen, ich war hier und doch auch nicht. Ich stellte mir vor, wie ich die Leiter hinunterklettern würde, immer tiefer abwärts, bis ich nicht mehr weiterkäme.

Aber was dann.

Auf dem kahlen Baumzweig mir gegenüber wippte eine Krähe. Sie hatte ihren Blick auf mich gerichtet, ihre Augen schwarze, glänzende Murmeln. Sie sah mich mitleidig an und ein bisschen hämisch. Unten kreischte ein Mädchen, das von einem Schneeball mitten ins Gesicht getroffen worden war, überall spritzten Schneeballfetzen. Jemand weinte.

Ich drehte mich zurück zum Turm und holte tief Luft. Es fühlte sich an, als läge mein ganzes Leben hinter dieser Schutztür. Und so war es ja auch. Sie konnten mir die Teilnahme am Heym verbieten, sie konnten mir das erste Fähnchen verpassen, meinen Verweis von der Schule vorbereiten, mich rauswerfen, aussperren, in ein anderes Leben schicken. Sie hatten über meine Zukunft alle Macht.

Das hier, das sagte ich mir immer wieder, war die wichtigste Schule im ganzen wiedervereinigten Deutschland, zumindest für diesen Beruf. Hier zu scheitern wäre mein Verderben. Es wäre ein Makel, der sich nicht wieder abschütteln ließe. Nie.

Ich durfte das nicht vermasseln.

Die Tür wurde von innen aufgerissen. »Der Nächste!«, brüllte Schwarz mir ins Ohr. Ich zuckte zusammen und boxte ihn auf den Oberarm. Er sah noch immer so gelassen und fröhlich aus, dabei war er von Woll als Erster vor die Kommission gerufen worden.

»Wie lief's?«, fragte ich.

»Bombe«, grinste Schwarz.

»Tu nicht so.«

»Nee, echt, die waren total entspannt. Freuen sich auf meine Umsetzung.«

Ich starrte ihn an. »Wie hast du das denn geschafft?«

»Ich bin halt ein Genie.«

»Träum weiter.«

»Na gut: dank dir. Und dank Sperling natürlich.«

»Du hast den Sperling kopiert?«

»Gefälscht, nachgeäfft, geklont… Ist doch wumpe. Merkt hier eh keiner.«

»Aber das geht doch gar nicht!«

Er lachte. »Wohl geht das. Die sind einfach nur froh, wenn du das sagst, was sie hören wollen. Musst halt die richtigen Knöpfchen drücken.«

Ich schob mich an ihm vorbei in den Gang. Mit klammen Fingern nahm ich meine Mappe vom Boden auf. »Nachtrab«, hörte ich Woll rufen. Er klang ungeduldig, als riefe er mindestens schon zum dritten Mal nach mir. Seine Stimme kam aus der Tiefe des Flurs, sie drang mit einer Wolke aus Zigarettenrauch aus der geöffneten Tür des Besprechungszimmers. Er sprach meinen Namen noch immer falsch aus. Ich reckte mich so hoch ich nur konnte. Ich schritt auf die Tür zu und trat in den Nebel.

Sie saßen hinter einem Wehr aus zusammengeschobenen Tischen. Brandner in der Mitte, flankiert von Woll und Orlow. Die beiden Männer an den Außenseiten hatte ich vorher noch nie gesehen. Huth und Werck mussten das sein. Zumindest an einen von beiden hätte ich mich von den Prüfungen erinnern müssen. Aber sie sahen einander zu ähnlich: graue Haare, graue Hemden, hohle Wangen, dickrandige Brillen, ich hätte nicht sagen können, wer wer war. Ich war mir nicht einmal sicher, ob ich sie auf der Straße wiedererkannt hätte. Es wirkte, als könnte es von ihnen noch mehrere geben, sie sahen so unbedeutend aus, so unspezifisch. Beide nickten mir zu, fast simultan. Sogar ihre Bewegungen waren gleich: bedächtig und unauffällig. Sie mussten mindestens so alt sein wie die anderen auch. Zum ersten Mal wünschte ich mir eine Frau in diesen Kreis. Oder wenigstens jemanden, der jünger war als diese alten Männer, die hier saßen.

»Schließen Sie die Tür«, murmelte Brandner. Er sah mich dabei nicht an, er stierte auf mein kopiertes Konzept, das vor ihm auf dem Tisch lag. Ich erkannte die Schrift meiner Schreibmaschine, das Sternbild aus Tippex.

Meine Hand zitterte, als ich nach der Klinke griff. Ich hätte die Tür gerne offen gelassen, es war überhaupt kein Sauerstoff mehr im Raum. Alle fünf Männer rauchten und schwitzten. Woll, Huth und Werck führten fast zeitgleich ihre Zigaretten an ihre schmalen Lippen, Orlow klopfte gerade eine Pfeife in einem Aschenbecher aus, in dem gleich zwei von Brandners Zigarillos glommen.

»Können wir vielleicht das Fenster öffnen?«, fragte ich.

Woll bleckte seine gelben Zähne: »Wollen Sie sich schon jetzt rausstürzen?«, fragte er. Alle lachten.

Ich versuchte einzustimmen, aber aus meinem Hals kam nur ein Krächzen.

»Ihr Kollege Schwarz hat ganz schön vorgelegt«, sagte Brandner und sah noch immer nicht hoch. »Was können Sie uns zu Ihrer Verteidigung sagen.«

»Wofür werde ich denn angegriffen?«, fragte ich verwirrt. Wieder lachten alle, dabei hatte ich überhaupt nichts Lustiges gesagt. Ich verstand wirklich nicht, was sie von mir erwarteten.

»Gehen Sie einfach davon aus, dass wir alles an Ihrem Konzept in Frage stellen«, lächelte Woll. »Einfach alles, vom ersten bis zum letzten Satz. Stellen Sie sich vor, dass wir das alles für großen Unfug halten. Dann sind Sie auf der richtigen Fährte.«

Ich trat von einem Fuß auf den anderen, mir war noch immer kalt. Ich versuchte meine Mappe aufzuschlagen, um einen Blick in mein Konzept zu werfen, aber meine Hände gehorchten mir nicht richtig. Meine Finger hatten zu kribbeln begonnen, die Wärme im Raum ließ mein Blut zurückzirkulieren, meine Haut brannte.

»Nun«, setzte ich an und versuchte, meine Stimme unter Kontrolle zu bekommen. »Ich sehe das Eis als den großen, verbindenden Faktor in meiner Inszenierung. Es kann Dinge bewahren. Es fängt Momente ein und lässt sie erstarren –«

»Das steht hier alles«, unterbrach Brandner mich. Und hob endlich den Blick.

Ich stockte. Er betrachtete mich, als wäre er wütend darüber, dass ich überhaupt vor ihm stand. Als wäre ich ein Einbrecher. Ich wusste gar nicht, wie ich reagieren konnte. Schnell sah ich zu Woll, der sich Brandner zugedreht hatte und die Stirn runzelte.

»Was hat das mit Faust zu tun?«, fragte Brandner.

»Es hat mit diesem speziellen Faust zu tun«, antwortete ich. »Mit dem Lunapark und mit dem Eisernen See. Vor allem aber mit der Ermordung von Ernst Winter und mit Georg Heyms eigenem Tod, der dazu geführt hat, dass dieser Faust nie fertig wurde. Das Fragment selbst ist erstarrt, weil sein Schöpfer durch das Eis aus dem Leben gerissen –«

Brandner schnaubte. Es war ein scharfes Geräusch, das die durchräucherte Luft durchschnitt, eher ein Zischen. Es klang nach purer Verachtung. Ich versuchte weiterzusprechen, gegen das Zischen an oder über es hinweg, aber es gelang mir nicht.

»Was ist denn mit der Spielweise?«, fragte der linke der Männer, Werck oder Huth. »Was ist Ihre Grundansage an die Schauspieler?«

Ich sah dankbar zu ihm hinüber. Das war etwas, was ich nach meiner Probe verstanden zu haben glaubte: *Gestische Verben*. Ich hatte sogar begonnen, mir daheim eine Liste damit anzulegen.

»Sie wehren sich. Sie kämpfen gegen die Erstarrung an«, antwortete ich eifrig, »Sie ringen mit ihr und erliegen ihr schließlich.«

Ich konnte sehen, dass der rechte der beiden Männer aufmerkte. Er nickte mir leicht zu.

»Das reicht nicht«, sagte Brandner.

Mein Blick flog hilfesuchend nach rechts und links, zu Werck und Huth, aber ihre Blicke waren, sobald Brandner gesprochen hatte, wieder leer und verschlossen, sie zogen an ihren Zigaretten und sahen durch mich hindurch.

»Ich … dafür ist doch noch die Probe da? Dass man gemeinsam mit den Schauspielern den richtigen und besten Weg erarbeitet?«

»Wir sind hier nicht im Improvisationstheater«, sagte Brandner. »So viel zumindest sollten Sie von mir inzwischen gelernt haben. Auch wenn Sie sonst nichts von Theater verstehen.«

Mein Gesicht begann zu glühen. Ich wollte mir einreden, dass es die Wärme im Raum war, die Heizungsluft und der Eiswind zuvor, die jetzt meinen Kopf so heiß werden ließen. Aber natürlich wusste ich genau, woran es lag.

Ich schluckte, ich versuchte, Tränen und Worte zurückzuhalten. Einen Moment lang starrten wir uns an. »Das ist ungerecht, Sie fanden doch gut, was ich vorhatte!«, brach es schließlich aus mir heraus.

Brandner kniff die Augen zusammen. »Da haben Sie etwas missverstanden.«

»Nein! Ohne mich wüssten Sie noch nicht einmal, wer Ernst Winter war!«

»Ein fähiger Dramaturg hätte das für mich auch herausfinden können«, sagte Brandner und lehnte sich zurück. »Vielleicht wäre das ohnehin der geeignetere Beruf für Sie? Dramaturg? Als Dramaturg benötigen Sie keine eigenen Visionen, da dürfen Sie mit Ihrem Hintern am Schreibtisch sitzen bleiben und sich in alten Büchern vergraben.«

Woll runzelte die Stirn. »Da würde Bunge dir jetzt aber widersprechen. Oder Stolper. Oder Rödel.«

Ich schwieg. Das waren Namen, von denen ich noch nie gehört hatte. Ost-Koryphäen mussten das sein, wieder einmal. Auf einmal fragte ich mich, warum hier nicht nur keine Frau im Gremium saß – warum gab es hier nicht einmal jemanden aus dem Westen?

»Ich glaube nicht, dass eine Nachtrab die Qualitäten dieser Männer besitzt«, sagte Brandner. Sein Blick war hart.

Das war zu viel. »Ich habe Visionen!«, rief ich. »Auch wenn ich kein Mann bin!« Meine Wangen brannten jetzt, in meinen Ohren hörte ich einen hohen fiependen Ton.

»Dann sollten Sie zum Arzt gehen.«

»Was?« Ich verstand überhaupt nicht mehr, was Brandner da sagte. Ich konnte nur sehen, dass Woll bei Brandners letztem Satz zu lachen begonnen hatte. Er lachte lautlos, sein Mund war weit aufgerissen, seine gelben Zähne stachen nach vorn wie bei einem Pferd, das in die Luft biss.

»Was visionieren Sie denn so?«, hörte ich einen der anderen Männer fragen.

»Meine Vision ist Heym!«, antwortete ich mit überkippender Stimme, »ich zeige, wie sein Faust vom Tod überschattet wird, ich zeige den Teufel in einer zufrierenden Hölle!«

Brandner zuckte mit den Schultern. »Das reicht nicht. Unter diesen Umständen muss ich Ihnen leider die Teilnahme an meiner Inszenierung untersagen.«

Es war wie ein Schlag. Mein ganzer Körper verkrampfte sich in der Erschütterung, ich bekam kaum noch Luft.

»Das … das ist nicht fair!«, brüllte ich. Mir schlug das Herz jetzt bis zum Hals. »Sie haben uns nicht vorbereitet. Niemand hat uns gesagt, wie man so ein Konzept überhaupt schreibt. Das wissen Sie ganz genau.«

»Ihr Mitstudent wusste es durchaus«, stellte der rechte der beiden Männer kühl fest. Es war das erste Mal, dass er seinen Mund öffnete. Seine Stimme war viel zu hoch, sie klang wie von einer Frau. Oder wie von einem Eunuchen.

»Ja, aber Schwarz hat …« Ich biss mir schnell auf die Lippen und senkte den Kopf. Ich war keine Verräterin. Und sie würden mich nicht dazu machen. Ich hatte genug anderes zu tun. Ich musste mich zum Beispiel darauf konzentrieren, aufrecht stehen zu bleiben. Der Boden unter mir wirkte auf einmal breiig, er schien mich nicht mehr zu tragen.

Alles war vorbei. Alles war vorbei, und es war meine eigene Schuld.

Ich war zu dumm.

Ich war nicht gut genug.

Ich war nicht einmal Durchschnitt.

»Korbinian«, hörte ich Woll sagen. Er klang beschwichtigend. Anscheinend beugte er sich Brandner zu, ich hörte nur noch Gemurmel. Das Fiepen in meinem Ohr wurde lauter.

»Ich denke auch, dass ein Ausschluss von dem Projekt zu hart wäre«, erhob da plötzlich Orlow die Stimme, und ich sah auf. Er hatte die ganze Zeit über geschwiegen. Jetzt wirkte er auf mich wie eine Lichtgestalt. Seine schlohweißen Haare leuchteten im Streifen der Sonnenstrahlen, die durch das Fenster fielen. Seine sonst so wässrigen Augen waren heute ganz klar. »Auch am Theater würde man dem Mädchen noch eine Chance geben. Stanislawski und Meyerhold hat man oft genug nicht sofort verstanden. Und wir waren alle mal jung.«

»Wir sind aber nicht die Heilsarmee«, sagte Brandner.

Woll klopfte die Seiten meines Konzeptes aufeinander, Kante an Kante. »Wir hören uns erst einmal die restlichen Verteidigungen an und dann sehen wir weiter«, sagte er. »Galgenfrist, Fräulein Nachtrab.«

Seine Stimme klang freundlich, obwohl sein Gesicht ganz unbewegt blieb. Es war das erste Mal, dass er meinen Namen richtig betonte.

Ich nickte stumm. Ich schob mich zur Tür, griff nach der Klinke und öffnete. Ich setzte einen Fuß vor den anderen, hinaus in den Flur. Es war wichtig, dass ich mich bewegte, weg von ihnen. Dass ich nicht stolperte. Sie durften nicht sehen, wie sehr sie mich getroffen hatten, vor allem Brandner nicht.

»François!«, hörte ich hinter mir Wolls Stimme, und ich nahm am Rand meines Blickfelds wahr, wie François mit eiligen Tippelschritten auf mich zukam. Ich wollte ihm Glück wünschen, aber ich konnte meinen glühenden Kopf nicht heben. Außerdem brauste es in meinen Ohren und mein Mund war trocken. Also hielt ich mich an meiner Konzeptmappe fest und ging weiter, Schritt für Schritt, bis ich die Toilettentür fand.

Ich atmete erst wieder, als ich die Tür hinter mir zugezogen hatte. Einen Augenblick lang stand ich am Waschbecken und ließ Wasser über meine Hände laufen. Ich spürte keine Kälte, keine Wärme.

Dann sank ich auf den Kachelboden, den Rücken an den rostenden Heizkörper gepresst, die plötzlich so sinnlose Konzeptmappe neben mir. Ich weinte nicht. Aber ich gähnte und gähnte. Die Luft war auch hier drin stickig, und es gab kein Fenster, das ich hätte öffnen können. Ich wäre gern hinaus auf die Feuerleiter gegangen, an die frische, eisige Luft, zu der Krähe, den spielenden Kindern, dem weiten Blick. Aber plötzlich traute ich mir selbst nicht mehr.

Es gab von dort oben nicht nur die Stufen der Leiter in die Tiefe.

Jemand legte einen Arm um mich. Ich hob das Kinn von meinen Armen. Ich wusste nicht, wie lang ich schon hier kauerte. Das Fiepen in meinen Ohren hatte aufgehört, es war fast still. Ich konnte das Tropfen des Wasserhahns hören, den ich nicht richtig zugedreht hatte. Das leise Tuckern der Heizung in meinem Rücken.

Nele seufzte und lehnte ihren Lockenkopf an meine Schulter. Ihr Atem ging unregelmäßig, als wäre die Luft hier drin noch schwerer und dickflüssiger als sie tatsächlich war. Ich brauchte einen Augenblick, bis ich spürte, dass sie zitterte.

»Was haben sie dir gesagt?«, fragte ich. Mein Mund war noch immer trocken, aber meine Stimme klang erstaunlich normal.

»Unter anderem, dass ich als alleinerziehende Mutter hier

offensichtlich überfordert bin«, murmelte Nele. »Und zu alt bin ich auch, nicht mehr formbar genug. Und, ach so, ja: Wir sind der schlechteste Jahrgang, den sie je hatten.«

»Du hast ein Kind?«

Sie sah auf und lachte, aber ihre Augen waren rot. »Das wusstest du nicht?«

Ich schüttelte den Kopf. »Was ... was ist denn mit dem Vater?«

Sie stutzte. »Ich dachte, das weißt du alles«, flüsterte sie. »Ich dachte, du kannst mich deswegen nicht leiden.« Ich runzelte die Stirn und wartete darauf, dass sie weitersprach, aber sie senkte wieder den Blick. Einen Augenblick lang blieben wir so und lauschten auf den Aufprall der Tropfen im Waschbecken. Ich hatte das Gefühl, dass ich etwas sagen müsste, aber ich wusste nicht, was.

»François haben sie auch ohne Urteil rausgeschickt«, sagte Nele schließlich. »Tadeusz ist gerade drin, ich kann überhaupt nicht einschätzen, wie es für den läuft. Der scheint mit Brandner ja ganz gut zu stehen. Von wegen Korbinian und so.«

Ich spürte, wie mein Herz sich verkrampfte. Ich holte Luft, aber dann sagte ich nichts. Nur der Wasserhahn tropfte weiter und weiter. Neles Arm lag schwer und warm auf meiner Schulter. Ich spürte, wie ihr Zittern langsam abebbte und ihr Atem ruhiger wurde. Zur Sicherheit versuchte ich, mit ihr im Gleichtakt zu atmen und unmerklich langsamer zu werden, langsamer, tiefer.

»Glaubst du, Brandner hat einfach keine Lust mehr?«, fragte Nele irgendwann und hob ihren Kopf.

Ich starrte sie an. Der Gedanke war mir überhaupt nicht gekommen. Dass nicht ich schuld sein könnte an Brandners Verhalten. Ich konnte so etwas überhaupt nicht andenken. Es kam mir vor wie Gotteslästerung. Und er war ja auch ein Gott, zumindest für mich.

»Naja, so schlecht, wie er jetzt tut, können wir gar nicht alle sein«, erklärte Nele. Sie nahm ihren Arm von meiner Schulter und rutschte mir gegenüber, so dass wir uns ansehen konnten. Ein paar ihrer Locken waren feucht, eine Tränenspur zog sich vom linken Augenwinkel bis zu ihrem Hals. Unter beiden Augen lagen verwaschene Schatten aus Wimperntusche. Ihre Lippen waren trocken, aber ihr großer, rot geschminkter Mund wirkte trotzdem so perfekt. Sie lächelte schief. Selbst verweint sah sie noch schön aus.

»Da muss doch mehr dahinterstecken«, fuhr sie fort. »Die haben uns nicht umsonst aus Hunderten von Bewerbern rausgefiltert.« Ihre Augen begannen bei dem Gedanken zu leuchten, ihr ganzer Körper gewann seine Lebendigkeit zurück.

Ich schüttelte den Kopf und versuchte nicht allzu mutlos zu klingen: »Vielleicht haben wir sie bei der Aufnahmeprüfung geblendet? Und sie haben erst jetzt herausgefunden, wie talentlos wir wirklich sind?«

Ich meinte, was ich sagte. Ich konnte mich noch genau daran erinnern, wie erschöpft ich nach der Prüfung gewesen war. Tagelang musste ich mich davon erholen, ich war richtig ausgelaugt gewesen. Ich hatte in diesen zwei Prüfungstagen alles gegeben, was ich zu bieten hatte. Und als ich die Zusage bekommen hatte, hatte ich kurz überlegt, wie ich das vier Jahre lang durchhalten sollte. Ich hatte mich gefühlt wie ein Sprinter, den man nun auf eine Langstrecke ansetzte. Und von dem erwartet wurde, dass er seine Geschwindigkeit beibehielte, über den ganzen langen Marathon hinweg.

»Ach, Quatsch, die lassen sich nicht so leicht an der Nase herumführen. Die halten was von uns. Du kannst doch deine Selbstachtung nicht von der Meinung von so ein paar Männchen abhängig machen.«

»Wenn aber die Männchen die Macht haben?«

Nele schüttelte energisch ihren Kopf. »Du darfst eins nicht übersehen: das sind keine Pädagogen. Keiner von denen. Und dann auch noch alles alter Ost-Kader. Die gehen noch davon aus, dass es wichtig ist, Studenten zu brechen. Nur leider vergessen sie dann, uns wieder zusammenzusetzen.«

Ich machte eine Geste, die uns beide einschloss: »Voilà! Ein Trümmerfeld.«

Nele lachte. »So leicht lassen wir uns doch nicht unterkriegen! Das sind alles nur Warnschüsse. Glaub mir, ich hab am Theater noch ganz andere Sachen erlebt.«

Ich betrachtete sie erstaunt. Gerade hatte sie noch so verzweifelt gewirkt, aber jetzt war sie schon wieder wild entschlossen. Ich vergaß immer wieder, wie viel älter als ich sie war. Dass sie schon eine komplette Karriere abgeschlossen hatte, während ich noch immer stolz darauf war, mein Abitur geschafft zu haben und ganz allein nach Berlin gezogen zu sein. Vielleicht lernte man das, wenn man richtig erwachsen war: sich schnell von Rückschlägen erholen. Vielleicht musste man das können als Mutter.

Jemand klopfte von außen an die Tür. »Nele? Catherine?«, hörten wir François rufen. »Wir sollen zurück zu die Professeurs.«

Ich seufzte und lehnte meinen Hinterkopf gegen den Heizkörper. Ich konnte nicht noch einmal in diesen Raum gehen. Ich konnte überhaupt nicht mehr aufstehen und diesen Waschraum verlassen, nie wieder.

Nele erhob sich zuerst. Sie stand auf und strich ihr Kleid glatt. Vor dem Spiegel über dem Waschbecken entfernte sie die zerlaufene Wimperntusche unter ihren Augen, sie zog ihre Lippen nach und fuhr sich mit den Fingern durch die Haare. Sie sah jetzt wieder aus wie immer. Ihr Kleid wippte, als sie sich mir zudrehte. Sie bückte sich und hob meine Konzeptmappe auf. Mit gespitzten Lippen tat sie so, als würde sie Dreck von der Hülle abpusten. Dann reckte sie mir ihre Hand hin. »Komm schon. Auferstanden aus Ruinen! Und der Zukunft zugewandt!«

Ich schlug ein.

Wir waren zu dritt. Ich stand in der Mitte, Nele rechts von mir, François links. Ich hielt mich aufrecht und hatte den Blick fest auf Brandner geheftet. Es fühlte sich gut an, ihm nicht mehr allein gegenübertreten zu müssen Hätte es uns nicht noch schwächer wirken lassen, als wir ohnehin schon waren, hätte ich am liebsten nach Neles und François' Händen gegriffen. So aber lehnten wir Schulter an Schulter und hielten uns an unseren Mappen fest. Nele und ich atmeten noch immer im gleichen Takt, nur François holte hektisch Luft, so schnell, dass er fast hechelte.

»Ich bin enttäuscht von Ihnen«, sagte Brandner. Er war nicht gut zu verstehen. Seine Zunge schien schwer zu sein. »Ich gebe Ihnen die Chance zu einer Welturaufführung. Und wie danken Sie es mir? Mit Unachtsamkeit, Faulheit ...«

Seine Stimme verlor sich, sein Blick irrte an uns vorbei. Einen Augenblick lang warteten alle, ob Brandner noch weiterreden würde. Aber er hatte sich von uns abgewandt und sah aus dem Fenster hinaus. Draußen war es schon wieder dunkel, die Tage waren so kurz. Man konnte kaum etwas sehen. Nur den dunklen Himmel hinter fleckigem Fensterglas, ein paar kahle, von den Straßenlaternen orange bestrahlte Zweige, dahinter Umrisse von weiteren entlaubten Bäumen, ihr ineinandergreifendes Skelett. Es hatte zu schneien begonnen.

Woll räusperte sich, aber Brandner reagierte nicht. Er war wie versunken. Ich sah, wie die Männer untereinander Blicke austauschten. Nur Orlow blickte nicht hoch. Er rieb sich die Schläfe und griff mit zitternder Hand nach seinem Wasserglas.

»Dann bleibt wohl mir die frohe Kunde«, sagte Woll schließlich. Er sah noch einmal zu Brandner hinüber, aber der reagierte nicht. Woll klickte mit einem Kugelschreiber herum und stach mit der aufploppenden Spitze auf das Blatt Papier ein, das vor ihm lag. »Wir haben uns für Folgendes entschieden«, hob er an. »Nachdem mehr als die Hälfte der heutigen Verteidigungen gemäß unserem Schulstandard nicht ausreichend waren, wird die Aufführung von Georg Heyms *Faust* gestrichen.«

Ich gab einen Laut von mir, irgendetwas zwischen Wehklagen und Aufstöhnen, ich hatte es nicht verhindern können. Neles und François' Gesichter drehten sich mir zu, unsere Schultern kippten auseinander, wir kamen ins Schwanken, meine Hand schnellte an meinen Mund.

Woll winkte ab. »Kein Grund für Dramatik, Fräulein Nachtrab. Sie werden alle wie vorgesehen an diesem Projekt weiterarbeiten. Aber es erblickt nicht das Licht der Öffentlichkeit. Die Premiere ist ausschließlich schulintern und gilt als unbenotete Werkstatt. Geschlossene Gesellschaft, sozusagen. Der Termin der Präsentation rückt außerdem um zwei Wochen nach hinten. So nehmen wir den Druck aus diesem Vorhaben und geben Ihnen hoffentlich genug Zeit, sich auf die Anforderungen dieser Schule einzustellen.«

»Wenn wir das überhaupt schaffen«, sagte Brandner, der plötzlich wieder zum Leben erwachte. Er schien weitersprechen zu wollen, aber ein Blick von Woll ließ ihn verstummen. Stattdessen nahm er einen tiefen Schluck aus seiner Kaffeetasse.

»Diese Nachsicht«, fuhr Woll mit erhobener Stimme fort, »gewähren wir Ihnen ein einziges Mal. Im nächsten Zweifelsfall wird die Waage entgegen Ihrer Gunst kippen.«

Ich verstand nicht, was er damit sagen wollte. Vorsichtig linste ich zu Nele, aber auch sie schien nicht zu wissen, was das hieß. Wir waren verwarnt, so viel war klar. Aber was das für unser Bleiben bedeutete …

»Heißt das, wir bekommen eine Fähnechen?«, fragte François. Seine Stimme klang kläglich. Er wirkte, als könnte er sich kaum auf den Beinen halten. Ich wunderte mich, dass die Professoren darauf gar nicht eingingen. Aber im Augenblick war ich nur froh, dass er diese Frage stellte und nicht ich.

»Nein, Monsieur, Sie bekommen keine *Fähnechen*«, sagte Woll. Er sah jetzt gelangweilt aus, als hätte er es uns schon zehnmal erklärt. »Sagen wir einfach: das Wohlwollen, mit dem wir Sie an unserer Schule begrüßt haben, ist hiermit erschöpft. Frohe Weihnachten.«

Wir stiegen das Treppenhaus hinunter. Nele ging vorneweg, François trottete hinter ihr her. Ich war das Schlusslicht. Meine Knie zitterten. Ich griff mit beiden Händen nach dem Geländer und hangelte mich vorsichtig abwärts. Keiner von uns sprach ein Wort.

Als wir unten ankamen, musste sich Nele gegen die Tür stemmen, um sie aufdrücken zu können. Erst jetzt fiel mir auf, dass schon die ganze Zeit über ein Heulen zu hören gewesen war, ein hohles, unterschwelliges Jammern, mit dem der Wind um die Turmmauern striff.

Nele fluchte, als der Luftzug ihr die Tür aus der Hand riss und sie direkt vor uns ins Schloss donnern ließ. Wir sprangen zurück, der Rahmen zitterte von der Wucht des Aufpralls. Unsicher sahen wir uns an. François' linkes Augenlid zuckte. Es wäre vernünftig gewesen zu warten, bis der Sturm abflaute. Aber wir mussten es nicht einmal aussprechen: Keiner von uns wollte hierbleiben. Keiner wollte noch einmal den Professoren begegnen.

Wir wickelten unsere Schals fester um, zogen Handschuhe und Mützen an, schlossen die Reißverschlüsse und Knöpfe unserer Mäntel und Jacken. Dann warfen wir uns gemeinsam von innen gegen die Turmtür, und sie schwang auf.

Die Kraft, mit der der Wind nach uns griff, raubte mir fast den Atem. Schnee peitschte senkrecht um das Gebäude herum, ganze Böen fegten aus unterschiedlichen Richtungen über den Vorplatz. Sie wehten um die gebogenen Mauern des Turms und formten einen Kreisel aus Wind und Eis und aufgestörtem, gefrorenem Laub. Hier draußen war es viel heller als es vom Besprechungszimmer aus ausgesehen hatte. Der Schnee reflektierte das Licht der Straßenlaternen, er schlug uns in Striemen in die Gesichter, stach mit tausend kleinen Eissplittern in die Poren jeden Zentimeters ungeschützter Haut. Aus den Ritzen des Turms kam ein hohes Pfeifen, die Bäume am Rand des Vorplatzes knarzten und stöhnten, das abgerissene Absperrband einer Baustelle schnalzte an uns vorüber und verzwirbelte sich an einem metallenen Mülleimer, auf dem Spielplatz ratterten und quietschten die Ketten der hin- und hergeworfenen Schaukeln.

»Da drüben«, brüllte Nele und deutete quer über den Platz.

Tadeusz und Schwarz standen bei den Fahrradständern. Sie hatten sich unter einem breiten Baum verkrochen, ihre Rücken gegen den Stamm gepresst. Über ihnen ratterten die kahlen Zweige. Wir warfen unsere Körper gegen den Sturm und kämpften uns ihnen entgegen.

Tadeusz sah unförmig aus, er barg das Ding von vorhin unter seinem Mantel, er hielt die Arme vor dem Bauch verschränkt. Sein Mantelkragen war hochgeschlagen, die Mütze tief in die Stirn gezogen. Von seinem Gesicht waren nur die Augen zu sehen, auf seinen Wimpern flatterte Schnee.

Schwarz trug eine mit Pelz gefütterte Russenmütze mit Ohrenklappen und einen dicken Anorak, der ihn muskulöser wirken ließ als er wirklich war. »Und?«, brüllte er uns entgegen. Wir drängten uns zu ihnen und formten einen dichten Kreis

»Naja, wir sind dem Teufel von der Schippe gesprungen.

Oder besser: Auf seine Schippe hinauf«, rief Nele. »Wir dürfen weitermachen.«

»Aber?«, fragte Tadeusz. Seine Stimme klang dumpf, er sprach durch den Filzstoff seines Mantels hindurch.

»Die Aufführung wurde gestrichen«, sagte ich.

»Was?«, Schwarz fuhr herum und starrte mich an.

»Die Aufführung wurde gestrichen, Mann!«, brüllte ich gegen den Wind, der mir mit voller Wucht in den Rachen fuhr. »Keine Zuschauer! Keine Premiere! Keine Uraufführung! Kapiert?«

Es tat gut, endlich brüllen zu dürfen. Ich war so enttäuscht. Und so wütend. Brandner hatte uns eine Chance geboten und ich trug Mitschuld daran, dass er sie uns wieder wegnahm. Niemand würde nun unsere Inszenierung zu Gesicht bekommen. Ich konnte mir das nicht verzeihen.

»Fuck!«, brüllte Schwarz zurück. »Bloß weil du blöde Kuh zu dämlich bist!«

»Was? Wieso denn nur ich?«

»Weil du uns in die Scheiße geritten hast, du mit deinem Kunstmist, mit deinem Heym-Gelabere, alles musst du verbocken, du dumme Fot-«

Eine Faust schnellte an mir vorbei und krachte gegen Schwarz' Wangenknochen. Es ging so schnell, dass keiner von uns reagieren konnte, nicht einmal Schwarz. Er erstarrte einfach. Seine Augen waren aufgerissen, sein Blick verwundert. Nur der Wind riss weiter an seiner Mütze, seine Ohrenklappen flatterten. Dann erschlaffte sein Körper, und er sank einfach am Baumstamm abwärts. Als er auf dem hartgefrorenen Boden aufkam, kippte sein Oberkörper weg, sein Hinterkopf knallte gegen eine eingeschneite Wurzel. Wir rührten uns noch immer nicht. An der Stelle, an der der Schlag ihn getroffen hatte, klaffte Schwarz' Haut auf, Blut rann über sein Gesicht, es sickerte über das Fell der Mütze und in den Schnee. Dann prallte eine neue Windböe gegen uns und weckte uns aus der Erstarrung. Ich stieß die Luft aus, die ich angehalten hatte, François stürzte neben Schwarz, er schüttelte an seinen Schultern herum.

»Verdammt, Tadeusz!«, hörte ich hinter mir Nele schreien.

Ich fuhr herum. Tadeusz' Augenbrauen waren zusammengezogen, er hatte noch seinen rechten Arm erhoben, die Finger in seinem Handschuh zur Faust verkrampft. Ich umarmte ihn. Erst stand er noch ganz steif, dann griff er nach mir. Einen kurzen Augenblick lang hielten wir uns fest, sein Körper wurde weich. »Danke«, flüsterte ich. Ich atmete gegen seinen Hals und presste mich an ihn, so fest ich nur konnte. Erst langsam registrierte ich das Ding unter seinem Mantel, es war hart, eine Art Panzerung, die mir gegen den Brustkorb drückte. Und auf einmal wusste ich, was es war: die Maske von diesem widerlichen Typen vom Markt.

Es fühlte sich an wie Verrat.

Hinter uns stöhnte Schwarz und Tadeusz löste sich von mir. Er beugte sich zu Schwarz hinunter, so dicht, dass sie einander fast berührten. »Noch mal so eine Nummer und ich bring dich um«, hörte ich ihn fauchen. Ich sah, wie Schwarz seine Augen öffnete und sich seine Pupillen auf Tadeusz fokussierten. Sie starrten einander an. Um sie herum zuckte der Schnee, der Baum über ihnen ächzte, irgendwo fing eine Sirene an zu heulen und plötzlich begann Schwarz, im Liegen nach Tadeusz zu treten. Seine Beine fuchtelten in der Luft herum, seine Stiefelspitzen knallten gegen Tadeusz Knie. Tadeusz begann zu lachen, aber da schnellte Schwarz mit dem Oberkörper aufwärts, er packte ihn am Nacken und riss ihn zu sich auf den Boden. Tadeusz brüllte auf, er wollte ihn von sich wegdrücken, weg von seinem ausgestopften, gepanzerten Oberkörper, die beiden wälzten sich im Schnee, sie grunzten und keuchten, irgendetwas knackte.

»Aufhören!«, brüllte Nele und stürzte vor. Sie packte Tadeusz am Kragen und riss ihn zu sich. Ich sprang dazu, ich griff Schwarz, der sich in Tadeusz' Mantel verkrallt hatte. Ich bog seine Finger ab und zerrte ihn zurück, und stieß ihn weg, weg von Tadeusz, weg von uns. Schwarz hustete und taumelte rückwärts, bis er wieder mit dem Rücken gegen den Stamm prallte und zum Stehen kam.

Schwer atmend standen wir alle voreinander.

»Jetzt reißt euch aber mal alle zusammen!«, röhrte Nele. Ich hatte sie noch nie so brüllen hören. Ihre Stimme war noch tiefer als sonst, sie klang, als würde sie gleich bersten.

»Halt die Fresse«, murmelte Schwarz. Mit einem Ruck zog er seinen Schal vom Hals und presste ihn gegen die Wunde. Seine ganze Backe war blutverschmiert. »Soll ich dir gleich noch eine einschenken«, keuchte Tadeusz. Er war über und über mit Schnee bedeckt, er tastete auf seinem Brustkorb herum, auf seinem Nasenrücken klebte ein Streifen von Schwarz' Blut.

»Ihr hört jetzt sofort auf mit dem Cowboy-Getue«, zischte Nele. Sie stand kerzengerade, der Wind zog an den Locken, die unter ihrer Mütze hervorquollen. »Sonst können wir genauso gut da hochmarschieren und Brandner mitteilen, dass wir am Studium hier kein Interesse haben.«

Wir starrten sie an.

»Was? Ich nicht will …«, stotterte François. Er sah panisch aus.

Ich schüttelte den Kopf. »Kommt nicht in Frage. Wir arbeiten weiter am Heym. Und zwar alle!«

François nickte hektisch. Seine Wangen glühten, auf seinen Schultern hatte sich Schnee abgesetzt. »Ich weiß, was kann helfen!«, rief er eilfertig.

»Ohne Zuschauer ist das alles einen Dreck wert, das wisst ihr doch selbst«, murmelte Schwarz. »Wir wären mit einem Schlag bekannt geworden, jeder hätte uns –«

Er hielte inne und starrte auf die blutdurchtränkte Stelle in seinem Schal. »Ach, macht doch, was ihr wollt«, sagte er. Er warf den Schal auf den Boden, direkt vor Tadeusz' Füße. Dann stopfte er die Hände in die Taschen seines Anoraks, drehte sich um und stapfte davon. »Non«, rief François. »Arrête! Arrête!« Er rannte ihm hinterher, aber Schwarz blieb nicht stehen, er schien François, der um ihn herumsprang, nicht einmal wahrzunehmen. Wir sahen den beiden nach, wie sie in einem Wirbel aus Schnee verschwanden.

»Was ist mit euch?«, sagte Nele schließlich.

»Wir …«, setzte ich an. Ich rang nach Worten. Das durfte alles nicht passieren. »Wenn wir eine wirklich gute Sache auf die Beine stellen, werden die es sich sicher anders überlegen!«

»Aber nicht mehr an Heyms Todestag«, gab Tadeusz zurück.

»Scheiß auf den Todestag«, rief ich, »wer weiß schon, dass Heym am 16. Januar ertrunken ist? Das Fragment zieht auch so.«

»Ich arbeite mit dem nicht mehr«, murmelte Tadeusz. Er hatte begonnen unter seinem Mantel herumzutasten, panisch, als hätte er Angst, dass etwas zerbrochen war.

»Dann macht euren Kindergarten doch alleine«, Nele zog ihre Mütze tiefer in die Stirn. »Mir reicht's.« Sie drehte sich auf den Hacken ihrer Stiefel um, hob die Hand zum Gruß. »Frohe Weihnachten!«, rief sie, bevor sie hinter dem Turm verschwand.

Wir waren allein. Ich zitterte jetzt, der Wind kroch mir bis in die Knochen. »Tadeusz …«, setzte ich an. Er zuckte zurück. »Ist besser, wenn wir mal alle eine Pause voneinander haben«, sagte er. Er beugte sich vor, seine Lippen streiften flüchtig meine Wange. »Wir sehen uns im Januar.«

Ich blieb einfach stehen und sah ihm nach, wie er über den

Abhang hinunterlief, mit wehendem Mantel, vorbei an den klirrenden Schaukeln des Spielplatzes. Das Knirschen des Schnees unter seinen Sohlen wurde leiser und leiser und verstummte schließlich ganz. »Guten Rutsch«, hörte ich mich murmeln und senkte den Blick.

Der Schal von Schwarz lag noch da, auf dem Boden waren die Kampfspuren zu sehen. Der plattgedrückte Schnee glänzte. Er formte die Umrisse eines übergroßen Schneeengels. Am Hals des Engels lag etwas, es sah aus wie ein Stein. Ich bückte mich und hob es auf. Es war ein Stück Knochen.

Ich erschrak nicht. Der Knochen war zu sauber, um von Tadeusz oder Schwarz zu sein, es klebte kein Blut daran. Er gehörte der Maske, da war ich mir sicher.

Ich schob das Knochenstück in meine Tasche.

Wir würden das wieder hinbiegen. Das schwor ich mir. Wir würden diese Inszenierung auf die Bühne bringen. Wir würden diesen *Faust* sichtbar machen, für die ganze Welt. Egal, was wir dafür tun mussten.

Der Wind fuhr auf, er riss Schwarz' Schal aus der Schneedecke und wirbelte ihn in die Höhe. Ich sah ihm nach, sah, wie er aufwärtsgetragen wurde, an der Fassade des Turms entlang. Ich folgte ihm höher und höher, bis mein Blick allein weiterwanderte, hinauf in den fünften Stock. Einen Augenblick hatte ich das Gefühl, dass mich dort oben jemand beobachtete. Ich bildete mir sogar ein, etwas zu sehen, einen Schemen hinter fleckigem Glas. Ich zog meinen Reißverschluss so hoch ich nur konnte.

Es wurde Zeit, zu gehen.

»Sie sind weg«, sagt Woll.

Er tritt vom Fenster zurück und dreht sich zu ihm. Brandner seufzt und gießt sich noch einen Wodka in die Kaffeetasse. Inzwischen ist die Flüssigkeit völlig klar, der Kaffee immer weiter wegverdünnt, aber das ist jetzt egal. Er nimmt einen tiefen Schluck und schließt die Augen. Er weiß, was kommt.

Und da ist es schon. »Jetzt hast du deine Aufführungsrechte wieder«, hört er Woll tatsächlich sagen. »Deine Welt-Uraufführung.«

»Das war nicht der Grund.«

»Nein? Du hast dich versprochen vorhin. *Deine* Inszenierung. Deine.«

Brandner muss lächeln, er kann nicht anders. »Hätte ich mir denken können, dass du sowas hörst.«

»Wir haben hier eine Aufgabe. Wir haben einen Ruf.«

Brandner antwortet nicht. Die Augen hält er noch immer geschlossen. Er hört, dass Woll näher kommt und sich zu ihm beugt. Hört das leise Schaben von Wolls Jackett, das gegen sein Hemd scheuert, er riecht Wolls Rasierwasser, seinen Atem.

»Pass auf, Korbinian. Du bist nicht unantastbar.«

Brandner öffnet die Augen. »Und nicht jeder kann im Nachhinein ein kleines Versehen in eine Heldentat umdeuten.«

»Wir sprechen bei dir nicht von einem Versehen.«

Woll steht dicht vor ihm. Seine Haut wirkt fahl, großporig. Die Haare in seinen Nasenlöchern sind weiß. An seinen Wangen hängt die Haut. Er wird älter, denkt Brandner und muss husten. Wir alle werden älter.

Mit einem Griff entwindet Woll ihm die Kaffeetasse und stellt sie auf den Tisch. Es geht so schnell, dass Brandner nicht reagieren kann. Aber er ist ohnehin zu müde für Protest. Erst als Woll schon an der Tür ist, fällt ihm etwas ein.

»Matti? Was du vorhin gesagt hast, über den Druck, den wir rausnehmen …«

»Ja?«

»Den haben wir jetzt erhöht.«

Sie sehen einander an. »Kann nicht schaden«, sagt Woll und lächelt. Dann schließt er die Tür hinter sich, mit leisem Klicken.

Brandner atmet durch. Er greift sich die Kaffeetasse und tritt ans Fenster. Die Bäume schwanken. Eine Gestalt entfernt sich vom Turm. In einem Ast hat sich etwas verfangen, ein Stück Stoff oder Plane, es schlägt dort hin und her. In der Ferne beginnen Glocken zu läuten. Sie klingen wie von einem Schiff.

12

Die weißen Felder zogen vorüber. Krähen senkten sich auf ihnen ab oder stoben von ihnen auf, während der Zug sich durch Thüringen Richtung Süden pflügte. Ich saß eingepfercht zwischen Heimreisenden, in einem engen, mit Koffern und Geschenktüten vollgepackten Abteil und atmete den Duft von geschälten Mandarinen, Spekulatius, Salamibroten und hartgekochten Eiern. Ich starrte aus dem Fenster in den herabfallenden Schnee, der zu Regen wurde und wieder zu Schnee. Ich starrte, bis mir die Augen tränten. Ich nahm alles auf. Ich brauchte die vorüberziehende Landschaft, die warm erleuchteten Häuser, die Lichterbögen in den Fenstern. Ich war froh, dass wir nicht mehr, wie noch im Frühling, in Probstzella für den Lokwechsel von DDR- auf BRD-Schienen halten mussten. Mir ging es dabei nicht um die Geschwindigkeit, ich wollte gar nicht zu schnell ankommen. Ich wollte nur nicht stehen bleiben. Ich wollte das Gefühl haben, dass ich mich bewegte. Dass ich vorwärtskam, auch wenn sich alles in mir anfühlte wie Stillstand.

Ich hatte die anderen nicht mehr gesehen, bevor ich über die Weihnachtsferien nach Hause fuhr. Zuerst war es mir gar nicht so aufgefallen. Ich hatte genug mit meinem Umzug zu tun. Der

Vermieter hatte Eigenbedarf angemeldet und mir war es eigentlich recht. Die Brandmauer im Innenhof lag mir zu schwer auf der Seele. Ich hatte eine neue Bleibe gefunden, im Skandinavischen Viertel des Prenzlauer Bergs, knapp unterhalb der Bornholmer Brücke. Zwar lag auch diese Wohnung im Hinterhof, und die Häuser waren hier alle marode und zerschlagen, aber ich konnte, ohne mich aus dem Fenster lehnen zu müssen, den Himmel sehen. Und weil der Dachboden nicht verschlossen war, konnte ich dort durch eine Luke hinauf auf den First klettern und über die verschneiten Zinnen und Schlote hinweg bis hinüber zum Wedding und hinauf nach Pankow blicken. Zorbas half mir beim Umzug. Wir fuhren mit seinem Auto nur zweimal hin und her. Das Bett und die Kleiderständer hatten wir schnell wieder aufgebaut, neue Glühbirnen in die Halterungen an den Decken eingeschraubt, die Kisten und Kartons übereinander gestapelt und ein paar Regale an die Wand montiert. Zum Schluss gab ich Zorbas eine Dose mit Lebkuchen, die mir meine Mutter aus Nürnberg geschickt hatte, und einen Zwanzigmarkschein, den er nicht nahm.

Aber sobald ich die Tür der neuen Wohnung hinter ihm schloss und stillhielt, kam alles zurück. Es war wie eine Welle, die über mir zusammenschlug. Die Schmach. Das Unverständnis. Die Wut. Immer wieder ging ich die Verteidigung durch. Jedes einzelne Wort, das gesagt worden war, jeden Moment. Ich saß in der neuen Küche und hämmerte auf die Tischplatte ein. Ich verstand es nicht, immer noch nicht. Egal, wie sehr ich mir auch den Kopf zerbrach: Ich verstand nicht, was sie von mir erwarteten. Ich wusste einfach nicht, was ich hätte anders machen können. So sehr ich auch nachdachte – mir fiel nichts ein. Und sie hatten mir ja nicht gesagt, was falsch gewesen war.

Ich klebte das Fragment an meine neue Schlafzimmerwand. Ich trabte davor auf und ab. Ich begann, mich mit den Textstücken der anderen zu beschäftigen. Mit Napoleon, mit Wildenbruch. Ich las in der Offenbarung von Johannes dem Täufer, aber nichts davon öffnete mir neue Türen. Ich versuchte mir Stilmittel zu überlegen, die das Problem der *Spielweise* klären könnten. Puppentheater, Tanz, Pantomime. Aber das kam mir alles falsch und aufgesetzt vor. Es blieb dabei: Ich glaubte an mein Konzept. Ich war mir so sicher, dass das, was ich vorhatte, richtig war. Ich musste nur endlich mit den Proben beginnen. Und zwar ohne dass jemand meine Worte umdrehte und mich während der Arbeit aus dem Takt brachte, so wie Brandner es getan hatte. Bei dem Gedanken daran, dass ich ihn wiedersehen musste, wurde mir schlecht. Am liebsten hätte ich die anderen angerufen und zu einer geheimen Probe zusammengetrommelt, ohne Brandner, ohne die Schule. Aber ich wusste, dass François schon nach Frankreich gefahren war. Und Schwarz wäre ohnehin nicht erschienen. Wenigstens Tadeusz wollte ich sprechen, dringend und unbedingt, aber ich traute mich nicht. Er hatte mir mehr als klar gemacht, dass er das nicht wollte. Also hielt ich mich davon ab. Es half, dass ich nicht an Brandner geraten wollte. Trotzdem knickte ich irgendwann ein und rief die Auskunft an. Ich konnte gar nicht glauben, dass sie mir Brandners Nummer wirklich verrieten, einfach so. Es war, als gäben sie mir mal eben die Durchwahl zum Papst. *Brandner, Korbinian, Berlin? Einen Moment, ich verbinde.* Als jemand abnahm, legte ich erschrocken auf. Ich hatte auf die Schnelle nicht erkennen können, wer von den beiden sich da gemeldet hatte. Schon der Gedanke, dass es vielleicht Brandner gewesen war, der mir da in den Hörer atmete, hatte mich verstummen lassen. Ich beschloss, Tadeusz stattdessen zu schreiben. Aber als ich den Stift ansetzte, merkte ich, dass ich gar nicht wusste, was ich sagen wollte.

Ich war endlos müde. Am liebsten wäre ich nicht aus Berlin weggefahren. Schon der Weg zum Ostbahnhof schien mir zu weit. Aber ich hatte Sehnsucht nach meiner Mutter. Und so stieg ich schließlich in Nürnberg auf dem überfüllten Bahnsteig aus, mit einer Horde Touristen im Rücken, die sich an mir vorbei Richtung Frauenkirche zum Christkindlesmarkt schob.

An die Weihnachtstage selbst habe ich kaum Erinnerungen, nicht aus diesem Jahr. Ich war wie betäubt. Ich konnte an nichts anderes denken als an das Faust-Projekt. Ich muss Gespräche geführt haben. Ich traf alte Freunde, ich trank Glühwein mit den *Musenjunkies*, die alles über die Schule wissen wollten und denen ich nichts erzählte. Ich aß Weihnachtsbraten, ging mit Verwandten spazieren, durch Schneelandschaften, Wälder, überzuckerte Dörfer. Aber hauptsächlich saß ich auf dem Sofa und starrte vor mich hin. Brandners Worte gingen mir nicht aus dem Kopf. Seine Enttäuschung. Sein verächtlicher Blick. Meine Mutter brachte mir Teetasse um Teetasse. »Du musst nicht wieder dorthin zurück, wenn du nicht willst«, sagte sie einmal und strich mir über das Haar. Das war das einzige Mal, dass ich weinte.

An Silvester war ich wieder in Berlin. Ich überlegte, mir ein Stück auf der Piscatorbühne anzusehen. Der dritte Jahrgang spielte dort am Silvesterabend eine Komödie, aber ich konnte mich nicht überwinden. Ich wollte nicht diejenigen sehen müssen, die es geschafft hatten. Die, die aufführen durften. Das hätte ich nicht ertragen. Ich wollte überhaupt niemanden sehen. Die Party, zu der Sonia und ein paar andere Schauspielstudenten mich einluden, schlug ich aus. Stattdessen saß ich allein zu Hause und las in der Tageszeitung, dass Heiner Müller gestorben war, *der wichtigste Denker, Dichter, Dramatiker der DDR*. Ich konnte es nicht glauben. Wir hatten gewusst, dass er krank war, alle wussten das, aber irgendwie war er mir einfach unsterblich erschienen. Um Mitternacht ging ich auf die Brücke, die sich bei meiner neuen Straße über den ehemaligen Mauerstreifen spannte. Der Lärm war ohrenbetäubend. Drüben im Wedding waren die Detonationen so heftig, dass die Erde zu beben schien. Glatzköpfige Männer in Armeehosen zündeten Raketen direkt aus ihren in die Höhe gereckten Fäusten. Kleine Kinder warfen mit Knallerbsen nach mir, ein Polizist saß auf dem Brückengeländer und lachte. Schon kurz vor zwölf konnte man kaum noch etwas sehen. Der Schwefel stieg in Schichten auf, in der Ferne versank der Fernsehturm im Dunst. Um mich herum strömten Kaskaden aus Goldregen durch den Nebel, über mir zischten Raketen in die Höhe und zerrieselten dort zu Bögen aus Sternen und Lichtsplittern, aber für mich blieb der Himmel leer.

Die Telefonate mit Nele begannen an Neujahr. Es waren merkwürdige Gespräche. Wir schwiegen viel, die Leitung knisterte. Manchmal hörte ich im Hintergrund ihr Kind schnattern, ein kleiner Junge, glaube ich, der immer wieder nach Pinguinen fragte, und die Stimme einer Frau, die ihn dafür schalt.

»Wir haben so viel Zeit verloren«, sagte sie bei ihrem dritten Anruf. Sie klang müde.

Ich wusste genau, was sie meinte. Etwas war zerrissen. Wir waren nicht beieinander, wir arbeiteten nicht. Es fühlte sich an, als wateten wir durch Höhenluft, jeder für sich. Wir atmeten zwar, aber wir zogen keinen Sauerstoff. Wir kamen nicht vorwärts, keiner von uns. Es waren tote Tage.

So durfte es nicht weitergehen. Mir musste etwas einfallen.

Ich biss mir auf die Lippe und dachte nach. Der Hörer knisterte an meinem Ohr. Mein Blick glitt über meine Füße, über meine löchrigen Wollsocken, den abgeschrammten Dielenboden. Es war hier drin viel heller als in meiner alten Wohnung. Draußen vor dem Fenster hatte Schneegestöber eingesetzt. Der Wind verfing sich im Innenhof. Er schachtete ihn aus. Er fuhr an den Wänden entlang in die Tiefe, stieß sich vom Dach des

Fahrrad-Unterstandes ab und schoss wieder aufwärts, über die Schanze des Spitzdachs hinweg. Es war ein verrücktes Bild. Er trug die Flocken aufwärts. Sie stiegen an meinem Fenster vorbei, lautlos, schwerelos.

Auf einmal konnte ich es vor mir sehen.

Wie am Ende der Inszenierung die Kräfte der Physik außer Kraft gesetzt würden. Wie sich die Figuren in einer wild geschüttelten Schneekugel befanden, mit aufsteigenden, aufwärts sinkenden Flocken. Der Mond. Ein eiserner See. Alles zerrieselt in weißes Rauschen. Und dann taucht plötzlich eine Figur aus dem Wirbel auf, der letzte Überlebende: Heym.

Wer das Tragische mit dem Komischen vermischt…

»Hast du Schlittschuhe?«, fragte ich.

Nele lachte. »Auf dem Dachboden meiner Eltern«, sagte sie. »Was hast du vor?«

Schwarz legt den Hörer aus der Hand und stöhnt. Der Hobbit blickt fragend von seinem Midgard-Heft auf. Seine Augen sind rot, er hat sich irgendeine Entzündung eingefangen, Bindehaut oder sowas. Was in dieser Bruchbude kein Wunder ist. Im Advent hat es einen Wasserschaden gegeben, Rohrbruch durch Frost in dem alten Gemäuer, seither riecht es noch modriger als sonst. Wahrscheinlich sprießt schon Schimmel in der Siffe.

Wenn mal was gut läuft, dann läuft es trotzdem scheiße. Also kann man's auch gleich bleiben lassen. Das ist das Fazit aus irgendwie allem. Er hat keinen Bock mehr, egal auf was. Nicht auf den Polen, nicht auf die Nachti, auf die ganzen blöden Fressen. Erst recht nicht auf Brandner. Andererseits hat Nele recht. Aussteigen können sie immer noch. Und Annabelle hängt eh noch bei ihren Eltern ab. In Köthen. Was für ein bescheuerter Name für einen Ort.

Schwarz lehnt sich zurück und angelt nach der Tequilaflasche, die der Hobbit auf dem Kühlschrank abgestellt hat. Er ist viel zu nüchtern, viel zu klar für irgendwelche Entscheidungen. Der Schraubverschluss klemmt. Er hält dem Hobbit die Flasche hin, aber der ist längst wieder bei seinen Trollen und Elfen.

Auf dem Küchentisch vor Schwarz liegt das Kuvert. Sein Name steht darauf, in der zierlichen Alte-Damen-Schrift, die er so gut kennt. Der Brief darin ist zerknittert. Ein einziges Mal nur hat er ihn gelesen, danach war das Papier so feucht wie die Wange von Schwarz und die Tinte zerlaufen. Aber ist besser so. Er will sich das, was da drin steht, nicht mehr ansehen müssen, nie wieder.

Dass sie beschlossen habe, sich ein Ende zu setzen, hat sie ihm geschrieben. Ihre Wirbelsäule zerkrümele, unaufhaltsam, und dann noch all das Wasser in der Lunge. Sie könne einfach nicht mehr, auch nicht für ihn. Er solle ihr verzeihen und sie nicht besuchen. Sie müsse sich aushungern, das sei der einzige Weg. Sterbehilfe am eigenen Körper, das könne so schwer ja nicht sein. Einfach keine Nahrung mehr zu sich nehmen, nicht einmal Flüssigkeit, sie habe ohnehin selten Durst. Nur ein schöner Anblick sei das sicher nicht. Außerdem trete man geistig irgendwann weg, ins Delirium, das dann ein Segen sei.

Sie will nicht, dass er sie so sieht. Darin ist sie klar. Mehr noch: sie verbietet es ihm. Er darf nicht anreisen, nicht helfen, nicht widersprechen. Nicht mal begraben soll er sie, das will sie ihm nicht zumuten. Sie wird sich um alles kümmern, vorher.

Der Verschluss springt auf und Schwarz setzt schnell den Flaschenhals an die Lippen, bevor der Hobbit ihm die Flasche entwinden kann. Aber der bewegt beim Lesen ganz konzentriert die Lippen und sieht sowieso nicht hoch.

Was für ein Scheißanfang für so ein Jahr.

Und Müller ist jetzt auch noch abgenibbelt, das fasst man ja kaum. Den hätte er echt gern mal getroffen. Was nicht so unwahrscheinlich schien, weil Brandner ihn ja kannte. Ein Drehbuch hätte der für ihn schreiben sollen, das war Schwarz' heimlicher Plan. Hätten sie beide davon profitiert, davon ist Schwarz überzeugt. Aber der Tod macht vor niemandem halt. Das Jahr hat noch nicht mal richtig begonnen, da wird schon alles zappenduster.

Dabei sah es vor Weihnachten so gut aus, ein paar wenige Stunden lang. Direkt nach seiner Verteidigung ist er zur Telefonzelle geflitzt. Wollte es alle wissen lassen. Omi, Annabelle, sogar den Hobbit. Dass er, Schwarz, gelobt worden war, von der gesamten Kommission. Richtig high waren die vor Zustimmung. Und er dann auch. Dass er eine große Zukunft vor sich hätte, hat Woll ihm orakelt. Und alle lächelten ihn an. Ist ihm noch nie passiert sowas, nicht in einer Schule. Nicht in seinem Leben.

Es ist still in der Küche, der Kühlschrank surrt, der Hobbit blättert. Schwarz trinkt. Draußen im Hof tropft Schmelzwasser auf die Mülltonnen. Ab und zu rutscht Matsch vom Dach und klatscht auf die Fahrräder, die an der Hauswand lehnen. Dämliche Idee, bei so einem Wetter Schlittschuhlaufen zu gehen. Kann nur von der Nachti kommen, auch wenn Nele behauptet, der Einfall sei von ihr. Aber er weiß doch, wann die Nachti trapst, das weiß er ganz genau. Wahrscheinlich ist der See nicht mal gefroren, das hat die bestimmt nicht überprüft. Besonders dick kann die Eisfläche nicht sein. Am Ende saufen sie noch alle gemeinsam ab, so wie Heym und Balcke. Mit Karacho rein ins Fischloch, blubb und weg. Aber er wird keinen von denen zu retten versuchen. Dass das mal klar ist. Er rettet nur sich.

Andererseits werden dann die anderen berühmt. *Post mortem*, kennt man ja – erst mal tot kommt, rumms, der Ruhm. Wie toll sie waren, werden dann die Nachrufe dröhnen. Wie hochtalentiert, wie begabt. *Brandners neuer Jahrgang*. Dann sind sie endlich die Genies, die sie alle so gerne wären. Manchmal tun die ihm fast leid. Wie sie sich abstrampeln. Wie verzweifelt sie sind, sobald Brandner mal bisschen schief guckt. Bei ihm ist das anders: Er weiß, dass er kein Überflieger ist. Er mogelt sich durch, darin ist er gut. Hat er jetzt an der Piscator eine neue Meisterschaft drin erreicht. Aber das wird nicht halten.

Wäre vielleicht wirklich besser, wenn er jetzt mit der Schule aufhört. Er kann die Erwartungen sowieso nicht einlösen, nie und nimmer. Der Absturz ist vorprogrammiert. Das wird dann bitter. Noch bitterer, als wenn einem eh keiner was zutraut.

Nur was er stattdessen machen könnte, will ihm nicht einfallen. Sich irgendwo an die Kasse stellen. Kabelträger machen. Sich noch mal bewerben bei den dämlichen Filmhochschulen, deren Absagen er im Spülbecken in Brand gesteckt hat, eine nach der anderen. Zurück in das Altersheim gehen, in dem er als Zivi geschuftet hat. Heimfahren und Omi pflegen, bis es vorbei ist. Oder sich einfach neben sie legen und auch abdanken.

Der Gedanke, dass alles auf Knopfdruck vorbei sein könnte, erleichtert ihn glatt. Einfach den Zünder drücken und raus aus diesem Leben. Aber er würde sich nicht aushungern. So eine leise Verschwinderei, die steht ihm nicht. Wenn er mal geht, dann muss es knallen. Er würde sich wegballern, sich ins Nirwana katapultieren. Mit Drogen, mit Waffen, Rockstarstyle. Das müsste schon sein: so ein Tod, der voll künstlerisch daherkommt. Er würde das inszenieren. So nachhaltig, dass alle dahinter eine gequälte Seele vermuten. Und nicht das hohle Teil, das sein Inneres in Wahrheit ist.

Er muss grinsen, als er sich das vorstellt. Wie seine Nachrufer dann ein Talent beschwören, das er nie hatte. Wie sie die Inszenierungen bejammern, die er nun nicht machen wird. Und die Filme, die er dann nie dreht.

Voll der Verlust!

Er war der Carpenter seiner Generation!

Ohne Schwarz – alles grau!

Schwarz lacht laut auf. Aber noch ist es nicht so weit. Gibt da 'n paar Dinge, die er machen will. Wenn Omi ihm tatsächlich das Haus hinterlässt, kann er seinen Film davon drehen. Oder mal Reisen, so richtig weit weg. Außerdem will er nicht, dass Annabelle wegen ihm weint. So weit ist es schon gekommen.

Also erst mal weiter im Text. Weiter bis Ende.

»Alter«, sagt er und schubst den Hobbit an der Schulter. »Brauch morgen mal deine Eisrutscher.«

Der Hobbit blättert und grunzt.

Im Flur ist ein Flackern. François sieht es, als er von der Toilette kommt. Das Deckenlicht ist ausgefallen, stattdessen blinkt etwas am Ende des Gangs. Blaulicht könnte das sein. Kurz will er sich umdrehen und weglaufen. Die Polizei ist gekommen, um ihn zu holen, davon ist er überzeugt. Auch wenn er nicht genau weiß, wofür. Irgendwas wird es schon sein. Seit der Friedhofsnacht hat er immer ein schlechtes Gewissen.

Aber die Söhne Satans stehen ihm bei. Auch wenn sie gerade nicht anwesend sind. Das muss er sich sagen, immer wieder. Sie geben ihm Kraft, er ist nicht mehr allein. Er ist Teil von etwas Großem. Tatsächlich ist er auch überzeugt davon, dass sie Nele heute dazu gebracht haben, alle anzurufen und zusammenzutrommeln. Die Inszenierung muss stattfinden, er hat darum gebetet. Er hat Schwingungen ausgesendet. Und es hat funktioniert.

Er ist mächtiger, als er denkt.

François tastet nach der Narbe auf seiner Stirn. Dann atmet er ein und zwingt sich, auf das Geflacker zuzugehen, Schritt für Schritt. Er trägt bunt geringelte Wollsocken unter seiner Pyjamahose, seine Füße rutschen über den Boden. Es sind die einzigen bunten Kleidungsstücke, die er noch hat. Azrael hat seine Garderobe überarbeitet. Er trägt jetzt nur noch schwarz. Draußen rumpelt die S-Bahn vorüber. Das Licht wird hektischer je näher er kommt.

Es ist der Weihnachtsbaum, der blinkt. Dieses kleine, störrische Bäumchen auf dem Fenstersims des Aufenthaltsraums. François ist sich nicht sicher, ob das so gehört. Ob das ein Lichteffekt ist. Vorsichtig tritt er näher. Vielleicht hat das Bäumchen auch einen Wackelkontakt, irgendeine Fehlfunktion. Er hat sich ohnehin darüber gewundert, dass es plötzlich dastand. Von den Asiaten kann es doch keiner gewesen sein, die können mit Weihnachten gar nichts anfangen. Und dem Hausmeister traut er so viel Romantik nicht zu.

Hübsch ist das Bäumchen nicht. Die kleinen Zweige haben schon im Advent begonnen zu nadeln. Die Krone, auf der ein Strohengel hockt, ist schief. Trotzdem muss François schlucken, als er jetzt davorsteht.

Man kann nicht den Teufel anbeten und trotzdem Weihnachten feiern. Das hat er begreifen müssen. Dabei liebt er diese Zeit. Und alles, was damit zu tun hat. Den Duft von frisch gebackenem *Bûche de Noël*. Die Gesänge. Die Tonfiguren, die man daheim auf dem kleinen Dorfmarkt kaufen kann. Die *Réveillon*, all die Leckereien, die seine Mutter ihm da immer auftischt, die Pasteten, die Austern. Den mit Maronen gefüllten Truthahn. Fast war er versucht, sich selbst etwas zuzubereiten. Aber er darf das nicht. Er muss das alles verachten. Das verlangen die Söhne Satans. Deswegen ist er auch nicht nach Hause gefahren. Seine Familie hätte das nie verstanden. Sie verstehen sowieso nichts mehr, auch sein Fernbleiben nicht. Obwohl er gesagt hat, dass er arbeiten müsse, dass die Schule keine Ferien kenne, keine Auszeit. C'est vrai.

Er hat stattdessen die leere Flasche Johnnie Walker, Black

Label, auf das Fensterbrett seines Zimmers gestellt, die er an dem Tag, an dem Brandner ihnen das Fragment austeilte, aus Brandners Hütte mitgenommen hat. Brandner hatte ihm das erlaubt, schmunzelnd. Sie war für ihn eine Trophäe. Jetzt ist sie ein Mahnmal. Mit dem Fingerabdruck eines Toten.

Das Bäumchen duftet. Und irgendwie sieht es auch stolz aus, so schwer behängt, wie es dasteht und sich trotzig dem Fenster entgegenreckt. Als wüsste es, dass man es von der Straße aus sehen kann. Und dass immer wieder Leute dort unten stehen bleiben und zu ihm aufblicken, mit müden, sich dann langsam aufhellenden Gesichtern.

Zögernd streckt er den Arm aus und berührt mit den Fingerspitzen die Christbaumkugeln. Goldkugeln sind das, die an silbernen Bändern von den zierlichen Zweigen hängen. Das kleine Bäumchen hat Mühe, sie zu halten. Unter François' Berührung beginnen die Kugeln zu schwingen. Er kann sich darin gespiegelt sehen, rund und auf dem Kopf stehend. Er sieht glücklich aus, in diesen Kugelbäuchen, fast so wie früher. Er schluckt.

Neben ihm raschelt es. François fährt herum. Die Chinesin steht neben ihm, er hat sie nicht kommen hören. Sie trägt ein geblümtes Nachthemd, bei dem der Saum auf dem Boden aufsitzt. »Hallo«, sagt er automatisch.

Er kann es kaum glauben, aber sie hebt den Blick. Zum ersten Mal sieht er ihre Augen. Sie sind fast so dunkel wie ihr Haar. Er kann kleine Sprenkel aus grün in ihrer Iris erkennen, so nah stehen sie voreinander. Die Chinesin sieht ihn an und lächelt. Und François lächelt zurück.

Stumm drehen sie sich beide wieder dem Bäumchen zu. Plötzlich spürt er, wie sich ihre Hand in seine schiebt. Ihre Haut ist warm. François hält still, er spürt, wie sein Herz schneller klopft. Und auch die Chinesin bewegt sich nicht mehr.

So bleiben sie stehen, Hand in Hand, ihre Blicke auf das

Bäumchen geheftet, das blinkt und blinkt, während draußen die nächste S-Bahn vorüberzieht und mit leisem Rumpeln die Fensterscheiben zum Zittern bringt.

Diebe leuchten im Dunkeln.

Nele starrt auf den Hörer. »Verzeihen Sie, Herr Brandner«, stottert sie. »Ich muss mich vertan haben. Ich … ich dachte, das sei die Nummer von Tadeusz?« Sie spürt, wie sie zu schwitzen beginnt. Der Hörer in ihrer Hand zittert, so erschrocken ist sie. Und so wütend.

Katharina hat sie reingelegt. Kein Wunder, dass sie darauf bestand, dass Nele alle anruft. Sie hat ihr diese Nummer gegeben. Es war dumm, ihr zu vertrauen. Jetzt weiß sie vor lauter Überraschung nicht, was sie Brandner sagen soll. Außerdem zieht Julchen an ihrem Rock. Sie hat ihre dicklichen Ärmchen angespannt und zerrt mit beiden Fäusten an dem schon knackenden Wollstoff. Seit Tagen ist sie so quengelig. Wahrscheinlich, weil in der Kita zu viel von der Heiligen Familie erzählt worden ist. Ständig dieses Blabla von Josef, Maria und dem Jesuskind. Vater, Mutter, Sohn. Julchen muss das irritiert haben, sie beginnt zu verstehen, dass hier jemand fehlt. Dass die Großtante nur eine Ersatzfigur in diesem Krippenspiel ist. Immer häufiger fragt sie jetzt nach Papa. Sie schläft auch nicht mehr richtig. Außerdem gibt die Großtante ihr zu viele Zuckersachen, Limonade, Bonbons, Pralinen, egal wie häufig Nele protestiert.

Nele schließt die Augen und wartet darauf, dass Brandner ihr antwortet. Aber Brandner sagt nichts. Stattdessen kann Nele hören, wie er die Hand über den Hörer schiebt. Und dann, gedämpft von Brandners Handballen, seine Stimme, die jemanden ruft. Ein kurzer Schlagabtausch, der unter Julchens Gequengel nicht zu verstehen ist. Aber die Stimme erkennt sie, sie gehört eindeutig Tadeusz.

Nele reißt die Augen wieder auf, ihr Puls schlägt schneller. Was macht Brandner bei Tadeusz zu Hause? In den Ferien? Hat er es sich noch einmal überlegt? Oder plant er eine neue Inszenierung, eine, zu der er Tadeusz mitnehmen wird, nur ihn.

Es gibt noch eine andere, ziemlich offensichtliche Erklärung: Sie wohnen zusammen. Und auf einmal fällt es Nele wie Schuppen von den Augen: Sie sind ein Paar! Natürlich! Es erklärt so vieles: dass Tadeusz ihn Korbinian nennen darf. Die merkwürdige Spannung zwischen den beiden. Dass Tadeusz überhaupt auf der Schule ist. Und warum Brandner sich ihrem Jahrgang so zugewendet hat.

Nele ist jetzt hellwach. Sie schämt sich fast, dass sie nicht schon früher darauf gekommen ist. Diese Umgebung hier muss schuld sein. Das Heim ist ein in sich geschlossener Kosmos, voller alter Damen mit veralteten Ansichten, die sich seit der Nachkriegszeit nicht weiterentwickelt haben. Immer wieder wird sie hier darauf angesprochen, dass sie ihr Kind wohl *außerehelich* gezeugt habe. Die Vergangenheit sitzt in jedem muffigen Raum. Das Heim gleicht einem in ein Gebäude hineingeschachtelten, streng katholischen Dorf. Erst vor kurzem hat sie im Aufzug einer Frau erklären müssen, warum sie sonntags nicht in die Kapelle des Hauses zum Gottesdienst kommt. Sie vergisst manchmal, dass sie hier eigentlich in einer Großstadt wohnt. Aber wenn Tadeusz jetzt abnimmt, wenn er jetzt wirklich rangeht, dann ist wohl alles klar.

Der Hörer ploppt, als Brandner den Handballen von der Sprechmuschel löst. Kurzes Rascheln. »Hallo?«, hört sie Tadeusz fragen. Tatsache. Nele schlägt mit der flachen Hand auf den Tisch. Und wie auf Kommando beginnt Julchen zu plärren.

Am Nachmittag steht sie an dem gusseisernen Tor. Sie schiebt die Hände in die Taschen ihres Mantels. Es ist kalt. Die Luft ist frischer als in Charlottenburg – und besser als im Osten, natürlich. Sie hatte das vergessen, sie war so lange nicht mehr hier.

Selbst bis hier vorne hat ihr Vater seine Grenze gezogen. Der Drahtzaun geht direkt durch die mittlere Naht, an der das Tor sich schließt. Der eine Torflügel schwingt links davon auf, zum Grundstück des Bruders, der andere rechts. Aber bisher schwingt noch gar nichts. Man lässt sie warten, damit hat sie gerechnet. Sie werden es ihr schwer machen. Das ist einer der Gründe, warum sie Julchen nicht mitgenommen hat. Vor allem aber: weil sie es nicht verdienen.

Sie kann sehen, dass sich hinter dem Schlafzimmerfenster der Tante der gerüschte Vorhang bewegt. Auf einmal ist sie froh, dass sie alleine hier ist. Die Kälte dieses Orts ist schon für sie selbst kaum zu ertragen.

Der Türsummer brummt, der Torflügel schwingt auf. Der Weg knirscht, als sie durch den zerteilten Garten auf das halbierte Haus zuläuft. Es sieht noch bizarrer aus, als sie es in Erinnerung hat. Der Onkel hat seine Hälfte des Gebäudes streichen lassen, in einem knalligen Blau, das nicht zu dem dezenten Beige passt, das der Vater gewählt hat. Selbst die Dachziegel sind nicht mehr die gleichen. Das Haus sieht jetzt aus wie ein Harlekin. Nur dass keine der Seiten die lustige ist.

Nele streckt die Hand aus und streichelt im Vorübergehen den Stamm des Birnbaums, den die Eltern damals zu ihrer Taufe gepflanzt haben. Er ist inzwischen größer als sie selbst und steht direkt auf der Grenze. Sie hofft, dass er keine Früchte mehr trägt, auf keiner Seite des Gartens, aus purem Protest. Sie fröstelt. Vielleicht bildet sie es sich ein, aber es wird kälter je näher sie dem Haus kommt.

Sie hätte sich einfach neue Schlittschuhe kaufen sollen. Das wäre es wert gewesen, allemal.

Es ist die Haushälterin, die ihr öffnet. Sie kennt sie nicht. Erna hatte gekündigt, als Nele ging. Die Neue ist jung, jünger als Nele selbst. Sie sieht erschrocken aus, sie weiß nicht, ob vor der verstoßenen Tochter ein Knicks angebracht wäre. Sowas lässt sich schlecht im Knigge nachschlagen. Stattdessen starrt sie Nele an und senkt kurz den Kopf mit dem weißen Häubchen im Haar. Die Mutter besteht noch immer darauf, dass das Personal eine Tracht trägt. Schwarzes Kleid und weiße Schürze, wenn es eine Frau ist, Anzug und weiße Handschuhe für den Butler. Wie in irgendwelchen dämlichen Filmen.

Zumindest den Treppenaufgang haben sie nicht durchtrennt. Der Onkel hat einen separaten Aufgang an seiner Hausseite anbringen lassen, wahrscheinlich, weil er in einem halbierten Aufgang stecken geblieben wäre. Nele tritt an dem Hausmädchen vorbei in den verglasten Vorraum und stockt. Es ist der Geruch. Sie könnte gar nicht genau sagen, wonach es riecht. Es ist einfach das Vertraute. Der Duft ihrer Kindheit, der Geruch nach Familie.

Nele krallt ihre Fingernägel in ihre Handfläche. Nur nicht aus der Fassung geraten jetzt. Sie räuspert sich. »Meine Mutter hat…«, beginnt sie, aber da hält ihr das Hausmädchen schon eine Schachtel hin und macht nun doch einen Knicks.

Die Mutter hat die Schlittschuhe in Seidenpapier eingeschlagen. Die Kufen sind frisch geschliffen. Aber kein Kärtchen ist beigelegt, kein Zettel, nicht einmal ein lächerliches Post-it. Nele hat damit auch nicht gerechnet. Aber jetzt muss sie doch schlucken.

»Das war's schon«, murmelt sie. »Kurz und schmerzlos.«

Als sie sich zum Gehen wendet, fällt ihr Blick durch das Glaspaneel der Verbindungstür. Sie sieht ihn sofort. Der Vater steht auf dem Treppenabsatz. Er hält sich kerzengerade, seine Hand ist an das hölzerne Geländer geklammert. Er sieht schmaler aus als sonst. Auf einmal kommt er ihr alt vor.

Zögernd hebt Nele die Hand.

Der See war nicht gefroren, zumindest nicht an dieser Stelle. Wir sahen es schon aus der Ferne. Es gab eine Wellenbewegung. Enten und Zweige schaukelten auf dem Eiswasser herum, abgebrochene Schollenstücke schlugen gegen den Holzsteg, auf dem ein Angler gerade seine Leine einholte. Etwas weiter entfernt pflügte sich ein rotes Boot zur gegenüberliegenden Uferseite.

»Dacht ich mir«, murrte Schwarz, der so dicht neben mir lief, dass er mich immer wieder vom Gehsteig hinunter auf das Kopfsteinpflaster der Straße drängte. Ich fröstelte. Der Wind war bitterkalt. Ich verstand nicht, wieso diese Kälte für eine Eisfläche nicht ausreichte.

Ich hatte allen gesagt, dass wir uns in Pichelsberg treffen würden. Es gab einen Zeitungsartikel von 1912, in dem behauptet wurde, dass Heym und Balcke dort ausgestiegen waren. Von Pichelsberg nach Schildhorn waren sie dann gelaufen, mutmaßte man. Und von dort aus hinauf auf das Eis. Über Gatow nach Schwanenwerder hatten sie fahren wollen, hatten aber die abgesteckte Route verlassen. Irgendwo in der Nähe von Kladow mussten sie dann versunken sein. Dort wollte ich hin. Dorthin, wo Brandner mit uns gewesen war. Ich wollte Heyms Weg nachzeichnen, so gut es nur ging.

Aber das war einfacher gesagt als getan. Ich saß daheim über meine Stadtkarte gebeugt und verstand nicht, wie sich in den vergangenen Jahrzehnten so viel verändert haben konnte. Auch den See verstand ich nicht. Eigentlich war er überhaupt kein See. Er war einfach eine Verdickung der Havel, mit Ausuferungen und Mündungen in alle Richtungen. Mit dem Finger fuhr ich zwischen Schwanenwerder und Kladow herum. Aber so lang ich auch suchte: Ich konnte die Karte nicht mit dem Ort in Einklang bringen, zu dem Brandner uns geführt hatte.

Und jetzt konnten wir nicht mal aufs Eis.

Dass wir trotzdem weiter auf den See zuliefen, machte mir Mut. Ich hatte erwartet, dass die anderen anhalten und umdrehen würden. Dass sie jeden Grund begrüßen würden, der diesen Ausflug beenden hätte können. Aber wir liefen weiter. Schwarz hatte sogar begonnen zu pfeifen. Nele hatte sich bei François untergehakt und flüsterte ihm etwas zu. Sie tröstete ihn wegen Heiner Müllers Tod, er war tatsächlich in Trauerkleidung erschienen. Tadeusz stapfte hinter uns her. Er sah verdrossen aus, aber das war egal. Wir waren alle hier. Und wir gingen weiter, zusammen.

»Und jetzt?«, fragte Schwarz und ließ seine Schlittschuhe auf den Boden fallen. Wir standen am Rand einer kleinen Kiesbucht und sahen hinaus auf die Havel. Schon in der nächsten Biegung war das Wasser gefroren. Ich konnte eine Trauerweide sehen, deren Zweige in die Seefläche stachen. Sie waren gefangen im Eis.

»Balcke und Heym wären trotzdem raufgegangen«, sagte ich.

»Das hat sie ja auch sehr weit gebracht«, konterte Nele.

»Vielleicht wir könnten gehen spazieren? An die Ufer entlang?«, fragte François. Er trug eine schwarze Pudelmütze, die sein Gesicht runder wirken ließ, als es noch war. Der tiefgezogene Saum verdeckte das Mal auf seiner Stirn, seine Wangen waren von der Kälte gerötet. Es stand ihm, er sah endlich wieder gesünder aus. Wahrscheinlich hatte ihn seine Mutter an Weihnachten mit Gänsebraten aufgepäppelt.

»Kneifen ist nicht«, sagte Schwarz.

»Kannst gern hinschwimmen«, murmelte Tadeusz. »Ich helf

dir beim Einstieg.« Schwarz atmete scharf ein und drehte sich zu ihm um. Die beiden musterten sich. Es war das erste Mal, dass sie einander heute ansahen.

»Wir könnten ein Boot mieten?«, schlug ich schnell vor.

»Wollt wohl festfrieren, wa!«, rief eine rauchige Stimme.

Wir fuhren herum. Der Angler sah von seinem Steg auf uns herab. Er stand gebückt, sein Körper sackte zur einen Seite ab, als wäre sein Bein nicht belastbar. Er schraubte gerade seinen Flachmann zu und ließ ihn in seiner unförmigen Jacke verschwinden. Ich fragte mich, ob er wirklich angelte. Oder ob er einfach einen Vorwand brauchte, um nicht zu Hause bei seiner Frau sein zu müssen und heimlich zu trinken. Aber vielleicht war er dafür auch noch zu jung. Es war schwer zu erkennen, er trug einen Hut, der sein Gesicht verschattete.

»Dit friert nachher wieder zu, is jefährlich«, fuhr er fort. »Darf nüschte uffn Wasser sein.«

»Aber da hinten fährt doch einer«, rief ich zurück und deutete in die Richtung, in der ich vorhin das rote Boot hatte ziehen sehen. Jetzt war dort nichts mehr zu erkennen, die Bäume auf der anderen Uferseite bildeten eine geschlossene Front, die Wasserfläche war hart und leer.

»Wir wollten eigentlich Schlittschuhlaufen«, rief Nele dem Angler zu.

Er wiegte den Kopf und brummte. Einen Augenblick glaubte ich ihn grinsen zu sehen, aber ich hatte mich wahrscheinlich getäuscht. Er bückte sich und schloss den Deckel des Eimers, den er neben seinen Füßen stehen hatte. Ich hörte, wie etwas von innen gegen das Plastik schlug.

»Könnt da hinten mal kieken, hier ist bewegter«, sagte er, als er sich wieder aufrichtete.

»Wie meinen Sie das?«, fragte Nele.

»Na, Strömung«, stöhnte Schwarz und der Angler nickte.

»Da lang?«, vergewisserte ich mich. Er richtete sich auf, aber sein Körper sah noch immer schief aus, als hätte er einen Buckel. Mit einer langsamen Bewegung hob er seinen Arm. Er stand wie eine Statue, sein gekrümmter Finger zeigte in die Ferne.

François wartet einen Augenblick. Erst, als er sicher ist, dass die anderen vor ihm laufen und sich nicht nach ihm umsehen, dreht er sich zurück zum Steg. Es ist so, wie er erwartet hat. Der Angler steht da, unbewegt im eisigen Wind, und sieht ihnen nach. Die Hände hat er in seine Jackentaschen geschoben, die Angelrute baumelt unbenutzt neben ihm. Er wartet. Wartet darauf, dass François ihm ein Zeichen sendet. Dass er erkannt hat, wer er ist.

Er hätte es gleich begreifen sollen. Die gebückte Haltung, die klumpigen Schuhe. Der Buckel. Der Schlapphut mit der zerbeulten Krempe, der die Hörner verdecken soll. François spürt, wie ihm das Blut ins Gesicht steigt. Er hätte ihn schneller erkennen müssen, viel schneller. Aber das Wichtigste ist, dass er es überhaupt noch rechtzeitig begriffen hat. Das ist er.

Der Meister, der Fürst.

Er ist ihm erschienen.

Er wacht über ihn.

Der Angler sieht ihn an, er rührt sich nicht. Unten schlagen Eisschollen gegen den Steg, irgendwo schnattert eine Ente. Und dann geschieht es. Mit einer langsamen Bewegung zieht der Angler seine Hand aus der Tasche. Er greift den Hut an der Krempe und lüpft ihn kurz in François' Richtung.

Es kann nur Bruchteile von Sekunden gedauert haben, aber François ist sich sicher. Er hat die Hörner gesehen. Sie sind nicht so lang, wie er sie sich vorgestellt hat. Und nicht so groß, wie Heym sie beschrieb. Zwei stumpfe Hügel sind das nur, zwei Erhebungen aus Haar und Horn, die sich unter den flammend roten Locken des Anglers in die Höhe beulen.

François' Blick fliegt zurück zu den anderen, sein Herz trommelt in seinem Brustkorb. Sie sind schon weit entfernt, ihre Rücken werden kleiner. Nele hat sich bei Schwarz eingehängt, Katharina lacht Tadeusz an. Sie bemerken nichts.

Und François rupft sich schnell die schwarze Pudelmütze vom Kopf. Er dreht sich dem Angler zu und fährt dreimal mit dem Zeigefinger über das Mal an seiner Stirn, 666. Dann senkt er seinen Oberkörper zu einer tiefen Verbeugung, voller Ehrfurcht, bis er fast mit dem Scheitel den Kiesweg berührt.

Zögernd schob ich meine Füße auf die Fläche. Das Eis war so klar und dünn, dass ich durch es hindurchsehen konnte wie durch Glas. Ich konnte eingeschlossene Blätter erkennen, gefrorene Luftblasen, Fäden von Wasserpflanzen. Etwas tiefer unten schillerte etwas, eine Coladose oder zerbeultes Blech. »Das ist doch Unfug«, hörte ich Tadeusz sagen. Ich drehte mich zu ihm um. Er stand mit verschränkten Armen am Uferrand und beobachtete mich. Er sah besorgt aus.

»Traust dich wohl nicht«, stichelte Schwarz. Er war schon weiter vorne als ich, er hatte sich sogar seine Schlittschuhe angeschnallt. Seine Kufen zogen tiefe Rillen, an deren Schnittstellen sich der Matsch aufhäufelte. Seine Augen blitzten.

Dass François als Nächster auf die Fläche trat, konnte ich gar nicht glauben. Aber er wirkte wild entschlossen. Er hatte sich wie ich die Schlittschuhe noch nicht angezogen, er lief schnell, das Profil seiner Straßenschuhe war zu glatt. Schon bei einem der ersten Schritte rutschte er aus, seine Beine spreizten sich zum Spagat, seine Arme ruderten durch die Luft. Schwarz lachte.

»Seid ihr sicher, dass das hält?«, rief Nele vom Ufer. Sie stand schwankend auf ihren Kufen, ihr Körper bog sich durch die kühle Luft. Sie hielt die Arme von sich gestemmt, als tanzte sie

Charleston. Wahrscheinlich würde sie gleich mit einem doppelten Rittberger auf das Eis hüpfen und dann in endlosen Pirouetten um uns herumwirbeln, dachte ich und schämte mich gleich für den Gedanken. Ich musste aufhören, sie immer so neidisch zu betrachten. Sie hatte mir doch gar nichts getan.

Ich bückte mich und zerrte die Schlittschuhe aus meinem Rucksack. Die anderen durften mir nicht davonfahren. Ich liebte diese Schuhe. Sie waren so weiß und elegant. Den rechten Schuh hatte ich schnell angezogen, auch wenn meine Finger in meinen Handschuhen schon klamm waren und die vielen Haken und Ösen nicht leicht zu schnüren waren. Der zweite Schuh war schwieriger. Ich schaffte es, während ich auf nur einer Kufe balancierte, nicht, meinen anderen Fuß in den linken Schlittschuh zu tauchen. Immer wieder kippte ich aus dem Gleichgewicht und ditschte mit dem Strumpf auf der Eisfläche auf. Ich fluchte, ich konnte schon spüren, wie die Nässe sich durch die Wolle hindurchfraß, bald würden meine Zehen eiskalt sein.

Da plötzlich hielt mir jemand seine Hand hin. Ich packte zu und hielt mich fest. Erst als ich mich wieder aufrichtete und meinen Rucksack mit den normalen Schuhen darin schulterte, sah ich, dass es Tadeusz war, der vor mir stand. Ich lächelte ihm zu. Sein Gesicht war ausdruckslos, fast steinern. Kein Lächeln, kein Stirnrunzeln, ich konnte daraus nichts ablesen, keine einzige Regung. Wir standen nah voreinander, aber er blickte an mir vorbei in die Ferne. »*Ich stand an einem großen See, der ganz mit einer Art Steinplatten bedeckt war*«, murmelte er.

Ich kannte den Text zu gut, ich hatte ihn wieder und wieder gelesen. Es war der Anfang der Traumaufzeichnung, die Heym eineinhalb Jahre vor seinem Tod notiert hatte. Der Traum, in dem er auf einen steinernen See geht, der plötzlich zu bersten beginnt. Die Steinplatten, auf denen er läuft, werden brüchig, aber Heym sinkt nicht. Er läuft einfach auf dem Wasser weiter. Und als er dann doch fällt, schwimmt er zu einer sonnigen Bucht.

Ich fragte mich, ob ihm dieser Traum eingefallen war, als er sich an den Kanten des Eislochs festkrallte und schrie und schrie. Ob er deswegen so lange durchgehalten hatte: weil er glaubte, dass der Traum eine Prophezeiung war. Eine halbe Stunde lang hatten sie ihn schreien gehört, die Waldarbeiter, die ihm nicht zu Hilfe kamen. Es muss ihm vorgekommen sein wie eine Ewigkeit.

Über uns hatte sich der Himmel gelblich verfärbt, irgendwo hoch über dem Schleier aus Nebel musste die Sonne scheinen. Ich hörte den Wind in den Bäumen, Äste schlugen gegeneinander, in den Wipfeln der Nadelbäume war ein Knarren und Pfeifen. Ein Windstoß fuhr direkt gegen unsere Körper und ich fröstelte. Vielleicht war das alles eine dumme Idee. Vielleicht sollten wir umkehren. Ich wusste gar nicht wirklich, was ich hier wollte. Aber dann dachte ich an Brandner. An den Turm. An den Moment, in dem wir alle auseinandergegangen waren, weg von der Schule, ohne uns umzudrehen.

Wir brauchten Schwung.

»*Ich wagte einige Schritte*«, antwortete ich Tadeusz und reckte mein Kinn in den Wind, »*und die Platten hielten.*« Er nickte. Wieder reichte er mir seine Hand, die ich losgelassen hatte, als ich den zweiten Schuh schnürte. »Nun denn«, sagte er.

Wir warfen uns dem Wind entgegen. Weiter hinten war der Himmel aufgerissen, ein paar Sonnenstrahlen trafen auf einen frostüberzogenen Steg und brachten ihn zum Glitzern. Wir liefen schnell, wir zogen weite Kreise. Nele kurvte vorneweg. Es sah so leicht bei ihr aus, so schwerelos. Manchmal ließ sie sich treiben. Sie hielt ihren Körper dabei ganz still, ihre Fußspitzen seitwärts ausgestellt, die Arme in die Höhe gereckt wie eine Tänzerin. Schwarz aber war schneller als wir alle, seine angespannten Handflächen schnitten durch die Luft, er sauste vorneweg, seinen Oberkörper hielt er vorgebeugt. Nur François blieb hinter uns, er stolperte mehr, als dass er fuhr, immer wieder nahm er Anlauf, in hektischen, kräftigen Stößen, aber er kam vorwärts, während Tadeusz und ich uns aneinander entlanghangelten, uns losließen, voneinander abstießen und uns wieder griffen. Die kalte Luft biss uns in den Lungen, unser Atem stieg in Wolken in den hellen Himmel auf. Am Ufer verschwammen Bäume und Sträucher. Ich wusste nicht mehr, wo wir waren. Ob wir uns in der Nähe von Kladow befanden, ob hier die Stelle sein konnte, wo Balcke und Heym versanken.

Irgendwann hielten wir an, mitten auf der Fläche. Wir hatten uns nicht verabredet, wir liefen einfach hinaus, einander zugewandt, mit ein paar Metern Abstand zwischen uns. Schwarz hielt sich japsend seine Seite, François hatte seine Pudelmütze verloren, seine Locken waren feucht vom Schweiß. Wir rangen nach Atem, wir sahen uns an.

Es war so weit.

Ich riss die Arme in die Höhe wie ein Dirigent, der den Einsatz gibt. Ich warf den Kopf in den Nacken. »Faust«, rief ich hinauf in die wieder so bleiche Wolkendecke über uns. »Neunzehnhundertelf!« Dann drehte ich mich François zu und er verstand. »Faust, der Teufel«, schrie er zu mir zurück und ohne uns abzusprechen rückten wir näher aufeinander zu, während François weiterbrüllte: »Ein Mann mit rotbeschmiertem Gesicht und einem Dreizack, zwei Hörner auf.«

»Szenen im Lunapark«, antwortete ich. Und als ich fortfuhr, »Die Schwarzen als Ringkämpfer!«, hörte ich, dass Nele mitsprach. Und schon beim nächsten Satz stimmten die anderen mit ein, erst leise, dann lauter und lauter. Wir riefen das Fragment gemeinsam über die eisige Fläche, gegen den Wind, wir kannten jedes Wort. *Die Geister des ermordeten Winter in Konitz* (»Ernst!«, brüllte ich dazwischen), *Napoleon. Wildenbruch.* Und mit jedem Ruf rückten wir ein bisschen näher aufeinander zu, wir waren Heyms Armee, wir zollten seinem Fragment Respekt, wir schrien es so laut wir konnten, hier, an der Stelle seines Todes, mitten auf diesem vereisten See.

»Habt ihr das gehört?«, unterbrach uns Nele plötzlich.

Das Knacken war unter unseren Füßen.

Ich keuchte auf. »Hinlegen!«, schrie Schwarz. Wir warfen uns auf die Fläche. Mein Mund fühlte sich taub an. »Auseinander, langsam, Druck verteilen«, hörte ich Schwarz rufen, seine Stimme klang heiser und beschwörend. Ich konnte sehen, wie sich die anderen davonzuschieben begannen, wie sie rückwärts robbten, voneinander weg, auf das Ufer zu, aber ich war erstarrt, ich konnte mich nicht bewegen. Mir war so kalt. Das Krachen war jetzt direkt unter mir, es war ein Riss, der durch mich hindurchging, er würde aufklaffen, wenn ich mich bewegte. Vorsichtig versuchte ich, mein Gewicht zu verlagern, ich spürte, wie etwas unter mir brach, mein Fuß glitt in eine Unebene hinein. Jemand schrie nach mir, eine Hand zuckte in meine Richtung, und plötzlich löste ich mich aus meiner Erstarrung. Ich warf mich vorwärts, so weit ich konnte, meine Füße strampelten, mein rechter Schlittschuh tauchte kurz in Wasser, ich packte ein Handgelenk, jemand zog und ich rutschte vorwärts auf festes Eis. Es ging so schnell, dass ich keine Zeit hatte, mich zu orientieren, ich folgte dem anderen Körper, wir krochen und schoben uns weiter, endlos, und plötzlich war da doch Boden unter meinen Handflächen, gefrorenes Gras, von Erdhügeln durchstoßene Schneeflecken, und wir rissen uns hoch, zu anderen greifenden Händen, wir stolperten auf unseren Schlittschuhen vorwärts in den Wald hinein. Zweige knackten unter unseren Kufen, ich wusste nicht, wohin wir taumelten oder warum, wir schwankten und hangelten uns von Baumstamm zu Baumstamm, aber wir hatten Boden unter uns, echten, festen Erdboden, wir waren überdreht, wir konnten nicht anhalten, und das musste reichen als Grund.

Als wir endlich zum Stehen kamen, lehnten wir uns aneinander, mehr noch: wir fielen. Fünf zitternde Körper, die ineinandersanken. Wir hielten uns an den Schultern, wir krallten uns fest. Mein Herz klopfte so schnell, meine Knie wankten, ich konnte kaum stehen, aber der Zirkel hielt mich, wir hielten uns.

»Alle da?«, keuchte Nele. Und ich nickte, wir nickten.

»Mann, war das knapp«, sagte Schwarz. Er stand mir direkt gegenüber, er sah blass aus. Und auf einmal war ich mir nicht sicher, ob vielleicht er es gewesen war, der mich gegriffen und von der Eiskante gezerrt hatte. Ich hatte plötzlich solche Kopfschmerzen, mein ganzer Körper begann zu zittern. »Danke«, murmelte ich, aber ich wusste nicht, wem ich das sagte.

»Wir sind da, wir sind alle da«, flüsterte Tadeusz zu meiner Linken und zog mich noch fester an sich. Es klang wie eine Beschwörung. Und Nele sagte: »Discipuli Piscatorum.«

»Discipuli Piscatorum«, antwortete ich. Auch ich flüsterte es, aber nicht absichtlich, ich hatte einfach keine Stimme mehr, und ich war nicht die Einzige. Wir waren fast tonlos, wir wisperten vor uns hin, irgendetwas, bedeutungslose Worte, bis Nele uns zu rütteln begann, sie rüttelte an den Schultern, die sie unter ihren Händen hatte, François und ich waren das, und das Rütteln pflanzte sich fort, es ratterte durch alle unsere Körper.

»Absit!«, rief Nele. Ihre Lippen waren blau vor Kälte.

Und mit schon kräftigeren Stimmen antworteten wir: »Omen!«

»Lauter! Absit!«, sie ließ nicht locker.

»Omen!«, riefen wir. Wir klangen stärker. Schon brüllten wir es noch einmal: »Absit Omen!« Und François begann zu lachen, irgendjemand löste sich aus dem Kreis und klatschte. Ich verlor meinen Halt, ich spürte die kalte Luft in meiner Lunge, mein Hosenbein klebte nass und steif an meiner Haut, aber das war mir egal, ich brüllte alleine: »Absit Omen!« Und Schwarz stemmte seine Faust gegen den Himmel und stieß einen Juchzer aus. Nele trillerte wie eine Squaw und François kreiselte um den Stamm einer Birke herum, der ganze Wald dröhnte von unserem Gelächter, wir klatschten und verbeugten uns, voreinander, vor einem Publikum, das nicht da war, vor dem Leben. Wir sogen Sauerstoff in uns auf, den Duft nach Holz und Schnee und Tannennadeln, wir hörten nichts als unseren eigenen Jubel. Jetzt und hier fühlte es sich an, als könnten wir alles bezwingen. Brandner und die Schule. Krankheit und Tod.

Später saßen wir in einem Gasthof, dem ersten, den wir finden konnten. Draußen wurde es gerade dunkel, wir waren die einzigen Gäste. Die Kellnerin hatte, als sie uns hereinkommen sah, sofort die Heizung höhergedreht und ein elektrisches Heizgebläse neben unseren Tisch gestellt. Die Holzbalken im Raum knackten vor Hitze, meine nassen Socken hingen über den Rillen des pochenden Heizkörpers, die Scheiben waren beschlagen. Wir tranken heißen Grog, unsere Wangen waren gerötet.

»… dann kann er gar nicht anders«, sagte Tadeusz gerade. Ich stützte meinen Ellenbogen auf den Tisch und lächelte ihm zu.

Ich hatte gar nichts mehr sagen müssen, gar nichts mehr tun.

Es war beschlossen. Wir würden proben. Heimlich, miteinander, bis wir so weit waren, uns Brandner zu stellen. Wir hatten noch ein paar Tage, bis offiziell die Schule wieder beginnen würde. Und wir würden Brandner damit überraschen, wie weit wir schon waren. Die erste offizielle Probe hatte er erst für den zweiten Schultag nach den Winterferien angesetzt, alles andere war gestrichen worden, nachdem sie uns die öffentliche Aufführung genommen hatten. Aber das würde uns nicht abhalten, nicht mehr. Und wir würden aufführen. Nicht mehr zu dem ursprünglichen Termin, nicht mehr zu Heyms Todestag, aber später irgendwann. Dazu würden wir die Kommission bringen. Das war unser Ziel.

Schwarz kaute an einem Streichholz und rupfte an dem Plastik-Weihnachtsstern herum, der in einem goldfarbenen Topf in der Mitte des Tisches stand. »Aber so ganz ohne Techniker geht das nicht«, gab er zu bedenken. »Ich brauch Projektion, Licht, Ton.«

»Ich kann bedienen das«, sagte François. Überrascht sahen wir ihn an. Seine Ohren waren rot, sie glühten durch seine Locken hindurch. »In Aix-en-Provence habe ich gesessen immer bei die Techniker, sie haben mir alles gezeigt. Ich weiß noch viel«, sagte er. Und fuhr, als er merkte, dass wir alle auf ihn sahen, stotternd fort: »Aber … aber ich 'abe eine Condition.«

»Spuck's aus«, knurrte Schwarz.

François' Wimpern flatterten. Er war nervös. »An Todestag von Monsieur 'eym darf ich proben«, sagte er. »Mit Beginn um Mitternacht. Die spiritistische Sitzung. Mais cette fois: richtig.« Wie sahen uns an. Mir war nicht wohl dabei. Und auch Tadeusz sah misstrauisch aus, auch wenn ich nicht verstand, warum.

»Was heißt das genau?«, hakte ich nach.

François wog seinen Kopf. Es war eine Mischung aus Nicken und Verneinen, als hätte er Bedenken, zu viel preiszugeben. »Wir …«, sagte er schließlich, »… machen eine Séance, so richtig, ein richtiges Rituel. Eine Nekromanzie, zur Beschwörung von Geistern. So wie Brandner wollte: ganz theatral. Mit Tanz und Trommeln und Gesang. Und rot beschmiertem Gesicht. Wie von Schamanen.«

»Ist das nicht sowas, wo Halluzinogene eingesetzt werden? Mit Trance und Ekstase und so?«, fragte Nele. Sie sah besorgt aus.

Aber Schwarz lachte nur. »Wenn das alles ist, Franzmännchen«, sagte er und schlug François auf die Schulter. »Ich ruf dir sämtliche Geister und untoten Dichter der Welt zusammen, wenn dich das glücklich macht. Und bei Ekstase bin ich immer bei.«

»Wehe, du fummelst mich dann währenddessen an«, lachte Nele, deren Sorge schon wieder verflogen schien.

»Also, wir machen?«, fragte François. Er sah lauernd aus.

»Yo«, nickte Schwarz. »Klaro. Kein Ding.« Und als auch Tadeusz nickte, zuckte ich mit den Schultern.

Nele rührte sich mehr Zucker in ihren Grog. »Nun denn. Bleibt nur noch die Frage, wie wir in den Stollen kommen«, sagte sie und leckte ihren Löffel ab. Jetzt war sie es, die wir anstarrten. Keiner von uns war auf die Idee gekommen, dass wir wirklich auf der großen Bühne proben würden. Tatsächlich hatte ich schon überlegt, ob ich meine neue Wohnung als Probebühne anbieten sollte. Ich hatte ja daheim noch nicht so viel aufgestellt, keine Schränke, nicht einmal einen Tisch – und wenn man das Bett wieder auseinandermontierte und die Matratze an die Wand lehnte, war vielleicht genug Platz. »Was denn«, sagte Nele und nahm einen tiefen Schluck aus ihrem Glas. »Der Stollen muss frei sein, Brandner hat ihn doch für uns reserviert. So schnell kriegen die das nicht umorganisiert. Und der dritte Jahrgang ist eh mit Huth in Finnland. Da geht keiner schürfen außer uns.«

Einen Moment lang schwiegen wir. Hinter dem hölzernen Tresen klapperte die Kellnerin mit Tellern, sie bereitete die Gaststätte auf die Abendgäste vor. Die Küchentür war nur angelehnt, es roch nach Braten, mein Magen knurrte.

»Korbinian hat den Generalschlüssel«, sagte Tadeusz schließlich. Er sah fröhlich aus, als er das sagte, fast spitzbübisch.

François legte den Kopf schief. »Was das heißt?«, fragte er.

Es machte mir Spaß, die Worte auszusprechen.

»Mon chèr«, sagte ich und schob meine nackten Füße auf den Schoß von Tadeusz, »das heißt: Wir brechen in die Schule ein.«

Es war schon spät, als wir endlich zurück in die Stadt fuhren. In der S-Bahn surrten die Heizkörper, der Schneematsch schmolz von unseren Schuhen und rann in dünner werdenden Fäden über den Boden. Es waren nur wenige Fahrgäste in unserer Nähe. Die meisten von ihnen lasen oder schliefen. Irgendwo weiter hinten sangen ein paar Mädchen einen Kanon, den ich nicht kannte. Ich lehnte mich mit der Schläfe an das Fenster und sah hinaus. Die Scheibe war von außen mit Graffiti besprüht, irgendwelche verschlungenen Buchstaben. Ich spähte durch die Lücken hindurch in die Nacht. Es wurde heller, je weiter wir in die Stadt hineinfuhren. Alles sah weich aus, Laternen schwammen in Pfützen aus versickerndem Licht, die Häuser verloren im Schnee ihre Kanten. Mir gefiel diese Weichzeichnung, sie passte zu der Stimmung im Wagon. Das Rattern der S-Bahn hatte etwas Beruhigendes. Tadeusz hatte seinen Kopf auf meiner Schulter abgelegt. Seine Augen waren geschlossen, er atmete gleichmäßig. In jeder Kurve schmiegte er sich dichter an mich, sein Haar strich über meinen Hals. Ich hob vorsichtig meinen Arm und legte ihn um ihn. Sein Oberkörper hob und senkte sich unter meiner Hand. Ich sah hoch und Nele lächelte mir zu. Ich lächelte zurück. Ich spürte, wie etwas in mir aufstieg, eine Wärme, eine Unruhe. Das Gefühl zog sich durch meinen ganzen Körper. Ich brauchte eine Weile, bis ich verstand, was es war. Erst dachte ich, es sei Vorfreude. Aber es war mehr als das. Es war zart und pulsierend und zerbrechlich.

Es war Glück.

13

»Da bin ich wieder«, flüstert er.

Draußen fährt ein Auto vorbei. Das Licht des Scheinwerfers fegt über die Tapete. Ganz kurz sieht er das Aufscheinen der Schneeflocken, die durch den Lichtschweif sinken. Dann ist es wieder dunkel.

Keine Antwort.

Er zieht die Tür hinter sich zu und lauscht. Er kann ihre Anwesenheit spüren. Vorsichtig tastet er nach dem Schalter. Es gibt ein leises Klicken, und der Lampenschirm formt einen Lichtkegel, der auf das Bett, den Tisch und den Stuhl fällt. Die Wand über seinem Schreibtisch ist kaum beleuchtet. Dort ist die Grenze, eine Schattenlinie, hinter der sich alles verdunkelt. Von dort aus sieht sie ihn an.

Tadeusz streift seinen Mantel ab und wirft ihn aufs Bett. Dann gibt er sich einen Ruck. Er stützt seine Handballen auf den Tisch und beugt sich zu ihr, so nah, dass ihre Augenbrauen fast seine Stirn berühren. Die Mundhöhle klafft ihm entgegen. Ihr fehlt einer der Hühnerknochenzähne.

»Heym hatte einen Totenschädel auf seinem Schreibtisch stehen«, flüstert er. »Wusstest du das?«

Sie schweigt, aber sie lässt ihn nicht aus den Augen, als er sich jetzt an den Tisch setzt. Sie verfolgt von dort oben jede seiner Bewegungen, das weiß er. Sogar im Schlaf spürt er ihren Blick. Eine besondere Technik muss das sein. Wie bei Gemälden, deren Figuren einem durch den Saal eines Museums nachsehen. Vielleicht hat Pedrito ihre Augenhöhlen schräg geschnitzt, zu einem Silberblick aus Holz. Er muss das überprüfen, irgendwann.

Etwas rumpelt im Wohnzimmer. »Lass uns warten, bis er weg ist«, sagt er. Sie nickt. Das kann natürlich nicht sein, aber er ist sich sicher, dass er ihre Zustimmung spürt. Tadeusz rückt den Stuhl näher an den Tisch und greift nach dem Notizheft, das er aufgeschlagen hat liegen lassen. Seit er auf die Idee gekommen ist, das Zimmer abzusperren, versteckt er es nicht mehr. Außerdem wacht die Maske über den Raum.

Ihr kann er vertrauen.

Der neueste Eintrag ist von letzter Nacht. *MM, 3.15Uhr: Es ist egal*, hat er geschrieben, *ob man springt oder fällt, Luft oder Wasser, ziemia lub światło. Schließlich behält der Teufel die Oberhand.*

Tadeusz sieht kurz auf die Quarzuhr an seinem Handgelenk und setzt eine Zeile tiefer an. *OM, 21.07Uhr: Korrektur*, schreibt er. *Nichts ist egal. Vor allem nicht, ob man gestoßen wird, bevor man stürzt. Der Stoß ist der Schlüssel. Und die vergangene Zeit. Denn ein Stoß (der entscheidende!) kann stattgefunden haben, lange bevor man fiel.*

Seine Schrift sieht fremd aus, die Buchstaben sind kaum lesbar. Er hebt seine Hand mit dem Stift in die Höhe. Sie zittert. Etwas knackt über ihm und Tadeusz zuckt zusammen. Sein Blick fliegt zu ihr auf. Ihr Mund ist verzogen, ihr Kinn reckt sich ihm entgegen. Sie wirkt höhnisch. »Ich weiß«, sagt er und nickt ihr zu. »Ich weiß schon, dass das nichts bringt.«

Er darf nicht mehr ständig über Dinge nachdenken, die längst geschehen sind, da hat sie recht. Aber manchmal fragt er sich, was passiert, wenn er wirklich damit aufhört. Die Vergangenheit nimmt so viel Raum in ihm ein – er wüsste gar nicht, womit er die Leere füllen sollte, die dann entstünde.

Er hat dieses Zimmer schon so oft auf den Kopf gestellt. Jeden Winkel hat er durchsucht, jede Kommode, jedes Notizbuch seines Onkels. Es muss ein Zeichen für dessen Schuld geben, irgendwo. Einen Beweis dafür, dass er es war, der den Vater und dessen systemkritische Einstellung an das Ministerium verraten hat. Aber natürlich findet er nichts. Er wird nie etwas finden, in dieser ganzen Wohnung nicht. Korbinian wäre nicht so achtlos.

Auch Berlin hilft nicht. Diese Stadt, das ganze Land, es steht ihm nicht bei. Er hat so viel Hoffnung in sein Hiersein gesetzt, aber er kommt in der Suche nach der Wahrheit keinen Schritt weiter. Es gibt keine Beweise für diesen Verrat.

Die größte Enttäuschung war die Behörde gewesen. Akteneinsicht für Angehörige von Verstorbenen sei rechtlich nur unter Umständen zugelassen, hatte ihm die Dame in der Dienststelle kühl erklärt und ihn über den Rand ihrer Brille hinweg gemustert, als sei er der Verbrecher. Zumal, wenn es sich um keinen aktiven Vorgang handele, eine Aufklärung Vermisster etwa oder eine Rehabilitierung. Auch einen Antrag auf Decknamenentschlüsselung des IMs, der für die Verhaftung seines Vaters gesorgt habe, könne er nicht so einfach stellen. Schon gar nicht, wenn er den Decknamen nicht kenne. Erst als sie hörte, dass sein Vater ein politischer Häftling gewesen war, der sich im Polizeigefängnis umgebracht hatte, mitten in Ostberlin, war ihr Blick weicher geworden. »Keibelstraße?«, hatte sie gefragt. Und einen kurzen Augenblick lang setzte sein Herzschlag aus, weil er dachte, dass sie vielleicht schon damals, als es passierte, vom Tod seines Vaters gehört haben könnte. Es gab ja nicht viele Fälle wie ihn. Den meisten Gefangenen gelang der Selbstmord erst, wenn sie der Haft schon entronnen waren. Wenn sie mit den Spätschäden nicht klarkamen. Und es gab, da war Tadeusz sich sicher, nur einen, dem dieser Sprung von der Galerie je geglückt war. Doch davon wusste die Dame nichts. Sie wusste nur von den Bedingungen, dem Schlafentzug, den Methoden, sie kannte sogar die Größe der Zellen. »Treiben Sie den Decknamen auf«, hatte sie schließlich gesagt, und ihre Stimme klang da fast mitfühlend. »Es muss doch Freunde geben, Familienangehörige, die etwas wissen. Dann kann ich sehen, was sich machen lässt.« Aber es gibt niemanden. Nur eine Mutter, die mit ihrem Verdacht allein in einer Anstalt sitzt und aufgehört hat zu sprechen.

Wahrheit kommt von bewahren, schreibt er. *Aber was ist wahr? Und was, wenn –*

Draußen Schritte, die näher kommen, auf seine Zimmertür zu. Dann ein Zögern. Ein Knarzen in den Dielen. Die Schritte setzen wieder ein, aber jetzt entfernen sie sich. Das Klimpern eines Schlüsselbunds. Ein Klacken. Die Wohnungstür fällt ins Schloss.

Tadeusz wirft den Stift auf den Tisch und steht auf. Er darf jetzt nicht zu lange überlegen. Wenn er zögert, wird er es wieder verschieben. Mit einem schnellen Griff nimmt er die Maske vom Haken. Sie wird ihm helfen.

Sie sitzt sofort. Anfangs hat er, um sie überzuziehen, noch den Spiegel benötigt. Inzwischen liegt sie auf seinem Gesicht wie eine zweite Haut. Er weiß kaum noch, wann er sie trägt, wann er sie nicht trägt, so sehr hat er sich an ihr Gewicht gewöhnt. Er hat auch keine Schmerzen mehr von dem Druck des Bands auf seinen Hinterkopf. Aber es gibt diesen kurzen Moment vor dem Überstreifen, den er überwinden muss, jedes Mal. Etwas in ihm sträubt sich. Als würde immer, wenn er sie aufsetzt, irgendetwas von ihm verloren gehen. Etwas, das nicht wiederkehren kann.

Er hat in den letzten Tagen gelernt, das zu ignorieren.

»Los geht's«, sagt er. Seine Stimme klingt dumpf unter der Innenhaut der Maske, sein Atem schlägt von innen gegen das Holz. Die Flurdielen knarren unter seinen Füßen. Sie sehen merkwürdig aus, oval zurechtgeschnittene Flecken, die sich mit ihm mitbewegen. Er hat sich noch nicht an den Blickrand gewöhnt, mit dem die Augenlöcher ihn eingrenzen. Sein ganzer Körper ist gezwungen, sich in einen bestimmten Winkel zu beugen, wenn er überhaupt etwas sehen will. Er muss sich dadurch anders halten, sich anders bewegen. Es fühlt sich fremd an, als wäre er nicht mehr er selbst. Aber das ist der Sinn.

Die Frage ist, ob er auch anders denkt.

MM, mit Maske.

OM, ohne Maske.

An der Schwelle zum Wohnzimmer bleibt er stehen. Brandner hat das Licht brennen lassen, wahrscheinlich kommt er bald zurück. Tadeusz' Blick fällt auf das Fenster zur Straße, die Spiegelung der Wohnzimmerlampe, seine Reflexion in der Scheibe. Das Doppelglas vervielfältigt ihn, es sieht aus, als trüge er vier Hörner. Im Ofen prasselt das Feuer. Sonst ist alles ruhig.

Mit einem raschen Schritt ist er am Schreibtisch. Der Schlüssel muss in der Schublade sein, da ist er sich sicher. Damit, dass die Schublade verschlossen ist, hat er nicht gerechnet. Tadeusz rüttelt an dem Griff und stößt einen Fluch aus. Seine flache Hand schlägt auf die Tischplatte, dann ist er schon bei Brandners Boxsack und tritt mit dem Schienbein kräftig gegen das abgenutzte Leder, wieder und wieder.

»Und jetzt?«, sagt er, als sein Atem sich unter dem Holz der Maske wieder beruhigt hat. Die Halterung des Boxsacks quietscht.

Er weiß, was er tun müsste. Sich umdrehen und gehen. Den anderen sagen, dass er nicht an den Schulschlüssel herankommt. Dass sie anderswo proben müssen oder überhaupt einfach warten, bis die Schule wieder öffnet. Das wäre das Vernünftigste.

Aber was würde die Maske tun. Und warum sperrt Korbinian diese Schublade ab. Tadeusz ist sich sicher, dass er auch sie schon durchsucht hat, irgendwann. Aber vielleicht gab es da doch etwas, das er übersehen hat. Ein Geheimfach, einen doppelten Boden. Wenn Korbinian wirklich der Verräter ist, für den Tadeusz' Mutter ihn immer gehalten hat, dann ist er Versteckspiele gewohnt.

Er streicht über die Stirn der Maske, er spürt die aufgeworfenen Zornesfalten unter seinen Fingerspitzen. Was will sie. Was kann er tun. *MM*.

Der Lautsprecher knistert, als er die Platte auflegt. Es ist eine alte Aufnahme aus Brandners Sammlung. Der *Mephistowalzer* von Franz Liszt, in der Orchesterversion mit den Budapester Symphonikern. Das Orchester rauscht auf, Bläserfanfaren. Tadeusz wippt mit. Seine Bewegungen sind zu zaghaft, das spürt er selbst. Die Maske will, dass er lauter dreht. Sie will, dass er tanzt.

Er stellt sich in die Mitte des Raums und atmet durch. Geigenläufe lodern auf. Er muss den Körper schwer werden lassen, das spürt er, er beginnt mit einem Absetzen der Fußsohlen. Zaghaft erst, dann mit immer kräftigeren Tritten. Jetzt die Arme ausbreiten. Schnelle Drehungen. Ein Akkord, ein Sprung. Sein Aufprall pflanzt sich in den Dielenbrettern fort, irgendwo klirren Gläser oder Vasen in einem Regal, der Boxsack beginnt zu pendeln, und auf einmal ist ihm warm. Noch ein Sprung. Und noch einer, im Rhythmus der Paukenschläge. Er lacht. Erste Schweißtropfen rinnen über seinen Rücken. Ein Paukenschlag – und er reißt sich das Hemd vom Oberkörper, das Unterhemd. Kurz zögert er. Aber er hat geschworen, sich einzulassen. Zu prüfen, wohin ihn das führt. Er wird es verwenden können, all das, egal wie.

Schon hat er auch Hose, Socken und Unterhose abgestreift und die Plattennadel noch einmal an den Anfang gesetzt. Wieder die Fanfaren. Diesmal ist er schneller dabei. Nackt dreht er sich jetzt durch den Raum, er spürt den Luftzug an seinen Genitalien, aber er fühlt sich nicht nackt, er ist auch nicht er selbst, ohnehin, er ist die Maske. Sie reißt diesem Körper die Arme in die Höhe, sie lässt ihn barfuß auf dem Boden aufstampfen. Irgendwo ist ein Klopfen, erzürnte Nachbarn vielleicht oder das Galoppieren von Teufelshufen, das ist egal, er dreht sich wieder, wirbelt jetzt auf den Schreibtisch zu, rüttelt an der Schublade, heftiger diesmal, dann noch einmal mit aller Kraft. Und plötzlich kracht etwas, die Schublade springt auf, der Rückstoß wirft ihn gegen die Wand.

Die Maske heult auf im Triumph.

Seine Hände schießen vor, fahren in die Schublade hinein, die schief aus ihrem Fach herausgebrochen ist, zitternde Finger, abwärts rutschende Gegenstände. Er schaufelt alles auf die Tischplatte. Zettel, Papiere, einen Pass. Münzen. Mehr Metall, ein Schlüssel, um den sich seine Hand schließt. Noch einmal fährt er mit der freien Hand in die offene Tischhöhle hinein und plötzlich ertasten seine Finger eine Unebenheit und ziehen etwas hervor. Einen beschrifteten Umschlag, festgeklebt an der Unterseite der Tischplatte, eine Schrift, die er sofort erkennt. Die Buchstaben formen seinen Namen.

Er zuckt zurück.

Es kann nicht sein.

Nein.

Brandner hört die Musik schon im Treppenhaus. Auf dem zweiten Absatz bringen die Kontrabässe das Fensterglas zum Zittern, die Geigenläufe schrammen gegen die Wände, die Quarten und Akkorde verzerren sich in der Wendelung der Stiegen. Der ganze Klang ist verfälscht, aber er erkennt den Walzer sofort. Er schnaubt und beschleunigt seinen Schritt. Im vierten Stock reißt die Riester die Tür auf, sie stiert ihm entgegen, als er auf sie zusteigt, ihre runzligen Lippen sind zu einem Strich verballt, in ihren Händen knüllt sie ein fleckiges Geschirrtuch. »Ich kümmere mich«, stößt Brandner hervor, bevor sie etwas sagen kann, und hebt eine Hand zur Beschwichtigung. Sie zischt etwas, das nicht zu verstehen ist, aber er kann spüren, wie ihr Zorn auf ihn überspringt. Seine Hände beginnen zu beben, er benötigt drei Versuche, bis er den Schlüssel ins Schloss rammen kann.

Die Musik kippt ihm durch den Flur entgegen, sie bricht über ihm zusammen und stößt ihn vorwärts, in die Wohnung hinein. Er reißt die Wohnzimmertür auf, er atmet schon ein, um loszubrüllen – und stockt.

Das Wesen steht über seinen Schreibtisch gebeugt, der dürre, nackte Körper wirkt verrenkt. Die Rippen am Oberkörper kann man zählen. Das Schamhaar ist so schwarz wie die wilden Haare, die über der Stirn in die Höhe stechen. Die Augen starren ihn an.

Er weiß, dass es sein Neffe ist, der da steht. Er weiß es. Und er müsste auch die Maske wiedererkennen, dieses Ding, diese Fratze, die ihm so ähnlich sieht, viel zu ähnlich, und die ihn schon bei der Verteidigung verstummen hat lassen vor Schreck. Er weiß, dass es so ist, aber es sieht nicht so aus.

Brandner sucht Halt am Türrahmen. Die Musik schwillt an, dieser Walzertakt, der ihm auf einmal so hässlich vorkommt, so kaputt. Und das Wesen röhrt etwas und tritt auf ihn zu. Instinktiv hebt er den Arm zur Abwehr, aber es muss wirken, als würde er zuschlagen wollen, und das Wesen gibt einen Laut von sich, ein Jaulen oder Jammern, es weicht zurück und reckt ihm etwas entgegen, ein Kuvert, eine Anklage, er kann es von hier aus nicht genau erkennen, aber er sieht die Schublade, die aus dem Schreibtisch stakt, und er weiß sofort, was es ist.

Brandner atmet durch. Er tritt an den Plattenspieler heran. Die Nadel kratzt über die Rillen, das Schrammen schrillt in seinen Ohren, dann ist es endlich still. Im Hausflur wird eine Tür zugeschlagen.

»Was wirfst du mir eigentlich vor«, sagt er.

Er kann sehen, wie der Junge erstarrt. Selbst nackt gleicht er seinem Vater. Die schmale Brust, auf der kaum Haare zu sehen sind. Die langen, sehnigen Beine. Die kauernde Haltung von jemandem, der gerne mehr wäre als er ist.

Und auf einmal begreift er. Tadeusz hat keine Beweise. Er hat seine Vorwürfe auf Brandner projiziert, die Anschuldigungen, die die Mutter dem Jungen eingehämmert haben muss, als er noch klein war: *Dein Onkel ist schuld, dein Onkel ist schuld.* Ein diffuses Gefühl muss es bisher gewesen sein, ein Alarm in den Genen. Brandner selbst muss es befeuert haben, durch sein Schuldgefühl, seine Unterwürfigkeit. Durch den Wunsch, etwas wiedergutmachen zu können, einen Ausgleich zu schaffen. Damit ist jetzt Schluss.

Dass der Junge den Brief in der Hand hat, ändert nichts. Auch das sind nur Mutmaßungen, es sind Hirngespinste einer kranken Familie. Niemand kann ihm etwas nachweisen, das muss er selbst endlich glauben. Er wurde ja überprüft, als er für diese Professur in Betracht gezogen wurde. Er wurde überprüft, durchleuchtet, hinterfragt – und sie haben nichts gefunden. Das Karteikartensystem muss Lücken aufgewiesen haben, die Verweiskette an den Knotenpunkten unterbrochen worden sein. Vielleicht liegt es auch daran, dass er erst später zu Brandner wurde, ein Künstlername ist das schließlich. Oder Grother hat tatsächlich Wort gehalten und alles vernichtet, solange es noch ging. Aber die Gründe sind auch egal, wichtig ist das Ergebnis: Er hat einen Persilschein. Und die wenigen, die etwas wissen, sind die, die es verstehen.

Nur wenn er aufhört, sich wie ein Schuldiger zu benehmen, wird er aufhören, ein Schuldträger zu sein.

Brandner tritt vor. Mit einem Ruck reißt er Tadeusz die Maske vom Gesicht. Das Gummiband schnalzt über seinen Hinterkopf, der Junge zuckt zusammen. Seine Augen zwinkern.

»Ich möchte, dass du ausziehst«, sagt Brandner. Er klingt müde.

Ich lag im Bett, als es klingelte. Ich hatte mir eine Teekanne neben das Bett gestellt und eine Wärmflasche unter die Bettdecke gestopft. Erst wollte ich gar nicht aufstehen. Ich erwartete niemanden und in meinem Bett war es so warm und gemütlich. Aber das Klingeln hörte nicht auf, und es war doch auch schon so spät, viel zu spät.

Tadeusz stand vor mir, zu seinen Füßen eine vollgepackte Tasche. Ich wollte einen Witz darüber machen, wollte ihn fragen, ob er vorhatte bei mir einzuziehen, aber dann sah ich seinen Blick.

»Was ist passiert?«, fragte ich.

Er schlang seine Arme um mich und ließ mich nicht los.

Ich weiß nicht, wie lange wir so standen. Ich spürte seinen Herzschlag. Er flüsterte etwas auf Polnisch in mein Haar hinein. Vorsichtig löste ich mich von ihm und sah ihn an. »Was?«, fragte ich. »Was hast du gesagt?«

Er trat einen Schritt zurück. Es war, als würde er aufwachen. Als hätte er keine Ahnung, wo er war oder was er hier tat. Seine

Hand fuhr an sein Gesicht und tastete darauf herum. Ich verstand die Geste nicht.

»Ist alles in Ordnung?«, fragte ich.

Er rieb sich mit beiden Händen über die Stirn. Sein Mantel rutschte mit der Bewegung in die Höhe, etwas fiel aus seiner Tasche und klapperte auf den Boden. Ich bückte mich danach und hob es auf.

Der Schlüssel.

»Du hast's geschafft?«, rief ich.

Tadeusz sah mich an, als verstünde er gar nicht, was ich meinte. Ich packte ihn an den Schultern und strahlte ihn an.

»Das ist so super! Wollen wir gleich los?«, fragte ich. »Du kannst deine Sachen ja hierlassen.«

Tadeusz nickte.

Nele hat gerade ihre Haare hochgebunden und ihr Schlaf-T-Shirt übergestreift, als der Anruf kommt. Mit einem Sprung ist sie beim Telefonapparat. Es kann nur einer sein, niemand sonst würde sie hier mitten in der Nacht anrufen, er muss die Zeitverschiebung übersehen haben, er hat sich verrechnet. Aber es ist Katharinas Stimme, die zu sprechen beginnt, so schnell und noch schneller, und Neles Blick fliegt zur Uhr. »Jetzt?«, sagt sie. »Ernsthaft?«

Die Tante sieht erschrocken aus, als sie auf ihr Klopfen hin die Tür öffnet. Ihre Augen sind verquollen, ihr Mund ist merkwürdig eingefallen, sie hat, das begreift Nele erst während sie schon redet, in der Eile ihr Gebiss nicht eingesetzt. »Könntest du«, sagt Nele und schämt sich, sie schämt sich so sehr, denn das ist kein Notfall, natürlich nicht, aber sie kann nicht fehlen, das geht einfach nicht. »Könntest du drüben bei Julchen weiterschlafen, ausnahmsweise? Ich muss noch einmal in die Schule, sie haben eine Probe angesetzt, wir …«

Die Tante sieht sie an und schweigt. »Es kommt auch nicht wieder vor«, sagt Nele und spürt, wie ihr das Blut ins Gesicht schießt. »Wir wollen den Jahrgang retten, weißt du, die Professoren würden sonst …« Stumm greift die Tante hinter sich. Einen Moment lang glaubt Nele, dass sie die Tür zuschlagen wird, ihr direkt ins Gesicht hinein, aber die Tante greift nach dem Schlüssel, der von innen im Schloss steckt. Sie zieht ihn ab und schiebt sich stumm an Nele vorbei.

Nele beißt sich auf die Lippen. Sie hätte das nicht tun sollen, etwas ist kaputtgegangen in diesem Moment, das ist klar. Es ist zu viel, alles ist zu viel, sie kann das niemandem zumuten. »Es kommt nicht wieder vor«, ruft sie noch einmal und sieht zu, wie die schmächtige Dame im Nachthemd den Flur hinunterwankt, auf die geöffnete Tür am Ende des Gangs zu.

Über ihnen ragt der Turm in den Himmel, Katharina drängt gegen seinen Körper. Sein Blick fliegt zurück zu dem kleinen Parkplatz, auf dem nur die Professoren parken dürfen. Das Auto, das dort im Schein der Laterne steht, beunruhigt ihn. Aber Schwarz trommelt auf seinen Rücken, Nele kichert, die Scheiben des Autos sind mit einem Schneebrett überzogen, das längst erstarrt ist, und François stampft mit seinen kleinen Füßen auf dem hartgefrorenen Boden auf. Und auch die Maske wird unruhig, er kann es spüren. Sie ist bei ihm, selbst wenn er sie nicht auf seinem Gesicht trägt, sie stampft weiter in seinem Schädel herum, ihre Augenlöcher starren ihn an, aus dem Rucksack heraus, den er über seine Schulter geschlungen hat.

Er zerrt noch einmal an der Tür, die so schwer und festgefroren in ihrem Rahmen liegt. Er spannt die Muskeln, er haucht mit seinem Atem auf das Schlüsselloch und rüttelt wieder an dem Schlüsselschaft herum. Ein leichtes Rucken muss er noch hinbekommen, er weiß, wie er sich bewegen muss, die Maske sagt es ihm.

Das Geräusch, mit dem der Turm sich öffnet, klingt matt, wie das Seufzen eines Vakuums, das sich ergibt. Schwarz greift an ihm vorbei und zerrt die Tür so weit auf, dass ihr kalter Knauf gegen die Außenmauer schrammt. »Sesam öffne dich«, sagt er und lacht.

Und wir traten ein.

Wir flüsterten, als wir durch den Schacht liefen. Ich konnte hören, wie unsere Schritte in der Tiefe der Katakomben nachhallten. Weit hinter uns donnerte die Verbindungstür ins Schloss und ich fuhr zusammen.

Es war kühl im Gang zum Maschinenhaus. Nele hatte ihren Schal über ihre Ohren gewickelt, François trug eine schwarze, wattierte Jacke, die ich an ihm noch nie gesehen hatte. Und aus Tadeusz' Rucksack lugte der Zipfel einer Wolldecke. Auch ich hatte damit gerechnet, dass es unten im Stollen besonders kalt sein würde. Ich hatte sogar schnell noch meine Skiunterwäsche angezogen, bevor wir losgingen. Aber es wurde wärmer, je tiefer wir stiegen.

»Der Teufel hat in der Hölle die Heizung angelassen«, wisperte Nele.

Als wir an der Abzweigung ankamen, zögerten wir. »Sollen wir zunächst zur Technik hoch? Überprüfen, ob dort offen ist?«, raunte Tadeusz. »Mann, sprich normal. Kann uns doch eh keiner hören hier unten«, murrte Schwarz. Aber auch er redete viel leiser als sonst.

»Lasst erst mal sehen, ob wir wirklich auf die Bühne kommen«, widersprach ich. Meine Stimme zitterte. Ich konnte gar nicht fassen, dass wir es bis hierhin geschafft hatten. Ständig erwartete ich, dass uns jemand entdecken würde. Dass wir nicht weiterkämen. Dass eine Alarmanlage losschrillen könnte.

Irgendetwas musste doch passieren.

Aber niemand hielt uns auf. Und auch der Durchgang zur Hinterbühne war nicht verschlossen. Dunkel zog sie sich vor uns in die Tiefe. François schob sich vor mich und tastete an der Wand herum. »Was machst du denn da?«, flüsterte ich.

»Die Deckenlicht?«, zischte er, und ich wurde rot. Ich hatte völlig vergessen, dass es auch normales Licht für die Bühne gab.

Es klackte und mit einem leisen Plingen sprangen hoch über uns die Neonröhren an. Das Licht war kalt, fast bläulich, aber das war egal. Die Umrisse der Regale flammten an den Seiten auf, sie waren noch voller gestellt als bei unserem letzten Besuch. Auf der rechten Seite sah ich ein leeres Fach, an dem die Requisiteurin einen Zettel angeklebt hatte: FAUST. Ich atmete aus. Langsam begann ich daran zu glauben, dass wir tatsächlich proben würden.

Ich stellte mich vor die Doppeltür in der Mitte der Bühnenwand, die sich vor uns in die Höhe zog. »Hat jemand aufgepasst, wie dieser Brandner-Mechanismus funktioniert?«, fragte ich. »Ach, brauchen wir doch nicht«, rief Nele, die sich schon zum Seitenaufgang aufgemacht hatte. Tadeusz, François und Schwarz folgten ihr.

Aber ich blieb stehen, an genau dem Fleck, an dem Brandner letztes Mal gestanden hatte. Ich wollte diesen Weg gehen, unbedingt. Ich wollte den Königsauftritt. Ich fuhr mit den Fußsohlen über den Bretterboden. Es musste eine Einlassung im Boden geben, mit der man die Flügeltür aufspringen lassen konnte. Einen Knopf, einen Hebel, aber ich konnte nichts erspüren, keine Unebenheit, keinen Trittschalter, nichts.

»Katharina, komm schon«, hörte ich Nele von der anderen Seite der Bühnenwand zischen.

»Moment«, rief ich zurück.

Ich zerrte mit den Zähnen meine Handschuhe von den Händen. Dann kniete ich mich hin und fuhr mit den Handflächen über den Boden. Da war nichts. Noch einmal stellte ich mich auf. Ich schloss die Augen und konzentrierte mich. Diesmal konnte ich es spüren, direkt unter mir. Eine leichte Senke. Ich verlagerte mein Gewicht und wippte einmal kurz in die Unebenheit hinein. Nichts passierte. Auf der anderen Seite das Lachen von Schwarz, ein unterdrücktes Quietschen von Nele. Tadeusz' Stimme, irgendwie dumpf.

Wieder ließ ich mich schwer werden. Ich holte Luft und stieß mitten in die Unebenheit hinein. Ich konnte spüren, dass ich getroffen hatte. Mit einem Klacken löste sich etwas. Ich öffnete die Augen und die Türflügel schwangen auf.

Das Teufelswesen starrte mich an.

Ich schrie nicht. Bis es auf mich zustürmte und mich in die Höhe riss.

Er zuckt zusammen, als die Mitteltür aufspringt und Catherine dort steht. Er hat diesen Weg fast vergessen, dabei ist es der offensichtlichste. Gerade packt Tadeusz Catherine und wirbelt sie herum, er trägt irgendeine Maske. Sie lachen und stolpern, aber das ist ihm egal. Sein Blick tastet die Wände ab. Die Gänge an den Seiten des Zuschauerraums. Er muss es sich einprägen, ganz genau. Den Raum, die ganze Architektur. Jeden Auftritt, jeden Abgang. Vor allem aber: jeden einzelnen Fluchtweg.

»Also. Wir haben hier zwei Konzepte, die von der Kommission abgesegnet wurden, und drei Konzepte, die nicht sattelfest sind«, sagte Nele. »Das sind die wichtigsten Baustellen. Ich schlage vor, dass wir mit denen beginnen.«

Wir hatten unsere Taschen und Mäntel auf die Sitze in der

ersten Reihe gestapelt und saßen auf dem Bühnenboden im Kreis. Die Luft war abgestanden, es roch nach schlechtem Atem und Fäulnis. François hatte die Knie angezogen und die Arme um die Beine geschlungen, Nele saß fast im Spagat. Ich hatte eine Kopie des Fragments in die Mitte gelegt. In einer kleinen Bodenritze entlang der oberen Blattkante schimmerte etwas, wahrscheinlich buntes Konfetti von Silvester. Das Fragment selbst sah aus, als trüge es einen Trauerflor, ich hatte meine mitkopierten Notizen mit Edding eingeschwärzt. Daneben lag die Maske. Ich konnte den Blick kaum von ihr nehmen, mich gruselte das Ding. Die Augenhöhlen waren so leer und tot.

»Was haben sie euch denn genau vorgeworfen?«, fragte Tadeusz. Er saß im Schneidersitz neben mir, sein Knie wippte ein wenig gegen meinen Oberschenkel.

»Ich weiß das gar nicht genau«, antwortete ich.

»Red keinen Stuss«, fauchte Schwarz auf meiner anderen Seite.

Ich fuhr herum. »Echt nicht! Brandner war so komisch. Egal, was ich gesagt habe – er hat immer nur wiederholt, dass das nicht reicht!«

»Vielleicht reicht's halt auch einfach nicht«, sagte Schwarz und starrte mich an.

»Ach, aber bei dir schon oder was?«

»Hey, hört auf«, fuhr Nele dazwischen. »So kommen wir nicht weiter.«

Ich biss mir auf die Lippen. Es stimmte natürlich. Aber Schwarz hatte genau das ausgesprochen, wovor ich mich fürchtete, am meisten von allem. Dass Brandner recht haben könnte. Dass ich nicht reichte, egal was ich tat.

»'armlos«, murmelte François.

Verwirrt sah ich ihn an. »Armlos? Was meinst du?«

»Die Professeurs sagen, ich bin zu inoffensif.«

»Das ist doch Quatsch«, widersprach Nele. Sie lehnte sich zu ihm und legte ihre Hand auf seine Schulter. »Du darfst dir das nicht anziehen. Mir haben sie gesagt, ich bin nicht mehr formbar genug.« François hob den Kopf und lächelte schief. »Du darfst dir das auch nicht…«, er erwog das Wort, »… anziehen.«

»Bin ich hier in einer Therapiestunde?«, stöhnte Schwarz.

»Ja, das bringt nichts«, pflichtete ich ihm bei.

Nele kaute an einer Strähne ihrer blonden Locken. Sie sah nicht überzeugt aus. »Was schlägst du vor?«

»Anfangen«, rief ich. »Von vorn, in der richtigen Reihenfolge. Und dann alles anlegen, das ganze Fragment. Wir müssen einsteigen, so tief wir nur können! Wir müssen experimentieren. Uns auf den Text einlassen! Und Brandner erst mal vergessen!«

»Brandner vergessen?« François sah alarmiert aus.

Tadeusz musterte mich, als müsste er mich einschätzen. Dann nickte er. »Ja, das finde ich gut.«

Sein Schrei ist schrill, er hallt gegen das Rohrsystem über seinem Kopf und bis hinunter auf den Bühnenboden. Er strampelt mit den Füßen, als sie ihn aufwärtsziehen. Ihre Gesichter recken sich ihm von unten entgegen, sie entfernen sich von ihm, mit jedem Ruck, der durch das Stahlseil geht.

Es ist viel höher, als er dachte. Er spürt, wie sich ein Abgrund unter ihm auftut, ein Schlund, in dessen Tiefe er starrt. Er kann den Boden fast nicht mehr erkennen, das Neonlicht lässt ihn verschwimmen, er scheint sich immer weiter abzusenken, weg von ihm. Wieder strampelt er, er kann es gar nicht steuern. Dabei ist das das Dümmste, was er tun kann. Das Seil beginnt zu schwingen, es knarzt in der Spule, die über ihm befestigt ist. Schon sieht er, wie das Seil aus der Spulenführung springen wird, seine Pupillen weiten sich, seine Blase will sich entleeren, verzweifelt versucht er, die Oberschenkel zu überkreuzen, er weiß nicht, wie er es halten soll, er kann schon spüren, wie sein Urin durch die Beine seiner neuen, schwarzen Hose laufen wird, ihm über die Schuhe rinnt und von hoch oben auf ihre Gesichter tropft, direkt in ihre lachenden Münder hinein.

Ob sie erst mal etwas ausprobieren dürfe, hat Nele gefragt. Und dass das gleich eine Art Mutprobe sein könne, für einen von ihnen. »Wer von euch hat Höhenangst?«, hatte sie gefragt und in die Runde geblickt.

Er hätte sich nicht melden müssen. Aber er will sie vorbereiten. Er will sicher sein, dass sie alle bereit sind für seinen großen Tag. Dass sie gewillt sind, ihm zu folgen. Wenn er sich zu etwas überwindet, werden sie es auch tun. Über ihm gibt es einen Ruck im Gebälk, das Seil gibt nach, er sackt tiefer und François kreischt auf.

»Reck mal die Arme in die Höhe«, befiehlt Nele. Sie läuft gerade rückwärts die Treppen des Zuschauerraums hoch, ihr Blick ist auf ihn gerichtet, sie scheint etwas zu überprüfen. Aber er schüttelt den Kopf, panisch, er kann das nicht, seine Finger müssten das Geschirr loslassen, in das sie sich verkrallt haben, eine Träne fließt über sein Gesicht, er kneift die Augen zusammen, er will die Tiefe nicht sehen müssen, aber sie ist ihm in die Blutbahn gekrochen, ihm wird schwindlig, und er reißt schnell die Augen wieder auf.

»Komm schon, François, du schaffst das!«, ruft Nele. »Und sprich mal irgendwas auf Französisch, irgendwas Überirdisches, was Faust sagen könnte.«

Er kann sehen, wie Katharina sich zu Tadeusz beugt und ihm etwas zuflüstert. *Sack Kartoffeln*, kann er verstehen. Und: *armlos*. Katharina kichert. Dann blickt sie zu ihm hoch. »Stell dich nicht so an da oben! So hoch ist das auch wieder nicht!«

Aber er krallt sich fester in das Geschirr, er wimmert.

»Ich lass ihn lieber runter, Nele, der pinkelt uns gleich voll«, hört er die Stimme von Schwarz, der irgendwo auf der anderen Seite steht und den Mechanismus bedient. Wieder gibt es ein Knirschen über ihm, und er sackt abwärts.

Seine Knie geben nach, als er den Boden berührt. Er versucht sich aufzurichten, er will wegkrabbeln, weg von ihnen, aber selbst seine Handgelenke wollen ihn nicht tragen. Seine Gliedmaßen versagen den Dienst. Er kauert nicht, er liegt nicht, er ist eine Kreatur ohne Halt, angeleint an den Hebemechanismus, eingesperrt in das Geschirr.

Er hört Schritte, feste Schuhsohlen auf dem Holz des Bühnenbodens. Katharina steht über ihm, sie blickt auf ihn herab. »Stehst du auch mal auf?«, sagt sie. Ihr Gesicht ist ausdruckslos.

Das Gefühl, das ihn durchzuckt, gibt ihm Kraft. Die Wucht, mit der er es spürt, lässt ihn sich aufrichten, langsam, aber stetig. Auf einmal sind seine Hände ruhig. Mit einem leisen Klirren schnallt er das Geschirr ab. Es ist das gleiche Gefühl, das er für Woll empfindet: Hass.

Hoch oben im Turm stellt jemand ein Buch in ein Regal. Einen kurzen Augenblick hält er inne und horcht. Die Heizung pocht. Der Lautsprecher, der ihn mit dem Inspizientenpult im Stollen verbindet, rauscht. Gerade ist es still unten im Stollen, sie sprechen nicht. Er zieht den Stuhl näher an den Lautsprecher heran und schiebt den Telefonapparat an die Ecke des Schreibtischs, näher zu sich. Dann greift er sich die Zigarettenschachtel und schlägt sie an der Tischkante auf. Der Tabak knistert, als er sich die Zigarette anzündet. Er wartet.

Schwarz muss gähnen. Der Franzmann ödet ihn an. Was der da inszeniert, ist so grottenlangweilig. Gibt überhaupt keinen

Grund, dass man da zugucken sollte. Voll das Kasperletheater ist das. Nele hat eine Brille auf der Nase und einen Talar um, soll wohl der Faust sein. Und Tadeusz daneben muss so tun, als hätte er ein rotbeschmiertes Gesicht und wäre der Teufel. Völlig planlos eiern die über die Bühne.

Gerade quatschen alle durcheinander. Stehen um den Franzmann herum und plappern auf ihn ein. Jeder will es besser wissen. Das kann ja nicht gut gehen. Ist sowieso eine behämmerte Idee: fünf Regisseure inszenieren einen Autor. Kein Wunder, dass Brandner da nicht immer Bock drauf hat.

Ein Snickers wäre gut jetzt. Oder Milchreis. Auf jeden Fall was Zuckriges. Ist der Nachbrand von den Joints. Er schwingt die Füße von der Lehne des Vordersitzes und angelt sich seine Jacke. Wenigstens Kaugummis muss er noch irgendwo haben, die mit dem Zimtgeschmack.

Er darf nicht mehr ohne Proviant zu diesen Proben kommen, das ist mal klar. Der Flachmann muss künftig mit und die Pillen auch. Ach was, am besten gleich die ganze verdammte Apotheke. Dann lässt sich das leichter ertragen.

Über Wildenbruch labern die gerade. Ob damit nicht doch der Ort gemeint sein könnte. Der Pole faselt was von einem Dorf in Westpommern. Dabei haben sie noch nicht mal den Anfang geknackt. Er sehnt sich glatt nach Brandner. Der würde sich das nicht lange bieten lassen.

Noch einmal tastet er in seiner Jacke herum, diesmal in der Innentasche, und endlich finden seine Finger einen letzten Streifen Kaugummi. »Geht das hier mal weiter?«, ruft er und wickelt das Papier ab.

Wenigstens fangen die jetzt wieder an, von Faust zu reden.

Er muss sich beschäftigen. Nele flachlegen. Das wäre ein Ziel. Manchmal macht er das, wenn er sich langweilt: sich Ziele stecken, die kaum erreichbar scheinen. Er muss grinsen. Hübsche

Beine hat sie ja. Auch wenn dieser dämliche Talar gerade alles verhüllt. Und auch wenn Annabelle da wohl was gegen hätte.

Katharina sieht merkwürdig aus. Als würde sie auf etwas lauern. »Was ist der Teufel denn für dich?«, fragt sie gerade. Sie steht viel zu dicht an François dran. Auf irgendetwas will sie hinaus, aber Schwarz rafft nicht, worauf. Wieder gähnt er. Er kaut und schließt die Augen.

Das Kreischen weckt ihn. Erst versteht er gar nicht, wo er ist. Jemand hat mit Kreide ein Pentagramm auf den Boden gezogen. Der Anfang von Goethes Faust ist das.

Aber der Pudel ist geschlachtet worden und der Teufel färbt sich sein Gesicht mit dessen Blut.

Sie haben getauscht. Katharina ist jetzt der Teufel, sie schaufelt sich Kunstblut ins Gesicht.

»Harmlos ist das zumindest nicht mehr«, sagt jemand neben ihm. Nele. Sie hat ihre Stiefel ausgezogen und die Beine hochgelegt. Er streckt einen Finger aus und bohrt ihn in ihre Strumpfhose.

»Hey«, sagt sie und schlägt ihm die Hand weg.

»Laufmasche«, sagt er, aber sie hörte ihn kaum.

»Wollen wir nicht hierbleiben?«, sagt er. »Schlafanzugparty?«

Sie lächelt.

In den nächsten Tagen blieben wir im Stollen. Ich weiß gar nicht, wie es dazu kam. Wir sprachen uns nicht ab, wir blieben einfach. Manchmal stiegen wir auf. Wir holten Pizza, die, bis wir sie über den verschneiten Hügel zum Eingang getragen hatten, schon kalt war. Schwarz lief immer wieder zum Zigarettenautomaten im Foyer oder brachte uns Dosenbier aus dem Supermarkt an der Ecke zur Prenzlauer Allee. François und Nele mussten öfter zur Telefonzelle. Ich vertrat mir, wenn ich nachdenken wollte, die Beine und stapfte draußen in Schleifen um den Turm herum. Aber wir gingen nie alle gemeinsam nach oben und die, die gingen, kamen immer zurück. Nele war die Einzige, die manchmal für längere Zeit verschwand. Sie brachte Essen mit, wenn sie wiederkam, Kekse, Obst, vorgeschnittenes Brot, eingeschweißte Salami. Wir aßen, wenn wir Hunger hatten. Wir schliefen, wenn wir müde waren. Aber meistens waren wir wach. Wir waren ständig am Proben, wir machten kaum Pausen. Immer saß einer von uns im Zuschauerraum, während die anderen auf der Bühne waren und spielten. Manchmal schliefen wir ein und probten weiter, sobald der Erste von uns aufwachte. Wenn ich auf die Zeiger der Uhr über dem Eingang sah, wusste ich irgendwann nicht mehr, ob Tag oder Nacht war. Die Zeit verschwamm.

Es begann, nach uns zu riechen. Es war ein merkwürdiger Geruch, der mir entgegenschlug, wenn ich von oben durch den Gang zurück in die Tiefe des Maschinenhauses stieg. Die durchgeschwitzten Kostüme, die wir nicht wuschen. Die Schweißfüße von Schwarz. Neles blumiges Parfüm. Der ranzige Puder, mit dem wir uns für einzelne Szenen schminkten. Der erkaltete Fettgeruch, der aus den leer gegessenen Pizzakartons dünstete. Zigarettenrauch, Instantkaffee. Wir hatten uns den Wasserkocher aus einer der Garderoben geholt und brühten uns ständig neue Kannen auf. Das ist das Geräusch, an das ich mich am Besten erinnere: der ständig brodelnde Kocher. Ab und zu räumte ich den Müll, den wir im Zuschauerraum herumliegen ließen, in eine Plastiktüte und trug ihn bei meinem nächsten Aufstieg zu den Tonnen an der Rückseite des Turms. Die Tüte war dann voll mit leergetrunkenen Milchkartons, braunen Apfelbutzen, Cola-Flaschen voller Zigarettenstummel und Asche. Schwarz hinterließ eine ganze Spur aus Stanniolpapier von Süßigkeiten. Ich verstand nicht, wie er so viel Zucker in sich hineinstopfen und trotzdem so dünn sein konnte.

Das Fragment begann zu leben. Das konnte ich spüren. Ich war nun mittendrin. Ich war Faust, ich war Wildenbruch, ich war ein Dieb und leuchtete im Dunkeln. Nur die Maske war mir unheimlich, ich weigerte mich, sie zu tragen. Es war nicht nur, weil sie Brandner so merkwürdig ähnlich sah, wie ein deformierter Zerrspiegel seines Wesens. Oder die Tatsache, dass sie so roh und abstoßend wirkte. Vor allem erinnerte sie mich an einen Krampuslauf, in den ich als Kind einmal geraten war. Wir waren zum Skiurlaub in einem Bergdorf in Tirol gewesen. Am Vorabend des Nikolaustages liefen mein Vater, meine Mutter und ich gerade vom Restaurant zurück in unsere Unterkunft. Das Stampfen und Rufen müssen wir schon wahrgenommen haben, bevor wir in die Gasse zum Marktplatz einbogen. Wahrscheinlich hörten wir auch die Schellen und Kuhglocken, aber wir dachten uns nichts dabei, wir kannten diesen Brauch nicht, zumindest nicht ich, ich war ja noch ganz klein. Ich weiß nur noch, dass mein Vater mich auf seinen Arm riss, als sie um die Ecke brachen. Es ging so schnell, sie waren plötzlich überall: Fratzen mit Hörnern, Knechte in groben Stiefeln, die mit Reisigruten um sich schlugen, flatternde Schafsfelle, bitterer Geruch nach Stall und Schweiß und Glühwein, wild verzogene Mäuler. Eine der Kreaturen packte mich und zerrte mich mit einem Fauchen vom Arm meines Vaters. Ich schrie und strampelte, aber ich konnte mich nicht wehren. Sie sperrten mich mit anderen Kindern in einen Käfig, sie rasselten mit Ketten und zogen uns auf den Marktplatz, wo ein Scheiterhaufen loderte und immer mehr Dämonen tanzten, die sich drehten wie tollwütige, Hass speiende Derwische. Das Brüllen und Schellenscheppern war ohrenbetäubend gewesen. Ich hatte damals geglaubt, dass die Erde aufbrechen würde und wir direkt in die Hölle führen. Ich klammerte mich an die eiskalten Gitterstäbe und weinte und weinte, bis mein Vater mich lachend befreite. Ich hatte daran erst wieder gedacht, als ich Tadeusz' neue Maske sah. In ihre Züge war etwas eingegraben, ein Echo meines Grauens. Und, auch wenn ich es niemanden merken lassen wollte, ich scheute sie.

Aber er ließ ohnehin nicht zu, dass jemand anderer sie trug als er selbst.

Wir würden alle das gleiche Grundkostüm anhaben, das hatten wir beschlossen: eng anliegende, graue Overalls, mit denen wir in andere Kostüme hineinschlüpfen konnten. Die Verwandlung sollte sichtbar werden. Das war unser Konzept. Wir würden alle auf der Bühne sein, die ganze Inszenierung über. Wenn wir uns in neue Szenen und neue Rollen begeben, würden die Zuschauer es sehen. Deswegen hatten wir einen Halbkreis aus Stühlen aufgestellt. Von dort aus betraten diejenigen, die gerade dran waren, die Szene. Die Maske bekam ihren eigenen Stuhl. Sie saß im Zentrum und beobachtete uns.

Es können nur ein paar Tage gewesen sein, in denen wir im Maschinenhaus alleine waren, aber es fühlte sich an wie eine Ewigkeit. Wir waren zwar noch nicht fertig, noch lange nicht. Aber wir waren bereit.

Das merkte ich daran, dass ich keine Angst mehr davor hatte, dass sie unseren Einbruch bemerken könnten. Plötzlich fürchtete ich nicht mehr, dass Brandner uns entdecken könnte. Plötzlich wünschte ich es mir.

Aber es war ein anderer, der uns fand.

»Guten Morgen«, sagte Woll. Ich fuhr hoch. Mein Nacken schmerzte, als ich versuchte, mich nach der Stimme umzudrehen. Wir waren im Zuschauerraum eingeschlafen. Ich war in einem der Sitze tiefer gerutscht, an Tadeusz' Schulter gelehnt, der neben mir saß. Eine Reihe weiter rappelte sich Schwarz vom Boden auf, hoch oben spähte François über eine Lehne.

Nele musste gerade zurückgekommen sein, sie stand mitten auf der Bühne und trug noch ihren Mantel. Ihre Hände krampften sich um ein paar Fäustlinge, die sie soeben ausgezogen hatte. Sie rührte sich nicht. Wir alle starrten Woll an. Hinter ihm hatte sich der Bühnenmeister aufgebaut. Sein Schwimmerkreuz wirkte noch breiter als sonst. Er hatte uns einmal erzählt, dass er in der DDR Leistungssportler gewesen war. Und dass er sich niemals Blut abnehmen lassen würde, egal wie krank er werden würde. Weil er gar nicht wissen wollte, was da alles in seinen Blutbahnen herumschwamm. »Hab jede Pille geschluckt, die sie mir gegeben haben«, hatte er geknurrt. Jetzt stand er da wie Wolls Leibwächter. Er hielt die Arme verschränkt und schüttelte den Kopf.

Wir standen vor Wolls Schreibtisch. Es war so hell, dass mir die Augen zu tränen begannen. Das Tageslicht strahlte durch die Eisblumen auf dem Fensterglas. Es war fast weiß, ich fühlte mich wie auf einer Bergkuppe in der Höhensonne. Draußen war noch immer alles mit Schnee überzogen: die Äste der Bäume, die Dächer auf der anderen Seite des Hügels, die Schaukeln und Klettergerüste auf dem Spielplatz am Fuße des Turms. Ich blinzelte in die Helligkeit hinein. Ich verstand sie nicht. Ich hätte geschworen, dass es mitten in der Nacht war.

Woll musterte uns schweigend. Wir müssen übernächtigt ausgesehen haben, unsere Haare waren zerzaust, unsere Augen verquollen. Wolls Gesicht blieb ausdruckslos, ich konnte überhaupt nichts daraus ablesen. Seine Haut wirkte in dem grellen Licht noch fahler als sonst, seine gelben Haare leuchteten. Er schien darauf zu warten, dass einer von uns zu sprechen begann, aber wir blieben stumm.

»Wie lange geht das schon so«, fragte Woll schließlich.

Noch immer sagte keiner von uns ein Wort. Mir schlug das

Herz bis zum Hals. Ich war mir nicht sicher, in wie großen Schwierigkeiten wir waren. Konnte er uns aus der Schule werfen? Die Polizei rufen, uns für Hausfriedensbruch verhaften lassen oder wegen Einbruchs? Neben mir betrachtete Nele ihre Stiefelspitzen. Schwarz hatte beide Hände in seinen Hosentaschen vergraben, Tadeusz fixierte einen Punkt irgendwo hinter der Wand. François war der Einzige, der Woll direkt ansah. Seine Augenlider flatterten, er schluckte. Er war auch der Erste, der sprach. Woll schien darüber genauso überrascht zu sein wie ich.

»Bitte, Professeur Woll«, flehte François. »Es ist doch wegen Faust.«

»Das ist kein Freifahrtschein«, sagte Woll und lehnte sich zurück. »Hat Professor Brandner Sie zu diesen Proben autorisiert?«

Endlich fand ich meine Stimme wieder. »Gewissermaßen«, stieß ich hervor. Wolls Blick schoss zu mir herüber, und ich spürte, wie mir das Blut ins Gesicht stieg. »Ich meine«, stammelte ich. »Es wurde doch von uns erwartet, dass wir uns Gedanken machen. Zu Heym. Dass wir unsere Konzepte überarbeiten. Professor Brandner hat uns schließlich … Sie alle haben uns doch ermutigt, uns intensiver mit der Materie zu beschäftigen. Und nachdem das Ganze ja eine Gemeinschaftsarbeit ist, also, da haben wir als Ensemble, logischerweise, also, denn wo hätten wir denn sonst genug Raum …« Ich verhedderte mich, ich wusste nicht mehr weiter.

Etwas zuckte über Wolls Gesicht. Noch bevor ich entscheiden konnte, ob es Zorn oder Abscheu war, warf er den Kopf in den Nacken und begann zu lachen. Er hörte gar nicht mehr auf. Es war ein fast hyänenhaftes Gelächter, ein Keckern, das tief in seinem Rachen in einen Hustenanfall überging.

»Ihr Verhandlungsgeschick in allen Ehren, Fräulein Nachtrab«, sagte Woll als er wieder Luft bekam. »Sie können sich beruhigen. Ich bin begeistert. Das ist exakt der Drang, den ich bei Ihrem Jahrgang bisher vermisst habe. Endlich zeigen Sie Initiative, endlich brennen Sie.«

Wir sahen ihn verwirrt an.

Woll nickte bestätigend, als hätten wir ihm eine Frage gestellt. »Es ist doch gut zu wissen, dass der Westen noch hungrig sein kann«, sagte er. Ich spürte, wie sich in meinem Magen etwas zusammenballte. Ich wollte mich verteidigen, mich, uns alle, aber ich wusste gar nicht genau, wogegen.

Woll lachte wieder, diesmal anscheinend über das, was er selbst gerade gesagt hatte. »Wirklich, das ich hätte Ihnen allen gar nicht zugetraut«, sagte er kopfschüttelnd und tippte wie zur Bestätigung mit dem Mittelfinger auf der Tischplatte herum. Er wirkte beinahe fröhlich. Es beunruhigte mich, ihn so zu sehen.

»Was heißt das konkret?«, fragte Tadeusz. Er sah angestrengt aus, seine Stimme klang gepresst. Und plötzlich begriff ich: Er hatte mehr zu verlieren als wir alle. Denn Woll konnte sich natürlich denken, woher wir den Schlüssel hatten. Und was würde Brandner mit Tadeusz anstellen, wenn er davon erfuhr.

Woll zwinkerte Tadeusz zu. »Was das konkret für das Vertrauensverhältnis zwischen Ihnen und Ihrem Onkel bedeutet, kann ich nicht entscheiden.«

Ich spürte, wie neben mir Nele bei dem Wort *Onkel* zusammenzuckte. Und auch Schwarz hatte aufgemerkt. Nur François schien nichts aufgefallen zu sein. Er hatte sich näher an Wolls Schreibtisch herangeschoben, seine Finger kneteten die Tischkante. »Dann wir dürfen weiterproben?«, stieß er hervor. Er sah fast gierig aus.

Er beugte sich vor und begann, in irgendwelchen Papieren herumzublättern. »Der wievielte ist denn heute?«

»Der zwölfte Januar!«, rief François wie aus der Pistole geschossen.

Ich sah ihn überrascht an, ich hätte nicht einmal mehr sagen können, in welchem Monat wir uns befanden.

»Noch vier Tage bis zum Todestag von Monsieur 'eym«, erklärte François eifrig, als er meinen verwunderten Blick bemerkte.

»Wenn Ihr werter Mentor zurück ist, meinetwegen«, sagte Woll. »Noch ist die Bühne nicht anderweitig belegt.«

»Was soll das heißen: zurück ist?«, fragte Nele. Sie klang misstrauisch. Und auch ich verstand nicht, was das sollte. Ich verstand sowieso nichts mehr. Ich war so müde und gleichzeitig viel zu wach.

Woll zuckte mit den Schultern. »Soweit ich informiert bin, ist Brandner nicht in der Stadt.«

»Wie bitte?« Ich konnte es nicht glauben. »Das kann doch nicht sein, das alles ist doch seine Idee, der ganze Heym ist sein Projekt, wir sind mitten in den Proben, da kann er doch nicht einfach…«

Woll sah auf. Etwas veränderte sich, seine hageren Gesichtszüge wirkten plötzlich weich. Wäre er jemand gewesen, der mich mochte, hätte ich gedacht, es sei Mitleid. Er schüttelte den Kopf. »Wie es der Zufall will, ist der Todestag von Georg Heym auch der Tag, an dem Heiner Müller begraben werden wird. Sie können davon ausgehen, dass Professor Brandner sich dafür dann wieder in der Stadt befindet. Bis dahin bekommen Sie Gnadenfrist«, sagte er. Er stand auf und öffnete die Tür. »Sie gehen jetzt zu Frau Koch und lassen sich offiziell für die Bühnenproben eintragen. Wenn Brandner nach der Beerdigung nicht zurückkommt und übernimmt, stirbt das Projekt. Verteidigen müssen Sie Ihre Konzepte trotzdem noch einmal. Auch wenn es eine Totgeburt wird.«

François nickte eifrig, Nele hatte die Stirn gerunzelt. Schwarz war der Erste, der in den Flur trat, Tadeusz folgte ihm dicht auf den Fersen, er sah erleichtert aus. Ich ging als Letzte. Als ich mich an ihm vorüberschob, beugte sich Woll vor.

»Er entflammt so schnell wie er erlischt«, sagte er leise. »Daran musst du dich gewöhnen.« Seine Stimme war warm. Ich fuhr zusammen und sah ihn an. Seine Augen wirkten so freundlich.

Ich schüttelte den Kopf und schloss die Tür.

Alles veränderte sich nach diesem Gespräch. Die Selbstverständlichkeit, mit der wir uns im Stollen aufgehalten hatten, war verschwunden. Wir bewegten uns anders. Das lag auch daran, dass der Schulbetrieb offiziell wieder eingesetzt hatte. Wir waren nicht mehr allein.

Es störte mich, dass sich plötzlich fremde Menschen in unserem Raum aufhielten. Dass jederzeit jemand hereinkommen konnte, ohne Vorwarnung. Jemand, der keiner von uns war. Der Beleuchtungsmeister, die Requisiteurin. Der Tontechniker. Huth. Studenten aus den höheren Jahrgängen, die hereinstürmten, um uns ein Frohes Neues Jahr zu wünschen. Überall rumorte es. In den Wänden des Maschinenhauses rauschte das Abwasser durch die Rohre, elektrische Leitungen surrten, oben im Turm begann der übliche Betrieb. Im Sekretariat ratterten die Kopiergeräte, die Kaffeemaschine fauchte, die Telefone klingelten ohne Unterlass. Schritte polterten durch das Treppenhaus und in die gebogenen Gänge hinein, aus den Probebühnen drang Gesang und Gelächter, manchmal Schreien und Schluchzen. Viel lauter aber als das ganze Lärmen war etwas anderes: die Stille aus Brandners Büro.

Auch dass wir nun wieder nach Schöneweide mussten, fühlte sich völlig falsch an. Ich freute mich, Sonia wiederzusehen, aber es war nicht der richtige Zeitpunkt. Außerdem trauerte die ganze Schule um Heiner Müller. Fast alle Gespräche drehten sich um sein Sterben. Viele von den Studenten waren ihm persönlich begegnet, vor allem die aus den höheren Jahrgängen. Manche Dozenten hatten mit ihm gearbeitet, für ihn gespielt. Alle hatten sie Anekdoten zu erzählen, zu seinen Stücken, seinen Texten, ihren Begegnungen mit ihm. Alle wollten sie zu seiner Beerdigung gehen, Gruppen formierten sich, die begannen, den Besuch der Piscator bei der Trauerfeier zu organisieren, Spenden für Grabschmuck wurden gesammelt, es gab eine Totenwache.

Mich irritierte das, auch wenn ich mich dafür schämte. Ich wusste, dass Müller besonders den Studenten aus dem Osten viel bedeutet haben musste. Aber für mich war er abstrakt, ein fremder Name auf Papier. Georg Heym war mir so viel näher. Es fühlte sich an wie bei einer unglücklichen Liebe. Ich ertrug es kaum, dass ich mich nun nicht mehr ausschließlich auf ihn konzentrieren durfte. Jedes Gespräch, das nicht mit ihm zu tun hatte, kam mir überflüssig vor, jeder Gedanke, der sich nicht um das Fragment drehte, schien mir hohl. Ich vermisste Tadeusz und Nele neben mir – und sogar Schwarz und François. Ich fühlte mich nackt ohne sie. Dass wir uns nun im Schauspiel-Grundkurs mit Müllers *Hamletmaschine* beschäftigten, konnte ich fast nicht ertragen. Es war einfach nicht *Faust*. Und die Lehrerin war nicht Brandner.

Die nächste Probe im Stollen ließen wir verstreichen. Wir waren dort, das ja. Aber wir probten nicht. Wir redeten stattdessen mit den Technikern. Über die Projektion. Über das Licht. Über die Möglichkeiten, die uns die Bühnentechnik bot. Wir stritten über Lichtstimmungen, wir zerfaserten uns, wir waren nicht bei der Sache. Wenn man ehrlich ist, taten wir nur eines: Wir harrten aus. Wir warteten. Wir horchten auf jedes Geräusch. Aber Brandner kam nicht.

Als uns abends der Beleuchter sagte, dass wir jetzt gehen müssten, er wolle die Schule absperren, packten wir unsere Sachen und wehrten uns nicht. Das war auch gar nicht nötig. Wir sprachen es nicht aus und niemand fragte danach: Wir hatten noch immer den Schlüssel.

14

Die Toten kehren wieder zum Datum ihres Untergangs. Ihr Todestag ist nicht nur ein Vermerk auf einem abgerissenen Kalenderblatt. Er besteht nicht aus verblassenden Ziffern auf einer Urkunde, nicht nur. Er ist mehr als das, viel mehr. Man muss es sich vorstellen wie bei einem Zahlenschloss: Die Erde dreht sich an diesem Tag wieder dorthin, wo sie damals stand. Planeten rücken klackernd zurück in ihre Konstellation. Es gibt ein Einrasten – und etwas springt auf. Das ist die Lücke, durch die sie kommen. Sie kehren wieder und sehen sich um. Sie wägen ab: das Vergangene, das Jetzt. Und manchmal strecken sie die Hände aus und nehmen jemanden mit. Heym muss das geglaubt haben. Er beschwor sie ohne Unterlass: die Leichen, die sich aus den Meeren wälzen, die gähnenden Toten auf ihren Gräbern. Geköpfte, Ertrunkene, Gehenkte. Ophelia, die unsichtbar den Fluss hinuntertreibt, Selbstmörder, Wartende in Totenschuhen, *ein jeder klirrte wie ein Goliath*. Man muss daran glauben, um so davon schreiben zu können. Man muss es hören, das Klopfen der Totenuhr.

Wir hörten es nicht. Wir sahen es auch nicht kommen, nicht einmal das.

Zumindest nicht ich.

Er legt den Kopf zurück in den Nacken und kippt die Flüssigkeit in seinen Mund. Der bittere Geschmack schießt ihm an den Gaumen. François versucht zu gurgeln und verschluckt sich. Sein Atem stockt, er röchelt. Ein Würgen und Husten, die Flüssigkeit spritzt ihm aus Nase und Mund und er schnappt nach Luft.

Jetzt riecht der ganze Waschraum nach Eukalyptus und Chemie. Aber das ist besser als sein Mundgeruch. Seit sie zum ersten Mal in den Stollen eingestiegen sind, hat er gefastet. Azrael hat ihm dazu geraten. Ein reiner Körper sei wichtig für die Prozedur. Schamanen würden das auch so machen, hat er betont. Die Leere im Verdauungstrakt erhöhe die Wachsamkeit. »Es ist wichtig, dass du schneller denkst als die anderen«, hatte Azrael ihm eingeschärft. »Du musst ihnen voraus sein.« Und François hatte genickt, die Gabel mit dem duftenden, frisch gekochten Ratatouille abgelegt und den fast vollen Teller zu Azrael hinübergeschoben.

Der Hunger war am Anfang kaum zu ertragen, aber inzwischen hat er sich daran gewöhnt. Das schmerzende Gefühl im Magen ist angenehmer als die Routine aus Essen und Erbrechen, die er in den letzten Wochen perfektioniert hat. Er muss jetzt nichts mehr zu sich nehmen, nichts mehr ausscheiden. Nur dass Azrael ihm nicht einmal Bonbons oder Kaugummis erlaubt, ist schwierig. Sein Atem riecht so kloakig, egal, wie oft er sich die Zähne putzt. Aber dank des Mundwassers, das die kleine Chinesin ihm gegeben hat, ist auch das besser geworden. Er verbringt jetzt so viel Zeit mit ihr. Meistens schweigen sie. Sie lehnen sich aneinander, ganz leicht. Gestern hat sie mit ihren Fingerspitzen seine Schläfe gestreichelt. Sie heißt Wu.

Sie macht ihn ruhig.

Aber das ist etwas, was er gerade gar nicht brauchen kann. Er darf nicht anfangen, sich nach Geborgenheit zu sehnen. Das wäre banal. Die Söhne Satans würden ihn dafür verurteilen. Und Brandner, Brandner bräuchte er dann erst gar nicht mehr zu begegnen.

Er kann gar nicht glauben, dass den anderen nicht aufgefallen ist, dass er nicht isst. Wenn sie Pizza geholt haben, hat er sich immer ein Stück genommen und es später auf der Straße in einem Mülleimer versenkt. Sie haben nicht einmal hochgesehen, wenn er behauptet hat, dass er telefonieren geht. Sie achten nur auf sich selbst.

Das wird ihnen zum Verhängnis werden.

François räuspert sich und spuckt ein letztes Mal in das Waschbecken. Er fixiert sein Bild im Spiegel. Ihm gefällt, was er sieht. Er hält sich aufrecht, er ist frisch rasiert. Sein Blick ist klar. Ja. Er ist bereit.

Zurück in seinem Zimmer zieht er die Vorhänge zur Straße zu. Er legt das Blatt Alufolie, das er aus der Küche geholt hat, auf seinen Tisch. Erst dann öffnet er den Schrank und holt seinen Koffer heraus. Der Reißverschluss klemmt. Sofort schießt ihm der Schweiß in die Achselhöhlen, seine Finger beginnen zu zittern. Das darf nicht sein. Es darf jetzt keine Abweichungen geben. Er zwingt sich, durchzuatmen. Er streift seine Finger an seiner Hose ab und versucht es noch einmal. Diesmal lässt sich der Koffer öffnen.

Das Tütchen ist durchsichtig. Es knistert, als er es in die Hand nimmt. Die getrockneten Blätter darin sehen aus wie normale Kräuter. Direkt daneben liegt das feuchte Tuch, in das die frischen Blätter eingeschlagen sind. »Wenn jemand fragt, was das ist, sagst du: Salbei«, hat Azrael gesagt und seine Zähne gebleckt. Und dann dröhnend hinzugefügt: »Ist es ja auch. Aber von Azteken!«

Unschlüssig wiegt François das Tütchen in den Händen. Er ist nicht sicher, ob er es jetzt schon mitnehmen soll, er will nicht den ganzen Tag damit herumlaufen. Aber wer weiß, ob er vor heute Nacht noch einmal nach Hause kommt.

Über ihm schwingen die Kleiderbügel hin und her, die er beim Herausnehmen des Koffers in Unruhe versetzt hat. Die meisten von ihnen sind leer. Ganz hinten hängt sein Cordjackett, das er seit der Aufnahmeprüfung nicht mehr getragen hat. Er hat den Anzug für besondere Gelegenheiten mitgenommen und dann immer nur die Hose angezogen. Aber wenn das heute keine besondere Gelegenheit ist, was dann.

Er nimmt das Jackett vom Bügel und schiebt das Tütchen in die Brusttasche. Die frischen Blätter schlägt er in die Alufolie ein und versenkt sie in seinem Rucksack.

Oaxaca. Mexiko. Er murmelt die Worte, als er die Treppe des Wohnhauses hinuntersteigt. Von dort kommt das Kraut angeblich. Die Schamanen setzen es, sagt Azrael, dort für ihre Rituale ein: Salvia divinorum, Azteken-Salbei. Ein Lippenblütler. Azrael hat es auch Zauberminze genannt. Es sind schöne Worte, die ersten, die ihm auf Deutsch wirklich gefallen.

Zauberminze.

Die Hausmeister-Kabine ist verschlossen, von innen hört man das Radio spielen, er erkennt das Lied, *Gangsta's Paradise*. Er summt ein paar Takte mit. Als er auf den Gehsteig tritt, hört er hoch über sich eine helle Stimme.

Wu steht am Fenster. Sie lehnt sich weit vor und winkt ihm nach. Sie sieht so zart aus. Und so schön.

Sein Gesicht ist heiß unter der Maske. Er kann spüren, dass seine Haut von den Tränen klebt, seine Schläfe pocht gegen das Holz. Er hat Schwierigkeiten zu atmen. Er könnte die Maske abnehmen, aber er will nicht. Die Maske ist sein Schild. Nur mit ihr zwischen sich und Katharina konnte er ihr alles erzählen.

Er hatte das nicht vor. Aber als Katharina nicht lockerließ, als sie wieder und wieder fragte, ob er wirklich keine Ahnung habe, wo Brandner sich aufhalte, ob er sich nicht mit ihm in Verbindung setzen könne und ihn bitten, zurückzukommen, um ihrer aller willen, um Heyms willen, da musste er sich wehren. Und gehen wollte er nicht, er hätte ja gar nicht gewusst, wohin.

Katharina hält seinen Kopf. Sie murmelt etwas, es klingt so sanft, ein gleichmäßig fließender Strom aus Beruhigungen. Aber die Haarbüschel der Maske rascheln in seinen Ohrmuscheln und sein Puls pocht und er kann nicht verstehen, was sie sagt.

Er war sicher gewesen, dass sie ihm nicht glauben würde.

Aber sie hat einfach nur genickt, als alles aus ihm herausbrach. In ihrem Gesicht veränderte sich nichts. Sogar den Brief hat er ihr gezeigt. Den Brief von seinem Vater, den Brandner in seinem Schreibtisch versteckt hatte. Diesen Abschiedsbrief an seinen Sohn, der alles bestätigt und doch nichts beweist.

Sein Vater schreibt es ganz klar: Brandner hat ihn verraten. Ihm gibt er die Schuld für seine Verhaftung. Denn Brandner ist derjenige, der ihn in die Untersuchungshaft der Volkspolizei gebracht hat, *bis zur Klärung des Sachverhalts* zwischengeparkt von der Staatssicherheit wegen des *Verdachts auf Beeinträchtigung staatlicher Tätigkeit*. Der Vater ist sich da sicher: der, der die Behörden auf ihn angesetzt hat, kann nur einer gewesen sein. Sein eigener Bruder.

Ich war seine Währung, steht da. *Er hat mich eingetauscht gegen die Möglichkeit, weiterarbeiten zu können, das habe ich jetzt begriffen. Seine Kunst wird ihm immer das Wichtigste sein, ihm ist das Theater näher als sein eigen Fleisch und Blut. Er benötigt den Apparat, um seinen Beruf ausüben zu können. Also bedient er ihn.*

Und dann reiht sich da noch alles Mögliche aneinander, in kleiner und kleiner werdender Schrift auf zwei sorgfältig gefalzten Blättern. Sehnsüchte, Wünsche. Und Ängste, so viele Ängste. Nur eins steht da nicht: der Deckname, unter dem Brandner doch mit ihnen zusammengearbeitet haben muss. Kein Kürzel, kein obskurer Name nach den bekannten Großbuchstaben: IM. Nichts, womit man Brandner belasten, entlarven, zur Rechenschaft ziehen könnte. Nichts, womit sich eine Akteneinsicht begründen ließe, denn der Vater war ja weder vermisst noch ungeklärt verstorben, sein Persönlichkeitsrecht musste nicht geschützt, sein Name nicht rehabilitiert werden. Sein Fall entsprach nicht den Richtlinien.

Verzeih, steht da. Und noch einmal: *Mein Sohn, verzeih.*

Der Brief ist datiert auf den Vortag des Sprungs.

Katharina hat jetzt aufgehört, ihn zu streicheln, sie hält die beiden Blätter in ihren Händen. Sie studiert sie, schiebt sie sich dicht unter ihre Augen. Dass sie diese Vorliebe für Handschriften hat, fällt ihm ein. Er fragt sich, was sie da abliest. Ob sie, indem sie dessen Schriftschwünge betrachtet, mehr über seinen Vater erfährt als er selbst. Er war noch so klein, als es passierte, er kann sich an ihn kaum erinnern.

»Du brauchst einen anderen Weg«, sagt sie, als sie die beiden Blätter zusammenfaltet. Ihre Stimme klingt nüchtern. »Du brauchst einen anderen Weg und wir werden ihn finden.«

Er will ihr widersprechen, will ihr sagen, dass er doch alles versucht hat. Aber vielleicht hat er ja doch etwas übersehen, vielleicht kann sie ihm helfen. Sie bewegt sich bestimmt sicherer durch dieses papierene Labyrinth aus Bundesgesetzblattseiten, aus dem er seine Rechte nach Nachforschung herauszuspüren versucht. Er hat da so vieles nicht verstanden. Oder es fällt ihr tatsächlich etwas ganz anderes ein, etwas, woran er bisher noch nicht gedacht hat. Es täte so gut, nicht mehr allein zu sein mit allem.

Sie beugt sich über ihn und legt ihre Wange an seine Schläfe, aber er spürt nichts, das Holz ist noch immer zwischen ihnen. Vorsichtig, ganz vorsichtig streift er die Maske von seinem Gesicht und sieht Katharina in die Augen. Ihr Blick ist klar, aber er kann nicht erkennen, was sie denkt. Jetzt beugt sie sich noch tiefer über ihn, ihre Lippen berühren seine Stirn.

»Dir ist klar, dass du das trennen musst«, flüstert sie. »Heym hat damit nichts zu tun. Der Faust darf darunter nicht leiden.«

Er zögert. Dann nickt er. Er hat damit gerechnet, dass sie so etwas sagt. Von Anfang an. Es überrascht ihn nicht, es bestätigt nur, was er immer schon dachte, seit er sie kennt: Katharina darf nicht seine Rettung sein.

Es war dunkel, als ich auf den Turm zulief. Ich hatte das Gefühl, dass es heute gar nicht hell geworden war. Die Wintersonnenwende war längst überschritten, doch dieser Tag schien kürzer zu sein als alle anderen. Die Finsternis sickerte in die Poren der Stadt.

Ich lief vorsichtig. Unter der Schneedecke war eine Schicht aus Eis. In Berlin streute niemand. Zu Hause musste ich immer Split oder Streusalz auf dem Bürgersteig verteilen, damit niemand vor unserem Haus ausrutschte und wir haftbar gemacht würden. Hier fühlte sich keiner zuständig. Gestern hatte es kurz getaut, und das Schmelzwasser hatte alles freigegeben, was seit Silvester auf den Wegen eingeschlossen gewesen war. Abtauende Haufen aus Hundescheiße, leere Raketenhülsen, zerbrochene Sektflaschen. Der rote Matsch von der Pappverkleidung der Knallkörper formte merkwürdige Schlieren. Sie sahen aus wie Blutlachen. Jetzt war alles wieder zugefroren und überschneit, aber ich spürte das verborgene Eis unter meinen ausgleitenden Fußsohlen.

Ich konnte schon aus der Ferne erkennen, dass Brandner nicht da sein würde, immer noch nicht. Die Turmmauern strahlten Kühle ab, sie wirkten tot. Ich lief auf ein unbeseeltes Gebäude zu. Ich wusste: wäre Brandner zurück, würde es sich anders anfühlen. Aber ich war mir gerade nicht mehr sicher, ob ich das wollte.

Jemand stand vor dem Eingang und rauchte. Im Näherkommen erkannte ich Hans oder Franz, den Studenten aus dem vierten Jahrgang. Ich wusste noch immer nicht, wie er hieß, und inzwischen kannten wir uns zu lang, als dass ich noch hätte nachfragen können. Ich nickte ihm kurz zu, ich wollte vermeiden, dass ich mit ihm sprechen und meine Unwissenheit preisgeben musste. Aber er breitete die Arme aus und riss mich an sich. »Mylady!«, jubelte er. »Frohes 1996!« Er hatte sich über die Weihnachtsferien einen Bart stehen lassen, die Stoppeln kratzten an meiner Wange. Sein Ledermantel knarzte, er war kalt unter meinen Händen. Gerade wollte ich mich von ihm lösen, als ich über seine Schulter hinweg sah, wie Schwarz von innen die Turmtür aufdrückte und an uns vorüberschlurfte. »Heh, wo willst du denn hin?«, rief ich. »Heute ist doch François' großer Tag!«

Schwarz zuckte mit den Schultern. »Bringt eh nichts. Nele kommt nicht. Und Brandner …«

Franz oder Hans lachte mir direkt ins Ohr. »Hab schon gehört, ihr habt's mit Brandner verbockt.«

»Was?« Schwarz fuhr herum. Und auch ich stieß ihn von mir. Der Student sah ertappt aus. »Oh, sorry, ich wusste nicht, dass das ein Geheimnis ist«, murmelte er, »Nee, echt jetzt. Tut mir voll leid für euch.«

»Was hast du gehört?«, knurrte Schwarz und kam näher. Hans' oder Franz' Blick flog zwischen Schwarz und mir hin und her. Er lehnte sich ein wenig seitwärts, weg aus dem Licht, das aus einem der höheren Fenster auf ihn herabfiel. Dann schnippte er seine Zigarette in den Schnee. »Sorry«, sagte er noch einmal und hob im Schatten beide Hände. »Ist nur blödes Geschwätz. Was man halt so tratscht hier. Solange ihr noch probt, solltet ihr die Hoffnung nicht aufgeben. Nichts für ungut!« Er schlug den Kragen seines Mantels hoch und verschwand so schnell er konnte im Inneren des Turms.

Schwarz und ich sahen uns an. Mein Herz hatte zu hämmern begonnen, mir war schwindelig. Und auch Schwarz wirkte wie vom Donner gerührt, seine Augen zwinkerten. »Was redet der denn für einen Scheiß?«

»Ignorier ihn«, sagte ich. »Der hat keine Ahnung. Du gehst jetzt auf jeden Fall nirgendwohin.«

Frau Koch war gerade dabei, das Sekretariat abzusperren, als ich durch den Gang auf sie zurannte. »Halt«, rief ich ihr entgegen, »warten Sie, bitte, ich muss dringend Nele anrufen. Bitte!« Frau Koch verzog ihre knallrot geschminkten Lippen, sie trug schon ihren Mantel und hatte ihre Handtasche in ihrer Armbeuge hängen, aber etwas in meinem Gesicht ließ sie zur Seite treten.

Meine Finger zitterten, als ich Neles Nummer wählte. Inzwischen kannte ich sie schon auswendig. Das Tuten lärmte in meinen Ohren. Ich begann zu sprechen, sobald es abbrach: »Nele«, rief ich, »wo bleibst du, wir müssen doch weitermachen, vor allem heute, wir –«

»Ich kann nicht«, unterbrach mich Nele. Sie klang hektisch, aber bestimmt.

»Was?«, sagte ich, »was soll das heißen?«

Im Hintergrund weinte jemand schrill und hoch, Neles Kind wahrscheinlich. Eine andere Stimme rief etwas, ich konnte es nicht verstehen, aber das war auch egal, ich wartete auf Neles Antwort. Sie klang ungeduldig, als sie jetzt sagte: »Das heißt, dass das nicht mehr geht, dieser ganze Irrsinn. Das ist es alles nicht wert. Ich bin raus.«

Auf einmal war mir schlecht, ich riss den Apparat hoch und drückte ihn gegen meinen Magen. »Du kannst doch jetzt nicht einfach aufhören«, rief ich, ich schrie es fast. »Wir haben einen Pakt! Discipuli Piscatorum! Absit omen?«

»Ich habe dafür jetzt wirklich keinen Nerv.«

»Aber … das Fragment?«

Es raschelte im Hörer, eine Tür schlug zu. Das Weinen im Hintergrund wurde leiser. Nele seufzte. »Siehst du nicht, dass Brandner längst das Interesse verloren hat?«

Ich hätte mir am liebsten die Ohren zugehalten. »Und wenn! Dann machen wir das eben ohne ihn«, drängte ich. »Heym ist wichtiger als Brandner!« Ich hörte selbst, wie das klang. Nele blieb stumm.

»Bitte, Nele«, flehte ich. »Bitte, das kann doch nicht alles umsonst gewesen sein. Wir können Brandner noch überzeugen, das weiß ich! Aber wir brauchen dich! Du bist in jeder Szene drin. Und François will doch heute seine Sitzung machen.«

Ich hörte, wie Nele sich eine Zigarette anzündete. Das Klicken des Feuerzeugs klang harsch, es war wie eine Zäsur. Ich holte Luft: »Nele, wenn du aufhören willst, weil du mit deinem Konzept nicht weiterweißt: guck dir mal Ernst Ludwig Kirchner an, seine Holzschnitte zu *Umbra vitae*. Es ist genau das, was dir bisher fehlt.«

Ich war rot geworden, während ich das sagte. Nicht, weil ich ihr diesen Tipp gab. Sondern weil ich ihn bisher verschwiegen hatte. Ich hatte Angst gehabt, dass sie dann an mir vorbeiziehen würde. So sicher war ich, dass Kirchner für Nele die Lösung war.

Sie stieß den Rauch aus. Dann sagte sie: »Katharina. Begreif doch. Es ist vorbei.«

»Nein, glaub mir, Kirchner –«

»Glaub du mir«, ihre Stimme klang freundlich. »Für Brandner ist es vorbei. Und für mich jetzt auch.«

Ich warf den Hörer von mir, als hätte ich mich verbrannt.

»Alles in Ordnung?«, fragte Frau Koch, die mir vorsichtig den Apparat entwand und ihn zurück auf die Tischplatte stellte. Ich schüttelte den Kopf.

»Sie sehen müde aus«, sagte Frau Koch. Sie betrachtete mich besorgt. »Sie müssen auf sich aufpassen. Diese Schule zehrt, sie ist ein Nervenfresser.« Ich schluckte. Ich wollte sie fragen, was mit den Studenten passiert war, die aufgegeben hatten. Ob es die überhaupt gab. Aber da streckte Frau Koch den Arm nach mir aus. Sie strich mir eine Haarsträhne aus dem Gesicht, die Armreifen an ihrem Handgelenk klingelten leise. Ich spürte, wie mir die Tränen in die Augen schossen und sagte nichts.

Die Nachti hat sie nicht mehr alle. Quod erat demons-dings – was hiermit bewiesen wäre. Wie die davongepest ist, um Nele noch herbeizukarren. Voll das Himmelfahrtskommando. Aber gut, wäre auch schade drum. Den Budenzauber von François kann er sich schon noch geben. Er ist schließlich vorbereitet.

Die Idee kam ihm, als er sich *Ministerium der Angst* noch mal reingezogen hat. Den will er nämlich immer gut finden, ein Fritz Lang ist das schließlich, ein Klassiker, aber wenn er ehrlich ist, funktioniert der nur auf Droge.

Und das ist die logische Schlussfolgerung: Die spiritistische Sitzung von François wird er nicht nüchtern antreten. Wenn man sich schon auf so eine Nummer einlässt, muss man nachhelfen. Man braucht einen Trip für den Trip. Acid vielleicht. Oder Pilze. Beides gut. Irgendwer hat das doch gesagt: Bei solchen Ritualen braucht man Halluzinogene. Deswegen hat er aufgestockt. Er kann sich da spontan entscheiden.

Schwarz schiebt die Hand in die Hosentasche. Kapsel, Micros, Schrumpelkopf – alles vordosiert, alles da. Das Schwierige wird sein, die Wirkung genau zu timen. Er darf das Zeug nicht zu früh einwerfen. Aber zu spät wäre auch blöd. Weil: Wann schon kann er sich mal so volle Kanne wegdröhnen? Die anderen sind seine Tripsitter, ohne es zu wissen. Da kann er mal was riskieren. Und dann kann er denen erzählen, was er da alles sieht. Die werden sich wundern. Voll die Vision wird das werden, ein durchgeknallter Lunapark. Schwarz grinst.

Die Dämonen können kommen.

Der Bühnenboden knarzte unter meinen Schritten. »Nele versucht's noch zu schaffen«, erklärte ich, als ich in den Zuschauerraum trat. »Wir sollen einfach schon mal anfangen.« Ich hielt mich gerade, ich war mir sicher, dass die anderen mir nicht glauben würden. Tadeusz musste doch sofort erkennen, dass ich log. Aber er hielt seine Maske auf dem Schoß, kämmte mit den Fingern ihre Haare und sah nicht einmal hoch. François rannte auf der Bühne hin und her, er schob Stühle herum und beachtete mich kaum. Nur Schwarz runzelte kurz die Stirn und kniff die Augen zusammen, aber sein Blick war nicht fokussiert.

Ich brauchte Zeit. Das hatte ich beschlossen. Einfach nur Zeit. Brandner würde zurückkehren, vielleicht noch heute, bestimmt aber morgen für Müllers Beerdigung auf dem Dorotheenstädtischen Friedhof. Am Grab würde er garantiert daran denken müssen, dass das auch Heyms Todestag war. Wenn Woll ihn dann noch wissen ließ, dass wir ohne ihn probten, würde er zurückkehren, da war ich mir sicher. Und wenn er dann erst mal hier wäre, käme auch Nele wieder. Bis dahin mussten wir weitermachen, einfach weiter. Es gab doch noch so viel zu tun.

François wollte seine Sitzung um Mitternacht beginnen. Zwar durften wir da längst nicht mehr auf der Bühne sein, aber unser Plan war klar. Wir würden noch einmal heimlich in den Stollen einsteigen, ein letztes Mal. Schlag zwölf würde es so weit sein.

Ich sah, wie Tadeusz seine Maske überzog. Er saß im Zuschauerraum, genau wie zuvor auch, den Oberkörper der Bühne zugedreht, einen Arm auf den Stuhllehnen abgelegt. Aber sein Anblick war auf einmal furchterregend. Die buschigen Augenbrauen stachen in die Luft, die aufgerissene Mundhöhle klaffte in meine Richtung. Sein ganzer Körper wirkte lauernd, obwohl er an seiner Haltung nichts verändert hatte. Ich mochte es nicht, wenn er die Maske außerhalb der Bühne trug. Sie veränderte ihn. Er bewegte sich anders. Er benahm sich auch komisch. Und er redete wirres Zeug.

Aber dafür hatte ich jetzt keine Zeit.

»Nun denn«, sagte ich und warf meinen Parka über einen der Zuschauersitze, »proben wir den Bettlerkongress!«

Als uns später der Techniker aus dem Maschinenhaus nach oben zitierte, gingen wir ohne zu murren. Wir hatten das vorher genau abgesprochen. Wir verabschiedeten uns lautstark. Wir querten die Straße und beobachteten von der Kommandantur aus, wie die Techniker auf den vereisten Vorhof des Turms traten, einer nach dem anderen. Wir sahen Studenten aus den höheren Jahrgängen, die schlitternd ausschwärmten, hinaus in die Nacht. Wir sahen Woll und Huth, die zu ihren Autos liefen, mit kleinen, vorsichtigen Schritten. Wie der Parkplatz sich leerte, die Spuren der Reifen im Schnee. Wie die Lichter in den Fenstern ausgingen und der Turm erlosch.

Es ist so weit, endlich.

Er geht noch einmal alles durch. Die Tür, die er angelehnt lassen wird, damit Azrael in den Stollen hineinkommt. Die Stühle stehen alle an ihrem Platz. Er hat die Blickrichtungen überprüft, die Wege, die man von ihnen aus nehmen würde. Die Kerzen brennen. Er ist, wie sie ihn angewiesen haben, die Umrisse des

Raums abgelaufen, mit einer Handfläche an der Wand und einer Kerze in der anderen Hand, um den Raum zu reinigen. Der Tee dampft in der Kanne. Er hat die korrekte Mischung aufgebrüht, die mit dem Thymian und den normalen Salbeiblättern, bei der man das Kraut nicht so herausschmeckt. Seinen Becher hat er schon eingegossen, aus einer anderen Kanne. Dabei ist das Getränk nicht das Wichtigste. Er muss sie dazu bringen, dass sie den Salbei kauen oder rauchen.

Dass Nele nicht dabei sein wird, ist ärgerlich. Aber vielleicht ist es besser so. Sie sind dann zwei gegen drei. Und Catherine ist eine Frau, sie kann so kräftig nicht sein.

Er kniet auf dem Boden, so wie sie es ihm gezeigt haben. Er murmelt die Worte und schlägt das Zeichen. Das Zeichen des umgedrehten Kreuzes. Er küsst das Siegel des Rings, den er am Zeigefinger trägt. Seine Hand zittert. »Du weißt, was du zu tun hast«, hat Azrael ihn heute Morgen am Telefon gefragt. Und er hat nachgesprochen, was er von ihnen gelernt hat: »Blut muss vergossen werden, wenn Großes geschehen soll. Menschenblut zur Ehrung des Meisters.«

So soll es sein.

Es gab einen dumpfen Laut, als die Flügeltüren vor uns aufschwangen. Der Bühnenboden knarrte unter unseren Schritten. François hatte überall Kerzen aufgestellt. Die Flammen flackerten in dem Luftstoß, den wir aus dem Stollengang mit uns brachten. Ich konnte sehen, wie unsere Schatten über die Wände ruckten.

François stand uns gegenüber, den Zuschauerraum in seinem Rücken. Er musste auch dort Kerzen aufgestellt haben, die roten Sitzreihen schienen zu glühen. Sie hinterleuchteten ihn mit ihrem Schein und gaben seinem Körper etwas Dunkles, Hoheitsvolles. Er hielt sich auch aufrechter als sonst. Er breitete die Arme aus und lächelte uns an. Zum ersten Mal seit Wochen wirkte er fast froh.

»Da kriegen wir Ärger«, sagte ich und deutete auf die Grablichter, die er direkt am Bühnenrand aufgereiht hatte. »Feuerpolizeiliche Auflagen und so. Hast du das schon abgeklärt?«

François ließ die Arme sinken. Er warf mir einen Blick zu, der mir nicht gefiel. Ich erkannte etwas darin, eine Kälte, die ich ihm gar nicht zugetraut hatte. Plötzlich fiel mir der Abend auf dem Friedhof wieder ein. Das sich windende Wesen, das Aufblitzen der Klinge. Ich hatte so lange nicht mehr daran gedacht. Kurz überlegte ich, ob ich gehen sollte. Aber dann wäre wirklich alles zu Ende. Das wusste ich. Also sagte ich nichts.

François schob sich an uns vorüber und drückte die Flügeltür hinter uns zu. Er griff sich einen der Stühle und schob ihn direkt vor den Türspalt. Die Stuhlbeine schleiften über den Boden. Sie waren mit Metall beschlagen, es war ein unangenehmes Geräusch, wie das Schaben der Flügel eines Vogels, der sich in einen Kamin verirrt hat und von innen gegen die Mauern flattert. Ich hielt mir die Ohren zu, aber François schien es gar nicht zu hören. Mit einer Handbewegung forderte er uns auf, uns in einen Halbkreis zu stellen. Er hatte fünf Stühle so positioniert, dass sie alle in den Zuschauerraum blickten. Vor jedem Stuhl stand ein kupferner Becher. Die Flüssigkeit darin dampfte, es roch nach Kräutern. Der mittlere Stuhl blieb leer. Es war der, den er vor die Flügeltür geschoben hatte. Er musste ihn für Nele aufgestellt haben.

François drehte sich uns wieder zu. »Es ist Zeit«, sprach er, »für unsere Séance.«

Séance. Das war ein Wort, an das ich nicht gedacht hatte. Heym war so sehr in meiner Denkstruktur. Ich hatte ihn so oft gelesen, ich dachte inzwischen am liebsten in seinem Wortschatz: spiritistische Sitzung.

»Wie… wie funktioniert das denn?«, fragte ich. »Brauchen wir da nicht ein Medium oder sowas?« Ich starrte auf Neles Stuhl. Die Leere gähnte mich an, sie drohte mich aufzusaugen. Unwillkürlich stemmte ich meine Hacken in den Bühnenboden. Mir schien alles so sinnlos, aber das durfte ich nicht zulassen.

François winkte ab: »Chaque chose en son temps.«

Mit einer Handbewegung forderte er uns auf, die kupfernen Becher aufzunehmen, die er für uns bereitgestellt hatte. Ich war froh, dass wir etwas zu trinken bekamen, ich hatte vergessen, meine Wasserflasche aufzufüllen, bevor wir abstiegen. Und die Luft war hier unten so trocken, seit die Schule wieder begonnen hatte und die Heizung richtig lief.

»Auf…«, sagte François und reckte seinen Becher in die Höhe, »… den Meister!«

»Den Meister«, murmelten Schwarz, Tadeusz und ich. Ich fand es albern, Heym so zu nennen. Aber gleich war es Mitternacht und Heyms Todestag würde beginnen. Und vielleicht hatte François ja recht. Vielleicht war Heym das inzwischen, mehr als es Brandner je sein würde: unser Meister.

Wir prosteten uns zu. Das Gebräu schmeckte bitter. Mir war kalt und ich hatte Durst. Ich trank es in einem Zug leer.

»Ist da irgendwas drin?«, fragte Tadeusz und schnupperte am Rand seines Bechers. François lächelte. »Salbei. Das man macht so«, erklärte François. »Unsere Sinne müssen besonders wach sein bei einer spiritistischen Sitzung.« Der Satz war merkwürdig makellos, auch in der Aussprache. Als hätte er ihn auswendig gelernt. »Was ist mit dem Becher da?«, fragte Schwarz und zeigte auf den überflüssigen Stuhl in der Mitte.

»Der ist für den Geist«, sagte François. »Opfergaben.«

Ich schnaubte. Aber Tadeusz nickte: »Gute Idee!« Mit wenigen Schritten war er bei seinem Rucksack und hatte schon die Maske hervorgeholt und aus ihrem Tuch geschlagen. Er hielt sie in die Höhe wie eine Monstranz. Dann kniete er vor dem mittleren Stuhl nieder und setzte sie vorsichtig auf der Sitzfläche ab.

»Sieht es jetzt nicht so aus, als würden wir den Teufel anbeten?«, fragte ich besorgt. Niemand antwortete.

Ein Glockenschlag zitterte durch den Raum. Ich zuckte zusammen. Einen kurzen Moment lang hatte ich das Gefühl, dass der Klang aus der Tiefe käme. Als gäbe es unter dem Stollen einen weiteren Raum, eine versunkene Kathedrale, oder den Kirchturm einer ganzen unterirdischen Stadt.

Aber das war Unfug. François musste das vorbereitet haben. Wahrscheinlich hatte er irgendwo Lautsprecher versteckt. Ich verstand nur nicht, wie er die Aufnahme gestartet hatte. Von den Technikern war doch keiner mehr hier. Mein Blick flog hoch zu der verglasten Loge, von der aus sie normalerweise die Vorstellung betreuten. Sie war unbeleuchtet, aber der Vorhang war einen Spalt breit geöffnet. Einen kurzen Moment lang glaubte ich, dort etwas zu sehen, eine Bewegung.

Plötzlich hatte ich das Gefühl, dass wir nicht alleine waren. Ich fühlte mich beobachtet, obwohl dort niemand sein konnte. Mir fielen Geschichten ein, von Séancen in Schottischen Burgen, in denen Gespenster durch die Säle zu schweben schienen. Spiegelungen waren das, mechanische Vorrichtungen, Pepper's Ghost. Immer gab es Gehilfen.

Der zwölfte Schlag verklang.

»Und jetzt?«, fragte ich. Meine Stimme klang merkwürdig, meine Zunge fühlte sich auf einmal pelzig an. Ich spürte, wie mir warm wurde. Trotzdem zog ich meinen Parka nicht aus. Die Maske starrte mich an.

Irgendwo setzte ein Trommelschlag ein, es klang wie aus weiter Ferne. Wieder wurde ich das Gefühl nicht los, dass noch jemand hier war. Schwarz begann zu lachen, aber ein Blick von François brachte ihn zum Schweigen.

Wir stellten uns auf. Tadeusz und ich auf der einen Seite der Maske, François und Schwarz auf der anderen Seite. Wir griffen uns an den Händen. Das Merkwürdige war, dass wir es taten, ohne dass uns jemand anwies. Jemand lenkte uns, aber ich hätte nicht sagen können, wer. Es fühlte sich ganz natürlich an.

»Meister«, wisperte François, »Fürst. Komm zu uns an diesem besonderen Tag. Wir wollen dir dienen, das schwören wir.«

»Wir schwören«, murmelten wir.

Seine leeren Augen blicken sie an. Der ausgezehrte Körper steht auf seinem eigenen Schatten, die Füße des Mannes stemmen sich in seine verhärtete Brust. Sein Schattenwurf hat sich verschoben, die Naht stimmt nicht überein. Der Mann hält die Hände nach oben, auf Kopfhöhe, als würde er sich ergeben. Aber sein Schatten gehorcht ihm nicht, er äfft die Haltung nur nach, seine Hände sind Klauen, sie biegen sich von dem Körper des Mannes weg, ihre Fingerspitzen züngeln durch die Luft, das Schattengesicht ist ein Totenkopf. Daneben liegt der gestürzte Mond als rote Sichel auf dem Asphalt. Ein Wesen umrahmt Mond und Mann, es reckt seine Greifer in die Luft, eine vielarmige Göttin mit rot umwölktem Leib. Zwei Worte spreizen sich neben ihr auf, klemmen sie ein: *Umbra vitae.*

Der Kernschatten des Lebens.

Nele blättert. Sie kann nicht aufhören. Judas, Mond, Halber Schlaf. Der Garten der Irren. Es sind die Gedichte aus Georg Heyms Nachlass, versehen mit den Holzschnitten von Ernst Ludwig Kirchner. Schwarzer Linienschnitt, Schemen, die über Ausschabung entstehen. Dunkle Landschaften, Blöcke aus Kreuzen, die die Wege säumen, *der Tod zeigt seine weiße Leichenhaut*. Gekrümmte Körper, aufbrechende Landschaften.

Ihre Koffer stehen gepackt im Flur. Morgen wird sie Woll Bescheid geben. Sie kann nicht mehr, es ist alles zu viel. Julchen versteht nicht, was passiert. Die Worte Oma und Opa bedeuten ihr nichts.

Es geht nicht anders. Das ist es, was sie sich immer wieder sagt. Es geht nicht anders und es muss so sein. Ihre Tochter ist mehr wert als ein Diplom. Sie muss auch mehr wert sein als ihr Stolz. Und sie dachte, sie hätte das begriffen. Aber jetzt sitzt sie hier und blättert in diesem Buch, sie kann nicht aufhören. Sie blättert, sie seufzt, während ihre Finger über die Linien fahren. Hora Mortis, Meine Seele. Die Verfluchung der Städte.

Nele reibt sich die schmerzende Schulter. Sie will das nicht, sie hat sich doch entschieden. Aber es ist nicht zu stoppen, ihre Phantasie hat begonnen zu arbeiten, sie kann es vor sich sehen. Das Schattenspiel, das sich auf der Leinwand in die Zerrbilder von Kirchner wandelt. Faust, den von hinten der Teufel umarmt.

Katharina hat recht. Es ist genau das Element, das fehlt.

Das Stampfen war im ganzen Raum. Ich kaute an etwas, aber ich war mir nicht sicher, woran. Der Geschmack war bitter. Mir war schwindelig, ich würgte. Wir wollten proben, ich wollte sprechen, aber nichts stimmte. Das Stampfen hörte nicht auf. Faust, etwas war doch mit Faust, er sollte in die Höhe gezogen werden, er musste schweben, überirdisch. Jemand schlang ein Seil aus Polyamid um einen Balken, aber es war nicht Nele, Nele war doch nicht da, irgendetwas war verschoben und stimmte hier nicht.

Der Winter, hörte ich mich sagen, der Winter ist doch in Konitz. Etwas daran war bedeutsam, es war wichtig, aber ich hatte vergessen, warum. Ich hörte jemanden antworten. Jemand wollte jemanden beschwören. Er sprach von Schächtung, von Christenblut. Der Winter, sagte ich wieder, sie wollen ihn schlachten, im Lunapark, wir müssen ihn retten. Sie wollen ihm das Rückgrat durchsägen, ich muss es ihm sagen. Aber das Stampfen hörte nicht auf. Ich sah Tadeusz an mir vorüberwirbeln, er hatte die Arme in die Höhe gerissen, er tanzte. Und noch jemand war da, jemand, der nicht hierhin gehörte. Ich wollte aufstehen und irgendwohin gehen, weg von hier oder auf etwas zu, die Vergangenheit sitzt noch in den Mauern, aber die Maske starrte mich an, sie wollte mich schützen.

Diese Art der Tötung ermöglicht nun aber ein vollständiges Auslaufen des Blutes, sagte die Maske, *aus dem ganzen Körper, indem das Herz auch nach dem Halsschnitt fortfährt, das Blut in Bewegung zu halten.*

Ich nickte. Ich sank auf die Knie und kroch auf sie zu. Der Boden war weich unter meinen Handballen. Die Maske grinste. Es roch nach Sommer, nach einer Wiese voller Kräuter. Thymian, Salbei, Oregano. Ich konnte das Summen hören, Insekten mussten das sein, ein Stock voller Bienen und die Maske war meine Königin.

Ich griff nach ihr. Ich zog sie über. Sie glitt über mich wie eine Schlangenhaut. Ich atmete ihren Duft.

Der Griff des Messers fühlt sich kalt an in seiner Hand. Tu es, zischt Azrael. Seine Stimme kommt aus den Lautsprechern, sie fährt durch den ganzen Stollen. Und er weiß nicht, warum er zögert, er weiß es einfach nicht. Catherine ist doch wehrlos, sie krabbelt auf dem Boden herum, ihm zu Füßen, sie hat Mühe, ihre Gliedmaßen zu koordinieren, sie verheddert sich und schlägt immer wieder auf dem Bühnenboden auf. Er hat sie noch nie so gesehen. Jetzt greift sie nach der Maske, sie angelt nach ihr, sie summt etwas, als sie sie überstreift.

Tu es, zischt Azrael wieder. Und er weiß, dass er recht hat, er muss endlich handeln, Blut muss vergossen werden, Menschenblut, die Zeit drängt, die Wirkung wird bald nachlassen, dann sind sie alle wieder klar.

Wu fällt ihm auf einmal ein, ihr Lächeln. Ihre Fingerspitzen an seinen Schläfen. Ihre Augen, als sie sich das erste Mal traute, ihren Blick zu heben. Und dass sie ihn künftig anders ansehen wird.

Er ist für Höheres bestimmt. Daran muss er sich erinnern. Und das hier, das ist nicht einmal mehr Catherine, man wird ihm das nicht vorwerfen können, wenn er sich wehrt, gegen dieses Ding, das da auf dem Boden herumkreucht und herumbrabbelt, diese vierbeinige Kreatur, diese Fratze.

Es ist ein Wesen, das er nicht kennt.

Aber das stimmt nicht. Plötzlich sieht er es, er weiß nicht, warum er die Züge der Maske vorher nie erkannt hat. Auf einmal ist sie da, die Erkenntnis, sie durchzuckt seinen ganzen Körper. Er schnappt nach Luft, als er es jetzt zum ersten Mal begreift. Es ist so klar. Es ist Brandner. Brandner, der doch verstehen wird. Brandner, der will, dass er das für ihn tut. *Trink Tee mit dem Teufel.* Es ist ein Gruß von ihm, ein Zeichen.

Es ist alles folgerichtig,

François hebt endlich die Hand.

Tu es.

Schwarz sitzt auf einer Ebene. Es ist ein See, ein zugefrorener See, der von unten beleuchtet ist. Das Licht dringt durch die Eisfläche zu ihm herauf, der ganze See strahlt. Es fühlt sich an wie Schweben.

Er ist nicht allein. Sie sind in weiter Ferne. Er hat diese Menschen noch nie gesehen. Fremde sind das, die sich durch das Leuchten hindurchbewegen. Einer tanzt. Einer wiegt sich im Wind, einer robbt über die Fläche. Der im Wind reckt etwas in die Höhe, es blitzt und blinkt. Immer heller wird das Strahlen, die ganze Luft leuchtet, ihre Körper zerfließen, noch einer erscheint, sie tauchen ineinander, wieder blinkt und blitzt es, es ist ein Tanz, eine Kür auf dem Eis. Sie gleiten aufeinander zu, umeinander herum, sie verknäulen sich zu einem vielarmigen Wesen. Und dann löst sich etwas, jemand schwebt aufwärts, er baumelt am Galgen und schwingt hin und her, seine Beine treten die glühende Luft. Es sieht so lustig aus. Schwarz beginnt zu lachen.

Ich höre einen Schrei, Tadeusz muss das sein, ich erkenne den Klang, die Stimmtiefe, das Entsetzen, das in ihm schwingt. Ich reiße die Augen auf und sehe die Klinge, die dicht vor mir aufblitzt, François ist über mir, sein Gesicht verzogen, ich werfe mich seitwärts, ich kippe, die Klinge stürzt durch mein Blickfeld, schneidet an meinem verkrümmten Körper vorbei. »Azrael«, brüllt François, »Azrael!«

Etwas hechtet aus dem Hinterhalt, ein fremdes Wesen, eine Kreatur mit gebogenen Nägeln springt François zur Seite, was ist das, ich kann nicht richtig sehen, irgendetwas engt mein Blickfeld ein, jemand faucht und zischt, ich sehe den Teufel, sehe, wie seine Pranke nach jemandem greift, höre seine Hufe auf dem Boden aufschlagen, das weit aufgerissene Maul, Menschenzähne, die in die Luft beißen, aber der Teufel bin ich, ich bin das, mit einem Röhren bäume ich mich auf. Meine Füße sind Klauen, ein Handgemenge, eine Klinge klirrt auf einer Eisdecke, in den Gängen kichert Schwarz, ich muss mich wehren, niemand wird mir schaden, das lasse ich nicht zu, ich spüre etwas zwischen meinen Händen, ein Kabel oder ein Seil vielleicht, eine Schlinge, die straff gezogen wird, es ist so schwer, zu schwer, aber jemand ist bei mir, jemand schützt mich und hilft, Tadeusz mein Retter, ein anderer strampelt und zappelt, Vertigo denke ich, warum auch immer: Vertigo, ich denke an dieses Wort und ziehe und ziehe, die Bedrohung muss vernichtet werden, denke ich, was heißt Schutz auf Latein, ein Gurgeln, etwas poltert, ein Schatten, der flieht, ein Schatten mit rund gebogenen Krallen, ich drehe mich im Kreis, ich spüre keinen Luftzug im Gesicht, meine Haut wie hölzern, ich lausche auf das Kichern, aber Schwarz ist so still, plötzlich ist er still, er atmet nicht mehr, er liegt in der Ferne auf dem Boden, sein Mund schäumt, während über uns wieder etwas poltert und röchelt und schwingt und schwingt, ein Pendel, und wir rennen, wir packen Schwarz bei den Gliedern, wir zerren ihn aufwärts durch den Gang, der kein Ende nimmt, Stollen, oh Stollen, ich springe auf die Straße und schreie nach einem Taxi, ein Kreischen, jemand reißt mir etwas vom Gesicht, es fällt auf den Boden, klatscht dort in eine Pfütze, Schmelzwasser spritzt auf, ein Knacken, Holz unter meinem Schuh, das Zuschlagen der Taxitüren, wir brüllen den Fahrer an, etwas knackt als wir anfahren, eine nachgebende Erhebung, dann rasen wir, die Stadt schnellt an uns vorüber, Baugruben, Busse, Bruchstücke von Häusern, diese Stadt, diese endlose, Ampeln blutrot, ein Ruck, ein Ruf, jetzt die gleißend hellen Gänge in der Notaufnahme der Charité, Schwestern und Ärzte in weißen Kitteln, die uns umflattern, auf uns einsingen, *was habt ihr genommen, was*, ich huste und würge, ein Keramikbecken, über das ich mich beuge, der bittere Geruch von Galle und Desinfektionsmittel und Licht und Dunkelheit.

Dunkelheit, ja.

Nele schlägt das Buch zu. Mit beiden Handflächen streicht sie über den Leinen-Einband, über das aufgeprägte Gesicht, das dort zu sehen ist. Sie sieht auf die Uhr. Es ist zu spät. Jetzt bringt es nichts mehr, zu den anderen in den Stollen zu gehen. Die Sitzung hat sie verpasst. Aber sie kann nicht mit dem Studium aufhören, sie kann einfach nicht. Das ist ihr klar geworden.

Morgen wird sie in die Schule gehen.

Es wird einen Weg geben, diesen Heym auf die Bühne zu bringen. Und einen Weg, wie sie bleiben kann. Es geht nicht um ein Diplom, das hat sie jetzt endlich verstanden. Es geht um viel mehr. Es geht um ihr Leben. Sie wird das schaffen. Sie muss nur ihr Netz weiter auffächern, die Tante darf nicht die einzige Stütze sein. Sie wird in den sauren Apfel beißen und alle miteinander versöhnen, die ganze verkorkste Familie, den Vater, die Mutter, den Onkel, wegen ihr auch Julchens andere Großeltern noch, miteinander und mit sich selbst. Dann wird es möglich sein.

Die Uhr tickt. Es riecht nach den Rosen, die sie der Tante morgen überreichen will, zum Abschied. Julchen seufzt im Schlaf. Nele streicht ihr über die Stirn und lächelt. Sie ist sich sicher: Es wird alles gut.

Ich sah meine Füße, die auf dem Linoleumboden herumkippelten. Ich schrak hoch, ich wollte mich festhalten, schnell, bevor ich fiel, aber ich konnte gar nicht fallen, ich saß auf einem Stuhl, der irgendwo stand, mitten in einem Schlauch aus schwefelgelben Wänden.

In meinem Rücken schnurrte etwas, und als ich mich umdrehte, ruckartig, erkannte ich einen Getränkeautomaten. Und jemand stand da, jemand stand schräg hinter mir, seine Hand lag auf meiner Schulter. Ich erkannte den Pullover von Tadeusz, den Ärmelsaum. Und plötzlich wusste ich es wieder. Schwarz, etwas war mit Schwarz passiert. François war schuld, er hatte uns etwas gegeben, irgendetwas hatte er uns in diesen Tee gemischt, dieser verdammte Idiot. »Wo ist François?«, fragte ich und blickte mich suchend um.

Tadeusz gab einen sonderbaren Laut von sich. Als wäre er überrascht. Er sah mich so merkwürdig an. Seine Hand zuckte von meiner Schulter weg, Sein Mund öffnete und schloss sich und öffnete sich wieder. Er schüttelte den Kopf und wich zurück von mir und dann war auch er verschwunden, und ich sank zurück und schloss meine Augen.

Die Whiskygläser klirren, als sie miteinander anstoßen. »Nein«, sagt Brandner, »der Unterricht wäre kein Problem, ich kann dort jederzeit weg.« Die Kantine hat sich fast geleert, nur wenige Tische sind noch besetzt. Die Luft ist dick vom Zigarettenrauch, vom Alkoholdunst. Alles wirkt langsam hier drin, als wäre die Kantine mit Wasser gefüllt und nicht mit verräucherter Luft. Ein paar Techniker lehnen am Tresen und starren auf den Grund ihrer Biergläser, in der schummrigen Sitzecke küsst eine Schauspielerin den jungen Souffleur.

Der Intendant schlägt ihm auf die Schulter und lacht. »Dachte ich mir doch, dass dir das zusagen könnte. Gerade jetzt. Dein Hamlet…«

Brandner fällt ihm ins Wort. »Wann müsste ich denn übernehmen?«

»Am besten gestern«, dröhnt der Intendant. »Hast du ja gesehen, das Narrenschiff hier kentert mir sonst. Du könntest auch noch umbesetzen, wenn du willst. Hier, deine Perle wäre doch gut als Emilia.«

»Denkbar«, nickt Brandner. Er greift in seine Manteltasche und zieht seinen kleinen Taschenkalender heraus. Er runzelt die Stirn »Den wievielten haben wir denn heute?«, fragt er und blättert.

Der Intendant lacht und verdreht die Augen. »Künstler!«, ruft er. Dann wirft er einen Blick auf seine Armbanduhr. »Den fünfzehnten, nein warte: seit einer Stunde den sechzehnten. Heiner geht heute in den Untergrund. Du wirst auch dort sein, nehme ich an?«

Brandner nickt und blickt auf das Datum, das er aufgeschlagen hat. Eine Bierflasche kollert über den Boden. Am Nebentisch lässt die Kantinenkraft einen nassen Wischlappen auf die Tischplatte klatschen, ein Schauspieler torkelt an Brandner vorbei, auf das Klavier zu, das unter einem leeren, verschnörkelten Goldrahmen an der Wand steht. Der Schauspieler schlägt ein paar Akkorde an, das Klavier ist verstimmt.

»Hätten wir uns auch nicht träumen lassen, zu Ostzeiten. IM Breitenbach und IM Puntila als Strippenzieher im wilden Westen«, hört er den Intendanten lachend sagen. Brandner zuckt zusammen, sein Blick fliegt auf, aber niemand hört ihnen zu. Am Klavier ist der Schauspieler zum Flohwalzer übergegangen, die Schauspielerin biegt ihren schlanken Körper zurück und greift über ihren Kopf hinweg in die oberen Tasten, sie spielt rückwärts gelehnt, ihren Oberkörper der Decke zugedreht, ohne die Tasten sehen zu können, immer schneller und schneller. Die Vase mit den Kunstblumen, die auf dem Klavier steht, kommt ins Kippeln, die Brüste der Schauspielerin hüpfen, der Souffleur applaudiert.

Brandner fährt mit dem Zeigefinger über die Seite seines Kalenders. In großen Buchstaben hat er es dort notiert: HEYM. Er seufzt. Auf einmal hat er sie alle vor Augen, ganz klar. François, der so klug ist und sich nur mehr trauen muss im Leben. Schwarz, dem jemand die Grenzen zeigen sollte. Die schöne Nele mit ihrem unkoordinierten Instinkt für Bühnensituationen. Katharina und ihr Ehrgeiz. Und Tadeusz, natürlich. Tadeusz und seine Durchlässigkeit. Sie sind hochtalentiert, alle fünf. Aber sie brauchen eine Richtung.

Brandner klappt den Kalender zu.

»Und?«, fragt der Intendant.

Einen letzten Augenblick noch zögert er.

»Nein«, sagt er dann. »Leider. Meine Studenten … Wir

haben noch etwas vor. Sind gute diesmal. Musst mal kommen.«

Der Intendant hebt eine Augenbraue. Er sieht verblüfft aus. Das Erstaunen zieht sich durch seinen ganzen Körper, er wirkt wie ein sich lang ziehendes Fragezeichen, als er jetzt den Stuhl zurückschiebt und sich erhebt.

»Deine Entscheidung«, sagt er und reicht Brandner die Hand. »Nächstes Mal dann.« Mit einem Zug trinkt er sein Glas leer und knallt es auf den Tisch. »Ich versteh schon«, sagt der Intendant, bevor er sich zum Gehen wendet und im Rückwärtsgehen die Arme ausbreitet, »man hat es nicht leicht als Lichtgestalt.«

Brandner richtet sich auf. »War ich nie, das weißt du.«

»Doch, natürlich, du und dein Codex. Alle hast du verraten, nur nicht die, die dir nahestanden. Hast immer versucht, jemanden zu finden, der es verdiente. Dass du damit durchgekommen bist …« Der Intendant schwankt leicht. Er muss betrunkener sein, als Brandner realisiert hat.

Brandner beugt sich vor. »Schuld ist Schuld«, sagt er leise. »Egal wem gegenüber.« Aber der Intendant schüttelt den Kopf. »Du bist doch fein raus«, murmelt er und stößt, als er sich abwendet, mit dem Knie gegen ein Tischbein. Brandner sieht ihm nach, wie er durch die Kantine geht, mit schweren, verschobenen Schritten.

Am Klavier schlagen sie jetzt mit flachen Händen auf die Tasten ein, es ist ein schiefer Klang, der sich durch den Raum schraubt. Die Vase ist umgekippt, sie fällt klappernd zu Boden, eine Kunstblume purzelt im Flug der Schauspielerin ins Haar, sie lacht.

Brandner lehnt sich zurück.

Dass etwas, das gerade noch so unsinnig erschien, sich auf einmal so richtig anfühlen kann.

Brandner nickt der Kantinenkraft zu, die mit ihrem Wischlappen zu seinem Tisch vorgerückt ist. Er hebt das Glas an die Lippen und trinkt.

Jemand flüsterte meinen Namen. Eine Krankenschwester kauerte neben mir. Sie hatte tiefe Furchen im Gesicht, sie wirkte erschöpft. Eine graue Locke war ihr aus dem zurückgesteckten Dutt gerutscht und baumelte ihr in die Stirn. Ihr Atem roch nach Minze, wie von weißen TicTacs.

Dass ich nach Hause gehen solle, flüsterte sie mir zu, mich ausruhen. Für meinen Freund sei gesorgt, auch wenn es knapp gewesen sei, wirklich sehr knapp, haarscharf vorbei an der Überdosis. Und ich brauchte einen Moment, bis ich verstand: Sie sprach von Schwarz. Ich nickte.

Der Automat hinter mir schnurrte, als ich langsam, ganz langsam aufstand. Die Krankenschwester reichte mir ihren Arm. »Sie müssen jetzt viel Wasser trinken«, sagte sie leise. Ihre Stimme war so freundlich.

Ein leises Quietschen ließ uns aufsehen. Zwei Pfleger in weißen Anzügen schoben einen Mann an uns vorüber. Sein Gesicht war kreidebleich, seine Augenlider flatterten. Unter seiner Nase klebte eine Kruste aus Blut. Er lag auf dem Rücken und rührte sich nicht. Sie hatten ein Laken über seinen Körper gebreitet, es reichte ihm bis zum Hals.

Es sah aus, als würde er schweben.

Ich stand auf der Straße und fror. Die Stadt war noch dunkel, ich hatte keine Ahnung wie spät es war. In der Ferne rauschte der Verkehr über die Invalidenstraße. Ein Krankenwagen stand in der Auffahrt zur Notaufnahme. Seine Türen waren geöffnet. Ich sah Schläuche und Geräte, die ich nicht verstand. Der Wind fuhr in das Wageninnere und wehte eine Bandage über die Kante.

Ich schwankte und griff mit der Hand nach der Hausmauer hinter mir. Ich legte den Kopf in den Nacken und atmete die kalte Nachtluft ein. Über mir hoben sich die blinkenden Stockwerke der Charité in den Himmel. Die Fenster leuchteten und erloschen, sie stapelten sich übereinander und stiegen auf, aus schwarzer Türme Meer.

15

Ich lag in meinem Bett, als der Anruf kam. Mein ganzer Körper war schwer, ich hatte Durst, abgrundtiefen Durst. Ich war schon länger wach, aber ich konnte mich einfach nicht bewegen, dabei musste ich unbedingt vor der ersten Leerung zum Briefkasten. Hinter dem Doppelglas strahlte die Wintersonne, sie blendete mich. Aber ich konnte nicht einmal den Kopf wegdrehen, so erschöpft war ich. Ich betrachtete den Schornstein auf dem Dach gegenüber. Jemand hatte dort einen Wimpel angebracht, weiß und blau. Er flatterte und zuckte im hellen Licht. Ich konnte von hier aus das Gewebe des Wimpels erkennen, die Maserung des Schlots. So hart waren die Konturen.

Mein Bettlaken klebte an mir, es war feucht von meinem Schweiß. Ich musste im Schlaf furchtbar geschwitzt haben, dabei war es im Zimmer ganz kalt. Die Tür zum Flur hatte ich angelehnt gelassen. Die ganze Nacht über hatte ich gehofft, dass Tadeusz klingeln oder klopfen würde, doch meine Wohnung blieb still.

Ich konnte nicht glauben, dass heute Georg Heyms Todestag war. So lange hatte ich auf diesen Tag gewartet und nun fühlte er sich leer an und völlig sinnlos. Neben mir lagen ein Briefumschlag, den ich noch adressieren musste, ein Bleistift und Georg Heyms Gedichte. Ich hatte sie aufgeschlagen, aber ich nahm sie nicht in die Hand. Ich konnte mich ohnehin nicht konzentrieren.

Und noch etwas lag da. In der Nacht hatte ich ihn aus Tadeusz' Sachen, die er in einer Ecke meines Zimmers lagerte, hervorgekramt: François' Zettel mit dem Satz aus dem Fragment. Ich konnte gar nicht glauben, dass er ihn tatsächlich aufbewahrt hatte, eingelegt in seine Konzeptmappe, die in der ledernen Aktentasche steckte. Jetzt lag er auf dem Buch, zerknittert, die Schrift kopfüber gekippt. Ich musste gar nicht mehr hinsehen, ich konnte sie abrufen, so deutlich, als wären die Worte vom Winter in Konitz dort drüben auf den Schornstein geschrieben, in dunklem Ruß.

Beim ersten Klingeln zuckte ich zusammen, doch zu meiner eigenen Überraschung blieb ich einfach liegen. Ich war zu erschöpft. Aber es hörte nicht auf, und ich hoffte noch immer auf Tadeusz. Das Telefon schrillte und schrillte. Als ich schließlich aufstand, war ich mir nicht sicher, ob meine Beine mich tragen würden.

Nele schluchzte, sie war fast nicht zu verstehen. Die Schule hätte sie angerufen, sagte sie, der Rektor selbst, von Schöneweide aus. Sie sollte uns Bescheid geben, einem nach dem anderen. Mit mir hatte sie begonnen.

Ich dachte zuerst, dass sie von Schwarz sprach. Dass ihm noch etwas passiert war, nachdem ich gegangen war. Dass die Ärzte etwas übersehen haben könnten, dass Komplikationen aufgetreten waren und sein Körper sich doch dem Sterben ergab.

Aber so war es nicht.

Er muss zurückgegangen sein.

Er muss zurückgegangen sein, vielleicht noch mitten in der Nacht, vielleicht erst im Morgengrauen. Er hat sich das Seil gegriffen. Er hat die Leiter in den Zuschauerraum gezerrt und ist aufgestiegen. Und dann hat er es getan.

Wir hatten nicht darauf geachtet, wer den Schlüssel nahm. Wir haben, sagte ich Nele, die nicht aufhören konnte zu weinen, damit doch gar nichts zu tun. Wir hätten ihn nicht abhalten können, keiner von uns, wir waren ja gar nicht dabei, schon gar nicht du.

Es war seine eigene Entscheidung.

Ich stand zitternd vor meinem Telefonapparat, ich trat auf meinen nackten Füßen hin und her. Der Durst, den ich hatte, war jetzt unerträglich, mein Mund fühlte sich an, als hätte ich Sand geschluckt, ich konnte kaum sprechen.

Ich sagte Nele nicht, dass ich sofort verstand. Dass ich wusste, was geschehen war. Ich sah es vor mir, ganz klar. Er musste gedacht haben, er hätte Schwarz mit seinem Trank getötet. Und dann hatte er sich selbst gerichtet. Sich und seine eigene Schuld.

So erklärte ich es mir.

Als ich auflegte, sank ich auf den kalten Boden und rollte mich dort zusammen. Alles fühlte sich fremd und leer an. Ich betrachtete die blauen Flecken auf meinem Körper und konnte sie nicht nachvollziehen. Und erst recht nicht die aufgescheuerten Kerben in meiner Hand.

Es ist nicht zu begreifen, wenn jemand stirbt. Vor allem nicht, wenn er freiwillig geht. Die Lücke ist zu groß, zu plötzlich. Die Wucht, mit der sie aufreißt, hat zu viel Gewalt. Das macht die eigene Seele nicht mit. Sie weigert sich, sie sperrt sich gegen die Wirklichkeit. Sie gaukelt einem Dinge vor. Man denkt, man könnte den, der jetzt fort ist, noch sehen. Ihn sprechen hören oder atmen. Man weiß genau, wie er klingt. Wie er sich bewegt. Man glaubt, man könnte ihn herbeirufen, jederzeit. Dass das nicht möglich sein soll, dass das nicht geht, einfach nicht mehr gehen soll, ist nicht zu verstehen.

Es fühlt sich an wie Versagen.

»Er war also bei Ihnen, als sie die Bühne verließen?«, wollte die Polizistin wissen, die uns am Nachmittag in Wolls Büro befragte. Sie lehnte an der Wand und kritzelte mit ihrem Stift auf einer Kladde herum. Ihre Stimme leierte, sie sah gelangweilt aus. Über ihr wehte der Faden einer Spinnwebe von der Decke. Er bewegte sich in der Heizungsluft hin und her, ganz sacht. Die Polizistin konnte kaum älter sein als wir. Trotzdem tat sie so, als passierte ihr das täglich. Draußen waren wieder Wolken aufgezogen, sie brachten noch mehr Wärme mit sich, der Schnee war verschwunden. Regen prasselte gegen die Fensterscheibe und vermischte sich mit dem abrinnenden Schmelzwasser vom Dach. Aus dem Sekretariat kam das Schluchzen von Frau Koch, Musik und Stimmengewirr, die Beerdigung von Heiner Müller wurde im Fernsehen übertragen. Der ganze Turm knackte und pochte. Niemand hatte die Heizung nachgeregelt, es war hier drin viel zu stickig. Trotzdem zog ich meinen Parka und meine Handschuhe nicht aus. Ich wollte nicht, dass die Polizistin dachte, wir hätten Zeit.

»Natürlich«, sagte ich. »François hätte doch nicht zugelassen, dass Schwarz etwas passiert. Ich glaube, es war sogar er, der das Taxi angehalten hat, damit wir in die Notaufnahme konnten.«

Mich machte die ganze Fragerei wütend. Ich begriff nicht, was sie von uns wollte. Die Sachlage war doch klar. Ich verstand auch Neles Tränen nicht. Ich verachtete Selbstmord, ich fand ihn feige und unfair den Hinterbliebenen gegenüber. Wie man das beweinen konnte, wollte mir nicht in den Sinn. Vor allem aber verwunderte mich Tadeusz. Er sah so angegriffen aus, seine Augen waren blutunterlaufen. Seine Hände umklammerten eine Wasserflasche, deren Verschluss er aufdrehte, zudrehte, aufdrehte. Er antwortete der Polizistin kaum, stattdessen sagte er immer wieder: »Sie erinnert sich besser als ich.« Und deutete auf mich. Aber er sah mir dabei nicht in die Augen, nicht ein einziges Mal. Er blickte nicht einmal hoch, als ich aussprach, was doch alle dachten: dass François ohnehin schon so merkwürdig gewesen war in letzter Zeit. Und dass er einfach zu schwach war, zu schwach für diese Schule. Und vor allem – aber das sagte ich nicht – zu schwach für die Kunst.

Ich ärgerte mich über Tadeusz' Schweigen. Er war der Einzige, der mich hätte unterstützen können. Nele und Woll konnten ja nichts beitragen, sie hatten von François' letzten Stunden keine Ahnung. Und Schwarz lag noch im Krankenhaus. Die Polizistin hatte schnell begriffen, dass ich die Einzige war, die ihr half. Sie richtete all ihre Fragen an mich, in gelangweiltem, leierndem Tonfall. Ich hätte mir am liebsten die Ohren zugehalten. Immer wieder sah ich zu Tadeusz hinüber und reckte auffordernd das Kinn in seine Richtung. Aber er sprach nicht. Stattdessen starrte er auf seine Hände und schraubte an dem Verschluss seiner Flasche herum. Er hatte Mantel und Handschuhe nicht ausgezogen, genau wie ich. Wir schwitzten. Auch die Polizistin hatte Schweißflecken unter den Achseln ihrer grünen Uniform. Nur Nele sah aus, als würde sie frieren. Sie verkroch sich in ihrem Wollkleid, die Tränen rannen ihr über das verquollene Gesicht, in ihren Händen knüllte sie ein Taschentuch. Es war das erste Mal, dass ich sie nicht schön fand.

Es fühlte sich alles falsch an. Dass wir zu dritt hier waren, ohne François, ohne Schwarz. Der Turm war mir auf einmal fremd, er wirkte irgendwie verbogen, als bestünde er aus schmelzendem Stahl. Selbst die Sonne war falsch, die jetzt draußen plötzlich durch den Regen stach und tat, als wäre es April.

Ich fragte mich, ob sie ihn schon aus dem Stollen getragen hatten. Ob der Leichenwagen gekommen war, um ihn zu holen. Oder ob sie ihn nur abgeknüpft hatten, und er noch immer dort unten lag.

Wie er wohl aussah.

Es hätte unser Tag sein sollen, dieser Tag. Wäre François hier bei uns gewesen, ich hätte ihn angebrüllt. Ich hätte ihn an den Schultern gepackt und gerüttelt. Aber er war ja nicht da. Und er würde nicht wiederkehren, nie mehr.

Woll stand am Fenster. Seine Haut wirkte fahl und papieren, sie sah aus wie brüchiges Pergament. Immer wieder griff er mit beiden Händen nach dem Fensterkreuz, als könnte er dort etwas zurechtrücken. »Ich denke, das reicht«, sagte er irgendwann zu der Polizistin, die noch immer blätterte und schrieb und immer sinnlosere Fragen stellte. »Es ist für meine Studenten schwer genug. Wir sind uns an dieser Schule alle sehr nah, müssen Sie wissen.« Nele schluchzte auf. Die Polizistin zuckte mit den Schultern. Mit der Spitze ihres Stiftes fuhr sie ihre Aufzeichnungen ab. Dann unterdrückte sie ein Gähnen, nickte und schloss ihre Kladde.

Wir liefen den Flur hinunter, diesen Flur, der mir viel länger und verschlungener vorkam als sonst. Die Tür zum Treppenhaus schien so weit weg. Ich musste die Augen zusammenkneifen, als jemand sie öffnete. Er stand dort im Gegenlicht. Hoch und dunkel. Ich erkannte ihn sofort, es war Brandner. Er war komplett schwarz gekleidet, in einem steifen, edel wirkenden Mantel, mit passendem schwarzem Hut. Seine Kleidung irritierte mich, ich verstand nicht, woher er all das schon hatte wissen können. Wieso er so schnell Trauerkleidung für François trug. Bis mir einfiel, dass sie ihn von Müllers Beerdigung weggelotst haben mussten. Dass sie ihn irgendwie aus Hunderten von Trauergästen herausgeholt haben mussten, vom offenen Grab weg, flüsternd wahrscheinlich, um ihn dann hierherzueskortieren, hierher zu uns. Er breitete die Arme aus, als er uns sah. Wir nickten ihm stumm zu und liefen an ihm vorbei.

Ein lebensmüder Student. Das war es, was die Untersuchungen ergaben. Was genau untersucht wurde, weiß ich nicht. Aber die Dinge sprachen für sich. Die geknüpfte Schlinge mit seinen Fingerabdrücken, die umgeworfene Leiter. Die V-förmigen, aufwärtsführenden Seilspuren an seinem Hals, die ein Fremdverschulden unwahrscheinlich werden ließen. Suizid durch Erhängen. So stand es auch auf dem Totenschein.

Anfangs gelang es der Schule, den Vorfall unter Verschluss zu halten, zumindest nach außen hin. Nach innen hin sah es anders aus. Die Nachricht durchzuckte die Adern des Neunauges, sie flimmerte auf in Pankow, am Ostkreuz, in Schöneweide. Aber jenseits der Schulmauern vereiste der Strom, das Schweigen war groß.

Die Schlagzeilen kamen erst später.

Dass wir gemeinsam mit Brandner nach Frankreich zur Beerdigung fuhren, kommt mir heute merkwürdig vor. Damals war es selbstverständlich. Der Bühnenmeister fuhr uns, in einem kleinen grauen Bus, in dem er sonst die Bühnenbilder zu Gastspielen transportierte. Wir schwiegen fast die ganze Fahrt über, Nele, Tadeusz, Brandner und ich. Ich saß neben einer zurechtgesägten Spanplatte, die die Form eines Kirchturms hatte. Ich versuchte, nicht zu denken.

Schwarz hatten sie inzwischen in eine Entzugsanstalt eingewiesen. Die toxikologische Untersuchung hatte wohl alles Mögliche in seinen Blutbahnen aufgefunden, eine Mixtur, ein Cocktail, der von jeder weiteren Substanz entzündet hätte werden können. Wir hatten davon nichts gewusst. Ich hatte ihn vor unserer Abfahrt nur noch einmal besucht. Eine der Schwestern erinnerte sich an mich, sie ließ mich sofort zu ihm. Er sah so mager aus in seinem weißen Krankenhausbett, so schwach. »Nachti«, hatte er gemurmelt und nach meiner Hand gegriffen und sie nicht losgelassen. Ich hatte mich auf seine Bettkante gesetzt und gemeinsam mit ihm aus dem Fenster hinausgesehen. Sein Zimmer lag in einem der oberen Stockwerke und blickte nach Norden. Wir konnten von hier aus über die Dächer der Hallen und Häuser hinweg bis zum Flakbunker schauen, der sich über die Baumkronen des Humboldthains erhob. Unten in der Tiefe wuselte es in den Straßenschächten, kleine Fahrzeuge schoben sich hintereinander und bildeten sich aufspreizende Zweigmuster. Winzige Menschen eilten auf grauen Linien entlang, der Himmel war von ausflockenden Kondensstreifen durchritzt. Es sah aus, als würde er an den Nahtstellen aufklaffen und seine Füllung herausquellen, auf uns herab.

Woran er sich denn erinnern könne, wollte ich von Schwarz wissen. Er versuchte sich aufzurichten bei dieser Frage. Seine Pupillen fokussierten sich auf mich. Aber dann schloss er die Augen. Er sank zurück in sein Kissen und schüttelte nur stumm den Kopf. Seine Finger glitten aus meiner Hand, ganz sanft, es fühlte sich an wie ein Streicheln. Er wäre gar nicht kräftig genug gewesen, um zum Begräbnis zu fahren. Das sagte ich ihm auch, bevor ich ging.

François hätte das verstanden.

Wir müssen stundenlang unterwegs gewesen sein. Seine Familie bestand darauf, dass er in der Provence begraben werden würde, auf dem Friedhof seines Dorfes. Ich fragte mich, ob es da wohl Probleme mit der Kirche gegeben hatte. Ob Selbstmörder in geweihtem Boden beigesetzt werden durften.

Die Landschaft wurde heller und grüner, je weiter wir kamen. Sie strömte an uns vorbei, sie war ein endloser Fluss aus immer kräftiger werdenden, ineinander sinkenden Farben. Nichts behielt Substanz, alles war fern und zerronnen. Wir fuhren schnell, aber für mich fühlte es sich an, als kämen wir in Wahrheit gar nicht vom Fleck.

Die Erde drehte sich, die Zeit verging, aber wir standen still.

Ich kam erst wieder zu mir, als wir an einer Raststätte hielten. Die Luft roch anders als in Berlin, reiner, jodhaltiger, dabei befanden wir uns direkt neben der Autobahn. Die Raststätte selbst war ein flaches Gebäude mit breiter Fensterfront. Als wir eintraten, schlug uns der Geruch von Kaffee und Bratfett und Zigarettenrauch entgegen. Ich starrte auf die Worte, mit denen die Esswaren in der Vitrine ausgezeichnet waren, gekritzelte Buchstaben auf geknicktem Papier. Ich verstand nicht, was ich da las, ich brauchte einen Moment, bis ich begriff: Wir waren nicht mehr in Deutschland. Plötzlich fühlte ich mich erleichtert. Es tat so gut, den Ort gewechselt zu haben, weg zu sein, richtig weg. Ich lauschte auf die Gespräche an den Nachbartischen, auf die französischen Wortfetzen.

Dass auch Tadeusz in fließendem Französisch bestellte, ließ mich aufmerken. Ich hatte nicht gewusst, dass er das konnte. Er hatte sich mit François nie in dessen Muttersprache unterhalten, nicht ein einziges Mal. Aber es tat ihm gut, er sah fokussierter aus, während die fremde Sprache über seine Lippen kam, fast munter.

Vielleicht war auch er erleichtert.

Wir setzten uns an einen Fenstertisch. Der Bühnenmeister biss in eine Semmel, er erzählte kauend irgendetwas von einem französischen Festival, auf das er vor ein paar Jahren mit Sperling gefahren war. Ich war froh, dass er sprach und wir nicht reden mussten. Wir hatten seit Tagen nicht wirklich miteinander gesprochen und jetzt fühlte es sich an, als wäre es zu spät.

Brandner war auf dem Parkplatz geblieben. Ich sah ihn mit dem Rücken am Wagen lehnen, er beobachtete den vorüberrauschenden Verkehr und rauchte. Auf der Fahrt hatte er vorne gesessen und gelesen. Kurz überlegte ich, ob ich aufstehen und zu ihm gehen sollte, aber dann kam die Bedienung mit meiner Tomatensuppe und ich blieb sitzen.

Neben mir starrte Nele in ihre Kaffeetasse und wimmerte. Es war ein leises Geräusch, fast nicht wahrnehmbar, wie das Fiepen einer Hundepfeife. Ich versuchte, es auszublenden, aber irgendwann konnte ich nicht mehr. Ich ließ meinen Löffel in die Suppe fallen. »Nele«, zischte ich, »hör endlich damit auf.« Sie sprang auf und warf ihre Serviette auf den Tisch. Die Gespräche an den Nebentischen stockten, Köpfe wandten sich ihr zu, als Nele jetzt aus der Raststätte stürmte und mit lautem Knall die Tür hinter sich zuwarf. Der Bühnenmeister drehte sich mir zu und seufzte.

Ich fand sie an der Rückseite des Gebäudes. Sie kauerte am Feldrand, sie hustete und würgte. Erst jetzt fiel mir auf, wie fettig ihre Haare waren. Ich stellte mich neben sie und strich ihr über den Rücken. Ich suchte nach Worten, die ich ihr sagen könnte, aber mir fielen keine ein. Also wartete ich darauf, dass sie sprach.

»Es ist meine Schuld«, stieß sie schließlich hervor. Ihr Körper krümmte sich, ihre Stirn berührte fast die Erdnarbe. »Es ist alles meine Schuld!«

Ich stutzte und beugte mich tiefer zu ihr. »Was? Was redest du denn da.«

Sie saß jetzt auf dem Boden, sie schlang die Arme um ihre Knie und schaukelte hin und her. Sie sprach so schnell und so leise, dass ich sie fast nicht verstand: »Seine Höhenangst, die Hängevorrichtung. Der fliegende Faust. Ich glaube, er wollte das proben, damit wir uns nicht wieder über ihn lustig machen. Und weil die Vorrichtung nicht dranmontiert war, hat er ein Stahlseil genommen. Er muss abgerutscht sein. Wahrscheinlich hat er sich eine Schlaufe um den Oberkörper gelegt und dann …«

»Du denkst, dass das ein Unfall war?«

Der Laut, der aus ihrer Kehle kam, klang wie von einem Tier. Ich sah hinaus auf das Feld. Es war fast goldfarben aus im Sonnenlicht. Ein paar Krähen saßen auf den Stoppeln. Eine von ihnen erhob sich und stieg auf in die Luft.

Ich kauerte mich neben Nele und packte sie bei den Schultern. Sie bebte.

»Nele«, sagte ich so bestimmt, wie ich nur konnte, »hör mir zu: So war das nicht.«

Erst reagierte sie nicht. Aber dann konnte ich spüren, wie meine Worte zu ihr durchdrangen. Das Zittern in ihrem Körper ließ allmählich nach. Sie hob den Blick und sah mich an. Ihre Augen wurden klarer.

Ich lehnte meine Stirn gegen ihre. Dann sagte ich es noch einmal, ich flüsterte es. »So war es nicht. Glaub mir.«

Ihr Atem beruhigte sich langsam. »Bist du sicher?«

»Absolut.«

Wir lösten uns voneinander. Hinter uns war das Rauschen der Autobahn. Nele legte den Kopf schief. Eine Träne tropfte aus ihrem Augenwinkel auf meinen Arm. Sie schniefte. »Ich hätte dabei sein sollen, weißt du. Vielleicht hätte ich etwas tun können, das das alles verhindert hätte. Du und Tadeusz, ihr habt immerhin Schwarz das Leben gerettet«, sagte sie. »Ihr müsst euch nichts vorwerfen.«

Ich runzelte die Stirn. »Vorwerfen? Was denn?«

»Na, dass ihr hättet einschreiten können. Oder dass ihr bei ihm hättet sein müssen. Oder überhaupt merken, was los war mit ihm.«

Auf einmal war mir schlecht. Ich wollte nur noch weg von ihr.

»Was ist denn?«, fragte sie.

Ich stand auf und schüttelte den Kopf. »Wenn du so denken willst, dann viel Spaß. Damit kannst du dich jetzt dein Leben lang zerfleischen. Aber da wirst du die Einzige sein. Ich mache das nicht mit. Hörst du: Ich mache das nicht mit!«

Sie versuchte sich aufzurappeln, so schnell sie konnte. »Warte, Katharina! So war das nicht gemeint. Warte doch!« Ich hörte ihr Rufen in meinem Rücken. Aber ich drehte mich nicht um. Den Rest der Fahrt über tat ich so, als würde ich schlafen.

Das Aufbahren von Leichen habe ich nie verstanden. Wer möchte einen Menschen schon so in Erinnerung behalten: als leblosen, unbeseelten Körper. Heym hat in Schildhorn gelegen, in einem Schuppen auf dem umzäunten Friedhof für Selbstmörder. Er lag dort mit drei anderen Leichen, Tote aus dem Wasser und dem Wald, Selbstmörder und Verunglückte, eine Frau, drei Männer. Es war ein Quartett des Todes.

Drei Tage lang lag er dort. Sie sagen, dass er die Schlittschuhe anbehielt. Und dass er friedlich ausgesehen haben soll, als befände er sich im Schlaf. Ich zweifle das an. Der Tod ist nicht friedlich, nie.

Die Aussegnungshalle war karg und klein. Ein schlichter Rundbau mit einem vor Blüten überquellenden, bunten Blumenstock, der in einer Stahlhalterung neben der weit geöffneten Eingangstür thronte. Die Trauergäste drängten bis in den gepflasterten Vorhof hinaus. Niemand drehte sich um, als wir ankamen. Sie lauschten auf das Murmeln des Pfarrers im Inneren der Halle. Wir stellten uns an den Rand und schwiegen. Ich glaube, wir waren alle erleichtert, dass niemand mit uns sprach.

Die Kapelle lag auf einer Anhöhe. Ich sah Felder, die in der Ferne aufschwangen, einen Teppichflecken aus Wald in einer Senke. Ich spürte die Sonne auf meinem Gesicht. Sie war warm, viel wärmer als in Berlin. Es fühlte sich an wie Frühling. Ich hörte das Summen von Insekten, ich roch die frisch ausgehobene, sonnenwarme Erde, schnupperte den Blütenduft des Grabschmucks, der auf einem kleinen Wägelchen neben mir lagerte. Ich hatte nicht daran gedacht, dass es hier nicht so kalt sein würde. Noch im Auto hatte ich mich gefragt, was sie tun würden, wenn der Boden gefroren war.

Als sie ihn an uns vorübertrugen, läuteten keine Glocken. Aber irgendwo zwischen den Gräbern stand ein kleines Mädchen und spielte auf einer Oboe. Die Karawane schritt langsam voran. Direkt hinter dem Sarg ging eine gebückte, hinkende Dame. Sie wurde von einer Frau gestützt, die fast genauso aussah wie sie. Ihre Blicke waren auf die Fersen der Sargträger geheftet, sie sahen uns nicht. Wir warteten, bis sich die Reihen der Vorüberziehenden langsam lichteten, dann reihten wir uns ein. Der Weg war schmal, unter unseren Schritten knirschte der Kies. Brandner lief direkt vor mir, er hatte den Kopf gesenkt, er hielt die Schultern gebeugt, auf dem Kragen seines Trenchcoats war ein Fleck.

Ich hätte ihn gern gefragt, woran er dachte.

In einer Kurve hielten wir an, die Melodie der Oboe kam ins Stocken. Direkt neben uns stand ein junges Paar. Die Schuhe der jungen Frau waren hoch, sie schwankte ein wenig, ihre Ohrringe klingelten, als sie sich jetzt ihrem Freund zudrehte. »Warum es nicht geht weiter?«, fragte sie. Ich zuckte zusammen. Ihr Deutsch klang genau wie das von François. Auf einmal war mir schwindlig. Ich kippte seitwärts, ich griff nach einem Baumstamm am Wegrand und hielt mich fest. Ich sah, wie die Prozession sich wieder in Bewegung setzte, wie sie sich entfernte, sich davonschob, weg von mir, aber ich konnte einfach nicht folgen.

Es war Tadeusz, der meine Finger von der Borke löste. Er sagte nichts. Er nahm einfach meine Hand, ganz sacht, und hakte mich bei sich unter. Ich konnte spüren, wie sich sein Brustkorb hob und senkte. Wie sich meine Erstarrung auflöste. Wie wir atmeten, im gleichen Takt.

Er war bei mir.

Die Grube wollte ich nicht sehen. Ich war seit der Beerdigung meines Vaters nicht mehr an einem offenen Grab gewesen. Ich zog Tadeusz an die äußere Spitze des Halbkreises, der sich um den Pfarrer und den Grabschacht gebildet hatte. So konnte ich stattdessen auf die Trauernden sehen, ihre gramverbogenen Körper. Ein schmächtiges Mädchen stand mir direkt gegenüber, ihr Mund war aufgerissen, ihr ganzer Körper zitterte. Sie sah asiatisch aus.

Als es dann passierte, ging es so schnell, dass wir kaum reagieren konnten. Mitten in einem Satz des Pfarrers löste sich die alte Dame aus der ersten Reihe. Sie hinkte auf Brandner zu. »Mörder!«, rief sie auf Deutsch. Dann noch einmal, lauter und schriller: »Mörder!« Wir waren so erschrocken, dass wir zurückzuckten. Und wir waren nicht die Einzigen. Die ganze Trauergesellschaft war zurückgewichen, auch Nele und der Bühnenmeister, unwillkürlich und wie benommen. Nur Brandner hatte sich nicht bewegt. Er stand da und sah verwundert auf die Dame herab, die jetzt den Deckel ihrer schwarzen Handtasche aufschnalzen ließ und etwas herausriss, gefaltete Blätter, die sie mit ihrer altersfleckigen Hand umklammerte und in die Höhe reckte, während ihre Tasche auf dem Boden aufschlug und Schlüssel, Taschentücher, ein Döschen mit Tabletten heraussprangen. Noch einmal schrie sie, auf Französisch diesmal: »Meurtrier!«

Sie fuchtelte mit den Seiten vor Brandners Gesicht herum, eine Blattecke stach ihm fast ins Auge. Ich erkannte die Handschrift und ich begriff: Es waren Briefe von François. Und das musste auch Brandner begriffen haben, denn jetzt zuckte auch er zurück, die Verwunderung verschwand schlagartig aus seinem Blick.

Die Dame hatte nun begonnen zu schreien, eine ganze Flut aus Sätzen, die sie Brandner entgegenschleuderte. Was sie sagte, war nicht zu verstehen, zumindest nicht für mich. Mein Schulfranzösisch reichte dafür nicht aus. Aber das war auch nicht nötig. Jeder begriff, was sie da tat. Es war eine Anklage. Es war die Zuweisung von Schuld, der verzweifelte Versuch einer Erklärung.

Gerade ballte sie eine Hand zur Faust, sie trommelte damit auf Brandners Brustkorb ein, bis jemand sie zurückriss. Es war die Frau, die ihr so ähnlich sah. Sie sagte etwas auf Französisch zu Brandner, sie entschuldigte sich für ihre Mutter, Brandner solle verzeihen und, so viel verstand ich, er solle bleiben, bitte und unbedingt.

Brandners Blick flog zu uns herüber, zu Tadeusz und mir, hilfesuchend. Wir rührten uns nicht. Einen Augenblick lang sah es so aus, als wollte er zu uns kommen. Aber dann drehte er sich wieder zurück zu den Frauen. Er nickte stumm. Er trat einen Schritt zurück, mit gebeugten Schultern. Um ihn herum wichen die Trauergäste seitwärts, von ihm weg. Auch Nele und der Bühnenmeister hatten sich entfernt, sie hatten sich an den äußeren Rand geschoben, ich konnte sehen, wie Nele mit ihrer zitternden Hand ihren Mund bedeckte. Sie nahm den Blick nicht von Brandner, alle sahen ihn an. Brandner verharrte, er stand vor dem Grab wie ein Büßer, allein.

Den Rest bekam ich kaum mit. Ich sah auf meine Schuhspitzen hinunter, mein Gesicht brannte. Ich nahm das Schaben der Seile wahr, mit denen der Sarg in die Grube abgesenkt wurde. Ich hörte den Aufprall der Blütenköpfe, die die Trauergäste auf den Sarg fallen ließen, die gemurmelten Wünsche, Verabschiedungen. Ich erriet um uns herum Schritte, Bewegung, Verschiebungen.

Irgendwann löste sich Tadeusz von mir. Als ich schließlich hochsah, stand er bei der alten Dame. Er beugte ihr seinen Körper zu. Er sah viel dunkler aus als alle anderen, viel eleganter. Als könnte man ihm ansehen, dass er auch sonst so gekleidet war, in genau dieser Farbe. Als trüge er im Gegensatz zu den anderen Trauergästen ein anderes, immergültiges Schwarz. Seine Stimme war leise und tröstend, ich konnte nicht hören, was er sagte. Aber ich konnte sehen, wie sich die Gesichtszüge der Dame langsam entspannten. Wie sie nickte und dabei fast zu lächeln schien. Wie sie in ihre Handtasche griff, die jemand aufgehoben und eingeräumt haben musste. Sie drückte ihm die Briefe in die Hand, das sah ich. Ich überlegte kurz, ob ich mich dazugesellen sollte, aber ich rührte mich nicht. Erst als ich beobachtete, dass er sich von ihr verabschiedete und sich abwandte, als ich merkte, dass er wegging, weg von Brandner, weg von Nele und dem Techniker, weg von mir, von uns allen, den Abhang hinunter, kam Bewegung in mich und ich flog fast, ich flog abwärts, ihm nach.

Er lief einen kleinen Pfad entlang, der sich zwischen den Gräbern hindurchschlängelte. Er war schnell, ich keuchte, als ich ihn einholte. »Wo willst du denn hin?« Er sah mich an, sein Blick war müde. Er schien zu überlegen. Dann sagte er es.

»Ich fahre nicht mit zurück.«

Ich starrte ihn an.

»Wir kommen da gemeinsam durch«, flüsterte ich. »Wir …«

Ich streckte die Hand nach ihm aus, ich wollte ihn zu mir ziehen, ihn umarmen, aber Tadeusz zuckte von mir weg. Einen kurzen Moment lang sah ich in seinen Augen etwas aufflackern, das wirkte wie Abscheu. Oder wie Angst. Dann drehte er sich um, seine schmale Gestalt schob sich zwischen die Grabsteine, er lief den abwärtsfallenden Weg hinunter, mit immer schnelleren, weiter ausgreifenden Schritten. Er hielt sich aufrecht, sein

Mantel umflatterte ihn, er wurde kleiner und kleiner, er durchquerte den Schatten einer Ulme und verschwand schließlich ganz.

Es war das letzte Mal, dass ich ihn sah.

Er wartet, bis er ihren Blick nicht mehr in seinem Rücken spürt, dann hält er an. Er faltet die Briefe sorgfältig auf, einen nach dem anderen. Sie sind dicht beschrieben, Seiten um Seiten, auf unterschiedlichstem Papier, mal mit Kugelschreiber, mal mit Tintenfüller oder Bleistift. Er erkennt die Schrift wieder. Es sind die gleichen kleinen Bogenschwünge wie auf dem Zettel, den Katharina ihm damals in der Aquarium-Bar gegeben hatte. Dieser Zettel mit dem Bruchteil des Fragments, auf dem er zum ersten Mal vom Winter in Konitz las. Und von dem er erst dachte, er sei verfasst in Katharinas Schrift. Es ist ewig her, es fühlt sich an wie aus einer anderen Zeit.

Der erste Brief ist datiert auf den Schulanfang. *Es ist eine Schmach, kein Genie zu sein,* liest er. *Sie wollen mich zerstören,* steht da auf Französisch, *ich halte es nicht aus.* Tadeusz blättert weiter. *Wenn mir je etwas zustößt, trägt die Schule die Schuld,* steht in einem anderen Brief, der auf den November datiert ist.

Er findet es auf dem letzten Blatt, das er fast übersehen hätte. Im Gegensatz zu den anderen Blättern steckt es noch in einem Briefumschlag. Bei der ersten Durchsicht hat er es übersehen, er dachte, das Kuvert sei leer. Der Poststempel ist vom 16.1. Tadeusz stutzt, aber dann begreift er: François muss den Brief am Vorabend seines Todes eingeworfen haben. Und der Briefkasten wurde erst am nächsten Tag wieder geleert.

Es sind nur wenige Sätze, viel weniger, als in den anderen Briefen. Er hat sie in Bleistift verfasst. François muss sie in Eile geschrieben haben, oder unter großem Druck, die Schrift ist ein wenig zittrig.

Brandner ist groß, übersetzt Tadeusz. *Er treibt mich an den Abgrund und darüber hinaus, dafür danke ich ihm.*

Nichts geschieht ohne sein Zutun, Brandner weiß alles, er ist unser Gott.

Lebt wohl.

Tadeusz beginnt zu lächeln. Er steckt die Briefe in die Innentasche seines Mantels und nickt. Katharina hat recht behalten: Es wird einen anderen Weg geben. Und er hat ihn gefunden, hier und jetzt. Mit beiden Händen fährt er sich durch das Haar und rückt seinen Schal zurecht. Erst dann wendet er sich noch einmal um und blickt hinauf zum Friedhof.

Sie ist zum Grab zurückgegangen, genau wie er es geahnt hat. Jetzt steht sie bei François' Oma. Ihre Haltung, ihr ganzer Körper drückt Bedauern aus, Trauer und Bedauern. Und Hilflosigkeit. Es ist verblüffend, er weiß einfach nicht, wie sie das macht.

Das Gespräch fällt ihm ein, das sie damals nach Schwarz' erster Probe in der Kneipe geführt haben. Über das Doppelbewusstsein, das Schauspieler haben müssen, wenn sie ihren Beruf gut machen wollen. Über die Wirklichkeit, die sie über die Wirklichkeit legen. Er muss an das denken, was Katharina damals gesagt hat.

Die Unschuld ist also der Punkt.

Oben auf dem Hügel hat sich Katharina von der Oma gelöst. Sie tritt an das Grab heran. Sie steigt auf die hölzerne Trittschwelle, die sie über der Kante zum Erdschacht errichtet haben und sieht hinunter auf den Sarg. Sie sieht von hier aus größer aus, als sie ist. Ihr Körper ragt hoch hinauf in den Himmel. Sie bekreuzigt sich. Ihre Hand angelt nach dem Blumengesteck, das neben der Graböffnung bereitsteht. Sie greift sich eine Blüte und wirft sie hinab in die Tiefe.

Einen Moment verharrt sie. Dann kippt ihr Oberkörper auf einmal seitwärts, sie schwankt, sie sieht so verloren aus. Jemand ruft etwas, ein anderer tritt sofort zu ihr und stützt sie, als sie jetzt gebeugt von der Grabhöhe heruntersteigt. Noch jemand eilt herbei, sie richten sie auf.

Das ist der Moment, in dem er es versteht, ganz klar.

Sie mag eine Regisseurin sein, eine gute, das ist möglich. Er hat es oft genug mitbekommen: wie sie Szenen entwirft, wie sie dirigiert. Aber in Wahrheit ist sie etwas anderes. Das hat er endlich begriffen. Sie legt ihre Wirklichkeit über die Wirklichkeit, mühelos.

Sie ist eine Schauspielerin.

Ich kann mich an die Rückfahrt nicht erinnern. Auch die Tage und Wochen danach sind mir nicht klar. Ich muss in die Schule gegangen sein, aber das ist eigentlich nicht möglich. Zumindest im Turm kann ich nicht gewesen sein. Ich fuhr weiterhin nach Schöneweide, ich nahm dort am Grundkurs und am Sprechunterricht teil. Am ersten Tag strich mir die Lehrerin über das Haar, Sonia wich nicht von meiner Seite.

Der Tonfall an der Schule hatte sich nach François' Tod verändert, in allen Abteilungen, das weiß ich noch. Alle waren vorsichtig miteinander, die Dozenten, die Studenten, zumindest eine Zeitlang. Der Schatten, den ein Selbstmord wirft, hat diese Macht. Es gab sogar plötzlich eine Schulpsychologin, aber ich ging da nie hin.

Am klarsten erinnere ich mich an das Gefühl von Zerfall. Alles um mich herum bröckelte. Meine Klasse existierte nicht mehr. Nele bekam die Erlaubnis, ein Jahr lang auszusetzen. Tadeusz kehrte nicht wieder. Wann und ob Schwarz zurückkommen würde, war völlig ungewiss. Und auch Brandner war verschwunden. Er hatte irgendeine Inszenierung angenommen, an einem weit entfernten Theater. Ich erfuhr das von Frau Koch, er hatte sich nicht von mir verabschiedet. Als ich Woll vorschlug, dass doch nun ich das Faust-Fragment inszenieren könnte, mit richtigen Schauspielern, sah er mich an, als hätte ich den Verstand verloren.

Ich entwickelte mich für die Schule zur Last. Sie wussten nicht, wohin mit mir. Manchmal saß ich bei Professor Orlow, der mir von Stanislawski erzählte. Wir trafen uns im Café, ich wollte so weit weg vom Stollen sein wie möglich. Huth weigerte sich, mir Einzelunterricht zu geben. Er fand es empörend, dass ich allein war. Aber es war nun mal so. Ich war mein eigener Jahrgang. Ich war die Letzte meiner Art.

Einer der Dozenten in Schöneweide nahm mich unter seine Fittiche, ein Schauspieler vom Berliner Ensemble, der mich bei einem Szenenstudium von Shakespeare Co-Regie führen ließ. Das half ein wenig. Es lenkte mich ab. Und es hielt mich fern vom Turm.

Der große Skandal kam rund zwei Monate danach. Heute denke ich, dass es schon vorher Pläne gegeben haben muss, die Schule zu schließen. Es gab ohnehin zu viel von allem in der Stadt. Die Dopplung brachte Überfluss. Und natürlich die Kunsthochschulen. Vielleicht brauchten sie einfach nur einen Grund.

Selbstmord an Schauspielschule!

Professor treibt Schüler in den Tod!

Psychoterror an Horror-Schule.

Sie machten François brillanter als er war.

Dass sie Brandner namentlich nannten, wunderte mich. Der Angriff war so gezielt, ich konnte es mir erst nicht erklären. Ich hätte vermutet, dass sie Angst vor Klagen haben würde, vor einer Anzeige wegen Rufmords. Man brauchte, um solche Anschuldigungen formulieren zu dürfen, doch sicher Beweise. Aber das Rätsel löste sich schnell, es stand in einer Fußnote: *Die Briefe des Opfers liegen der Redaktion vor.*

Erst war es nur die Boulevardpresse, die den Fall aufgriff. Aber Brandners Name war zu bekannt, und er wehrte sich nicht. Das ist etwas, was ich nicht verstehen kann: dass er sich nie äußerte. Er stritt nicht ab, er schwieg.

Aber vielleicht ist es ja so. Vielleicht fühlt es sich, wenn man schuldig geworden ist, richtig an. Dass man bestraft wird, egal wofür. Man trägt die Schuld in sich, ohnehin, das weiß man doch selbst. Und akzeptiert dann die Sühne. Auch wenn ihre Zuordnung verrutscht ist, wenn die Gründe verfehlt sind: Man kann sich endlich ergeben.

Vielleicht ist es ein Aufatmen.

Sie stellten Brandner vom Unterricht frei. Sie müssen gedacht haben, dass sie damit etwas lösten. Als dann aber knapp darauf der Rektor und zwei der Schauspiel-Dozenten als ehemalige Mitarbeiter der Stasi enttarnt wurden, war das Ende abzusehen.

An dem Tag, an dem ich von der Schließung erfuhr, traf ich mich mit Zorbas. Er hatte wieder zu trinken begonnen, das sah ich sofort. Sein Gesicht war aufgeschwemmt, er hatte seine Jacke verknöpft, am Ärmel prangte das Brandloch einer Zigarette. Seine Hände zitterten. Wir holten uns eine Flasche Wodka und stellten uns auf die Brücke.

Es war ein lauer Tag, der Wind brachte die Wärme aus dem Süden. Drüben bei den Schrebergärten verbrannte jemand seinen Müll, eine dicke Rauchsäule stieg auf. Weit hinter uns hob sich der Fernsehturm in die Höhe. Er wirkte heute schmaler als sonst.

»Du wusstest das mit dem Dozenten? Und mit dem Rektor?«, fragte ich.

Die Brücke war noch immer eine Sackgasse, sie streckte nur ihre Fühler in den Prenzlauer Berg hinein, in zwei aufgrätschenden Stegen. Wir standen über dem alten Niemandsland und lehnten uns gegen die Brüstung. In der Ferne tauchten die S-Bahnen unter der Bornholmer Brücke hindurch.

Zorbas wiegte den Kopf. Er griff sich die Flasche und nahm noch einen tiefen Schluck. »Man hört Dinge.«

»Hast du mich deswegen vor der Schule gewarnt?«

»Habe ich das?«

Ich nickte.

Zorbas seufzte. »Dachte nur, dass das keine Leute sind, von denen du lernen willst.«

Hinter uns war ein Geräusch, es klang wie ein Zirpen. Ich drehte mich um. Ein alter Mann zog einen quietschenden Handwagen an uns vorbei, hinauf auf den Holzsteg. Er hatte Stahlteile übereinandergestapelt, Badezimmerhalterungen, Rohre. Sie sahen aus wie eine schwankende Skulptur.

Ich blickte ihm nach, ich zögerte, bis ich die Frage stellte, die mich am meisten beschäftigte: »Und Brandner?«

Zorbas sah mich nicht an. »Er hatte ein Telefon«, sagte er. »Sogar eine Karre hatte der.«

»Aber das muss doch nicht heißen …«

»Er durfte arbeiten. Immer.«

Ich griff mit der Hand nach dem Geländer und schwang mich auf die Brüstung. Ich sah hinunter auf den ehemaligen Todesstreifen, auf die Gleise, die ihn umrahmten wie ein Bild. Die weiten Schwünge, mit denen sie sich aus dem Osten und dem Westen zogen, ihren parallelen Lauf. Es gab noch immer keine Verbindung. Ich versuchte mir vorzustellen, wie es sein würde, irgendwann. Glänzende Neubauten auf beiden Seiten, glatte Fassaden. Die Brücke als Bogen zwischen zwei identisch wirkenden Seiten. Es schien mir nicht machbar.

»Kann man das nicht beweisen?«, fragte ich. »Warum kommt sowas nicht ans Licht?«

Zorbas schnaubte. »Du tust dich leicht«, sagte er und schüttelte den Kopf. »Du warst nie, wo wir waren.«

»Aber ich kann dort doch auch nicht mehr hin.«

Er schwieg. Dann seufzte er und reichte mir die Flasche. Ich trank.

»Was wirst du jetzt machen«, fragte er.

Mich überraschte die Frage. Meine Stimme muss hell geklungen haben, hell und jung, noch immer so jung, als ich sagte: »Na – weiter?«

Unter uns zogen zwei S-Bahnen hindurch, aus östlicher und westlicher Richtung. Sie glänzten im Sonnenlicht, ihre Scheiben waren beschlagen. Sie fuhren schnell, sie rauschten nebeneinander her, Seite an Seite, hinauf in den Norden, an den Rand meiner Stadt.

epilog

Nein, wir wissen es nicht.
Wir können es nicht wissen, wir waren ja nicht dabei. Die Ereignisse verwittern, je länger sie zurückliegen, sie werden porös. Wie Jahresringe legen sich Schichten aus Zeit und Vermutung zwischen uns und das Geschehen, sie drängen uns voneinander weg. Und trotzdem schärfen sich mit dem Abstand die Umrisse. Die Irrwege verdorren, Ungenährtes fällt ab. Was übrig bleibt, ist ein Strunk aus Erkenntnis, ein Kern. Etwas schält sich daraus hervor, es reckt sich und streckt sich und wird eine Wahrheit.

Es lässt mich nicht los, immer noch nicht.
Dabei ist doch alles schon so lange her.

Sie sieht kaum auf, als sie mir die Mappe reicht, für sie ist es ein Schriftstück von vielen. Aber mir zittern die Hände, als ich jetzt an einen der Tische herantrete und die Mappe ablege, ganz vorsichtig.
Die Sonne strahlt auf das Gebäude, es ist ein heller Sommertag, mir ist warm. Durch eine Glaswand hindurch kann ich in einen anderen Trakt der Bibliothek hinübersehen. Studenten kühlen dort vor ihren Bildschirmen aus. Sie haben die Bücherregale im Rücken, sie sitzen mit offenen Mündern an ihren Laptops und Tablets und starren in das kalte Licht. Sie sind jung, jünger als wir damals, aber ich ahne, wie alt sie sich fühlen.

Ich weiß nicht genau, was ich suche. Warum ich das Original jetzt einsehen muss. Ich kann es doch auswendig, immer noch. Dass ich ein Stück für die große Bühne vorschlagen könne, hat mir der neue Intendant vor ein paar Tagen gesagt, etwas Finsteres gerne. Ob ich mich mit dem Faust-Stoff schon einmal beschäftigt hätte, irgendwann. Und konnte nicht verstehen, warum ich zu lachen begann.
In Hamburg wird es verwahrt, im Archiv der Staats- und Universitätsbibliothek, in Heyms Nachlass, unter der Inventarnummer 87. Jemand hat es im Zweiten Weltkrieg gerettet, ein Freund von Heym, Erwin Loewenson. Er hat es zuerst nach Jerusalem gebracht, gemeinsam mit anderen Schriften. Ganze dreiundzwanzig Archivkästen, voll mit Entwürfen und Reinschriften, Notizbüchlein, Tagebuchaufzeichnungen, Maschinenabschriften, Briefen von ihm und an ihn, sogar Kladden mit chinesischen Sprachübungen. Jetzt ist es hier.
Es fühlt sich gut an, das endlich zu wissen.
Der zuständige Herr antwortete mir sofort auf meine Anfrage hin. Frau Nachtrab, schrieb er, sicher, es ist uns eine Ehre, kommen Sie gern, wir legen die Fragmente im Handschriften-Lesesaal für Sie bereit. Ich stutzte, als ich von dieser Mehrzahl las, *die Fragmente*, bis ich begriff: es sind mehrere Seiten. Und auf einmal spürte ich sie wieder, die Unruhe, die zurückkam, den alten Drang.
Es muss doch aufhören, irgendwann.
Mein Herz schlägt schneller, als ich die Mappe öffne. Zuerst verstehe ich nicht, was ich sehe. Ein Deckblatt muss das sein, dann Einschlagpapier. Auch das nächste Blatt ist ein Deckblatt, ich werde ungeduldig, was soll diese doppelte Verhüllung. *Reinschrift,* steht darauf, *Georg Heym an einen Regimentskommandeur (im Namen seines Vaters verfasst), 8.10.1911 mit Entwurf zu »Faust«*. Ich runzle die Stirn. Das kann nicht sein. Dass sie es zu

einer Fußnote eines Briefentwurfs gemacht haben, zum Nebengedanken auf Schmierpapier. Ich werde mich darüber beschweren. Wieder blättere ich, wieder schlage ich eine Seite um – und dann, endlich, liegt es vor mir: das Fragment.

Es ist so wirr. Das ist das Erste, was mir auffällt. Pfeile und Bögen auf einem herausgerissenen Blatt voller durchgestrichener Worte. Und eine Doppelseite mit Einlegeblatt, die etwas ordentlicher wirkt, aufgeräumter. Aber auch hier sind die Buchstaben wild und raumgreifend, sie züngeln abwärts, ineinander hinein, das D, das man mit einem B verwechseln könnte, das K, das aus der eigenen Achse kippt. Alles fällt und spreizt sich und schlingt. Ich starre. Ich versuche, die Sätze zu finden, die ich doch so gut kenne. Früher war ich besser im Entziffern. Ich versuche mich zu erinnern, wie es ging. Ich hebe das Blatt ein wenig an und kneife die Augen zusammen. Und auf einmal lichtet es sich. Auf einmal verstehe ich seine Schrift.

Er hat den Winter in Konitz nachgetragen. Das sehe ich sofort. Er schwebt an der rechten Blattkante zwischen den Zeilen, wie eine Gedankenblase im eigenen Orbit. Die Tinte ist hier dunkel, dunkler als bei der restlichen Schrift. Ein Wort hat Heym dort durchgestrichen und mit einem anderen Wort ersetzt, aber ich kann es nicht entschlüsseln.

Ich atme aus und lehne mich langsam zurück. Das durchgestrichene Wort müsste mich aufscheuchen, mich anstacheln zum Forschen. Aber etwas ist anders, jetzt, wo ich diese Schrift vor mir sehe. Es ist das Ungeordnete, das Unreine, das mich stocken lässt. Die Erkenntnis trifft mich ins Mark, auch jetzt noch, nach so langer Zeit: Das Fragment ist eine Kritzelei.

Das hier, das ist nicht das tief durchdachte Werk, als das wir es damals behandelt haben. Es ist ein schludriger, auf Schmierpapier vermerkter Geistesblitz. Es ist ein trunkener Moment. Mehr nicht.

Ich spüre die Erschütterung in meinem ganzen Körper. Mein Blick irrt durch den Raum, durch die leeren Gänge zwischen den mit Ordnern und Büchern bestückten Regalen, ich will mit jemandem reden, will jemandem erzählen, was ich gerade herausgefunden habe. Aber es ist niemand hier, niemand, der begreifen könnte. Und zum ersten Mal seit Ewigkeiten vermisse ich die anderen.

Ich vermisse uns.

Ich weiß natürlich um sie, zumindest um Nele und Schwarz, wir sind noch in Blickweite. Vor Kurzem habe ich zum ersten Mal mit einem von Neles Absolventen gearbeitet, sie kam sogar zur Premiere. Und Schwarz – Schwarz ist tatsächlich DER Schwarz, der Rockstar unter den Filmemachern, der Bad Boy des Horrors. Ich kenne alle seine Kinofilme, ich sehe sie mir an, sobald sie erscheinen. Ich finde sie gar nicht schlecht. Aber der Film, den er jetzt herausbringen wird, beunruhigt mich. *Lunapark* wird er heißen. Es geht, so steht es in den Ankündigungen, um eine Gruppe aus Schülern, die einen Klassenkameraden umbringen. Sie tarnen den Mord als Selbstmord und hängen ihn dann ihrem Lehrer an.

Mit uns hat das nichts zu tun, natürlich nicht. Man kann Todesursachen nicht einfach verdrehen. François' Sterben war von ihm selbst gewollt. So sehr, wie Heyms Tod ein Unfall war. Der Tod ist nicht fälschbar.

Trotzdem erhalte ich Anfragen, neuerdings. Journalisten wollen mich interviewen, sie kommen zu mir, natürlich kommen sie zu mir, Brandner lebt ja längst nicht mehr. Sie wissen inzwischen von François. Sie haben schon eine Linie gezogen, von ihm zu Schwarz und Nele und mir. Nur Tadeusz haben sie nicht gefunden, niemand kann ihn finden, nicht einmal ich. Ich habe abgesagt. Da gäbe es, sagte ich ihnen, nichts zu erzählen. Aber das stimmt nicht, im Gegenteil.

Es gab viel zu erzählen. Wichtig war nur, dass ich es war, die redet. Ich wollte selbst bestimmen, worüber ich spreche. Das habe ich nun getan. Ich kann jetzt aufhören damit. Es ist doch längst alles gesagt. Niemand gräbt so tief wie ich.

Ich will gerade die Blätter zusammenschieben und sie der Bibliothekarin zurückbringen, als ich es sehe. Ich stocke mitten in der Bewegung, meine Handflächen schweben über der Seite.

Dieser Brief.

Dieser Entwurf, auf dessen Rückseite Heym das Fragment notiert hat

Es ist eine Bitte um Aufnahme ins Regiment. Aber das kann nicht sein. Heym wollte nie zum Militär. Sein Vater muss ihn dazu gezwungen haben. Ich kann es vor mir sehen. Wie der pensionierte Militäranwalt seinem Sohn, dem Dichter, befiehlt, diesen Brief aufzusetzen, das Gesicht rot vor Wut, einen Stock in der Hand. Wie er ihn an den Holztisch zwingt, ihm den Federkiel in die Hand presst und ihn anherrscht, etwas Sinnvolles aus seinem Leben zu machen. Zwei unterschiedliche Varianten hat Heym notieren müssen. Der Inhalt ist in beiden Versionen gleich: … *versuche ich ergebenst meinen Sohn Georg als Fahnenjuncker einstellen zu wollen,* steht da, *er hat seit einiger Zeit sein Referendarium bestanden, doch war es schon immer sein Wunsch, Offizier zu werden.*

Ich sehe die Verzweiflung in diesen Schriftzügen, das bilde ich mir nicht ein. Ich lese die Wut aus der steil aufstechenden Schrift, spüre Heyms Not. Sehe, was er gesehen haben muss. Die eigene, nun zerschmetterte Zukunft. Ein zerquältes Leben. Den Krieg, der kommen wird. Und auf einmal erinnere ich mich an etwas, es steigt aus meiner Erinnerung auf und verknüpft sich mit diesem Brief zu einer neuen DNA. Ein Detail aus dem Nachruf, den Loewenson auf Heym schrieb, Loewenson, ausgerechnet der Retter dieser Zeilen. Heym war tatsächlich einberu-

fen worden, ins Regiment von Metz. Er bekam die Zusage Anfang Januar 1912, nur wenige Tage vor seinem Tod.
Einen Selbstmord schlossen Georg Heyms Freunde damals aus, auch wenn die Zeitungen davon mutmaßten. Sie hielten etwas anderes für wahrscheinlicher: dass er seinen Tod vorgetäuscht haben könnte, um die Aufmerksamkeit auf seinen neuen Gedichtband zu lenken. Er wollte sterben und wiederkehren. Das hatte er ihnen angekündigt, wieder und wieder. Als man seine vereiste Leiche dann fand, konnten sie es erst gar nicht glauben.
François' Eltern waren da anders. An einem Freitod ihres Sohnes gab es keinen Zweifel, nie.

Es gibt nie nur eine Wahrheit. Trotzdem wollen wir das Eindeutige. Wir ertragen das Verschwommene nicht, der menschliche Geist ist so nicht gestrickt. Aber die Vergangenheit wehrt sich gegen ihre Festlegung. Eine Verschiebung ist immer möglich, auch noch nach so langer Zeit.

Ich strecke die Hand aus und drehe die Schrift auf den Kopf, mit einer flinken Bewegung. Ich greife mir den Bleistift und lege einen meiner mitgebrachten Zettel an die untere Blattkante des Fragments. Ich habe das so lange nicht mehr gemacht, seit damals nicht, kein einziges Mal mehr. Aber ich weiß noch, wie es geht. Wie ich mich einfühlen kann, in den, der das schrieb.
Ich atme ein, dann setze ich an, auf der weiten, weißen Fläche. Mit leichten Schwüngen ahme ich seine Schleifen nach, ich folge seiner Spur auf dem Papier. Ich fühle wieder den Eiswind, als ich mich jetzt in seine Kurven lege. Ich bin bei ihm, ich folge seiner Schrift, die aufsticht, hinauf zu der Krümmung der Bäume. Ich höre das Gleiten der weichen Mine auf meinem Papier, das Kratzen seiner Kufen. Ich sehe, wie sein Körper sich seitwärts biegt, wie er sich dreht und streckt und er ein letz-

tes Mal die Ebene wahrnimmt, das Glitzern am Uferrand, die dunklen Flecken unter dem dünner werdenden Eis. Wie er und Balcke die Löcher erspähen und sich zunicken, stumm. Wie sie Fahrt aufnehmen, mit bleichen Gesichtern, wie sie vorwärtsrasen und sich stürzen, über die Kante hinweg.

Und ich sehe uns. Ich sehe jetzt, was wir nicht sehen konnten, damals. Dass er bei uns war, die ganze Zeit. Ich sehe, wie wir einen Zirkel bilden, um seinen Abgrund herum. Wie wir uns auffächern auf der weißen Weite des Sees, während er sich in unserer Mitte aufbäumt, zwischen Schollen und Splittern, in gleißendem Licht. Ich höre unsere Stimmen, die in den Wald getragen werden, unsere Rufe nach ihm, seine Schreie. Wir brüllen gegeneinander an, er und wir, wir jubeln uns seine Worte zu, wir lachen, als er ein letztes Mal einatmet. Als er sich strafft und loslässt und sinkt.

Und dann höre ich es: sein Verstummen.

Es ist jetzt vorbei.

Wir wissen nun alles, was wir wissen können.

Wir wissen, dass einer freiwillig ging und einer nicht.

Das wissen wir, wir wissen es.

Vielleicht.

Die Handlung und alle handelnden Personen dieses Romans sind frei erfunden.

Jede Ähnlichkeit mit lebenden oder realen Personen wäre rein zufällig.

Die Zitate sowie Inspiration wurden entnommen aus:

- Dichtungen und Schriften – Gesamtausgabe Georg Heym, herausgegeben von Karl Ludwig Schneider, Verlag Heinrich Ellermann
- sammlung dialog texte, Georg Heym, ausgewählt von Karl Ludwig Schneider und Gunter Martens, Nymphenburger Verlagshandlung
- Georg Heym, Umbra Vitae, mit 47 Original-Holzschnitten von Ernst Ludwig Kirchner, Philipp Reclam Jun. Stuttgart
- Georg Heym, Der Städte Schultern knacken, Bilder/Texte/Dokumente, zusammengestellt von Nina Schneider, Arche Verlag
- Der Ritualmord in Konitz an dem Gymnasiasten Ernst Winter, mitgeteilt von Otto Feuerstein, Verlag von Karl Rohm, Lorch
- Gunnar Decker, Georg Heym »Ich, ein zerrissenes Meer«, vbb, Verlag für Berlin-Brandenburg
- Erwin Loewenson, Georg Heym oder Vom Geist des Schicksals, Verlag Heinrich Ellermann
- Die Bibel, nach der Übersetzung Martin Luthers, Deutsche Bibelgesellschaft Stuttgart
- sowie aus der Original-Handschrift des Georg Heym Nachlasses, Inventarnummer 87, Staats- und Universitätsbibliothek Hamburg

Die Arbeit am vorliegenden Buch wurde gefördert durch:

den Deutschen Literaturfonds e.V.

die Senatsverwaltung für Kultur und Europa

den Else-Heiliger-Fonds

und das Spreewald-Literatur-Stipendium.

Die Autorin dankt von Herzen für die Unterstützung.

MIX
Papier aus verantwortungsvollen Quellen
FSC® C014496

Verlagsgruppe Random House FSC® N001967

1. Auflage

Umschlaggestaltung: buxdesign | Ruth Botzenhardt unter Verwendung
von Motiven von © See: plainpicture/Johner | Frederik Schyter,
Eisläufer: Getty Images | Chen Liu | Eye Em
Satz: Uhl + Massopust, Aalen
Druck und Einband: GGP Media GmbH, Pößneck

Printed in Germany
ISBN 978-3-630-87566-8

www.luchterhand-literaturverlag.de
www.facebook.com/luchterhandverlag
www.twitter.com/luchterhandlit